Charles Dickens

Gesammelte Werke in Einzelausgaben
Herausgegeben von Georg Seehase

Charles Dickens

Eine Geschichte zweier Städte

Deutsch
von
Richard Zoozmann

Rütten & Loening · Berlin
1987

Titel der englischen Originalausgabe

A TALE OF TWO CITIES

Mit 16 Illustrationen
von Hablot Knight Browne

1. Auflage 1987

Einbandgestaltung Gerhard Kruschel
Karl-Marx-Werk, Graphischer Großbetrieb, Pößneck V15/30
Printed in the German Democratic Republic
Lizenznummer 220. 415/31/87
Bestellnummer 618 459 7
01360

Dickens, Ges. Werke in Einzelausg.
ISBN 3-352-00141-3
Geschichte zweier Städte
ISBN 3-352-00116-2

ERSTES BUCH

Wiederauferstanden

1. Kapitel

Die Periode

Es war die beste Zeit, es war die schlechteste Zeit. Es war das Zeitalter der Weisheit, es war das Zeitalter der Torheit, es war die Epoche des Glaubens, es war die Epoche des Unglaubens; es waren die Tage des Lichts, es waren die Tage der Finsternis; es war der Lenz der Hoffnung, es war der Winter der Verzweiflung. Wir hatten alles zu erwarten, wir hatten nichts zu erwarten. Wir gingen alle schnurstracks dem Himmel zu, wir gingen alle schnurstracks den anderen Weg – kurz, die Zeit war insofern der gegenwärtigen gleich, als einige ihrer lärmendsten Kenner behaupteten, es könnte von ihr im guten wie im bösen nur in Superlativen gesprochen werden.

Ein König mit einem großen Unterkiefer und eine Königin von gewöhnlichem Aussehen saßen auf dem Thron von England; ein König mit einem großen Unterkiefer und eine Königin mit einem schönen Gesicht saßen auf dem Thron von Frankreich. In beiden Ländern erkannten die Magnaten, für die des Landes Fische und Brote aufbewahrt werden, auf das klarste, daß alles für ewig in bester Ordnung sei.

Es war das Jahr unseres Herrn 1775. In England wurden in jener glücklichen Zeit (ebenso wie jetzt) spirituelle Enthüllungen verbreitet. Mrs. Southcott hatte vor kurzem ihren fünfundzwanzigsten gesegneten Geburtstag begangen, den ein prophetischer Soldat aus der Leibgarde durch die Verkündigung gefeiert hatte, daß London und Westminster auf dem Punkt stünden, von der Erde verschlungen zu werden. Selbst das Cock-Lane-Gespenst war vor einem vollen Dutzend Jahren zur

Ruhe gegangen, nachdem es seine Botschaften durch Klopfen kundgetan hatte, genau wie es die Geister des vorletzten Jahres taten, so übernatürlich war ihr Mangel an Originalität. Einfache irdische Botschaften hatten neuerdings die englische Krone und das englische Volk von einem Kongreß britischer Untertanen in Amerika bekommen, die, seltsam genug, viel wichtiger für das Menschengeschlecht geworden sind als alle Botschaften, die von Geistern aus dem Cock-Lane-Gelichter herstammen.

Frankreich, in Sachen der Geisterwelt weniger begünstigt als seine Schwester mit dem Schild und dem Dreizack, rutschte ganz gemächlich bergab, machte Papiergeld und vergeudete es. Unter der Anleitung seiner christlichen Seelenhirten unterhielt es sich außerdem mit so menschenfreundlichen Taten wie zum Beispiel mit dem Verurteilen eines Jünglings, dem die Hände abgehackt, die Zunge mit Zangen ausgerissen und der selbst lebendig verbrannt werden sollte, weil er nicht vor einer Prozession schmutziger Mönche, die in seinem Gesichtsbereich in einer Entfernung von fünfzig bis sechzig Schritt vorbeigegangen war, im Regen niedergekniet war. Es ist wohl möglich, daß, während dieser arme Junge hingerichtet wurde, in den Wäldern Frankreichs und Norwegens Bäume wuchsen, die der Holzfäller, das Schicksal, schon gezeichnet hatte, um sie zu fällen und zu Brettern zu sägen und daraus ein gewisses in schrecklicher Erinnerung lebendes bewegliches Gerüst, mit einem Sack und einem Messer daran, zu verfertigen. Es ist wohl möglich, daß unter den hinfälligen Schuppen einiger Bebauer des schweren Bodens um Paris an demselben Tag, vor dem Wetter geschützt, grobe Karren standen, bespritzt mit Straßenschmutz, beschnüffelt von Schweinen und dem Federvieh als Sitz dienend, die der Bauer, der Tod, bereits bestimmt hatte, seine Karren in der Revolution zu sein. Jedoch dieser Holzfäller und dieser Bauer arbeiteten zwar unaufhörlich, aber stumm, und niemand hörte sie, wie sie sich leisen Schrittes umherbewegten, um so mehr, da es reine Gottlosigkeit und

Hochverrat war, nur den Verdacht zu hegen, daß sie tätig sein könnten.

In England war kaum soviel Ordnung und Schutz von Leben und Eigentum vorhanden, daß sich die Nation dessen hätte besonders rühmen können. Verwegene Hauseinbrüche von Bewaffneten und dreister Straßenraub kamen allnächtlich sogar in der Hauptstadt vor. Familien wurden öffentlich gewarnt, die Stadt nicht zu verlassen, ohne ihren Hausrat der Sicherheit wegen dem Möbelhändler zum Aufbewahren zu geben; der Straßenräuber im Dunkel der Nacht war bei Tag ein ehrsamer Händler der City, der, wenn er von seinem Kumpan als „Kapitän" angehalten, erkannt und angesprochen wurde, diesen ohne weiteres durch den Kopf schoß und davonritt. Die Postkutsche wurde von sieben Räubern überfallen, der Schirrmeister schoß drei tot, und die andern vier schossen dann den Schirrmeister selbst tot, „weil er all seine Munition verschossen hatte", worauf die Plünderung der Postkutsche in Frieden vor sich ging. Den gewaltigen Herrscher, den Lord Mayor von London, hielt ein einziger Straßenräuber auf Turnham Green an und nahm ihm vor seinem ganzen Gefolge die Börse ab; in Londoner Gefängnissen kam es zu Gefechten zwischen Gefangenen und Schließern, und die Majestät des Gesetzes feuerte mit Donnerbüchsen, geladen mit Schrot und Kugeln, unter die Gefangenen. Diebe schnitten bei Hoffestlichkeiten Diamantkreuze von den Hälsen edler Lords; Musketiere marschierten nach St. Giles, um nach geschmuggelten Waren zu suchen, und das zusammengelaufene Volk feuerte auf die Musketiere, und die Musketiere feuerten auf das zusammengelaufene Volk; und keines dieser Ereignisse hielt irgend jemand für etwas Ungewöhnliches. Während sie vor sich gingen, war der Henker, immer geschäftig und immer schlimmer als nutzlos, in beständiger Arbeit; jetzt hängte er ganze Reihen von allerhand Verbrechern auf, dann richtete er am Sonnabend einen Hauseinbrecher hin, der Dienstag gefangen worden war. Jetzt brandmarkte er in Newgate Leute dutzendweise auf die Hand, und dann verbrannte er vor der Tür der Westminster Hall Flugschriften; heute brachte er einen blutgierigen Mörder vom Leben zum Tod und morgen einen armseligen Wicht, der einem Bauernknecht sechs Pence gestohlen hatte.

All diese Dinge und tausend ähnliche geschahen in und um das alte liebe Jahr 1775. Von ihnen umgeben und während Holzfäller und Bauer unbeirrt fortarbeiteten, machten die beiden mit dem großen Unterkiefer und die beiden anderen mit dem gewöhnlichen und dem schönen Gesicht Lärm genug in der Welt und machten ihre örtlichen Rechte mit hochfahrendem Sinn geltend. So führte das Jahr 1775 seine größten Geschöpfe und Myriaden von kleinen Geschöpfen – die Geschöpfe dieser Geschichte unter den übrigen – die Straßen entlang, die vor ihnen lagen.

2. Kapitel

Die Postkutsche

Die Straße nach Dover war es, die eines Freitagnachts spät im November vor der ersten der Personen lag, mit denen diese Geschichte zu tun hat. Die Straße nach Dover lag für diesen Mann vor der Dover-Postkutsche, die gerade die Shooters Hill hinaufrumpelte. Er ging wie die übrigen Passagiere im Straßenschlamm neben der Postkutsche her; nicht, weil sie unter diesen Umständen die mindeste Vorliebe für Spazierengehen hatten, sondern weil der Hügel so steil, der Schmutz so tief und das Geschirr und die Kutsche so schwer waren, daß die Pferde schon dreimal steckengeblieben waren und einmal den Wagen quer über die Straße gezogen hatten, in der meuterischen Absicht, nach Blackheath umzukehren. Zügel und Peitsche und Kutscher und Schirrmeister hatten jedoch im Verein den Kriegsartikel verlesen, der eine Handlung verbot, die sonst sehr zugunsten der Behauptung sprach, daß einige Tiere mit Vernunft ausgestattet sind; und das Gespann hatte kapituliert und war zu seiner Pflicht zurückgekehrt.

Mit gesenkten Köpfen und zitternden Schweifen wateten sie durch den dicken Schlamm und stolperten und wankten zuweilen, als ob sie in den größeren Gelenken in Stücke gehen wollten. Sooft ihnen der Kutscher eine kurze Rast gestattete und sie mit einem beruhigenden „Brr! So, so!" anhielt, schüttelte das Handpferd heftig den Kopf mit allem, was darumhing – als ein ungewöhnlich leidenschaftliches Pferd entschieden seine Meinung aussprechend, daß die Kutsche gar nicht den Berg hinaufgebracht werden könnte. Sooft sich das Pferd auf diese Art klappernd schüttelte, fuhr der Passagier zusammen, wie es einem nervenschwachen Passagier wohl geschehen mag, und zeigte sich in seinem Gemüt besorgt.

Ein dampfender Nebel lag in allen Tiefen und war in seiner Verlassenheit den Hügel hinaufgewandert, wie ein böser Geist, der Ruhe sucht und keine findet. Feucht und kalt kam er durch die Luft langsam in kräuselnden Streifen herangezogen, die sichtbar einander folgten und übereinanderstürzten wie die Wellen eines ungesunden Meeres. Er war dick genug, um alle, außer seinen eigenen Schwaden und ein paar Metern Straße, von dem Licht der Kutschenlaternen abzusperren; und von den sich abarbeitenden Pferden stieg ein Dunst auf, als ob der Nebel erst daraus entstanden wäre.

Zwei andere Passagiere außer dem einen erstiegen neben der Postkutsche mühsam den Hügel. Alle drei waren bis zur Nase und über die Ohren eingewickelt und trugen hohe Reitstiefel. Keiner von den dreien hätte nach dem, was er sah, etwas über das Aussehen der beiden anderen sagen können, und jeder war unter fast so vielen Verhüllungen vor den Augen des Geistes wie vor den Augen des Körpers seiner beiden Gefährten versteckt. In jenen Tagen hüteten sich die Reisenden gar sehr, nach kurzer Bekanntschaft einander Vertrauen zu schenken, denn jeder, den man auf der Straße traf, konnte ein Räuber oder im Bunde mit Räubern sein. Was das letztere betrifft, so war es das allerwahrscheinlichste zu einer Zeit, wo jede Poststation und jede Schenke jemand aufweisen konnte, der in des „Kapitäns Sold" stand; und diese Stufenleiter des Vertrauens ging vom Wirt herunter bis zum niedrigsten Stalljungen. So dachte der Schirrmeister der Dover-Postkutsche bei sich selbst in jener Freitagnacht im November 1775, wie er auf seinem ihm angewiesenen Posten hinten auf der Kutsche stand, in der eine geladene Donnerbüchse über sechs oder acht geladenen Reiterpistolen und einigen Säbeln lag.

Die Dover-Postkutsche war in ihrer gewöhnlichen gemütlichen Stimmung, wo der Schirrmeister den Passagieren mißtraute, die Passagiere voneinander und von dem Schirrmeister Arges dachten, alle auf die übrigen einen Argwohn geworfen hatten und der Kutscher nur seiner Pferde sicher war, auf die er mit reinem Gewissen auf beide Testamente hätte schwören können, daß sie für die Reise nicht geeignet waren.

„Brr!" sagte der Kutscher. „Brr! Noch einmal ins Geschirr gelegt, und ihr seid oben, und dann sollt ihr verdammt sein, denn es hat mich Mühe genug gekostet, euch so weit zu bringen! – Joe!"

„Heda", erwiderte der Schirrmeister.

„Welche Zeit mag's wohl sein, Joe?"

„Gute zehn Minuten vor elf."

„Teufel!" rief ärgerlich der Kutscher aus, „und noch nicht auf der Höhe! Vorwärts!"

Das leidenschaftliche Pferd, von der Peitsche in einer höchst entschiedenen Verneinung unterbrochen, legte sich ins Geschirr, und die drei andern Pferde folgten. Wieder rumpelte die Dover-Kutsche fort, und die hohen Reitstiefel der Passagiere wateten neben ihr her. Sie waren beim Halten der Kutsche stehengeblieben und hielten sich dicht beieinander. Wenn einer von den dreien so dreist gewesen wäre, einem andern vorzuschlagen, in Nacht und Nebel ein wenig vorauszugehen, hätte er sich der nicht unwahrscheinlichen Gefahr ausgesetzt, auf der Stelle als Straßenräuber niedergeschossen zu werden.

Die letzte Anstrengung brachte die Postkutsche bis

auf die Höhe. Die Pferde machten halt, um zu verschnaufen, und der Schirrmeister stieg ab, um dem Rad für die Fahrt bergab einen Bremsklotz anzulegen, den Kutschenschlag aufzumachen und die Passagiere einsteigen zu lassen.

„Heda, Joe! Horch, Joe!“ rief der Kutscher warnend vom Bock herunter.

„Was meint Ihr, Tom?“

Sie lauschten beide.

„Ein Reiter folgt uns im Galopp, Joe.“

„’s ist ein Reiter in gestrecktem Galopp, Tom“, gab der Schirrmeister zurück, indem er die Kutschentür losließ und rasch auf seinen Platz kletterte. „Ihr Herren! In des Königs Namen, alle für einen!“

Nach dieser eiligen, aber eindringlichen Aufforderung spannte er den Hahn seiner Donnerbüchse und stand kampfbereit da.

Der für diese Geschichte eingeschriebene Passagier stand, im Einsteigen begriffen, auf dem Kutschentritt, die beiden anderen Passagiere waren dicht hinter ihm. Er blieb halb in der Kutsche und halb außerhalb derselben auf seinem Platz; die anderen blieben auf der Straße unter ihm stehen. Sie alle sahen abwechselnd den Kutscher und den Schirrmeister an und horchten.

Der Kutscher sah zurück, und der Schirrmeister sah zurück, und selbst das leidenschaftliche Pferd spitzte die Ohren und sah zurück, ohne zu widersprechen.

Das durch das Aufhören des Rumpelns und Polterns der Kutsche eintretende Schweigen, verbunden mit dem Schweigen der Nacht, machte es wirklich still. Das Keuchen der Pferde teilte der Kutsche eine zitternde Bewegung mit, als ob sie sich in einem Zustand der Aufregung befände. Die Herzen der Passagiere schlugen laut genug, um gehört zu werden; jedenfalls sprach die Ruhepause hörbar von Leuten außer Atem und Leuten, die den Atem anhalten und deren Blut vor Erwartung rascher pulsiert.

Der Hufschlag eines scharf galoppierenden Pferdes kam den Hügel herauf immer näher.

„Hallo!" rief der Schirrmeister, so laut er brüllen konnte. „Heda! Stillgestanden, oder ich schieße!"

Das Pferd wurde plötzlich angehalten, und neben vielem Klatschen und Stampfen hörte man eine Männerstimme aus dem Nebel herauftönen: „Ist das die Dover-Post?"

„Kümmert Euch nicht drum, was es ist!" erwiderte der Schirrmeister. „Wer seid Ihr?"

„Ist das die Dover-Post?"

„Warum wollt Ihr das wissen?"

„Ich suche einen Passagier, wenn sie es ist."

„Wie heißt der Passagier?"

„Mr. Jarvis Lorry."

Der uns wohlbekannte Passagier erklärte sofort, daß dies sein Name sei. Der Schirrmeister, der Kutscher und die beiden anderen Passagiere warfen argwöhnische Blicke auf ihn.

„Bleibt, wo Ihr seid", rief der Schirrmeister der Stimme im Nebel zu; „wenn ich einen Irrtum beginge, könnte er während Eurer Lebenszeit nicht wiedergutgemacht werden. Der Herr, der Lorry heißt, antworte auf der Stelle."

„Was gibt's?" fragte darauf der Passagier mit etwas zitternder Stimme. „Wer fragt nach mir? Ist es Jerry?"

„Mir gefällt Jerrys Stimme nicht, wenn es Jerry ist", brummte der Schirrmeister vor sich hin. „Er ist heiserer, als mir gefällt, der Jerry."

„Ja, Mr. Lorry."

„Was gibt's?"

„Ein Telegramm für Sie von drüben. Von T. & Co."

„Ich kenne den Mann, Schirrmeister", sagte Mr. Lorry, indem er wieder auf die Straße hinabstieg, wobei ihm die beiden anderen Passagiere mehr rasch als höflich beistanden und darauf sofort in die Kutsche kletterten, die Tür zumachten und das Fenster hinaufzogen. „Er kann herkommen. Es ist alles in Ordnung."

„Das will ich hoffen; gar zu sicher sieht's mir noch

nicht aus", sagte der Schirrmeister, immer noch vor sich hin brummend. „Heda, Mann!"

„Nun ja, hier bin ich!" sagte Jerry, heiserer als vorher.

„Kommt im Schritt heran! Hört Ihr? Und wenn Ihr Halfter an Eurem Sattel habt, so nehmt Euch in acht, daß Ihr ihnen mit der Hand nicht zu nahe kommt. Denn ich bin ein Teufel im Falschverstehen, und wenn ich was falsch verstehe, so wird gleich Blei draus. Nun wollen wir mal sehen, wen wir haben."

Ein Pferd und ein Reiter kamen langsam aus dem wirbelnden Nebel und an die Seite der Postkutsche, wo der Passagier stand. Der Reiter beugte sich herab und übergab dem Passagier ein kleines zusammengefaltetes Papier, wobei er den Schirrmeister ansah. Das Pferd des Reiters war außer Atem, und sowohl Pferd wie Reiter waren von den Hufen des Pferdes bis zu dem Hut des Mannes mit Schmutz bespritzt.

„Schirrmeister!" sagte der Passagier in ruhigem und zuversichtlichem Geschäftston.

Der wachsame Schirrmeister, die rechte Hand am Kolben der halb erhobenen Donnerbüchse, die linke am Rohr und die Augen auf den Reiter gerichtet, antwortete kurz: „Sir!"

„Es ist nichts zu fürchten. Ich bin von Tellson's Bank. Ihr müßt Tellson's Bank in London kennen. Ich reise in Geschäften nach Paris. Eine Krone Trinkgeld. Kann ich dies lesen?"

„Wenn Ihr rasch macht, Sir!"

Er brach den Brief beim Licht der Kutschenlampe auf und las, erst für sich und dann laut: „Warten Sie in Dover auf Mademoiselle. – Es ist nicht lang, wie Ihr seht, Schirrmeister. Jerry, sagt, meine Antwort wäre: *Wiederauferstanden.*"

Jerry fuhr im Sattel hoch. „Das ist eine verdammt seltsame Antwort", sagte er mit seiner heisersten Stimme.

„Meldet, was ich gesagt habe, und sie werden wissen, daß ich diesen Brief bekommen habe, so gut als ob ich geschrieben hätte. Haltet Euch möglichst dazu. Gute Nacht!"

Mit diesen Worten machte der Passagier die Kutschentür auf und stieg ein, ohne den mindesten Beistand von seiten seiner Mitpassagiere zu finden, die eiligst ihre Uhren und Geldbeutel in die Stiefel gesteckt hatten und sich jetzt alle mit keiner bestimmteren Absicht schlafend stellten, als der Gefahr zu entgehen, sich zu irgendeinem andern Verhalten entschließen zu müssen.

Die Kutsche rumpelte weiter, und schwerere Nebel umkräuselten sie, wie sie bergab zu fahren begann. Der Schirrmeister legte die Donnerbüchse bald wieder in die Waffenkiste, und nachdem er sich deren übrigen Inhalt betrachtet und nach den Pistolen, die er im Gürtel trug, gesehen hatte, kontrollierte er auch einen kleineren Kasten unter seinem Sitz, in dem sich Hammer und Zange, ein paar Fackeln und ein Feuerzeug befanden. Denn er war so vollständig ausgerüstet, daß, wenn der Wind die Kutschenlaternen ausgeblasen hätte, was manchmal geschah, er weiter nichts zu tun brauchte, als sich einzuschließen, sich zu hüten, die Funken von Stahl und Stein ins Stroh fallen zu lassen, und mit leidlicher Sicherheit und Leichtigkeit (wenn er Glück hatte) in fünf Minuten Licht zu bekommen.

„Tom!“ klang es halblaut über das Dach des Wagens.

„Was gibt's, Joe?“

„Habt Ihr gehört, was er sagte?“

„Jawohl, Joe.“

„Habt Ihr was davon verstanden, Tom?“

„Nein, Joe.“

„Das ist ein merkwürdiges Zusammentreffen“, sagte der Schirrmeister nachdenklich vor sich hin, „denn es ist mir auch so gegangen.“

Jerry, im Nebel und in der Dunkelheit allein gelassen, stieg unterdessen ab, nicht nur seinem todmüden Pferd zuliebe, sondern auch, um sich die Schmutzflecke aus dem Gesicht zu wischen und sich den angesammelten Regen aus dem Hutrand zu schütteln, der etwa eine halbe Gallone halten mochte. Nachdem er mit dem Zügel über dem Arm dagestanden hatte, bis man die Räder

der Postkutsche nicht mehr hörte und die Nacht wieder ganz still war, führte er langsam das Pferd den Hügel hinab.

„Nach dem scharfen Galopp vom Temple Bar, Alter, will ich's deinen Vorderläufen nicht eher wieder zumuten, bis wir wieder auf ebenem Weg sind", sagte der heisere Bote mit einem Blick auf sein Pferd. „*Wiederauferstanden.* Das ist eine verdammt seltsame Antwort. Das würde dir nicht allzu gut passen, Jerry! Nicht wahr, Jerry, du wärst verdammt schlecht dran, wenn Wiederauferstehen Mode würde!"

3. Kapitel

Die Schatten der Nacht

Es ist eine wunderbare, des Nachdenkens werte Tatsache, daß jeder Mensch für jeden anderen ein tiefes Geheimnis und Rätsel darstellt. Ein feierlicher Gedanke, wenn ich bei Nacht in eine große Stadt komme, daß jedes dieser sich in dunkle Gruppen zusammendrängenden Häuser sein eigenes Geheimnis besitzt, daß jedes pulsierende Herz in den Hunderttausenden von Menschenbusen in einigen seiner Träume ein Geheimnis für das ihm am nächsten stehende Herz ist. Etwas von dem erhabenen Grauen, das der Tod einflößt, ist dem zuzuschreiben. Ich kann die Blätter dieses teuren Buches, das ich liebte, nicht mehr umwenden, und vergeblich war die Hoffnung, es mit der Zeit ganz durchzulesen. Ich kann nicht mehr in die Tiefen dieses unergründlichen Wassers schauen, in dem ich, als flüchtige Strahlen darauf fielen, einen Blick auf vergrabene Schätze und andere versunkene Herrlichkeiten erhaschte. Es war beschlossen, daß sich das Buch auf immer und ewig verschließen sollte, als ich nur eine einzige Seite gelesen hatte. Es war beschlossen, daß ein ewiger Winterfrost das Wasser erstarren machen sollte, als das Licht noch auf seinem Spiegel spielte und ich, ohne Arges zu ahnen, am Ufer stand. Mein Freund ist tot, mein Nachbar ist tot, meine Geliebte, das Kleinod meiner Seele, ist tot; es ist die unerbittliche Besiegelung des Geheimnisses, das immer in dieser Individualität war und das ich bis an mein Lebensende in mir tragen werde. Gibt es auf einem einzigen der Friedhöfe der Stadt, durch die ich gehe, einen Schlummernden, der unerforschlicher wäre, als mir ihre geschäftigen Bewohner in ihrer innersten Persönlichkeit sind oder als ich ihnen bin?

Was nun also seine natürliche und nicht zu entfremdende Erbschaft betrifft, so besaß der berittene Bote davon genausoviel wie der König, der erste Staatsminister oder der reichste Kaufmann in London. Ebenso verhielt es sich mit den drei Passagieren, die in den engen Raum einer schwerfälligen alten Postkutsche eingesperrt waren; sie waren einander ein solches Geheimnis, als ob jeder für sich in seiner eigenen sechs- oder sechzigspännigen Kutsche gesessen hätte, durch die ganze Breite einer Grafschaft voneinander getrennt.

Der Bote ritt im bequemen Trab zurück und machte ziemlich oft bei Schenken an der Straße halt, um zu trinken, wo er aber immer neue Neigung zeigte, seine Sache für sich und den Hut tief in die Stirn gezogen zu behalten. Seine Augen, die zu dieser Neigung sehr gut paßten, waren schwarz, ohne Tiefe in Farbe oder Form, und viel zu nahe beieinander – als ob sie fürchteten, einzeln bei etwas ertappt zu werden, wenn sie zu weit auseinander blieben. Unter einem dreieckigen Hut, gleich einem dreieckigen Spucknapf, und über einem großen Tuch für das Kinn und den Hals, das fast bis zum Knie des Reiters herabfiel, hatten sie einen finsteren Ausdruck. Wenn der Reiter anhielt, um zu trinken, schob er mit der linken Hand das Tuch zurück, aber nur so lange, wie er mit der rechten das Getränk hinuntergoß; sowie dies geschehen war, hüllte er sich wieder ein.

„Nein, Jerry, nein", sagte der Bote, immer noch mit diesem einen Gegenstand beschäftigt. „Das paßte nicht für dich, Jerry. Jerry, für einen so ehrsamen Bürger paßte das nicht ins Geschäft! *Wiederauferstanden*! Soll mich der Teufel holen, wenn ich nicht glaube, daß er was getrunken hatte.

Die Botschaft verursachte ihm so viel Kopfzerbrechen, daß er sich mehrere Male genötigt sah, den Hut abzunehmen und sich hinter den Ohren zu kratzen. Außer auf dem Scheitel, der fast kahl war, hatte er steifes, schwarzes Haar, das in einzelnen Spitzen rund um ihn herum stand und fast bis an seine breite, stumpfe Nase herabgewachsen war. Es glich einer Schlosserarbeit und sah so viel mehr dem Rand einer mit starken eisernen Spitzen besetzten Mauer als einem wohlbehaarten Kopf ähnlich, daß der geschickteste Bockspringer sich geweigert haben würde, darüber einen Sprung zu wagen.

Während er mit der Botschaft zurücktrabte, die er dem Nachtwächter in seinem Schilderhaus an der Tür von Tellson's Bank am Temple Bar übergeben sollte, der sie höheren Behörden drinnen zu übergeben hatte, verwandelten sich die Schatten der Nacht vor ihm in solche Gestalten, wie sie aus der Botschaft entstanden, und verwandelten sich für das Pferd in Gestalten, wie sie aus dessen Privatveranlassungen zur Unruhe hervorgingen. Sie schienen zahlreich zu sein, denn das Tier scheute vor jedem Schritt auf der Straße.

Unterdessen rumpelte, polterte und ächzte die Postkutsche auf ihrem langweiligen Weg mit ihren drei unerforschlichen Passagieren weiter. Auch diesen zeigten sich die Schatten der Nacht in den Gestalten, die ihnen ihre halb schlummernden Augen und herumschweifenden Gedanken eingaben.

Tellson's Bank spielte in der Postkutsche eine große Rolle. Wie der Bankpassagier – den einen Arm in die lederne Schleife gelegt, die ihr möglichstes tat, ihn abzuhalten, auf den nächsten Passagier zu fallen und ihn in eine Ecke zu schieben, sooft die Kutsche einen ganz besonderen Stoß erhielt – auf seinem Platz mit halbgeschlossenen Augen nickte, wurden die kleinen Kutschenfenster und die matt durchschimmernden Kutschenlaternen und der in seinen Mantel gehüllte Passagier gegenüber zur Bank, die ganz gewaltige Geschäfte machte. Das Klappern des Geschirrs wurde zum Geldklimpern, und binnen fünf Minuten wurden mehr Wechsel honoriert, als selbst Tellson's Bank mit all ihrer Kundschaft im Ausland und im Inland jemals in der dreifachen Zeit bezahlt hatte. Alsdann taten sich vor ihm die massiven Keller unter der Bank mit den kostbaren Vorräten und Geheimnissen, die der Passagier kannte (und er kannte nicht wenige davon), vor ihm auf, und er ging mit großen Schlüsseln und dem schwach brennenden Licht hinein und fand alles sicher und unbesehen und unverraten, gerade, wie er es zuletzt gefunden hatte.

Aber obgleich ihm die Bank fast immer Gesellschaft leistete und obgleich sich die Kutsche (in einer verwirrten Weise, wie das Schmerzgefühl unter dem Einfluß eines Beruhigungsmittels) nie von ihm trennte, blieb auch noch eine andere Reihe von Eindrücken die ganze Nacht hindurch lebendig. Er war unterwegs, um jemanden aus einer Gruft herauszuholen.

Welches von den vielen Gesichtern, die sich ihm zeigten, das wahre Gesicht des Begrabenen sei, verrieten die Schatten der Nacht nicht; aber sie alle waren Gesichter eines Mannes von fünfundvierzig Jahren und unterschieden sich hauptsächlich in den Leidenschaften, die sie ausdrückten, und in dem Grauenhaften ihres zerfurchten und elenden Aussehens. Stolz, Verachtung, Herausforderung, Trotz, Unterwürfigkeit, Jammer folgten aufeinander; ebenso viele Abstufungen von eingefallenen Wangen, leichenhafter Farbe, abgezehrten Händen und Gesichtern. Aber im ganzen war das Gesicht ein Gesicht, und jedes Haupt war vor der Zeit grau geworden. Wohl hundertmal fragte der Passagier aus seinem Halbschlummer heraus dieses Gespenst: „Wie lange begraben?"

Die Antwort war immer dieselbe. „Fast achtzehn Jahre."

„Sie hatten alle Hoffnung aufgegeben, ausgegraben zu werden?"

„Lange, lange schon."

„Sie wissen, daß Sie wiederauferstanden sind?"
„So höre ich sagen."
„Ich hoffe, Sie treten gern wieder ins Leben ein?"
„Das weiß ich nicht."
„Soll ich sie Ihnen zeigen? Wollen Sie sie sehen?"

Die Antworten auf diese Fragen lauteten verschieden und widersprechend. Manchmal kam die Antwort mit gebrochener Stimme: „Warten Sie! Es könnte mein Tod sein, wenn ich sie zu früh sähe." Manchmal kam sie mit einem Strom von rührenden Tränen und lautete dann: „Bringen Sie mich zu ihr." Manchmal war sie von weitgeöffneten Augen und verwirrten Blicken begleitet, und die Antwort lautete dann: „Ich kenne sie nicht. Ich weiß nicht, was Ihr von mir wollt."

Nach dieser Unterhaltung im Traum fing der Passagier beim Weiterträumen an zu graben und zu graben und zu graben – bald mit einem Spaten oder mit einem großen Schlüssel, bald mit den Händen –, um den Unglücklichen auszugraben. Wie dieser endlich, Gesicht und Haar voller Erde, herausgeholt war, zerfiel er urplötzlich zu Staub. Dann fuhr der Passagier aus seinem Halbschlummer auf und ließ das Fenster herab, um die Wirklichkeit des Nebels und Regens auf seinem Gesicht zu fühlen.

Aber selbst wenn seine wachen Augen den Nebel und Regen, den sich vorwärts bewegenden Streifen Licht von der Laterne und die in Stößen zurückweichenden Hekken an der Straße sahen, mischten sich die Schatten der Nacht außerhalb der Kutsche in den Zug der Schatten der Nacht innerhalb des Wagens. Das wirkliche Bankhaus am Temple Bar, das wirkliche Geschäft des gestrigen Tages, die wirklichen Kassenräume, der wirkliche Bote, der ihm nachgeschickt worden war, und die wirkliche Botschaft, die er zurückgeschickt hatte, waren alle vorhanden. Aber mitten unter ihnen tauchte das gespenstische Gesicht auf, und er mußte es wieder anreden.

„Wie lange begraben?"
„Fast achtzehn Jahre."

„Ich hoffe, Sie treten gern wieder ins Leben ein?"
„Das weiß ich nicht."
Graben, graben, graben, bis ihn eine ungeduldige Bewegung von einem der Passagiere ermahnte, das Fenster in die Höhe zu ziehen, den Arm wieder fest und sicher in die lederne Schleife zu legen und über die beiden schlummernden Gestalten nachzudenken, bis seine Gedanken erneut von ihnen abkamen und sich wieder unmerklich der Bank und dem Grab zuwendeten.
„Wie lange begraben?"
„Fast achtzehn Jahre."
„Sie hatten alle Hoffnung aufgegeben, ausgegraben zu werden?"
„Lange, lange schon."
Die Worte klangen ihm immer noch im Ohr, als ob sie eben erst gesprochen worden waren (niemals in seinem Leben hatte er so deutlich gesprochene Worte nachklingen hören), als der müde Passagier durch das Tageslicht aufwachte und fand, daß die Schatten der Nacht verschwunden waren.

Er ließ das Fenster herab und schaute hinaus auf die aufgehende Sonne. Vor ihm lag ein hügeliger Acker mit einem Pflug darauf, noch auf derselben Stelle, wo die Pferde gestern abend ausgespannt worden waren; darüber ein stilles Unterholz, in dem noch viele Blätter von brennendem Rot und goldenem Gelb an den Zweigen hingen. Obgleich der Erdboden kalt und feucht war, war doch der Himmel heiter, und die Sonne ging hell, ruhig und schön auf.

„Achtzehn Jahre!" sagte der Passagier, die Augen der Sonne zugewendet. „Barmherziger Schöpfer des Tages! Achtzehn Jahre lang lebendig begraben!"

4. *Kapitel*

Die Vorbereitung

Als die Postkutsche im Laufe des Vormittags allmählich nach Dover gelangt war, machte der Oberkellner des Hotels „König Georg“ den Kutschenschlag auf, wie es seine Gewohnheit war. Er tat es mit einer gewissen Feierlichkeit, denn eine Reise in der Postkutsche von London im Winter war eine Heldentat, zu der man einem kühnen Reisenden gratulieren durfte.

Es war jetzt aber nur noch ein kühner Passagier zum Gratulieren übrig; denn die beiden anderen waren an verschiedenen Orten unterwegs ausgestiegen. Das kellerartige Innere der Kutsche mit dem feuchten und schmutzigen Stroh, dem unangenehmen Geruch und der Finsternis sah eher wie ein großer Hundestall aus, und Mr. Lorry, der Passagier, glich eher einem großen Hund, als er, mit einzelnen Strohhalmen behangen, das zottige Tuch nachschleppte und mit schlappem Hut und schmutzigen Stiefeln ausstieg.

„Geht morgen ein Paketschiff nach Calais ab, Kellner?“

„Ja, Sir, wenn sich das Wetter hält und der Wind einigermaßen günstig wird. Die Flut wird ziemlich scharf gegen zwei Uhr nachmittags eintreten, Sir. Ein Bett, Sir?“

„Ich gehe nicht vor nachts schlafen; aber ich will ein Schlafzimmer und einen Barbier.“

„Und ein Frühstück, Sir? Ja, Sir. Hier herauf, Sir, wenn's beliebt. Zimmer ‚Eintracht‘. Den Mantelsack des Herrn und warmes Wasser nach ‚Eintracht‘. Zieht dem Herrn in ‚Eintracht‘ die Stiefel aus. (Es brennt dort schon ein gutes Steinkohlenfeuer, Sir.) Ein Barbier für ‚Eintracht‘. Rührt euch, für ‚Eintracht‘!“

Da der Raum „Eintracht“ immer für Postpassagiere bestimmt war und Postpassagiere immer von Kopf bis Fuß dick eingewickelt waren, so hatte für die Bewohner des „König Georg“ dieses Zimmer das merkwürdig Interessante, daß, obgleich man nur eine Art Menschen hineingehen sah, alle verschiedenen Arten von Menschen wieder herauskamen. Daher hielten sich auch ein anderer Kellner und zwei Portiers und verschiedene Stubenmädchen und die Wirtin aus Zufall an verschiedenen Punkten des Weges zwischen „Eintracht“ und dem Frühstückszimmer auf, als ein Herr von etwa sechzig Jahren in einem ziemlich abgetragenen, aber sehr gut erhaltenen braunen Anzug mit großen Aufschlägen an den Ärmeln und großen Passen über den Taschen zum Frühstück wieder aus „Eintracht“ herauskam.

Das Frühstückszimmer hatte an diesem Vormittag keinen anderen Gast als den Herrn im braunen Anzug. Sein Frühstückstisch stand vor dem Feuer, und wie er dasaß, während der Schimmer der Flamme auf ihn fiel und er auf das Frühstück wartete, saß er so still, daß man hätte glauben können, er säße für sein Bild.

Er sah so ordentlich und adrett aus, wie er dasaß, eine Hand auf jedes Knie gelegt, während eine laute Uhr eine eintönige Predigt unter seiner langen Schoßweste tickte, als ob sie ihren Ernst und ihre Langlebigkeit gegen den Leichtsinn und die Vergänglichkeit des raschen Feuers einsetzte. Er hatte hübsche Beine und war etwas eitel darauf, denn seine braunen Strümpfe saßen glatt und knapp und waren von feinem Gewebe; auch Schuhe und Schnallen waren einfach, doch schmuck. Er trug eine merkwürdig kleine, sauber gehaltene, lockige, flachsblonde Perücke, die wohl von natürlichem Haar gemacht sein mochte, aber weit mehr aussah, als wäre sie von Fäden aus Seide oder Glas gesponnen. Seine Wäsche, obgleich nicht so fein, um mit seinen Strümpfen übereinzustimmen, war so weiß wie der Kamm der Wellen, die an dem nahen Strande zerschellten, oder wie die Segel, die fern draußen auf dem Meer im Sonnenschein glänzten. Das für gewöhnlich gefaßte und ruhige Gesicht beleuchteten immer noch unter der seltsamen Perücke hervor ein Paar feuchte, glänzende Augen, deren Eigentümer in vergangenen Zeiten Mühe gehabt haben muß, ihnen den ruhigen und zurückhaltenden Ausdruck von Tellson’s Bank zu geben. Seine Wangen hatten eine gesunde Farbe, und das Gesicht, obgleich gefurcht, zeigte wenig Spuren von Sorgen. Aber vielleicht waren die unverheirateten Prokuristen von Tellson's Bank vornehmlich von den Sorgen anderer Leute in Anspruch genommen, und vielleicht lassen sich Sorgen aus zweiter Hand wie Kleider aus zweiter Hand besser an- und ablegen.

Um einem Mann, der für sein Bild sitzt, noch ähnlicher zu werden, schlief Mr. Lorry jetzt ein. Das Erscheinen des Frühstücks weckte ihn wieder auf, und er sagte zum Kellner, als er den Stuhl näher an den Tisch setzte: „Halten Sie ein Zimmer bereit für eine junge Dame, die hier jede Stunde eintreffen kann. Sie fragt vielleicht nach Mr. Jarvis Lorry oder vielleicht auch nur nach einem Herrn von Tellson's Bank. Bitte, melden Sie es mir."

„Ja, Sir, Tellson's Bank in London, Sir."

„Ja."

„Ja, Sir. Wir haben oft die Ehre, Herren aus Ihrem Haus auf ihren Reisen zwischen London und Paris zu beherbergen, Sir. Sehr viel unterwegs, Sir, die Herren Tellson & Co."

„Ja. Wir sind ebensogut ein französisches wie ein englisches Haus."

„Ja, Sir. Sie selbst reisen wohl nicht viel, Sir?"

„In der letzten Zeit nicht. Es sind fünfzehn Jahre, seitdem wir – seitdem ich zum letztenmal von Frankreich herüberkam."

„Wirklich, Sir. Das war vor meiner Zeit hier, Sir. Vor der Zeit des jetzigen Besitzers, Sir. Der ‚König Georg' hatte damals einen andern Eigentümer, Sir."

„Ich glaube, ja."

„Aber ich möchte schon was Ordentliches wetten, Sir, daß ein Haus wie Tellson & Co. nicht vor fünfzehn, sondern schon vor fünfzig Jahren geblüht hat?"

„Sie können das verdreifachen und hundertfünfzig Jahre sagen und nicht weit von der Wahrheit sein."

„Wirklich, Sir."

Mit bewunderndem Gesicht trat der Kellner von dem

Tisch zurück, legte die Serviette von dem rechten Arm auf den linken, stellte sich bequem hin und sah dem Gast zu, wie er aß und trank, als geschähe es von einem Observatorium oder Wachturm aus. Ganz, wie es seit unvordenklichen Zeiten bei Kellnern Brauch ist.

Als Mr. Lorry mit seinem Frühstück fertig war, machte er einen kleinen Spaziergang zum Strand. Die kleine Stadt Dover mit ihren engen und krummen Gäßchen verbarg sich vor dem Strand und steckte den Kopf in die Kreideklippen wie ein Meeresstrauß. Der Strand war eine Wüste von Dünen und Steinen, die wild übereinanderkollerten, und das Meer tat, was ihm gefiel, und was ihm gefiel, war Zerstörung. Es donnerte gegen die Stadt, und es donnerte gegen die Klippen und zertrümmerte durch seine wütenden Schläge die Küste. Die Luft zwischen den Häusern hatte einen so starken Fischgeruch, daß man hätte glauben können, kranke Fische gingen darin baden, wie kranke Menschen in das Meer baden gehen. Im Hafen beschäftigte man sich mit etwas Fischerei und sehr viel Herumwandern bei Nacht und seewärts Gucken, besonders zu den Stunden, wo die Flut fast ihren Höhepunkt erreicht hatte. Kleine Handelsleute, deren Geschäft sehr ruhig ging, brachten es manchmal ganz unerklärlicherweise zu großem Reichtum, und es war merkwürdig, daß niemand in der Nachbarschaft einen Lampenanzünder ausstehen konnte.

Wie der Tag sich zum Abend neigte und die Luft, die ab und zu klar genug gewesen war, um die französische Küste sichtbar werden zu lassen, sich wieder mit Dunst und Nebel füllte, schien sich auch Mr. Lorrys Stirn erneut zu umwölken. Als es dunkel war und er vor dem Feuer im Frühstückszimmer saß und auf sein Essen wartete, wie er auf sein Frühstück gewartet hatte, war sein Geist eifrig beschäftigt, in den rotglühenden Kohlen zu graben, zu graben, zu graben.

Eine Flasche guter Rotwein nach dem Essen schadet einem in den glühenden Kohlen Grabenden nichts, außer daß sie eine Neigung hat, ihn seine Arbeit vergessen zu machen. Mr. Lorry war eine lange Zeit unbeschäftigt geblieben und hatte soeben sein letztes Glas Wein mit einer so vollständigen Befriedigung eingeschenkt, wie man sie nur bei einem älteren Herrn von lebhafter Gesichtsfarbe erwarten konnte, der seine Flasche ausgetrunken hat, als ein Wagen die enge Straße heraufrasselte und in den Hof des Gasthauses einfuhr.

Er setzte das Glas unberührt wieder hin. „Das ist Mademoiselle!" sagte er.

Nach ein paar Minuten trat der Kellner ein, um zu melden, daß Miss Manette von London angekommen sei und sich glücklich schätzen werde, den Herrn von Tellson zu sehen.

„So bald?"

Miss Manette hatte unterwegs einige Erfrischungen zu sich genommen, wollte jetzt nichts essen und wünschte dringend, den Herrn von Tellson's Bank sofort zu sprechen, wenn es ihn nicht belästige.

Der Herr von Tellson konnte weiter nichts tun als sein Glas mit einer Miene hilfloser Verzweiflung austrinken, seine seltsame kleine Flachsperücke an den Ohren zurechtrücken und dem Kellner nach Miss Manettes Zimmer folgen. Es war ein großes, dunkles Zimmer, ausgestattet mit schwarzen Roßhaarmöbeln und schweren dunklen Tischen. Diese waren so oft poliert worden, daß die beiden hohen Leuchter auf dem Tisch in der Mitte des Zimmers sich düster in jeder Platte widerspiegelten, als ob sie in tiefen Grüften von schwarzem Mahagoni begraben wären und kein erwähnenswertes Licht bis zu ihrer Ausgrabung von ihnen erwartet werden könnte.

Das Zimmer war so düster, daß Mr. Lorry, während er vorsichtig über den abgeschabten türkischen Teppich schritt, glaubte, Miss Manette befinde sich gerade in einem Nebenzimmer, bis er die beiden hohen Leuchter passiert hatte und an dem Tisch zwischen ihnen und dem Feuer eine junge Dame von nicht mehr als siebzehn Jahren in einem Reitmantel, den Reisestrohhut an seinem Band immer noch in der Hand haltend, zu seinem Empfang bereitstehen sah. Wie seine Augen auf die kleine hübsche Gestalt mit den vollen goldenen Locken, einem blauen Augenpaar, das dem seinen mit forschendem Blick begegnete, und einer Stirn von merkwürdiger Fähigkeit (wenn man ihre Jugend und ihre Glätte bedenkt), sich in einem Ausdruck zusammenzuziehen, der nicht ganz Verlegenheit oder Verwunderung oder Erschrecken oder nur aufgeweckte, gefesselte Aufmerksamkeit war, obgleich er alle diese vier Ausdrücke in sich schloß – als seine Augen auf alles dieses fielen, wurde plötzlich das Bild eines Kindes in ihm lebendig, das er in einer kalten Nacht, in der Hagel in schweren Schauern herniederrauschte und die See hoch ging, auf der Überfahrt über denselben Kanal auf den Armen getragen hatte. Das Bild schwand wieder, ungefähr wie ein Hauch von der Fläche des hohen Pfeilerspiegels hinter ihr, auf dessen Rahmen eine Prozession von Mohren-Amoretten, mehrere ohne Kopf und alle Krüppel, schwarze Körbe mit Früchten vom Toten Meer schwarzen Göttinnen darboten, und er begrüßte Miss Manette mit einer förmlichen Verbeugung.

„Bitte, nehmen Sie Platz, Sir", sagte sie mit einer sehr hellen und angenehm kindlichen Stimme und ein wenig, aber sehr wenig fremd im Akzent.

„Ich küsse Ihnen die Hand, Miss", sagte Mr. Lorry mit der Höflichkeit einer entschwundenen Zeit, während er seine förmliche Verbeugung wiederholte und Platz nahm.

„Ich erhielt gestern einen Brief von der Bank, Sir, mit der Nachricht, daß eine neue Kunde – oder Entdekkung . . ."

„Das Wort ist unwesentlich, Miss. Eins ist so gut wie das andere."

„. . . in bezug auf das kleine Vermögen meines armen Vaters . . . den ich nie gesehen habe . . . der schon so lange tot ist . . ."

Mr. Lorry rückte auf seinem Stuhl hin und her und warf einen beunruhigten Blick auf die Prozession von Mohren-Amoretten. Als ob sie mit ihren albernen Körben jemandem Hilfe bringen könnten!

„... für mich eine Reise nach Paris notwendig machte, um mich dort ins Einvernehmen mit einem Herrn von der Bank zu setzen, der zu diesem Zweck nach Paris unterwegs ist."

„Das bin ich selbst."

„Das dacht ich mir, Sir."

Sie machte einen Knicks. (Junge Damen knicksten damals noch.) Mit einem sich hübsch ausdrückenden Wunsch, ihn merken zu lassen, daß sie fühle, wieviel älter und weiser er sei als sie.

Er antwortete abermals mit einer Verbeugung.

„Ich antwortete der Bank, Sir, daß, da die Personen, die es wissen und die so gütig sind, mir mit ihrem Rat beizustehen, eine Reise nach Frankreich für notwendig hielten, ich als eine Waise und ohne einen Freund, der mich begleiten könnte, mich sehr verpflichtet fühlen würde, wenn ich mich während der Reise unter den Schutz dieses würdigen Herrn stellen dürfte. Der Herr war bereits von London abgereist, aber ich glaube, ein Bote wurde ihm nachgeschickt, ihn um die Gefälligkeit zu bitten, mich hier zu erwarten."

„Mir ist das Glück zuteil geworden", sagte Mr. Lorry, „mit dem Auftrag betraut zu werden. Ich werde mich noch glücklicher schätzen, ihn auszuführen."

„Ich bin Ihnen sehr dankbar, Sir. Ich danke Ihnen auf das herzlichste. Man sagte mir auf der Bank, der Herr werde mir die Einzelheiten des Geschäfts auseinandersetzen und ich müßte mich darauf gefaßt machen, etwas sehr Überraschendes zu hören. Ich habe mein möglichstes getan, mich darauf vorzubereiten, und bin natürlich sehr begierig, das Nähere zu erfahren."

„Natürlich", sagte Mr. Lorry. „Ja – ich ..."

Nach einer Pause setzte er hinzu, während er sich die flachsblonde Perücke über den Ohren zurechtrückte: „Der Anfang ist sehr schwer."

Er fing nicht an, sondern begegnete in seiner Unentschiedenheit ihrem Blick. Das kindliche Gesicht nahm wieder jenen eigentümlichen Ausdruck an – aber er war nicht nur eigentümlich, sondern auch hübsch und charakteristisch –, und die Dame erhob die Hand, als ob sie mit einer unwillkürlichen Bewegung einen vorübereilenden Schatten aufhielte.

„Kenne ich Sie nicht schon von früher, Sir?"

„O nein", sagte Mr. Lorry, indem er die Hände mit einem ablehnenden Lächeln ausbreitete.

Zwischen den Augenbrauen und gerade über dem weiblichen Näschen, dessen Umrisse so zart und fein waren, wie man es sich nur denken konnte, vertiefte sich der Ausdruck, als sie gedankenvoll auf dem Stuhl Platz nahm, neben dem sie bisher gestanden hatte. Er beobachtete sie, wie sie nachdachte, und fuhr in dem Augenblick, in dem sie wieder den Blick hob, fort: „In Ihrer Wahlheimat, glaube ich, kann ich nichts Besseres tun, als Sie wie eine junge englische Dame anzureden, Miss Manette."

„Haben Sie die Güte, Sir!"

„Miss Manette, ich bin ein Geschäftsmann. Ich habe einen Geschäftsauftrag auszuführen. Während Sie diesen anhören, bitte ich, mich nur als eine Sprechmaschine zu betrachten – ich bin wahrhaftig nicht viel mehr. Ich will Ihnen, mit Ihrer Erlaubnis, die Geschichte eines unserer Kunden erzählen."

„Geschichte!"

Er schien absichtlich das von ihr wiederholte Wort nicht zu verstehen, als er eilig hinzusetzte: „Ja, von einem unserer Kunden; im Bankgeschäft nennen wir die Leute so, mit denen wir zu tun haben. Er war ein französischer Herr, ein Wissenschaftler, ein gelehrter Herr – ein Arzt."

„Nicht aus Beauvais?"

„Doch ja, aus Beauvais. Wie Monsieur Manette, Ihr Vater, war der Herr aus Beauvais. Wie Monsieur Manette, Ihr Vater, genoß der Herr in Paris einen großen Ruf und großes Ansehen. Ich hatte die Ehre, ihn dort zu kennen. Wir standen in Geschäftsbeziehungen zueinander, aber in vertraulichen. Ich war damals in unserer französischen Firma, und zwar wohl – ach, schon seit zwanzig Jahren."

„Damals – darf ich fragen, wann das war, Sir?"

„Vor zwanzig Jahren, Miss. Er verheiratete sich mit einer englischen Dame, für die ich mit als Vormund eintrat. Seine Angelegenheiten, wie die Angelegenheiten vieler anderer französischer Herren und französischer Familien, befanden sich ganz in Tellsons Händen. In einer ähnlichen Weise bin ich Vormund oder Kurator in der einen oder der anderen Art für eine Menge, ach, eine Menge unserer Kunden gewesen. Das sind reine Geschäftsverhältnisse, Miss; es ist keine Freundschaft dabei, kein persönliches Interesse, kein Herz. Ich bin im Verlauf meines Geschäftslebens von einem zum andern gegangen, gerade wie ich im Verlauf meines Geschäftstages von einem unserer Kunden zum andern gehe; mit einem Wort, ich habe keine Gefühle, ich bin eine bloße Maschine. Um fortzufahren . . ."

„Aber das ist meines Vaters Geschichte, Sir, und ich fange an zu glauben" – die merkwürdig nachdenkliche Stirn wendete sich ihm noch nachdenklicher zu –, „daß Sie mich nach England gebracht haben, als ich als Waise zurückblieb, da meine Mutter meinen Vater nur um zwei Jahre überlebte. Ich bin fast überzeugt, daß Sie es waren."

Mr. Lorry nahm die zögernde kleine Hand, die sich ihm vertrauensvoll entgegenstreckte, und drückte sie mit einiger Förmlichkeit an seine Lippen. Er führte die junge Dame dann wieder zu ihrem Stuhl, blieb dahinter stehen, die Stuhllehne mit der linken Hand fassend und die Rechte abwechselnd gebrauchend, um sich das Kinn zu streicheln, die Perücke an den Ohren zurechtzurükken oder seinen Worten Nachdruck zu geben, und sah ihr ins Gesicht, während sie zu dem seinen hinaufschaute.

„Miss Manette, das war ich wirklich. Und Sie werden anerkennen, wie ehrlich ich vorhin gesprochen habe, als ich sagte, ich hätte keine Gefühle und alle Beziehungen, in denen ich zu meinen Mitmenschen stehe, seien reine Geschäftsbeziehungen, wenn Sie bedenken, daß ich Sie nie wieder gesehen habe. Nein. Sie sind seitdem das

Mündel von Tellson's Bank gewesen, und ich war seitdem mit anderen Geschäften von Tellson's Bank beschäftigt. Gefühle! Ich habe keine Zeit und keine Gelegenheit dazu. Ich verbringe mein ganzes Leben, Miss, mit dem Drehen einer ungeheuern geldmachenden Rolle."

Nachdem Mr. Lorry diese seltsame Beschreibung der täglichen Routine seines Geschäftslebens gegeben hatte, drückte er seine flachsblonde Perücke mit beiden Händen auf dem Kopf fest – was ganz unnötig war, denn nichts konnte fester und glatter sitzen als diese Perücke – und nahm seine frühere Stellung wieder ein.

„Soweit also, Miss, wie Sie richtig bemerkt haben, wäre dies die Geschichte Ihres vielbeklagten Vaters. Aber jetzt kommt der Unterschied. Wenn Ihr Vater damals nicht gestorben wäre – erschrecken Sie nicht! Wie Sie auffahren!"

Sie fuhr in der Tat auf. Und sie faßte krampfhaft seine Hand mit ihren beiden Händen.

„Bitte", sagte Mr. Lorry in besänftigendem Ton, indem seine linke Hand die Stuhllehne losließ und sich auf die bittenden Finger legte, die sich so heftig zitternd an ihn klammerten. „Bitte, beruhigen Sie sich – eine reine Geschäftssache, wie ich eben sagte."

Der Ausdruck ihres Blickes brachte ihn so außer Fassung, daß er innehielt und erst nach einer verlegenen Pause wieder anfing: „Wie ich eben sagte – wenn Monsieur Manette nicht gestorben wäre, wenn er plötzlich und spurlos verschwunden wäre, wenn man ihn entführt hätte, wenn es schwer gewesen wäre, zu erraten, nach welchem schrecklichen Ort, obgleich der größte Scharfsinn keine Spur von ihm entdecken konnte, wenn er unter seinen Landsleuten irgendeinen Feind hatte, der ein Vorrecht ausüben konnte, von dem zu meiner Zeit die kühnsten Leute drüben kaum in einem Flüstern zu sprechen wagten (zum Beispiel das Vorrecht, unterzeichnete Verhaftungsbefehle mit jedem Namen nach Gutdünken auszufüllen und den so Verhafteten auf jede beliebige Zeit der Vergessenheit eines Kerkers anheimzugeben), wenn seine Frau den König, die Königin, den Hof, die Geistlichkeit um Nachrichten von ihm angefleht hätte, und alles vergeblich – dann wäre die Geschichte Ihres Vaters die Geschichte dieses unglücklichen Herrn, des Arztes von Beauvais."

„Ich bitte Sie dringend, mir mehr zu sagen, Sir."

„Ich werde gleich fortfahren. Können Sie es ertragen?"

„Ich kann alles eher ertragen als die Ungewißheit, in der Sie mich jetzt lassen."

„Sie sprechen gefaßt, und Sie sind wirklich gefaßt. Das ist gut!" sagte er, obgleich seine Worte viel beruhigender wirkten als sein Mienenspiel. „Eine reine Geschäftssache. Betrachten Sie es als eine reine Geschäftssache – als eine Sache, die abgewickelt werden muß. Wenn die Gattin dieses Arztes, obgleich eine Dame von großem Mut und starkem Charakter, unter diesem Unglück so schwer gelitten hätte, ehe ihr Kind geboren wurde ..."

„Das Kind war eine Tochter, Sir."

„Eine Tochter. Eine – eine reine Geschäftssache. Beunruhigen Sie sich nicht! Miss, wenn die arme Dame vor der Geburt ihres Kindes so schwer gelitten hätte, daß sie zu dem Entschluß kam, das arme Kind mit der Erbschaft nur des kleinsten Teils der Folter zu verschonen, deren Qual sie gekannt hatte, indem sie die Tochter in dem Glauben erzog, ihr Vater sei gestorben – nein, knien Sie nicht! In des Himmels Namen, knien Sie nicht vor mir."

„Die Wahrheit. O guter, lieber Herr, wenn Sie ein Herz haben, die Wahrheit!"

„... reine Geschäftssache. Sie bringen mich ganz in Verwirrung, und wie kann ich eine Geschäftssache verhandeln, wenn ich in Verwirrung bin? Wir müssen ruhig und gelassen bleiben. Wenn Sie zum Beispiel jetzt gütigst sagen wollten, wieviel neun mal neun Pence sind oder wieviel Schilling zwanzig Guineen ergeben, so würde mich das sehr erfreuen. Ich würde dann viel ruhiger sein über Ihren Gemütszustand."

Ohne unmittelbar diese Ansprache zu beantworten, saß sie so still, nachdem er sie sehr sanft ermuntert hatte, und die Hände, die immer noch krampfhaft die seinen umklammerten, zitterten so viel weniger als vorhin, daß sich Mr. Jarvis Lorry etwas beruhigter fühlte.

„So ist's recht, so ist's recht. Mut! Geschäft! Sie haben ein Geschäft zu verrichten; ein nützliches Geschäft. Miss Manette, Ihre Mutter machte das so mit Ihnen. Und als sie starb – ich glaube, an gebrochenem Herzen –, nachdem sie nie müde geworden war, ihre vergeblichen Nachforschungen nach Ihrem Vater fortzusetzen, ließ sie Sie als ein zweijähriges Kind zurück, daß Sie zu einem blühenden, schönen und glücklichen Mädchen heranwüchsen, ohne die düstere Sorge, in beständiger Ungewißheit zu leben, ob Ihr Vater im Gefängnis verkümmerte oder viele Jahre traurig dahinsiechte."

Wie er diese Worte sprach, blickte er mit bewunderndem Mitleid auf das reiche goldene Haar herab, als ob er bei sich dächte, daß es schon mit Grau durchzogen sein könnte.

„Sie wissen, daß Ihre Eltern nicht sehr reich waren und daß das, was sie hatten, Ihrer Mutter und Ihnen zugesichert wurde. Geld oder anderes Vermögen ist nicht entdeckt worden, aber ..."

Er fühlte, daß sich die Hände krampfhafter schlossen, und hielt inne. Der ihn so sehr berührende Ausdruck auf ihrer Stirn hatte sich zu einem Ausdruck der Seelenqual und des Schreckens vertieft.

„Aber er – er ist gefunden worden. Er lebt. Sehr verändert natürlich und möglicherweise nur ein trauriger Rest von dem, was er war, obgleich wir das Beste hoffen wollen. Aber er lebt doch noch. Ihr Vater hat eine Zuflucht in dem Haus eines alten Dieners in Paris gefunden, und dorthin gehen wir; ich, um ihn womöglich zu identifizieren, Sie, um ihn dem Leben, der Liebe, der häuslichen Pflege und dem häuslichen Glück wiederzugeben."

Ein Schauer überlief ihren Körper und ging auf ihn über. Sie sagte mit leiser, deutlicher, von feierlichem

Grauen gedämpfter Stimme, als ob sie es in einem Traum sagte: „Ich soll seinen Geist sehen! Es wird sein Geist sein – nicht er selbst!“

Mr. Lorry streichelte besänftigend die Hände, die sich an seinen Arm klammerten. „So, so. Nur ruhig, nur ruhig! Sie wissen jetzt das Beste und das Schlimmste. Sie sind auf dem Weg zu dem armen, elenden Menschen, und bei glücklicher See- und Landreise werden Sie bald an seiner teuren Seite sein.“

Sie wiederholte mit derselben, von feierlichem Grauen gedämpften Stimme: „Ich bin frei, ich bin glücklich gewesen, aber sein Geist hat mich nie heimgesucht!“

„Nur noch eins“, sagte Mr. Lorry mit besonderem Nachdruck, um damit in wohltuender Weise ihre Aufmerksamkeit auf etwas anderes zu lenken; „man hat ihn unter einem andern Namen gefunden, sein eigener ist seit langer Zeit vergessen oder verborgen gehalten worden. Es wäre schlimmer als nutzlos, danach zu forschen, schlimmer als nutzlos, zu fragen, ob er selbst seit Jahren vergessen oder absichtlich als Gefangener festgehalten wurde. Es wäre schlimmer als nutzlos, jetzt überhaupt Nachforschungen anzustellen, weil es gefährlich wäre. Man sollte weiter kein Wort von der Sache reden und ihn wenigstens auf einige Zeit aus Frankreich entfernen. Selbst ich, so sicher ich als ein Engländer bin, und selbst Tellsons, so wichtig sie für den französischen Kredit sind, vermeiden, die Sache nur mit einem Wort zu erwähnen. Ich habe auch kein Stück Papier bei mir, nichts Schriftliches, was sich darauf bezieht. Es ist ganz und gar eine Sendung im gehcimen Dienst. Meine Beglaubigungsschreiben, Notizen und Aufzeichnungen sind in der einen Zeile zusammengefaßt: ‚Wiederauferstanden‘, was alles und nichts bedeuten kann. – Aber was ist das? Sie hört kein Wort! Miss Manette!“

Ganz regungslos und stumm und nicht einmal in ihren Stuhl zurückgesunken saß sie gänzlich gefühllos da, mit offenen und auf ihn gehefteten Augen, den letzten Ausdruck auf ihrer Stirn wie eingeschnitten oder wie eingebrannt. Sie hielt seinen Arm noch krampfhaft umklammert, daß er aus Furcht, ihr weh zu tun, gar nicht wagte, sich von ihr loszumachen; deshalb rief er, ohne sich zu bewegen, laut um Hilfe.

Eine wild aussehende Frau, von der Mr. Lorry sogar in seiner Aufregung bemerkte, daß sie über und über rot war und rotes Haar hatte und nach einer merkwürdigen, knapp anliegenden Mode gekleidet war und auf ihrem Kopf einen höchst seltsamen Hut trug, ungefähr von der Form eines riesigen hölzernen Maßes oder eines großen Stiltonkäses, kam der Bedienung des Wirtshauses ein gut Stück voraus in das Zimmer gelaufen und schlichtete bald die Frage seiner Loslösung von der armen jungen Dame dadurch, daß sie eine muskulöse, sonnverbrannte Hand auf seine Brust legte und ihn mit einem Schubs an die nächste Wand warf.

„Ich denke wirklich, das muß ein Mann sein!" sagte Mr. Lorry atemlos bei sich, während er an die Wand flog.

„Wo habt ihr denn eure Augen!" herrschte diese Gestalt die Bedienung des Gasthauses an. „Warum lauft ihr nicht und holt das Nötige, anstatt hier zu stehen und mich anzustarren? Ich bin doch nichts so Merkwürdiges? Warum lauft ihr nicht und holt, was nötig ist? Ich werde euch Beine machen, wenn ihr nicht auf der Stelle Riechsalz, kaltes Wasser und Essig bringt, und rasch!"

Sofort zerstreuten sich die Diener, um diese Wiederbelebungsmittel herbeizuschaffen, und sie legte sanft die Kranke auf ein Sofa und behandelte sie mit großer Geschicklichkeit und Zartheit. Sie nannte sie nur „mein Schäfchen!" und „mein Täubchen!" und breitete mit großem Stolz und großer Sorgfalt ihr goldenes Haar auf ihren Schultern aus.

„Und Sie da mit Ihrem braunen Anzug!" sagte sie, sich voller Zorn gegen Mr. Lorry wendend. „Konnten Sie ihr nicht Ihre Mitteilungen machen, ohne sie zu Tode zu erschrecken? Sehen Sie sie nur an mit ihrem blassen Gesicht und ihren kalten Händen. Nennen Sie das einen Bankier?"

Mr. Lorry kam so ganz außer Fassung durch eine so

schwierig zu beantwortende Frage, daß er nur von weitem mit viel schwächerer Teilnahme und Demut zusehen konnte. Die starke Frau aber, die die Diener des Gasthauses davongescheucht hatte durch die geheimnisvolle Androhung, „ihnen Beine zu machen“, wenn sie neugierig und untätig dablieben, brachte durch ihre geschickten Bemühungen die junge Dame nach und nach wieder zu sich und legte zuletzt liebkosend ihr mattes Haupt auf ihre Schulter.

„Ich hoffe, sie wird sich jetzt erholen“, sagte Mr. Lorry.

„Ihnen hat sie's jetzt nicht zu danken, wenn sie sich wieder erholt. – Mein schöner Liebling!“

„Ich hoffe“, sagte Mr. Lorry, nach einer neuen Pause schwacher Teilnahme und Demut, „daß Sie Miss Manette nach Frankreich begleiten?“

„Sehr wahrscheinlich“, entgegnete die starke Frau. „Wenn es jemals beabsichtigt gewesen wäre, daß ich übers Salzwasser gehen sollte, glauben Sie dann, daß die Vorsehung mir meine Heimat auf einer Insel zugewiesen hätte?“

Da dies eine andere schwer zu beantwortende Frage war, zog sich Mr. Jarvis Lorry zurück, um sie sich zu überlegen.

5. Kapitel

Die Weinhandlung

Ein großes Weinfaß war auf die Straße gefallen und geplatzt. Der Unfall war beim Abladen geschehen; das Faß war plötzlich heruntergerollt, die Reifen waren gesprungen, und es lag unmittelbar vor der Tür der Weinhandlung auf dem Pflaster, zertrümmert wie eine zerknackte Nuß.

Alle Leute der Nachbarschaft hatten ihre Beschäftigung oder ihr Nichtstun unterbrochen, um herbeizueilen und den Wein zu trinken. Das holprige, aus unregelmäßigen Steinen zusammengesetzte Pflaster der Straße, das mit seinen nach allen Seiten gerichteten Spitzen, wie man hätte meinen sollen, ausdrücklich bestimmt war, jedes lebendige Wesen, das ihnen zu nahe kam, lahm zu machen, hatte den Wein in kleine Pfützen verteilt; und um diese standen, je nach Ausmaß, größere oder kleinere Gruppen. Einige Männer knieten nieder, schöpften mit beiden Händen die Flüssigkeit auf und schlürften sie oder versuchten sie ihren Frauen, die sich über ihre Schultern beugten, weiterzugeben, ehe sie ganz durch die Finger lief. Andere Männer und Frauen tauchten in die Pfützen halbzerbrochene Tassen oder sogar Kopftücher, die sie dann im Mund von Säuglingen ausquetschten; andere legten kleine Dämme von Straßenschlamm an, um den Wein aufzuhalten; andere, von einigen aus hohen Fenstern Zuschauenden benachrichtigt, schossen hierhin und dorthin, um kleinen Nebenströmen, die sich neue Richtungen bahnten, den Weg abzuschneiden; noch andere widmeten sich den von Wein gesättigten und von Weinhefen gefärbten Dauben des Fasses und leckten oder zerkauten sogar die am meisten durchfeuchteten Bruchstücke mit heißer Begierde. Ein Abzugskanal, um den Wein ablaufen zu lassen, war nicht vorhanden, aber dennoch wurde er vollständig aufgeschlürft, natürlich mit einer tüchtigen Portion Straßenschmutz vermischt.

Gellendes Lachen und fröhliches Plaudern – Stimmen von Frauen, Männern und Kindern durcheinander – durchschallte die Straße, solange dieser Weinscherz dauerte. Es war wenig Roheit in dem Spiel und viel gute Laune. Es war etwas besonders Gemütliches darin, eine sichtliche Neigung bei einem jeden, sich zu einem andern zu gesellen, was vorzüglich bei den Fröhlichen oder Leichtherzigen zu lustigen Umarmungen, Händeschütteln und selbst Reihentänzen von einem Dutzend auf einmal führte. Als der Wein aufgetrunken war und die Stellen, wo er am reichlichsten geflossen war, Gittermuster von Fingerspuren trugen, hörten diese Demonstrationen ebenso plötzlich auf, wie sie angefangen hatten. Der Mann, der seine Säge in dem Brennholz, das er sägte, hatte steckenlassen, setzte sie wieder in Bewegung, die Frau, die auf einer Haustürstufe den Topf mit heißer Asche hatte stehenlassen, mit dem sie versucht hatte, ihre abgezehrten Hände und Füße oder die ihres Kindes zu wärmen, kehrte zu ihm zurück, Männer mit nackten Armen, verwirrten Locken und leichenblassen Gesichtern, die aus Kellern an das Wintertageslicht getreten waren, suchten wieder ihre unterirdischen Wohnungen auf, und eine Düsternis verbreitete sich über die Umgebung, die ihr natürlicher zu sein schien als Sonnenschein.

Es war Rotwein gewesen, und er hatte das Pflaster der engen Straße in der Vorstadt St-Antoine in Paris, wo er vergossen worden war, rot gefärbt. Er hatte viele Hände und viele Gesichter und viele bloße Füße und viele Holzschuhe gefärbt. Die Hand des Holzsägers ließ rote Zeichen auf den Scheiten, die er zersägte, zurück; und die Stirn der Frau, die ihr Kind säugte, war gefärbt von dem alten Fetzen, den sie sich wieder um den Kopf gewickelt hatte. Diejenigen, die gierig an den Dauben des Fasses genagt hatten, hatten einen tigerhaften Blutmund; und ein so beschmierter langer Spaßvogel, dessen Kopf mehr außerhalb einer langen schmutzigen, sackartigen Nachtmütze saß als darin, malte mit seinem in die dreckige Weinhefe getauchten Finger an eine Wand – Blut.

Die Zeit war im Anzug, wo auch dieser Wein auf dem Pflaster verspritzt werden und seine Flecke manchen Stein röten sollten.

Und jetzt, als sich das Dunkel wieder über St-Antoine sammelte, das ein rasch vorüberjagender Sonnenschein von seinem heiligen Gesicht vertrieben hatte, wurde die Finsternis gar schwer, und Kälte, Schmutz, Krankheit, Unwissenheit und Mangel waren die Kammerherren, die den hohen Heiligen bedienten – lauter Edelleute von großer Macht, vornehmlich aber der letztgenannte. Musterstücke von einem Volk, das sich ein schreckliches Mahlen und wieder Mahlen in der Mühle hatte gefallen lassen, aber gewiß nicht in der märchenhaften Mühle, die Alte wieder zu Jungen macht, standen vor Frost bebend an jeder Ecke, gingen in jedem Torweg aus und ein, sahen aus jedem Fenster heraus, flatterten in jedem Lumpenkleid, das der Wind in Bewegung setzte. Die Mühle, die sie zuschanden gemahlen hatte, war die Mühle, die junge Leute alt mahlt; die Kinder hatten alte Gesichter und ernste Stimmen, und auf den Gesichtern der Erwachsenen und tief eingeprägt in jeder Falte des Alters war das Wort Hunger zu lesen. Er herrschte überall. Hunger ragte aus den hohen Häusern hervor in den jämmerlichen Kleidungsstücken, die auf Stangen und Stricken hingen; Hunger war in die Häuser selbst mit Stroh und Lumpen und Holz und Papier geflickt; Hunger wiederholte jedes Stückchen des Bettelrestes Brennholz, das der Mann zersägte, Hunger stierte von den rauchlosen Schornsteinen herab und sprang empor von der schmutzigen Straße, unter deren Kehricht sich kein Abfall von etwas Eßbarem befand. Hunger war die Firma des Bäckerladens, niedergeschrieben in jedem kleinen Laib seines kärglichen Vorrats an schlechtem Brot und in dem Wurstladen bei jeder Zubereitung von Hundefleisch, das zum Verkauf angeboten wurde. Der Hunger klapperte mit seinen dürren Knochen unter den Kastanien, die in dem Blechzylinder geröstet wurden; Hunger wurde in die winzigen, in ein paar widerwilligen Tropfen Öl gebratenen Kartoffelstückchen hineingeschnitten.

Er fand seine Heimat überall. In einer engen, krummen Straße, voll ekelhaften Schmutzes und Gestanks, von der andere enge, krumme Straßen ausliefen, alle bevölkert von Lumpen und Nachtmützen und alle nach Lumpen und Nachtmützen riechend und alle sichtbaren Dinge von einem unheimlich brütenden Aussehen, das Unheil ahnen ließ. In der abgehetzten Miene des Volks lauerte noch ein Raubtiergedanke auf die Möglichkeit, sich gegen den Verfolger zu stellen. Obgleich die Leute gedrückt und gedemütigt waren, fehlte es doch auch nicht an feurigen Augen oder an zusammengepreßten Lippen, weiß gefärbt von dem, was sie bedrückte; oder an Stirnen mit langen Runzeln, ähnlich den Galgenstricken, von denen sie träumten – als Dulder oder als Rächer. Die Schilder (und es gab deren fast so viele wie Läden) waren lauter schauerliche Bilder der Not. Der Fleischer malte nur die magersten Knochen; der Bäcker die gröbsten, allerwinzigsten Brote. Die aufgemalten Zecher in den Weinläden räsonierten über ihr knappes Maß an dünnem Wein oder Bier und flüsterten unheimlich vertraulich miteinander. Nichts war in gutem und blühendem Zustand dargestellt, nur die Werkzeuge und Waffen; die Messer und Beile des Messerschmieds waren scharf und funkelnd, die Hämmer des Schmieds waren schwer und die Vorräte des Büchsenmachers mörderisch. Die holperigen Steine des Pflasters mit ihren vielen kleinen Pfützen von Schlamm und Wasser duldeten keine Bürgersteige, sondern gingen bis unmittelbar an die Haustüren. Um das wiedergutzumachen, lief die Gosse in der Mitte der Straße herab, wenn sie überhaupt lief, was aber nur nach schwerem Regen geschah, und dann lief sie mit vielen launenhaften und unberechenbaren Stößen in die Häuser. Quer über die Straße hingen in weiten Zwischenräumen schwerfällige Laternen an einem Strick und einem Flaschenzug; nachts, wenn der Laternenwärter diese heruntergelassen und angezündet und wieder hinaufgewunden hatte, wakkelte eine Reihe düster brennender Dochte in schwächlicher, Schwindel erregender Weise hoch oben, als wären sie auf dem Meer. Und sie waren auch wirklich auf dem Meer, und das Schiff und seine Mannschaft waren von einem schweren Sturm bedroht.

Denn die Zeit war im Anzug, wo die abgezehrten Vogelscheuchen dieser Region dem Laternenanzünder in ihrem Nichtstun und ihrem Hunger so lange zugesehen hatten, daß sie auf den Gedanken kamen, seine Methode zu verbessern und an diesen Stricken und Flaschenzügen Menschenkinder hinaufzuwinden, um ein grelles Licht auf die Finsternis ihres Zustands zu werfen. Aber gekommen war die Zeit noch nicht, und jeder Wind, der über Frankreich wehte, setzte vergebens die

Lumpen der Vogelscheuchen in Bewegung; denn die Vögel, schön von Gesang und Gefieder, ließen sich nicht warnen.

Die Weinhandlung lag an einer Ecke und war ihrem äußeren Ansehen und ihren Gästen nach besser als die meisten andern, und der Herr des Ladens stand in gelber Weste und grünen Beinkleidern vor seiner Tür und sah dem Kampf um den verschütteten Wein zu. „Das ist nicht meine Sache“, sagte er zuletzt mit einem Achselzucken. „Die Leute vom Markt haben's verschüttet. Sie mögen ein anderes Faß bringen.“

Jetzt fielen seine Augen zufällig auf den langen Spaßvogel, der seinen Ulk an die Wand schrieb, und er rief ihm über die Straße zu: „Heda, Gaspard, was machst du da?“

Der Bursche wies mit prahlerischer Bedeutsamkeit, wie es Leute seines Schlages oft machen, auf seinen Witz. Aber er verfehlte sein Ziel und machte gar keinen Eindruck, wie es ebenfalls oft Leuten seines Schlages geht.

„Was soll das heißen? Bist du reif fürs Irrenhaus?“ sagte der Weinschenk, indem er auf die andere Seite der Straße ging und den Witz mit einer Handvoll Straßenschlamm, nach dem er sich zu diesem Zwecke gebückt hatte, auslöschte und überstrich. „Warum schreibst du auf offener Straße? Gibt es keinen andern Ort, um solche Worte zu schreiben, he?“

Während er so sprach, ließ er seine andere, reine Hand (vielleicht zufällig, vielleicht auch nicht) auf das Herz des Spaßvogels fallen. Der Spaßvogel schlug mit seiner Hand darauf, machte einen hurtigen Luftsprung und kam in einer phantastischen Tänzerstellung wieder auf die Beine, den einen seiner Schuhe, den er beim Springen vom Fuß geschleudert hatte, in der ausgestreckten Hand. Unter diesen Umständen nahm er sich wie ein Spaßvogel von äußerst praktischem, um nicht zu sagen grausamem Charakter aus.

„Zieh ihn wieder an, zieh ihn wieder an“, sagte der andere. „Nenne Wein Wein und mache der Sache ein

Ende.“ Mit diesem Rat wischte er sich seine schmutzige Hand am Ärmel des Spaßvogels ab – was ganz gerechtfertigt war, da er sich die Hand seinetwegen beschmutzt hatte – und ging dann wieder über die Straße und trat in die Weinhandlung.

Dieser Weinschenk war ein kriegerisch aussehender Mann von dreißig Jahren mit einem Stiernacken; er mußte heißblütig sein, denn obgleich es bitter kalt war, hatte er doch keinen Rock an, sondern hatte ihn über die Schulter geworfen. Auch die Hemdsärmel hatte er aufgerollt, und die braunen Arme waren bis an die Ellenbogen bloß. Ebensowenig trug er auf dem Kopf etwas anderes als sein eigenes gelocktes und kurzgeschnittenes, schwarzes Haar. Er war überhaupt ein dunkel wirkender Mann mit guten Augen, zwischen denen ein sympathischer Abstand war. Im ganzen von gutmütigem, aber auch unerbittlichem Aussehen, offenbar ein Mann von starkem Entschluß und festem Willen, ein Mann, dem man nicht begegnen möchte, wenn er über einen engen Paß, mit einem Abgrund an jeder Seite, eilt, denn nichts würde ihn zum Umkehren bewegen.

Madame Defarge, seine Frau, saß im Laden hinter dem Schanktisch, als er eintrat. Madame Defarge war eine wohlbeleibte Frau, ungefähr in seinem Alter, mit aufmerksamen Augen, die selten etwas Bestimmtes anzusehen schienen, einer großen, mit vielen Ringen geschmückten Hand, einem ebenmäßigen Gesicht mit ausgeprägten Zügen und einer großen Ruhe im Benehmen. Von Madame Defarges Aussehen her war man geneigt zu prophezeien, daß sie sich sehr selten in den Rechnungen, die sie zu besorgen hatte, zu ihrem Schaden irrte. Da Madame Defarge empfindlich gegen Kälte war, war sie in einen Pelz eingewickelt und hatte einen großen bunten Schal um den Kopf gewunden, der aber immer noch ihre großen Ohrringe sehen ließ. Ihr Strickzeug lag vor ihr, aber sie hatte es weggelegt, um mit einem Zahnstocher ihre Zähne zu reinigen. So beschäftigt und den rechten Ellenbogen in die linke Hand gestützt, sagte

Madame Defarge nichts, als ihr Ehemann eintrat, sondern ließ nur ein kaum hörbares Husten vernehmen. Dies und das kaum merkliche Emporziehen ihrer scharfgezeichneten schwarzen Augenbrauen sagten ihrem Mann, daß er gut daran tun würde, sich im Laden unter den Gästen nach etwaigen neuen Gästen umzusehen, die gekommen waren, während er draußen auf der Straße gestanden hatte.

Der Weinschenk ließ demgemäß seine Blicke umherschweifen, bis sie auf einem älteren Herrn und einer jungen Dame haftenblieben, die in einer Ecke saßen. Auch andere Gesellschaft war noch da: zwei Kartenspieler, zwei Dominospieler, drei, die am Schanktisch standen und einen kleinen Rest Wein zögernd austranken. Als er hinter den Tresen trat, bemerkte er, daß der ältere Herr mit einem Blick zu der jungen Dame sagte: „Das ist unser Mann."

Was zum Teufel wollt ihr in dieser Galeere, sagte Monsieur Defarge zu sich; ich kenne euch nicht.

Aber er stellte sich, als ob er die beiden Fremden nicht bemerkt hätte, und ließ sich mit den drei Gästen, die am Schanktisch tranken, in ein Gespräch ein.

„Wie geht es, Jacques?" sagte einer von den dreien zu Monsieur Defarge. „Ist der verschüttete Wein aufgetrunken?"

„Bis auf den letzten Tropfen, Jacques", antwortete Monsieur Defarge. Als die beiden mit diesem Austausch der Taufnamen fertig waren, ließ Madame Defarge, die sich immer noch in den Zähnen stocherte, ein anderes kaum hörbares Husten vernehmen und zog ihre Augenbrauen um eine andere Linienbreite in die Höhe.

„Nur selten", sagte der zweite von den dreien zu Monsieur Defarge, „haben diese elenden Arbeitstiere Gelegenheit, den Geschmack von Wein oder von etwas anderem als schwarzem Brot und Tod kennenzulernen. Nicht wahr, Jacques?"

„Freilich, Jacques", entgegnete Monsieur Defarge.

Bei diesem zweiten Austausch des Taufnamens ließ Madame Defarge, immer noch mit großer Gelassenheit ihren Zahnstocher gebrauchend, wieder ein kaum hörbares Husten vernehmen und zog ihre Augenbrauen noch um eine Linie empor.

Der letzte von den dreien kam jetzt an die Reihe zu sprechen, wobei er das leere Glas hinsetzte und mit den Lippen schmatzte.

„Ach, um so schlimmer! Ewig haben diese armseligen Arbeitstiere einen bittern Geschmack im Maul und müssen ein beschwerliches Leben führen. Nicht wahr, Jacques?"

„Freilich, Jacques", war die Antwort Monsieur Defarges.

Dieser dritte Austausch des Taufnamens war eben vollzogen, als Madame Defarge den Zahnstocher weglegte, die Augenbrauen noch weiter in die Höhe zog und sich kaum merklich auf ihrem Stuhl bewegte.

„Ja, so! Richtig!" brummte der Mann vor sich hin. „Meine Herren – meine Frau . . ."

Die drei Gäste zogen vor Madame Defarge die Hüte und machten einen Kratzfuß. Sie nahm die Huldigung durch ein Neigen des Kopfes an und warf einen raschen Blick auf sie. Dann sah sie sich wie zufällig einmal im Laden um, griff mit großer Ruhe und Fassung nach ihrem Strickzeug und vertiefte sich ganz darin.

„Guten Tag, meine Herren!" sagte ihr Mann, der sie mit seinem hellen Auge aufmerksam beobachtet hatte. „Das möblierte Zimmer für ledige Herren, das Sie zu sehen wünschten und nach dem Sie sich erkundigten, als ich hinausging, ist im fünften Stock. Der Torweg zur Treppe ist in dem kleinen Hof dicht nebenan, links" – er wies mit seiner Hand in diese Richtung –, „gleich neben dem Fenster meines Ladens. Aber wie ich mich jetzt erinnere, ist einer von Ihnen schon dort gewesen und kann den anderen Herren den Weg zeigen. Leben Sie wohl, meine Herren!"

Sie bezahlten ihren Wein und verließen den Laden. Die Augen Monsieur Defarges beobachteten seine Frau beim Stricken, als der ältere Herr aus seiner Ecke hervorkam und ihn um ein paar Worte bat.

„Sehr gern", sagte Monsieur Defarge und trat ohne weiteres mit ihm an die Tür.

Ihre Unterredung war sehr kurz, aber sehr entschieden. Fast bei dem ersten Wort fuhr Monsieur Defarge auf und zeigte die tiefste Aufmerksamkeit. Es hatte noch keine Minute gedauert, so nickte er und ging hinaus. Der Herr winkte dann der jungen Dame, und auch sie ging hinaus. Madame Defarge strickte mit hurtigen Fingern und unbeweglichen Augenbrauen und sah nichts.

Als Mr. Jarvis Lorry und Miss Manette in dieser Weise die Weinhandlung verlassen hatten, trafen sie Monsieur Defarge in dem Torweg, zu dem er soeben erst die anderen Gäste geschickt hatte. Es war der Ausgang eines stinkenden, kleinen, finstern Hofes und der allgemeine Zugang zu einer großen Häusermasse, in der eine Unzahl Leute wohnten. In dem düsteren, mit Ziegeln gepflasterten Eingang zu der düsteren, mit Ziegeln gepflasterten Treppe ließ sich Monsieur Defarge auf ein Knie vor der Tochter seines alten Herrn nieder und drückte ihre Hand an seine Lippen. Es war ein sanftes Beginnen, aber durchaus nicht sanft getan; in wenigen Sekunden war eine sehr merkwürdige Umwandlung mit ihm vorgegangen. Es war keine Gutmütigkeit oder Offenheit mehr in seinem Gesicht zu sehen, sondern er war ein undurchschaubarer, zorniger, gefährlicher Mann geworden.

„Es ist sehr hoch und schwer zu steigen. Besser, wir fangen langsam an", sprach Monsieur Defarge in hartem Ton zu Mr. Lorry, als sie anfingen, die Treppe zu ersteigen.

„Ist er allein?" flüsterte letzterer.

„Allein! Gott helfe ihm, wer sollte bei ihm sein?" entgegnete der andere in demselben gedämpften Ton.

„Er ist also immer allein?"

„Ja."

„Nach eigenem Wunsch?"

„Aus eigener Notwendigkeit. So, wie er damals war, als ich ihn zum erstenmal sah, nachdem sie mich aufgefunden und gefragt hatten, ob ich ihn zu mir nehmen und auf meine Gefahr hin verschwiegen sein wollte, so ist er jetzt noch.“

„Hat er sich sehr verändert?“

„Verändert!“

Der Weinhändler blieb stehen, um mit der Hand an die Mauer zu schlagen und einen fürchterlichen Fluch auszusprechen. Eine direkte Antwort hätte nicht denselben Eindruck gemacht. Mr. Lorrys Gemüt fühlte sich immer gedrückter, wie er und seine beiden Gefährten höher und höher stiegen.

Eine solche Treppe mit ihren Beigaben in dem älteren und stärker bevölkerten Teil von Paris wäre jetzt schlimm genug; aber damals war sie für ungewohnte und nicht abgehärtete Sinne geradezu abscheulich. Jede kleine Wohnung in diesem großen schmutzstrotzenden Haufen von einer hohen Gebäudemasse – das heißt das Zimmer oder die Zimmer hinter jeder Tür, die sich auf die allgemeine Treppe öffnete – ließ ihrem eigenen Kehrichthaufen auf ihren eigenen Treppen Platz, wobei sie noch andern Kehricht zum Fenster hinauswarfen. Die dadurch erzeugte, gar nicht mehr zu beherrschende und hoffnungslose Fäulnismasse hätte die Luft verpestet, selbst wenn sie Armut und Entbehrung nicht mit ihren unfaßbaren Unreinlichkeiten erfüllt hätten. Diese beiden bösen Quellen im Verein machten sie fast unerträglich. Durch eine solche Atmosphäre, einen steilen, dunkeln Schacht voll Schmutz und Gift, führte der Weg. Seiner eigenen und seiner jungen Gefährtin Unruhe nachgebend, die mit jedem Augenblick größer wurde, machte Mr. Jarvis Lorry zweimal halt, um zu rasten. Bei jedem dieser Ruhepunkte öffnete sich ein enges Fenstergitter, durch das die wenigen guten Lüfte, die vielleicht noch unverdorben vorhanden waren, zu entweichen und durch das alle verdorbenen und garstigen Dünste hereinzuschleichen schienen. Zwischen den verrosteten Stäben konnte man in einzelnen Streifen den Anblick der in wüster Unordnung übereinandergehäuften Gebäude erhaschen, und nichts im Bereich des Auges, was näher oder tiefer war als die

Spitzen der beiden großen Türme von Notre-Dame, verriet eine Spur von gesundem Leben oder gedeihlicher Zukunft.

Endlich war die letzte Stufe der Treppe erreicht, und sie ruhten zum drittenmal aus. Eine noch steilere und schmalere Treppe mußte erstiegen werden, ehe sie das Dachgeschoß erreichten. Der Weinhändler, der immer ein wenig vorausging und immer auf der Seite, wo sich Mr. Lorry befand, als ob er fürchtete, daß die junge Dame eine Frage an ihn richten könnte, drehte sich hier um, suchte in den Taschen des Rockes, den er über die Schulter geworfen hatte, und nahm einen Schlüssel heraus.

„Die Tür ist also verschlossen, Freund?“ sagte Mr. Lorry überrascht.

„Jawohl“, war die bitterernste Antwort Monsieur Defarges.

„Sie halten es für notwendig, den Unglücklichen so einsam zu lassen?“

„Ich halte es für notwendig, ihn einzuschließen.“ Monsieur Defarge flüsterte es ihm, sich dichter an ihn drängend, ins Ohr und zog finster drohend die Stirn zusammen.

„Warum?“

„Warum! Weil er so lange eingeschlossen gelebt hat, daß er sich fürchten, wüten, sich in Stücke zerreißen, sterben, ich weiß nicht, zu welchem Schaden kommen würde, wenn man seine Tür aufließe.“

„Ist das möglich?“ rief Mr. Lorry aus.

„Ist das möglich?“ wiederholte Defarge mit Bitterkeit. „Ja, und in einer schönen Welt leben wir, wenn das möglich ist und wenn viele andere solche Dinge nicht nur möglich sind, sondern auch geschehen – wirklich geschehen! – Unter diesem Himmel, und zwar jeden Tag. Lange lebte der Teufel! Vorwärts!“

Dieses Zwiegespräch war so leise geflüstert worden, daß kein Wort davon das Ohr der jungen Dame erreicht hatte. Aber sie zitterte jetzt von starker Aufregung, und auf ihrem Gesicht drückte sich so tiefe Seelenangst aus und vor allem solches Grauen und Entsetzen, daß sich Mr. Lorry verpflichtet fühlte, ihr mit ein paar Worten Beruhigung zuzusprechen.

„Mut, liebe Miss! Mut! Geschäft! Das Schlimmste wird in einem Augenblick vorbei sein. Wir brauchen nur durch die Zimmertür zu gehen, und das Schlimmste ist vorbei. Dann fängt alles Gute, aller Trost, alles Glück an, das Sie ihm bringen. Unser guter Freund hier wird Sie auf der andern Seite unterstützen. So ist's recht, Freund Defarge. Nun vorwärts! Geschäft! Geschäft!"

Sie stiegen langsam und vorsichtig hinauf. Die Treppe war kurz, und sie waren bald auf der letzten Stufe. Da diese um die Ecke führte, standen sie auf einmal vor drei Männern, deren Köpfe dicht nebeneinander zu einer Tür herabgebeugt waren und die durch ein paar Spalten oder Löcher in der Wand mit gespannter Aufmerksamkeit in das Zimmer blickten, zu dem die Tür gehörte. Als sie hinter sich Fußtritte vernahmen, drehten sich die drei um, richteten sich auf und ließen sich als die drei Gäste gleichen Namens erkennen, die unten in der Weinhandlung getrunken hatten.

„Durch die Überraschung Ihres Besuches habe ich sie ganz vergessen", erklärte Monsieur Defarge. „Geht jetzt, ihr guten Freunde, wir haben hier Geschäfte."

Die drei glitten an ihnen vorüber und gingen still hinunter.

Da keine andere Tür auf diesem Flur zu erblicken war und der Besitzer der Weinhandlung gerade auf diese eine zuging, als sie wieder allein waren, fragte ihn Mr. Lorry halblaut mit einiger Schärfe: „Stellen Sie Monsieur Manette wie eine Attraktion zur Schau?"

„Ich zeige ihn in der Weise, wie Sie gesehen haben, einigen wenigen Auserwählten."

„Ist das gut?"

„Ich glaube, es ist gut."

„Wer sind die wenigen? Wie wählen Sie sie aus?"

„Ich wähle sie als echte Männer meines Namens – Jacques ist mein Name –, denen das Schauspiel wahrscheinlich nützlich sein wird. Genug! Sie sind Engländer, das ist etwas anderes. Warten Sie bitte hier einen Augenblick."

Mit einer sie zum Zurückbleiben mahnenden Gebärde bückte er sich und guckte durch einen Spalt in der Mauer. Bald richtete er sich wieder auf und schlug zwei- oder dreimal an die Tür – offenbar zu keinem andern Zweck, als ein Geräusch zu machen. In derselben Absicht strich er drei- oder viermal mit dem Schlüssel darüber, ehe er ihn mit derber Hand in das Schloß stieß und so geräuschvoll wie möglich umdrehte.

Die Tür ging langsam nach innen auf, er blickte in das Zimmer hinein und sagte etwas. Eine schwache Stimme antwortete. Wenig mehr als eine einzige Silbe konnte von beiden Seiten gesprochen worden sein.

Er blickte über die Schulter zurück und winkte den beiden anderen einzutreten. Mr. Lorry umschlang die Tochter fest mit seinen Armen und hielt sie; denn er fühlte, daß sie zusammensinken werde.

„Eh – eh – eh – Geschäft – Geschäft!" sprach er ihr zu, mit einer Feuchtigkeit auf den Wangen, die durchaus nicht geschäftsmäßig war. „Treten Sie ein, treten Sie ein."

„Ich fürchte mich", antwortete sie zusammenschauernd.

„Wovor? Vor wem?"

„Ich meine, vor ihm. Vor meinem Vater."

Durch ihren Zustand und durch die Mahnungen seines Führers gewissermaßen zur Verzweiflung gebracht, legte er ihren Arm, der auf seiner Schulter zitterte, um seinen Hals, hob sie empor und trug sie in das Zimmer. Er setzte sie gleich hinter der Tür wieder ab und stützte sie, während sie sich an ihn klammerte.

Defarge zog den Schlüssel aus dem Schloß, machte die Tür zu, verschloß sie inwendig, zog den Schlüssel wieder heraus und behielt ihn in der Hand. Alles dies tat er methodisch und mit so lautem und klirrendem Lärm, als nur hervorzubringen möglich war. Zuletzt ging er mit schwerem Tritt durch die Stube zum Fenster. Dort blieb er stehen und drehte sich um.

Die Dachkammer, zu einer trockenen Ablage für Brennholz und ähnliches bestimmt, war eng und dunkel. Denn das Fenster, ein Giebelfenster, war eigentlich eine Tür im Dach mit einem Kranbalken darüber, um das Holz von der Straße hinaufzuwinden, ohne Glasscheiben und in der Mitte mit zwei Flügeln schließend, wie andere Türen nach französischer Art. Um das Eindringen kalter Luft zu verhindern, war der eine Flügel dieser Tür fest zugeschlossen, und der andere stand nur ein ganz klein wenig auf. Auf diese Weise wurde ein so dürftiges Licht hineingelassen, daß es beim ersten Hineintreten schwierig war, überhaupt etwas zu sehen, und nur lange Gewohnheit konnte allmählich in einem Menschen die Fähigkeit ausbilden, in solcher Dunkelheit eine die Augen in Anspruch nehmende Arbeit zu verrichten. Und doch wurde eine Arbeit dieser Art in der Dachkammer verrichtet; denn mit dem Rücken gegen die Tür und mit dem Gesicht zum Fenster, von wo der Besitzer der Weinhandlung ihm zusah, saß ein Mann mit weißem Haar auf einer niedrigen Bank, über einen Schuh gebeugt, an dem er fleißig nähte.

6. Kapitel

Der Schuhmacher

„Guten Tag!" sagte Monsieur Defarge, indem er auf den weißen Kopf hinabsah, der sich tief über den Schuh beugte.

Er hob sich für einen Augenblick, und eine sehr schwache Stimme beantwortete den Gruß wie aus weiter Ferne: „Guten Tag!"

„Ich sehe, Sie arbeiten immer noch angestrengt."

Nach einer langen Pause hob der Kopf sich wieder, und die Stimme antwortete: „Ja – ich arbeite." Diesmal hatten ein Paar hohle Augen den Fragenden angeblickt, ehe sich das Gesicht wieder senkte.

Die Tonlosigkeit der Stimme war mitleiderregend

und schrecklich. Es war nicht die Tonlosigkeit physischer Schwäche, obgleich lange Haft und karge Kost ihren Teil daran hatten. Ihre beklagenswerte Eigentümlichkeit war, daß es die Tonlosigkeit der Einsamkeit und des Nichtgebrauchs war. Sie war wie das letzte schwache Echo eines vor langer, langer Zeit erklungenen Tones. So ganz vollständig hatte dieser das Leben und die Klangfülle der menschlichen Stimme verloren, daß er auf die Sinne denselben Eindruck machte wie eine ehedem schöne Farbe, die zu einem kaum sichtbaren, fahlen Flecken verblichen ist. So fahl und dumpf war er, daß er wie eine unterirdische Stimme klang. So deutlich sprach er von einem hoffnungslosen und verlorenen Wesen, daß ein verhungernder Reisender, der vom langen einsamen Wandern in einer Wüste erschöpft war, sich an Heimat und Freunde in einem solchen Ton erinnert haben würde, ehe er sich zum Sterben hinlegte.

Einige Minuten stiller Arbeit waren verstrichen, und die hohlen Augen hatten wieder aufgeschaut; nicht mit irgendeiner Teilnahme oder Neugier, sondern mit einer stumpfen, mechanischen Wahrnehmung, daß die Stelle, wo der einzige Besuch, von dem sie etwas wußten, gestanden hatte, noch nicht leer sei.

„Ich möchte etwas mehr Licht hereinlassen“, sagte Defarge, der seinen Blick nicht von dem Schuhmacher abgewendet hatte. „Sie können noch etwas mehr vertragen.“

Der Schuhmacher hielt in seiner Arbeit inne; schaute dann mit dem leeren Blick eines Menschen, der Worte vernimmt, ohne sie zu verstehen, auf den Fußboden der einen, dann der anderen Seite neben sich und sah schließlich den Sprechenden an.

„Was sagten Sie?“

„Sie können etwas mehr Licht vertragen?“

„Ich muß es vertragen, wenn Sie es hereinlassen.“ Er legte den schwächsten Schatten eines Nachdrucks auf das zweite Wort.

Der geöffnete Flügel wurde noch ein wenig mehr geöffnet und dann befestigt. Ein breiter Streifen Licht fiel in die Dachkammer und zeigte den Arbeiter, wie er mit einem halbfertigen Schuh auf dem Schoß in seiner Beschäftigung innehielt. Sein Arbeitsmaterial und verschiedene Lederstückchen lagen auf dem Fußboden und auf der Bank. Er hatte einen weißen Bart, unordentlich geschnitten, aber nicht sehr lang, hohle Wangen und ausnehmend glänzende Augen. Die Hohlheit seiner Wangen und die Abgezehrtheit seines Gesichts hätten die Augen unter seinen noch dunkeln Augenbrauen und seinem wirren weißen Haar groß aussehen lassen, wenn sie wirklich anders gewesen wären, aber sie waren schon von Natur aus groß und sahen jetzt unnatürlich aus. Das gelbe, zerrissene Hemd war vorn bis zum Hals offen und zeigte, wie abgezehrt und ausgemergelt sein Körper war. Er selbst, seine alte Segeltuchjacke, seine herabhängenden Strümpfe und alle seine armseligen Kleiderfetzen waren in der langen Absperrung von Tageslicht und Tagesluft zu einer so stumpfen Eintönigkeit von Pergamentgelb verblichen, daß es schwer war, eines von dem andern zu unterscheiden.

Er hielt eine Hand zwischen seine Augen und das Licht, und sogar die Fingerknochen schienen durchsichtig zu sein. So saß er da mit starrem, leerem Blick und hatte seine Arbeit unterbrochen. Er sah die vor ihm stehende Gestalt nie an, ohne vorher auf die eine und dann auf die andere Seite neben sich auf den Fußboden zu blicken, als ob er die Gewohnheit verloren hatte, Ort und Ton miteinander in Verbindung zu bringen; er sprach niemals, ohne erst auf diese Weise zerstreut umherzuschweifen und das Antworten zu vergessen.

„Wollen Sie heute noch die Schuhe fertigmachen?“ fragte Defarge und winkte Mr. Lorry vorzukommen.

„Was sagten Sie?“

„Wollen Sie diese Schuhe heute noch fertigmachen?“

„Ich kann nicht sagen, daß ich es will. Ich glaube. Ich weiß nicht.“

Aber diese Frage erinnerte ihn an seine Arbeit, und er beugte sich wieder darüber.

Mr. Lorry trat jetzt geräuschlos vor, ließ aber die

Tochter an der Tür. Als er ein oder zwei Minuten lang neben Defarge gestanden hatte, blickte der Schuhmacher auf. Er verriet kein Erstaunen über den Anblick einer zweiten Gestalt, aber die unruhigen Finger einer seiner Hände berührten unwillkürlich seine Lippen, als er den neuen Ankömmling ansah (seine Lippen und seine Nägel waren von derselben blassen Bleifarbe), und dann sank die Hand auf die Arbeit herab, und er beugte sich wieder über den Schuh. Der Blick und die Handlung hatten nur einen Augenblick in Anspruch genommen.

„Sie haben Besuch, wie Sie sehen", sagte Monsieur Defarge.

„Was sagten Sie?"

„Hier ist Besuch."

Der Schuhmacher blickte wie vorhin auf, aber ohne eine Hand von der Arbeit zu entfernen.

„Hören Sie doch!" sagte Defarge. „Hier ist ein Herr, der einen gutgemachten Schuh zu beurteilen versteht, wenn er einen sieht. Zeigen Sie ihm den Schuh, an dem Sie arbeiten. Nehmen Sie ihn, Monsieur."

Mr. Lorry nahm den Schuh.

„Sagen Sie Monsieur, was für ein Schuh es ist und wie der Verfertiger heißt."

Es folgte eine längere Pause als gewöhnlich, ehe der Schuhmacher antwortete: „Ich habe vergessen, was Sie mich gefragt haben. Was sagten Sie?"

„Ich sagte, können Sie nicht dem Herrn näher beschreiben, was das für ein Schuh ist?"

„Es ist ein Damenschuh. Es ist ein Promenadenschuh für eine junge Dame. Er ist nach der neuesten Mode. Ich habe die Mode nie gesehen. Ich habe ein Muster in der Hand gehabt." Er blickte mit einer vorübergehenden leisen Regung von Stolz auf den Schuh.

„Und wie heißt der Verfertiger?" fragte Defarge.

Jetzt, wo seine Hände von keiner Arbeit in Anspruch genommen waren, legte er die Knöchel der rechten in die Höhlung der linken Hand und dann die Knöchel der linken in die Höhlung der rechten und strich sich dann mit einer Hand den Bart, und das in regelmäßiger Reihenfolge, ohne einen Augenblick Unterbrechung.

Die Aufgabe, ihn aus der Gedankenlosigkeit herauszureißen, in die er stets versank, nachdem er gesprochen hatte, war ziemlich dieselbe, als wenn man einen sehr geschwächten Menschen aus einer Ohnmacht zu erwecken hat oder sich bemüht, die Seele eines rasch Sterbenden aufzuhalten, in der Hoffnung, noch etwas zu entdecken.

„Fragten Sie mich nach meinem Namen?"

„Ja, natürlich."

„Einhundertundfünf, Nordturm."

„Weiter nichts?"

„Einhundertundfünf, Nordturm."

Mit einem matten Ton, der kein Seufzen und kein Stöhnen war, beugte er sich wieder über seine Arbeit, bis das Schweigen abermals unterbrochen wurde.

„Sie sind kein gelernter Schuhmacher?" fragte Mr. Lorry, indem er ihn mit festem Blick ansah.

Seine hohlen Augen wendeten sich zu Defarge, als wollte er diesem die Frage übertragen; aber da keine Hilfe von dorther kam, blickten sie wieder auf den Fragenden, nachdem sie erst den Fußboden gesucht hatten.

„Ob ich ein gelernter Schuhmacher bin? Nein, ich war kein gelernter Schuhmacher. Ich, ich habe es hier gelernt. Ich habe es mir selbst beigebracht. Ich fragte um Erlaubnis ..."

Er bekam wieder seinen Anfall von Zerstreuung, der mehrere Minuten dauerte und währenddessen er ganz wie vorhin mit den Händen spielte. Endlich wendeten sich seine Augen wieder langsam dem Gesicht zu, von dem sie abgeschweift waren. Als sie erneut darauf ruhten, zuckte er zusammen und fing die abgebrochene Rede wieder an, ungefähr wie ein eben Aufwachender auf einen Gegenstand der vorigen Nacht zurückkommt.

„Ich fragte um Erlaubnis, es lernen zu dürfen, und ich erhielt sie nach langer Zeit und nach vielen Schwierigkeiten, und ich habe seitdem fortwährend Schuhe gemacht."

Als er die Hand nach dem Schuh ausstreckte, den man ihm abgenommen hatte, sagte Mr. Lorry zu ihm, während er ihn immer noch fest ansah: „Monsieur Manette, können Sie sich an mich erinnern?"

Der Schuh fiel dem Gefragten aus der Hand, und dieser sah dem Fragenden starr ins Gesicht.

„Monsieur Manette", Mr. Lorry legte seine Hand auf Defarges Arm, „können Sie sich nicht auf diesen Mann besinnen? Sehen Sie ihn an. Sehen Sie mich an. Dämmert keine Erinnerung an einen alten Bankier, ein altes Geschäft, an einen alten Diener, an eine alte Zeit in Ihrem Geist auf, Monsieur Manette?"

Als der viele Jahre gefangen Gehaltene abwechselnd mit starrem Blick Mr. Lorry und Defarge ansah, drängten sich allmählich einige lange verlöschte Zeichen eines lebhaft denkenden Verstandes auf der Mitte der Stirn durch den schwarzen Nebel, der sich auf ihn gesenkt hatte. Sie waren wiederum überwölkt, sie waren schwächer, sie verschwanden; aber sie waren dagewesen. Und genau so wiederholte sich der Ausdruck auf dem schönen jugendlichen Gesicht der Tochter, die sich an der Wand zu einer Stelle hingeschlichen hatte, wo sie ihn erblicken konnte und von wo sie ihn jetzt ansah, anfangs die Hände nur in entsetzlichem Mitleid erhoben, wenn nicht gar, um ihn entfernt zu halten und sich vor dem Anblick zu bewahren. Aber jetzt, nach ihm ausgestreckt und vor heißer Inbrunst zitternd, das gespensterhafte Gesicht an ihre warme junge Brust zu legen und es durch Liebe dem Leben und der Hoffnung wiederzugewinnen – so genau wiederholte sich der Ausdruck (obgleich in deutlicherer Mimik) auf ihrem schönen jungen Gesicht, daß es aussah, als ob er wie ein sich bewegendes Licht sich von ihm auf sie verpflanzt hätte.

Wieder umfing ihn Finsternis. Er sah die beiden immer weniger aufmerksam an, und seine Augen suchten in düsterer Zerstreuung den Fußboden und blickten in der alten Weise um sich. Endlich nahm er mit einem tiefen, langen Seufzer von neuem seinen Schuh her und setzte seine Arbeit fort.

„Haben Sie ihn wiedererkannt, Monsieur?" fragte Defarge halblaut.

„Ja, für einen Augenblick. Anfangs hielt ich es für ganz hoffnungslos, aber ich habe ohne alle Frage in einem einzigen Augenblick das Gesicht gesehen, das ich früher so gut kannte. Still! Wir wollen weiter zurücktreten. Still."

Die Tochter war von der Wand der Dachkammer ganz nahe an die Bank herangetreten, auf der er saß. Es lag etwas Grauenhaftes darin, daß er die Gestalt, die ihre Hand hätte ausstrecken und ihn berühren können, als er sich über die Arbeit beugte, nicht bemerkte.

Kein Wort wurde gesprochen, kein Geräusch gemacht. Sie stand wie ein Geist neben ihm, und er beugte sich über seine Arbeit.

Endlich traf es sich zufällig, daß er das Werkzeug, das er in der Hand hatte, mit seinem Schusterkneif vertauschen mußte. Dieser lag auf der Seite der Bank, wo sie nicht stand. Er hatte ihn hergenommen und bückte sich eben wieder, um fortzuarbeiten, als sein Blick auf den Saum ihres Kleides fiel. Er blickte hoch und sah ihr Gesicht. Die beiden andern wollten vorspringen, aber sie winkte ihnen mit einer Bewegung ihrer Hand. Sie hatte keine Angst, daß er mit dem Messer nach ihr stoßen könnte, obgleich sie so etwas befürchteten.

Er starrte sie mit furchterfülltem Blick an, und nach einiger Zeit begannen seine Lippen einige Worte zu bilden, obgleich man keinen Laut hörte. Allmählich hörte man ihn im Brausen seines keuchenden und mühsamen Atmens sagen: „Was ist das?"

Während Tränen ihre Wangen herabströmten, drückte sie ihre beiden Hände an ihre Lippen und warf ihm Küsse zu; dann legte sie die Hände auf ihrer Brust zusammen, als ob sie seinen alten, schwachen Kopf dahin legte.

„Ihr seid nicht des Kerkermeisters Tochter?"

Sie machte eine verneinende Bewegung.

„Wer seid Ihr?"

Da sie dem Ton ihrer Stimme noch nicht genug zutraute, setzte sie sich neben ihn auf die Bank. Er wich zurück, aber sie legte die Hand auf seinen Arm. Ein seltsamer Schauer durchzuckte ihn, wie sie dies tat, und man sah, wie er ihn überlief; er legte das Messer sanft hin und starrte sie an.

Ihr goldnes Haar, das sie in langen Locken trug, hatte sie hastig zurückgestrichen, und es fiel jetzt über ihre Schultern herab. Schüchtern und zögernd streckte er die Hand danach aus, nahm einige Locken davon und musterte sie forschend. Noch während er dies tat, verfiel er wieder in seine Zerstreuung und begann mit einem neuen Seufzer an seinem Schuh zu arbeiten.

Aber nicht lange. Sie ließ seinen Arm los und legte die Hand auf seine Schulter. Nachdem er zwei- oder dreimal zweifelnd danach geblickt, als ob er sich vergewissern wollte, daß sie wirklich dort sei, legte er seine Arbeit weg, griff nach seinem Hals und nahm eine vom Alter geschwärzte Schnur mit einem zusammengefalteten Lappen davon ab. Er machte das Päckchen sorgfältig auf seinem Knie auf und holte den Inhalt heraus; nur ein oder zwei lange goldene Haare, die er vor langer Zeit auf seinem Finger aufgerollt hatte.

Er nahm ihr Haar wieder in die Hand und betrachtete es aufmerksam. „Es ist dasselbe. Wie ist dies möglich? Wo war das? Wie war das!“

Als der gespannte Ausdruck auf seine Stirn zurückkehrte, schien er sich bewußt zu werden, daß er auch auf ihrem Antlitz lag. Er drehte sie voll dem Licht zu und schaute sie an.

„An jenem Abend, an dem man mich hinausrief, hatte sie ihren Kopf auf meine Schulter gelegt – sie war besorgt über mein Aussehen, ich jedoch nicht –, und als man mich zum Nordturm brachte, fanden sie diese auf meinem Ärmel. ‚Die werdet Ihr mir doch lassen? Sie können nie die Flucht meines Leibes unterstützen, wohl aber die meines Geistes.‘ Das waren die Worte, die ich sprach. Ich erinnere mich ihrer noch recht gut.“

Er bildete diese Worte viele Male mit den Lippen, ehe er sie aussprechen konnte. Als er aber laute Worte dafür fand, kamen sie zusammenhängend, obgleich langsam.

„Wie war das? Wart Ihr das?“

Abermals wollten die beiden Zuschauer vorspringen, als er sich mit erschreckender Plötzlichkeit gegen sie wendete. Aber sie blieb ganz ruhig sitzen, während er sie fest packte, und sagte nur mit gedämpfter Stimme: „Ich bitte Euch, gute Herren, kommt uns nicht zu nahe, sprecht nicht, bewegt Euch nicht."

„Hört!" rief er. „Wessen Stimme war das?"

Seine Hände ließen sie los, als er diesen Schrei ausstieß, und fuhren in sein weißes Haar, das sie in wilder Wut zerwühlten. Der Schrei verklang, wie sich alles, außer seinem Schuhmachen, wieder verlor, und er faltete das kleine Paket aufs neue zusammen und versuchte, es wieder um seinen Hals zu hängen; aber er sah sie immer noch an und schüttelte traurig den Kopf.

„Nein, nein, nein. Ihr seid zu jung, zu blühend. Es kann nicht sein. Seht, was aus dem Gefangenen geworden ist. Das sind nicht die Hände, die sie hatte, das ist nicht das Gesicht, das sie kannte, diese Stimme hat sie nie gehört. Nein, nein. Sie lebte – und er lebte vor den langsamen Jahren des Nordturms – Jahrhunderte vorher. Wie heißt Ihr, holder Engel?"

Seinen sanfteren Ton und sein gemildertes Wesen als ein glückliches Zeichen begrüßend, sank die Tochter vor ihm auf die Knie und legte ihm die flehenden Hände auf die Brust.

„O Sir, zu einer andern Zeit sollt Ihr meinen Namen erfahren und wer meine Mutter war und wer mein Vater und daß ich ihre traurige Geschichte nie gekannt habe. Aber ich kann es Euch jetzt nicht sagen und nicht hier. Alles, was ich hier und jetzt sagen darf, ist, daß ich Euch bitte, Eure Hände auf mein Haupt zu legen und mich zu segnen. Küßt mich, küßt mich! Oh, mein Teuerster!"

Über sein winterlich-weißes Haupt fielen ihre goldenen Locken, die es erwärmten und erleuchteten, als glänze das Licht der Freiheit auf ihm.

„Wenn Ihr in meiner Stimme – ich weiß nicht, ob es so ist, aber ich hoffe es –, wenn Ihr in meiner Stimme eine Erinnerung an eine Stimme hört, die Euch einst wie liebliche Musik im Ohr klang, so weint darüber! Wenn

Ihr beim Berühren meines Haares etwas fühlt, was Euch an ein geliebtes Haupt erinnert, das an Eurer Brust lag, als Ihr jung und frei wart, so weint darüber! Wenn ich durch das Hindeuten auf ein Heim, das unser harrt, ein Heim, wo ich Euer mit aller meiner Pflicht und all meinem treuen Dienst gewärtig sein will, die Erinnerung an ein Heim zurückbringe, das verödet blieb, während Euer armes Herz verschmachtete, so weint darüber!"

Sie hielt ihn fester umschlungen und wiegte ihn an ihrer Brust wie ein Kind.

„Wenn ich dir, du Teuerster, sage, daß deine Qual vorbei ist und daß ich hergekommen bin, um dich von hier zu erlösen, und daß wir nach England gehen, um in Frieden und Ruhe zu leben, und wenn ich dadurch in dir den Gedanken hervorrufe, daß dein nützliches Leben vergeudet worden ist und daß dein heimatliches Frankreich so grausam an dir gehandelt hat, so weine darüber! Und wenn ich dir sage, wie ich heiße, und dir von meinem noch lebenden Vater und meiner verstorbenen Mutter erzähle und du erfährst dabei, daß ich vor meinem geehrten Vater niederknien und ihn um Verzeihung anflehen muß, weil ich nie um seinetwillen den ganzen Tag lang gerungen und die ganze Nacht gewacht und geweint habe, weil die Liebe meiner armen Mutter diese Qual vor mir verbarg, so weine darüber! Beweine sie und beweine mich! Dankt Gott, Ihr guten Herren! Ich fühle seine heiligen Tränen auf meinem Gesicht, und sein Schluchzen trifft mich ins Herz. O seht! Dankt Gott für uns, dankt Gott!"

Er war in ihre Arme gesunken und verbarg das Antlitz an ihrer Brust: ein so rührender Anblick und doch so schrecklich in dem ungeheuren Unrecht und Leiden, das dem vorangegangen war, daß sich die beiden Zuschauer das Gesicht verhüllten.

Als die Stille der Dachkammer lange ungestört geblieben war und die stürmisch bewegte Brust und die erschütterte Gestalt endlich die Ruhe gewonnen hatte, die allen Unwettern folgen muß – für die Menschheit ein Sinnbild der Ruhe und des Schweigens, in die sich der

Sturm, genannt Leben, schließlich verlieren muß –, da traten sie heran, um den Vater und die Tochter vom Boden aufzuheben. Er war allmählich nach unten gesunken und lag da in müder Halberstarrung. Sie hatte sich neben ihn gesetzt, so daß sein Haupt auf ihrem Arm liegen konnte und ihre langen Locken ihn wie ein Vorhang vor dem Licht schützten.

„Wenn wir es", sagte sie und reichte Mr. Lorry ihre Hand, als er sich über sie beugte, nachdem er sich mehrere Male geräuschvoll die Nase geputzt hatte, „wenn wir es, ohne ihn zu stören, einrichten könnten, Paris sogleich zu verlassen, so daß er gleich vor der Haustür von hier wegführe ..."

„Aber, bedenken Sie. Wird die Reise gut für ihn sein?" fragte Mr. Lorry.

„Gewiß besser, glaube ich, als hier in dieser Stadt zu bleiben, die so schrecklich für ihn ist."

„Es ist wahr", sagte Defarge, der neben dem Alten kniete und zuhörte. „Mehr als das, es ist auf alle Fälle das beste für Monsieur Manette, wenn er nicht mehr in Frankreich ist. Soll ich einen Wagen und Postpferde mieten?"

„Das ist Geschäftliches", sagte Mr. Lorry und nahm auf der Stelle seine üblichen Manieren wieder an; „und wenn Geschäfte zu verrichten sind, so ist es am besten, ich nehme sie in die Hand."

„Dann haben Sie die Güte, uns hier zu verlassen", drang Miss Manette in ihn. „Sie sehen, wie ruhig er geworden ist, und Sie brauchen nichts zu besorgen, wenn Sie mich mit ihm allein lassen. Warum auch? Wenn Sie die Tür zuschließen wollen, damit wir nicht gestört werden, bezweifle ich nicht, daß Sie ihn bei Ihrer Rückkehr so ruhig finden, wie Sie ihn verlassen haben. Jedenfalls will ich ihn unter meine Obhut nehmen, bis Sie wiederkommen, und dann wollen wir ihn sogleich fortschaffen."

Weder Mr. Lorry noch Defarge waren geneigt, auf diesen Vorschlag einzugehen, und hätten es lieber gesehen, wenn einer von ihnen zurückgeblieben wäre. Aber da nicht nur Pferde und Wagen, sondern auch Reisepapiere zu besorgen waren und da die Zeit drängte, denn der Tag neigte sich seinem Ende zu, einigte man sich schließlich dahin, die zu besorgenden Geschäfte zu teilen und fortzueilen, um sie zu verrichten.

Dann, als der Abend anbrach, legte sich die Tochter auf den harten Fußboden neben ihren Vater und bewachte ihn. Die Finsternis wurde dichter und dichter, und sie lagen beide still da, bis ein Licht durch die Risse in der Mauer glänzte.

Mr. Lorry und Monsieur Defarge hatten alles zur Reise fertiggemacht und außer Reisemänteln und Umhüllungen Brot und Fleisch, Wein und heißen Kaffee besorgt. Monsieur Defarge setzte Speisen und Getränke und die Lampe, die er mitgebracht hatte, auf die Schuhmacherbank (es war sonst nichts in der Dachkammer als eine Matratze), und er und Mr. Lorry weckten den Gefangenen und halfen ihm auf die Beine.

Kein menschlicher Verstand hätte in dem scheuen, leeren Staunen seines Gesichts die Geheimnisse seiner Seele lesen können. Ob er wußte, was geschehen war, ob er sich besann, was sie zu ihm gesagt hatten, ob er wußte, daß er frei war, das waren Fragen, die kein Scharfsinn hätte lösen können. Sie versuchten ihn anzureden, aber er war so verlegen und so außerordentlich langsam im Antworten, daß sie über seine Verwirrung besorgt wurden und übereinkamen, vorerst keine weiteren Versuche mit ihm anzustellen. Er hatte eine heftige, scheue Art, den Kopf in die Hände zu nehmen, die man früher nicht an ihm bemerkt hatte. Aber der bloße Klang der Stimme seiner Tochter machte ihm einige Freude, und sooft sie sprach, wendete er sich ihr zu.

In der unterwürfigen Weise eines Menschen, der seit langem gewohnt ist, dem Zwang zu gehorchen, aß und trank er, was sie ihm zu essen und zu trinken gaben, und legte den Mantel und die andern Umhüllungen an, die sie ihm reichten. Er ließ es sich gern gefallen, daß seine Tochter ihren Arm durch den seinen zog, und nahm und behielt ihre Hand in seinen beiden Händen.

Sie fingen an hinabzusteigen; Monsieur Defarge voran mit der Lampe, Mr. Lorry zum Schluß der kleinen Prozession. Sie waren noch nicht viele Stufen die lange Haupttreppe hinuntergekommen, als er stehenblieb und das Dach und ringsum die Wände anstarrte.

„Erinnerst du dich an den Ort, Vater? Erinnerst du dich, wie du hierhergekommen bist?"

„Was sagtest du?"

Aber ehe sie die Frage wiederholen konnte, murmelte er eine Antwort, als ob sie sie schon wiederholt hätte.

„Mich erinnern? Nein, ich erinnere mich nicht daran. Es ist so lange her."

Daß er nicht das mindeste davon wußte, wie er aus seinem Gefängnis in dieses Haus gebracht worden war, schien offenbar. Sie hörten ihn vor sich hin murmeln: „Einhundertundfünf, Nordturm"; und als er sich umsah, suchte er sichtlich die starken Festungsmauern, die ihn so lange eingeschlossen hatten. Unten im Hof veränderte er instinktmäßig seinen Schritt, als erwarte er, auf eine Zugbrücke zu treten; und als keine Zugbrücke kam und er den Wagen auf offener Straße warten sah, ließ er die Hand seiner Tochter fallen und griff sich wieder an den Kopf.

Es stand kein Mensch an der Tür, man bemerkte niemand an den vielen Fenstern, nicht einmal ein zufällig Vorübergehender befand sich auf der Straße. Eine unnatürliche Stille und Verlassenheit herrschte dort. Nur eine Seele war zu sehen, und das war Madame Defarge, die am Türpfosten lehnte, strickte und nichts sah.

Der Gefangene war in den Wagen gestiegen, und seine Tochter war ihm gefolgt, als Mr. Lorrys Fuß auf dem Wagentritt von der mit kläglicher Stimme vorgebrachten Bitte aufgehalten wurde, ihm das Schuhmacherhandwerkszeug und die halbfertigen Schuhe mitzugeben. Madame Defarge rief sogleich ihrem Mann zu, daß sie sie holen wolle, und ging strickend aus dem Laternenschein durch den Hof. Sie brachte sie sehr bald herüber und reichte sie hinein – und unmittelbar darauf lehnte sie wieder am Türpfosten, strickte und sah nichts.

Defarge stieg auf den Bock und sagte dem Postillion: „Zur Grenze!" Der Postillion knallte mit der Peitsche, und sie rasselten unter den trübe brennenden, über ihnen schaukelnden Laternen hin.

Unter den über ihnen schaukelnden Laternen – die immer heller in den besseren Straßen und immer trüber in den schlechteren Straßen schaukelten – und vorbei an hellerleuchteten Läden und Kaffeehäusern, fröhlichem Menschengewühl und Theatertüren zu einem der großen Stadttore. Soldaten mit Laternen standen dort Wache. „Ihre Papiere!" – „Hier sind sie, Herr Offizier!" sagte Defarge, indem er abstieg und ihn ernst beiseite nahm. „Das sind die Papiere des weißhaarigen Herrn. Sie sind mir mit ihm übergeben worden im ..." Er ließ seine Stimme sinken – die militärischen Laternen bewegten sich aufgeregt; eine von ihnen streckte sich mit einem Arm in Uniform in den Wagen hinein und die zu dem Arm gehörenden Augen sahen sich mit einem nicht alltäglichen oder nicht allnächtlichen Blick Monsieur mit dem weißen Kopf an. „Es ist gut. Kann passieren!" von der Uniform; „Adieu!" von Defarge. Und so fuhren sie unter einer Allee von immer schwächer brennenden, sich oben schaukelnden Laternen hinaus unter den großen Sternenhain.

In diesem Gewölbe unbeweglicher und ewiger Sonnen, einige so entfernt von dieser kleinen Erde, daß die Gelehrten uns erzählen, es sei zweifelhaft, ob ihre Strahlen sie bis jetzt als einen Punkt im Weltenraum, wo etwas geschieht, entdeckt hätten, waren die Schatten der Nacht breit und schwarz. Durch den ganzen kalten, ruhelosen Zwischenraum bis zum Tagesanbruch flüsterten sie abermals in Mr. Jarvis Lorrys Ohren – der dem begrabenen und wiederausgegrabenen Mann gegenübersaß und darüber grübelte, was für geistige Kräfte ihm für immer verlorengegangen und welche der Wiederherstellung fähig sein möchten –, flüsterten die Schatten abermals in Mr. Lorrys Ohren die alte Frage: „Ich hoffe, Sie treten gern wieder ins Leben ein?"

Und die alte Antwort: „Das weiß ich nicht."

ZWEITES BUCH

Der goldene Faden

1. Kapitel

Fünf Jahre später

Tellson's Bank am Temple Bar war ein altmodischer Ort, selbst im Jahre 1780. Es war ein sehr kleines, sehr dunkles, sehr häßliches, sehr unbequemes Geschäft. Es war auch altmodisch in der moralischen Eigenschaft, daß die Kompagnons des Hauses stolz auf seine Kleinheit, stolz auf seine Dunkelheit, stolz auf seine Häßlichkeit, stolz auf seine Unbequemlichkeit waren. Sie rühmten selbst seine ausgezeichneten Leistungen nach diesen Seiten hin und waren von der tiefen Überzeugung erfüllt, daß, wenn weniger an ihm auszusetzen wäre, es weniger respektabel wäre. Das war kein passiver Glaube, sondern eine aktive Waffe, die sie gegen bequemer eingerichtete Geschäftslokale schwangen. „Tellson's" (sagten sie) „brauchen keinen Platz, um sich umzudrehen, Tellson's brauchen kein Licht, Tellson's brauchen keine Verschönerung. Das wäre vielleicht bei Noakes & Co. der Fall oder bei Gebrüder Snooks; aber bei Tellson's Gott sei Dank nicht!"

Jeder der Kompagnons hätte seinen Sohn enterbt, wenn er sich unterfangen hätte, von dem Umbau von Tellson's Bank zu sprechen. In dieser Hinsicht verhielt es sich mit dem Haus ähnlich wie auf dem Land, wo die Söhne oft enterbt wurden, weil sie Verbesserungen in Gesetzen und Gebräuchen vorschlugen, die seit langem zu den größten Übelständen gezählt hatten, aber deshalb nur um so respektabler waren.

So war es gekommen, daß Tellson's Bank die alles übertreffende Vollkommenheit der Unbequemlichkeit war. Nachdem man eine Tür von blödsinniger Halsstarrigkeit mit einem schwachen Röcheln in der Kehle aufgebrochen hatte, fiel man zwei Stufen hinab in das Geschäft selbst und kam in einem elenden kleinen Laden mit zwei kleinen Zahltischen zur Besinnung. Dort zitterten in den Händen der ältesten Männer die Anweisungen, als ob sie der Wind bewegte, während sie die Unterschriften am trübsten aller Fenster besichtigten, das ein beständiges Regenbad vom Schmutz der Fleet Street auszuhalten hatte und durch das dicke, schwere Eisengitter davor und den dunklen Schatten vom Temple Bar noch dunkler wurde. Verlangte der Geschäftspartner den Chef des Hauses zu sehen, so wurde man in eine Art Karzerzelle nach hinten gebracht, wo man über ein übel angewendetes Leben nachdenken konnte, bis der Chef, die Hände in den Taschen, hereintrat und man ihn in dem unheimlichen Zwielicht kaum mit blinzelnden Augen ansehen konnte. Das Geld, das man bekam oder aufbewahren sollte, lag in wurmzerfressenen, alten hölzernen Schubkästen, von denen Teilchen in die Nase oder in die Kehle kamen, wenn man sie auf- oder zumachte. Die Banknoten hatten einen dumpfigen Geruch, als ob sie schleunigst wieder zu Lumpen vermoderten. Das Silberzeug, das man dem Haus anvertraut hatte, war in Kellern inmitten von Senkgruben untergebracht, und schlechte Ausdünstungen verdarben seine gute Politur in ein oder zwei Tagen. Die Dokumente fanden ihren Aufenthalt in einigen aus Küchen und Waschhäusern geschaffenen Archiven und schwitzten vor Verdruß sämtliches Fett aus ihren Pergamenten in die Luft des Kontors hinaus. Die leichteren Kästen mit Familienpapieren kamen eine Treppe hoch in einen geräumigen Saal, in dem immer eine große Speisetafel stand und nie ein Diner stattfand und wo selbst noch im Jahre 1780 die ersten Briefe deiner ehemaligen Geliebten oder deiner kleinen Kinder gerade von dem Schrekken erlöst worden waren, durch die Fenster von den mit einer Abessiniens oder des Aschanti-Landes würdigen sinnlosen Brutalität auf dem Temple Bar aufgesteckten Köpfen beliebäugelt zu werden.

Aber freilich war damals vom Leben zum Tode bringen ein in allen Gewerben und Ständen, und nicht zuletzt bei Tellson's, sehr beliebtes Rezept. Der Tod ist das Heilmittel der Natur für alle Dinge, und warum nicht auch das der Gesetzgebung? Demnach wurde der Fälscher hingerichtet, wer eine falsche Banknote ausgab, wurde hingerichtet, wer einen Brief unrechtmäßig erbrach, wurde hingerichtet, wer vierzig Schilling und sechs Pence entwendete, wurde hingerichtet, der, dem ein Pferd vor Tellsons Tür zum Halten übergeben worden war und der sich damit aus dem Staube machte, wurde hingerichtet, der Falschmünzer, und hatte er nur *einen* falschen Schilling geprägt, wurde hingerichtet, drei Viertel von denen, die die Töne in der ganzen Skala des Verbrechens anschlugen, wurden hingerichtet. Nicht etwa, daß damit im mindesten dem Verbrechen vorgebeugt wurde – man hätte fast behaupten können, daß das Gegenteil der Fall war –, aber man wurde dadurch wenigstens für diese Welt die Mühe und Beschwerde jedes einzelnen Falles los und schnitt jede weitere damit verbundene Sorge ab. So hatten Tellson's damals, wie andere größere Geschäfte unter ihren Zeitgenossen, so viele Menschenleben auf dem Gewissen, daß, wenn die davon betroffenen Köpfe, anstatt im stillen beseitigt zu werden, auf dem Temple Bar aufgesteckt worden wären, sie wahrscheinlich das wenige Licht, das das Erdgeschoß hatte, in einer ziemlich bedeutsamen Weise abgesperrt hätten.

In allerlei düstere Schränke und Kästen eingepfercht, besorgten bei Tellson's die ältesten aller Männer das Geschäft mit ernster Würde. Bekam ein junger Mann eine Stelle in Tellsons Londoner Geschäft, so versteckten sie ihn irgendwo, bis er alt wurde. So hoben sie ihn, gleich einem Käse, an einem dunkeln Ort auf, bis er den echten Tellsonduft und -schimmel bekommen hatte. Erst dann durfte er sich sehen lassen, mit einer großen Brille über großen Büchern brütend und mit seinen Kniehosen und Gamaschen die allgemeine Würde der Firma erhöhend.

Vor Tellson's Bank – um keinen Preis darin, außer

wenn er gerufen wurde – hatte ein Mann seinen Posten, der als gelegentlicher Bote und zugleich als das lebendige Schild des Hauses diente. Während der Geschäftsstunden war er niemals abwesend, außer wenn er ausgeschickt worden war, und dann vertrat ihn sein Sohn, ein unheimlicher Gnom von zwölf Jahren, der sein Ebenbild war. Die Leute erzählten sich, daß Tellson's von ihrer Höhe herab den Boten duldeten. Das Haus hatte immer jemanden dieses Berufs geduldet, und im Laufe der Zeit war dieser Mann an die Stelle gekommen. Sein Geburtsname war Cruncher, und als er in kindlicher Unschuld durch Stellvertreter in der ostwärts gelegenen Pfarrkirche von Houndsditch den Werken des Teufels entsagt hatte, hatte man diesem Namen noch den Taufnamen Jerry beigefügt.

Der Schauplatz war Mr. Crunchers Privatwohnung in der Hanging-sword-alley, in Whitefriars; die Zeit halb acht Uhr an einem windigen Märzmorgen Anno Domini 1780. (Mr. Cruncher nannte das Jahr unseres Herrn immer Anna Domino, offenbar in der Meinung, die christliche Zeitrechnung beginne mit der Erfindung eines beliebten Spiels durch eine Dame, die ihm ihren Namen gegeben hatte.)

Mr. Crunchers Zimmer lagen in keiner sauberen Nachbarschaft, und es waren nur zwei, selbst wenn man eine Kammer mit einer einzigen Glasscheibe als eins zählte. Aber sie waren sehr reinlich gehalten. Trotz der Frühe des windigen Märzmorgens war doch das Zimmer, in dem er im Bett lag, ganz sauber gefegt; und der schwerfällige hölzerne Tisch, auf dem die zum Frühstück geordneten Tassen standen, war mit einem sehr reinen weißen Tuch bedeckt.

Mr. Cruncher ruhte unter einer bunten Flickendecke wie ein Harlekin im Schoß seiner Familie. Anfangs schlief er fest, aber allmählich fing er an, sich im Bett herumzuwälzen, bis er sich, das starre Haar so spitz in die Höhe stehend, als ob es die Bettlaken in lauter Streifen zerreißen müßte, langsam erhob. Als er das getan hatte, rief er im Tone äußerster Entrüstung aus:

„Verdammt will ich sein, wenn sie's nicht schon wieder tut!"

Eine Frau von ordentlichem und sauberem Aussehen stand mit einiger Hast und Aufregung, um zu zeigen, daß sie die Gemeinte war, vom Knien in einer Ecke auf.

„Was", sagte Mr. Cruncher und sah sich nach seinem Stiefel um, „du tust es wohl schon wieder?"

Nachdem er dem Morgen diesen zweiten Gruß geweiht hatte, warf er als dritten einen Stiefel nach der Frau. Es war ein sehr schmutziger Stiefel, der zugleich den Leser mit der merkwürdigen Tatsache aus Mr. Crunchers häuslicher Einrichtung bekannt machen mag, daß er sehr oft nach Schließung des Kontors mit reinen Stiefeln nach Hause kam und doch, wenn er am nächsten Morgen aufstand, dieselben Stiefel sehr schmutzig vorfand.

„Na", sagte Mr. Cruncher, nachdem er das Ziel verfehlt hatte, „was treibst du denn eigentlich, du Teufelskreatur?"

„Ich sagte nur mein Morgengebet her."

„Sagt ihr Morgengebet her. Du bist mir eine Schöne! Was soll das heißen, daß du dich hinwirfst und gegen mich betest?"

„Ich bete nicht gegen dich, ich bete für dich."

„Das ist nicht wahr. Und wenn es wahr wäre, so ließe ich es mir nicht gefallen. Sieh, Jerry! Deine Mutter ist eine schöne Kreatur, wirft sich auf die Knie und betet gegen deines Vaters Glück. Du hast eine gute Mutter, mein Sohn. Du hast eine fromme Mutter, mein Sohn, rutscht auf ihren Knien herum und betet, daß der liebe Gott dem eigenen, einzigen Kind Brot und Butter aus dem Mund nehmen möge!"

Der kleine Cruncher, der noch im Hemd war, nahm dies sehr übel und verbat sich sehr ernstlich bei seiner Mutter, daß sie ihm etwas von seiner Leibesnahrung wegbete.

„Und was denkst du denn, du eingebildetes Geschöpf", sagte Mr. Cruncher mit unbewußter Inkonsequenz, „was deine Gebete wert sind? Sag mir einmal, wie hoch du deine Gebete anschlägst!"

„Sie kommen nur aus dem Herzen, Jerry. Mehr sind sie nicht wert."

„Mehr sind sie nicht wert", wiederholte Mr. Cruncher. „Dann sind sie nicht viel wert. Aber mag dem sein, wie ihm wolle, ich sage dir, ich lasse nicht gegen mich beten. Meine Mittel erlauben mir das nicht. Ich will mich nicht durch dein Winseln unglücklich machen lassen; wenn du auf den Knien herumrutschen willst, so tue es *für* deinen Mann und dein Kind und nicht *gegen* sie. Hätte ich nur nicht eine unnatürliche Frau und dieser Junge nur nicht eine unnatürliche Mutter, so hätte ich vorige Woche was verdient, anstatt daß mir dein frommer Firlefanz nur Unglück gebracht hat. Verdammt will ich sein", sagte Mr. Cruncher, der sich während der ganzen Zeit angezogen hatte, „wenn mich nicht das Beten oder dieses und jenes verwünschte Ding für die ganze vorige Woche in das ärgste Pech gebracht hat, das jemals ein armer Teufel von einem ehrlichen Geschäftsmann gehabt hat. Jerry, zieh dich an, Junge, und während ich mir die Stiefel putze, achte auf deine Mutter und rufe mich, wenn sie wieder Lust zeigt, auf den Knien herumzurutschen. Denn ich sage dir", hier wandte er sich erneut an seine Frau, „ich lasse mir das nicht mehr gefallen. Ich bin so zusammengeschüttelt wie eine Mietskutsche, ich bin so schläfrig wie Laudanum, und meine Gliedmaßen sind so überanstrengt, daß ich ohne die Schmerzen darin gar nicht wüßte, welche mir und welche einem andern gehören, und doch sind meine Taschen leer, und ich wette, du hast vom frühesten Morgen an bis zum spätesten Abend alles getan, um zu verhindern, daß etwas in meine Taschen kommt, und ich lasse mir das nicht gefallen, du Höllenbraten! Und was sagst du jetzt?"

Weiter machte sich nun sein Zorn mit halblautem Vorsichhinbrummen Luft: „Ja, ja, jawohl! Und fromm bist du auch! Du willst dich dem Wohlergehen deines Mannes und deines Kindes nicht widersetzen! Willst du das wirklich nicht?" Und mit ähnlichen sarkastischen Äußerungen wendete sich Mr. Cruncher wieder dem Stiefelputzen und den allgemeinen Vorbereitungen für das Tagesgeschäft zu. Unterdes hatte sein Sohn, dessen Kopf mit etwas kleineren eisernen Spitzen besetzt war und dessen junge Augen wie die seines Vaters dicht beieinanderstanden, seine Mutter, wie befohlen, wachsam im Auge behalten. Er erschreckte diese arme Frau von Zeit zu Zeit dadurch heftig, daß er aus einer Schlafkammer, wo er seine Toilette machte, mit einem unterdrückten Ausruf: „Du willst schon wieder rumrutschen, Mutter – heda, Vater!" herausgeschossen kam und, nachdem er diesen falschen Alarm gegeben hatte, mit einem unkindlichen Grinsen wieder davonschoß.

Mr. Crunchers Laune hatte sich nicht im mindesten verbessert, als er zum Frühstück kam. Er rügte mit besonderer Bitterkeit, daß Mrs. Cruncher im stillen ein Tischgebet sprach.

„Was, du Höllenbraten! Was machst du da? Fängst du schon wieder an!"

Seine Frau entschuldigte sich, daß sie nur ein Tischgebet gesprochen hätte.

„Das läßt du bleiben!" sagte Mr. Cruncher und sah um sich, als ob er erwartete, das Brot infolge des Gebets seiner Frau verschwinden zu sehen. „Ich laß es mir nicht gefallen, aus Haus und Hof gebetet zu werden, ich laß mir das bißchen Brot nicht vom Tisch wegbeten. Daß du mir das bleibenläßt!"

Ausnehmend rot und grimmig um die Augen, als ob er die ganze Nacht in einer Gesellschaft gewesen wäre, die durchaus kein gemütliches Ende genommen hatte, zerkrümelte Jerry Cruncher sein Frühstück mehr, als daß er es aß, und knurrte dabei wie der vierfüßige Bewohner einer Menagerie. Gegen neun Uhr legte sich seine Widerborstigkeit etwas, und mit einem so respektablen und geschäftsmäßigen Äußern, als er über sein wahres Ich decken konnte, ging er seinem Tagewerk nach.

Es konnte kaum ein Geschäft genannt werden, obwohl er sich so gern „einen ehrlichen Geschäftsmann" nannte. Sein Kapital bestand in einem hölzernen Hokker, verfertigt aus einem Stuhl, von dem man die zerbrochene Lehne abgesägt hatte. Und diesen Hocker trug der junge Jerry, neben seinem Vater herlaufend, jeden Morgen bis unter das Kontorfenster, wo er ihn neben dem Temple Bar aufstellte. Mit Hinzufügung der ersten Handvoll Stroh, das von einem vorübergehenden Wagen geraubt werden konnte, um die Füße des Boten vor Kälte und Nässe zu bewahren, bildete er hier den Lagerplatz für den Tag. Auf diesem Posten war Mr. Cruncher in der Fleet Street und im Temple ebenso bekannt wie das Tor selbst und fast ebenso häßlich anzusehen.

Ein Viertel vor neun Uhr dort eingetroffen, noch zur rechten Zeit, um vor den ältesten Männern, wie sie zu Tellson's hineingingen, grüßend an den dreieckigen Hut zu fassen, saß Jerry an diesem windigen Märzmorgen auf seinem Hocker, und der junge Jerry stand neben ihm, wenn er es nicht vorzog, Streifzüge durch das Tor zu machen, um vorübergehenden Jungen, die klein genug zu diesem liebenswürdigen Zweck waren, körperliches und geistiges Leid schmerzlichster Art zuzufügen. Vater und Sohn, die einander außerordentlich ähnlich sahen, hatten, als sie schweigend dem Verkehr in der Fleet Street zusahen und dabei ihre beiden Köpfe so nahe zusammenbrachten, wie die Augen bei beiden waren, eine merkwürdige Ähnlichkeit mit einem Paar boshafter Affen. Die Ähnlichkeit wurde durch den zufälligen Umstand nicht vermindert, daß der ältere Jerry Stroh zerbiß und ausspuckte, während die beweglichen Augen des jungen Jerry ihn so ruhelos beobachteten wie alles andere in der Fleet Street.

Einer der Angestellten aus Tellsons Kontor streckte jetzt auf einmal den Kopf durch die Tür und rief: „Heda, Jerry!"

„Hallo, Vater! Das fängt heute morgen frühzeitig mit der Arbeit an!"

Nachdem sein Vater in das Kontor getreten war,

setzte sich der junge Jerry auf den Hocker, trat die Erbschaft des Strohs an, das sein Vater zerkaut hatte, und dachte nach.

„Immer rostig. Seine Finger sind immer rostig", brummte der junge Jerry vor sich hin. „Wo kriegt mein Vater all den Rost her? Hier kriegt er doch keinen Rost an die Finger?"

2. Kapitel

Ein Schauspiel

„Zweifellos kennt Ihr Old Bailey gut?" sagte einer der ältesten Kontordiener zu dem Boten Jerry.

„Ja-a, Sir!" entgegnete Jerry in etwas mürrisch stokkender Weise. „Ich kenne Bailey."

„Richtig. Und Ihr kennt Mr. Lorry?"

„Ich kenne Mr. Lorry viel besser als Old Bailey, Sir, viel besser", sagte Jerry, fast wie ein widerwilliger Zeuge in dem fraglichen Gerichtsgebäude, „viel besser, als ich, ein ehrlicher Geschäftsmann, Old Bailey zu kennen wünsche."

„Sehr gut. Sucht also die Tür, wo die Zeugen hineingehen, und zeigt dem Portier dieses Schreiben für Mr. Lorry. Er wird Euch dann hineinlassen."

„In den Saal, Sir?"

„In den Saal."

Mr. Crunchers Augen schienen noch ein wenig näher zusammenzurücken und miteinander die Frage zu tauschen: Was denkst du davon?

„Muß ich im Saal warten, Sir?" fragte er als Ergebnis dieser Konferenz.

„Das will ich Euch gleich sagen. Der Portier schickt das Schreiben zu Mr. Lorry, und Ihr macht Euch durch irgendeine Gebärde Mr. Lorry bemerkbar und zeigt ihm, wo Ihr steht. Dann habt Ihr weiter nichts zu tun, als zu warten, bis er Euch braucht."

„Ist das alles, Sir?"

„Das ist alles. Er wünschte einen Boten bei der Hand

zu haben. Durch dieses Schreiben wird er benachrichtigt, daß Ihr da seid."

Als der alte Angestellte den Brief entschlossen zusammenfaltete und mit der Adresse versah, bemerkte Mr. Cruncher, nachdem er ihm stillschweigend zugesehen hatte, bis er damit zum Löschpapierständer kam: „Es wird sich wohl heute um Fälschung handeln?"

„Um Hochverrat!"

„Da steht Vierteilen drauf. Barbarisch!"

„Es ist Gesetz und Recht", bemerkte der alte Angestellte und sah ihn überrascht durch die Brille an.

„'s ist hart vom Gesetz, einen Menschen zu verunstalten, meine ich. Es ist hart genug, ihm das Leben zu nehmen, aber es ist sehr hart, ihn zu verunstalten, Sir."

„Ganz und gar nicht", entgegnete der alte Angestellte. „Sprecht gut vom Gesetz. Schont Eure Brust und Eure Stimme, guter Freund, und laßt das Gesetz für sich selber Sorge tragen. Den Rat gebe ich Euch."

„'s ist die Nässe, Sir, die sich mir auf Brust und Stimme legt", sagte Jerry. „Daran können Sie selbst sehen, auf welchem nassen Weg ich mir mein tägliches Brot verdienen muß."

„Schon gut, schon gut", sagte der alte Angestellte, „jeder hat seinen eignen Weg, sich seinen Lebensunterhalt zu erwerben. Manche tun es auf nassem und manche auf trockenem Weg. Hier ist der Brief. Sputet Euch!"

Jerry nahm den Brief und sprach zu sich mit viel weniger innerer Ehrerbietung, als er äußerlich zur Schau trug: Du bist auch ein dürrer Alter, machte seine Verbeugung, unterrichtete seinen Sohn im Vorbeigehen von seinem Auftrag und ging seines Weges.

Sie henkten damals in Tyburn, so daß die Straße vor dem Newgate-Gefängnis noch nicht jene gräßliche Sprichwörtlichkeit erlangt hatte, die ihr jetzt anhaftet. Aber das Gefängnis war ein grauenvoller Ort, wo fast jegliche Ausschweifung und Schlechtigkeit verübt wurde und wo sich böse Krankheiten verbreiteten, die mit den Gefangenen in den Gerichtssaal kamen und manchmal von der Verbrecherbank geradewegs auf den Lordoberrichter losstürzten und ihn von seinem Sitz herunterzerrten. Mehr als einmal war es geschehen, daß der Richter mit dem schwarzen Barett sein eigenes Urteil so sicher wie das des Gefangenen sprach und sogar noch vor ihm starb. Im übrigen war Old Bailey berühmt als eine Art tödlicher Gasthof, von wo leichenblasse Reisende beständig in Karren und Kutschen eine gewaltsame Reise in die andere Welt antraten, wobei sie zweieinhalb englische Meilen Stadt- und Landstraße durchfuhren und, wenn überhaupt, nur in wenigen guten Bürgern einen heilsamen Abscheu erregten. So mächtig ist die Gewohnheit, und darum ist es so wünschenswert, daß sie von Anfang an immer gut sei! Auch war Old Bailey berühmt wegen des Prangers, eine weise und uralte Einrichtung, die eine Strafe verhängte, deren Schärfe niemand ermessen konnte; darüber hinaus wegen des Prügelpfahls, eine andere liebe und bewährte Einrichtung, deren Wirksamkeit anzusehen sehr vermenschlichend und mildernd auf das Gemüt wirkte; außerdem wegen ausgedehnter Geschäfte in Blutgeld, ein anderes Überbleibsel der Weisheit unserer Vorväter, das systematisch zu den schrecklichsten für Geld begangenen Verbrechen führte. Im ganzen war zu jener Zeit Old Bailey eine auserlesene Erläuterung des Spruchs: „So wie es ist, ist es recht"; ein Spruch, der ebenso alles als endgültig betrachten und die Trägheit fördern würde, wenn er nicht die unangenehme Folgerichtigkeit in sich schlösse, daß nichts, was jemals war, unrecht sein könne.

Der Bote bahnte sich einen Weg durch die unsaubere Menge mit der Geschicklichkeit eines Mannes, der gewohnt ist, ohne Aufsehen zu machen, vorwärts zu kommen, fand die Tür, die er suchte, und warf durch eine Klappe seinen Brief hinein. Denn damals bezahlten die Leute für das Schauspiel in Old Bailey geradesoviel wie für das Schauspiel in Bedlam – nur daß die erstere Unterhaltung viel teurer zu stehen kam. Deshalb waren alle Türen von Old Bailey gut bewacht, mit einziger Ausnahme der gefälligen Türen, wodurch die Gesellschaft die Verbrecher hineinließ, denn diese standen immer weit offen.

Nach einigem Zögern und Zaudern ging die Tür widerwillig ein ganz klein wenig auf und erlaubte Mr. Jerry Cruncher, sich in den Gerichtssaal hineinzuquetschen.

„Was ist dran?“ fragte er flüsternd den Mann, der neben ihm stand.

„Noch nichts.“

„Was kommt dran?“

„Der Hochverrat.“

„Der zum Vierteilen, he?“

„Jawohl“, entgegnete der Mann mit einem gewissen Wohlgefallen. „Er wird auf einer Hürde hinausgeschleift, halb gehängt, und dann wird man ihn abschneiden und vor seinen eigenen Augen aufschlitzen, und dann wird man seine Eingeweide herausnehmen und verbrennen, während er zusieht, und dann wird man ihm den Kopf abhacken, und sein Rumpf wird gevierteilt. So lautet das Urteil.“

„Wenn sie ihn schuldig finden, wollt Ihr sagen?“ setzte Jerry als Vorbehalt hinzu.

„Oh, sie werden ihn schuldig finden“, sagte der andere. „Da braucht Ihr keine Sorge zu haben.“

Mr. Crunchers Aufmerksamkeit zog jetzt der Portier auf sich, der mit dem Brief in der Hand auf Mr. Lorry zuging. Mr. Lorry saß an einem Tisch bei den Herren mit den Perücken, nicht weit von einem Herrn mit Perücke, dem Verteidiger des Angeklagten, der einen großen Stoß Akten vor sich hatte, und fast gerade gegenüber einem andern Herrn mit Perücke, der beide Hände in den Hosentaschen hatte und dessen ganze Aufmerksamkeit (wenn Mr. Cruncher ihn jetzt oder später anblickte) von der Decke des Gerichtssaals in Anspruch genommen zu sein schien. Nachdem Jerry einigemal mürrisch gehustet und sich das Kinn gerieben und Zeichen mit der Hand gemacht hatte, zog er Mr. Lorrys Blicke auf sich, der aufgestanden war, um sich nach ihm umzusehen, und ihm ruhig zunickte und sich wieder setzte.

„Was hat der in der Sache zu tun?" fragte der Mann, mit dem er gesprochen hatte.

„Das weiß ich nicht", sagte Jerry.

„Und was habt Ihr dabei zu tun, wenn man fragen darf?"

„Das weiß ich auch nicht", sagte Jerry.

Der Eintritt des Richters und eine darauf folgende große Bewegung und ein allmähliches Beruhigen im Gerichtssaal unterbrachen das Zwiegespräch. Im nächsten Augenblick wurde die Anklagebank der Brennpunkt des allgemeinen Interesses. Zwei Schließer, die dort gestanden hatten, gingen hinaus, und der Gefangene wurde hereingebracht und vor seine Richter gestellt.

Alle Anwesenden, mit Ausnahme des einen Herrn mit Perücke, der die Decke betrachtete, hefteten neugierig ihre Augen auf ihn. Der ganze menschliche Atem des Saals rollte auf ihn zu wie ein Meer oder ein Wind oder ein Feuer. Neugierige Gesichter sahen um Pfeiler und Ecken, um einen Blick auf ihn zu werfen. Zuschauer in den hinteren Reihen standen auf, um sich auch nicht ein Haar von ihm entgehen zu lassen; Leute, die in der Mitte des Saales standen, legten ihre Hände auf die Schultern der vor ihnen Stehenden, um sich auf irgend jemandes Unkosten einen Anblick von dem Mann zu verschaffen – stellten sich auf die Zehenspitzen, stiegen auf Simse, standen auf fast nichts, um jeden Zoll von ihm zu sehen. Besonders auffällig unter diesen letzteren machte sich Jerry, der beinah so aussah wie ein lebendig gewordenes Stück der mit eisernen Spitzen besetzten Mauer von Newgate. Er peilte den Angeklagten mit dem biergeschwängerten Duft eines Trunkes an, den er unterwegs zu sich genommen hatte, und hauchte ihn aus, so daß er sich mit den Wellen andern Biers und Gins und Tees und Kaffees und was sonst noch vermischte, die dann auf den Angeklagten zufluteten und sich bereits in einem schmutzigen Nebel und Niederschlag an den großen Fenstern hinter ihm brachen.

Der Zielpunkt all dieser neugierig stierenden und aufgeregten Blicke war ein junger Mann von ungefähr fünfundzwanzig Jahren, von stattlichem Wuchs und gutem Aussehen, mit sonnenverbrannten Wangen und dunklen Augen. Dem Stande nach war er ein Gentleman. Er war schwarz oder doch sehr dunkelgrau und schlicht gekleidet, und sein langes dunkles Haar war hinten im Nacken mit einem Band zusammengebunden, mehr, um nicht zu belästigen, als zur Zierde. Wie sich eine Gemütsbewegung durch jede körperliche Umhüllung ausdrückt, so machte sich die Blässe, die seine Lage rechtfertigte, durch das Braun seiner Wangen erkennbar und zeigte, daß die Seele stärker war als die Sonne. Im übrigen war er ganz unbefangen, er verbeugte sich vor dem Richter und blieb ruhig stehen.

Die Teilnahme, mit der dieser Mann angestiert und angehaucht wurde, machte der Menschheit keine Ehre. Wäre er von einem weniger entsetzlichen und grauenhaften Urteil bedroht gewesen, wäre eine Möglichkeit vorhanden gewesen, daß ihm eine einzige dieser Scheußlichkeiten erspart worden wäre, so hätte er ebensoviel an Anziehungskraft verloren. Die Gestalt, die verurteilt werden sollte, so gräßlich zerstückelt zu werden, war der anziehende Anblick; das unsterbliche Wesen, das geschlachtet und zerfleischt werden sollte, rief die Aufregung hervor. Mit welchem Firnis auch die verschiedenen Zuschauer diese übertünchen mochten, je nachdem wie geschickt sie in der Selbsttäuschung waren, im Grunde war es nur scheußliche Blutgier.

Schweigen im Gerichtssaal. Charles Darnay hatte gestern „nicht schuldig“ eingewendet gegen eine Anklage, die ihn (mit endlosem, unverständlichem Wortgeklingel) beschuldigte, ein Verräter an unserem erlauchten, erhabenen, vortrefflichen usw. Fürsten, unserem Herrn, dem König, zu sein, indem er bei verschiedenen Gelegenheiten und durch verschiedene Mittel und Wege Ludwig, König von Frankreich, in seinen Kriegen gegen unseren erwähnten erlauchten, erhabenen, vortrefflichen usw. Fürsten, unseren Herrn, den König, Beistand geleistet habe, indem er nämlich zwischen den Besitzungen unseres erwähnten erlauchten, erhabenen, vortrefflichen usw.

Fürsten, unseres Herrn, des Königs, und denen des erwähnten Ludwigs von Frankreich hin und her gereist sei und boshafter-, hinterlistiger-, verräterischerweise (und noch mit anderen bösen Adverbien) dem erwähnten Ludwig von Frankreich verraten habe, welche Streitkräfte unser erwähnter erlauchter, erhabener, vortrefflicher usw. Fürst, unser Herr, der König, für Kanada und Nordamerika auszurüsten im Begriff stehe. Jerry, dessen Haar immer spitzer emporstieg, wenn sich die juristischen Worte häuften, verstand zu seiner ungeheuren Befriedigung so viel, und ihm wurde allmählich klar, daß der genannte und wieder und wieder genannte Charles Darnay dort vor ihm stand, um sein Urteil zu empfangen, daß die Geschworenen vereidigt wurden und daß der Herr Generalkronanwalt sich bereit machte zu sprechen.

Der Angeklagte, der im Geist von jedem einzelnen der Anwesenden gehängt, geköpft und gevierteilt wurde und sich all dessen recht wohl bewußt war, ließ sich weder von dieser Umgebung einschüchtern, noch trat er ihr mit einer theatralischen Miene entgegen. Er war ruhig und aufmerksam; beobachtete die einleitenden Verhandlungen mit ernstem Interesse und ließ seine Hände auf dem Brett vor sich so gefaßt ruhen, daß sie auch nicht ein Blättchen von den Kräutern, mit denen es bestreut war, von der Stelle rückten. Überhaupt war der ganze Saal mit Kräutern bestreut und mit Essig besprengt als Schutzmittel gegen Kerkerluft und Kerkerfieber.

Über dem Haupt des Angeklagten hing ein Spiegel, um das Licht auf ihn herabzuwerfen. Eine Unzahl von Verworfenen und Unglücklichen hatten ihr Bild darin gesehen und waren von seiner Oberfläche und der Erde verschwunden. Von welch einer gräßlichen Gespensterschar müßte dieser Saal heimgesucht sein, wenn der Spiegel die Bilder, die er auf seiner glatten Fläche gezeigt hatte, jemals zurückgeben wollte, wie das Meer seine Toten wieder von sich gibt. Ein flüchtiger Gedanke an die Ehrlosigkeit und die Schmach, die das

Glas widergespiegelt hatte, mochte dem Angeklagten in den Sinn kommen. Wie dem auch sei, eine Veränderung seiner Stellung ließ ihn gewahr werden, daß ein Streifen Licht auf sein Gesicht fiel, und er blickte in die Höhe, und als er den Spiegel sah, rötete sich sein Gesicht, und seine rechte Hand schob die Kräuter weg.

Dabei geschah es zufällig, daß er sich zur linken Seite des Saales wendete. Fast auf einer Höhe mit seinen Augen saßen in der Ecke der Richterbank zwei Personen, auf denen sein Blick sofort haftenblieb, so auffällig und mit einer solchen Veränderung seines Gesichts, daß alle Augen, die sich ihm zugewendet hatten, sich auf diese beiden richteten.

Die Zuschauer sahen in den beiden Gestalten eine junge Dame von kaum mehr als zwanzig Jahren und einen Herrn, der offenbar ihr Vater war, einen Herrn von sehr merkwürdigem Aussehen, wegen seines schlohweißen Haares und einer gewissen unbeschreiblichen Intensivität des Gesichtsausdrucks; nicht der Außenwelt zugewendet, sondern grübelnd und mit sich selbst beschäftigt. Wenn dieser Ausdruck auf seinem Gesicht lag, sah er aus, als wäre er alt; verschwand er aber manchmal – wie beispielsweise jetzt, wo er mit seiner Tochter sprach –, so wurde er ein schöner Mann, der noch nicht über das kräftige Mannesalter hinaus war.

Seine Tochter hatte eine Hand durch seinen Arm gezogen, wie sie neben ihm saß, und die andere darauf gelegt. Eingeschüchtert von dem Schauspiel, das sie vor sich sah, und voller Mitleid für den Angeklagten, hatte sie sich dicht an den Vater herangedrängt. Auf ihrer Stirn las man deutlich eine alles vergessende Angst und ein Mitleid, die für nichts Sinn hatten als für die Gefahr des Angeklagten. Dies war so deutlich zu lesen, so natürlich und lebendig ausgedrückt, daß Neugierige, die kein Mitleid mit ihm gehabt hatten, sich von ihrem Anblick rühren ließen, und durch den Saal ging ein Geflüster: „Wer sind sie?“

Jerry, der Bote, der seine Beobachtungen auf seine Weise gemacht und in seinem tiefen Nachdenken den

Rost von seinen Fingern gesogen hatte, streckte seinen Hals, um zu hören, wer sie wären. Die Menge um ihn hatte sich noch dichter zusammengedrängt und die Anfrage an den nächsten Gerichtsdiener befördert, und von diesem kam die Antwort langsam zurück; endlich kam sie auch zu Jerry.

„Zeugen."

„Auf welcher Seite?"

„Gegen."

„Gegen welche Seite?"

„Gegen den Angeklagten."

Der Richter, dessen Augen der allgemeinen Richtung gefolgt waren, sammelte sich wieder, lehnte sich in seinem Sitz zurück und hielt seine Augen auf den Mann geheftet, dessen Leben in seiner Hand lag, während der Herr Generalkronanwalt aufstand, um den Strick zu drehen, die Axt zu schärfen und die Nägel in das Schafott zu schlagen.

3. Kapitel

Eine Enttäuschung

Der Herr Generalkronanwalt hatte den Geschworenen mitzuteilen, daß der Angeklagte vor ihnen, obgleich jung an Jahren, doch alt sei in den hochverräterischen Praktiken, derentwegen jetzt das Gesetz seinen Kopf fordere. Daß sein Verkehr mit dem Landesfeind nicht ein Verkehr von heute oder von gestern oder nur vom vorigen Jahr sei. Daß es unzweifelhaft sei, daß der Angeklagte schon seit viel längerer Zeit zwischen Frankreich und England in geheimen Geschäften, über die er keine ehrliche Auskunft geben könne, hin und her gereist sei. Daß, wenn es in der Natur hochverräterischer Umtriebe liege, zum Ziele zu führen (was glücklicherweise nie der Fall sei), die wirkliche Boshaftigkeit und Strafbarkeit dieses Unterfangens noch unentdeckt sein könnte. Daß es jedoch die Vorsehung einer Person ohne Furcht und Tadel eingegeben habe, den verbrecherischen Plänen des Angeklagten nachzuspüren und sie, erfüllt von Entsetzen, Seiner Majestät Oberstem Staatssekretär und höchst ehrenwertem Geheimem Staatsrat zu enthüllen. Daß er ihnen diesen Patrioten vorführen werde. Daß seine Stellung und Haltung über jeden Zweifel erhaben sei. Daß er des Angeklagten Freund gewesen sei, aber nachdem er in einer glücklichen und einer bösen Stunde seine Niederträchtigkeit entdeckt hätte, beschlossen habe, den Verräter, den er nicht länger an seinem Busen wärmen konnte, auf dem geheiligten Altar des Vaterlandes zu opfern. Daß, wenn in Großbritannien wie im alten Griechenland und Rom Wohltätern des Gemeinwesens Bildsäulen errichtet würden, dieser ausgezeichnete Bürger sicherlich durch eine geehrt werden würde. Daß die Tugend, wie die Dichter sagten (in vielen Stellen, von denen er wüßte, daß die Geschworenen sie Wort für Wort auswendig kennten; worauf die Gesichter der Geschworenen ein Schuldbewußtsein, daß sie kein Wort von den Stellen wüßten, verrieten), daß die Tugend gewissermaßen ansteckend sei, vor allem aber die herrliche Tugend, die man Patriotismus oder Vaterlandsliebe nenne. Daß das erhabene Beispiel dieses fleckenreinen und untadelhaften Zeugen für die Krone, von dem zu sprechen für jeden eine Ehre sei, nicht ohne Eindruck auf den Bedienten des Angeklagten geblieben sei und in diesem einen heiligen Entschluß erzeugt habe, die Kästen und Taschen seines Herrn zu durchsuchen und seine Papiere beiseite zu schaffen. Daß er (der Herr Generalkronanwalt) auf einen Versuch gefaßt sei, über diesen bewundernswürdigen Bedienten tadelnde und geringschätzende Bemerkungen zu machen; aber daß er ihn im allgemeinen seinen (des Herrn Generalkronanwalts) Brüdern und Schwestern vorziehe und ihn mehr als seinen (des Herrn Generalkronanwalts) Vater und seine Mutter ehre. Daß er mit Zuversicht die Geschworenen auffordere, dasselbe zu tun. Daß die Aussage dieser beiden Zeugen, verbunden mit den von ihnen entdeckten schriftlichen Beweisen, die ihnen vorgelegt werden würden, beweisen könnten, daß der Angeklagte im Besitz von Listen der Streitkräfte Seiner Majestät und Nachweisen über ihre Standquartiere und Ausrüstung sowohl zu Wasser wie zu Lande gewesen wäre, die keinen Zweifel übriglassen würden, daß er regelmäßig diese Nachweise einer feindlichen Macht mitgeteilt habe. Daß nicht nachgewiesen werden könne, daß diese Schriften von der Hand des Angeklagten seien; daß dies aber ganz gleichgültig sei oder vielmehr um so besser für die Anklage, da daraus hervorgehe, wie schlau der Angeklagte in seinen Vorsichtsmaßregeln gewesen sei. Daß die Beweise fünf Jahre zurückgehen und den Angeklagten bereits wenige Wochen vor dem allerersten Gefecht zwischen den englischen Truppen und den Amerikanern mit seinen strafbaren Plänen beschäftigt zeigen würden. Daß aus diesen Gründen die Geschworenen, als loyale Geschworene (als die er sie kenne) und als verantwortliche Geschworene (wie sie selbst wüßten) unbedingt den Unglücklichen schuldig finden und mit ihm ein Ende machen müßten, ob sie wollten oder nicht. Daß sie niemals ihr Haupt ruhig auf ihr Kissen legen könnten, daß sie nie den Gedanken ertragen könnten, daß ihre Ehefrauen ruhig den Kopf auf ihre Kissen legten, daß es ihnen niemals in den Sinn kommen könnte, daß ihre Kinder ruhig den Kopf auf das Kissen legten – mit einem Wort, daß sie und die Ihren in Zukunft nie auch nur eine Stunde ruhigen Schlaf genießen würden, wenn dem Angeklagten nicht das Haupt abgeschlagen würde. Diesen Kopf verlangte der Herr Generalkronanwalt schließlich von ihnen im Namen aller bedeutungsvoll klingenden Begriffe, die ihm einfielen, und auf der Grundlage seiner feierlichen Versicherung, daß er den Angeklagten bereits als einen toten Mann betrachte.

Als der Generalkronanwalt schwieg, ging ein Surren durch den Saal, als ob den Angeklagten, in Vorausahnung dessen, was er bald sein werde, eine Wolke von großen Schmeißfliegen umschwärme. Nachdem es sich wieder gelegt hatte, erschien der fleckenreine Patriot auf der Zeugenbank.

Der Zweite Kronanwalt verhörte nun nach der Einleitung seines Vorgängers den Patrioten. Name: John Barsad, Gentleman. Die Geschichte seiner reinen Seele war genau so, wie sie der Herr Generalkronanwalt beschrieben hatte – vielleicht ein wenig zu genau, wenn sie einen Fehler hatte. Nachdem er seinen edlen Busen dieser Bürde entledigt hatte, hätte er sich gern bescheiden zurückgezogen, aber der Herr in der Perücke mit den Papieren vor sich, der nicht weit von Mr. Lorry saß, wollte ihm einige Fragen vorlegen. Der Herr in der Perücke gegenüber sah immer noch die Decke des Saales an.

War er vielleicht früher Spion gewesen? Nein, er wies diese niedrige Verleumdung mit Entrüstung zurück. – Wovon lebte er? Von seiner Besitzung. – Wo seine Besitzung liege? Das könne er so genau nicht sagen. – Worin sie bestehe? Das ginge niemand etwas an. – Ob er sie geerbt habe? Ja. – Von wem? Von einem entfernten Verwandten. – Von einem sehr entfernten? Von einem ziemlich entfernten. – Jemals im Gefängnis gewesen? Gewiß nicht. – Nie im Schuldgefängnis gesessen? Wüßte nicht, daß das hierhergehöre. – Nie im Schuldgefängnis gesessen? Sprechen Sie, niemals? Ja. – Wievielmal? Zwei- oder dreimal. – Nicht fünf- oder sechsmal? Vielleicht. – Welchen Standes? Gentleman. – Jemals Fußtritte bekommen? Wäre vielleicht möglich. – Häufig? Nein. – Jemals einen Fußtritt bekommen und die Treppe hinuntergeworfen worden? Ganz gewiß nicht; bekam einmal einen Fußtritt oben an der Treppe und fiel aus eigenem Antrieb hinunter. – Damals hinuntergeworfen worden, weil er mit falschen Würfeln gespielt hat? Etwas der Art habe der betrunkene Lügner gesagt, der die Beleidigung vorbrachte, aber es sei nicht wahr. – Ob er schwören könne, daß es nicht wahr sei? Ganz bestimmt. – Ob er jemals von falschem Spiel gelebt habe? Niemals. – Ob er vom Spielen gelebt habe? Nicht mehr als andere Herren. – Ob er von dem Angeklagten Geld geborgt habe? Ja. – Ob er es ihm wiederbezahlt habe? Nein. – War nicht die Bekanntschaft mit dem Angeklagten, die im Grunde eine sehr oberflächliche war, dem Angeklagten in Postkutschen, Wirtshäusern und Paketschiffen aufgedrängt worden? Nein. – Weiß er bestimmt, daß er bei dem Angeklagten diese Listen gesehen hat? Gewiß. – Wisse er nichts weiter von den Listen? Nein. – Er hatte sie zum Beispiel nicht selbst herbeigeschafft? Nein. – Erwarte nicht, für sein Auftreten als Zeuge bezahlt zu werden? Nein. – Sei nicht von der Regierung angestellt und in regelmäßigem Sold fürs Schlingenlegen? Oh, beileibe nicht. – Oder sonst etwas zu tun? Oh, beileibe nicht. – Ob er das beschwören könne? Noch zwei- und dreimal. – Sei von keinen andern bewegt und bestimmt worden als von Beweggründen des reinen Patriotismus? Von keinen andern. –

Der tugendhafte Bediente, Roger Cly, schwur sich mit großer Behendigkeit durch das Verhör. Er war in gutem Glauben und Herzenseinfalt vor vier Jahren in die Dienste des Angeklagten getreten. Er hatte den Angeklagten an Bord des Paketschiffes von Calais gefragt, ob er einen gewandten Burschen brauche, und der Angeklagte hatte ihn in seinen Dienst genommen. Er hatte den Angeklagten nicht gebeten, den gewandten Burschen aus Barmherzigkeit in seinen Dienst zu nehmen – hatte nie an so etwas gedacht. Bald darauf fing er an, Verdacht hinsichtlich des Angeklagten zu schöpfen und ein Auge auf ihn zu haben. Beim Ordnen seiner Kleider auf der Reise hatte er ähnliche Papiere wie diese wiederholt in den Taschen des Angeklagten gesehen. Diese Papiere hatte er aus dem Schubkasten in dem Schreibtisch des Angeklagten genommen. Er hatte sie nicht erst dorthin gelegt. Er hatte gesehen, wie der Angeklagte dieselben Papiere französischen Herren in Calais zeigte und ähnliche Papiere französischen Herren in Calais und in Boulogne. Er liebte sein Vaterland und hätte so etwas nicht ertragen können und hätte Anzeige erstattet. Er sei nie in Verdacht gewesen, eine silberne Teekanne gestohlen zu haben; er sei hinsichtlich einer Senfbüchse verleumdet worden, aber es wäre festgestellt worden, daß sie nur plattiert gewesen sei. Er kenne den vorigen Zeugen seit sieben oder acht Jahren; das sei bloßes zufälliges Zusammentreffen. Er nenne es nicht ein merkwürdig seltsames Zusammentreffen; die Zusammentreffen wären meistens merkwürdig. Auch nenne er es kein merkwürdiges Zusammentreffen, daß reine Vaterlandsliebe auch *sein* einziger Beweggrund sei. Er sei ein echter Brite, und er hoffe, es gebe noch viele wie ihn.

Die Schmeißfliegen summten wieder, und der Generalkronanwalt rief Mr. Jarvis Lorry auf.

„Mr. Jarvis Lorry, Sie sind Angestellter in Tellson's Bank?"

„Ja."

„Veranlaßten Sie an einem gewissen Freitag im November 1775 nachts Geschäfte, von London nach Dover mit der Postkutsche zu reisen?"

„Ja."

„Waren noch andere Passagiere in der Kutsche?"

„Zwei."

„Stiegen sie unterwegs im Verlaufe der Nacht aus?"

„Allerdings."

„Mr. Lorry, sehen Sie den Angeklagten an. War er einer der beiden Passagiere?"

„Ich wage nicht, ja zu sagen."

„Sieht er einem dieser beiden Passagiere ähnlich?"

„Beide waren so eingehüllt und die Nacht so finster, und wir waren alle so zurückhaltend, daß ich es nicht einmal wagen kann, diese Frage zu beantworten."

„Mr. Lorry, sehen Sie den Angeklagten noch einmal an. Denken Sie ihn sich so eingehüllt wie jene beiden Passagiere, würde dann sein Aussehen oder sein Wuchs es unwahrscheinlich machen, daß er einer der beiden gewesen wäre?"

„Nein."

„Sie wollen nicht beschwören, Mr. Lorry, daß er keiner von den beiden gewesen sei?"

„Nein."

„So sagen Sie wenigstens, er könnte einer von den beiden gewesen sein?"

„Ja. Allerdings erinnere ich mich, daß sich die beiden

– ebenso wie ich – vor Straßenräubern fürchteten, und der Angeklagte sieht nicht aus, als ob er sich fürchtete."

„Haben Sie jemals ein Bild der Furchtsamkeit gesehen, Mr. Lorry?"

„Aber gewiß."

„Mr. Lorry, sehen Sie den Angeklagten noch einmal an. Sind Sie sicher, ihn früher schon einmal gesehen zu haben?"

„Ja."

„Wann?"

„Wenige Tage nach jener Reise kehrte ich aus Frankreich zurück, und in Calais kam der Angeklagte an Bord des Paketschiffs, auf dem ich zurückfuhr, und machte die Reise mit mir."

„Um welche Zeit kam er an Bord?"

„Kurz nach Mitternacht."

„Mitten in der Nacht. War er der einzige Passagier, der zu dieser ungewöhnlichen Stunde an Bord kam?"

„Er war zufällig der einzige."

„Das ‚zufällig' tut hier nichts zur Sache, Mr. Lorry. Er war der einzige Passagier, der mitten in der Nacht an Bord kam?"

„Ja."

„Reisten Sie allein, oder hatten Sie Begleitung?"

„Ich hatte zwei Begleiter. Einen Herrn und eine Dame. Sie sind hier."

„Sie sind hier. Haben Sie mit dem Angeklagten gesprochen?"

„Kaum einige Worte. Das Wetter war stürmisch, die Überfahrt lang und beschwerlich, und ich lag fast während der ganzen Zeit auf einem Sofa."

„Miss Manette!"

Die junge Dame, auf die sich vorhin alle Blicke gerichtet hatten und sich jetzt wieder richteten, stand auf. Ihr Vater erhob sich mit ihr und behielt ihre Hand unter seinem Arm.

„Miss Manette, sehen Sie den Angeklagten an."

Solchem Mitleid und so tieffühlender Jugend und Schönheit gegenübergestellt zu werden war eine viel härtere Prüfung für den Angeklagten, als dem ganzen Gedränge gegenüberzustehen. Er stand mit ihr sozusagen allein am Rand seines Grabes, und all die neugierig starrenden Augen ringsum konnten ihm für den Augenblick nicht die Kraft geben, ganz unbefangen zu bleiben. Seine unruhige rechte Hand verteilte die vor ihm gestreuten Kräuter in eingebildete Blumenbeete in einem Garten; unter seinen Bemühungen, regelmäßig zu atmen, zitterten die Lippen, aus denen das Blut nach dem Herzen zurückströmte. Das Surren der Schmeißfliegen erhob sich lauter als vorhin.

„Miss Manette, haben Sie den Angeklagten schon früher gesehen?“

„Ja, Sir.“

„Wo?“

„An Bord des eben erwähnten Paketschiffs und bei derselben Gelegenheit.“

„Sie sind die eben erwähnte junge Dame?“

„Oh, unglücklicherweise bin ich es!“

Der klagende Ton ihres Mitleids verlor sich in die weniger wohltönende Stimme des Richters, der ziemlich schroff sagte: „Beantworten Sie die Fragen, die Ihnen vorgelegt werden, und machen Sie keine Bemerkungen dazu. – Miss Manette, haben Sie auf der Fahrt über den Kanal mit dem Angeklagten gesprochen?“

„Ja, Sir.“

„Was haben Sie mit ihm gesprochen?“

Während ringsum das tiefste Schweigen herrschte, begann sie mit schwacher Stimme: „Als der Herr an Bord kam . . .“

„Meinen Sie den Angeklagten?“ fragte der Richter mit gerunzelter Stirn.

„Ja, Mylord.“

„Dann sagen Sie, der Angeklagte.“

„Als der Angeklagte an Bord kam, bemerkte er, daß mein Vater“ – sie wendete dem neben ihr Stehenden einen liebevollen Blick zu – „sehr erschöpft und angegriffen war. Mein Vater war so angegriffen, daß ich nicht wagte, ihn aus der frischen Luft zu entfernen, und ich ließ an Deck neben der Kajütentreppe ein Bett für ihn machen und setzte mich neben ihn, um auf ihn achtzugeben. Es waren keine anderen Passagiere auf dem Schiff als wir vier. Der Angeklagte war so gütig, um Erlaubnis zu bitten, mir einen Rat zu geben, wie ich meinen Vater noch besser vor Wind und Wetter schützen könnte. Was ich getan hatte, reichte nicht aus, da ich nicht wußte, wie der Wind stehen würde, nachdem wir den Hafen verlassen hatten. Er war mir behilflich. Er sprach sich sehr teilnehmend und gütig über meinen Vater aus, und ich bin überzeugt, es kam ihm von Herzen. In dieser Weise wurden wir miteinander bekannt."

„Erlauben Sie mir, Sie einen Augenblick zu unterbrechen. War er allein an Bord gekommen?"

„Nein."

„Wie viele kamen mit ihm?"

„Zwei französische Herren."

„Sprachen sie viel miteinander?"

„Sie sprachen miteinander bis zum letzten Augenblick, wo die französischen Herren wieder mit dem Boot ans Land fahren mußten."

„Tauschten sie untereinander Papiere aus, ähnlich wie diese Listen hier?"

„Einige Papiere gingen bei ihnen von Hand zu Hand, aber ich weiß nicht, was für Papiere es waren."

„Sahen sie in Gestalt und Format wie diese aus?"

„Das ist wohl möglich, aber ich weiß es wahrhaftig nicht, obgleich sie ganz in meiner Nähe flüsternd miteinander sprachen, weil sie oben an der Kajütentreppe standen, um das Licht der dort hängenden Laterne zu benutzen. Die Laterne aber brannte trübe, und sie sprachen sehr leise, und ich konnte nicht verstehen, was sie sagten, und sah nur, daß sie Papiere durchgingen."

„Wie sprach der Angeklagte mit Ihnen, Miss Manette?"

„Der Angeklagte sprach zu mir ebenso vertrauensvoll – infolge meiner hilflosen Lage –, wie er zu meinem Vater gütig, freundlich und hilfreich war. Ich hoffe", sagte sie, in Tränen ausbrechend, „daß ich ihm nicht schlechten Dank zahle, indem ich ihn heute zu Schaden bringe."

Lautes Surren der Schmeißfliegen.

„Miss Manette, wenn der Angeklagte nicht klar erkennt, daß Sie die Aussagen, die zu machen Ihre Pflicht ist – die Sie machen müssen – und denen Sie sich gar nicht entziehen können – mit großem Widerwillen abgeben, so steht er darin einzig unter den Anwesenden da. Bitte, fahren Sie fort."

„Er sagte mir, daß er in schwierigen und wichtigen Geschäften unterwegs sei, die den Beteiligten leicht Ungelegenheiten verursachen könnten, und daß er deshalb unter falschem Namen reise. Er sagte, daß ihn sein Geschäft veranlaßt habe, nach Frankreich zu fahren, und daß es ihn möglicherweise noch auf lange Zeit nötigen werde, zu wiederholten Malen zwischen Frankreich und England hin und her zu reisen."

„Sagte er nichts von Amerika, Miss Manette? Besinnen Sie sich genau."

„Er versuchte mir auseinanderzusetzen, wie der Streit entstanden sei, und sagte, daß es, soweit er urteilen könnte, englischerseits ein ungerechter und törichter Streit wäre. In scherzendem Ton setzte er hinzu, daß sich George Washington vielleicht in der Geschichte einen so großen Namen erwerben werde wie Georg III. Aber er meinte das nicht böse; er sagte es lachend und um die Zeit zu vertreiben."

Jeder stark ausgeprägte Gesichtsausdruck des Haupthandelnden in einem Auftritt von großem Interesse, dem viele Augen zusehen, wird unwillkürlich von dem Zuschauer nachgeahmt werden. Angestrengt und angstvoll gespannt war der Ausdruck ihrer Züge, wie sie ihr Zeugnis abgab und wie sie während der Pausen, die sie machen mußte, um dem Richter Zeit zu lassen, es niederzuschreiben, den Eindruck beobachtete, den ihre Aussagen auf die Anwälte beider Parteien machten. Unter den Zuschauern im ganzen Saal zeigte sich derselbe Gesichtsausdruck, und zwar in so hohem Grade, daß eine große Mehrzahl der Gesichter Spiegelbilder der

Zeugin hätten sein können, als der Richter von seinen Notizen aufschaute, um mit einem fürchterlichen Blick die schreckliche Ketzerei wegen George Washington zu bestrafen.

Der Generalkronanwalt erklärte jetzt dem Richter, daß er es der Vorsicht und der Form wegen für notwendig halte, den Vater der jungen Dame, Dr. Manette, als Zeugen aufzurufen. Er wurde demnach aufgerufen.

„Dr. Manette, sehen Sie den Angeklagten an. Haben Sie ihn früher schon einmal gesehen?"

„Einmal. Als er mich in meiner Wohnung in London besuchte. Es mag drei oder dreieinhalb Jahre her sein."

„Erkennen Sie ihn als Ihren Reisegefährten an Bord des Paketschiffs, oder können Sie uns etwas von seiner Unterhaltung mit Ihrer Tochter sagen?"

„Nein, Sir, weder das eine noch das andere."

„Ist ein besonderer Grund vorhanden, daß Sie keines von beidem tun können?"

Er gab mit gedämpfter Stimme zur Antwort: „Ja."

„Sie haben das Unglück gehabt, in Ihrem Vaterland ohne Prozeß und sogar ohne Anklage eine lange Haft zu erleiden, Dr. Manette?"

Er antwortete in einem Ton, der jedem zu Herzen ging: „Eine lange Haft."

„Sie waren zu jener Zeit erst vor kurzem entlassen worden?"

„Das sagte man mir."

„Können Sie sich aus jener Zeit an gar nichts erinnern?"

„Nein. Mein Gedächtnis ist von einem Zeitpunkt an wie verschwunden – ich kann nicht einmal sagen, welcher Zeitpunkt das war, wo ich mich in meiner Gefangenschaft mit dem Anfertigen von Schuhen beschäftigte, bis zu der Zeit, wo ich mich in London mit meiner guten Tochter hier wiederfand. Sie war mir vertraut geworden, als ein gnädiger Gott mir die Kräfte meines Geistes wiedergab; aber ich bin sogar außerstande zu sagen, wie sie mir vertraut geworden ist. Ich kann mich durchaus nicht besinnen, wie es gekommen ist."

Der Generalkronanwalt setzte sich, und Vater und Tochter nahmen ebenfalls wieder Platz.

Ein merkwürdiger Zwischenfall trat jetzt ein. Das Ziel der Beweisführung war, zu zeigen, daß der Angeklagte mit einem noch unbekannten Mitschuldigen in jener Freitagnacht im November vor fünf Jahren mit der Dover-Postkutsche gereist und, um Entdeckung zu vermeiden, nachts an einem Ort ausgestiegen sei, wo er nicht geblieben, sondern von wo er einige Dutzend Meilen nach einer Garnisons- und Hafenstadt zurückgereist sei, und daß er dort Erkundigungen eingezogen habe. Ein Zeuge war da, der ihn zu der erforderlichen Stunde im Frühstückszimmer eines Gasthauses in dieser Garnisons- und Hafenstadt, wo er auf jemanden wartete, gesehen haben wollte. Die Kreuzfragen des Verteidigers des Angeklagten lockten keine anderen Antworten hervor, als daß er den Angeklagten nie bei einer anderen Gelegenheit gesehen hätte, als der Herr in der Perücke, der die ganze Zeit über die Decke des Saales angesehen hatte, ein oder zwei Worte auf ein Zettelchen schrieb, es zusammendrehte und dem Verteidiger hinüberwarf. Dieser wickelte das Zettelchen in der nächsten Pause auseinander und betrachtete den Angeklagten mit großer Aufmerksamkeit und Neugier.

„Sie bleiben also bei Ihrer Behauptung, daß es der Angeklagte gewesen sei?“

Der Zeuge war seiner Sache ganz sicher.

„Haben Sie jemals jemanden gesehen, der dem Angeklagten sehr ähnlich sah?“

Nicht so ähnlich, sagte der Zeuge, daß er sie hätte verwechseln können.

„Sehen Sie sich genau jenen Herrn, meinen gelehrten Freund dort drüben, an“, sagte er, indem er auf den deutete, der ihm das Zettelchen zugeworfen hatte, „und dann sehen Sie sich den Angeklagten genau an. Was sagen Sie nun? Sehen sie einander sehr ähnlich?“

Wenn man davon absieht, daß der gelehrte Freund vernachlässigt und sogar etwas zerlumpt aussah, so waren sie sich allerdings ähnlich genug, um nicht nur den Zeugen, sondern auch alle Anwesenden zu überraschen, als sie einander so gegenübergestellt wurden. Nachdem Mylord ersucht worden war, den gelehrten Freund zu veranlassen, seine Perücke abzulegen, und er keine sehr gnädige Einwilligung gegeben hatte, wurde die Ähnlichkeit noch viel auffälliger. Mylord fragte Mr. Stryver (den Verteidiger des Angeklagten), ob nun als nächster Mr. Carton (Name des gelehrten Freundes) wegen Hochverrats angeklagt werden solle? Nein, entgegnete Mr. Stryver dem Oberrichter; aber er wollte den Zeugen fragen, ob nicht das, was einmal geschehen sei, zweimal geschehen könne; ob er so zuversichtlich gesprochen haben würde, wenn er einen solchen schlagenden Beweis für seine Übereilung eher gesehen hätte, ob er, nachdem er ihn gesehen, noch so zuversichtlich sei und ähnliches mehr. Das Ergebnis von dem allem war, daß dieser Zeuge rein vernichtet war und dieser Teil der Beweisführung vollständig ins Wasser fiel.

Mr. Cruncher hatte um diese Zeit, während er den Zeugenaussagen aufmerksam zuhörte, ein ganzes Rostfrühstück von seinen Fingern abgesaugt. Er hatte nun aufzupassen, wie Mr. Stryver die Sache des Angeklagten den Geschworenen gleich einem vollständigen Anzug anpaßte und ihnen zeigte, daß der Patriot Barsad ein bezahlter Spion und Verräter, ein schamloser Seelenverkäufer und einer der größten Schurken auf Erden seit Judas sei – und in der Tat schien er dieses Lob durch sein Aussehen zu rechtfertigen. Daß der tugendsame Diener Cly sein Freund und Kompagnon und dieser Stelle ganz würdig sei; daß die Spüraugen dieser Fälscher und Meineidigen sich den Angeklagten als Opfer ausersehen hätten, weil ihn, der von französischer Herkunft sei, gewisse Familienangelegenheiten in Frankreich oft nötigten, Reisen über den Kanal zu machen, obgleich ihm Rücksichten auf andere, die seinem Herzen nahestünden, verböten, zu sagen, von welcher Art diese Familienangelegenheiten wären, auch wenn er damit sein Leben retten könnte. Daß die Aussagen, die sie der jungen Dame abgepreßt und deren Seelenangst dabei sie alle gesehen hätten, gar nichts bewiesen, als daß nur jene kleinen unschuldigen Galanterien und Höflichkeiten zwischen den beiden stattgefunden hätten, wie sie zwischen einem jungen Herrn und einer jungen Dame, die sich zufällig begegnen, vorzukommen pflegen – mit Ausnahme jener Hindeutung auf George Washington, die gar zu ausschweifend und unmöglich sei, um für etwas anderes als einen kolossalen Spaß gelten zu können. Daß es eine Schwäche für die Regierung sein würde, mit diesem Versuch durch Ausbeutung der niedrigsten Nationalantipathien und Besorgnisse nach Popularität zu haschen, nicht zum Ziele zu gelangen, und deshalb der Generalkronanwalt so viel daraus gemacht habe, als nur möglich sei; daß sich dessenungeachtet die Anklage auf nichts gründe als auf Aussagen so niederträchtiger und ehrloser Art, wie sie nur zu oft derartige Anklagen schändeten und von denen die Hochverratsprozesse dieses Landes nur zu reichlich Beispiele gäben. Aber hier unterbrach ihn Mylord mit einem so ernsthaften Gesicht, als ob alles nicht wahr gewesen wäre, und sagte, daß er nicht ruhig auf der Richterbank sitzen und derartige Anspielungen anhören dürfe.

Mr. Stryver rief dann seine paar Zeugen auf, und Mr. Cruncher hatte aufzupassen, wie der Herr Generalkronanwalt den ganzen Anzug, den Mr. Stryver den Geschworenen angepaßt hatte, um und um wendete und zeigte, wie Barsad und Cly sogar noch hundertmal besser wären, als er geglaubt hätte, und der Angeklagte noch hundertmal schlechter. Zuletzt kam Mylord selbst, der dem Anzug bald das Äußere nach innen, bald das Innere nach außen kehrte, aber doch im ganzen sehr entschieden ein Sterbekleid für den Angeklagten daraus zurechtschnitt.

Und jetzt traten die Geschworenen zusammen, um das Urteil zu erwägen, und die Schmeißfliegen fingen wieder an zu surren.

Mr. Carton, der so lange die Decke des Gerichtssaals angesehen hatte, wechselte selbst in dieser Pause der

Aufregung weder seinen Platz noch seine Haltung. Während sein gelehrter Freund, Mr. Stryver, seine Papiere vor sich auf einen Stoß zusammenlegte, mit den in seiner Nähe Sitzenden flüsternd sprach und von Zeit zu Zeit mit banger Erwartung nach den Geschworenen hinblickte, während sich alle Zuhörer und Zuschauer mehr oder minder bewegten und in neue Gruppen zusammentraten, während sogar Mylord von seinem Sitz aufgestanden war und langsam auf der Estrade auf und ab ging, nicht ohne in dem Publikum den Verdacht zu erwecken, daß er in einigermaßen fieberhafter Aufregung sei, saß dieser eine Mann gleichgültig zurückgelehnt da, den zerfetzten Talar halb von der Schulter gerissen, die ungekämmte Perücke schief auf den Kopf gesetzt, die Hände in den Taschen und die Augen an die Decke geheftet, wie den ganzen Tag über. Sein Gebaren, das mit allen Rücksichten auf Umwelt und Menschen gebrochen zu haben schien, gab ihm nicht nur etwas Abstoßendes und Gemeines, sondern verminderte die große Ähnlichkeit, die zwischen ihm und dem Angeklagten unzweifelhaft bestand (und die durch den gesammelten Ernst, den er einen Augenblick angenommen hatte, als sie miteinander verglichen wurden, noch vermehrt war), so sehr, daß mehrere von den Zuschauern, die ihn jetzt betrachteten, zueinander sagten, sie hätten kaum geglaubt, daß sich die beiden so ähnlich wären. Mr. Cruncher teilte die Bemerkung seinem nächsten Nachbarn mit und setzte hinzu: „Ich wette eine halbe Guinee, daß der nicht viel Prozesse hat. Sieht nicht aus wie ein Mann, dem sich viele anvertrauen, nicht wahr?“

Und doch beobachtete dieser Mr. Carton das Geschehen viel aufmerksamer, als es den Anschein hatte; denn jetzt, als Miss Manettes Kopf ihrem Vater auf die Brust gesunken war, bemerkte er es zuerst und sagte laut: „Türsteher! Kümmern Sie sich um die junge Dame. Helfen Sie dem Herrn, sie hinauszuführen. Sehen Sie nicht, daß sie gleich umfällt?“

Laut äußerte sich das Bedauern, wie sie hinausgebracht wurde, und ebenso lebhaft die Teilnahme für ihren Vater. Es hatte ihm offenbar großen Schmerz verursacht, an die im Kerker verlebte Zeit erinnert zu werden. Während des Verhörs verriet er starke innere Aufregung, und der sinnende oder brütende Gesichtsausdruck, der ihn alt machte, war seitdem wie eine schwere Wolke auf seinem Antlitz liegengeblieben. Als er hinausging, äußerten sich die Geschworenen, die sich umgedreht und kurze Zeit beraten hatten, durch ihren Sprecher.

Sie konnten nicht einig werden und wünschten abzutreten. Mylord (der vielleicht immer noch nicht George Washington vergessen hatte) zeigte sich etwas verwundert, daß sie nicht einig waren, aber er gab seine huldvolle Einwilligung, daß sie unter Verschluß und Bewachung abtreten könnten, und trat selbst ab. Die Verhandlung hatte den ganzen Tag gedauert, und die Lampen im Saal wurden jetzt angezündet. Es machte sich die Meinung geltend, daß die Geschworenen lange ausbleiben würden. Die Zuhörer verloren sich, um Erfrischungen zu sich zu nehmen, und der Angeklagte zog sich in den Hintergrund seines abgeteilten Raumes zurück und setzte sich.

Mr. Lorry, der der jungen Dame und ihrem Vater gefolgt war, erschien jetzt wieder und winkte Jerry, der bei der verminderten Teilnahme des Publikums leicht zu ihm kommen konnte.

„Jerry, wenn Ihr etwas genießen wollt, so habt Ihr jetzt Zeit dazu. Aber haltet Euch in der Nähe. Ihr hört jedenfalls, wenn die Geschworenen wieder eintreten. Ihr müßt mit ihnen wieder hiersein, denn Ihr sollt den Urteilsspruch nach der Bank tragen. Ihr seid der rascheste Bote, den ich kenne, und könnt lange vor mir am Temple Bar sein."

Jerrys Stirn war gerade breit genug, um zwei Finger daran zu legen, und er legte sie daran in Anerkennung dieser Mitteilung und eines Schillings. Mr. Carton trat in diesem Augenblick zu den beiden und berührte Mr. Lorrys Arm.

„Was macht die junge Dame?"

„Sie ist sehr bekümmert, aber ihr Vater tröstet sie, und sie fühlt sich sehr erleichtert, seit sie nicht mehr im Saal ist."

„Ich werde es dem Angeklagten sagen. Für einen respektablen Herrn von der Bank, wie Sie es sind, schickt es sich natürlich nicht, mit ihm im Beisein anderer zu sprechen."

Mr. Lorry wurde rot, als ob er sich bewußt wäre, diese Bedenken bei sich erwogen zu haben, und Mr. Carton ging auf die Anklageloge zu. Da der Saalausgang in derselben Richtung lag, folgte ihm Jerry, ganz Auge, Ohr und in Spitzen emporstehendes Haar.

„Mr. Darnay!"

Der Angeklagte trat sofort hervor.

„Es wird Ihnen natürlich daran gelegen sein, etwas von dem Befinden der Zeugin Miss Manette zu hören. Sie erholt sich rasch. Ihr ist schon viel besser."

„Es tut mir unendlich weh, die Ursache ihrer Aufregung zu sein. Können Sie ihr das mit meinem innigsten Dank mitteilen?"

„Das könnte ich wohl. Ich werde es auch tun, wenn Sie es verlangen."

Mr. Carton war in seinem Benehmen so gleichgültig und rücksichtslos, daß es fast verletzte. Er stand da, dem Angeklagten halb den Rücken zugekehrt, und stützte sich mit dem Ellbogen bequem auf die Schranke vor der Anklagebank.

„Ich bitte Sie darum. Nehmen Sie meinen herzlichsten Dank dafür an."

„Was erwarten Sie, Mr. Darnay?" fragte Carton, immer noch halb von ihm abgewendet.

„Das Schlimmste."

„Das ist das Klügste, was Sie tun können, und das Wahrscheinlichste, was Ihnen widerfahren kann. Aber ich glaube, daß sie abgetreten sind, spricht zu Ihren Gunsten."

Da Stehenbleiben während des Hinausgehens aus dem Saal nicht erlaubt war, hörte Jerry nichts weiter, sondern verließ sie, als sie unter dem ihre Gestalten zurückwerfenden Spiegel nebeneinanderstanden, beide sich so ähnlich im Gesicht und so unähnlich im Wesen.

Anderthalb Stunden vergingen langsam in den von Dieben und Gesindel erfüllten Gängen unten, obgleich Fleischpasteten und Ale die Zeit vertreiben halfen. Der heisere Bote, der unbequem auf einer Bank saß, nachdem er dieses Erfrischungsmittel zu sich genommen hatte, war eingeduselt, als ihn Stimmenbrausen und ein Strom von Menschen mit sich fortriß, die in Richtung der nach dem Gerichtssaal hinaufführenden Treppe drängten.

„Jerry, Jerry!“

Mr. Lorry rief ihn bereits an der Tür, als er dort eintrat.

„Hier, Sir! Man kommt kaum durch. Hier bin ich, Sir!“

Mr. Lorry reichte ihm über das Gedränge hinweg einen Zettel. „Rasch! Habt Ihr ihn?“

„Ja, Sir.“

Mit hastigen Zügen war auf den Zettel geschrieben: „Freigesprochen.“

„Wenn Sie wieder die Botschaft ‚Wiederauferstanden‘ geschickt hätten“, brummte Jerry im Fortgehen vor sich hin, „so würde ich diesmal gewußt haben, was Sie meinten.“

Er hatte keine Gelegenheit, etwas anderes zu sagen oder nur zu denken, bis er aus Old Bailey heraus war; denn das Gebäude leerte sich mit einem Ungestüm, daß ihn der Menschenstrom fast umgerissen hätte, und ein lautes Surren verbreitete sich in der Straße, als ob sich die getäuschten Schmeißfliegen zerstreuten, um anderes Aas aufzusuchen.

4. Kapitel

Der Glückwunsch

Aus den schwach erleuchteten Gängen des Gerichtsgebäudes verliefen sich die letzten Reste der Menschenmasse, die den ganzen Tag über dort zusammengepreßt gewesen war, als Dr. Manette, Lucie Manette, seine Tochter, der Sachwalter für die Verteidigung und sein Rechtsbeistand, Mr. Stryver, den eben freigelassenen Mr. Charles Darnay umstanden und ihn zu seiner Errettung vom Tode beglückwünschten.

Es wäre bei viel hellerem Licht schwierig gewesen, in Dr. Manette mit dem geistvollen Gesicht und der aufrechten Haltung den Schuhmacher aus dem Dachstübchen in Paris wiederzuerkennen. Aber niemand konnte ihn zweimal ansehen, ohne seine Aufmerksamkeit gefesselt zu fühlen, selbst wer nicht Gelegenheit gehabt hatte, seine Beobachtung auf den traurigen Tonfall seiner gedämpften, ernsten Stimme und die zerstreute Miene auszudehnen, die mitunter ohne jeden sichtbaren Grund plötzlich auf sein Gesicht trat. Während ein äußerer Anlaß, und zwar eine Hindeutung auf seine langjährige Qual, stets – wie während der Gerichtsverhandlung – diese Stimmung aus den Tiefen seiner Seele heraufbeschwor, stellte sie sich auch von selbst ein und verbreitete eine Düsternis über ihn, die denen, die seine Geschichte nicht kannten, so unbegreiflich war, als hätten sie den Schatten der wirklichen Bastille im Sommersonnenschein auf ihn fallen sehen, während die Bastille dreihundert Meilen weit entfernt war.

Nur seine Tochter besaß die Fähigkeit, diesen schwarzen Schatten von seinem Gemüt zu bannen. Sie war der goldene Faden, der ihn mit einer Vergangenheit und mit einer Gegenwart verknüpfte, die beide auf der anderen Seite seines Leidens lagen; und der Klang ihrer Stimme, das Licht ihres Antlitzes, die Berührung ihrer Hand hatten fast immer einen höchst wohltätigen Einfluß auf ihn. Fast immer, denn sie konnte sich einiger Fälle erinnern, wo ihre Macht wirkungslos geblieben war, aber dies waren nur wenige und unbedeutende Fälle, und sie glaubte, sie würden nicht wiederkehren.

Mr. Darnay hatte ihr mit Inbrunst und Dankbarkeit die Hand geküßt und sich zu Mr. Stryver gewendet, dem er mit Wärme dankte. Mr. Stryver, ein Mann von wenig mehr als dreißig Jahren, der aber zwanzig Jahre älter aussah, als er war, wohlbeleibt, laut, rot, geradezu und frei von jedem störenden Zartgefühl, hatte eine Art, sich moralisch und physisch in Gesellschaften und Unterhaltungen vorzudrängen, die Bürgschaft dafür gab, daß er sich auch seinen Weg in der Welt bahnen würde.

Er hatte noch nicht die Perücke und den Talar abgelegt und sagte, indem er sich vor seinem Klienten so breit hinstellte, daß er den unschuldigen Mr. Lorry ganz aus der Gruppe drängte: „Es freut mich, Sie mit Ehren durchgebracht zu haben, Mr. Darnay. Es war eine über die Maßen schändliche und niederträchtige Anklage, die aber nichtsdestoweniger leicht zu einer Verurteilung hätte führen können."

„Ich fühle mich Ihnen im doppelten Sinne für mein Leben verpflichtet", sagte sein Klient, indem er seine Hand ergriff.

„Ich habe mein möglichstes für Sie getan, Mr. Darnay. Und mein möglichstes ist so gut wie das eines andern, glaube ich."

Da hier offenbar jemand sagen mußte, viel besser, so sagte es Mr. Lorry; vielleicht nicht ganz uneigennützig, sondern mit der eigennützigen Absicht, wieder in die Gruppe hineinzukommen.

„Meinen Sie?" sagte Mr. Stryver. „Nun, Sie sind den ganzen Tag dabeigewesen und müssen's wissen. Sie sind übrigens auch Geschäftsmann."

„Und als solcher", sprach Mr. Lorry, den der Verteidiger des Angeklagten jetzt in die Gruppe zurückdrängte, wie er ihn vorher hinausgedrängt hatte, „als solcher bitte ich Dr. Manette, diese Konferenz abzubrechen und uns alle nach Hause zu schicken. Miss Lucie sieht leidend

aus, Mr. Darnay hat einen schrecklichen Tag gehabt, und wir sind alle fertig."

„Sprechen Sie für sich, Mr. Lorry", sagte Stryver. „Ich habe noch die Nacht zu arbeiten. Sprechen Sie für sich."

„Ich spreche für mich", gab Mr. Lorry zur Antwort, „und für Mr. Darnay und für Miss Lucie und – Miss Lucie, meinen Sie nicht, daß ich für uns alle sprechen darf?" Er stellte die Frage mit Nachdruck und begleitete sie mit einem Blick auf ihren Vater.

Auf seinem Antlitz war ein seltsamer Ausdruck, mit dem er Darnay ansah, gewissermaßen festgefroren. Ein forschender Ausdruck, der sich allmählich zu einem Ausdruck der Abneigung und des Mißtrauens vertiefte und in den sich sogar Furcht mischte. Während dieser seltsame Ausdruck auf seinem Gesicht lag, waren seine Gedanken in die Ferne geschweift.

„Vater", sagte Lucie, indem sie sanft die Hand auf seinen Arm legte.

Er schüttelte langsam den Schatten von sich ab und drehte sich nach ihr um.

„Wollen wir nach Hause gehen, Vater?"

Mit einem langen, tiefen Atemzug gab er zur Antwort: „Ja."

Die Freunde des freigesprochenen Angeklagten waren in der von ihm selbst ausgegangenen Meinung fortgegangen, daß er diesen Abend noch nicht in Freiheit gesetzt werden würde. Die Lampen in den Gängen waren fast alle ausgelöscht, die eisernen Türen wurden klappernd und rasselnd zugeschlossen, und der unheimliche Ort war verödet, bis zum Morgen, wo Galgen, Pranger, Prügelpfahl und Brandmarkungseisen von neuem das Volk anlockten. Zwischen ihrem Vater und Mr. Darnay trat Lucie Manette hinaus an die freie Luft. Man rief eine Mietdroschke, und Vater und Tochter fuhren darin fort.

Mr. Stryver hatte sich in den Gängen von ihnen getrennt, um die Garderobe aufzusuchen. Noch ein Mann, der sich der Gruppe nicht zugesellt und ebensowenig mit einem von den anderen ein Wort getauscht hatte, der sich aber an die Wand gelehnt hatte, wo der Schatten am dunkelsten war, war schweigend den übrigen gefolgt und hatte zugesehen, wie der Wagen abfuhr. Er trat nun zu Mr. Lorry und Mr. Darnay, die auf der Straße stehengeblieben waren.

„Aha, Mr. Lorry! Geschäftsleute können jetzt mit Mr. Darnay sprechen."

Niemand hatte ein anerkennendes Wort für Mr. Cartons Anteil an den Verhandlungen des Tages gehabt; niemand hatte darauf achtgegeben. Er hatte den Talar abgelegt, ohne daß sein Aussehen dadurch besser geworden wäre.

„Wenn Sie wüßten, welche Kämpfe der Geschäftsmann zu bestehen hat, wenn sein Inneres geteilt ist zwischen gutmütigem Wollen und Geschäftsrücksichten, so würden Sie lachen, Mr. Darnay."

Mr. Lorry wurde rot und sagte mit Wärme: „Sie haben das schon einmal gesagt, Sir. Wir Geschäftsleute, die einer Firma dienen, sind nicht unsere eigenen Herren. Wir müssen an die Firma mehr als an uns selbst denken."

„Das weiß ich, das weiß ich", warf Mr. Carton gleichgültig ein. „Seien Sie nicht ärgerlich, Mr. Lorry. Sie sind so gut wie die anderen, das bezweifle ich nicht; besser, wage ich zu behaupten."

„Und ich muß wahrhaftig sagen, Sir", fuhr Mr. Lorry fort, ohne auf ihn zu hören, „ich weiß eigentlich nicht, was Sie die Sache angeht. Wenn Sie mir, der ich so viel älter bin als Sie, erlauben wollen, es auszusprechen, so glaube ich kaum, daß dies eine Angelegenheit Ihres Geschäfts ist."

„Meines Geschäfts! Mein Gott, ich habe kein Geschäft", sagte Mr. Carton.

„Es ist schade, daß Sie keins haben, Sir."

„Das glaube ich auch."

„Wenn Sie ein Geschäft hätten", fuhr Mr. Lorry fort, „so würden Sie sich ihm vielleicht widmen."

„Du meine Güte, nein! – Ich gewiß nicht", sagte Mr. Carton.

„Ich sage Ihnen, Sir“, sagte Mr. Lorry, ganz ärgerlich über seine Gleichgültigkeit, „ein Geschäft ist eine sehr gute Sache und eine sehr respektable Sache. Und ich sage Ihnen, Sir, wenn das Geschäft seine Rücksichten fordert und manchen Zwang auferlegt, so weiß Mr. Darnay als ein großmütiger junger Mann diesen Umstand zu berücksichtigen. Mr. Darnay, gute Nacht. Gott segne Sie, Sir! Ich hoffe, Sie sind heute für ein gedeihliches und glückliches Leben aufbewahrt worden. – Heda, Sänfte!“

Vielleicht ein wenig ärgerlich über sich selbst wie auch über den Anwalt, stieg Mr. Lorry hastig in die Sänfte und ließ sich nach Tellson's Bank tragen. Carton, der nach Portwein roch und nicht ganz nüchtern zu sein schien, lachte dann und sagte zu Darnay: „Das ist ein seltsamer Zufall, der Sie und mich zusammenführte. Und es muß eine seltsame Nacht für Sie sein, hier auf der Straße allein mit Ihrem Doppelgänger zu stehen?“

„Es kommt mir noch gar nicht so vor, als ob ich dieser Welt angehörte“, entgegnete Charles Darnay.

„Das wundert mich nicht. Es ist noch nicht lange her, daß Sie ziemlich weit auf Ihrem Weg nach einer andern waren. Ihrer Stimme nach sind Sie angegriffen.“

„Mir kommt es vor, als wäre ich sehr angegriffen.“

„Warum, zum Kuckuck, gehen Sie dann nicht zu Tisch? Ich für meinen Teil habe gegessen, während diese Strohköpfe miteinander zu Rate gingen, welcher Welt Sie angehören sollten – dieser oder einer andern. Ich will Ihnen aber wenigstens das nächste Gasthaus zeigen, wo man gut ißt.“

Er nahm ohne Umstände den Arm Darnays, führte ihn die Ludgate Hill hinab zur Fleet Street und dann durch einen langen, überbauten Gang in ein Wirtshaus. Dort wies man sie in ein kleines Zimmer, wo Charles Darnay sich bald bei einem guten, einfachen Dinner und gutem Wein stärkte, während Carton ihm gegenüber an demselben Tisch saß, seine besondere Flasche Portwein vor sich hatte und ihm auf etwas unverschämte Art zusah.

„Nun, fühlen Sie jetzt, daß Sie wieder diesem irdischen Schauplatz angehören, Mr. Darnay?"

„Ich bin schrecklich verwirrt über Zeit und Ort; aber soweit bin ich hergestellt, um das zu fühlen."

„Das muß Sie sehr befriedigen."

Er sagte das mit Bitterkeit und schenkte sich sein Glas, das ziemlich groß war, wieder voll.

„Was mich betrifft, so ist mein größter Wunsch, zu vergessen, daß ich zu dieser Welt gehöre! Sie hat nichts Gutes für mich – außer solchen Wein –, und ich habe nichts Gutes für sie. So gleichen wir uns in diesem Punkt nicht sehr. In der Tat fange ich an zu glauben, daß wir uns in keiner Einzelheit sehr ähnlich sind."

Von der Aufregung des Tages noch verwirrt und von der Anwesenheit seines Doppelgängers mit dem anmaßenden Betragen wie in einem Traum befangen, wußte Charles Darnay nicht, was er antworten sollte, und antwortete schließlich gar nicht.

„Da Sie jetzt mit dem Essen fertig sind", fuhr Carton gleich darauf fort, „so sollten Sie doch eine Gesundheit ausbringen, Mr. Darnay. Warum tun Sie es nicht?"

„Auf wen soll ich eine Gesundheit ausbringen?"

„Mein Gott, der Name schwebt Ihnen auf der Zunge. Sollte es wenigstens, und es muß der Fall sein, ich schwöre darauf."

„Miss Manette also!"

„Gut, Miss Manette!"

Carton sah seinen Begleiter fest an, während er den Toast trank, und warf dann das Glas über die Schulter an die Wand, wo es in tausend Stücke zerbrach; dann klingelte er und bestellte ein neues Glas.

„Das ist eine schöne junge Dame, die man im Dunkeln gern zur Kutsche begleitet, Mr. Darnay!" sagte er und schenkte sich sein neues Glas voll.

Ein kaum merkbares Runzeln der Stirn und ein kurzes „Ja" war die Antwort.

„Und von einer so schönen jungen Dame bedauert und beweint zu werden! Wie mag das wohl tun? Ich glaube, es ist wert, sich einen Prozeß um sein Leben machen zu lassen, wenn man dafür zum Gegenstand solchen Erbarmens und Mitleids wird. Nicht wahr, Mr. Darnay?"

Abermals zog Darnay es vor, keine Antwort zu geben.

„Ihre Botschaft machte ihr schreckliche Freude, als ich sie ihr überbrachte. Nicht, daß sie diese besonders betonte, aber meiner Meinung nach war es entschieden der Fall."

Die Anspielung erinnerte Darnay noch zu rechter Zeit daran, daß ihm dieser unangenehme Bursche aus eigenem Antrieb im Laufe des Tages aus einer Verlegenheit geholfen hatte. Er brachte das Gespräch darauf und dankte ihm für seine Vermittlung.

„Ich verlange weder Ihren Dank, noch verdiene ich ihn", sagte der andere gleichgültig. „Erstens war keine Mühe dabei, und zweitens weiß ich gar nicht, weshalb ich es eigentlich getan habe. Mr. Darnay, erlauben Sie mir eine Frage?"

„Mit Vergnügen, und die Antwort ist nur ein geringfügiger Dank für Ihre freundlichen Dienste."

„Glauben Sie, daß ich Sie besonders gern habe?"

„Wahrhaftig, Mr. Carton, ich habe mir diese Frage selbst noch nicht vorgelegt", entgegnete der andere einigermaßen verwirrt.

„Nun, so legen Sie sich jetzt einmal die Frage vor."

„Sie haben gehandelt, als ob Sie mich gern hätten; aber ich glaube nicht, daß es der Fall ist."

„Ich glaube es auch nicht", sagte Carton. „Ich fange an, von Ihrem Urteil eine sehr gute Meinung zu bekommen."

„Nichtsdestoweniger", führte Darnay fort, indem er aufstand, um zu klingeln, „zürnen Sie hoffentlich nicht, daß ich die Rechnung bestelle und daß wir ohne böses Blut voneinander scheiden."

Carton erwiderte: „Durchaus nicht!"

Darnay klingelte.

„Bezahlen Sie die ganze Rechnung?" fragte Carton. Auf Darnays bejahende Antwort fuhr er fort: „Dann bringen Sie mir noch eine halbe Flasche von diesem Wein, Kellner, und wecken Sie mich um zehn Uhr."

Nachdem er die Rechnung bezahlt hatte, stand Charles Darnay auf und wünschte dem andern gute Nacht. Ohne den Wunsch zu erwidern, stand auch Carton auf und sagte mit fast drohender oder herausfordernder Miene: „Noch ein Wort, Mr. Darnay: Sie glauben, ich bin betrunken?"

„Ich glaube, Sie haben getrunken, Mr. Carton."

„Sie glauben? Sie wissen, daß ich getrunken habe."

„Da ich es einmal sagen muß, ja."

„Dann sollen Sie auch wissen, warum. Ich bin ein enttäuschter Mann, Sir. Ich kümmere mich um keinen Menschen auf Erden, und kein Mensch auf Erden kümmert sich um mich."

„Sehr zu bedauern. Sie hätten Ihre Talente besser nutzen können."

„Vielleicht, Mr. Darnay; vielleicht auch nicht. Seien Sie jedoch nicht stolz auf Ihr nüchternes Gesicht. Sie wissen nicht, wozu Sie noch kommen können. Gute Nacht."

Als er allein war, nahm der seltsame Mann ein Licht, trat vor einen Spiegel an der Wand und betrachtete sich in demselben genau.

„Findest du besonderen Gefallen an dem Menschen?" redete er halblaut sein Bild an. „Warum solltest du besonderen Gefallen an einem Menschen finden, der dir ähnlich sieht? An dir ist nichts, was gefallen könnte, das weißt du. Hol dich der Kuckuck! Was du aus dir gemacht hast! Ein guter Grund, dich zu jemand hingezogen zu fühlen, weil er dir zeigt, wie du dich heruntergebracht hast und was aus dir hätte werden können! Tausche den Platz mit ihm; würden dich dann diese blauen Augen angesehen haben wie ihn, und würde dich dann dieses aufgeregte Gesicht bemitleidet haben wie ihn? Sei nicht blöde und sage es offen heraus. Du haßt den Menschen."

Er setzte sich, um Trost zu suchen, zu seiner halben Flasche Wein, trank sie in wenigen Minuten aus, legte dann den Kopf auf den Tisch und schlief ein, während sein Haar in wirren Locken auf seine Arme fiel und der verkohlende Docht der Kerze einen großen Tropfen auf ihn herabfallen ließ.

5. Kapitel

Der Schakal

Jene Zeit war eine Zeit des Zechens – und die meisten Männer zechten stark. Dies hat sich seitdem so sehr gebessert, daß eine mäßige Angabe der Quantität Wein und Punsch, die damals ein Mann im Verlauf einer Nacht trinken konnte, ohne seinem Ruf als vollkommener Gentleman im mindesten zu schaden, heutzutage wie eine lächerliche Übertreibung erschiene. Der gelehrte Stand der Juristen blieb in seinen bacchantischen Neigungen gewiß nicht hinter andern Ständen zurück; und auch Mr. Stryver, der sich bereits auf dem raschen Wege zu einer ausgedehnten und gewinnbringenden Praxis befand, gab in dieser Hinsicht seinen Kollegen ebensowenig nach wie in den trockneren Zweigen der Jurisprudenz.

Beliebt in Old Bailey und auch beim Gerichtshof der Friedensrichter, hatte Mr. Stryver bereits begonnen, vorsichtig die unteren Stufen der Leiter wegzuhauen, auf der er emporstieg. Die Friedensrichter und Old Bailey hatten jetzt ihren Günstling ausdrücklich in ihre sehnsüchtigen Arme zu rufen, wenn sie ihn sehen wollten, und täglich konnte man das gerötete Gesicht Mr. Stryvers gegenüber dem des Lordoberrichters in dem Gerichtshof des King's-Bench-Gefängnisses erblicken, wie es sich aus einem Perückenbeet hervordrängte, einer großen Sonnenblume gleich, die aus einem verwilderten Garten voll grell bunter Blumen zur Sonne emporstrebt.

Die Kollegen hatten früher von Mr. Stryver gesagt, daß er zwar redegewandt und skrupellos sei und forsch angreife, was er in die Hand nehme, daß er aber nicht jene Fähigkeit besitze, den wichtigsten Inhalt aus einem Haufen von Daten herauszuziehen, der einer der wesentlichsten und auffälligsten Züge advokatorischer Begabung ist. Aber in dieser Hinsicht hatte er sich merkwürdig gebessert. Mit wachsender Praxis vergrößerte sich seine Fähigkeit, den Kern und das Mark jedes Geschäfts zu finden; und so spätnachts er auch mit Sydney Carton zechte, so konnte er doch am Morgen die Hauptpunkte seiner Rechtssache an den Fingern herzählen.

Sydney Carton, der trägste und zukunftsloseste Mann aller Männer, war Stryvers großer Verbündeter. Was die beiden zwischen Hilary und dem Michaelstag zusammentranken, hätte ein königliches Schiff flottmachen können. Stryver hatte nie in einer Rechtssache zu tun, ohne daß Carton dabeisaß, die Hände in den Taschen und die Decke des Gerichtssaales anstarrend; sie bereisten denselben Gerichtsbezirk und verlängerten selbst da ihre gewöhnlichen Orgien bis tief in die Nacht, und manche wollten gesehen haben, wie Carton am hellichten Tage verstohlen und nicht ganz fest auf den Beinen gleich einer liederlichen Katze nach Hause schlich. Endlich wurde es unter denen, die an der Sache interessiert waren, ruchbar, daß zwar Sydney Carton nie ein Löwe werden würde, daß er aber ein erstaunlich guter Schakal sei und daß er in dieser bescheidenen Eigenschaft Stryver treue Dienste leistete.

„Zehn Uhr, Sir", sagte der Kellner, dem er aufgetragen hatte, ihn zu wecken. „Zehn Uhr, Sir."

„Was gibt's?"

„Zehn Uhr, Sir."

„Was soll das? Zehn Uhr nachts?"

„Ja, Sir. Euer Ehren befahlen mir, Sie zu wecken."

„Ah! Ich besinne mich. Gut, gut."

Nach ein paar halben Versuchen, wieder einzuschlafen, die der Kellner geschickt dadurch vereitelte, daß er fünf Minuten lang beständig das Feuer schürte, stand Carton auf, warf den Hut auf den Kopf und ging fort. Er ging in den Temple, erfrischte sich einigermaßen, indem er zweimal auf dem Fußweg vor King's-Bench und den Paperbuildings auf und ab ging, und suchte Mr. Stryvers Büro auf.

Stryvers Schreiber, der diesen Konferenzen nie beiwohnte, war nach Hause gegangen, und der Prinzipal machte selbst die Tür auf. Er hatte Hausschuhe an und einen weiten Schlafrock, und der Hals war der größeren Bequemlichkeit wegen bloß. Er hatte das etwas verstörte, angegriffene Aussehen um die Augen, das man bei allen flott Lebenden, aber angestrengt Arbeitenden vom Porträt Jeffreys' an bemerkt und das man unter verschiedenen künstlerischen Verhüllungen durch die Porträts jedes zechenden Zeitalters verfolgen kann.

„Ihr kommt etwas spät, Gedächtnis", sagte Stryver.

„Um die gewöhnliche Zeit. Vielleicht eine Viertelstunde später."

Sie gingen in ein schwarz geräuchertes Zimmer, dessen Wände mit Büchern und dessen Tische und Fußboden mit Papieren bedeckt waren und wo ein helles Feuer brannte. Ein Teekessel dampfte davor, und mitten unter Aktenstößen stand ein Tisch mit mehreren Flaschen Wein und Kognak und Rum und Zucker und Zitronen.

„Ihr habt schon Eure Flasche getrunken, wie ich sehe, Sydney!"

„Zwei, glaube ich. Ich habe mit dem Klienten von heute zusammengesessen oder ihm zugesehen – 's ist alles dasselbe."

„Das war eine schöne Idee, Sydney, Eure Ähnlichkeit zu benutzen. Wie kamt Ihr darauf? Wann ist es Euch aufgefallen?"

„Ich dachte, er ist eigentlich ein hübscher Kerl, und ich dachte mir, ich wäre ungefähr auch so ein Bursche gewesen, wenn ich nur etwas Glück gehabt hätte."

Mr. Stryver lachte, bis sein vorzeitig aufgetretenes Bäuchlein wackelte. „Ihr und Euer Glück. Sydney! Geht an die Arbeit, geht an die Arbeit!"

Mürrisch genug machte es sich der Schakal mit seinem Anzug bequem, ging in ein anstoßendes Zimmer und trat mit einem großen Krug kalten Wassers, einem Waschbecken und ein oder zwei Handtüchern wieder heraus. Er tauchte die Handtücher in das Wasser, drückte sie dann aus und legte sie sich zusammengefaltet in einer scheußlich aussehenden Weise auf den Kopf. So setzte er sich an den Tisch und sagte: „Jetzt bin ich fertig."

„Es ist nicht viel zu tun, Gedächtnis", sagte Mr. Stryver munter, als er sich unter seinen Papieren umsah.

„Wieviel?"

„Nur zwei Sachen."

„Gebt mir die schwerste zuerst."

„Hier ist sie, Sydney. Nun vorwärts!"

Der Löwe legte sich dann bequem auf das Sofa an der einen Seite des Tisches mit den Flaschen, während der Schakal an seinem besonderen, mit Papieren bedeckten Tisch auf der anderen Seite saß, so daß er die Flaschen und Gläser bei der Hand hatte. Mit letzteren beschäftigten sich beide fleißig, aber jeder auf eine andere Art; der Löwe lag meistens sinnend da, die Hände im Hosenbund und in das Feuer blickend oder gelegentlich ein leichteres Aktenstück durchsehend, wogegen der Schakal mit gerunzelter Stirn und aufmerksamem Gesicht so vertieft in seine Aufgabe war, daß seine Augen nicht einmal der Hand folgten, die er nach dem Glas ausstreckte, sondern daß er oft eine Zeitlang umhertappte, ehe er das Glas fand.

Ein- oder zweimal stieß der Schakal auf solche Probleme, daß er sich genötigt sah, aufzustehen und die Handtücher von neuem naß zu machen. Von diesen Wanderungen nach dem Wasserkrug und dem Waschbecken kam er mit so wunderbaren Variationen seines nassen Turbans zurück, daß Worte sie nicht beschreiben können, und sein Aufzug wurde noch lächerlicher durch das ernsthafte, in Gedanken vertiefte Gesicht.

Endlich hatte der Schakal ein tüchtiges Mahl für den Löwen bereit und brachte es ihm dar. Der Löwe nahm es mit Überlegung und Vorsicht, traf seine Auswahl, machte seine Bemerkungen darüber, und der Schakal unterstützte ihn dabei. Als das Mahl verzehrt war, steckte der Löwe die Hände wieder in den Hosenbund und streckte sich aus, um zu überlegen. Der Schakal erfrischte dann seine Kehle mit einem vollen Glas und den Kopf mit frischgenäßten Handtüchern und beschäftigte sich mit der Zurechtmachung eines zweiten Mahles; dieses wurde dem Löwen in derselben Weise dargebracht und war nicht eher verzehrt, als bis die Glocken drei Uhr früh verkündeten.

„Und jetzt, da wir fertig sind, Sydney, schenkt Euch ein Glas Punsch ein", sagte Mr. Stryver.

Der Schakal nahm die nassen Handtücher vom Kopf, die ihre Feuchtigkeit ausdampften, schüttelte sich, gähnte, fröstelte und schenkte sein Glas voll.

„Eure Ratschläge über das Verhör der Kronzeugen waren sehr vernünftig heute, Sydney. Jede Frage zog."

„Meine Ratschläge sind immer vernünftig, sollte ich meinen?"

„Das ziehe ich nicht in Zweifel. Was hat Euch in schlechte Laune versetzt? Trinkt ein Glas Punsch und spült die schlechte Laune hinunter."

Mit einem entschuldigenden Brummen schenkte sich der Schakal abermals sein Glas voll.

„Der alte Sydney Carton von der alten Shrewsburyschule", sagte Stryver und wiegte nachdenklich den Kopf, als er sich den Schulkameraden in der Gegenwart und in der Vergangenheit betrachtete. „Der alte launenhafte Sydney. In einer Minute heiter und in der nächsten niedergeschlagen."

„Jawohl", entgegnete der andere mit einem Seufzer, „derselbe Sydney mit demselben Glück. Selbst damals machte ich die Arbeiten für die anderen und selten meine eigenen."

„Und warum nicht?"

„Das weiß der Himmel. Es war so meine Art, vermute ich."

Er saß da, die Hände in die Taschen gesteckt und die Beine vor sich ausgestreckt, und sah in das Feuer.

„Carton", sagte sein Freund und stellte sich mit herausfordernder Miene vor ihn hin, als ob der Kamin der Ofen wäre, in dem ausdauernder Fleiß geschmiedet würde, und als ob das Beste, was man für den alten Sydney Carton von der alten Shrewsburyschule tun könne, wäre, ihn hineinzustoßen. „Eure Art ist und war immer eine lahme Art. Ihr bringt keine Energie und keinen Elan mit. Seht mich an!"

„Ach, dummes Zeug", entgegnete Sydney mit einem unbefangenen und gutmütigen Lachen, „spielt nur nicht den Prediger."

„Wie bin ich geworden, was ich geworden bin?" sagte Stryver. „Wie bring ich zustande, was ich zustande bringe?"

„Zum Teufel, dadurch, daß Ihr mich bezahlt, um Euch zu helfen, glaube ich. Aber es ist nicht der Mühe wert, mir oder der Luft darüber Reden zu halten. Was Ihr tun wollt, das tut Ihr. Ihr wart immer in der vordersten Reihe, und ich war immer in der letzten."

„Ich mußte auch erst in die vorderste Reihe kommen. Ich bin nämlich nicht dort geboren."

„Ich war bei dem wichtigen Vorfall nicht Zeuge, aber meiner Meinung nach seid Ihr in der ersten Reihe geboren." Dabei lachte er wieder, und der andere stimmte ein.

„Vor Shrewsbury und in Shrewsbury und seitdem wir aus Shrewsbury weg sind", fuhr Carton fort, „habt Ihr von selbst Euern Platz gefunden und ich den meinigen. Selbst als wir zusammen im Quartier latin wohnten und Französisch lernten und französisches Recht und andere französische Sachen, die uns nicht viel nutzten, wart Ihr immer am Platz, und ich war immer nirgends."

„Und wessen Schuld war das?"

„Bei meiner Seele, ich weiß wahrhaftig nicht, ob es nicht Eure Schuld war. Ihr stießet und drängtet und triebt immer in einer so rastlosen Weise vorwärts, daß mir nichts anderes übrigblieb, als zu ruhen und zu rosten. Es ist übrigens eine trübselige Sache, von der eigenen Vergangenheit zu sprechen, wenn der Tag anfängt zu grauen. Bringt mich auf etwas anderes, ehe ich gehe."

„Gut! Stoßt mit mir auf die hübsche Zeugin an", sagte

Stryver und hielt ihm das Glas hin. „Versetzt Euch das nicht in gute Stimmung?"

Allem Anschein nach nicht, denn sein Gesicht verdüsterte sich wieder.

„Hübsche Zeugin", brummte er vor sich hin und sah in das Glas. „Ich habe heute den ganzen Tag mit Zeugen zu tun gehabt. Was für eine hübsche Zeugin meint Ihr?"

„Die Tochter des schönen Doktors, Miss Manette."

„Die hübsch?"

„Meint Ihr nicht?"

„Nein."

„Aber, Mensch, sie wurde vom ganzen Gerichtshof bewundert."

„Zum Kuckuck mit der Bewunderung des ganzen Gerichtshofes! Wer hat Old Bailey zu einem Schönheitsrichter gemacht? Den blondgelockten Puppenkopf meint Ihr?"

„Wißt Ihr was, Sydney", sagte Mr. Stryver, indem er ihn forschend ansah und langsam mit der Hand über sein gerötetes Gesicht strich, „wißt Ihr, daß ich fast glaubte, Ihr sympathisiertet mit dem blondgelockten Puppenkopf und entdecktet sehr rasch, was dem blondgelockten Puppenkopf zustieß?"

„Entdeckte rasch, was ihm zustieß! Wenn ein Mädchen – Puppenkopf oder nicht – ein paar Meter vor eines Mannes Nase in Ohnmacht fällt, so kann er es ohne Fernglas sehen. Ich stoße mit Euch an, aber ich leugne die Schönheit. Und jetzt mag ich nicht mehr trinken. Ich gehe zu Bett."

Als Stryver ihn mit einem Licht hinausbegleitete, um ihm die Treppe hinunter zu leuchten, sah der Morgen mit kaltem Schimmer durch die von Staub und Ruß blind gewordenen Fenster. Als er aus dem Haus trat, war die Luft kalt und still, der Himmel trüb, der Fluß dunkel und ohne Leben, die ganze Umgebung wie eine menschenleere Wüste. Und Staubwirbel kräuselten sich im Morgenwind, als ob der Wüstensand in weiter Ferne aufgewirbelt sei und die erste vorausgeschickte Sandwelle die Stadt zu überschütten beginne.

Unbenutzte Kräfte in sich und eine Wüste ringsum, blieb dieser Mann unterwegs stehen und sah einen Augenblick aus der Wüste vor sich eine Fata Morgana ehrenwerten Strebens und selbstverleugnender Ausdauer emporsteigen. In der schönen Stadt dieses Traumgesichts waren lustige Galerien, von wo Liebe und Anmut auf ihn herabsahen, Gärten, in denen die Lebensfrüchte reich am Baum hingen, Gewässer der Hoffnung, die vor seinen Augen funkelten. Ein Augenblick – und alles war verschwunden. Er kletterte eine hohe Treppe in einem Häuserhaufen hinauf in sein Stübchen, warf sich in seinen Kleidern auf ein verwahrlostes Bett, und das Kissen wurde feucht von vergeblichen Tränen.

Traurig, traurig ging die Sonne auf, und sie sah kein traurigeres Schauspiel als den Mann von guten Fähigkeiten und guten Regungen, unfähig, sie gezielt zu benutzen, unfähig, sich zu helfen und sein Glück zu gründen, erfüllt von dem Bewußtsein seiner Schwächen und sich in bitterer Verzweiflung in sein Los ergebend.

6. Kapitel

Hunderte von Leuten

Die stille Wohnung Dr. Manettes lag an einer Straßenecke nicht weit vom Soho Square. Am Nachmittag eines schönen Sonntags, wo die Wellen von vier Monaten über die Verhandlungen wegen der Hochverratsanklage gerollt waren und sie, was das Interesse und das Gedächtnis des Publikums betrifft, weit hinaus in das Meer getragen hatten, wandelte Mr. Jarvis Lorry durch die sonnigen Straßen, um von Clerkenwell, wo er wohnte, zu dem Doktor zu gehen, bei dem er essen sollte. Nach verschiedenen Rückfällen in seine Geschäftsgleichgültigkeit war Mr. Lorry des Doktors Freund geworden, und die stille Straßenecke war der sonnige Teil seines Lebens.

An diesem schönen Sonntag wandelte Mr. Lorry am

zeitigen Nachmittag aus drei verschiedenen Gewohnheitsgründen in Richtung Soho. Erstens, weil er an schönen Sonntagen vor dem Essen oft mit dem Doktor und Lucie spazierenging; zweitens, weil er an nicht schönen Sonntagen gewohnt war, bei ihnen als Hausfreund zu verweilen und mit Plaudern, Lesen, Aus-dem-Fenster-Sehen und ähnlichem den Tag zu verbringen; drittens trug er sich mit gewissen kleinen Zweifeln und wußte, daß die Lebensweise des Doktors diese Zeit zu der geeignetsten machte, wo er ihre Lösung finden könnte.

Ein gemütlicherer Winkel als der, wo der Doktor wohnte, war in London nicht zu finden. Es war eine Sackgasse, und die vorderen Fenster der Wohnung des Doktors hatten einen angenehmen kleinen Ausblick auf eine Straße, die etwas Abgeschiedenes hatte. Es standen damals wenige Gebäude nördlich der Oxford Road, und Waldbäume gediehen, und Waldblumen und Hagedorn blühten in den jetzt verschwundenen Feldern. Infolge davon wehte in Soho frische Landluft mit kräftiger Freiheit, und ganz in der Nähe gab es manche gegen Süden gewendete Mauer, an der die Pfirsiche zu ihrer Zeit reif wurden.

Im Sommer traf die Sonne in den frühen Stunden des Tages mit hellem Schein den Winkel; aber wenn die Straße heiß wurde, lag die Ecke im Schatten, obgleich nicht so tief im Schatten, daß man nicht hätte in den hellen Sonnenglanz hineinsehen können. Es war eine kühle Stelle, ruhig, aber heiter, ein wunderbarer Ort für Echos und ein wahrer Rettungshafen vor dem wüsten Straßenlärm.

Ein ruhiges Schiff gehörte auf einen solchen Ankerplatz, und es war auch vorhanden. Der Doktor bewohnte zwei Stockwerke eines großen, stillen Hauses, wo anscheinend bei Tage verschiedene Gewerbe betrieben wurden, aber sehr wenig von sich hören ließen, während sie sich bei Nacht ganz und gar fernhielten. In einem Hintergebäude, zu dem man durch einen Hof gelangte, in dem eine Platane mit ihren gelben Blättern rauschte, sollten Orgeln gebaut und Silber getrieben und Gold geschlagen werden, und zwar von einem geheimnisvollen Riesen, der einen goldenen Arm aus der Mauer an der Vorderseite herausreckte – als ob er sich selbst zu Gold geschlagen hätte und alle Besucher mit einem ähnlichen Schicksal bedrohte. Von diesen Gewerben oder von einem einsamen Mieter, der angeblich im dritten Stock wohnte, oder von einem Fabrikanten von Kutschenbeschlägen, der ein Kontor im Hause haben sollte, wurde sehr wenig gehört oder gesehen. Gelegentlich sah man einen vereinzelten Arbeiter, der sich den Rock anzog, durch den Hof gehen oder einen Fremden, der sich umschaute, oder man hörte ein fernes Pochen von dem goldenen Riesen. Dies waren jedoch die einzigen Ausnahmen, die zum Beweis der Regel erforderlich waren, daß die Sperlinge in der Platane hinter dem Haus und die Echos in dem Winkel davor vom Sonntagmorgen bis zum Sonnabendabend freie Verfügung über den Ort hatten.

Dr. Manette empfing die Patienten, die ihm sein alter Ruf und sein Wiederaufleben durch das Lautwerden seiner wunderbaren Geschichte verschaffte. Seine wissenschaftlichen Experimente führten ihm ebenfalls einige Kunden zu, und er verdiente soviel, wie er brauchte.

An all diese Dinge dachte Mr. Jarvis Lorry, als er an dem schönen Sonntagnachmittag an der Tür des stillen Eckhauses klingelte.

„Ist Dr. Manette zu Hause?"

„Er muß gleich nach Hause kommen."

„Ist Miss Lucie zu Hause?"

„Sie muß gleich nach Hause kommen."

„Ist Miss Pross zu Hause?"

Möglicherweise zu Hause, aber jedenfalls unmöglich zu bestimmen, ob Miss Pross wünschte, die Tatsache des Zuhauseseins zuzugeben oder nicht.

„Da ich selbst hier zu Hause bin", sagte Mr. Lorry, „will ich hinaufgehen."

Obgleich die Tochter des Doktors von dem Land ihrer Geburt nichts gewußt hatte, schien sie doch von diesem die Fähigkeit geerbt zu haben, viel mit geringen

Mitteln zu machen, die eine der nützlichsten und angenehmsten Eigenschaften der Franzosen ist. So einfach der Hausrat war, so war er durch viele kleine verzierende Zutaten gehoben, die an sich ohne Wert waren, aber von Geschmack und Empfindung zeugten, so daß die Gesamtwirkung höchst angenehm war. Die Aufstellung aller Gegenstände, von dem größten bis zum kleinsten, in den Zimmern, die Harmonie der Farben, die anmutige Verschiedenartigkeit und die nicht minder anmutigen Gegensätze, die hier bei sehr bescheidenen Mitteln durch geschickte Hände, urteilende Augen und einfühlsamen Takt erreicht wurden, waren zugleich so hübsch und erinnerten so lebhaft an die junge Dame, die sie hergestellt hatte, daß es Mr. Lorry vorkam, als ob ihn selbst die Stühle und Tische mit einem Anklang von dem Ausdruck, den er jetzt so gut kannte, fragten, ob es ihm auch so recht sei.

Drei Zimmer befanden sich in einem Stockwerk, und da die Zwischentüren alle offenstanden, damit die Luft frei durchziehen könne, ging Mr. Lorry aus einem ins andere und verfolgte mit einem stillen Lächeln die Ähnlichkeit, die sich der ganzen Umgebung, wie er meinte, aufgeprägt hatte. Das erste Zimmer war das Empfangszimmer, und in ihm befanden sich Lucies Vögel und Blumen und Bücher, ihr Arbeitstisch und ihr Malkasten. Das zweite war das Konsultationszimmer des Doktors, das zugleich als Speisezimmer diente. Das dritte, abwechselnd licht und dunkel bemalt von dem Schatten des Platanenbaumes im Hof, war das Schlafzimmer des Doktors – und dort in einer Ecke stand die nicht mehr gebrauchte Schuhmacherbank mit dem Handwerkszeug daneben, ungefähr in demselben Zustand wie ehedem in dem fünften Stockwerk des unheimlichen Hauses neben der Weinhandlung in der Vorstadt St-Antoine in Paris.

„Ich wundere mich“, sagte Mr. Lorry und blieb stehen, „daß er diese Erinnerung an seine Leiden hierbehält!“

„Und warum wundern Sie sich darüber?“ war die kurz angebundene Frage, die ihn überraschte.

Sie kam aus dem Mund der Miss Pross, des wilden, roten Frauenzimmers mit der kräftigen Hand, dessen Bekanntschaft er im Gasthaus „König Georg" in Dover gemacht und seitdem aufrechterhalten hatte.

„Ich hätte gedacht . . .", fing Mr. Lorry wieder an.

„Pah! Sie hätten gedacht!" sagte Miss Pross, und Mr. Lorry redete nicht weiter.

„Wie geht's Ihnen?" fragte die Dame dann mit einiger Schärfe und doch so, als wollte sie ausdrücken, daß sie ihm nicht böse sei.

„Es geht mir ziemlich gut, ich danke Ihnen", antwortete Mr. Lorry bescheiden. „Wie geht es Ihnen?"

„Nicht übermäßig gut", sagte Miss Pross.

„Wirklich?"

„Ja, wirklich", sagte Miss Pross. „Mein Herzblättchen macht mir viele Sorgen."

„Wirklich?"

„Um Himmels willen, sagen Sie etwas anderes als Ihr ewiges ‚Wirklich', oder Sie peinigen mich zu Tode", sagte Miss Pross, deren Charakter, abgesehen von ihrer Statur, äußerste Kürze war.

„Also in der Tat", sagte Mr. Lorry, der Veränderung wegen.

„In der Tat ist schlecht genug", entgegnete Miss Pross, „aber besser. Ja, ich mache mir sehr viel Sorgen."

„Darf ich nach der Ursache fragen?"

„Mir kann es nicht gleich sein, wenn Leute, die meines Herzblättchens durchaus nicht wert sind, dutzendweise hierherkommen, um sie zu sehen", sagte Miss Pross.

„Kommen Dutzende zu diesem Zweck?"

„Hunderte", sagte Miss Pross.

Es war dieser Dame eigentümlich (wie einigen anderen Leuten vor ihrer Zeit und seither), daß sie, sooft ihre ursprüngliche Behauptung in Frage gestellt wurde, diese noch übertrieb.

„Du meine Güte!" bemerkte Mr. Lorry als das Sicherste, was er sagen konnte.

„Ich habe mit dem guten Kind zusammengewohnt –

oder das gute Kind hat bei mir gewohnt und mich dafür bezahlt, was ich gewiß nicht verlangt hätte, darauf können Sie schwören, wenn ich mir oder ihr mit nichts das Leben hätte fristen können –, seitdem sie zehn Jahre alt war. Und es ist wirklich sehr hart", sagte Miss Pross.

Da Mr. Lorry nicht mit Bestimmtheit erraten konnte, was sehr hart sei, schüttelte er den Kopf, indem er diesen wichtigen Teil seines Selbst als einen Feenmantel brauchte, der jeglichem Ding paßte.

„Immer finden sich allerlei Leute, die nicht im mindesten meines Herzblättchens würdig sind", sagte Miss Pross. „Als Sie damit anfingen ..."

„Ich soll damit angefangen haben, Miss Pross?"

„Nun, wer denn? Wer hat denn ihren Vater wieder lebendig gemacht?"

„Ach! Wenn das der Anfang war", sagte Mr. Lorry.

„Nun, das Ende war es doch gewiß nicht, sollte ich meinen? Als Sie damit anfingen, war es hart genug; nicht daß ich an Dr. Manette etwas auszusetzen habe, außer daß er einer solchen Tochter nicht würdig ist, was keine Schande für ihn ist, denn es war unter keinen Verhältnissen zu erwarten, daß jemand ihrer würdig sein sollte. Aber es ist wahrhaftig doppelt und dreifach hart, wenn nach ihm (dem ich es hätte verzeihen können) noch eine Unzahl Leute kommen, die mir meines Herzblättchens Liebe wegnehmen wollen."

Mr. Lorry wußte, daß Miss Pross sehr eifersüchtig war, aber er wußte jetzt auch, daß sie unter der Decke ihrer Exzentrizität eines jener selbstlosen Geschöpfe war, die man nur unter Frauen findet, die sich aus reiner Liebe und Bewunderung der Jugend, die sie längst verloren, der Schönheit, die sie nie besessen, Fähigkeiten, deren sie sich nie rühmen konnten, schönen Hoffnungen, die ihrem düsteren Leben nie leuchteten, zum willenlosen Sklaven ergeben. Er kannte genug von der Welt, um zu wissen, daß es nichts Köstlicheres gibt als den treuen Dienst des Herzens; und so, wie er hier geleistet wurde, und so frei, wie er hier von jedem Schatten der Selbstsucht war, hatte er eine so hohe Achtung davor, daß er in der Austeilung von Belohnungen, die er innerlich vornahm – wir alle beschäftigten uns oft mit solchen Gedanken –, Miss Pross den Engeln viel näher stellte als viele Damen, für die Natur und Kunst viel mehr getan hatten und die ein Konto bei Tellson's besaßen.

„Es hat nie einen Mann gegeben und wird nie einen geben, der meines Herzblättchens würdig ist, mit Ausnahme eines einzigen", sagte Miss Pross, „und das war mein Bruder Salomon, wenn er nicht in seinem Leben fehlgegangen wäre."

Das war wieder ein Beispiel. Mr. Lorrys Nachforschungen über Miss Pross' Lebensgeschichte hatten die Tatsache festgestellt, daß ihr Bruder Salomon ein herzloser Lump war, der ihr allen Besitz genommen hatte, um damit zu spekulieren, und sie dann in ihrer Armut ohne das geringste Mitleid sitzenließ. Miss Pross' fester Glaube an Salomon (mit Abrechnung einer bloßen Kleinigkeit für diesen Irrtum) war eine sehr ernsthafte Sache für Mr. Lorry und trug nicht wenig dazu bei, seine gute Meinung von ihr zu vermehren.

„Da wir jetzt gerade für einen Augenblick allein und beide praktische Leute sind", sagte er, als sie wieder in das Empfangszimmer zurückgekehrt waren und freundschaftlich nebeneinander Platz genommen hatten, „erlauben Sie mir die Frage – erwähnt der Doktor in seinen Gesprächen mit Lucie niemals seine Schuhmacherzeit?"

„Nie."

„Und doch behält er diese Bank und das Handwerkszeug bei sich?"

„Ah!" erwiderte Miss Pross mit Kopfschütteln. „Aber ich will nicht sagen, daß er nicht selbst daran denkt."

„Glauben Sie, daß er viel daran denkt?"

„Ja, gewiß", sagte Miss Pross.

„Können Sie sich vorstellen ...", fing Mr. Lorry an, als Miss Pross ihn kurz unterbrach.

„Ich stelle mir nie etwas vor. Habe keine Vorstellungskraft."

„Sie haben recht. Nehmen Sie an – Sie nehmen doch manchmal etwas an?"

„Dann und wann", sagte Miss Pross.

„Nehmen Sie also an", fuhr Mr. Lorry mit einem stillen Lächeln in seinen hellen Augen fort, indem er sie wohlwollend anblickte, „daß Dr. Manette seine Theorie über die Ursache seines harten Schicksals und vielleicht über den Namen seines Feindes hat?"

„Ich weiß nicht mehr davon, als was mir mein Herzblättchen gesagt hat."

„Und was sagt sie?"

„Daß sie glaubt, er hat seine Theorie."

„Nun, seien Sie nur nicht böse, daß ich Ihnen alle diese Fragen vorlege, weil ich ein einfacher, langweiliger, praktischer Mann bin und Sie eine praktische Frau sind."

„Langweilig?" fragte Miss Pross ruhig.

Mr. Lorry hätte das bescheidene Beiwort gern ungesagt gemacht und gab zur Antwort: „Nein, nein, nein. Gewiß nicht. Um wieder zur Sache zu kommen: Ist es nicht merkwürdig, daß Dr. Manette, der jedenfalls, wie wir alle überzeugt sind, kein Verbrechen begangen hat, niemals diese Frage berührt? Ich will nicht sagen, mir gegenüber, obgleich er seit vielen Jahren mit mir Geschäftsbeziehungen hat und wir jetzt miteinander befreundet sind; ich will sagen, der Tochter gegenüber, die ihn so innig liebt und die er selbst so innig liebt? Glauben Sie mir, Miss Pross, ich rege die Sache nicht aus Neugier an, sondern aus aufrichtiger Teilnahme."

„Nun, soviel ich weiß, und wenig genug ist das, werden Sie sagen", bemerkte Miss Pross, durch seinen entschuldigenden Ton besänftigt, „fürchtet er sich vor der ganzen Sache."

„Er fürchtet sich?"

„Ich denke, es ist einfach genug, warum er sich fürchtet. Es ist eine schreckliche Erinnerung. Außerdem ist jene Zeit schuld daran, daß er sich selbst verloren hat. Da er nicht weiß, wie er sich verloren oder wie er sich wiedergefunden hat, so ist er vielleicht niemals sicher, ob er sich nicht wieder verliert. Das allein würde die Sache nicht angenehm machen, denke ich."

Das war eine ausführlichere Bemerkung, als Mr. Lorry erwartet hatte.

„Richtig", sagte er, „und es ist ein schrecklicher Gedanke. Dennoch quält mich ein Zweifel, Miss Pross, ob es gut für Dr. Manette ist, daß er darüber immer mit sich allein brütet. Der Zweifel und die Unruhe, die mir dieser Gedanke verursacht, haben mich eigentlich veranlaßt, mich Ihnen heute anzuvertrauen."

„Es läßt sich dem nicht abhelfen", sagte Miss Pross kopfschüttelnd. „Schlagen Sie diese Saite an, und es wird sofort schlimmer mit ihm. Besser, Sie rühren sie gar nicht an. Mit einem Wort, sie muß unangerührt bleiben, mag man wollen oder nicht. Manchmal steht er mitten in der Nacht auf, und wir hören ihn hier über uns in seinem Zimmer auf und ab gehen, auf und ab gehen. Herzblättchen weiß, daß er dann im Geist in seinem alten Gefängnis auf und ab geht, auf und ab geht. Sie eilt hinauf, und sie gehen miteinander auf und ab, auf und ab, bis er wieder ruhig ist. Aber er sagt ihr nie ein Wort von dem wahren Grund seiner Ruhelosigkeit, und sie hält es für das beste, ihm gegenüber nichts davon zu erwähnen. Schweigend gehen sie auf und ab, auf und ab, bis ihre Liebe und ihre Anwesenheit ihn wieder zu sich gebracht hat."

Obgleich Miss Pross nichts von Einbildungskraft wissen wollte, lag doch in ihrem Wiederholen der Worte auf und ab ein Bewußtsein der Qual, ohne Abwechslung von einem einzigen traurigen Gedanken verfolgt zu werden, was Zeugnis dafür ablegte, daß sie selbst Einbildungskraft besaß.

Wir haben schon erwähnt, daß der Straßenwinkel für Echos wunderbar geeignet war; der Widerhall kommender Schritte war so laut geworden, daß es schien, als ob das bloße Erwähnen des müden Aufundabgehens ihn geweckt hätte.

„Da sind sie", sagte Miss Pross, indem sie aufstand

und das Gespräch abbrach, „und jetzt werden wir bald Hunderte von Leuten hier haben."

Es war ein so merkwürdiger Winkel in seinen akustischen Eigenschaften, daß Mr. Lorry, der an dem offenen Fenster stand und dem Kommen von Vater und Tochter, deren Schritte er hörte, entgegensah, sich einbildete, sie würden nie kommen. Der Widerhall hörte nicht nur auf, als ob die Schritte vorübergegangen wären, sondern man vernahm statt ihrer den Widerhall anderer Schritte, die nie kamen und die plötzlich wieder verhallten, wenn sie ganz nahe zu sein schienen. Doch Vater und Tochter erschienen endlich, und Miss Pross stand an der Haustür bereit, sie zu empfangen.

Es sah hübsch aus, wie Miss Pross, sonst so wild und rot und unwirsch, oben im Zimmer angekommen, ihrem Herzblatt den Hut abnahm und ihn mit den Zipfeln ihres Taschentuchs wischte und den Staub davon abblies und ihr den Mantel abnahm und diesen zusammenlegte und ihr das reiche Haar mit einem Stolz glattstrich, als ob das Haar ihr eigenes und sie das eitelste und schönste aller Frauenzimmer wäre. Auch war es hübsch anzusehen, wie Lucie sie umarmte und ihr dankte und gar nicht dulden wollte, daß sie sich um sie bemühte – obgleich sie letzteres aber nur scherzhafterweise sagen durfte, sonst hätte sich Miss Pross tief verletzt auf ihr Zimmer zurückgezogen und hätte geweint.

Es war auch hübsch anzusehen, wie der Doktor ihnen zusah und zu Miss Pross sagte, daß sie Lucie verwöhne, und er dies mit Worten und Blicken sagte, die ebensoviel und möglicherweise mehr Verwöhnendes in sich hatten als Miss Pross. Auch Mr. Lorry bot einen hübschen Anblick, wie er in seiner kleinen Perücke alle wohlwollend ansah und seinem Junggesellenstern dankte, daß er ihm in seinen alten Tagen in ein solches Heimwesen geleuchtet. Aber keine Hunderte von Leuten kamen, um zuzusehen, und Mr. Lorry erwartete vergeblich die Erfüllung von Miss Pross' Voraussagung.

Die Essenszeit kam und immer noch keine Hunderte von Leuten.

In der Einrichtung des kleinen Haushalts hatte Miss Pross die Aufsicht über die unteren Regionen übernommen und verrichtete stets Wunderdinge. Ihre Dinner, obgleich sehr bescheiden, waren immer so gut gekocht und so gut serviert und so sinnreich in ihrer halb englischen, halb französischen Art, daß nichts besser sein konnte. Da Miss Pross' Freundschaft ganz und gar praktischer Natur war, hatte sie Soho und die angrenzenden Provinzen nach verarmten Franzosen durchstöbert, die, mit Schillingen und halben Kronen bestochen, ihre kulinarischen Geheimnisse verrieten. Von diesen versprengten Söhnen und Töchtern Galliens hatte sie so wunderbare Künste gelernt, daß die Frau und das Mädchen, die ihren Küchenstab bildeten, sie für eine Zauberin oder Aschenbrödels Patin hielten, die ein Huhn, ein Kaninchen oder etwas Grünzeug aus dem Garten holen ließ und daraus machte, was sie wollte.

An Sonntagen aß Miss Pross mit am Tisch des Doktors, aber an anderen Tagen bestand sie darauf, ihr Mahl zu unbekannten Stunden entweder in den unteren Regionen oder in ihrem Zimmer im zweiten Stock zu sich zu nehmen – in einer blauen Stube, in die niemand außer ihrem Herzblättchen jemals Zutritt fand. Bei solchen Gelegenheiten wurde Miss Pross erweicht durch Herzblättchens freundliches Gesicht und ihre freundlichen Bemühungen, ihr zu gefallen, und Miss Pross geriet dann immer in sehr angenehme Stimmung, und so verging das heutige Sonntagsessen auch sehr angenehm.

Es war ein schwüler Tag, und nach dem Essen schlug Lucie vor, den Wein hinaus unter die Platane zu tragen und dort im Freien zu sitzen. Da sich alles nach ihr richtete und um sie drehte, gingen sie hinaus unter die Platane, und sie trug den Wein herunter, besonders deshalb, daß ihn Mr. Lorry genieße. Sie hatte sich seit einiger Zeit zu Mr. Lorrys Mundschenk gemacht, und während sie unter der Platane saßen und miteinander plauderten, sorgte sie dafür, daß sein Glas beständig voll war. Geheimnisvolle Rückfronten und Häuserecken lugten herein, während sie plauderten, und die Platane über ihren Häuptern flüsterte ihnen in ihrer eigenen Weise zu.

Aber die Hunderte von Leuten stellten sich immer noch nicht ein. Mr. Darnay erschien, während sie unter der Platane saßen, aber das war nur einer.

Dr. Manette empfing ihn freundlich, und das tat auch Lucie. Aber Miss Pross wurde plötzlich von einem Zukken in ihrem Gesicht und ihrem Körper befallen und zog sich in das Haus zurück. Sie war nicht selten ein Opfer dieses Leidens, das sie im vertrauten Gespräch ihre Laune nannte.

Der Doktor war in seiner besten Stimmung und sah besonders jung aus. Die Ähnlichkeit zwischen ihm und Lucie war bei solchen Gelegenheiten besonders groß, und wie sie nebeneinander saßen und sie den Kopf auf seine Schulter lehnte, während er den Arm auf die Lehne ihres Stuhls gelegt hatte, war es sehr wohltuend, diese Ähnlichkeit zu verfolgen.

Sie hatten den ganzen Tag mit ungewöhnlicher Lebhaftigkeit über vielerlei Gegenstände gesprochen. „Sagen Sie, Dr. Manette", sagte Mr. Darnay, wie sie unter der Platane saßen – und er sagte es im natürlichen Verlauf des Gesprächs, das sich um die alten Gebäude Londons drehte –, „haben Sie sich den Tower einmal von innen angesehen?"

„Lucie und ich sind dort gewesen, aber nur kurz. Wir haben jedoch genug gesehen, um zu wissen, daß es ein sehr interessanter Ort ist – wenig mehr."

„Ich war dort, wie Sie wissen", sagte Darnay mit einem Lächeln, aber doch dabei vor Entrüstung errötend, „in einer andern Eigenschaft und nicht in einer solchen, die das Umsehen besonders begünstigt. Sie erzählten mir aber eine seltsame Geschichte, als ich dort war."

„Und die war?" fragte Lucie.

„Bei einem Umbau stießen die Maurer auf einen alten Kerker, der seit vielen Jahren zugemauert und vergessen war. Jeder Stein der inneren Wände war mit Inschriften bedeckt, die Gefangene hineingeschrieben hatten – mit Jahreszahlen, Namen, Klagen und Gebeten. Auf einem Eckstein in einem Winkel hatte ein Gefangener, wahrscheinlich ehe er zur Hinrichtung geführt worden war, als letztes fünf Buchstaben eingegraben. Das dazu verwendete Werkzeug war unvollkommen gewesen, und die Arbeit war hastig und mit unsicherer Hand verrichtet worden. Anfangs las man die fünf Buchstaben G. R. A. B. I., aber als man genauer hinsah, stellte sich der letzte Buchstabe als ein T heraus. Von einem Gefangenen mit diesen Anfangsbuchstaben war nirgends etwas verzeichnet, und man erschöpfte sich in Vermutungen, wie er wohl geheißen haben mochte. Endlich sprach jemand die Meinung aus, die Buchstaben wären keine Anfangsbuchstaben, sondern das vollständige Wort „grabt". Man untersuchte sehr sorgfältig den Fußboden unter der Inschrift und fand in der Erde unter einem Stein die Asche eines Papiers, vermischt mit der Asche eines ledernen Beutels oder Gehäuses. Was der unbekannte Gefangene geschrieben hatte, wird man nie lesen können; aber er hatte etwas geschrieben und es vergraben, um es vor dem Schließer zu verstecken."

„Vater!" rief Lucie aus. „Ihnen wird unwohl!"

Er war plötzlich aufgesprungen und hielt die Hand vor die Stirn. Sein Aussehen und sein Blick erfüllten sie alle mit Schrecken.

„Nein, meine Liebe, ich befinde mich wohl. Es fallen große Regentropfen, und die haben mich erschreckt. Es ist besser, wir gehen hinein."

Er erholte sich fast augenblicklich wieder. Der Regen fiel wirklich in großen, schweren Tropfen, und er zeigte, daß seine Hand davon benetzt war. Aber er äußerte kein einziges Wort in bezug auf die Entdeckung, von der Darnay eben erzählt hatte, und wie sie in das Haus gingen, erkannte das geschäftliche Auge Mr. Lorrys auf seinem Gesicht, wie es sich gegen Charles Darnay wandte, denselben eigentümlichen Ausdruck, mit dem es sich ihm in den Gängen des Gerichtsgebäudes zugewendet hatte, oder er glaubte wenigstens, ihn zu erkennen.

Der Doktor erholte sich jedoch so rasch wieder, daß

Mr. Lorry die Sicherheit seines geschäftlichen Auges anzweifelte.

Der Arm des goldenen Riesen in der Halle war nicht ruhiger als er selbst, als er unter ihm stehenblieb, um zu äußern, daß er vor kleinen Schreckanfällen noch nicht sicher sei, wenn er es je sein werde, und daß der Regen ihn erschreckt habe.

Es wurde Teezeit, und Miss Pross bereitete den Tee mit einem andern Anfall ihrer Laune, aber immer noch waren nicht Hunderte von Leuten da. Mr. Carton hatte sich eingefunden, aber nun waren es nur zwei.

Die Nacht war so drückend und schwül, daß die Wärme lästig wurde, obgleich sie bei offenen Türen und Fenstern saßen. Als sie mit dem Tee fertig waren, rückten sie alle an eins der Fenster heran und sahen hinaus in die trübe Dämmerung. Lucie saß neben ihrem Vater, Darnay saß neben ihr, Carton lehnte an einem Fenster. Die Vorhänge waren weiß und lang, und die Windstöße, die in dem Winkel wirbelten, ließen sie bis zur Decke hinauffliegen und bewegten sie wie Gespensterflügel.

„Der Regen fällt immer noch in großen und schweren Tropfen", sagte Dr. Manette. „Es kommt langsam."

„Es kommt sicher", sagte Carton.

Sie sprachen leise, wie es Leute meistens tun, die auf etwas mit Spannung warten; wie es Leute immer tun, die in einem dunklen Zimmer auf den Blitz warten.

Auf den Straßen war ein großes Hasten; Menschen eilten nach Hause, um ein Obdach zu haben, ehe das Gewitter losbrach; der Winkel mit den wunderbaren Echos hallte wider von dem Schall kommender und gehender Schritte, aber niemand tauchte auf.

„Eine Unzahl Leute und doch eine Einsamkeit!" sagte Darnay, als sie eine Weile gelauscht hatten.

„Ist es nicht bedrückend, Mr. Darnay?" äußerte Lucie. „Manchmal habe ich hier abends gesessen, bis es mir so vorgekommen ist, als ob ... Aber selbst bei dem bloßen Schatten einer törichten Einbildung wird es mir heute, wo alles so schwarz und feierlich ist, schauerlich zumute ..."

„Lassen Sie es uns auch schauerlich werden. Sie dürfen doch sagen, was es ist?"

„Sie werden es für ein Nichts halten. Solche Erscheinungen bedrücken nur den, der sie zuerst spürt, glaube ich; sie lassen sich nicht mitteilen. Ich habe manchmal abends hier allein gesessen und gelauscht, bis mir klar wurde, daß die Echos nur der Widerhall der Schritte aller Menschen waren, die auf unser Leben Einfluß haben würden."

„Wenn dem so ist", warf Sydney Carton in seiner gleichgültigen, mürrischen Weise ein, „so werden wir es einmal mit einer großen Menge zu tun haben."

Die Schritte hörten nicht auf und wurden immer rascher und rascher. Der Winkel hallte von ihrem Schall wider; einige, wie es schien, in der Ferne; einige, wie es schien, im Zimmer; einige kamen, andere gingen; einige wurden unterbrochen, andere standen ganz still; alle aber in entfernteren Straßen und kein einziger im Bereich des Auges.

„Sind alle Schritte bestimmt, zu jedem von uns zu kommen, Miss Manette, oder haben wir sie unter uns zu teilen?"

„Das weiß ich nicht, Mr. Darnay, ich sagte Ihnen gleich, es sei eine törichte Einbildung, aber Sie wollten es wissen. Sooft ich mich ihrem Eindruck hingegeben habe, war ich allein, und dann habe ich mir eingebildet, es wären die Schritte der Leute, die auf mein Leben und auf das meines Vaters Einfluß haben würden."

„Sie mögen nur zu mir kommen", sagte Carton. „Ich lege ihnen keine Fragen vor und stelle keine Bedingungen. Eine große Menschenmenge wälzt sich auf uns zu, Miss Manette, und ich sehe sie – vom Blitz erleuchtet!" Er setzte die letzten Worte hinzu, nachdem ein heller Strahl vom Himmel heruntergeschossen war, der ihn, am Fenster lehnend, zeigte.

„Und ich höre sie", setzte er hinzu, nachdem ein Donnerschlag verhallt war. „Sie kommen hastig, wild und verwegen."

Es war das Prasseln und Rauschen des Regens, das er

damit bildlich darstellte, und es unterbrach ihn, denn es übertönte jede Stimme. Ein heftiges Unwetter brach mit diesem Regenguß herein, und Donner und Blitz und Regen kannten keinen Augenblick Pause, bis der Mond um Mitternacht aufgegangen war.

Die große Glocke der St.-Pauls-Kathedrale dröhnte ein Uhr durch die kühl und hell gewordene Luft, als Mr. Lorry, in hohen Stiefeln und mit einer Laterne versehen, begleitet von Jerry, den Rückweg nach Clerkenwell antrat. Auf dem Weg zwischen Soho und Clerkenwell gab es einsame Stellen, und Mr. Lorry, ihrer Unsicherheit eingedenk, hatte Jerry für diese Begleitung regelmäßig in Dienst genommen, obgleich dieser Dienst gewöhnlich zwei Stunden früher geleistet wurde.

„Was war das für eine Nacht, Jerry! Fast eine Nacht", sagte Mr. Lorry, „um die Toten aus ihren Gräbern auferstehen zu lassen."

„Ich habe nie was mit der Nacht zu schaffen, Herr – und will es auch in Zukunft nicht –, sie geht mich nichts an", gab Jerry zur Antwort.

„Gute Nacht, Mr. Carton!" sagte der Geschäftsmann. „Gute Nacht, Mr. Darnay. Werden wir jemals wieder eine solche Nacht zusammen erleben?"

Vielleicht. Vielleicht wälzt sich die große Menschenmenge brausend und brüllend auch auf sie zu.

7. Kapitel

Monseigneur in der Stadt

Monseigneur, einer der großen Herren von Macht und Einfluß bei Hof, gab in seinem großen Hotel in Paris seine alle vierzehn Tage wiederkehrende Audienz. Monseigneur befand sich in seinen inneren Gemächern, in dem Allerheiligsten für das Gedränge von Verehrern in der Reihe der Vorzimmer. Monseigneur war im Begriff, seine Schokolade zu sich zu nehmen. Monseigneur konnte mit Leichtigkeit gar vielerlei zu sich nehmen, und einige wenige Unzufriedene behaupteten, er zehre ziemlich rasch Frankreich auf; aber die Morgenschokolade konnte nicht einmal ohne die Hilfe von vier starken Männern, außer dem Koch, über die Lippen Monseigneurs gelangen.

Ja, es gehörten vier Männer dazu, alle vier von goldenen Tressen strahlend und ihr Oberst außerstande, mit weniger als zwei goldenen Uhren in der Tasche zu leben (nach dem schönen und geschmackvollen Beispiel Monseigneurs); alle vier dazu angestellt, die glückselige Schokolade bis an Monseigneurs Lippen zu bringen.

Ein Lakai brachte die Schokoladenkanne in die erhabene Gegenwart; ein zweiter quirlte sie zu Schaum mit dem kleinen Instrument, das er zu diesem Zweck bei sich trug, ein dritter überreichte die Serviette, ein vierter (der mit den beiden goldenen Uhren) schenkte die Schokolade ein. Unmöglich konnte Monseigneur einen dieser Bedienten der Schokolade entbehren und seine hohe Stellung unter dem bewundernden Himmelsgewölbe behaupten. Einen schwarzen Fleck hätte es auf sein Wappenschild geworfen, wenn seiner Schokolade schmählich genug nur drei Leute aufgewartet hätten; bei zweien wäre er gestorben.

Monseigneur war vergangene Nacht bei einem kleinen Souper gewesen, wo das Lustspiel und die große Oper in reizender Weise vertreten waren. Monseigneur war fast alle Nächte in bezaubernder Gesellschaft bei kleinen Soupers. So höflich und empfänglich war Monseigneur, daß Lustspiel und große Oper bei ihm viel mehr Einfluß hatten in den langweiligen Angelegenheiten von Staatsgeschäften und Staatsgeheimnissen als die Bedürfnisse und Nöte ganz Frankreichs. Ein glückliches Verhältnis für Frankreich, wie das stets so bei Ländern ist, die ähnlich begünstigt sind. Wie es immer war für England (um ein Beispiel zu nehmen) in den vielbeklagten Tagen des lustigen Stuart, der es verkaufte.

Monseigneur hatte einen wahrhaft edlen Begriff von allgemeinen Staatsgeschäften, und dieser war, jegliches in seiner Weise seinen Weg gehen zu lassen; und von besonderen Staatsgeschäften hatte Monseigneur den anderen edlen Begriff, daß sie alle seinetwegen da wären, zur Vergrößerung seiner Macht und Bereicherung seiner Tasche. Von seinen allgemeinen und besonderen Genüssen und Freuden hatte Monseigneur die wahre edle Meinung, daß die Welt ihretwegen da sei. Der Text seines Buches (von dem Original nur in einem einzigen Wort abweichend, was nicht viel bedeuten will) lautete: „Die Erde und ihre Fülle sind mein, sagt Monseigneur."

Trotzdem entdeckte Monseigneur langsam, daß seine Privat- und Staatsangelegenheiten in eine fürchterliche Verwirrung gerieten, und er hatte sich für beide einen Generalpächter zum Kompagnon genommen. Für die Staatsfinanzen, weil Monseigneur durchaus nichts damit ausrichten konnte und sie daher jemandem verpachten mußte, der mit ihnen fertig wurde; für die Privatfinanzen, weil Generalpächter reich waren und Monseigneur, nachdem Generationen in großem Luxus und großer Verschwendung gelebt hatten, arm wurde. Demgemäß hatte Monseigneur seine Schwester aus einem Kloster genommen, solange es noch Zeit war, dem Tod im Schleier, der billigsten Tracht, die sie tragen konnte, zu entgehen, und hatte mit ihrer Hand einen sehr reichen Generalpächter, der arm an Ahnen war, beglückt. Dieser Generalpächter, ausgerüstet mit einem vorschriftsmäßigen Rohrstock (mit einem goldenen Apfel oben darauf), befand sich jetzt unter den Wartenden in den Vorzimmern, demütig verehrt von den Menschen – immer mit Ausnahme der höheren Menschen vom Geblüt Monseigneurs, der ebenso wie die eigene Gemahlin auf den Generalpächter mit der großartigsten Verachtung herabblickte.

Der Generalpächter war ein glanzvoller Mann. Dreißig Pferde standen in seinen Ställen, vierundzwanzig Bediente saßen in seinem Palast, sechs Frauen bedienten seine Gemahlin. Als einer, der keinen anderen Beruf vorschützte, als überall zu rauben und Beute zu machen, war der Generalpächter – wieviel immer seine ehelichen Verhältnisse zur Sittlichkeit im allgemeinen beitragen mochten – wenigstens die größte Wirklichkeit unter all den Personen, die heute im Hotel Monseigneurs auf Audienz warteten.

Denn die Gemächer, obgleich sie einen schönen Anblick boten und mit der verschiedensten Dekoration ausgeschmückt waren, die Geschmack und Kunst jener Zeit ersinnen konnten, waren, in Wahrheit betrachtet, keine gesunde Sache; in bezug auf die Vogelscheuchen in Lumpen und Nachtmützen anderswo (und nicht so weit weg, daß die Türme von Notre-Dame, von beiden Extremen fast gleich weit entfernt, sie nicht beide hätten sehen können) wären sie eine ausnehmend unbehagliche Sache gewesen – wenn das in Monseigneurs Palast überhaupt hätte jemandes Sache sein können. Offiziere ohne militärische Kenntnisse; Schiffskapitäne, die nie ein Schiff gesehen hatten; Beamte, die keinen Begriff von Geschäften hatten; Geistliche mit eherner Stirn, in der schlimmsten Welt weltlich gesinnt, wollüstigen Blicks, lockerer Zunge und noch lockereren Lebenswandels; alle für ihren Beruf vollständig unfähig, alle der frechsten Lüge schuldig, indem sie behaupteten, ihrem Berufe anzugehören, aber alle in näherem oder fernerem Grade Standesgenossen Monseigneurs und deshalb in alle Staatsstellen gepfropft, bei denen etwas zu verdienen war, konnten dutzendweise abgezählt werden.

Leute, die mit Monseigneur oder dem Staat in keiner unmittelbaren Verbindung standen, aber ebensowenig mit irgend etwas, was echt und wirklich war, und die nie in ihrem Leben versucht hatten, ein wahres irdisches Ziel auf geradem Wege zu erreichen, waren im Überfluß vorhanden. Ärzte, die sich große Vermögen mit Geheimmitteln für eingebildete Krankheiten, die es nicht gab, erworben hatten, lächelten in den Vorzimmern Monseigneurs ihre hochgeborenen Patienten an. Projektemacher, die jegliches Mittel zur Heilung der kleinen Krankheiten, an denen der Staat litt, erfunden hatten, mit Ausnahme des Mittels, ernstlich ans Werk zu gehen, um eine einzige Sünde mit der Wurzel auszurotten, betäubten bei der Audienz Monseigneurs mit ihrem betörenden Geschwätz jedes Ohr, dessen sie habhaft werden konnten. Ungläubige Philosophen, die eine Welt mit Worten neu erschufen und babylonische Türme aus Karten erbauten, um den Himmel damit zu erstürmen, sprachen in dieser glänzenden, bei Monseigneur versammelten Gesellschaft mit ungläubigen Chemikern, die sich mit Goldmachen beschäftigten. Feine Herren von der feinsten Erziehung, die man in jener merkwürdigen Zeit – wie auch jetzt noch – erkannte an ihrer Gleichgültigkeit gegen alles, was wert ist, die Teilnahme des menschlichen Herzens in Anspruch zu nehmen, befanden sich in dem Hotel Monseigneurs in dem musterhaften Zustand geistiger Erschöpfung. Was die Häuslichkeiten betrifft, die diese verschiedenen angesehenen Leute in der vornehmen Welt von Paris verlassen hatten, so wäre es den Spionen unter den versammelten Anbetern Monseigneurs – die eine gute Hälfte der ganzen feinen Gesellschaft ausmachten – schwer geworden, unter den Engeln dieser Sphäre ein einziges Weib zu entdecken, das sich durch ihr Aussehen oder ihr Benehmen als Mutter bekannt hätte. Überhaupt war über den bloßen Akt hinaus, einem solchen kleinen Störenfried das Leben zu geben – womit der Name Mutter noch lange nicht verdient ist –, in der modernen Welt so etwas gar nicht bekannt. Bauernfrauen behielten die unmodernen Bälge bei sich und zogen sie auf, und reizende Großmütter von sechzig Jahren kleideten sich und soupierten, als ob sie zwanzig wären.

Der Aussatz der Unwirklichkeit entstellte jedes Menschenkind, das bei Monseigneur auf Audienz wartete. In den vordersten Vorzimmern befand sich ein halbes Dutzend Ausnahmemenschen, die seit einigen Jahren eine unbestimmte Ahnung hatten, daß die Dinge der Welt im allgemeinen eher schiefgingen. Um sie wieder auf den geraden Weg zu bringen, waren die Hälfte dieses halben Dutzends Mitglieder einer phantastischen Sekte von scheinbaren Epileptikern geworden, und sie überlegten eben jetzt bei sich, ob sie nicht auf der Stelle mit schäumendem Mund und Gebrüll in Krämpfe verfallen sollten – um damit zu Monseigneurs Orientierung für die Zukunft einen außerordentlich verständlichen Wegweiser zu setzen. Außer diesen Derwischen gab es noch drei andere, Mitglieder einer andern Sekte, die diese Welt mit einem Kauderwelsch von dem „Zentrum der Wahrheit“ bessern wollte und behauptete, die Menschheit wäre aus dem Zentrum der Wahrheit herausgekommen – was nicht vieler Beweise bedurfte; aber noch nicht aus der Peripherie, und damit sie nicht über die Peripherie hinausfliege und sogar wieder in den Mittelpunkt komme, müsse man fasten und Geister zitieren. Diese Leute hatten demnach einen lebhaften Verkehr mit der andern Welt und verrichteten damit außerordentlich viel Gutes, das man nur leider nie zu sehen bekam.

Aber der Haupttrost war, daß die ganze Gesellschaft im Hotel Monseigneurs untadelig angezogen war. Wenn man nur hätte sicher sein können, daß der Tag des Jüngsten Gerichts ein Tag der Gala sein werde, so hätte jeder der Versammelten für die Ewigkeit die Prüfung bestanden. Ein solches Frisieren und Pudern und Aufstecken des Haares und so kunstvolles Schminken und Malen, so prächtig anzuschauende Degen und so zartes Huldigen des Geruchssinnes mußten sicherlich alles Bestehende bis in alle Ewigkeit erhalten. Die feinsten Herren von der feinsten Erziehung trugen an ihren Uhren niedliche Kleinodien, die lustig klimperten, wenn sie sich schläfrig bewegten; diese goldenen Fesseln läuteten wie liebliche Glöckchen. Und mit dem Läuten und dem Rauschen von Brokat und Seide und feinem Linnen ging eine Regung durch die Luft, die St-Antoine und seinen nagenden Hunger weit hinwegwehte.

Die Kleidung war der eine unfehlbare Talisman und Zauber, der jegliches Ding auf seinem Platz erhalten mußte. Jedermann war für eine Maskerade kostümiert, die nie aufhören sollte. Von den Tuilerien über Monseigneur und den ganzen Hof, durch die Kammern, die Gerichtshöfe und die ganze Gesellschaft (mit Ausnahme der Vogelscheuchen) stieg die Maskerade bis zum Henker herab, der, um den Zauber nicht zu brechen, frisiert, gepudert, in goldbetreßtem Rock, Schuhen und weißseidenen Strümpfen sein Amt verrichten mußte. An Galgen und Rad – das Beil war eine Seltenheit – verrichtete Monsieur Paris, wie ihn nach bischöflichem Brauch seine Kollegen aus der Provinz, Monsieur Orleans und die anderen, nannten, in diesem schmucken Aufzug sein Amt. Und wer unter der Gesellschaft an Monseigneurs Audienztag in diesem siebzehnhundertachtzigsten Jahre unseres Herrn hätte zweifeln können, daß ein System, das seine Wurzel in einem frisierten und gepuderten Henker im Tressenrock, in Schuhen und weißseidenen Strümpfen hatte, nicht selbst die Sterne überdauern würde!

Nachdem Monseigneur seine vier Leute ihrer Lasten entledigt und seine Schokolade zu sich genommen hatte, ließ er die Flügeltüren des Allerheiligsten auftun und trat hinaus. Oh, diese Unterwürfigkeit, die krummen Rücken und schmeichelnden Gesichter, die Servilität, die niedere Kriecherei, die jetzt zu sehen waren! Was das Demütigen, körperlich und geistig, betrifft, so blieb in dieser Hinsicht nichts für den Himmel übrig – was einer von den vielen Gründen gewesen sein mag, warum ihn die Anbeter Monseigneurs niemals belästigten.

Mit einem Wort der Verheißung hierhin und einem Lächeln dorthin, einem geflüsterten Wort für einen glücklichen Sklaven und einem Gruß mit der Hand für einen anderen, wandelte Monseigneur leutselig durch seine Gemächer bis in die entlegene Region der Peripherie der Wahrheit. Dort kehrte Monseigneur um und ging denselben Weg zurück, schloß sich nach einer angemessenen Zeit wieder in sein Allerheiligstes mit den Schokoladengeistern ein und wurde nicht mehr gesehn.

Nachdem das Schauspiel vorüber war, wurde die Regung in der Luft fast zu einem kleinen Sturm, und die lieblichen Glöckchen läuteten die Treppen hinunter. Bald blieb von dem ganzen Gedränge nur ein einziger Herr zurück, und dieser, den Hut unter dem Arm und die Tabaksdose in der Hand, ging langsam an den Spiegeln vorüber hinaus.

„Hol Euch der Teufel!“ sagte dieser Herr, indem er an der letzten Tür stehenblieb und das Gesicht dem Allerheiligsten zukehrte.

Damit schüttelte er den Tabak von seinen Fingerspitzen, als ob er den Staub von seinen Füßen geschüttelt hätte, und ging ruhig die Treppe hinab.

Er war ein Mann von ungefähr sechzig Jahren, in schönen Kleidern, von stolzem Benehmen und mit einem Gesicht, das einer schönen Maske glich. Ein Gesicht von durchsichtiger Blässe; jeder Zug darin deutlich ausgeprägt. Die Nase, sonst ohne Tadel geformt, hatte über jedem Nasenflügel eine kleine Vertiefung. In diesen beiden Vertiefungen ging die einzige kleine Veränderung vor sich, die das Gesicht überhaupt jemals zeigte. Sie veränderten manchmal die Farbe, und sie erweiterten sich und zogen sich manchmal wie durch ein schwaches Pulsieren zusammen; dann verliehen sie dem ganzen Gesicht einen Ausdruck der Falschheit und Grausamkeit. Betrachtete man es genauer, so entdeckte man, daß dieser Ausdruck durch die Linien des Mundes und die viel zu gerade und dünne Abgrenzung der Augäpfel unterstützt wurde. Dennoch war das Gesicht in der Wirkung, die es hervorbrachte, schön und bemerkenswert.

Sein Besitzer ging die Treppe hinunter in den Hof, stieg in seinen Wagen und fuhr fort. Während der Audienz hatten nicht viele von den Versammelten mit ihm gesprochen; er hatte einen kleinen freien Raum um sich gehabt, und Monseigneur hätte freundlicher zu ihm sein können. Unter diesen Umständen tat es ihm fast wohl, zu sehen, wie das gemeine Volk vor seinen Pferden zurückwich und oft kaum dem Überfahrenwerden entging. Sein Kutscher fuhr, als ob er auf einen Feind losstürmte, und sein wütendes Jagen veranlaßte den Herrn weder zu einer Veränderung der Miene noch zu einem Wort des Tadels. Selbst in dieser tauben Stadt und in diesem stummen Zeitalter war manchmal die Klage laut geworden, daß in den engen Straßen ohne Fußweg die rücksichtslose Patriziergewohnheit schnellen Fahrens das gewöhnlichere Volk in Gefahr brachte, die gesunden Glieder oder gar das Leben zu verlieren. Aber wenige kümmerten sich so sehr darum, um ein zweites Mal daran zu denken, und in dieser Weise, wie in allen anderen, überließ man es dem großen Haufen, sich aus seiner Not zu finden, so gut er konnte.

Mit wildem Rasseln und Klappern und einer unmenschlichen Rücksichtslosigkeit, die man heutzutage nicht gut begreift, jagte der Wagen durch die Straßen und um Ecken herum, während Weiber laut schreiend vor ihm auseinanderstoben und Männer einander beim Arm packten und Kinder aus dem Weg rissen. Als er schließlich in eine Straße mit einem Brunnen einbog, kam einem der Räder etwas in den Weg; ein lauter Schrei ertönte aus dem Volk, und die Pferde bäumten sich auf und schlugen aus.

Wenn letzteres nicht gewesen wäre, hätte der Wagen wahrscheinlich nicht gehalten; oft schon waren Wagen weitergefahren und hatten ihre Verwundeten liegenlassen, und warum auch nicht? Aber der erschrockene Diener sprang hastig herunter, und zwanzig Hände hatten die Zügel der Pferde gefaßt.

„Was ist geschehen?“ fragte Monsieur und sah ruhig aus dem Wagen heraus.

Ein großer Mann mit einer Nachtmütze hatte ein Bündel unter den Hufen der Pferde hervorgerissen, hatte es auf den Unterbau des Brunnens gelegt, kniete sich in den Schmutz und die Nässe der Straße und heulte wie ein wildes Tier.

„Pardon, Monsieur le Marquis“, sagte ein zerlumpter Mann mit unterwürfiger Gebärde, „es ist ein Kind.“

„Wozu macht er diesen abscheulichen Lärm? Ist es sein Kind?“

„Entschuldigen Sie, Monsieur le Marquis. Es ist recht traurig, ja.“

Der Brunnen stand in einiger Entfernung; denn die Straße öffnete sich, wo er stand, auf einen kleinen freien

Platz von fünfzehn oder zwanzig Schritten Breite. Als der große Mann plötzlich vom Erdboden aufsprang und auf den Wagen zugelaufen kam, legte Monsieur le Marquis einen Augenblick die Hand an den Degen.

„Tot!“ schrie der Mann in wilder Verzweiflung, indem er beide Arme zum Himmel erhob und den vornehmen Mann mit starrem Blick ansah. „Tot!“

Die Menge drängte sich um den Wagen und heftete die Blicke auf Monsieur le Marquis. In den vielen Augen, die ihn ansahen, zeigte sich nichts als Neugier und Spannung; kein Drohen und kein Zorn. Das Volk sagte auch nichts; nach dem ersten Schrei war es stumm und blieb auch so. Die Stimme des unterwürfigen Mannes, der gesprochen hatte, war in ihrer übermäßigen Unterwürfigkeit tonlos und matt. Monsieur le Marquis ließ seine Blicke über sie hinschweifen, als ob sie alle nichts als Ratten wären, eben aus ihren Löchern hervorgekrochen.

Er zog die Börse.

„Ich kann mich nicht genug wundern“, sagte er, „daß ihr Leute euch selbst und eure Kinder nicht mehr in acht nehmt. Einer oder der andere von euch ist immer im Weg. Wie kann ich wissen, welchen Schaden ihr meinen Pferden getan habt? Hier, gebt ihm das.“

Er warf ein Goldstück hinaus, daß der Diener es aufhebe, und alle Hälse wurden lang, um zu sehen, wo es hinfiel. Der große Mann schrie wieder in einem Ton, der nicht aus einer Menschenbrust zu kommen schien: „Tot!“

Die rasche Ankunft eines anderen Mannes, dem die übrigen Platz machten, unterbrach ihn. Als der Arme diesen sah, fiel er schluchzend und weinend an seine Brust und wies auf den Brunnen, wo einige Frauen die kleine Leiche umstanden und sich scheu und sanft darum bewegten. Aber sie waren so stumm wie die Männer.

„Ich weiß alles, ich weiß alles“, sagte der zuletzt Angekommene. „Faßt Euch, mein Gaspard! Besser für das arme kleine Wesen, so zu sterben, als zu leben. Es ist in

einem Augenblick ohne Schmerz gestorben. Hätte es eine Stunde so glücklich leben können?"

„Ihr seid ein Philosoph, Freund", sagte der Marquis mit einem Lächeln. „Wie heißt Ihr?"

„Ich heiße Defarge."

„Was seid Ihr?"

„Weinhändler, Monsieur le Marquis."

„Hier nehmt, Philosoph und Weinhändler", sagte der Marquis und warf ihm ein Goldstück hin, „und vertut es nach Belieben. Kutscher, fahr zu!"

Ohne die versammelte Menge eines zweiten Blickes zu würdigen, lehnte sich Monsieur le Marquis in den Wagen zurück, um weitergefahren zu werden, er hatte die Miene eines vornehmen Herrn aufgesetzt, der zufällig etwas ganz Gewöhnliches zerbrochen und es bezahlt hatte und das Geld entbehren konnte, als seine Seelenruhe plötzlich dadurch gestört wurde, daß ein Geldstück in den Wagen flog und klimpernd auf den Boden fiel.

„Halt!" sagte Monsieur le Marquis. „Halt, Kutscher! Wer hat geworfen?"

Er blickte zu der Stelle, wo Defarge, der Weinhändler, noch vor einer Sekunde gestanden hatte; aber der unglückliche Vater kniete auf dieser Stelle suchend auf dem Pflaster, und die Gestalt, die neben ihm stand, war eine brünette, starke Frau, und diese strickte.

„Ihr Hunde!" sagte der Marquis, aber ruhig und mit unverändertem Gesicht, außer um die Vertiefung über den Nasenflügeln: „Ich würde anstandslos über jeden von euch wegfahren und ihn von der Erde vertilgen. Wenn ich wüßte, welcher Lump geworfen hat, und wenn er nahe genug wäre, wollte ich ihn mit den Rädern meines Wagens zermalmen."

Diese Menschen waren so gedrückt und hatten so lange und so schlimme Erfahrungen mit dem, was ihnen ein solcher Mann innerhalb des Gesetzes und darüber hinaus antun konnte, daß sich kein Mund, keine Hand, nicht einmal ein Auge regte. Nicht bei einem einzigen der Männer. Aber die strickende Frau erhob die Augen und sah dem Marquis fest ins Gesicht. Es war unter seiner Würde, das zu bemerken; verachtungsvoll schweifte sein Blick über sie und alle die anderen Ratten hinweg, und er legte sich wieder in den Wagen zurück und gab den Befehl: „Fahr zu!“

Er fuhr fort, und andere Kutschen fuhren ebenfalls in rascher Folge vorüber; der Minister, der Staatsprojektemacher, der Generalpächter, der Arzt, der Jurist, der Geistliche, die große Oper, das Lustspiel, der ganze Maskenball im bunten, ununterbrochenen Zug fuhren vorüber. Die Ratten waren aus ihren Löchern hervorgekrochen, um das Schauspiel anzusehen, und sie sahen ihm stundenlang zu, wobei Soldaten und Polizei oft zwischen sie und das Schauspiel traten und eine Kette bildeten, hinter der sie sich verkrochen und durch die sie lugten. Der Vater hatte schon längst die kleine Leiche aufgehoben und war damit davongeschlichen, als die Frauen, die sie mitleidig umstanden hatten, wie sie auf dem Unterbau des Brunnens lag, noch dort saßen und dem Rieseln des Wassers und dem Vorbeifahren des Maskenballs zusahen und als die eine Frau, die (von allen andern bemerkt) strickend dagestanden hatte, immer noch mit der Beharrlichkeit einer Norne fortstrickte. – Das Wasser des Brunnens rinnt dahin, der schnelle Fluß rinnt dahin, der Tag verrinnt in den Abend, so viel Leben in der Stadt verrinnt in den Tod nach der Regel: „Zeit und Flut warten auf niemand.“ Die Ratten schliefen dicht zusammengedrängt wieder in ihren dunklen Löchern, der Maskenball saß im hellen Kerzenschein beim Souper, und alles ging seinen Gang.

8. Kapitel

Monseigneur auf dem Lande

Eine schöne Landschaft, von goldenen, aber nicht üppigen Weizenfeldern unterbrochen, Fleckchen dünnstehenden Roggens, wo Weizen hätte stehen sollen, Fleckchen kümmerlicher Bohnen und Erbsen, Fleckchen anderer geringer Stellvertreter für Weizen. Die unbelebte Natur war wie die Männer und Frauen, die sie bewirtschafteten, mit einer vorherrschenden Neigung behaftet, sich als widerwillig vegetierend darzustellen – mit einer niedergedrückten Stimmung sich aufzugeben und zu verwelken.

Monsieur le Marquis in seiner Reisekutsche (die leichter hätte sein können), gefahren von vier Postpferden und zwei Postillionen, fuhr langsam einen steilen Hügel hinauf. Ein roter Schimmer auf dem Antlitz Monsieur le Marquis' konnte seiner Vornehmheit keinen Abbruch tun; er kam nicht von innen; er rührte von einem außer seiner Machtvollkommenheit stehenden äußeren Umstand her, von der untergehenden Sonne.

Die untergehende Sonne schien so glänzend in die Reisekutsche, als diese die Höhe erreichte, daß der darin Sitzende wie mit Purpur übergossen war. „Es wird gleich vorbei sein", sagte Monsieur le Marquis mit einem Blick auf seine Hände.

In der Tat stand die Sonne so tief, daß sie gleich darauf hinter dem Horizont versank. Als der schwere Hemmschuh an das Rad gelegt war und der Wagen mit einem brenzligen Geruch in einer Staubwolke den Berg hinabrutschte, verschwand die rote Glut rasch, und als die Sonne und der Marquis miteinander bergab fuhren und der Hemmschuh wieder entfernt wurde, war keine Glut mehr vorhanden.

Aber es blieb noch eine wellenförmige Landschaft, malerisch und weit, ein Dörfchen am Fuß eines Hügels, ein Abhang und ein Hügelrücken dahinter, ein Kirchturm, eine Windmühle, ein Forst für die Jagd und ein Fels mit einer Burg auf der Spitze, die als Gefängnis diente. Auf alle diese allmählich in der zunehmenden Dämmerung verschwimmenden Gegenstände blickte der Marquis mit der Miene eines Mannes, der sich der Heimat nähert.

Das Dörfchen hatte eine einzige ärmliche Straße, mit einer ärmlichen Brauerei, einer ärmlichen Gerberei, einer ärmlichen Schenke, einem ärmlichen Stall als

Relais für die Postpferde, einem ärmlichen Brunnen und allem anderen gewöhnlichen ärmlichen Zubehör. Es hatte auch seine armen Einwohner. Alle seine Bewohner waren arm, und manche saßen vor ihren Haustüren und schnitten Zwiebeln und ähnliches zum Abendessen, während einige an dem Brunnen standen und Blätter und Gras und andere Früchte der Erde wuschen, die zur Not gegessen werden konnten. Ausdrucksvolle Anzeichen von dem, was sie arm machte, fehlten nicht; die Abgaben für den Staat, die Abgaben für die Kirche, die Abgaben für den Grundherrn, Lokalabgaben und Staatsabgaben mußten hier und dort bezahlt werden, wie ein großes Schild im Dörfchen sagte, so daß man sich wunderte, daß vom Dörfchen überhaupt noch etwas übrigblieb.

Wenige Kinder waren sichtbar und keine Hunde. Was Männer und Frauen betrifft, so waren ihre Möglichkeiten auf Erden sehr beschränkt – ein Leben unter den niedrigsten Bedingungen, unter denen es erhalten werden konnte, im Dörfchen unter der Mühle oder Gefangenschaft und Tod in dem finster drohenden Gefängnis auf dem Felsen.

Angekündigt durch einen vorausreitenden Kurier und durch das Klatschen der Peitschen seiner Postillione, die sich in der Abendluft schlangenartig um deren Köpfe bewegten, als ob den Monsieur le Marquis die Furien begleiteten, ließ dieser den Reisewagen an der Tür der Post anhalten. Sie war dicht beim Brunnen, und die Landleute unterbrachen neugierig ihre Beschäftigung. Er ließ seine Blicke über sie wegschweifen und sah in ihnen, ohne es zu wissen, den langsamen und sicheren Verfall von Gesicht und Körper durch Not und Kummer, was die Magerkeit der Franzosen zu einem englischen Aberglauben machte, der die Wahrheit fast hundert Jahre überleben sollte.

Monsieur le Marquis sah hinaus auf die unterwürfigen Gesichter, die sich vor ihm beugten, wie er sich vor Monseigneur gebeugt hatte – der einzige Unterschied war, daß sich diese Häupter nur beugten, um zu dulden, und nicht, um zu schmeicheln –, als ein ergrauter Straßenarbeiter zu den Umstehenden trat.

„Bringt mir den Kerl her!“ sagte der Marquis zu dem Kurier.

Der Mann wurde mit der Mütze in der Hand gebracht, und die anderen Männer drängten sich heran, um zuzuhören, genau wie die Leute am Brunnen in Paris.

„Ihr standet an der Straße, als ich vorüberfuhr?“

„Ja, Monseigneur. Ich hatte die Ehre, zu sehen, wie Euer Gnaden vorüberfuhren.“

„Wie ich die Höhe herauffuhr und oben auf der Höhe, nicht?“

„Ja, Monseigneur.“

„Wonach blicktet Ihr mit so starren Augen?“

„Ich starrte den Mann an, Monseigneur.“

Er bückte sich ein wenig und wies mit seiner zerlumpten blauen Mütze unter den Wagen. All die anderen bückten sich auch, um unter den Wagen zu sehen.

„Was für ein Mann, Kerl? Und warum dorthin sehen?“

„Verzeihung, Monseigneur. Er hing an der Kette des Hemmschuhs.“

„Wer?“ fragte der Reisende.

„Monseigneur, der Mann.“

„Der Teufel soll diese Esel holen! Wie hieß der Mann? Ihr kennt ja alle Leute dieser Gegend. Wer war der Mann?“

„Verzeihen Sie, Monseigneur! Er war nicht aus dieser Gegend. In meinem ganzen Leben habe ich ihn nie gesehen!“

„Er hing an der Kette? Um im Staub zu ersticken?“

„Mit Ihrer gnädigen Erlaubnis, Monseigneur, das war eben das Wunder. Der Kopf hing herunter. – So!“

Er drehte sich halb um und bog sich zurück, so daß das Gesicht zum Himmel gewendet war und der Kopf hintenüberhing; dann stellte er sich wieder gerade, zerknautschte die Mütze in der Hand und machte eine Verbeugung.

„Wie sah er aus?“

„Monseigneur, er war weißer als ein Müller. Über und über mit Staub bedeckt, weiß wie ein Gespenst, groß wie ein Gespenst!“

Der Vergleich machte einen tiefen Eindruck auf die Umstehenden; aber alle Augen, ohne sich erst mit anderen Augen ins Einvernehmen zu setzen, blickten auf Monsieur le Marquis. Vielleicht um zu sehen, ob sein Gewissen ein Gespenst belästigte.

„Wahrhaftig, es war sehr gescheit von Euch“, sagte der Marquis, in dem glücklichen Bewußtsein, daß solches Gewürm ihn nicht ärgern dürfe, „einen Dieb unten an meinem Wagen hängen zu sehen und Euer großes Maul nicht aufzutun. Bah! Laßt ihn gehen, Monsieur Gabelle.“

Monsieur Gabelle war Postmeister und zugleich Steuerbeamter; er war mit großem Diensteifer herausgekommen, um dem Verhör beizuwohnen, und hatte mit strenger Amtsmiene den Verhörten am zerlumpten Ärmel festgehalten.

„Bah! Verschwinde!“ sagte Monsieur Gabelle.

„Nehmt diesen unbekannten Mann fest, wenn er für die Nacht ein Obdach hier im Dorf suchen sollte, und versichert Euch, daß er ehrliche Absichten hat, Gabelle.“

„Monseigneur, ich fühle mich sehr geehrt, Ihre Befehle ausführen zu dürfen.“

„Lief der Kerl fort? – Wo ist der andere?“

Der andere war bereits mit einem halben Dutzend besonderer Freunde unter dem Wagen und zeigte mit seiner blauen Mütze, wie der Mann an der Kette gehangen hatte. Ein anderes halbes Dutzend besonderer Freunde holte ihn rasch hervor und stellte ihn atemlos vor den Marquis hin.

„Lief der Mann fort, Kerl, als wir wegen des Hemmschuhs hielten?“

„Monseigneur, er stürzte kopfüber den Abhang hinunter, wie wenn sich jemand in einen Fluß wirft.“

„Erkundigt Euch weiter danach, Gabelle. Kutscher, fahr zu!“

Das halbe Dutzend, das die Kette beguckte, stand immer noch zwischen den Rädern wie eine Gruppe von Schafen; die Räder drehten sich so unvermittelt, daß sie sich glücklich schätzen konnten, Haut und Knochen unverletzt davonzutragen; sie hatten wenig mehr davonzutragen, sonst wären sie wohl nicht so glücklich gewesen.

Der rasche Lauf, in dem der Wagen das Dorf verließ und den Abhang jenseits hinauffuhr, wurde bald von der Steilheit des letzteren verlangsamt. Allmählich verfielen die Pferde in Schritt, und schwankend und polternd bewegte sich die Kutsche durch die vielen süßen Düfte einer Sommernacht. Die Postillione, deren Köpfe jetzt anstatt der Furien Tausende von Mücken umkreisten, flickten ruhig die Schwippen ihrer Peitschen aus, der Lakai ging neben den Pferden; den Kurier hörte man in der dunklen Ferne traben.

An der steilsten Stelle des Hügels befand sich ein kleiner Kirchhof mit einem Kreuz und einem neuen großen Bild unseres Heilands daran; es war ein armseliges Holzbild, von einem ungeübten Holzschnitzer des Dorfes verfertigt, der aber den Körper lebensecht – vielleicht nach seinem eigenen – gestaltet hatte, denn er war schrecklich mager und abgezehrt.

Vor diesem traurigen Sinnbild eines großen Elends, das seit vielen Jahren immer schlimmer geworden war und noch nicht seinen Höhepunkt erreicht hatte, kniete eine Frau. Sie wandte den Kopf, als sie der Wagen erreichte, stand rasch auf und trat an den Kutschenschlag.

„Ach, Monseigneur! Monseigneur, eine Bittschrift."

Mit einem Ausruf der Ungeduld, aber mit unverändertem Gesicht blickte der Marquis zum Wagenfenster hinaus.

„Was gibt's! Immer Bittschriften!"

„Monseigneur. Bei der Liebe des großen Gottes! Mein Mann, der Förster."

„Was ist mit Eurem Mann, dem Förster? Es ist immer die alte Geschichte mit Euch Leuten. Euer Mann kann etwas nicht bezahlen?"

„Er hat alles bezahlt, Monseigneur. Er ist gestorben."

„Gut, so hat er Ruhe. Ich kann ihn Euch nicht wiedergeben."

„Ach Gott, nein, Monseigneur! Aber er liegt dort unter einem dürftigen Rasenhügel."

„Nun?"

„Monseigneur, es sind so viele dürftige Rasenhügel."

„Was weiter?"

Sie sah alt aus, war aber jung. Sie gebärdete sich in leidenschaftlichem Schmerz; abwechselnd schlug sie ihre abgezehrten Hände in wilder Leidenschaft zusammen und legte eine auf den Wagenschlag – zärtlich und liebkosend, als hätte das Holz ein menschliches Herz und könnte die bittende Berührung fühlen.

„Monseigneur, hören Sie mich! Monseigneur, hören Sie meine Bitte! Mein Mann starb aus Mangel; so viele sterben aus Mangel; noch viele werden aus Mangel sterben."

„Was dann! Kann ich sie füttern?"

„Monseigneur, das weiß der gute Gott, aber ich verlange es nicht. Ich bitte nur, daß ein Stein oder Brett mit meines Mannes Namen auf sein Grab gestellt werde, als Zeichen, wo er liegt. Sonst wird die Stelle rasch vergessen, man findet sie nicht wieder, wenn ich an derselben Krankheit sterbe, und man legt mich unter einen anderen dürftigen Rasenhügel. Monseigneur! Es sind so viele, sie vermehren sich so rasch, es ist so wenig Platz. Monseigneur! Monseigneur!"

Der Lakai hatte sie von dem Kutschenschlag weggeschoben, die Kutsche fuhr davon, die Postillione gaben den Pferden die Peitsche, die Frau blieb weit zurück, und der Marquis, wieder von Furien geleitet, ließ rasch die ein oder zwei Stunden Entfernung hinter sich, die noch zwischen ihnen und dem Schloß lagen.

Die lieblichen Düfte der Sternennacht regten sich ringsum und kamen so unparteiisch, wie der Regen fällt, auch der bestaubten, zerlumpten und arbeitsmüden Gruppe am nahen Brunnen zugute, der der Straßenarbeiter mit Hilfe der blauen Mütze, ohne die er nichts war, immer noch von dem Mann wie von einem Gespenst erzählte, solange sie zuhören wollten. Als sie allmählich genug hatten, verlor sich einer nach dem andern, und Lichter funkelten in kleinen Fenstern – Lichter, die, als die Fenster dunkel wurden und sich mehr Sterne zeigten, aussahen, als wären sie an den Himmel emporgefahren, anstatt ausgelöscht worden zu sein.

Der Schatten eines großen Hauses mit hohem Dach und vielen überhängenden Bäumen lag zu dieser Stunde auf Monsieur le Marquis; und an die Stelle des Schattens trat der Schein einer Fackel, als die Kutsche hielt und sich das große Tor des Schlosses vor dem Marquis auftat.

„Ist Monsieur Charles aus England angekommen?"

„Noch nicht, Monseigneur."

9. Kapitel

Das Medusenhaupt

Das Schloß Monsieur le Marquis' war eine schwere Gebäudemasse mit einem großen, mit Steinen gepflasterten Hof davor und einer doppelten steinernen Treppenflucht, die hinauf zu der steinernen Terrasse vor der Haupttür führte. Es war überhaupt eine steinerne Angelegenheit mit schweren Balustraden von Steinen und steinernen Urnen und steinernen Blumen und steinernen Gesichtern und steinernen Löwenköpfen in allen Richtungen. Als ob ein Medusenhaupt es angesehen hätte, als es vor zwei Jahrhunderten fertig geworden war.

Monsieur le Marquis stieg die breite Treppenflucht von flachen Stufen hinauf, während ihm die Fackel immer noch voranleuchtete und die Finsternis genug störte, um eine Eule in dem Dach des großen Stallgebäudes dort unter den Bäumen zu lauten Protesten zu bewegen. Im übrigen war alles so still, daß die Fackel, die dem Marquis voranleuchtete, und die andere Fackel, die ein Lakai an der großen Tür in die Höhe hielt, so ruhig brannten, als ob sie in einem verschlossenen Staatszimmer anstatt an der freien Nachtluft wären. Einen anderen Laut als den Ruf der Eule vernahm man nicht, außer dem Plätschern eines Springbrunnens in einem steinernen Becken; denn es war eine jener dunklen Nächte, die ihren Atem stundenlang anhalten und dann einen langen leisen Seufzer vernehmen lassen und ihren Atem wieder anhalten.

Die große Tür fiel schallend hinter ihm zu, und Monsieur le Marquis schritt durch eine Vorhalle, die abschreckend war durch seltene alte Hirschfänger, Degen und Jagdmesser; aber noch abschreckender durch schwere Reitgerten und Reitpeitschen, deren Gewicht mancher Bauer, der seitdem zu seinem Wohltäter Tod eingegangen ist, gefühlt hatte, wenn der gnädige Herr schlechter Laune war.

Monsieur le Marquis mied die größeren Zimmer, die nicht erleuchtet und für die Nacht schon zugeschlossen waren, und ging, während der Fackelträger immer noch voranleuchtete, die Treppe hinauf bis zu einer Tür auf einem Korridor. Diese wurde geöffnet und gestattete ihm Zutritt in seine eigene Privatwohnung von drei Zimmern, einem Schlafgemach und zwei anderen. Hohe, gewölbte Räume ohne Teppiche auf dem Fußboden, mit großen Böcken im Kamin, um im Winter mit Holz heizen zu können, und allem einem Marquis gebührenden Luxus in einer üppigen Zeit und einem üppigen Land. Die Mode des letzten Ludwig von dem Geschlecht, das nie ausgehen sollte – des vierzehnten Ludwig –, war in der reichen Ausstattung der Gemächer vorherrschend; aber man erblickte auch viele Gegenstände, die an alte Zeiten der Geschichte von Frankreich erinnerten.

Im dritten Zimmer war ein Tisch für zwei Personen gedeckt. Es war ein rundes Zimmer in einem der vier Türme, die Dächer wie Lichthütchen hatten; ein kleines, hohes Zimmer, in dem ein Fenster weit offenstand, während die Jalousien geschlossen waren, so daß sich die finstere Nacht nur in schmalen horizontalen schwarzen Streifen zeigte, die mit breiten Streifen von Steinfarbe abwechselten.

„Mein Neffe ist noch nicht da, wie ich höre“, sagte der Marquis mit einem Blick auf die Vorbereitung zum Abendessen.

Er war noch nicht da; aber man hatte ihn mit Monseigneur erwartet.

„Ah! Er wird wahrscheinlich heute abend nicht kommen; aber laßt die Tafel, wie sie ist. Ich werde in einer Viertelstunde fertig sein.“

In einer Viertelstunde war Monseigneur fertig und setzte sich allein zu seinem üppigen und auserlesenen Mahl hin. Sein Stuhl stand dem Fenster gegenüber, und er hatte seine Suppe gegessen und hob sein Glas Bordeaux an den Mund, als er es wieder wegsetzte.

„Was ist das?“ fragte er ruhig und heftete aufmerksam den Blick auf die horizontalen Streifen von schwarzer und grauer Farbe.

„Monseigneur! Was?“

„Draußen vor den Jalousien. Macht die Jalousien auf.“

Es geschah.

„Nun?“

„Monseigneur! Es ist nichts. Die Bäume und die Nacht – weiter ist nichts draußen . . .“

Der Bediente hatte die Jalousien weit geöffnet, in die leere Nacht hinausgesehen und drehte sich jetzt nach weiteren Verhaltensbefehlen um.

„Gut“, sagte der nicht aus der Fassung zu bringende Herr. „Mach sie wieder zu.“

Es geschah, und der Marquis aß weiter. Er war beinahe fertig, als er abermals das halb zum Mund geführte Glas wieder hinsetzte, denn er hörte einen Wagen rollen. Er näherte sich rasch und hielt vor dem Schloß.

„Sieh nach, wer gekommen ist.“

Es war der Neffe Monseigneurs. Er war zeitig am Nachmittag aufgebrochen, nur wenige Stunden später als Monseigneur. Er war rasch gefahren, aber doch nicht rasch genug, um Monseigneur unterwegs einzuholen. Man hatte ihm auf den Poststationen gesagt, daß Monseigneur vor ihm herfahre.

Man sollte ihm sagen, befahl Monseigneur, daß das Abendessen hier auf ihn warte und er gebeten werde, daran teilzunehmen. Nach einer kleinen Weile trat der Angekommene ein. In England hatte er Charles Darnay geheißen.

Monseigneur empfing ihn höflich, aber sie reichten sich nicht die Hand.

„Sie sind gestern von Paris abgereist, Sir?" sagte er zu Monseigneur, als er an der Tafel Platz nahm.

„Gestern. Und Sie?"

„Ich komme direkt."

„Von London?"

„Ja."

„Sie haben lange gezögert", sagte der Marquis mit einem Lächeln.

„Im Gegenteil, ich komme direkt."

„Verzeihen Sie! Ich glaube nicht, daß Sie unterwegs lange gezögert haben, sondern sie zögerten mit dem Entschluß zu reisen."

„Ich hatte Abhaltungen" – der Neffe stockte einen Augenblick in seiner Antwort – „infolge von Geschäften."

„Natürlich", sagte der höfliche Onkel.

Solange ein Bedienter anwesend war, wurde kein weiteres Wort zwischen den beiden gewechselt. Als der Kaffee serviert war und sie sich wieder allein befanden, begann der Neffe ein Gespräch, indem er dem Onkel in die Augen sah, dessen Gesicht wie eine schöne Maske wirkte.

„Ich kehre zurück von einer Reise und verfolge das Ziel, das Sie kennen. Es hat mich in große, unerwartete Gefahr gebracht; aber es ist ein heiliges Ziel, und wenn es mich in den Tod geführt hätte, hätte es mich, hoffe ich, aufrechterhalten."

„Nicht in den Tod", sagte der Onkel. „Es ist nicht notwendig, zu sagen, in den Tod."

„Ich bezweifle sehr", entgegnete der Neffe, „ob, wenn es mich bis an den Rand des Grabes geführt hätte, Sie einen Finger gerührt hätten, um mich zu retten."

Das Vertiefen der Grübchen in der Nase und das

Längerwerden der schönen geraden Linien in dem grausamen Gesicht antworteten seltsam genug auf diese Vermutung; der Onkel machte eine anmutig protestierende Handbewegung, die so offenbar eine bloße Höflichkeit war, daß sie nicht beruhigen konnte.

„Wahrhaftig, Sir", fuhr der Neffe fort, „nach dem, was ich weiß, können Sie ebensogut ausdrücklich darauf hingewirkt haben, den verdächtigen Verhältnissen, die mich umgaben, einen noch verdächtigeren Anstrich zu geben."

„Nein, nein, nein", sagte der Onkel mit freundlichem Lächeln.

„Sei dem, wie ihm wolle", entgegnete der Neffe und sah ihn mit tiefem Mißtrauen an, „ich weiß, daß mich Ihre Diplomatie durch jedes Mittel hindern und sich betreffs der Mittel kein Gewissen machen würde."

„Mein Bester, das habe ich Ihnen gesagt", sagte der Onkel mit einem leisen Zittern über den Nasenflügeln. „Haben Sie die Güte, nicht zu vergessen, daß ich Ihnen das vor langer Zeit gesagt habe."

„Ich erinnere mich dessen wohl."

„Ich danke Ihnen", sagte der Marquis mit der liebenswürdigsten Höflichkeit.

Der Klang seiner Stimme zitterte fast wie der Ton eines musikalischen Instruments durch die Luft.

„Wahrhaftig, Sir", fuhr der Neffe fort, „ich glaube, es ist zu gleicher Zeit Ihr Mißgeschick und mein Glück, was mir hier in Frankreich die Freiheit läßt."

„Ich verstehe nicht ganz", erwiderte der Onkel, seinen Kaffee schlürfend. „Darf ich um nähere Erläuterung bitten?"

„Ich glaube, daß, wenn Sie nicht bei Hof in Ungnade wären, und zwar schon seit Jahren, mich längst ein Lettre de cachet für unbestimmte Zeit auf eine Festung geschickt hätte."

„Wohl möglich", sagte der Onkel mit großer Ruhe. „Um der Familienehre willen könnte ich mich sogar entschließen, Ihnen diese Ungelegenheit zu verursachen. Ich bitte, es zu entschuldigen."

„Ich bemerke, daß zu meinem Glück der Empfang bei der vorgestrigen Audienz wie gewöhnlich ein kalter gewesen ist", bemerkte der Neffe.

„Ich möchte nicht sagen, zu Ihrem Glück, mein Wertester", entgegnete der Onkel mit der größten Höflichkeit. „Ich bin dessen nicht so sicher. Eine gute Gelegenheit zum Nachdenken, verbunden mit den Vorteilen der Einsamkeit, würde vielleicht auf Ihr Schicksal mehr vorteilhaften Einfluß haben, als Sie selbst haben können. Doch ist es unnütz, darüber zu sprechen. Wie Sie sagen, bin ich darin im Nachteil. Diese kleinen Besserungsmittel, diese sanften Hilfen für Familienmacht und Ehre, diese kleinen Begünstigungen, die Ihnen unbequem werden können, sind jetzt nur durch Fürsprache und Zudringlichkeit zu erlangen. Sie werden von so vielen gesucht und verhältnismäßig so wenigen gewährt. Es war sonst nicht so, aber Frankreich hat sich in allen diesen Dingen verschlimmert. Unsere Vorväter hatten das Recht über Leben und Tod des umwohnenden gemeinen Volkes. Aus diesem Zimmer sind viele dieser Lumpen zum Galgen geführt worden; im nächsten Zimmer, in meinem Schlafzimmer, wurde ein Bursche auf der Stelle niedergestoßen, weil er ein unverschämtes Bedenken wegen seiner Tochter hatte – *seiner* Tochter! Wir haben viele Vorrechte verloren; eine neue Philosophie ist Mode geworden; und die Behauptung unserer Stellung könnte (ich gehe nicht so weit zu sagen, würde, aber könnte) uns heutzutage wirkliche Ungelegenheiten verursachen. Sehr traurig."

Der Marquis nahm eine kleine Prise Schnupftabak und schüttelte so vornehm verzweifelnd den Kopf, als er anständigerweise sein konnte; verzweifelnd an einem Land, das doch ihn besaß, dieses große Mittel der Erneuerung.

„Wir haben unsere Stellung in alter und neuer Zeit so behauptet", sagte der Neffe düster, „daß ich glaube, unser Name ist in Frankreich verhaßter als jeder andere."

„Das wollen wir hoffen", sagte der Onkel. „Haß der Großen ist die unwillkürliche Huldigung der Kleinen."

„In diesem ganzen Land", fuhr der Neffe in seinem früheren Ton fort, „gibt es ringsum kein Gesicht, das mich mit einem anderen Gefühl ansieht als dem der scheuen Unterwürfigkeit, der Furcht und Sklaverei."

„Ein Kompliment für die Bedeutung der Familie", sagte der Marquis, „durch die Art und Weise verdient, wie die Familie ihre Bedeutung aufrechterhalten hat. Ha!" Und er nahm wieder eine kleine Prise und legte gleichgültig die Beine übereinander.

Aber als sich der Neffe mit dem Ellbogen auf den Tisch stützte und gedankenvoll und niedergeschlagen die Augen mit der Hand bedeckte, blickte ihn die schöne Maske mit einem stärkeren Ausdruck von Neugier, Mißtrauen und Abneigung an, als sich mit der angenommenen Gleichgültigkeit des Mannes vertrug.

„Zwang und Gewalt ist die einzige dauernde Philosophie. Die scheue Unterwürfigkeit der Furcht und Sklaverei, mein Bester", bemerkte der Marquis, „erhält die Kerle der Peitsche gehorsam, solange dieses Dach" – mit einem Blick in die Höhe – „den Himmel hinaussperrt."

Das dauerte möglicherweise nicht so lange, wie der Marquis meinte. Wenn er diese Nacht ein Bild des Schlosses hätte sehen können, wie es zusammen mit fünfzig anderen in ein paar Jahren sein würde, so hätte er wahrscheinlich kaum das seine in den rauchgeschwärzten, ausgeplünderten Trümmern erkannt. Und was das Dach betrifft, so hätte er finden können, daß es den Himmel auf eine ganze neue Art hinaussperrte – nämlich für immer aus den Augen der Leichen, in die Blei aus hunderttausend Musketen gefeuert worden war.

„Unterdessen", sagte der Marquis, „will *ich* die Ehre und Ruhe der Familie wahren, wenn Sie es nicht tun wollen. Aber Sie müssen müde sein. Wollen wir unsere Konferenz für heute schließen?"

„Noch einen Augenblick!"

„Eine Stunde, wenn Sie wünschen."

„Sir", sagte der Neffe, „wir haben unrecht getan und ernten jetzt die Früchte."

„*Wir* haben unrecht getan?" wiederholte der Marquis mit einem fragenden Lächeln und deutete erst höflich auf seinen Neffen, dann auf sich.

„Unsere Familie. Unsere ehrenreiche Familie, deren Ehre uns beiden so sehr und in so verschiedener Weise am Herzen liegt. Selbst bei meines Vaters Lebzeiten haben wir unendliches Unrecht getan und jede menschliche Kreatur verletzt, die zwischen uns und unsere Laune trat. Aber muß ich von meines Vaters Zeit sprechen, da sie zugleich die Ihre war? Kann ich meines Vaters Zwillingsbruder, Miterben und nächsten Erbfolger von ihm trennen?"

„Das hat der Tod besorgt", sagte der Marquis.

„Und hat mich hiergelassen", gab der Neffe zur Antwort, „gefesselt an ein System, das mir entsetzlich ist, für das ich verantwortlich bin, in dem mir aber jede Macht fehlt, etwas zu tun; beständig bemüht, die letzte Bitte aus dem Munde meiner geliebten Mutter zu erfüllen und dem letzten Blick meiner geliebten Mutter zu gehorchen, die mich bat, Erbarmen zu haben und zu helfen, und fortwährend von dem Schmerz gequält, Beistand und Macht zum Helfen vergebens zu suchen."

„Wenn Sie sie bei mir suchen, lieber Neffe", sagte der Marquis, indem er mit dem Zeigefinger seine Brust berührte, „so suchen Sie vergebens, dessen können Sie sicher sein."

Jede der fein gezogenen Furchen in dem makellosen weißen Gesicht zog sich grausam und tückisch zusammen, wie er, die Dose in der Hand, seinen Neffen ruhig ansah. Noch einmal tippte er ihm auf die Brust, als ob sein Finger die feine Spitze eines Degens wäre, den er ihm mit gewandter Kunst durch das Herz stieß, und sagte: „Verehrtester, ich werde sterben und Ihnen das System vermachen, unter dem ich gelebt habe."

Als er das gesagt hatte, nahm er noch eine letzte Prise und steckte die Dose in die Tasche.

„Seien Sie lieber vernünftig", setzte er dann hinzu, nachdem er mit einer kleinen Klingel auf dem Tisch geschellt hatte, „und fügen Sie sich in Ihr natürliches Schicksal, oder Sie sind verloren, Monsieur Charles."

„Diese Besitzungen und Frankreich sind für mich verloren", sagte der Neffe düster, „ich entsage ihnen."

„Können Sie ihnen schon entsagen? Frankreich vielleicht, aber der Besitzung? Es ist kaum der Mühe wert, es zu erwähnen, aber können Sie jetzt schon darüber verfügen?"

„Diesen Sinn wollte ich meinen Worten nicht geben. Wenn sie morgen von Ihnen an mich fielen ..."

„Was, wie ich eitel genug bin zu hoffen, unwahrscheinlich ist ..."

„Oder in zwanzig Jahren ..."

„Sie erweisen mir zuviel Ehre", sagte der Marquis, „dennoch ziehe ich diese Annahme vor."

„So würde ich sie aufgeben und anderswo und irgendwie leben. Ich gäbe wenig hin, denn was ist das hier mehr als ein Labyrinth von Elend und Verderben!"

„So?" sagte der Marquis und ließ seinen Blick durch das üppig ausgestattete Zimmer streifen.

„Dem Auge erscheint es hier schön genug; aber bei Tageslicht und unter freiem Himmel gesehen, ist es ein wüster Haufen von Verschwendung, schlechter Wirtschaft, Erpressung, Verschuldung, Tyrannei, Hunger, Nacktheit und Jammer."

„So!" sagte der Marquis wieder in selbstzufriedener Weise.

„Wenn die Besitzung jemals mein Eigentum wird, so gebe ich sie in eine Hand, die besser geeignet ist, sie allmählich, wenn das überhaupt möglich ist, von der Last zu befreien, die sie niederdrückt, so daß die armen Leute, die sie nicht verlassen können und bis zum Äußersten ausgebeutet worden sind, in einer andern Generation Aussicht haben, weniger zu leiden; aber meine Arbeit kann dies nicht sein. Es liegt ein Fluch darauf und auf diesem ganzen Land."

„Und Sie?" fragte der Onkel. „Verzeihen Sie meine Neugier. Gedenken Sie mit Hilfe Ihrer neuen Philosophie zu leben?"

„Um zu leben, muß ich tun, was andere meiner Landsleute trotz ihrem adligen Wappen vielleicht eines Tages werden tun müssen – arbeiten.“

„In England zum Beispiel?“

„Ja. Die Familienehre ist dort vor mir sicher. Der Familienname kann von mir in keinem anderen Land leiden, denn ich führe ihn in keinem anderen Land.“

Auf das Klingeln vorhin war das anstoßende Schlafzimmer erleuchtet worden. Es kam jetzt von dort ein heller Schein durch die Tür herein. Der Marquis blickte in diese Richtung und lauschte den sich entfernenden Schritten seines Leibdieners.

„England besitzt sehr viel Anziehungskraft für Sie, wenn man bedenkt, daß Sie dort kein besonderes Glück gehabt haben“, bemerkte er alsdann, indem er mit einem Lächeln sein ruhiges Gesicht dem Neffen zuwandte.

„Ich habe bereits gesagt, es ist mir bewußt, daß ich mein Glück dort vielleicht Ihnen zu verdanken habe. Im übrigen ist es mein Asyl.“

„Diese prahlerischen Engländer sagen, es sei das Asyl vieler. Sie kennen einen Landsmann, der einen Zufluchtsort dort gefunden hat? Einen Arzt?“

„Ja.“

„Mit einer Tochter?“

„Ja.“

„Ja“, sagte der Marquis. „Sie sind müde. Gute Nacht.“

Als er sich in seiner höflichsten Weise verneigte, wußte er seinem lächelnden Gesicht und seinen Worten einen so geheimnisvollen Ausdruck zu geben, daß sein Neffe davon betroffen wurde. Zugleich verzogen sich die schmalen geraden Augenbrauen und die schmalen geraden Lippen und die Grübchen über den Nasenflügeln mit einem Sarkasmus, der teuflisch schön aussah.

„Ja“, wiederholte der Marquis. „Ein Arzt mit einer Tochter. Ja. So fängt die neue Philosophie an? Sie sind müde. Gute Nacht.“

Es hätte ebensoviel genützt, eines von den Steingesichtern draußen am Schloß zu befragen wie dieses Gesicht. Der Neffe sah ihn vergeblich an, als er an ihm vorbei nach der Tür ging.

„Gute Nacht", sagte der Onkel. „Ich erwarte mit Vergnügen, Sie morgen früh wiederzusehen. Angenehme Ruhe. Leuchte Monsieur zu seinem Zimmer! – Und verbrenne Monsieur in seinem Bett, wenn du Lust hast", setzte er, zu sich selbst sprechend, hinzu, ehe er wieder mit der Klingel schellte und seinen Leibdiener in sein Schlafzimmer rief.

Der Leibdiener kam und ging, Monsieur le Marquis ging in seinem weiten Schlafrock auf und ab, um sich in dieser schwülen, stillen Nacht langsam auf den Schlaf vorzubereiten. Wie er sich in dem Zimmer, die Füße in weichen Pantoffeln, geräuschlos auf und ab bewegte, glich er einem eleganten Tiger. Er sah aus wie ein verzauberter Marquis von der unverbesserlich verworfenen Art im Märchen, dessen periodische Umwandlung in Tigergestalt entweder eben vorbei oder im Anzug war.

Er schritt in seinem üppig ausgestatteten Schlafzimmer auf und ab und musterte die Erinnerungen an die heutige Reise, wie sie ihm ungewollt einfielen. Die langsame Fahrt den Hügel hinauf bei Sonnenuntergang, die untergehende Sonne, die Hinabfahrt, die Mühle, den Kerker auf den Felsen, das Dörfchen im Tal, die Landleute am Brunnen und den Straßenarbeiter, wie er mit seiner blauen Mütze auf die Kette unter dem Wagen wies.

Dieser Brunnen erinnerte ihn an den Brunnen von Paris, an die kleine Leiche, die auf dem Rand lag, an die Frauen, die sich darüberbückten, und an den Mann, der mit zum Himmel gestreckten Armen ausrief: „Tot!"

„Ich bin jetzt abgekühlt", sagte Monsieur le Marquis, „und kann zu Bett gehen."

Nachdem er nur eine Kerze auf dem großen Kamin brennend stehengelassen hatte, zog er die leichten Gazevorhänge um das Bett zu und hörte, als er sich zum Schlafen ausstreckte, die Nacht ihr Schweigen mit einem langen Seufzer unterbrechen.

Drei lange Stunden lang stierten die steinernen Gesichter draußen blind in die schwarze Nacht hinaus; drei lange Stunden lang klapperten die Pferde in den Ställen an ihren Raufen, bellten die Hunde und gab die Eule einen Ton von sich, der sehr wenig mit dem gemein hatte, den ihr gewöhnlich die Poeten zuschreiben.

Aber es ist die hartnäckige Gewohnheit solcher Geschöpfe, kaum jemals das zu sagen, was ihnen vorgeschrieben ist.

Drei lange Stunden lang stierten die steinernen Gesichter des Schlosses, Löwengesichter und Menschengesichter, blind in die Nacht hinaus. Tiefe Finsternis lag auf der ganzen Landschaft, tiefe Finsternis verwischte vollends, was der verwischende Staub auf allen Straßen übrigließ. Der Friedhof war so dunkel, daß seine dürftigen, grasbewachsenen Hügel nicht mehr voneinander zu unterscheiden waren. Die Gestalt am Kreuz hätte herabgestiegen sein können, so wenig sah man von ihr. In dem Dorf schliefen Besteuerer und Besteuerte fest. Vielleicht von Festgelagen träumend, wie es häufig bei Hungernden geschieht, oder von Bequemlichkeit und Ruhe, wie der abgetriebene Sklave und der eingespannte Ochse, lagen die abgemagerten Bewohner in gesundem Schlaf und fühlten sich gesättigt und frei.

Drei dunkle Stunden hindurch floß der Brunnen im Dorf ungesehen und ungehört, und der Brunnen im Schloß plätscherte ungesehen und ungehört – beide flossen dahin wie die Minuten, die aus der Quelle der Zeit entströmen. Dann wurde das graue Wasser beider im Morgenlicht gespenstig, und die Augen der steinernen Gesichter des Schlosses öffneten sich.

Es wurde heller und heller, bis endlich die Sonne die Wipfel der regungslosen Bäume vergoldete und ihren Glanz über den Hügel ausgoß. In der Glut sah das Wasser des Schloßbrunnens wie Blut aus, und die steinernen Gesichter schienen zu erröten. Das Lied der Vögel klang laut und hell, und auf dem Sims des großen Fensters im Schlafgemach von Monsieur le Marquis stimmte ein niedlicher Sänger aus voller Brust sein Lied an. Darüber schien das nächste steinerne Gesicht erstaunt die Augen aufzureißen, und es sah mit seinem offenen Mund und dem heruntersinkenden Unterkiefer ganz entsetzt aus.

Jetzt war die Sonne vollständig aufgegangen, und es begann sich im Dorf zu regen. Kleine Fenster wurden geöffnet, wacklige Türen aufgeriegelt, und die Leute traten, noch fröstelnd in der frischen Morgenluft, aus den Hütten heraus. Dann fing die selten leichte Tagesarbeit der Dorfbewohner wieder von vorn an. Einige gingen an den Brunnen; einige auf das Feld; hier ein paar Männer und Frauen, um zu hacken und zu graben; dort ein paar Männer und Frauen, um nach dem halb verhungerten Vieh zu sehen und die knochendürren Kühe auf die dürftige Weide zu führen, die an den Straßenrändern zu finden war. In der Kirche und vor dem Kreuz sah man die eine oder andere kniende Gestalt; und während vor dem letzteren eine ihr Gebet verrichtete, versuchte die am Strick geführte Kuh, unter den Pflanzen am Fuß des Kreuzes ein Frühstück zu finden.

Das Schloß wachte später auf, wie es sich für seinen vornehmeren Stand gehörte, erwachte aber allmählich und sicher. Zuerst waren die einsamen Hirschfänger und Jagdmesser rot geworden wie in alter Zeit; dann hatten sie scharf und schneidig in der Morgensonne geglänzt. Jetzt wurden Türen und Fenster geöffnet, die Pferde in den Ställen sahen sich nach dem Licht und der Morgenfrische um, die zu den Türen hereinströmten, Blätter glänzten und rauschten an eisernen Fenstergittern, Hunde zerrten an ihren Ketten und bäumten sich ungeduldig, um losgelassen zu werden.

All diese gewöhnlichen Vorfälle gehörten zu dem alltäglichen Treiben und der Wiederkehr des Morgens. Aber gewiß nicht das Läuten der großen Glocke des Schlosses, das Treppauf- und Treppabrennen, die in verstörter Eile über die Terrasse laufenden Gestalten, die schweren Tritte hier und dort und überall, das rasche Satteln von Pferden und das Fortjagen.

Welcher Wind verriet diese Hast dem staubbedeckten Straßenarbeiter, der bereits auf der Höhe jenseits des Dorfes tätig war und sein Mittagbrot (es war kaum soviel, daß es für eine Krähe der Mühe wert war, danach zu hacken) auf einem Steinhaufen neben sich liegen hatte.

Hatten die Vögel, die ein paar Körnchen von der Kunde in die Ferne trugen, etwas davon fallen lassen, wie sie zufällig Samenkörner ausstreuen? Sei dem, wie ihm wolle, der Straßenarbeiter lief an dem schwülen Morgen, als ob es sein Leben gelte, knietief im Staub den Hügel hinab und machte nicht eher halt, als bis er am Brunnen war.

Sämtliche Bewohner des Dorfes umstanden den Brunnen in ihrer gedrückten Weise und flüsterten miteinander, zeigten aber keine andere Gemütsbewegung als gespannte Neugier und Staunen. Die auf die Weide geführten Kühe, die hastig wieder hineingebracht und an das erste beste angebunden waren, sahen mit stumpfer Gleichgültigkeit zu oder hatten sich hingelegt und käuten die spärlichen Hälmchen wieder, die sie auf ihrem Hin- und Herweg aufgelesen hatten. Einige von den Leuten des Schlosses und des Posthauses und alle von der Steuerbehörde waren mehr oder weniger bewaffnet und hatten sich auf der anderen Seite der Straße ratlos zusammengedrängt. Der Straßenarbeiter war bereits in die Mitte einer Gruppe von fünfzig vertrauten Freunden vorgedrungen und schlug sich mit der blauen Mütze auf die Brust. Was hatte das alles zu bedeuten, und was hatte es zu bedeuten, daß sich Monsieur Gabelle hastig hinter einem Bedienten aufs Pferd heben ließ und mit dem doppelt beladenen Roß im Galopp davonjagte wie eine neue Variation der Bürgerschen Lenore?

Es hatte zu bedeuten, daß oben im Schloß ein steinernes Gesicht zuviel war.

Die Meduse hatte den Bau in der Nacht wieder angesehen und das eine noch fehlende steinerne Gesicht hinzugefügt; das steinerne Gesicht, auf das sie ungefähr zweihundert Jahre gewartet hatte.

Es lag auf Monsieur le Marquis' Kissen. Er sah aus wie eine schöne Maske, die plötzlich aufgeschreckt, zornig geworden und versteinert ist. In das Herz der steinernen Gestalt, die dazugehörte, hatte man ein Messer gestoßen. Um seinen Griff war ein Papierstreifen gewikkelt, auf dem man die Worte las: „Fahrt ihn rasch in seine Gruft. Dies von Jacques.“

10. Kapitel

Zwei Versprechen

Mehrere Monate, der Zahl nach zwölf, waren gekommen und gegangen, und Mr. Charles Darnay hatte sich als höherer Lehrer der französischen Sprache, der zugleich mit der französischen Literatur vertraut war, in England niedergelassen. Er las sie mit jungen Männern, die für das Studium einer lebenden Sprache, die auf der ganzen Welt gesprochen wird, Muße und Interesse finden konnten, und suchte Geschmack an den von ihr dargebotenen Schätzen von Wissenschaft und Poesie zu wecken. Er konnte auch von ihnen in gutem Englisch berichten und sie in gutes Englisch übersetzen. Solche Lehrer waren damals nicht leicht zu finden; gewesene Prinzen und zukünftige Könige waren noch nicht unter die Schulmeister gegangen, und noch war kein zugrunde gerichteter Adel aus Tellsons Hauptbüchern verschwunden, um Koch oder Zimmermann zu werden. Als ein Lehrer, dessen Bildung und Kenntnisse das Studium ungewöhnlich angenehm und nutzbringend machten, und als eleganter Übersetzer, der etwas mehr zu seiner Arbeit mitbrachte als bloße Kenntnis des Vokabulars, wurde der junge Mr. Darnay bald bekannt und beschäftigt. Er war auch vertraut mit den Verhältnissen seines Vaterlandes, und diese waren von täglich wachsendem Interesse. So kam er mit großer Ausdauer und unermüdlichem Fleiß vorwärts.

In London hatte er weder auf goldenem Pflaster zu gehen noch auf einem Bett von Rosen zu ruhen gehofft; hätte er so hohe Erwartungen gehegt, wäre er nicht vorwärtsgekommen. Er hatte Arbeit erwartet und fand sie und bewältigte sie mit all seiner Kraft. Damit kam er voran.

Einen gewissen Teil seiner Zeit verbrachte er in Cambridge, wo er Studenten als eine Art geduldeter Schmuggler unterrichtete, der einen Schleichhandel mit europäischen Sprachen trieb, anstatt Griechisch und Lateinisch durch das vorschriftsmäßige Zollhaus einzuführen. Den Rest seiner Zeit verbrachte er in London.

Nun ist von den Tagen, wo es im Paradies immer Sommer war, bis zu unseren Tagen, wo es nach dem Sündenfall in unseren Breiten meistens Winter ist, die Menschheit unabänderlich einen Weg gegangen – Charles Darnays Weg – den Weg der Liebe zu einer Frau.

Er hatte Lucie Manette von der Stunde seiner Lebensgefahr an geliebt. Er hatte nie einen so lieblichen und herzgewinnenden Ton vernommen als den Ton ihrer mitfühlenden Stimme; er hatte nie ein Gesicht gesehen, in dessen Schönheit sich so viel zärtliche Empfindung ausdrückte wie in dem ihren, als sie ihm an dem Rand des Grabes, das für ihn bereitet war, gegenüberstand. Aber er hatte ihr noch kein Wort davon gesagt. Seit dem Mord in dem fernen verlassenen Schloß mit dem Meer dazwischen und den langen, langen staubigen Landstraßen – in dem festen steinernen Schloß, das ihm selbst wie der Nebel eines Traumes vorkam – war ein Jahr vergangen, und er hatte ihr auch noch nicht mit einem einzigen Wort den Zustand seines Herzens verraten.

Daß er seine Gründe dafür hatte, wußte er recht gut. Es war abermals ein Sommertag, als er, vor kurzem von Cambridge in London angekommen, sich nach dem stillen Winkel in Soho begab, um eine Gelegenheit zu suchen, Dr. Manette sein Herz zu öffnen. Es war Abend, und er wußte, daß Lucie mit Miss Pross ausgegangen war.

Der Doktor las, in seinem Lehnstuhl am Fenster sitzend. Er hatte die Energie, die ihn zu gleicher Zeit in seinen langen Leiden aufrechterhalten und ihm diese doch auch fühlbarer gemacht hatte, allmählich wiedergewonnen. Er war jetzt wirklich ein sehr energischer Mann von großer Festigkeit, Willensstärke und Tatkraft. In seiner wiedergewonnenen Energie war er zuweilen etwas launenhaft und inkonsequent, wie er sich auch in der Anwendung seiner anderen wiedergewonnenen Eigenschaften gezeigt hatte; aber dies war nie häufig vorgekommen und war immer seltener geworden.

Er studierte viel, schlief wenig, konnte große Anstrengungen mit Leichtigkeit ertragen und war von einer sich immer gleich bleibenden Gemütsheiterkeit. Zu ihm trat jetzt Charles Darnay ein, bei dessen Anblick er das Buch weglegte und dem er die Hand darbot.

„Charles Darnay! Es freut mich, Sie zu sehen. Wir haben schon seit drei oder vier Tagen mit Ihrem Kommen gerechnet. Mr. Stryver und Sydney Carton waren beide gestern hier und waren sich darüber einig, daß Sie längst hätten dasein sollen."

„Ich bin Ihnen sehr verpflichtet für Ihre Teilnahme an mir", gab er zur Antwort, ein wenig kalt in bezug auf die beiden Genannten, obgleich sehr warm gegen den Doktor. „Miss Manette . . ."

„Befindet sich wohl", sagte der Doktor, als er stockte, „und Ihre Rückkehr wird uns alle sehr freuen. Sie ist ausgegangen, um einige Wirtschaftseinkäufe zu machen, wird aber bald zurück sein."

„Dr. Manette, ich wußte, daß ich sie nicht zu Hause finden würde. Ich benutzte die Gelegenheit, um mit Ihnen allein sprechen zu können."

Es trat ein verlegenes Schweigen ein.

„Nun?" sagte der Doktor, offenbar etwas gezwungen. „Rücken Sie Ihren Stuhl her und sprechen Sie."

Er gehorchte, was den Stuhl betrifft, schien aber das Sprechen weniger leicht zu finden.

„Ich habe das Glück gehabt, Dr. Manette, seit etwa anderthalb Jahren auf so vertrautem Fuß mit Ihrer Familie zu leben", fing er endlich an, „daß ich hoffe, der Gegenstand, den ich berühren will, wird nicht . . ."

Er wurde von dem Doktor unterbrochen, der die Hand ausstreckte, wie um ihn zu bitten zu schweigen.

Als er sie eine kleine Weile so gehalten hatte, zog er sie wieder zurück und sagte: „Ist von Lucie die Rede?"

„Ja."

„Es wird mir jederzeit schwer, von ihr zu sprechen. Es fällt mir sehr schwer, von ihr in diesem Ton sprechen zu hören, den Sie anwenden, Charles Darnay."

„Es ist der Ton innigster Bewunderung, echtester Huldigung und tiefster Liebe, Dr. Manette", sagte er mit Ehrerbietung.

Es trat eine andere verlegene Pause ein, ehe der Vater eine Antwort gab.

„Ich glaube es. Ich lasse Ihnen Gerechtigkeit widerfahren. Ich glaube es."

Das Gezwungene in seinem Wesen war so offenbar, und es war außerdem so offenbar, daß es aus einer Abneigung entstand, den angeregten Gegenstand zur Sprache zu bringen, daß Charles Darnay zögerte.

„Soll ich fortfahren, Sir?"

Wieder eine Pause.

„Ja, fahren Sie fort."

„Sie ahnen, was ich sagen wollte, obgleich Sie nicht wissen können, wie ernst ich es meine und wie tief ich es fühle, ohne mein innerstes Herz zu kennen und die Hoffnungen und die Befürchtungen und die Zweifel, die es schon seit langem erfüllen. Lieber Dr. Manette, ich liebe Ihre Tochter aufs innigste, uneigennützigste, hingebendste. Wenn es jemals Liebe auf der Welt gegeben hat, so liebe ich sie. Sie haben selbst geliebt; lassen Sie Ihre alte Liebe für mich sprechen."

Der Doktor saß mit abgewandtem Gesicht und mit auf den Boden gehefteten Augen da. Bei den letzten Worten streckte er wieder hastig die Hand aus und rief: „Nur das nicht! Schweigen Sie davon! Ich beschwöre Sie, erinnern Sie mich nicht daran!"

Aus diesem Aufschrei sprach so viel wirklicher Schmerz, daß er noch in Charles Darnays Ohren fortklang, lange nachdem er verhallt war. Er winkte mit der ausgestreckten Hand, als wollte er Darnay bitten innezuhalten. Letzterer verstand es so und schwieg.

„Ich bitte Sie um Verzeihung", sagte der Doktor nach einigen Augenblicken in gedämpftem Ton. „Ich bezweifle nicht, daß Sie Lucie lieben. Darüber können Sie ruhig sein."

Er wandte sich von seinem Stuhl aus an ihn, aber er sah ihn nicht an, noch hob er den Blick zu ihm empor. Er ließ das Kinn auf die Hand sinken, und das weiße lange Haar fiel über sein Gesicht.

„Haben Sie mit Lucie gesprochen?"

„Nein."

„Auch nicht an sie geschrieben?"

„Niemals."

„Es wäre unedel, mich so zu stellen, als ob ich nicht wüßte, daß Ihre Selbstverleugnung von Ihrer Rücksichtnahme auf ihren Vater herrührt. Ihr Vater dankt Ihnen."

Er reichte ihm seine Hand hin, aber seine Augen blieben auf dem Boden haften.

„Ich weiß", sagte Darnay voll Ehrerbietung, „und muß ich es nicht wissen, Dr. Manette, da ich Sie beide Tag für Tag beisammen gesehen habe, daß zwischen Ihnen und Miss Manette eine so ungewöhnliche, so rührende, so innig mit den Verhältnissen, aus denen sie entstanden ist, verbundene Zuneigung besteht, daß es kaum eine ihresgleichen geben kann, selbst nicht in der Liebe zwischen Vater und Kind. Ich weiß, Dr. Manette – und wie könnte es anders sein –, daß Lucie neben der Liebe und dem Pflichtgefühl einer Tochter, die zur Frau herangewachsen ist, in ihrem Herzen für Sie die ganze Liebe und das ganze Vertrauen des Kindes fühlt. Ich weiß, daß, wie sie in ihrer Kindheit ohne Eltern gewesen ist, sie jetzt mit der ganzen Beständigkeit und Innigkeit ihres gegenwärtigen Alters und Charakters, verbunden mit der Vertrauensbedürftigkeit und der Anhänglichkeit der Kinderjahre, in denen Sie ihr entrissen wurden, an Ihnen hängt. Ich weiß recht wohl, daß, wenn Sie ihr aus jener Welt drüben wären zurückgegeben worden, Sie in ihren Augen kaum mit einem heiligeren Charakter, als den sie Ihnen beilegt, bekleidet sein könnten. Ich weiß, daß, wenn sie Sie umarmt, die Hände des Kindes, des

Mädchens und der Frau Sie gleichzeitig umschlingen. Ich weiß, daß sie in ihrer Liebe für Sie ihre Mutter in ihrem eigenen Alter sieht und liebt, Sie in meinem Alter sieht und liebt, ihre mit gebrochenem Herzen hinsiechende Mutter liebt, Sie während Ihrer schrecklichen Prüfung und Ihrer gesegneten Rückkehr ins Leben liebt. Ich habe dies Tag und Nacht gewußt, seitdem ich Sie und Ihre Familie kenne."

Ihr Vater saß stumm da, das Gesicht immer noch dem Boden zugewandt. Sein Atem ging etwas rascher, aber er unterdrückte jede andere Aufregung.

„Lieber Dr. Manette, da ich dies immer wußte und immer Ihre Tochter und Sie von diesem geheiligten Licht umgeben sah, habe ich geschwiegen, solange es in der Kraft des Menschenherzens liegt zu schweigen. Ich habe gefühlt und fühle selbst jetzt noch, daß, wenn ich meine Liebe – selbst *meine* Liebe – zwischen Sie beide bringe, ich in Ihre Geschichte etwas weniger Gutes mische. Aber ich liebe sie. Der Himmel ist mein Zeuge, daß ich sie liebe."

„Ich glaube es", gab ihr Vater traurig zur Antwort. „Ich habe es schon lange geahnt. Ich glaube es."

„Aber glauben Sie nicht", sagte Darnay, den der klagende Ton der Stimme wie ein Vorwurf traf, „glauben Sie nicht, daß, wenn meine Lebensverhältnisse so wären, daß ich Sie beide (vorausgesetzt, ich wäre dereinst so glücklich, sie als Gattin zu besitzen) voneinander trennen müßte, ich nur ein Wort von dem sagen würde, was ich jetzt geäußert habe. Außer der Gewißheit, daß ein solches Beginnen hoffnungslos wäre, würde ich es auch für eine Gemeinheit halten. Hätte ich eine solche Möglichkeit selbst für eine ferne Zeit in meinen Gedanken gehegt und in meinem Herzen verborgen – hätte ich sie jemals hegen können –, so könnte ich jetzt nicht diese geehrte Hand anrühren."

Bei diesen Worten legte er seine Hand auf die des Vaters.

„Nein, lieber Dr. Manette. Wie Sie ein aus Frankreich freiwillig Verbannter, wie Sie aus dem Vaterland vertrieben durch seine Zerrüttung, seinen Druck und seinen Jammer, wie Sie bemüht, in der Fremde durch eigene Anstrengung meinen Lebensunterhalt zu erwerben, und auf eine glücklichere Zukunft hoffend, erwarte ich nur, Ihr Schicksal, Ihr Leben und Ihr Obdach zu teilen und Ihnen treu zu sein bis zum Tod. Nicht um mit Lucie ihr Vorrecht als Ihr Kind, Ihre Gefährtin und Ihre Freundin zu teilen, sondern um sie in dieser Rolle zu unterstützen und sie enger an Sie zu knüpfen, wenn dies möglich ist."

Seine Hand ruhte noch immer auf der des Vaters. Indem er ihre Berührung für einen Augenblick erwiderte, aber nicht kalt, ließ der Vater beide Hände auf den Seitenlehnen des Stuhls ruhen und blickte zum erstenmal seit dem Anfang der Unterredung auf. Man sah ihm an, daß er innerlich kämpfte, daß er jenen besonderen Ausdruck zeigte, der eine Neigung hatte, in argwöhnischen Zweifel und scheue Furcht umzuschlagen.

„Sie sprechen mit so viel Gefühl und so männlich, Charles Darnay, daß ich Ihnen von ganzem Herzen danke und Ihnen mein ganzes Herz ausschütten will – wenigstens soweit ich es kann. Haben Sie einen Grund zu glauben, daß Lucie Sie liebt?"

„Nein. Bis jetzt nicht."

„Hatten Sie als nächsten Zweck dieser vertraulichen Mitteilung den Wunsch im Auge, sich dessen mit meinem Wissen zu versichern?"

„Auch das nicht. Vielleicht hätte mir die Zuversicht, es zu tun, vor einigen Wochen gefehlt; vielleicht hätte ich (irrtümlich oder nicht) diese Zuversicht morgen gehabt."

„Verlangen Sie von mir Rat?"

„Nein, Sir. Aber ich hielt es für möglich, daß Sie imstande sein könnten, wenn Sie es für recht hielten, mir einigen Rat zu erteilen."

„Wünschen Sie ein Versprechen von mir?"

„Allerdings."

„Welches wäre das?"

„Ich weiß recht wohl, daß ich ohne Sie keine Hoffnung haben könnte. Ich sehe recht wohl ein, daß, selbst wenn Miss Manette mich in diesem Augenblick in ihrem unschuldigen Herzen hegte (glauben Sie nicht, daß ich so anmaßend bin, soviel vorauszusehen), ich diesen Platz nicht gegen ihre Liebe zu ihrem Vater behaupten könnte."

„Wenn dies der Fall ist, sehen Sie dann andererseits ein, was dies nach sich zieht?"

„Ich sehe ebensogut ein, daß ein Wort ihres Vaters zugunsten eines Bewerbers gegen ihre Ansicht und die ganze Welt entscheidend sein würde. Aus diesem Grund, Dr. Manette", sagte Darnay bescheiden, aber fest, „möchte ich Sie nicht um dieses Wort bitten, und wenn es mein Leben gälte."

„Ich bin dessen gewiß. Charles Darnay, Geheimnisse entstehen ebensogut aus inniger Liebe wie aus langer Trennung; in ersterem Fall sind sie tief und verwickelt und schwer zu durchdringen. Meine Tochter Lucie ist in dieser Hinsicht ein solches Geheimnis für mich; ich habe über den Zustand ihres Herzens nicht einmal eine Vermutung."

„Darf ich fragen, Sir, ob Sie glauben, daß ...", da er stockte, setzte der Vater den Satz fort.

„Sich ein anderer um sie bewirbt?"

„Das wollte ich sagen."

Der Vater überlegte ein wenig, ehe er eine Antwort gab.

„Sie haben selbst Mr. Carton hier gesehen. Auch Mr. Stryver ist gelegentlich hier. Wenn überhaupt, könnte es nur einer von diesen beiden sein."

„Oder beide", sagte Darnay.

„Ich hatte nicht an beide gedacht. Ich halte es bei keinem von beiden für wahrscheinlich. Sie möchten ein Versprechen von mir haben. Sagen Sie, welches?"

„Nur das Versprechen, daß, wenn Miss Manette Ihnen ihrerseits eine solche vertrauliche Mitteilung machen sollte, wie ich sie Ihnen jetzt vorzulegen gewagt habe, Sie Zeugnis von dem, was ich Ihnen gesagt habe, und von Ihrem Glauben daran geben. Ich hoffe, Sie werden imstande sein, so gut von mir zu denken, daß Sie nichts gegen mich sagen. Ich spreche nicht mehr von dem großen Wert, den ich darauf lege; dies ist das einzige, worum ich bitte. Ich werde der Bedingung, unter der ich darum bitte und deren Erfüllung Sie ein unbezweifeltes Recht haben zu fordern, pünktlich nachkommen."

„Ich gebe das Versprechen ohne jede Bedingung", sagte der Doktor. „Ich glaube, Ihr Ziel ist einfach und wahrhaftig, wie Sie es angegeben haben. Ich glaube, Ihre Absicht ist, das Band zwischen mir und meinem anderen und geliebteren Ich fester zu knüpfen und nicht zu lockern. Wenn sie mir jemals sagt, daß Sie ihr zu ihrem vollkommenen Glück wesentlich sind, so werde ich sie Ihnen geben. Wenn, Charles Darnay . . ."

Der junge Mann hatte die Hand des anderen dankbar ergriffen; und die beiden Hände lagen noch ineinander, als der Doktor fortfuhr: „Wenn Einbildung, Gründe, Befürchtungen oder sonst etwas aus vergangener oder heutiger Zeit gegen den Mann sprechen sollten, den sie wirklich liebt, und die unmittelbare Verantwortlichkeit dafür nicht auf sein Haupt fiele, so sollten sie alle um ihretwillen vergessen sein. Sie ist mir alles; sie wiegt mir mehr als meine Leiden, mehr als das erlittene Unrecht, mehr als – doch das sind leere Worte!"

So seltsam war die Art, wie er sich in Schweigen verlor, und so seltsam sein starrer Blick, als er aufgehört hatte zu sprechen, daß Darnay seine eigene Hand kalt in der Hand werden fühlte, die langsam die seine fallen ließ.

„Sie sagten etwas zu mir", sagte Dr. Manette, während ein Lächeln sein Gesicht überflog. „Was war es doch gleich?"

Darnay wußte nicht, was er antworten sollte, bis er sich erinnerte, von einer Bedingung gesprochen zu haben. Deshalb antwortete er jetzt erleichtert: „Das Vertrauen, das Sie mir schenken, verdient auch von meiner Seite, mit dem vollständigsten Vertrauen erwidert zu werden. Der Name, den ich jetzt trage, ist (obgleich nur mit geringer Veränderung) der meiner Mutter und nicht mein wahrer Name. Ich möchte Ihnen diesen nennen und Ihnen sagen, warum ich in England bin."

„Halt!" sagte der Doktor.

„Ich möchte es, damit ich um so mehr Ihr Vertrauen verdiene und kein Geheimnis vor Ihnen habe."

„Halt!"

Im selben Augenblick hatte sich der Doktor mit beiden Händen die Ohren zugehalten, im nächsten hatte er beide Hände auf Darnays Mund gelegt.

„Sagen Sie ihn, wenn ich Sie danach frage, nicht jetzt. Wenn Sie in Ihrer Werbung glücklich sind, wenn Lucie Sie liebt, mögen Sie mir ihn an Ihrem Hochzeitsmorgen sagen. Versprechen Sie mir das?"

„Gern."

„Geben Sie mir Ihre Hand. Sie wird gleich nach Hause kommen, und es ist besser, sie sieht uns heute abend nicht beisammen. Gehen Sie! Schenke Gott Ihnen seinen Segen!"

Es war finster, als Charles Darnay ihn verließ, und eine Stunde später noch finsterer, als Lucie nach Hause kam. Sie eilte allein ins Zimmer (denn Miss Pross war sogleich in das obere Stockwerk gegangen) und fand zu ihrer Verwunderung des Vaters Lehnstuhl unbesetzt.

„Vater!" rief sie ihn. „Lieber Vater!"

Sie erhielt keine Antwort, hörte aber ein dumpfes Hämmern aus seinem Schlafzimmer. Leichten Schrittes ging sie durch das Zwischenzimmer, blickte zur Tür hinein und kam erschrocken zurück, halblaut vor sich hin jammernd: „Was soll ich machen? Was soll ich machen?"

Ihre Ungewißheit dauerte nur einen Augenblick, dann eilte sie zurück, klopfte an die Schlafzimmertür und rief ihn mit sanfter Stimme. Das Hämmern hörte auf, sowie er ihre Stimme vernahm, und er kam sogleich zu ihr heraus, und sie gingen lange Zeit miteinander auf und ab.

Mitten in der Nacht kam sie aus ihrem Bett herunter, um zu sehen, ob er schlafe. Er schlief einen schweren Schlaf, und sein Schuhmacherhandwerkszeug und seine alte halbfertige Arbeit lagen wie gewöhnlich da.

11. Kapitel

Ein Gegenstück

„Sydney", sagte Mr. Stryver in derselben Nacht oder an demselben Morgen zu seinem Schakal, „braut noch eine Bowle Punsch. Ich habe Euch etwas zu sagen."

Sydney hatte diese Nacht und vorige Nacht und vorvorige Nacht und viele Nächte hintereinander doppelt und dreifach gearbeitet und vor dem Beginn der langen Gerichtsferien unter Mr. Stryvers Akten tüchtig aufgeräumt. Endlich war er damit fertig. Die Stryverschen Rückstände waren alle nachgeholt, alles war erledigt, bis der November wieder mit seinen atmosphärischen und juristischen Nebeln kam und neue Arbeit brachte.

Sydney war infolge so großer Anstrengung nicht munterer und nicht nüchterner geworden. Er hatte viele Extrahandtücher gebraucht, um sich durch die Nacht zu schleppen; eine Extraquantität Wein war den nassen Handtüchern vorausgegangen; und er war in einem sehr angegriffenen Zustand, als er jetzt den Turban abriß und in das Waschbecken warf, in dem er ihn während der letzten sechs Stunden von Zeit zu Zeit getränkt hatte.

„Braut Ihr noch eine Bowle Punsch?" sagte Stryver, der behäbig, die Hände im Hosenbund, vom Sofa aufschaute, auf dem er ausgestreckt lag.

„Ja."

„Nun, so hört mal! Ich will Euch etwas sagen, was Euch vielleicht überraschen und Euch vielleicht zu der Ansicht bringen wird, daß ich doch nicht so gescheit bin, als Ihr gewöhnlich geglaubt habt. Ich gedenke zu heiraten."

„Wirklich?"

„Ja. Und nicht wegen Geld. Was sagt Ihr nun?"

„Ich weiß nicht, was ich sagen soll. Wer ist es?"

„Ratet mal."

„Kenne ich sie?"

„Ratet mal."

„Um fünf Uhr früh, wo mein Kopf von der Arbeit und vom Wein brennt, habe ich keine Lust zu raten. Wenn ich raten soll, müßt Ihr mich zum Essen einladen."

„Nun, so will ich's Euch sagen", sagte Stryver, indem er sich langsam zum Sitzen aufrichtete. „Sydney, ich zweifle fast an der Möglichkeit, mich Euch verständlich zu machen, weil Ihr ein so entsetzlich herzloser Mensch seid."

„Und Ihr", gab der mit dem Punschbrauen Beschäftigte zurück, „seid ein gefühlvolles und poetisches Gemüt."

„Haha", entgegnete Stryver mit prahlerischem Lächeln, „obgleich ich keinen Anspruch darauf mache, eine Perle der Poesie zu sein (denn das, hoffe ich, weiß ich besser), so habe ich doch mehr Herz als Ihr."

„Ihr habt mehr Glück, das ist alles."

„Das will ich nicht sagen. Ich meine, ich bin ein Mann von mehr . . ."

„Sagt Galanterie, weil Ihr einmal dabei seid", half ihm Carton.

„Gut. Ich will sagen Galanterie. Ich wollte sagen, daß ich ein Mann bin", sagte Stryver und blies sich seinem punschbrauenden Freund gegenüber auf, „der mehr als Ihr darauf hält, in Damengesellschaft angenehm zu sein, der sich mehr Mühe gibt, angenehm zu sein, und der es besser versteht, angenehm zu sein."

„Weiter", sagte Sydney Carton.

„Nein. Aber ehe ich fortfahre", sagte Stryver und schüttelte in seiner polternden Weise den Kopf, „muß ich das mit Euch geklärt haben. Ihr seid so gut wie ich und mehr als ich bei Dr. Manette aus und ein gegangen. Aber wahrhaftig, ich habe mich wegen Eures mürrischen Wesens dort geschämt. Ihr habt Euch so verstockt und grimmig gezeigt, daß ich mich Euer – bei meiner Seele! – geschämt habe, Sydney!"

„Für einen Mann mit Eurer Erfahrung vor Gericht müßte es sehr wohltuend sein, sich wegen etwas zu schämen", entgegnete Sydney; „Ihr solltet mir dafür sehr verbunden sein."

„So kommt Ihr mir nicht los“, gab ihm Stryver zur Antwort. „Nein, Sydney, es ist meine Pflicht, Euch zu sagen – und ich sage es Euch zu Eurem Besten –, daß Ihr in die Gesellschaft verteufelt schlecht paßt. Ihr benehmt Euch geradezu unangenehm.“

Sydney trank ein volles Glas von dem Punsch aus, den er gebraut hatte, und lachte.

„Seht mich an“, sagte Stryver, indem er sich aufrichtete; „ich brauche mir weniger Mühe zu geben als Ihr, weil ich unabhängiger bin. Warum benehme ich mich angenehm?“

„Das habe ich noch nie von Euch gesehen“, brummte Carton.

„Weil es politisch ist; ich tue es aus Grundsatz. Und seht mich an! Ich komme vorwärts.“

„Ihr kommt aber gar nicht vorwärts mit der Auseinandersetzung Eurer Heiratspläne“, gab Carton mit gleichgültiger Miene zur Antwort. „Ich wünschte, Ihr bleibt dabei. Was mich betrifft, so müßt Ihr doch endlich einsehen, daß ich unverbesserlich bin.“

Er sagte dies nicht ohne Bitterkeit im Ton seiner Stimme.

„Ihr habt nicht den Beruf, unverbesserlich zu sein“, gab sein Freund in keinem sehr besänftigenden Ton zur Antwort.

„Es ist überhaupt nicht mein Beruf, irgendwie zu sein“, sagte Sydney Carton. „Wer ist die Dame?“

„Laßt Euch von der Nennung des Namens nicht unangenehm berühren, Sydney“, sagte Mr. Stryver, ihn mit prahlerischer Freundschaftlichkeit auf die Enthüllung vorbereitend, „weil ich weiß, daß Ihr nicht die Hälfte von dem meint, was Ihr sagt; und wenn Ihr alles meintet, so hätte es nicht viel zu sagen. Ich mache diese kleine Vorrede, weil Ihr früher einmal von dieser jungen Dame etwas geringschätzig gesprochen habt.“

„Ich?“

„Gewiß, und in diesem Zimmer.“

Sydney Carton sah in sein Punschglas und blickte seinen selbstgefälligen Freund an; trank seinen Punsch und blickte wieder seinen selbstgefälligen Freund an.

„Ihr nanntet die junge Dame einen blondgelockten Puppenkopf. Die junge Dame ist Miss Manette. Wenn Ihr ein Kerl von Herz oder Zartgefühl oder überhaupt von Gefühl in dieser Richtung wärt, Sydney, so hätte ich Euch grollen können für diesen Ausdruck; aber das seid Ihr nicht. Euch fehlt dieses Gefühl ganz und gar, deshalb verletzt mich diese Äußerung nicht mehr, als mich das Urteil eines Mannes über eins meiner Bilder verletzen würde, der kein Auge für Malerei hat, oder über ein Musikstück von mir, wenn er kein Ohr für Musik hat."

Sydney Carton trank mit großem Eifer Punsch; er trank mehrere volle Gläser und sah dabei seinen Freund an.

„Nun habe ich Euch alles gesagt, Sydney", sagte Mr. Stryver. „Nach Geld frage ich nicht. Sie ist ein reizendes Geschöpf, und ich habe mir einmal in den Kopf gesetzt, nach meinem Geschmack zu wählen; im ganzen glaube ich, steht es mir zu, nach meinem Geschmack zu wählen. Sie bekommt einen Mann, der ziemlich wohlhabend ist, einen Mann, der rasch reich wird, und einen Mann von einiger Auszeichnung. Es ist ein ordentliches Glück für sie, aber sie verdient es. Wundert Ihr Euch, oder seid Ihr überrascht?"

Carton, immer noch seinen Punsch trinkend, gab zur Antwort: „Warum sollte ich überrascht sein?"

„Ihr seid damit einverstanden?"

Carton, immer noch seinen Punsch trinkend, gab zur Antwort: „Warum sollte ich nicht damit einverstanden sein?"

„Na", sagte sein Freund Stryver, „Ihr nehmt es leichter, als ich glaubte, und zeigt Euch weniger selbstsüchtig in bezug auf mich, als ich erwartete; obgleich Ihr inzwischen genau wißt, daß Euer alter Schulkamerad ein Mann von ziemlich starkem Willen ist. – Ja, Sydney, ich habe dieses Leben satt, wenn gar keine Abwechslung dabei ist. Ich fühle, daß es doch schön ist für einen Mann, eine Familie zu haben, bei der er verweilen kann, wenn er Lust dazu hat (wenn er keine hat, kann er wegbleiben), und ich fühle, daß Miss Manette sich in jeder Situation gut ausnehmen und mir immer Ehre machen wird. So habe ich dann meinen Entschluß gefaßt. Und jetzt, Sydney, alter Knabe, möchte ich auch noch ein Wörtchen mit Euch über Eure Zukunft sprechen. Ihr seid auf einem schlimmen Weg; Ihr seid wahrhaftig auf einem schlimmen Weg. Ihr kennt den Weg des Geldes nicht, Ihr lebt sehr flott dahin, und eines Tages werdet Ihr auf einmal krank und ohne Geld daliegen. Ihr müßt Euch wahrhaftig nach einer Pflege umsehen."

Die behäbige Gönnermiene, mit der er dies sagte, bewirkte, daß er noch zweimal so dick und viermal so beleidigend aussah, als er war.

„Ich sage Euch, faßt das wohl ins Auge", fuhr Stryver fort. „Ich habe das auf meine Weise ins Auge gefaßt, faßt das auf Eure Weise ins Auge. Heiratet! Sorgt für jemand, der Euch pflegt. Kümmert Euch nicht darum, daß Ihr keinen Geschmack, keine Lebensart und keinen Takt im Umgang mit Frauen habt. Sucht Euch jemanden, sucht Euch eine anständige Frau mit etwas Vermögen aus – eine Wirtin oder so etwas – und heiratet sie, ehe schlimme Zeiten kommen. Das ist's, was für *Euch* paßt. Das überlegt Euch, Sydney."

„Ich werde es mir überlegen", sagte Sydney.

12. Kapitel

Der Mann mit Zartgefühl

Nachdem Mr. Stryver einmal den Entschluß gefaßt hatte, mit großmütiger Freigiebigkeit der Tochter des Arztes seine Hand zu reichen, beschloß er auch, ihr das bevorstehende Glück anzukündigen, bevor er die Stadt für die langen Gerichtsferien verließ. Nach einiger Überlegung kam er zu dem Schluß, daß es das beste sei, alle Vorverhandlungen zu erledigen und dann mit Muße festzulegen, ob er ihr eine oder zwei Wochen vor dem

Michaelstag oder während der kurzen Weihnachtsferien vor Hilary die Hand reichen solle.

Über den Ausgang seiner Sache hatte er nicht den geringsten Zweifel, sondern sah das Urteil klar vor Augen. Den Geschworenen als solide Geld- und Vermögensfrage auseinandergesetzt – dem einzigen Gesichtspunkt, unter dem sie zu betrachten war –, war es ein ganz einfacher Fall, der nicht die kleinste schwache Stelle hatte. Er rief sich als Kläger auf – seine Beweise waren nicht zu widerlegen, der Rechtsvertreter des Beklagten gab die Sache auf, und die Geschworenen traten nicht einmal zusammen, um das Urteil zu besprechen. Nachdem Mr. Stryver den Rechtsfall in korrektester Form geprobt hatte, war er überzeugt, daß es keinen einfacheren Fall geben konnte.

Demgemäß weihte Mr. Stryver die lange Ferienzeit damit ein, daß er Miss Manette in vollendetster Form nach Vauxhall einlud; da dies keinen Anklang fand, schlug er Ranelagh vor. Da das unerklärlicherweise auch keinen Anklang fand, geruhte er sich selbst in Soho vorzustellen, um dort sein großmütiges Vorhaben zu erklären. Nach Soho lenkte daher Mr. Stryver seine Schritte vom Temple aus, auf dem noch die Blüte der Ferienkindheit lag. Jeder, der ihn sah, wie er, einer aufgeblühten Pfingstrose gleich, über den Bürgersteig schritt und alle schwächeren Leute aus dem Wege schob, konnte erkennen, wie solide und stark er war.

Da er bei Tellson's vorbeiging und er ein Konto bei Tellson's hatte und zugleich Mr. Lorry als vertrauten Freund der Familie Manette kannte, kam Mr. Stryver auf den Gedanken, einen Besuch im Kontor zu machen und Mr. Lorry zu verraten, welch glänzendes Gestirn heute noch über dem Horizont von Soho aufgehen werde. So stieß er die Tür auf, in deren Kehle das schwache Röcheln steckte, stolperte die beiden Stufen hinunter, kam an den beiden alten Kassierern vorbei und trat in das dumpfe Hinterstübchen, wo Mr. Lorry vor großen, für Zahlen eingerichteten Büchern an einem vergitterten Fenster saß, als ob dies auch für Zahlen eingerichtet und jegliches Ding unter der Sonne eine Ziffer wäre.

„Wie geht's Ihnen?" sagte Mr. Stryver. „Ich hoffe, Sie befinden sich wohl!"

Es war Stryvers größte Eigentümlichkeit, daß er für jeden Ort oder für jeden Raum zu massig erschien. Er war um so viel zu massig für Tellson's, daß alte Angestellte in fernen Ecken mit flehenden Blicken aufschauten, als ob er sie gegen die Wand quetschte. Selbst der Chef, der im fernsten Winkel in großartiger Ruhe die Zeitung las, zog mißliebig die Augenbrauen zusammen, als ob Stryvers Kopf in seine hochverantwortliche Weste gefahren wäre.

Der diskrete Mr. Lorry sagte in einem Musterton der Stimme, die er unter diesen Umständen empfehlen würde: „Wie geht es Ihnen, Mr. Stryver? Wie geht es Ihnen, Sir?" und reichte ihm die Hand. Die Art, wie er dem andern die Hand schüttelte, hatte etwas Eigentümliches, was man bei jedem Angestellten von Tellson's bemerkte, sooft er einem Kunden während der Anwesenheit des Chefs im Büro die Hand schüttelte. Er schüttelte sie in einer sich selbst verleugnenden Weise, als ob er es für Tellson & Co. täte.

„Wünschen Sie etwas, Mr. Stryver?" fragte Mr. Lorry in seinem Geschäftston.

„Nein, ich danke Ihnen. Mein Besuch gilt Ihnen persönlich, Mr. Lorry. Ich möchte ein vertrauliches Wort mit Ihnen sprechen."

„Oh, wirklich", sagte Mr. Lorry und neigte dem andern das Ohr hin, während sein Blick zu seinem Chef hinüberschweifte.

„Ich bin im Begriff", sagte Mr. Stryver, indem er seine Ellbogen vertraulich auf das Pult legte, worauf es, obgleich es ein großes Doppelpult war, nicht halb genug Pult für ihn zu sein schien, „ich stehe im Begriff, Ihrer angenehmen kleinen Freundin, Miss Manette, einen Heiratsantrag zu machen, Mr. Lorry."

„O du meine Güte, Sir!" rief Mr. Lorry, indem er sich das Kinn rieb und seinen Besuch zweifelnd ansah.

„O du meine Güte, Sir?“ wiederholte Stryver und trat zurück. „O du meine Güte, Sir? Was meinen Sie damit, Mr. Lorry?“

„Was ich damit meine?“ antwortete der Geschäftsmann. „Natürlich nur Freundschaftliches und Anerkennendes und daß es Ihnen die größte Ehre macht und – kurz, ich meine alles, was Sie sich nur wünschen können. Aber – wahrhaftig, Sie wissen, Mr. Stryver ...“ Mr. Lorry hielt inne und schüttelte auf die wunderlichste Weise den Kopf, als ob er wider seinen Willen bei sich hinzusetzen müßte: Sie wissen, daß Sie wirklich viel zuviel sind.

„Na“, sagte Stryver, indem er mit seiner streitsüchtigen Hand auf das Pult schlug, die Augen weit aufmachte und einen langen Atemzug tat, „wenn ich Sie verstehe, Mr. Lorry, so will ich gehängt sein.“

Mr. Lorry zupfte sich seine kleine Perücke über beiden Ohren zurecht, wie um das gewünschte Ziel besser zu erreichen, und biß in einen Federkiel.

„Zum Teufel, Sir!“ sagte Stryver und sah ihn groß an, „bin ich nicht annehmbar?“

„Mein Gott, ja! Jawohl. O jawohl, Sie sind annehmbar“, sagte Mr. Lorry. „Wenn Sie sagen annehmbar, sind Sie annehmbar.“

„Bin ich nicht ein vermögender Mann?“ fragte Stryver.

„Oh! Wenn Sie von Vermögen sprechen, so sind Sie ein vermögender Mann“, sagte Mr. Lorry.

„Und komme ich nicht vorwärts?“

„Wenn Sie vorwärtskommen wollen, kommen Sie vorwärts“, sagte Mr. Lorry, froh, noch etwas zugestehen zu können, „niemand kann daran zweifeln.“

„Was zum Kuckuck meinen Sie aber dann, Mr. Lorry?“ fragte Mr. Stryver, sichtbar entmutigt.

„Hm! Ich – wollen Sie jetzt hingehen?“ fragte Mr. Lorry.

„Geradenwegs!“ sagte Stryver mit einem Faustschlag auf das Pult.

„Dann ginge ich wohl nicht hin, wenn ich Sie wäre.“

„Warum?" fragte Stryver. „Jetzt will ich Sie in die Enge treiben", und er drohte ihm (wie vor den Geschworenen) mit dem Finger. „Sie sind ein Geschäftsmann und müssen einen Grund haben. Geben Sie Ihren Grund an. Warum würden Sie nicht gehen?"

„Weil ich in einer solchen Absicht nicht gehen würde, ohne einigen Grund zu dem Glauben zu haben, daß ich Erfolg haben würde."

„Hol mich der und jener!" rief Stryver aus. „Das übertrifft doch alles!"

Mr. Lorry warf einen Blick auf den Chef im Hintergrund, einen anderen auf den erzürnten Stryver.

„Hier ist ein Geschäftsmann – ein Mann in reifen Jahren – ein Mann von Erfahrung – in einem Bankhaus", sagte Stryver, „und nachdem ich drei wesentliche Gründe für einen vollständigen Erfolg angeführt habe, ist kein Grund da! Und er sagt's mit dem Kopf auf dem Hals!" Mr. Stryvers Bemerkung klang fast, als ob er es weniger merkwürdig gefunden hätte, wenn er es mit abgeschlagenem Kopf gesagt hätte.

„Wenn ich von Erfolg spreche, so spreche ich von Erfolg bei der jungen Dame; und wenn ich von Ursachen und Gründen spreche, die den Erfolg wahrscheinlich machen, so spreche ich von Ursachen und Gründen, die auf die junge Dame wirken würden. Die junge Dame, guter Herr", sagte Mr. Lorry, indem er sanft Stryvers Arm berührte, „die junge Dame! Die junge Dame ist vor allem zu berücksichtigen."

„Sie wollen also sagen, Mr. Lorry", sagte Stryver und stützte die Arme wieder auf den Tisch, „daß es Ihre wohlüberlegte Meinung sei, die fragliche junge Dame sei ein kokettes Gänschen?"

„Das eben nicht. Ich will Ihnen nur sagen, Mr. Stryver", sagte Mr. Lorry mit gerötetem Gesicht, „daß ich von niemand ein geringschätziges Wort über diese junge Dame dulde und daß, wenn ich einen Mann kennte – was ich nicht hoffe –, dessen Bildung so gering und dessen Sinn so gemein und hochfahrend sein sollte, daß er sich nicht enthalten könnte, von dieser jungen Dame an diesem Pult unehrerbietig zu sprechen, selbst Tellson's mich nicht hindern sollten, ihm ordentlich meine Meinung zu sagen."

Die Notwendigkeit, seinen Ärger niederzuhalten, hatte Mr. Stryvers Blutgefäße in einen gefährlichen Zustand versetzt, als die Reihe an ihm war, ärgerlich zu sein. Mr. Lorrys Adern, so methodisch sonst das Blut in ihnen floß, waren in keinem besseren Zustand, als er jetzt an der Reihe war.

„Das war es, was ich Ihnen sagen wollte", sagte Mr. Lorry. „Es war notwendig, damit kein Irrtum zwischen uns besteht."

Mr. Stryver kaute eine kleine Weile an dem Ende eines Lineals und schlug dann damit den Takt einer Melodie an seine Zähne, wovon er wahrscheinlich Zahnschmerzen bekam. Schließlich unterbrach er die verlegene Pause mit den Worten: „Das ist mir etwas Neues, Mr. Lorry. Sie raten mir allen Ernstes, nicht nach Soho zu gehen und ihr meine Hand anzubieten – *meine* Hand, die Hand Stryvers vom King's-Bench-Gericht?"

„Fragen Sie mich um Rat, Mr. Stryver?"

„Allerdings."

„Gut. Dann haben Sie ihn gehört und ihn buchstäblich wiederholt."

„Ich kann weiter nichts sagen", lachte Stryver mit verärgerter Miene, „als daß dies – haha! – alles Vergangene, Gegenwärtige und Zukünftige übertrifft."

„Verstehen Sie mich wohl", fuhr Mr. Lorry fort, „als Geschäftsmann habe ich nicht das Recht, überhaupt etwas zu dieser Sache zu sagen, denn als Geschäftsmann weiß ich nichts davon. Aber als alter Mann, der Miss Manette auf den Armen getragen hat, der ein vertrauter Freund Miss Manettes und auch ihres Vaters ist und sie beide sehr liebhat, habe ich gesprochen. Ich habe Sie nicht um Ihr Vertrauen ersucht, das vergessen Sie nicht. Sie glauben also jetzt, ich hätte unrecht?"

„Ich nicht!" sagte Stryver und pfiff vor sich hin. „Ich kann es nicht übernehmen, für dritte Personen gesunden Menschenverstand zu finden; ich kann ihn nur für mich finden. Ich setze gesunden Menschenverstand bei gewissen Leuten voraus. Sie setzen sentimentalen Firlefanz voraus. Es ist mir neu, aber Sie haben vielleicht recht."

„Was ich voraussetze, Mr. Stryver, beanspruche ich selbst zu beurteilen. Und verstehen Sie mich recht, Sir", sagte Mr. Lorry, während abermals eine rasche Röte über sein Gesicht flog, „ich dulde nicht – selbst nicht bei Tellson's –, daß es ein anderer, wer es auch sei, für mich beurteile."

„Na, dann bitte ich um Verzeihung", sagte Stryver.

„Ich gewähre sie mit Vergnügen und danke Ihnen. Also, Mr. Stryver, was ich sagen wollte – es könnte schmerzlich für Sie sein, Ihren Irrtum zu entdecken, es könnte schmerzlich für Dr. Manette sein, Ihnen die Sache auseinandersetzen zu müssen, es könnte sehr schmerzlich für Miss Manette sein, Ihnen die Sache auseinandersetzen zu müssen. Sie wissen, daß ich die Ehre und das Glück habe, auf vertrautem Fuß mit der Familie zu stehen. Wenn Sie wünschen, will ich (ohne Sie irgendwie zu binden oder zu vertreten) recht gern versuchen, die Beobachtungen, auf die mein Ratschlag gegründet war, durch einige neue, eigens zu diesem Zweck angestellte Beobachtungen zu berichtigen. Wenn Sie dann noch nicht befriedigt sind, so können Sie nur noch den Versuch machen, sich selbst zu überzeugen; wenn Sie dagegen zufriedengestellt sind und meinen Ratschlag befolgen, so wären alle Beteiligten auf die annehmbarste Weise geschont. Was meinen Sie dazu?"

„Wie lange würden Sie mich in der Stadt festhalten?"

„Oh! Es ist nur eine Frage von ein paar Stunden. Ich könnte heute abend nach Soho gehen und dann später zu Ihnen kommen."

„Nun gut, dann wollen wir es so machen", sagte Stryver. „Ich werde also jetzt nicht hingehen, denn so begierig bin ich nicht auf die Geschichte. Ich erwarte Sie also heute abend bei mir. Auf Wiedersehn!"

Damit drehte sich Mr. Stryver um und stürmte aus der Bank, wobei er eine so heftige Luftbewegung hervorrief, daß die beiden alten Angestellten die größte Mühe hatten, bei ihren Verbeugungen hinter den beiden Pulten dagegen anzukämpfen. Diese ehrwürdigen und gebrechlichen Personen sah man immer nur in der Verbeugung, und es wurde allgemein angenommen, daß sie, wenn sie einen Kunden mit Verbeugungen hinausbegleitet hatten, sich weiterhin im leeren Büro verbeugten, bis sie den nächsten Kunden mit Verbeugungen hineinbegleiteten.

Der Rechtsanwalt war scharfblickend genug, zu erraten, daß sich der alte Buchhalter nicht so bestimmt ausgedrückt haben würde, wenn er einen weniger soliden Grund als moralische Gewißheit gehabt hätte. So unvorbereitet er für die große Pille war, die er zu verschlucken hatte, brachte er sie doch hinunter. „Und jetzt", sagte Mr. Stryver und drohte mit seinem Anwaltsfinger dem Temple im allgemeinen, als sie hinunter war, „jetzt kommt es darauf an, einen Ausweg zu finden und euch alle ins Unrecht zu setzen."

Es war ein Stück von der Kunst eines Old-Bailey-Taktikers, in dem er große Erleichterung fand. „Ihr sollt mich nicht ins Unrecht setzen, junge Dame", sagte Mr. Stryver. „Das will ich für Euch besorgen."

Als sich daher Mr. Lorry noch am Abend um zehn Uhr bei Mr. Stryver einstellte, saß dieser mitten in einem Haufen von Büchern und Papieren, der besonders zu diesem Zweck aufgetürmt worden war, und schien an nichts weniger als an den Gegenstand der heutigen Morgenunterhaltung zu denken. Er verriet sogar Überraschung, als er Mr. Lorry erblickte, und war ganz und gar zerstreut und von anderem in Anspruch genommen.

„Ich war also in Soho", sagte der gutmütige Abgesandte, nachdem er sich eine halbe Stunde vergeblich abgemüht hatte, den anderen zu bewegen, das Gespräch auf den fraglichen Gegenstand zu bringen.

„In Soho?" wiederholte Mr. Stryver gleichgültig. „Ja, so! Wo sind nur meine Gedanken?"

„Und ich bezweifle nicht, daß ich heute früh vollkommen recht hatte“, sagte Mr. Lorry. „Ich bin in meiner Meinung bestärkt worden und wiederhole meinen Rat.“

„Ich versichere Ihnen“, entgegnete Mr. Stryver in der wohlwollendsten Weise, „daß es mir Ihretwegen leid tut und auch wegen des armen Vaters. Ich begreife wohl, daß dies immer ein wunder Punkt für die Familie bleiben wird; daher wollen wir nicht weiter davon sprechen.“

„Ich verstehe Sie nicht“, sagte Mr. Lorry.

„Das kann ich mir wohl denken“, entgegnete Stryver, indem er ihm besänftigend und als wollte er die Sache ein für allemal zum Abschluß bringen, zunickte, „tut nichts, tut nichts“.

„Doch, es tut etwas“, wandte Mr. Lorry ein.

„Nein, es tut nichts. Ich versichere Ihnen, es tut nichts. Da ich geglaubt habe, gesunden Verstand zu finden, wo kein gesunder Verstand vorhanden ist, und einen lobenswerten Ehrgeiz, wo kein lobenswerter Ehrgeiz vorhanden ist, so kann ich mir gratulieren, daß ich meinen Irrtum los bin und kein Schaden dabei geschehen ist. Junge Mädchen haben schon oft ähnliche Torheiten begangen und sie oft genug schon in Armut und Verlassenheit bereut. Von einem selbstlosen Standpunkt aus tut es mir leid, daß aus der Sache nichts geworden ist, weil es in jeder materiellen Hinsicht für andere ein Glück gewesen wäre; von einem selbstsüchtigen Standpunkt aus bin ich froh, daß nichts daraus geworden ist, weil ich in jeder materiellen Hinsicht schlecht dabei weggekommen wäre – es ist kaum nötig, Ihnen zu sagen, daß ich gar nichts dabei gewinnen könnte. Keiner hat Schaden genommen. Ich habe um die junge Dame nicht angehalten, und unter uns gesagt, ich weiß durchaus nicht, ob ich bei näherer Überlegung jemals so weit gegangen wäre. Die törichten Launen und nichtigen Koketterien eines leeren Mädchenkopfes können Sie nie berechnen, Mr. Lorry, das können Sie gar nicht von sich erwarten, und immer werden Sie sich darin täuschen. Also lassen wir die Sache ruhen. Ich sage Ihnen, es tut mir leid, anderer Leute wegen, aber meinetwegen bin ich froh. Und ich bin Ihnen wirklich sehr verbunden, daß Sie mir erlaubten, Sie zu befragen, und daß Sie mir Ihren Rat erteilten. Sie kennen die junge Dame besser als ich. Sie hatten recht, es wäre niemals etwas für mich gewesen."

Mr. Lorry war so verblüfft, daß er sich von Mr. Stryver ganz ruhig mit einer Miene, als ob dieser Edelmut, Nachsicht und mitleidiges Wohlwollen auf sein irrendes Haupt herabschüttete, moralisch zur Tür hinausschieben ließ. „Sie müssen sich darüber zu trösten wissen, bester Herr", sagte Stryver; „sprechen Sie nicht weiter davon. Ich danke Ihnen nochmals, daß Sie mir erlaubt haben, Sie zu befragen. Gute Nacht!"

Mr. Lorry stand draußen auf der Straße, ehe er wußte, wo er war. Mr. Stryver lag ausgestreckt auf seinem Sofa und zog der Zimmerdecke eine schlaue Grimasse.

13. Kapitel

Der Mann ohne Zartgefühl

Wenn Sydney Carton jemals irgendwo glänzte, so glänzte er jedenfalls nicht in dem Haus Dr. Manettes. Er war ein ganzes Jahr lang oft dort gewesen und war dort immer derselbe mürrische und übelgelaunte Bursche gewesen. Wenn ihm daran lag zu sprechen, sprach er gut; aber die Wolke seiner Gleichgültigkeit, die ihn mit so verhängnisvoller Nacht überschattete, wurde nur sehr selten von einem Licht durchdrungen.

Und doch lag ihm etwas an den Straßen der Nachbarschaft jenes Hauses und den gefühllosen Steinen, die ihr Pflaster bildeten. Manche Nacht wanderte er dort zerstreut und unglücklich umher, wenn ihn der Wein in keine vorübergehende frohe Laune versetzte; manches Morgengrauen zeigte seine einsame Gestalt, die immer noch dort verweilte, wenn die ersten Strahlen der Sonne sonst selten sichtbare architektonische Schönheiten an Kirchtürmen und hohen Gebäuden plastisch hervorhoben, wie vielleicht die stille Stunde ein Gefühl für bessere, aber sonst vergessene und unerreichbare Dinge in seine Seele brachte. In der letzten Zeit hatte ihn das vernachlässigte Bett im Temple noch seltener gesehen als früher; und oft, wenn er sich nur ein paar Minuten hingelegt hatte, sprang er wieder auf, denn mit dämonischer Gewalt zog es ihn in jene Nachbarschaft.

An einem Augusttag, als Mr. Stryver (nachdem er seinem Schakal mitgeteilt hatte, daß er sich die Heiratsgeschichte noch einmal überlegt habe) mit seinem Zartgefühl nach Devonshire gefahren war, zu einer Zeit, wo der Anblick und Geruch von Blumen in den Straßen der City dem Schlechtesten eine Ahnung vom Guten, dem Kränksten eine Ahnung von Gesundheit und dem Ältesten eine Ahnung von Jugend brachte, wanderte Sydney immer noch über dieses Pflaster. Anfangs unentschlossen und ziellos, wurden seine Schritte plötzlich von einem Vorsatz bestimmt, und diesem Vorsatz nachkommend, brachten sie ihn an die Tür des Doktors.

Man wies ihn in das erste Stockwerk, und dort fand er Lucie allein bei ihrer Arbeit. Sie war ihm gegenüber nie ganz unbefangen gewesen und empfing ihn mit einiger Verlegenheit, als er unweit von ihrem Tisch Platz nahm. Aber als sie ihn während der ersten paar nichtssagenden Worte ansah, bemerkte sie, daß er sich verändert hatte.

„Ich fürchte, Sie befinden sich nicht wohl, Mr. Carton!“

„Das Leben, das ich führe, Miss Manette, ist der Gesundheit nicht zuträglich. Was können solche Wüstlinge erwarten?“

„Ist es nicht – verzeihen Sie mir, ich habe die Frage angefangen und kann sie nicht mehr zurückhalten –, ist es nicht jammerschade, kein besseres Leben zu führen?“

„Gott weiß, daß es eine Schande ist.“

„Warum führen Sie denn kein anderes?“

Als sie den Blick sanft zu ihm hob, sah sie zu ihrem Erstaunen und ihrem Schmerz, daß Tränen in seinen Augen standen. Tränen klangen auch aus seiner Stimme, als er zur Antwort gab: „Es ist schon zu spät dazu. Ich werde nie besser sein, als ich bin. Ich werde tiefer sinken und schlechter werden."

Er stützte einen Ellbogen auf den Tisch und bedeckte die Augen mit der Hand.

Der Tisch zitterte in der Pause, die jetzt folgte.

Sie hatte ihn noch nie so weich gesehen, und es schmerzte sie sehr. Er wußte das, ohne daß er sie ansah, und sagte: „Bitte, verzeihen Sie mir, Miss Manette. Ich verliere alle Fassung, wenn ich daran denke, was ich Ihnen sagen möchte. Wollen Sie mich anhören?"

„Wenn es gut für Sie ist? Mr. Carton, wenn ich Sie glücklicher machen könnte, würde ich Sie mit Freuden anhören."

„Gott segne Sie für Ihr Erbarmen!"

Er nahm nach einer Weile die Hand von den Augen und sprach in ruhigerem Ton.

„Fürchten Sie nicht, mich anzuhören. Weisen Sie nichts zurück von dem, was ich sage. Ich bin wie einer, der schon gestorben ist. Das könnte mein ganzes Leben gewesen sein."

„Nein, Mr. Carton. Ich bin überzeugt, daß der beste Teil noch kommen könnte. Ich bin überzeugt, daß Sie Ihrer selbst noch viel, viel würdiger werden können."

„Sagen Sie, *Ihrer*, Miss Manette, und obgleich ich es besser weiß, obgleich ich es in dem Geheimnis meines eigenen elenden Herzens besser weiß, werde ich es nie vergessen!"

Sie zitterte und war blaß geworden. Er kam ihr mit einer überzeugten Verzweiflung an sich selbst zu Hilfe, die der Unterredung einen anderen Charakter gab, als sie bei jedem anderen auf der Welt hätte haben können.

„Wenn es möglich gewesen wäre, Miss Manette, daß Sie die Liebe des Mannes hätten erwidern können, den Sie jetzt vor sich sehen – dieser verwüsteten und verlotterten Kreatur, die sich selbst aufgegeben und sich selbst weggeworfen hat –, so wäre er sich an diesem Tag und zu dieser Stunde trotz seines Glücks bewußt, daß er Sie in Elend und Not, in Kummer und Reue bringen und mit sich selbst herunter in Schmutz und Schande ziehen würde. Ich weiß recht wohl, daß Sie keine Liebe für mich fühlen; ich verlange keine, ich danke sogar Gott, daß ich keine beanspruchen kann."

„Kann ich Sie nicht ohne diese retten, Mr. Carton? Kann ich Sie nicht – verzeihen Sie mir wieder! – zu einem besseren Leben zurückführen? Kann ich in keiner Weise Ihr Vertrauen vergelten? Ich weiß, daß dies ein Vertrauensbeweis ist", sagte sie bescheiden, nach einigem Zögern und mit aufrichtigen Tränen, „ich weiß, daß Sie das niemand anderem sagen würden. Kann ich es in keiner Weise zu Ihrem Besten wenden, Mr. Carton?"

Er schüttelte den Kopf.

„Nein, Miss Manette, in keiner Weise. Wenn Sie mich noch ein wenig länger anhören wollen, so ist alles geschehen, was Sie für mich tun können. Sie sollen wissen, daß Sie der letzte Traum meiner Seele gewesen sind. In meiner Verkommenheit bin ich nicht so tief gesunken, daß der Anblick von Ihnen und Ihrem Vater und dieses Heims und wie Sie es zu dem gemacht haben, was es ist, nicht in mir alte Schatten geweckt hätte, die ich längst für gestorben hielt. Seit ich Sie kenne, hat mich eine Reue gequält, die ich für immer verlernt zu haben glaubte, und ich habe alte Stimmen, von denen ich längst meinte, sie wären verstummt, rufen hören, ich solle mich erheben. Ich hatte die vage Idee, von neuem zu streben, wieder anzufangen, Trägheit und Sinnlichkeit abzuschütteln und mich frisch in den aufgegebenen Kampf zu stürzen. Träume, nichts als Träume, die in nichts enden und den Schläfer unberührt lassen, aber Sie sollten wissen, daß Sie dies in mir veranlaßt haben."

„Wird davon nichts erhalten bleiben? Oh, Mr. Carton, versuchen Sie es noch einmal!"

„Nein, Miss Manette, die ganze Zeit über habe ich gefühlt, daß ich ganz unwürdig bin. Und doch war ich schwach genug und bin es noch, den Wunsch zu hegen, daß Sie erfahren, mit welch plötzlicher Kraft Sie in mir, dem ausgebrannten Aschenhaufen, ein Feuer entzündet haben, aber ein Feuer, das, in seinem Wesen untrennbar von mir, nichts lebendig macht, nichts entzündet, keinen Dienst leistet und unnütz erlischt."

„Da ich das Unglück habe, Mr. Carton, Sie unglücklicher gemacht zu haben, als Sie waren, bevor ich Sie kannte ..."

„Sagen Sie das nicht, Miss Manette, denn *Sie* hätten mich gerettet, wenn es jemand hätte tun können. Sie können nicht die Ursache einer Verschlimmerung sein."

„Da der Zustand, von dem Sie sprechen, jedenfalls durch meinen Einfluß mit entstanden ist – das meine ich, wenn ich mich klar genug ausdrücke –, kann ich dann nichts tun, um Ihnen zu helfen? Habe ich keinerlei Macht, Sie zum Guten zu bekehren?"

„Um das einzige Gute auszuführen, zu dem ich noch fähig bin, Miss Manette, bin ich hierhergekommen. Ich möchte für den Rest meines verfehlten Lebens die Erinnerung besitzen, daß ich Ihnen als dem letzten Menschen auf der Welt mein Herz eröffnet habe und daß Sie noch etwas darin gefunden haben, was Sie beklagen und bemitleiden konnten."

„Und das war, wie ich Sie aufs innigste immer wieder gebeten habe zu glauben, besserer Dinge fähig, Mr. Carton!"

„Bitten Sie mich nicht mehr, es zu glauben, Miss Manette. Ich habe mich geprüft, und ich weiß es besser. Ich tue Ihnen weh; ich bin bald fertig. Wollen Sie mir, wenn ich an diesen Tag zurückdenke, gestatten zu glauben, daß ich das letzte Vertrauen in meinem Leben Ihrem reinen, unschuldigen Herzen geschenkt habe und daß es dort allein ruht und von niemandem geteilt werden wird?"

„Wenn das ein Trost für Sie ist, ja."

„Auch nicht dem Herzen, das Ihnen dereinst am liebsten sein wird?"

„Mr. Carton", gab sie nach einer aufgeregten Pause zur Antwort, „es ist Ihr Geheimnis, nicht meines, und ich verspreche Ihnen, es zu achten."

„Ich danke Ihnen. Und noch einmal, Gott segne Sie."

Er führte ihre Hand an seine Lippen und schritt zur Tür.

„Fürchten Sie nicht, Miss Manette, daß ich jemals dieses Gespräch auch nur durch eine Anspielung wiederaufnehme. Ich werde nie darauf zurückkommen. Wenn ich tot wäre, könnten Sie dessen nicht sicherer sein. In meiner Sterbestunde werde ich die eine gute Erinnerung heilighalten, und ich werde Ihnen dafür danken und Sie dafür segnen, daß ich mein letztes Selbstbekenntnis Ihnen abgelegt habe und daß Sie meinen Namen, meine Fehler und mein Unglück mitleidvoll in Ihrem Herzen tragen. Möge es im übrigen leicht und glücklich sein!"

Er war so ganz anders, als er sich sonst gezeigt hatte, und der Gedanke daran, wieviel er weggeworfen hatte und wieviel er jeden Tag brachliegen ließ und zu falschen Zwecken verwendete, war so traurig, daß Lucie Manette bekümmert um ihn weinte, als er an der Tür stand und auf sie zurückblickte.

„Trösten Sie sich", sagte er, „ich bin dieses Mitleid nicht wert, Miss Manette. Noch ein oder zwei Stunden, und die unwürdige Gesellschaft und ihre unwürdigen Gewohnheiten, die ich verachte, denen ich mich aber hingebe, werden mich solcher Tränen weniger wert machen, als es der erste beste Elende ist, der durch die Straßen kriecht. Trösten Sie sich! Aber in meinem Herzen werde ich immer so sein, wie ich jetzt bin, obgleich ich äußerlich nicht anders erscheinen werde, als Sie mich bisher gekannt haben. Die vorletzte Bitte, die ich an Sie habe, ist, daß Sie mir dies glauben wollen."

„Ich will es, Mr. Carton."

„Meine letzte Bitte ist folgende – und mit ihr will ich Sie von einem Besucher erlösen, mit dem, wie ich wohl weiß, Sie nichts gemein haben und zwischen dem und Ihnen eine unüberschreitbare Kluft liegt. Ich weiß, es ist unnütz, die Bitte auszusprechen, aber sie drängt sich mir aus der Seele. Für Sie und für jedes Herz, das Ihnen teuer ist, würde ich alles tun. Wäre meine Laufbahn von der besseren Art, daß ich darin Gelegenheit oder Fähigkeit zur Aufopferung fände, so würde ich Ihnen und denen, die Ihnen am Herzen liegen, jedes Opfer bringen. Versuchen Sie in ruhigen Stunden, mich in diesem einen Punkt für aufrichtig und ergeben in Erinnerung zu behalten. Die Zeit wird kommen, die Zeit wird sehr bald kommen, wo Sie neue Bande geknüpft haben werden – Bande, die Sie noch inniger und fester an das Heim knüpfen, dessen Zierde Sie sind – die teuersten Bande, die Sie jemals schmücken und erfreuen werden. Oh, Miss Manette, wenn das kleine Ebenbild des Gesichts eines glücklichen Vaters zu Ihnen aufblickt, wenn Sie sich in Ihrer eigenen Schönheit von neuem neben sich aufwachsen sehen, so denken Sie dann und wann, daß es einen Mann gibt, der sein Leben hingeben würde, um ein Leben, das Sie lieben, zu erhalten."

Er sagte: „Leben Sie wohl", sagte ein letztes Mal: „Gott segne Sie!" und verließ sie.

14. Kapitel

Der ehrliche Geschäftsmann

Vor den Augen Mr. Jeremiah Crunchers, der neben seinem gnomenhaften Sohn in der Fleet Street auf seinem Stuhl saß, zog jeden Tag eine zahllose und bunte Menschenmenge vorüber. Wer konnte überhaupt in der Fleet Street während der geschäftigen Stunden des Tages sitzen, ohne betäubt und verwirrt zu werden von zwei endlosen Prozessionen, von denen die eine westwärts mit der Sonne, die andere ostwärts von der Sonne weg verlief.

Mit seinem Strohhalm im Munde sah Mr. Cruncher den beiden Strömen zu, gleich dem alten Heiden der Sage, der seit mehreren Jahrhunderten einen Strom beobachten muß, nur daß Jerry nicht erwartete, daß seine Ströme jemals austrocknen würden. Auch wäre diese Aussicht nicht sehr hoffnungsvoll gewesen, da er einen kleinen Teil seines Einkommens der ihm von diesen Strömen gebotenen Gelegenheit verdankte, furchtsame Frauen (die ziemlich wohlbeleibt und über die mittleren Jahre des Lebens hinaus waren) von Tellsons Seite nach der gegenüberliegenden zu lotsen. Wenn Mr. Cruncher in jedem besonderen Fall den auf diese Weise von ihm Geschützten auch nur ganz kurz Gesellschaft leistete, so gewann er doch stets so viel Interesse an der Dame, daß er den lebhaften Wunsch ausdrückte, die Ehre haben zu dürfen, auf ihre Gesundheit zu trinken. Und mit den Gaben, die er zur Erfüllung dieses wohlwollenden Wunsches erhielt, frischte er seine Finanzen auf, wie soeben bemerkt worden war.

Es gab eine Zeit, da ein Dichter in aller Öffentlichkeit auf einem Stuhl saß und angesichts der Menschen träumte. Mr. Cruncher saß auch in aller Öffentlichkeit auf einem Stuhl; weil er aber kein Dichter war, träumte er sowenig wie möglich und schaute sich um.

Es war gerade die Zeit, wo die Stadt menschenleerer als gewöhnlich war, sich weniger seiner Führung bedürftige Frauen als gewöhnlich fanden und seine Angelegenheiten im allgemeinen so wenig gediehen, daß in seiner Brust ein starker Verdacht aufkeimte, Mrs. Cruncher müsse irgendwo recht inbrünstig gebetet haben, als eine ungewöhnliche Menschenmenge die Fleet Street herabkam und seine Aufmerksamkeit auf sich zog. Mr. Cruncher erkannte bald, daß es ein Leichenbegängnis war und daß das Volk diesem Leichenbegängnis hemmend entgegentrat, wodurch ein Auflauf entstand.

„Junge", sagte Mr. Cruncher zu seinem Sprößling, „'s ist eine Leiche."

„Hurra, Vater!" schrie der junge Jerry.

Der junge Herr sprach diesen frohlockenden Ruf mit geheimnisvoller Bedeutsamkeit aus. Der ältere Herr nahm den Ruf so übel, daß er eine Gelegenheit abpaßte und dem jungen Herrn eins hinter die Ohren gab.

„Was soll das heißen? Wozu schreist du hurra? Was willst du damit deinem Vater sagen, du junger Spitzbube? – Der Junge fängt an, mir auf die Nerven zu gehen!“ sagte Mr. Cruncher und betrachtete den hoffnungsvollen Sohn. „Er und seine Hurras! Daß ich nicht wieder so etwas von dir höre, sonst sollst du etwas von mir fühlen. Verstehst du mich?“

„Ich habe es nicht böse gemeint“, protestierte der junge Jerry, während er sich die Backe rieb.

„Nun, so sei still“, sagte Mr. Cruncher, „ich will nichts von deinem Nichtbösemeinen wissen. Steig auf den Stuhl hier und sieh dir das Gedränge an.“

Der Sohn gehorchte, und der Menschenhaufen wälzte sich heran; er umgab brüllend und zischend einen Leichenwagen und eine Trauerkutsche von verschossenem Schwarz, in der ein einziger Leidtragender saß, angetan mit dem vielgebrauchten und halbverschossenen Flor und Trauermantel, die man bei einer solchen Gelegenheit für unentbehrlich hielt. Dem Leidtragenden schien jedoch seine Rolle durchaus nicht zu gefallen; denn ein beständig sich vermehrender Pöbelhaufen umgab die Kutsche, verhöhnte ihn, schnitt ihm Gesichter und heulte und schrie fortwährend: „Juhu, Spione! Hurra! Spione!“ und fügte dann noch Beiworte hinzu, die zu zahlreich und zu kräftig waren, um sie hier wiederholen zu können.

Leichenbegängnisse besaßen zu allen Zeiten eine merkwürdige Anziehungskraft für Mr. Cruncher. Er geriet stets in große Aufregung, wenn eine Leiche vor Tellson's vorbeigetragen wurde. Natürlich mußte ihn ein Leichenbegängnis mit dieser ungewöhnlichen Leichenbegleitung in doppelte Aufregung versetzen, und er fragte den ersten, der ihn anrempelte: „Was ist los, Bruder? Wer ist es?“

„Ich weiß es nicht“, sagte der Mann. „Spione, juhu! Spione!“

Er fragte einen anderen: „Wer ist es?“

„Ich weiß es nicht“, entgegnete dieser, legte aber nichtsdestoweniger beide Hände wie ein Sprachrohr an den Mund und brüllte mit dem größten Eifer: „Spione! Juhu! Spione!“

Endlich rempelte ihn eine über die Sache besser unterrichtete Person an, und von dieser Person erfuhr er, daß das Leichenbegängnis einem gewissen Roger Cly gelte.

„War er ein Spion?" fragte Mr. Cruncher.

„Ein Old-Bailey-Spion", gab der andere zur Antwort. „Juhu! Juhu! Old-Bailey-Spion!"

„Jetzt weiß ich es!" rief Jerry aus, indem er an die Gerichtsverhandlung dachte, der er beigewohnt hatte. „Den kenne ich. Er ist tot?"

„Mausetot", entgegnete der andere, „und er kann nicht tot genug sein. Holt sie heraus! Spione! Holt sie heraus! Spione!"

Bei der vorherrschenden Gedankenlosigkeit schien dieser Einfall so annehmbar, daß der Volkshaufen sogleich darauf einging und (laut den Rat wiederholend, sie herauszuholen) die beiden Wagen so dicht umdrängte, daß sie nicht weiterfahren konnten. Als dann viele auf einmal die Kutschentür aufrissen, sprang der Leidtragende von selbst heraus und war für einen Augenblick in schlimmen Händen; aber er war so gewandt und benutzte seine Zeit so gut, daß er im nächsten Augenblick in eine Nebenstraße lief, nachdem er den Trauermantel, den Hut, das lange Florband, das weiße Taschentuch und andere symbolische Tränen von sich geworfen hatte.

Mit großem Jubel und Genuß zerriß das Volk diese in Stücke und zerstreute sie weit und breit, während die Kaufleute eilig ihre Läden zuschlossen; denn ein Auflauf scheute in jener Zeit vor nichts zurück und war ein vielgefürchtetes Ungeheuer. Man traf bereits Anstalten, den Sarg herauszuholen, als ein besonders erfinderisches Genie vorschlug, ihn lieber unter allgemeinem Jubel zu seinem Bestimmungsort zu bringen. Da es an praktischen Ratschlägen fehlte, nahm man auch diesen Rat mit Beifall auf, und das Innere der Kutsche füllte sich sofort mit acht Personen, und ein Dutzend stieg auf das Dach, während auf den Leichenwagen so viele kletterten, wie dort nur irgend Platz finden konnten. Unter den ersten war Jerry Cruncher selbst, der bescheiden sein

Haupt in der tiefsten Ecke der Trauerkutsche vor der Beobachtung Tellson's verbarg.

Die begleitenden Leichenbesorger protestierten zwar gegen diese Abänderung der Zeremonien; da aber der Fluß bedrohlich nahe war und verschiedene Stimmen von der Angemessenheit eines kalten Bades sprachen, um Widerspenstige zur Vernunft zu bringen, so war der Protest wenig energisch. Der umgestaltete Leichenzug setzte sich wieder in Bewegung. Ein Schornsteinfeger fuhr den Leichenwagen, beraten von dessen eigentlichem Kutscher, der zu diesem Zweck unter strenger Aufsicht neben ihm sitzen blieb. Ein Pastetenverkäufer, ebenfalls von seinem Kabinettsminister begleitet, lenkte die Trauerkutsche. Ein Bärenführer, damals ein gern gesehener Gast auf der Straße, wurde als weitere Verschönerung angeworben, ehe der Zug weit die Strand hinabgekommen war, und sein Bär, der schwarz und sehr schäbig aussah, gab dem Teil der Prozession, in dem er sich befand, ein echtes Leichenbesorgeraussehen.

So ging, Bier trinkend, rauchend, brüllend und die Trauer in endloser Abwechslung karikierend, der wilde Haufen seinen Weg und wuchs mit jedem Schritt, während sich die Läden bei seinem Herannahen schlossen. Sein Ziel war die alte St.-Pancras-Kirche weit draußen vor der Stadt. Im Laufe der Zeit langte er auch dort an, erzwang sich Zutritt zum Friedhof und setzte es schließlich durch, den verstorbenen Roger Cly nach seinem Sinn und gar sehr zu seiner Befriedigung zu begraben.

Mit dem Leichenbegängnis war man fertig, und der Volkshaufen fing an, ein Bedürfnis nach neuer Unterhaltung zu fühlen. Da kam ein erfinderisches Genie (vielleicht dasselbe wie vorher) auf die Idee, zufällig Vorübergehende als Old-Bailey-Spione zu denunzieren und Rache an ihnen zu nehmen. In der Ausführung dieses humoristischen Einfalls wurde auf ein paar Dutzend harmlose Leute, die nie in ihrem Leben Old Bailey zu nahe gekommen waren, Jagd gemacht, und sie wurden dann mit rauhen Händen herumgezerrt und mißhandelt. Der Übergang von dieser Unterhaltung zum Fen-

stereinwerfen und zum Ausplündern von Bierkneipen war leicht und natürlich. Endlich nach mehreren Stunden, als verschiedene Sommer-Restaurants zerstört und einige Gitter vor den Häusern ausgerissen worden waren, um die Kampflustigeren unter der Meute zu bewaffnen, verbreitete sich das Gerücht, daß die Garde im Anzug wäre. Infolge dieses Gerüchts schmolz der Volkshaufen allmählich zusammen, und vielleicht kam die Garde, vielleicht kam sie nicht, und das war der gewöhnliche Ausgang eines Volksauflaufs.

Mr. Cruncher hatte der Schlußszene nicht beigewohnt, sondern war auf dem Kirchhof zurückgeblieben, um sich mit Leichenbesorgern zu unterhalten. Der Ort übte einen beruhigenden Einfluß auf ihn aus. Er verschaffte sich eine Pfeife aus einer nahen Kneipe und rauchte sie, während er durch die Gitter blickte und seinen Gedanken nachhing.

„Jerry", sagte Mr. Cruncher, sich in seiner gewöhnlichen Weise selbst anredend, „du hast heute diesen Cly gesehen und hast mit eigenen Augen gesehen, daß er jung und gerade gewachsen war!"

Nachdem er seine Pfeife ausgeraucht und noch eine kleine Weile seinen Gedanken nachgehangen hatte, wandte er seine Schritte heimwärts, damit er noch vor Büroschluß seinen Posten vor Tellson's einnehmen konnte. Ob sein Nachdenken über die Sterblichkeit des Menschen seine Leber angegriffen hatte oder ob es mit seiner Gesundheit im allgemeinen nicht zum besten stand oder ob er einem ausgezeichneten Mann eine kleine Aufmerksamkeit erweisen wollte, geht uns hier weniger an, als daß er auf seinem Heimweg seinem ärztlichen Beistand – einem Chirurgen von großem Ruf – einen kurzen Besuch abstattete.

Der junge Jerry, nun von seinem Vater abgelöst, meldete, daß während seiner Abwesenheit nichts vorgefallen sei. Die Bank wurde geschlossen, die alten Angestellten kamen heraus, der Wächter erschien auf seinem Posten, und Mr. Cruncher und sein Sohn gingen nach Hause zum Tee.

„Nun will ich dir sagen, wie es ist", sagte Mr. Cruncher zu seiner Frau, als er in die Stube trat. „Wenn es heute nacht mit meiner Spekulation schiefgeht, so will ich schon herauskriegen, daß du gegen mich gebetet hast, und werde dich dann so bearbeiten, als ob ich's gesehen hätte."

Die niedergedrückte Mrs. Cruncher schüttelte den Kopf.

„Was, du willst's vor meinen Augen tun?" sagte Mr. Cruncher mit allen Anzeichen zorniger Besorgnis.

„Ich sage nichts."

„Nun, dann denke aber auch nichts. Du könntest ebensogut auf den Knien herumrutschen als denken. Das eine ist so gut gegen mich wie das andere. Laß es ganz sein."

„Ja, Jerry."

„Ja, Jerry", wiederholte Mr. Cruncher, indem er sich zum Tee hinsetzte. „Ha! Immer heißt's: Ja, Jerry. Jawohl, 's ist schon gut, ja, Jerry!"

Mr. Cruncher verband keine besondere Meinung mit diesen mürrischen Wiederholungen, sondern drückte damit nur, wie es andere Leute nicht selten auch tun, ironische allgemeine Unzufriedenheit aus.

„Du und deine ‚Ja, Jerry'", sagte Mr. Cruncher und biß ein Stück aus seiner Butterschnitte, das er mit einem tüchtigen Schluck hinunterspülte. „Ha! Ich sollte es wissen. Ich glaube dir."

„Gehst du heute nacht aus?" fragte seine Frau, als er wieder ein Stück abbiß.

„Ja."

„Darf ich mitgehen, Vater?" fragte sein Sohn rasch.

„Nein, das geht nicht. Ich gehe – wie deine Mutter weiß – fischen. So ist es. Fischen gehe ich."

„Deine Angel ist aber recht rostig, nicht wahr, Vater?"

„Das laß nur meine Sorge sein."

„Bringst du uns Fische mit, Vater?"

„Wenn ich keine mitbringe, wirst du morgen fasten müssen", entgegnete dieser mit einem Kopfschütteln,

„das ist Antwort genug für dich. Ich gehe erst weg, wenn du längst im Bett bist.“

Den Rest des Abends verbrachte er damit, Mrs. Cruncher genau zu beobachten und sie beständig zu beschäftigen, damit sie an keine gegen ihn gerichteten Gebete denken konnte. Zu diesem Zweck trieb er auch seinen Sohn an, sie nicht aus dem Gespräch zu lassen, und die Arme mußte mit ihm jede Beschwerde, die er gegen sie hatte, durchsprechen, damit sie nur nicht einen einzigen Augenblick ihren eigenen Gedanken nachhängen konnte. Der frömmste Mensch hätte für die Wirksamkeit eines aufrichtig gemeinten Gebets nicht kräftiger Zeugnis ablegen können, als er es durch dieses immer wache Mißtrauen gegen seine Frau tat. Es war, als ob einer, der sich laut rühmte, nicht an Gespenster zu glauben, sich von einer Gespenstergeschichte Furcht einflößen ließ.

„Und vergiß es nicht“, sagte Mr. Cruncher. „Daß du mir morgen keine Geschichten machst! Wenn es mir als ehrlichem Geschäftsmann gelingt, ein gutes Mahl auf den Tisch zu bringen, so komm mir nicht mit deiner Komödie, es nicht anrühren und nur Brot essen zu wollen. Wenn ich als ehrlicher Geschäftsmann für ein Glas Bier sorge, so sprich mir nicht vom Wassertrinken. Wenn du nach Rom gehst, mußt du es machen wie die Leute in Rom. Rom wird es dir schön anrechnen, wenn du es nicht tust. Ich bin dein Rom – weißt du!“

Dann fing er wieder an zu brummen: „Mit deinem Wirtschaften gegen deine eigene Speise und Trank! Ich weiß nicht, wie selten du dir Speise und Trank machen könntest mit deinem Herumrutschen und herzlosen Benehmen. Sieh deinen Jungen an. Er ist dein Kind, nicht wahr? Er ist so dürr wie eine Latte. Du willst eine Mutter sein und weißt nicht einmal, daß es die erste Pflicht einer Mutter ist, ihrem Sohn zu Fleisch zu verhelfen!“

Dies traf den jungen Jerry an einer empfindlichen Stelle. Er beschwor seine Mutter, ihre erste Pflicht zu erfüllen und, was sie auch sonst täte und unterließe, vor allen Dingen besondere Sorge zu tragen, dieser von seinem Vater so rührend und zartfühlend beschriebenen Mutterpflicht nachzukommen.

So verging der Abend in der Familie Cruncher, bis der Vater den Sohn zu Bett gehen hieß und die Mutter, der er denselben Befehl erteilte, ihm gehorchte. Mr. Cruncher vertrieb sich die ersten Stunden der Nacht mit einsamem Pfeifen und traf erst kurz vor ein Uhr Anstalten zum Aufbruch. Als diese Geisterstunde herankam, stand er von seinem Stuhl auf, holte einen Schlüssel aus seiner Tasche, schloß einen Wandschrank auf und nahm einen Sack, ein Brecheisen von angemessener Größe, einen Strick, eine Kette und anderes Angelgerät ähnlicher Art heraus. Nachdem er diese Gegenstände in geschickter Weise an seinem Körper untergebracht hatte, bedachte er Mrs. Cruncher noch mit einem Abschiedsfluch, löschte das Licht aus und ging.

Der junge Jerry, der sich gar nicht ausgezogen hatte, als er zu Bett ging, lief sehr bald seinem Vater nach. Im Schutz der Finsternis folgte er ihm aus dem Zimmer die Treppe hinab auf den Hof hinunter bis auf die Straße. Wieder in das Haus zu kommen machte ihm keine Sorge, denn es wohnten viele Leute darin, und die Tür blieb die ganze Nacht angelehnt.

Getrieben von einem lobenswerten Ehrgeiz, die Kunst und das Geheimnis des ehrlichen Gewerbes seines Vaters kennenzulernen, behielt der junge Jerry, immer dicht an den Häusern, Mauern und Torwegen entlangschleichend, seinen ehrenwerten Vater fortwährend im Auge. Der ehrenwerte Vater schlug eine nördliche Richtung ein und war noch nicht weit gegangen, als sich ein anderer Schüler Izaak Waltons zu ihm gesellte und beide nun in Gesellschaft weitergingen.

Eine halbe Stunde nach dem Aufbruch hatten sie die trübe brennenden Laternen und die schlafenden Nachtwächter hinter sich und befanden sich auf einer einsamen Landstraße. Hier stieß noch ein Liebhaber des Angelns zu ihnen, und zwar in solcher Stille, daß, wenn der junge Jerry abergläubig gewesen wäre, er hätte glauben können, der zweite Verehrer des edlen Zeitvertreibs hätte sich auf einmal in zwei Männer gespalten.

Die drei gingen weiter und der junge Jerry ebenfalls, bis die drei an einer Stelle stehenblieben, wo die Straße durch einen Hohlweg lief. Oben auf dem Hohlweg sah man eine niedrige Mauer von Ziegelsteinen mit einem eisernen Gitter darüber. Im Schatten des Hohlwegs und der Mauer verließen alle drei die Landstraße und lenkten in einen Seitenweg ein, dessen eine Seite die hier acht bis zehn Fuß hohe Mauer bildete. Das nächste, was der junge Jerry, der sich in eine Ecke gekauert hatte, sah, war die Gestalt seines ehrenwerten Vaters, der rasch ein eisernes Gittertor hinaufkletterte und sich ziemlich deutlich gegen den von einem Hof umgebenen und durch Wolken schwimmenden Mond abzeichnete. Er war bald auf der anderen Seite, und dann folgten der zweite Angler und der dritte. Sie alle ließen sich vorsichtig auf den Boden hinunter und blieben dort eine Weile liegen – vielleicht um zu horchen. Dann krochen sie auf Händen und Knien weiter.

Jetzt war der junge Jerry an der Reihe, sich der Gitterpforte zu nähern, und er tat es mit angehaltenem Atem. Er kauerte sich dort in eine Ecke und sah, wie die drei Angler durch hohes struppiges Gras krochen, während alle Grabsteine auf dem Friedhof – denn sie befanden sich auf einem großen Friedhof – wie weißgekleidete Gespenster zusahen und der Kirchturm selbst wie das Gespenst eines ungeheuren Riesen herunterschaute. Sie waren noch nicht weit gekrochen, als sie haltmachten und sich aufrichteten. Und nun fingen sie an zu fischen.

Sie angelten zuerst mit einem Spaten. Gleich darauf machte der ehrenwerte Vater ein Werkzeug, das einem großen Korkenzieher ähnelte, zurecht. Aber mit welchen Werkzeugen sie auch immer arbeiteten – sie arbeiteten mit Anstrengung, bis der dumpfe Schlag der Turmglocke den jungen Jerry so erschreckte, daß er mit gesträubtem Haar davonlief.

Doch sein lange gehegter Wunsch, mehr von diesen

Sachen zu erfahren, hemmte nicht nur seinen Lauf, sondern bewog ihn auch, wieder umzukehren. Sie fischten immer noch mit großer Ausdauer, als er zum zweitenmal zur Pforte hereinguckte; aber jetzt schien ein Fisch angebissen zu haben. Man hörte einen rumpelnden und ächzenden Ton unten in der Erde, und die gekrümmten Rücken der Angler strengten sich mächtig an, als wollten sie eine schwere Last heben. Langsam und allmählich brachten sie diese auch aus der Erde heraus. Der junge Jerry wußte recht gut, was es sein würde; aber als er es erblickte und seinen ehrenwerten Vater Anstalten machen sah, es aufzubrechen, bemächtigte sich seiner bei dem noch neuen Anblick eine solche Angst, daß er wieder fortlief und nicht eher stehenblieb, bis er wohl eine halbe Stunde lang gelaufen war.

Auch jetzt wäre er nicht stehengeblieben, wenn er nicht unbedingt hätte Atem schöpfen müssen; denn er lief ein Gespensterwettrennen und wünschte sehnlichst, damit fertig zu sein. Er konnte nicht von dem Gedanken loskommen, daß ihm der Sarg, den er gesehen hatte, nachlaufe, und als er sich vorstellte, daß er, auf seinem schmalen Ende stehend, ihm nachhüpfe und stets kurz davor sei, ihn einzuholen und an ihn heranzuhüpfen – vielleicht gar seinen Arm zu nehmen –, gruselte es ihn schrecklich. Er war auch ein allgegenwärtiger Dämon; denn während er die ganze Nacht über fürchterlich hinter ihm her war, lief Jerry auf die Fahrstraße hinüber, um dunklen Seitenwegen fernzubleiben, aus denen der gespenstige Sarg ja hervorgehüpft kommen konnte – gleich einem wassersüchtigen Papierdrachen ohne Schweif und Flügel. Er versteckte sich auch in Torwegen, wo er seine gräßlichen Schultern an den Türen rieb und sie bis zu den Ohren heraufzog, als ob er lachte. Er lauerte an dunklen Stellen auf der Straße und legte sich hinterlistig auf den Boden, damit der Laufende über ihn wegfalle. Die ganze Zeit über hüpfte er ihm unaufhörlich nach und kam immer näher, so daß der Junge halbtot war, als er seine Haustür erreichte. Aber auch hier wollte er ihn nicht verlassen, sondern folgte ihm die

Treppe hinauf mit einem dumpfklingenden Aufprall auf jeder Stufe, kletterte mit ihm ins Bett und fiel tot und schwer auf seine Brust, als er einschlief.

Aus schwerem Schlummer fand sich der junge Jerry in seiner Kammer nach Tagesanbruch und vor Sonnenaufgang durch die Anwesenheit seines Vaters in der Wohnstube geweckt. Etwas mußte schiefgegangen sein; wenigstens schloß dies der junge Jerry aus dem Umstand, daß sein Vater Mrs. Cruncher bei den Ohren hielt und sie mit dem Hinterkopf gegen das Kopfbrett des Bettes stieß.

„Ich hab's dir vorausgesagt", sagte Mr. Cruncher, „und jetzt geschieht's."

„Jerry, Jerry, Jerry!" flehte seine Frau.

„Du raubst uns den Gewinn des Geschäfts", sagte Jerry, „und ich und meine Kumpels leiden darunter. Du sollst deinen Mann ehren und ihm gehorchen. Warum zum Teufel tust du das nicht?"

„Ich versuche, eine gute Frau zu sein, Jerry", beteuerte die Arme unter Tränen.

„Heißt das eine gute Frau sein, wenn du deinem Mann das Geschäft verdirbst? Heißt es deinen Mann ehren, wenn du ihm Unehre in sein Geschäft bringst? Heißt es deinem Mann gehorchen, wenn du ihm in den Hauptsachen seines Geschäfts nicht folgst?"

„Du hattest damals mit dem schrecklichen Geschäft noch nichts zu tun, Jerry."

„Es muß dir genügen, die Frau eines ehrenwerten Geschäftsmannes zu sein", entgegnete Mr. Cruncher. „Du brauchst dir deinen dummen Kopf nicht mit Rechnen zu zerbrechen, wann er sein Geschäft angefangen hat. Ein ehrendes und gehorsames Weib würde sich gar nicht um sein Geschäft kümmern. Du willst eine fromme Frau sein? Wenn du eine fromme Frau bist, so will ich eine gottlose haben, du hast nicht mehr natürliches Pflichtgefühl, als in dem Bett der Themse hier Pfähle wachsen, und deshalb muß es in dich hineingeschlagen werden."

Der Wortwechsel ging in halblautem Ton von einem

zum andern, und der Schluß war, daß der ehrenwerte Geschäftsmann seine mit Lehm beschmutzten Stiefel von den Füßen schleuderte und sich der Länge nach auf den Fußboden legte. Nachdem sein Sohn einen schüchternen Blick auf den Vater geworfen hatte, wie er, die schmutzigen Hände als Kissen benutzend, auf dem Rükken dalag, streckte auch er sich aus und schlief wieder ein.

Es gab keinen Fisch zum Frühstück und auch sonst nicht viel. Mr. Cruncher war schlechter Laune und hatte neben sich einen eisernen Topfdeckel liegen als Wurfgeschoß zur Züchtigung Mrs. Crunchers, falls es ihr nur von fern einfallen sollte, an ein Tischgebet zu denken. Er bürstete und wusch sich zur gewöhnlichen Stunde und ging mit seinem Sohn fort, um sich seinem Tagesgeschäft zu widmen.

Der junge Jerry trabte mit dem Stuhl unter dem Arm neben seinem Vater her durch die lange und menschengedrängte Fleet Street; er war ein ganz anderer junger Jerry als in der vergangenen Nacht, wie er durch die einsame Finsternis vor seinem grausigen Verfolger ausriß. Seine Schlauheit war mit dem Tageslicht wieder aufgewacht, und seine Gewissensbisse waren mit der Nacht verschwunden, eine Eigentümlichkeit, mit der er wahrscheinlich an diesem schönen Morgen weder in der Fleet Street noch in der City von London allein dastand.

„Vater", fing der junge Jerry unterwegs an, vorsorglich außer Armbereich tretend und den Stuhl zum Parieren bereithaltend, „was ist ein Auferstehungsmann?"

Überrascht blieb Cruncher stehen, ehe er antwortete: „Wie soll *ich* das wissen?"

„Ich dachte, du weißt alles, Vater?" meinte der Knabe voll Unschuld.

„Hm, nun ja", entgegnete Mr. Cruncher, indem er weiterging und den Hut abnahm, um seinen starr emporstehenden Haaren freien Spielraum zu geben. „Es ist ein Handelsmann."

„Mit was für Waren handelt er?" fuhr der Junge lebhaft fort zu fragen.

„Seine Waren“, sagte Mr. Cruncher, nachdem er es sich eine Weile überlegt hatte, „sind Artikel der Wissenschaft.“

„Leichen, nicht wahr, Vater?“ rief mit rascher Auffassungsgabe der Knabe.

„Ich glaube, es ist was Derartiges“, sagte Mr. Cruncher.

„Ach, Vater, ich möchte Auferstehungsmann werden, wenn ich groß genug dazu bin.“

Mr. Cruncher war besänftigt, aber schüttelte bedenklich den Kopf. „Das hängt ganz davon ab, wie du deine Talente entwickelst. Gib dir Mühe, deine Talente auszubilden, und sprich zu anderen Leuten nie ein Wort mehr, als du mußt; aber man weiß wirklich noch nicht, wozu du es noch einmal bringen kannst.“ Wie der junge Jerry, so ermutigt, ein paar Schritte vorausging, um den Stuhl in den Schatten vom Temple Bar zu stellen, sagte Mr. Cruncher zu sich: „Jerry, du rechtschaffener Geschäftsmann, du hast Hoffnung, daß dieser Junge ein Segen wird und eine Entschädigung für seine Mutter!“

15. Kapitel

Stricken

Sie hatten heute früher als gewöhnlich in der Weinhandlung von Monsieur Defarge zu trinken begonnen. Schon um sechs Uhr morgens sahen bleiche Gesichter, die durch dic vergitterten Fenster blickten, drinnen andere Gesichter hinter ihrem Maß Wein sitzen. Monsieur Defarge schenkte in den besten Zeiten einen sehr dünnen Wein aus, aber heute schien er ungewöhnlich dünn zu sein. Übrigens sauer oder säuernd, denn er versetzte die Gäste in eine melancholische Stimmung. Keine lustige bacchanalische Flamme sprang aus den gekelterten Trauben von Monsieur Defarge hervor, wohl aber lag in der Hefe ein im Dunkeln fortglimmendes Feuer versteckt.

Schon den dritten Morgen fing man so früh in der Weinhandlung Monsieur Defarges an zu trinken. Begonnen hatte es Montag, und heute war Mittwoch. Es war aber mehr frühes Schwatzen als Trinken gewesen, denn viele hatten seit dem Öffnen des Ladens dort zugehört und geflüstert und herumgestanden, die, um ihre Seele zu retten, nicht das kleinste Stück Geld auf den Ladentisch hätten legen können. Sie galten jedoch ebensoviel an dem Ort, als ob sie ganze Fässer Wein hätten bestellen können, und sie schlichen von einem Platz und von einer Ecke zur anderen, Worte anstatt Wein mit gierigen Blicken verzehrend.

Trotz des ungewöhnlich zahlreichen Besuchs war der Besitzer der Weinhandlung nicht sichtbar. Er wurde nicht vermißt, denn niemand, der über die Schwelle kam, sah sich nach ihm um, niemand fragte nach ihm; niemand wunderte sich, nur Madame Defarge auf ihrem Platz zu sehen, neben sich einen Teller voll abgegriffener kleiner Münzen, die so sehr ihr ursprüngliches Gepräge verloren hatten wie die Menschen, aus deren zerrissenen Taschen sie gekommen waren.

Die Spione, die in die Weinhandlung hineinguckten, wie sie jeden Ort, hoch oder niedrig, vom Königspalast bis zum Kerker, beguckten, bemerkten vielleicht ein gespanntes Warten und eine vorherrschende Zerstreutheit. Das Kartenspiel ging nicht flott, die Dominospieler bauten nachdenklich Türme mit den Steinen, Gäste malten mit vergossenem Wein Figuren auf den Tisch, und selbst Madame Defarge stach mit ihrem Zahnstocher in dem Muster auf ihrem Ärmel herum und sah und hörte etwas Unhörbares und Unsichtbares, was noch in weiter Ferne war.

So sah es in St-Antoine in dieser Weinangelegenheit bis zum Mittag aus. Es war zwölf Uhr, als zwei verdreckte Männer durch die Straßen und unter den baumelnden Laternen der Vorstadt dahingingen. Der eine war Monsieur Defarge, der andere ein Straßenarbeiter mit einer blauen Mütze. Über und über mit Staub bedeckt und halb verdurstet, traten die beiden in die

Weinhandlung. Ihre Ankunft hatte eine Art Feuer im Herzen St-Antoines entzündet, das sich rasch weiter verbreitete, wie sie durch die Straßen gingen, und in den Augen und auf den Gesichtern an den meisten Türen und Fenstern glänzte. Aber niemand folgte ihnen, und niemand sprach, als sie in die Weinhandlung traten, obgleich die Blicke eines jeden auf ihnen ruhten.

„Guten Tag, ihr Herren", sagte Monsieur Defarge.

Das war vielleicht ein Signal, um das allgemeine Schweigen zu brechen. Denn im Chor antworteten die Anwesenden: „Guten Tag."

„Es ist schlechtes Wetter, ihr Herren", sagte Defarge kopfschüttelnd.

Darauf sah jedermann seinen Nachbarn an, und dann schlugen alle die Augen nieder und blieben stumm sitzen. Nur einer nicht, der aufstand und hinausging.

„Frau", sagte Defarge laut zu Madame Defarge. „Ich bin eine Anzahl Meilen mit diesem guten Straßenarbeiter namens Jacques gewandert. Ich traf ihn zufällig anderthalb Tagereisen von Paris. Er ist ein guter Mensch, dieser Straßenarbeiter. Gib ihm zu trinken, Frau!"

Ein Zweiter stand auf und ging hinaus. Madame schenkte dem Straßenarbeiter namens Jacques ein; dieser nahm seine blaue Mütze vor der Gesellschaft ab und trank. Aus der Brusttasche seiner Bluse holte er ein großes Stück Schwarzbrot; von diesem biß er hin und wieder ein Stück ab und kaute und trank vor Madame Defarges Ladentisch. Ein Dritter stand auf und ging hinaus.

Defarge trank ebenfalls ein paar Schluck Wein – aber weniger als der Fremde, eher als ein Mann, dem das Getränk keine Seltenheit ist – und wartete, bis der andere gefrühstückt hatte. Er sah niemanden von den Anwesenden an, und niemand sah ihn jetzt an; nicht einmal Madame Defarge, die ihren Strickstrumpf wieder genommen hatte und strickte.

„Seid Ihr fertig mit Euerm Frühstück, Freund?" fragte er dann.

„Ja, ich danke Euch."

„Nun, so kommt! Ich will Euch das Zimmer zeigen, das für Euch bestimmt ist. Es wird Euch sehr zusagen."

Aus der Weinhandlung auf die Straße, von der Straße in einen Hof, vom Hof eine steile Treppe hinauf, von der Treppe in eine Dachkammer – dieselbe Dachkammer, wo damals ein weißköpfiger, emsig mit Schuhmacherarbeit beschäftigter Mann auf einer niedrigen Bank gesessen hatte.

Jetzt war kein weißköpfiger Mann dort; wohl aber die drei Männer, die die Weinhandlung einzeln verlassen hatten. Doch zwischen ihnen und dem weißköpfigen Mann in der Ferne bestand eine Verbindung: sie hatten ihn nämlich durch die Ritzen in der Wand einmal betrachtet.

Defarge machte die Tür sorgfältig zu und sprach in gedämpftem Ton: „Jacques eins, Jacques zwei, Jacques drei! Dies ist der Zeuge, den ich, Jacques vier, bestellt habe. Er wird Euch alles erzählen. Sprecht, Jacques fünf!"

Der Straßenarbeiter wischte sich mit der blauen Mütze seine sonnenverbrannte Stirn und sagte: „Wo soll ich anfangen, Monsieur?"

„Fange beim Anfang an", war Defarges nicht unverständige Antwort.

„Ich sah ihn also", fing der Straßenarbeiter an, „vor einem Jahr im Sommer unter dem Wagen des Marquis an der Kette hängen. Seht her, wie es war. Ich ließ meine Arbeit an der Straße liegen, die Sonne ging unter, der Wagen des Marquis fuhr langsam die Höhe hinauf, er hing an der Kette – so!"

Abermals führte der Straßenarbeiter das ganze Schauspiel vor, in dem er jetzt von Rechts wegen sicher sein mußte, da es ein ganzes Jahr hindurch die unfehlbare und unentbehrliche Unterhaltung seines Dorfes gewesen war.

Jacques eins unterbrach ihn und fragte, ob er den Mann schon früher einmal gesehen hätte?

„Nie", gab der Straßenarbeiter zur Antwort, indem er sich wieder aufrichtete.

Jacques drei fragte, wie er ihn dann später erkannt habe?

„An seiner Länge", sagte der Straßenarbeiter halblaut und legte den Finger an die Nase. „Als Monsieur le Marquis am Abend fragte: ‚Wie sah er aus?', gab ich zur Antwort: ‚Lang wie ein Gespenst.'"

„Ihr hättet sagen sollen: ‚Klein wie ein Zwerg'", belehrte ihn Jacques zwei.

„Was wußte ich schon! Die Tat war damals noch nicht getan, und er hat mir auch nichts anvertraut. Hören Sie mal! Unter diesen Umständen biete ich mein Zeugnis nicht an. Monsieur le Marquis zeigte mit dem Finger auf mich, als ich bei unserm kleinen Brunnen stand, und sagte: ‚Bringt den Kerl dort her!' Bei meinem Wort, Ihr Herren, ich biete mich nicht an."

„Er hat recht damit, Jacques", sagte Defarge zu dem, der ihn im Sprechen unterbrochen hatte. „Fahrt fort."

„Gut!" sagte der Straßenarbeiter mit geheimnisvoller Miene. „Der lange Mann ist verschwunden und wird gesucht – wie viele Monate? Neun, zehn, elf?"

„Die Zahl ist gleichgültig", sagte Defarge. „Er war gut versteckt, aber unglücklicherweise wurde er gefunden. Weiter."

„Ich arbeite also wieder an derselben Stelle der Straße, und die Sonne geht abermals unter. Ich nehme mein Arbeitszeug zusammen, um in mein Dorf zu gehen, wo es schon dunkel ist. Als ich aufblicke, seh ich sechs Soldaten über die Höhe kommen. In ihrer Mitte geht ein langer Mann mit gefesselten Armen – an der Seite festgebunden – so!"

Mit Hilfe seiner unentbehrlichen Mütze stellte er einen Mann dar, dessen Ellbogen auf seinem Rücken mit Stricken zusammengebunden sind.

„Ich bleibe bei meinem Steinhaufen stehen, um die Soldaten und ihren Gefangenen vorbeigehen zu sehen (denn es ist eine einsame Straße, wo alles, was vorbeikommt, des Ansehens wert ist), und als sie näher kommen, erkenne ich weiter nichts als sechs Soldaten mit einem gefesselten langen Mann und daß sie fast schwarz aussehen – außer an der Seite, wo sie durch die untergehende Sonne einen roten Rand haben, Messieurs. Auch sehe ich ihre langen Schatten auf der anderen Seite der Straße – wie die Schatten von Riesen. Auch gewahre ich, daß sie mit Staub bedeckt sind und daß sich der Staub mit ihnen fortbewegt, als sie herankommen, trapp, trapp! Aber wie sie ganz nahe kommen, erkenne ich den langen Mann, und er erkennt mich. O wie gern wäre er den Abhang hinuntergesprungen wie an dem Abend, wo wir uns dicht an derselben Stelle zum erstenmal sahen!"

Er beschrieb es, als ob er dort wäre, und es war offenbar, daß er alles lebendig vor sich sah; vielleicht hatte er in seinem Leben nicht viel gesehen.

„Ich verrate den Soldaten nicht, daß ich den langen Mann erkenne; er verrät den Soldaten nicht, daß er mich erkennt; wir sprechen mit den Augen miteinander. ‚Vorwärts', sagt der Anführer der Soldaten und wies auf das Dorf, ‚bringt ihn rasch in sein Grab!' Und sie trieben ihn rascher vorwärts. Seine Arme sind geschwollen, weil sie fest zusammengeschnürt sind; seine Holzschuhe sind groß und schwer, und er lahmt. Weil er lahmt und daher langsam geht, stoßen sie ihn mit ihren Flinten vorwärts – so!"

Er ahmt die Bewegung eines Mannes nach, der von Flintenkolben fortgestoßen wird.

„Als sie wie toll den Abhang hinunterlaufen, fällt er. Sie lachen und heben ihn wieder auf. Sein Gesicht ist blutig und schmutzig, aber er kann es nicht abwischen; darauf lachen sie wieder. Sie bringen ihn in das Dorf. Das ganze Dorf läuft zusammen; sie führen ihn an der Mühle vorbei und hinauf zum Gefängnis. Das ganze Dorf sieht, wie sich das Gefängnistor in der dunklen Nacht öffnet und ihn verschlingt – so!"

Er riß sperrangelweit den Mund auf und machte ihn wieder zu, daß die Zähne aufeinanderklappen. Als er keine Lust zeigte, den Effekt dadurch zu verderben, daß er den Mund noch einmal öffnete, sagte Defarge zu ihm: „Weiter, Jacques!"

„Das ganze Dorf geht wieder heim", fuhr der Straßenarbeiter mit gedämpfter Stimme fort; „das ganze Dorf flüstert sich am Brunnen etwas zu, das ganze Dorf schläft, das ganze Dorf träumt von dem Unglücklichen hinter den Schlössern und Riegeln des Gefängnisses auf dem Felsen, das er nie wieder verlassen soll, außer um zu sterben. Morgens mache ich, mit meinem Arbeitszeug auf der Schulter und im Gehen einen Bissen Schwarzbrot essend, einen Umweg am Gefängnis vorbei. Dort sehe ich ihn hoch oben hinter dem eisernen Gitter eines Fensters mit blutigem und bestaubtem Gesicht wie am Abend vorher. Er hat keine Hand frei, um mir zuzuwinken; ich wage nicht, ihn anzurufen, er sieht mich an wie ein toter Mann."

Defarge und die drei anderen blickten sich finster an. Die Gesichter von allen vieren hatten einen finsteren, grimmigen, rachedürstenden Ausdruck, als sie der Erzählung des Mannes zuhörten. Ihr Verhalten war gleichzeitig geheimnisvoll und gebieterisch. Sie wirkten fast wie ein Gericht; Jacques eins und zwei saßen auf dem alten Bett, stützten das Kinn in die Hand und hefteten die Augen gespannt auf den Straßenarbeiter; Jacques drei hinter ihnen hatte ein Knie auf dem Bett und fuhr sich mit seiner aufgeregten Hand beständig über Mund und Nase. Defarge stand zwischen ihnen und dem Erzähler, den er in das Licht am Fenster postiert hatte, und sah abwechselnd diesen und die drei anderen an.

„Weiter, Jacques", sagte Defarge.

„Dort oben in seinem Käfig bleibt er einige Tage. Das Dorf sieht verstohlen zu ihm hinauf, denn es fürchtet sich. Aber es sieht von weitem beständig zu dem Gefängnis auf dem Felsen hinauf; und abends, wenn die Tagesarbeit getan ist und alle sich um den Brunnen versammeln, um zu plaudern, wenden sich ihre Gesichter dem Gefängnis zu. Früher wandten sie sich dem Posthaus zu; jetzt blicken sie zum Gefängnis. Halblaut flüstern sie sich am Brunnen zu, daß er, obgleich zum Tode verurteilt, nicht hingerichtet werden würde; sie erzählen sich, daß Bittschriften nach Paris gegangen sind, um darzulegen, daß er durch den Tod seines Kindes wahnsinnig geworden sei; sie sagen, daß man dem König selbst eine solche Bittschrift überreicht habe. Was weiß ich? Es ist möglich. Vielleicht ist es so, vielleicht auch nicht."

„Hört zu, Jacques", unterbrach Nummer eins dieses Namens mit finsterem Ernst. „Dem König und der Königin wurde eine Bittschrift überreicht. Wir alle hier außer Euch haben gesehen, wie sie der König, in seinem Wagen neben der Königin sitzend, auf der Straße entgegennahm. Defarge, der hier steht, sprang unter Lebensgefahr mit der Bittschrift in der Hand vor die Pferde."

„Und hört noch weiter, Jacques!" sagte Nummer drei, der dahinterkniete; seine Finger glitten immer noch mit einer auffällig gierigen Miene über sein Gesicht, als ob er nach etwas hungerte, was weder Speise noch Trank war. „Die Leibwache umringte den Bittsteller zu Fuß und zu Pferde und schlug ihn. Hört Ihr?"

„Ich höre, Messieurs.

Auf der anderen Seite flüstern sie sich am Brunnen zu", fuhr der Erzähler fort, „daß er zu uns geschafft worden ist, um an Ort und Stelle hingerichtet zu werden, und daß er ganz gewiß hingerichtet werden würde. Sie flüstern sich sogar zu, daß er, weil er Monseigneur ermordet hat und weil Monseigneur der Vater seiner Untertanen war, als Vatermörder hingerichtet werden soll. Ein alter Mann sagt am Brunnen, daß man einem solchen die rechte Hand mit dem Messer verbrennt, daß man ihn in Einschnitte, die man in seine Brust, in seine Beine und seine Arme macht, siedendes Öl, geschmolzenes Blei, brennendes Harz und brennenden Schwefel gießt und daß man ihn schließlich von vier starken Pferden in Stücke zerreißen läßt. Dieser alte Mann sagt, daß man dies alles wirklich einem Missetäter zugefügt hätte, der einen Mordversuch auf den vorigen König Ludwig XV. gemacht hatte. Aber wie kann ich wissen, ob er lügt oder nicht? Ich bin kein Gelehrter."

„So hört noch einmal her, Jacques", sagte der Mann

mit der ruhelosen Hand und der gierigen Miene. „Der Name dieses Missetäters war Damiens, und es geschah alles bei hellem Tage und auf offener Straße in dieser Stadt Paris; und nichts fiel unter der unermeßlichen Menschenmenge, die zusah, mehr auf als die vielen vornehmen Damen, die voll brennender Neugier bis zuletzt aushielten – Jacques, bei einbrechender Nacht, wo ihm die Beine und ein Arm ausgerissen waren und er immer noch atmete! Und das geschah – wie alt seid Ihr?"

„Fünfunddreißig", sagte der Straßenarbeiter, der wie sechzig aussah.

„Es geschah, als Ihr über zehn Jahre alt wart. Ihr hättet es also sehen können."

„Genug!" sagte Defarge mit grimmiger Ungeduld. „Es lebe der Teufel! Weiter!"

„Weiter also! Einige flüstern dieses, andere flüstern jenes; sie sprechen von nichts anderem. Selbst der Brunnen scheint nach dieser Melodie zu plätschern. Eines Sonntags nachts schließlich, als das ganze Dorf schläft, kommen Soldaten den Weg vom Gefängnis herab, und ihre Gewehre klirren auf den Steinen der Dorfgasse. Arbeiter graben und hämmern, Soldaten lachen und singen, und am Morgen steht vor dem Brunnen ein vierzig Fuß hoher Galgen und vergiftet das Wasser."

Der Straßenarbeiter sah mehr durch die niedrige Decke hindurch als zu ihr hinauf und wies mit dem Finger, als ob er den Galgen irgendwo im Himmel sähe.

„Alle Arbeit hört auf, alle versammeln sich dort, niemand treibt die Kühe weg, die Kühe sind mit den übrigen dort. Mittags hört man Trommelwirbel. Nachts sind Soldaten zu dem Gefängnis hinaufmarschiert, und er kommt in der Mitte vieler Soldaten. Er ist gefesselt wie früher, und in seinem Mund steckt ein Knebel. Er ist mit einer Schnur so straff befestigt, daß es fast aussieht, als ob er lacht." Er machte es nach, indem er mit den beiden Daumen von den Mundwinkeln bis zu den Ohren die Backen in zwei lange Falten legte. „Oben auf dem Galgen steckt das blanke Messer, die Spitze zum

Himmel gerichtet. Dort wird er vierzig Fuß hoch gehenkt und bleibt hängen und vergiftet das Wasser." Sie sahen sich gegenseitig an, als er sich mit seiner blauen Mütze das schweißtriefende Gesicht wischte, während er sich das Schauspiel ins Gedächtnis zurückrief.

„Es ist entsetzlich, Messieurs. Wie können die Frauen und Kinder Wasser holen? Wer kann abends unter diesem Schatten plaudern! – Unter dem Schatten, habe ich gesagt? Als ich am Montagabend beim Sonnenuntergang das Dorf verließ und mich noch einmal von der Höhe umsah, da fiel der Schatten quer über die Kirche, quer über die Mühle, quer über das Gefängnis, er schien wie ein gerader Strich über die Erde bis zum Horizont zu gehen."

Der hungrige Mann zerbiß einen seiner Finger, während er die drei ansah, und der Finger zitterte vor Gier.

„Das ist alles, Messieurs. Ich verließ das Dorf mit Sonnenuntergang (wie mir geraten worden war) und bin anderthalb Tag marschiert, bis ich diesen Kameraden traf (was mir auch geraten worden war). Mit ihm setzte ich meinen Weg gestern nachmittag und letzte Nacht, bald zu Fuß und bald im Wagen, fort, und hier bin ich nun!"

Nach einem düsteren Schweigen sagte Jacques eins: „Gut! Ihr habt getreulich alles getan und berichtet. Wollt Ihr draußen vor der Tür ein Weilchen warten?"

„Sehr gern", sagte der Straßenarbeiter, worauf Defarge ihn hinausbrachte und dann wieder zurückkehrte.

Die drei waren aufgestanden und hatten die Köpfe zusammengesteckt, wie er wieder in die Dachkammer trat.

„Was sagt Ihr, Jacques?" fragte Nummer eins: „Kommt er ins Register?"

„Er kommt ins Register und ist dem Untergang geweiht", gab Defarge zurück.

„Prächtig!" krächzte der Mann mit dem gierigen Gesicht.

„Das Schloß und das ganze Geschlecht?" fragte der erste.

„Das Schloß und das ganze Geschlecht!“ entgegnete Defarge. „Ausgerottet!“

Der Hungrige wiederholte mit befriedigtem Krächzen: „Prächtig!“ und fing an einem andern Finger an zu kauen.

„Seid Ihr sicher“, sagte Nummer zwei zu Defarge, „daß aus der Art und Weise, wie wir unser Register führen, keine Ungelegenheiten entstehen werden? Doch zweifellos ist es sicher; denn außer uns kann es niemand entziffern, aber werden wir immer imstande sein, es zu entziffern – oder, ich darf es nicht unerwähnt lassen, wird *sie* es immer entziffern können?“

„Jacques“, sagte Defarge und richtete sich auf, „selbst wenn meine Frau das Register nur in ihrem Gedächtnis behielte, würde sie kein Wort davon verlieren – nicht eine Silbe. Mit ihren eigenen Maschen und ihren eigenen Zeichen gestrickt, wird es ihr immer so klar sein wie die Sonne. Verlaßt Euch auf Madame Defarge. Der größte Feigling auf Erden kann sich eher aus dem Lebensbuch ausstreichen als einen Buchstaben seines Lebens oder seiner Verbrechen aus dem gestrickten Register Madame Defarges löschen.“

Die drei ließen ein Gemurmel des Vertrauens und der Billigung hören, und dann fragte der Hungrige: „Soll dieser Mann bald wieder zurückgeschickt werden? Ich hoffe es. Er ist sehr naiv. Kann er nicht ein wenig gefährlich werden?“

„Er weiß nichts“, sagte Defarge, „wenigstens nicht mehr, als was ihn leicht an einen Galgen von derselben Höhe bringen kann. Ich passe auf ihn auf. Laßt ihn bei mir bleiben; ich nehme ihn unter meine Obhut und weise ihm den Weg. Er möchte die vornehme Welt sehen – den König, die Königin, den Hof. Er soll sie Sonntag sehen.“

„Was?“ rief der Hungrige mit weit offenen Augen. „Ist es ein gutes Zeichen, daß er König und Adel sehen will?“

„Jacques“, sagte Defarge, „zeige einer Katze klugerweise Milch, wenn du möchtest, daß sie Appetit darauf bekommen soll, und zeige einem Hund seine natürliche Beute, wenn du möchtest, daß er sie zur rechten Zeit jagt."

Weiter wurde nichts gesagt, und dem Straßenarbeiter, der bereits auf der obersten Stufe halb eingeschlummert war, wurde empfohlen, sich auf das Bett zu legen und sich dort auszuruhen. Er ließ sich das nicht zweimal sagen und war bald eingeschlafen.

Ein so einfacher Arbeiter aus der Provinz hätte in Paris leicht schlechteres Quartier finden können als in Defarges Weinhandlung. Außer daß ihn eine geheimnisvolle Scheu vor Madame beständig quälte, führte er ein ganz neues und angenehmes Leben. Aber Madame saß den ganzen Tag hinter ihrem Ladentisch; sie tat so, als wüßte sie nichts von ihm, und gab sich Mühe, nicht zu bemerken, daß sein Hiersein in der geringsten Verbindung mit irgendeinem Geheimnis stand, daß er in seinen Holzschuhen zitterte, sooft ihr Blick auf ihn fiel; denn er sagte sich innerlich, daß man unmöglich voraussehen könne, was diese Dame als nächstes vorhaben werde, und er war überzeugt, daß, wenn sie sich in ihren schön geschmückten Kopf setzte, zu behaupten, sie habe ihn einen Mord ausüben und alsdann seine Opfer schinden sehen, sie auch diese Rolle bis zu Ende spielen werde.

Als daher der Sonntag kam, war der Straßenarbeiter nicht gerade von der Entdeckung bezaubert (obgleich er es sagte), daß Madame ihn und Monsieur nach Versailles begleiten sollte. Es war auch sehr störend, daß Madame auf dem ganzen Hinweg im Wagen strickte; ebenso störend war es, daß Madame am Nachmittag unter dem versammelten Volk, das da wartete, um den Wagen des Königs und der Königin zu sehen, immer noch strickte.

„Sie sind sehr fleißig, Madame", sagte ein Danebenstehender zu ihr.

„Ja", gab Madame Defarge zur Antwort, „ich habe viel zu tun."

„Was stricken Sie, Madame?"

„Vielerlei.“

„Zum Beispiel?“

„Zum Beispiel Leichentücher“, gab Madame Defarge ruhig zurück.

Sobald als möglich suchte sich der Mann einen anderen Platz, und der Straßenarbeiter wehte sich mit seiner blauen Mütze frische Luft zu, denn es kam ihm schrecklich schwül und drückend vor. Wenn er zu seiner Stärkung einen König und eine Königin brauchte, so war er glücklich, das Mittel bei der Hand zu haben; denn sehr bald kamen der König mit dem großen Gesicht und die Königin mit dem schönen Gesicht in ihrer goldenen Kutsche heraus, begleitet von ihrem glänzenden Hofstaat, einer Schar lachender Damen und feiner Herren; und in Juwelen, Seide, Puder, Glanz und stolzen, auf die ganze Welt herabsehenden schönen Gesichtern von Männern und Frauen schwelgte der Straßenarbeiter und berauschte sich so daran, daß er schrie: „Lang lebe der König! Lang lebe die Königin! Lang lebe alles und jedes!“, als ob er nie ein Wort von dem allgegenwärtigen Jacques vernommen hätte. Dann kamen Gärten, Höfe, Terrassen, Springbrunnen, Rasenplätze, wiederum König und Königin, wiederum Hofstaat, noch mehr feine Herren und Damen, noch mehr Vivats, bis er vor lauter Schwärmerei weinte. Während dieser ganzen Zeit, wohl drei Stunden lang, war alles um ihn Vivatrufen und Freudentränen, und Defarge hielt ihn am Kragen fest, wie um ihn abzuhalten, auf die Gegenstände seiner kurzlebigen Verehrung loszustürzen und sie in Stücke zu zerreißen.

„Bravo!“ sagte Defarge, als es vorbei war, indem er ihm mit Gönnermiene auf den Rücken klopfte. „Ihr seid ein guter Junge!“

Der Straßenarbeiter kam jetzt wieder zu sich und glaubte fast, er habe sich mit seinen Freudenbezeigungen eines Fehlers schuldig gemacht; aber nein!

„Ihr seid der Bursche, den wir brauchen“, sagte Defarge ihm ins Ohr. „Ihr verleitet diese Toren zu dem Glauben, daß es ewig dauern werde. Dann sind sie um so anmaßender, und das Ende kommt um so eher.“

„Ha!“ rief der Straßenarbeiter nach einigem Besinnen, „das ist wahr!“

„Diese Toren wissen nichts. Während sie Euern Atem verachten und lieber Euch oder Hunderte wie Euch ersticken sehen möchten als einen ihrer Hunde oder Pferde, wissen sie nur, was ihnen Euer Atem sagt. So mögen sie sich dann noch eine kleine Weile täuschen; sie können sich nicht genug täuschen.“

Madame Defarge sah den Klienten geringschätzig an und nickte bestätigend.

„Was Euch betrifft“, sagte sie, „so würdet Ihr für alles, wenn es nur mit Prunk und Lärm auftritt, Freudentränen vergießen. Nicht wahr, das würdet Ihr tun?“

„Ich glaube wohl, Madame. Für den Augenblick.“

„Wenn man Euch einen großen Haufen Puppen zeigte, die Ihr zu Eurem Nutzen auseinandernehmen und ausziehen solltet, so würdet Ihr die größte und prächtigste nehmen, nicht wahr?“

„Ja.“

„Und wenn man Euch eine Schar Vögel zeigte, die nicht fortfliegen könnte, und Euch hieße, sie zu Euerm Nutzen ihrer Federn zu berauben, so würdet Ihr die Vögel mit dem glänzendsten Gefieder nehmen, nicht wahr?“

„Gewiß, Madame.“

„Ihr habt heute Puppen und Vögel gesehen“, sagte Madame Defarge und schwenkte die Hand nach dem Ort, wo sie zuletzt gewesen waren. „Jetzt geht nach Hause!“

16. Kapitel

Es wird immer noch gestrickt

Madame Defarge und ihr Gemahl kehrten einträchtig nach St-Antoine zurück, während sich eine Figur mit einer blauen Mütze durch die Finsternis und den Staub und die langweiligen Meilen der Allee neben der Landstraße langsam auf die Gegend zubewegte, wo das

Schloß des jetzt im Grabe liegenden Monsieur le Marquis den flüsternden Bäumen zuhörte. So reichliche Muße hatten jetzt die steinernen Gesichter, den Bäumen und den Springbrunnen zu lauschen, daß die wenigen Vogelscheuchen aus dem Dorf, die in ihrer Suche nach eßbaren Kräutern und dürrem Holz zum Heizen in den Sichtbereich des großen Schloßhofes und der Terrasse kamen, in ihrer ausgehungerten Phantasie auf den Gedanken kamen, der Ausdruck der Gesichter habe sich verändert. Ein Gerücht war in dem Dorf gerade noch lebendig – es hatte genau wie seine Bewohner ein schwaches und dürftiges Dasein –, daß, als das Messer in das Herz fuhr, die Gesichter ihren zornigen Ausdruck in einen schmerzvollen verwandelt hätten; daß, als die baumelnde Gestalt vierzig Fuß über den Brunnen hinaufgezogen wurde, sie sich wieder verändert und den harten Ausdruck befriedigter Rache angenommen hätten, den sie von da an immer tragen würden. In dem steinernen Gesicht über dem Fenster des großen Schlafzimmers, wo der Mord geschehen war, zeigten sich zwei kleine Grübchen in der steinernen Nase, die jedermann erkannte und die niemand vorher gesehen hatte; und bei den seltenen Gelegenheiten, wo sich zwei oder drei zerlumpte Landleute von der Menge trennten, um einen hastigen Blick auf den versteinerten Monsieur le Marquis zu werfen, dauerte es nicht lange, bis sie alle wieder hinter dem Moos und den Blättern verschwanden, wie die glücklicheren Hasen, die dort ihren Lebensunterhalt fanden.

Schloß und Hütte, steinernes Gesicht und baumelnde Gestalt, der rote Fleck auf dem Steinfußboden und das reine Wasser im Dorfbrunnen – Tausende Morgen Land – eine ganze Provinz von Frankreich – ganz Frankreich selbst – lagen unter dem Nachthimmel konzentriert in einem kaum sichtbaren, schmalen Streifen. So ruht eine ganze Welt mit all ihren kleinen und großen Erscheinungen in einem funkelnden Stern. Und wie bloße menschliche Wissenschaft einen Lichtstrahl spalten und seine Zusammensetzung analysieren kann, so können erhabenere Geisteskräfte in dem schwachen Schimmer unserer Erde jeden Gedanken und jede Handlung, jegliches Laster und jegliche Tugend jedes auf ihr lebenden verantwortlichen Geschöpfes lesen.

Das Ehepaar Defarge erreichte beim Sternenschein in seinem Wagen jenes Stadttor von Paris, das es immer passierte. An der Wache hielt man wie gewöhnlich, und wie gewöhnlich kamen Laternen heraus, um wie gewöhnlich zu fragen und zu kontrollieren. Monsieur Defarge stieg aus, denn er kannte dort ein oder zwei von den wachhabenden Soldaten und einen von der Polizei. Letzterer war sein vertrauter Freund, und er umarmte ihn zärtlich.

Als St-Antoine die Defarges wieder in seinem Schoß aufgenommen hatte und sie aus der Kutsche ausgestiegen waren, um ihren Weg zu Fuß durch den schwarzen Schlamm und den Unrat seiner Straßen sorgsam fortzusetzen, fragte Madamc Defarge ihren Mann: „Sag mal, mein Freund, was hat dir Jacques von der Polizei mitgeteilt?"

„Diesmal sehr wenig, aber alles, was er weiß. Es ist ein neuer Spion für unseren Stadtteil angestellt. Vielleicht sind es noch viele andere, aber er weiß nur von einem."

„Gut!" sagte Madame Defarge und zog die Augenbrauen mit kühler Geschäftsmiene in die Höhe. „So müssen wir ihn in unser Register aufnehmen. Wie heißt der Mann?"

„Es ist ein Engländer."

„Um so besser. Wie heißt er?"

„Barsad", sagte Defarge mit französischer Aussprache. Aber er hatte ihn sich so genau sagen lassen, daß er ihn richtig buchstabierte.

„Barsad", wiederholte Madame. „Gut. Taufname?"

„John."

„John Barsad", wiederholte Madame, nachdem sie den Namen noch einmal halblaut vor sich hingesprochen hatte. „Gut. Wie sieht er aus? Weiß man es?"

„Ungefähr vierzig Jahre alt, ungefähr einen Meter fünfundsiebzig groß, Haar schwarz, Gesichtsfarbe dunkel, Aussehen im allgemeinen hübsch, Augen dunkel,

Gesicht lang und schmal, Adlernase, aber nicht gerade, sondern etwas nach der linken Wange zu gebogen, der Gesichtsausdruck dadurch lauernd."

„Du meine Güte! Wie abgemalt!" sagte Madame lachend. „Ich werde ihn morgen in das Register eintragen."

Sie traten in die Weinhandlung, die bereits geschlossen war (denn es war Mitternacht), wo Madame Defarge sofort ihren Posten am Ladentisch einnahm, das während ihrer Abwesenheit eingegangene kleine Geld zählte, die Flaschen nachsah, die im Buch eingetragenen Posten prüfte, selbst Posten eintrug, den Dienstboten in jeder nur möglichen Weise überprüfte und ihn schließlich zu Bett schickte. Dann schüttete sie zum zweitenmal den Teller mit dem Geld aus und fing an, die Münzen in einer Kette einzelner Knoten in ihr Taschentuch einzuknüpfen, um sie für die Nacht aufzubewahren. Die ganze Zeit ging Defarge mit der Pfeife im Mund auf und ab und bewunderte seine Frau im stillen, ohne sich in die Geschäfte zu mischen; überhaupt ging er in dieser Stimmung durch das Leben, was die geschäftlichen und die häuslichen Angelegenheiten betraf.

Die Nacht war schwül, und in dem fest verschlossenen und in einer so unreinlichen Nachbarschaft liegenden Laden roch es unangenehm. Monsieur Defarges Geruchsnerven waren keineswegs sehr empfindlich, aber der Weinvorrat roch viel stärker, als er jemals schmeckte, und das war auch mit dem Rum und mit dem Branntwein und dem Anis der Fall. Er blies den vermischten Geruch von seiner Nase weg, als er die ausgerauchte Pfeife fortlegte.

„Du bist müde", sagte Madame und blickte von den Knoten auf, die sie in das Taschentuch knüpfte. „Es sind nur die gewöhnlichen Gerüche."

„Ich bin etwas müde", gab ihr Mann zu.

„Du bist auch ein wenig bedrückt", sagte Madame, deren rasches Auge nicht nur mit den Rechnungen beschäftigt war, sondern auch noch einen Blick für ihn hatte. „Ach, die Männer! Die Männer!"

„Aber, meine Liebe“, fing Defarge an.

„Aber, mein Lieber!“ wiederholte Madame und nickte entschieden. „Aber, mein Lieber! Du bist etwas mutlos heute abend, mein Lieber!“

„Nun ja“, sagte Defarge, als ob ihm ein Gedanke aus dem Herzen herausgepreßt würde. „Es ist noch so lange hin!“

„Es ist noch lange hin“, wiederholte seine Frau, „und was dauert nicht lange? Rache und Vergeltung fordern viel Zeit. Das ist die Regel.“

„Es erfordert keine lange Zeit, jemanden mit dem Blitz zu treffen“, sagte Defarge.

„Wieviel Zeit gehört aber dazu, den Blitz zu machen und aufzubewahren?“ fragte Madame ruhig. „Nun?“

Defarge blickte gedankenvoll auf, als ob darin allerdings etwas läge.

„Ein Erdbeben braucht nicht lange, um eine Stadt zu zerstören“, sagte Madame. „Nun sage mir, wie lange dauert es, ein Erdbeben vorzubereiten?“

„Ich vermute, sehr lange.“

„Aber wenn es fertig ist, bricht es los und zermalmt alles vor sich. Unterdessen gärt es immer fort, obgleich man es nicht sieht oder hört. Das sei dein Trost. Vergiß ihn nicht.“

Sie zog mit funkelnden Augen einen Knoten zu, als ob sie einen Feind erdrosselte.

„Ich sage dir“, fuhr Madame fort, indem sie, um ihrer Rede Nachdruck zu geben, die rechte Hand ausstreckte, „es ist zwar lange unterwegs, ist aber doch im Anzug. Ich sage dir, es zieht sich nie zurück und steht nie still. Ich sage dir, es kommt immer näher. Schau dich um und bedenke, was für ein Leben die Welt führt, soweit wir sie kennen; betrachte all die Gesichter, die wir kennen; bedenke die Wut und die Unzufriedenheit, an die sich der Aufstand stündlich mit sicherer Aussicht auf Erfolg wendet. Kann das ewig dauern? Bah! Ich möchte lachen.“

„Mein starkes Weib!“ entgegnete Defarge, der mit etwas gesenktem Haupt und auf den Rücken gelegten Händen vor ihr stand wie ein gelehriger und aufmerksamer Schüler vor seinem Lehrer. „Alles das ziehe ich nicht in Zweifel. Aber es hat schon lange Zeit gedauert, und es ist möglich – du weißt recht gut, Frau, es ist möglich –, daß es während unserer Lebenszeit nicht kommt."

„Nun gut, was dann?" fragte Madame und knüpfte einen anderen Knoten, als ob sie einen anderen Feind erwürge.

„Nun ja!" sagte Defarge mit einem halb klagenden und halb um Verzeihung bittenden Achselzucken. „Wir sehen dann den Sieg nicht."

„Wir haben aber mit dazu verholfen", entgegnete Madame und streckte ihre Hand mit energischer Gebärde aus. „Nichts, was wir tun, geschieht vergebens. Ich glaube von ganzer Seele, daß wir den Sieg erleben werden. Aber selbst wenn nicht, selbst wenn ich es sicher wüßte, so zeige mir den Hals eines Aristokraten und Tyrannen, und dann will ich . . ."

Hier knüpfte Madame mit festgeschlossenen Zähnen einen wirklich recht festen Knoten.

„Halt!" rief Defarge, ein wenig errötend, als ob man ihn der Feigheit beschuldigte. „Auch ich werde vor nichts zurückschrecken, meine Liebe."

„Ja! Aber es ist deine Schwäche, daß du manchmal dein Opfer und deine Gelegenheit sehen willst, um frischen Mut zu schöpfen. Behalte ohne das frischen Mut. Wenn die Zeit kommt, laß einen Teufel und einen Tiger los; aber warte auf die Zeit, behalte den Tiger und den Teufel an der Kette, beide unsichtbar, aber immer bereit."

Madame verlieh dem Schlußwort dieses Rates dadurch Nachdruck, daß sie mit ihrer Kette von eingeknüpftem Geld auf den kleinen Ladentisch schlug, als ob sie dessen Gehirn ausschlüge, und dann das Taschentuch mit unbefangener Miene unter den Arm nahm und bemerkte, daß es Zeit zum Schlafengehen sei.

Der nächste Mittag sah die wunderbare Frau auf ihrem gewöhnlichen Platz in der Weinhandlung, fleißig mit Stricken beschäftigt. Eine Rose lag neben ihr, und wenn sie manchmal einen Blick auf die Blume warf, so verlor sie dabei nicht ihr gewöhnliches nachdenkliches Aussehen. Im Laden waren wenig Gäste; sie tranken oder tranken nicht, saßen oder standen. Es war sehr heiß, und Schwärme von Fliegen, die ihre neugierigen und abenteuerlichen Forschungen bis in die klebrigen Gläschen neben Madame ausdehnten, fielen tot auf den Boden. Ihr Untergang machte keinen Eindruck auf die anderen spazierengehenden Fliegen, die ihnen in der unbefangensten Weise zusahen (als ob sie selbst Elefanten oder etwas anderes, den Fliegen ebensowenig Ähnliches wären), bis sie dasselbe Schicksal traf. Seltsam, wie leichtsinnig Fliegen sind! – Vielleicht dachten sie an diesem sonnigen Sommertag am Königshof ebenso.

Eine eben eintretende Gestalt warf einen Schatten auf Madame Defarge, von dem sie fühlte, daß sie ihn nicht kannte. Sie legte ihr Strickzeug hin und steckte die Rose mit einer Nadel an ihrem Kopftuch fest, ehe sie die Gestalt ansah.

Es war merkwürdig. In dem Augenblick, wo Madame Defarge die Rose in die Hand nahm, hörten die Gäste auf zu sprechen und fingen allmählich an, den Laden zu verlassen.

„Guten Tag, Madame“, sagte der Neuankömmling.

„Guten Tag, Monsieur!“

Sie sagte es laut, sprach aber zu sich selbst, als sie ihr Strickzeug in die Hand nahm: „Aha! Ungefähr vierzig Jahre alt, dunkel, Aussehen im allgemeinen hübsch, Augen dunkel, Gesicht lang und schmal. Adlernase, aber nicht gerade, sondern etwas nach der linken Wange zu gebogen, der Gesichtsausdruck dadurch lauernd – guten Tag, alle miteinander!“

„Haben Sie die Güte, mir ein Gläschen alten Kognak und einen Schluck frisches Wasser zu geben, Madame.“

Madame entsprach seinem Wunsch mit höflicher Miene.

„Wunderbarer Kognak das, Madame!“

Es war das erstemal, daß dieser so gelobt wurde, aber Madame Defarge kannte genug von seiner Vorge-

schichte, um es besser zu wissen. Sie sagte jedoch, daß sich der Kognak geschmeichelt fühle, und nahm ihr Strickzeug wieder auf. Der Gast betrachtete ein paar Augenblicke ihre geschäftigen Finger und benutzte dann die Gelegenheit, sich verstohlen im Laden umzusehen.

„Sie sind sehr geschickt im Stricken, Madame!"

„Ich bin daran gewöhnt."

„Und auch ein hübsches Muster!"

„Meinen Sie wirklich?" fragte Madame und sah ihn lächelnd an.

„Gewiß. Darf ich fragen, zu welchem Zweck Sie strikken?"

„Zur Zerstreuung", sagte Madame immer noch mit freundlich lächelndem Gesicht, während sich ihre Finger behend bewegten.

„Nicht zum Gebrauch?"

„Das kommt darauf an. Vielleicht finde ich einmal eine Verwendung dafür. Wenn das der Fall ist", sagte Madame mit einem tiefen Atemzug und einem ernsthaft koketten Kopfnicken, „werde ich es verwenden."

Es war merkwürdig, aber der Geschmack St-Antoines schien ganz entschieden von einer Rose an ihrem Kopftuch verletzt zu werden. Zwei Männer waren eingetreten und wollten sich gerade etwas zu trinken bestellen, als sie beim Anblick der Blume stockten, vorgaben, einen Freund zu suchen, der nicht da war, und wieder gingen. Auch von denen, die dagewesen waren, als der fremde Gast eintrat, war niemand mehr vorhanden. Einer nach dem andern hatte den Laden verlassen. Der Spion hatte gut aufgepaßt, aber kein Zeichen entdecken können. Sie hatten sich in einer traurigen, ziellosen, zufälligen Weise weggeschlichen, die ganz natürlich und unverdächtig war.

‚JOHN', dachte Madame, während sie weiterstrickte und ihre Augen auf dem Fremden ruhten: ‚Bleibe noch, und ich stricke auch BARSAD, ehe du gehst.'

„Haben Sie einen Mann, Madame?"

„Ja."

„Auch Kinder?"
„Nein."
„Das Geschäft scheint schlecht zu gehen?"
„Das Geschäft geht sehr schlecht. Die Leute sind so arm."
„Ach das arme unglückliche Volk! Und so bedrückt – wie Sie sagen."
„Wie *Sie* sagen", gab Madame berichtigend zurück und strickte dabei hurtig ein Extrazeichen in seinen Namen, das ihm nichts Gutes verhieß.
„Verzeihen Sie. Gewiß brauchte *ich* den Ausdruck, aber natürlich denken Sie auch so. Das versteht sich von selbst."
„Ich – denken?" entgegnete Madame mit gehobener Stimme. „Ich und mein Mann haben ohne Denken genug zu tun, diese Weinhandlung offenzuhalten. Unser einziger Gedanke hier ist, wie wir unser Leben fristen sollen. Das ist's, woran wir denken, und das gibt uns von morgens bis abends genug zu denken, ohne daß wir uns Gedanken über andere machen können. Ich soll für andere denken? Nein! Nein!"
Der Spion, der gekommen war, um jeden Brosamen, den er finden oder erfinden konnte, aufzulesen, ließ in seinem lauernden Gesicht nicht durchblicken, daß er bis dahin umsonst gekommen war, sondern blieb – den Ellbogen auf Madame Defarges kleinen Ladentisch gestützt – mit einer Miene herablassender Galanterie stehen und nahm dann und wann einen Schluck Kognak.
„Eine schlimme Geschichte, Madame, diese Hinrichtung Gaspards. Ach, der arme Gaspard!" sagte er mit einem Seufzer tiefsten Mitleids.
„Mein Gott!" entgegnete Madame leichthin. „Wenn Leute Messer zu solchen Zwecken verwenden, so müssen sie dafür büßen. Er kannte im voraus den Preis für seine Liebhaberei. Er hat den Preis bezahlt."
„Ich glaube", sagte der Spion im vertraulichsten Ton und in jedem Muskel seines arglistigen Gesichts verletzte revolutionäre Empfindlichkeit ausdrückend, „ich glaube, das Schicksal des armen Mannes hat in diesem

Stadtteil viel Mitleid erregt und viel Aufregung verursacht? Ganz unter uns!"

„Wirklich?" fragte Madame gleichgültig.

„Etwa nicht?"

„Hier ist mein Mann!" sagte Madame Defarge.

Als der Inhaber der Weinhandlung zur Tür hereintrat, griff der Spion grüßend an den Hut und sagte mit zuvorkommendem Lächeln: „Guten Tag, Jacques!" Defarge blieb stehen und sah ihn verwundert an.

„Gut Tag, Jacques!" wiederholte der Spion etwas weniger zuversichtlich und mit einem weniger unbefangenen Lächeln wie das erstemal.

„Sie irren sich, Monsieur", gab der Inhaber der Weinhandlung zur Antwort. „Sie verwechseln mich mit einem andern. Das ist nicht mein Name. Ich heiße Ernest Defarge."

„Das ist ganz einerlei", sagte der Spion leichthin, aber doch enttäuscht. „Guten Tag!"

„Guten Tag!" antwortete Defarge trocken.

„Ich sagte eben zu Madame, mit der ich das Vergnügen hatte, mich zu unterhalten, als Sie eintraten, daß ich gehört hätte, das unglückliche Schicksal des armen Gaspard habe in St-Antoine viel Teilnahme und große Aufregung hervorgerufen, und ein Wunder ist es nicht."

„Ich habe nichts davon gehört", sagte Defarge kopfschüttelnd; „ich weiß gar nichts."

Nachdem er dies gesagt hatte, trat er hinter den kleinen Ladentisch und blieb dort stehen, die Hand auf die Lehne des Stuhls seiner Frau gelegt. Über diese Schranke sah er den Mann an, dessen Gegner sie beide waren und den jeder von den beiden mit dem größten Genuß hätte niederschießen können.

Der Spion, wohlgeübt in seinem Gewerbe, veränderte seine unbefangene Haltung nicht, sondern trank sein Gläschen Kognak aus, nahm einen Schluck frisches Wasser und bat um noch ein Glas Kognak. Madame Defarge schenkte es ihm ein, nahm ihr Strickzeug wieder zur Hand und summte ein Liedchen vor sich hin.

„Sie scheinen in diesem Stadtteil gut bekannt zu sein; ich meine, besser als ich?“ bemerkte Defarge.

„Durchaus nicht; aber ich hoffe, hier besser bekannt zu werden. Ich fühle soviel Teilnahme für die unglücklichen Bewohner.“

„Ha!“ brummte Defarge vor sich hin.

„Das Vergnügen Ihrer Unterhaltung, Monsieur Defarge“, fuhr der Spion fort, „erinnert mich daran, daß ich eigentlich die Ehre habe, Sie schon zu kennen, wenigstens dem Namen nach.“

„Wirklich?“ sagte Defarge sehr gleichgültig.

„Ja, wirklich. Als Dr. Manette freigelassen wurde, übernahmen Sie, sein alter Diener, die Obhut über ihn, wie ich weiß. Er wurde Ihnen übergeben. Sie sehen, ich kenne die ganze Geschichte.“

„Es scheint so“, sagte Defarge. Eine zufällige Berührung von dem Ellbogen seiner Frau, die strickte und vor sich hin sang, hatte ihm bedeutet, daß es das beste sei zu antworten, aber möglichst kurz.

„Zu Ihnen“, fuhr der Spion fort, „kam seine Tochter; und aus Ihrer Pflege übernahm ihn seine Tochter, begleitet von einem sauber gekleideten brünetten Herrn – wie hieß er doch? Er trug eine kleine Perücke und brachte ihn hinüber nach England – Lorry hieß er, von dem Bankhaus Tellson & Co.“

„Ganz richtig“, bestätigte Defarge.

„Sehr interessante Erinnerungen“, sagte der Spion. „Ich habe Dr. Manette und seine Tochter in England gekannt.“

„Wirklich?“ fragte Defarge.

„Sie hören jetzt selten von ihnen?“ sagte der Spion.

„Nur selten“, erwiderte Defarge.

„Im Grunde hören wir jetzt gar nichts von ihnen“, fiel Madame ein, indem sie von ihrer Arbeit aufsah und ihr Liedchen abbrach. „Wir haben Nachricht von ihrer sicheren Ankunft und vielleicht noch ein oder zwei Briefe empfangen; aber seitdem sind sie allmählich ihren Lebensweg gegangen und wir den unsrigen, und wir haben keine Verbindung mehr miteinander gehabt.“

„So ist es, Madame“, entgegnete der Spion. „Sie steht im Begriff, sich zu verheiraten.“

„Sie steht im Begriff?“ wiederholte Madame. „Sie war hübsch genug, längst verheiratet zu sein. Ihr Engländer seid kaltherzig, wie mir scheint.“

„Oh! Sie wissen, daß ich Engländer bin?“

„Ihre Zunge ist englisch“, entgegnete Madame, „und wie die Zunge ist, muß meiner Ansicht nach auch der Mann sein.“

Er nahm die Erkennung nicht als ein Kompliment auf; aber er schickte sich darein und brach mit einem Lachen ab. Nachdem er seinen Kognak ausgenippt hatte, setzte er hinzu: „Ja, Miss Manette steht im Begriff zu heiraten; aber keinen Engländer, sondern einen gebürtigen Franzosen. Und da wir von Gaspard sprachen (ach, der arme Gaspard! Es war grausam! grausam!), so ist es doch seltsam, daß sie den Neffen des Marquis heiratet, dessentwegen Gaspard so hoch hängen mußte; mit anderen Worten – den gegenwärtigen Marquis. Aber er lebt unbekannt in England, er ist dort kein Marquis, sondern einfach Mr. Charles Darnay. D'Aulnais ist der Familienname seiner Mutter.“

Madame Defarge strickte ruhig weiter, aber ihr Mann wurde durch diese Nachricht sichtbar beeindruckt. Mochte er hinter dem kleinen Ladentisch tun, was er wollte, Feuer machen oder seine Pfeife anbrennen – er zeigte sich befangen, und seine Hand war unruhig. Der Spion wäre kein Spion gewesen, wenn er das nicht gesehen und sich das Gesehene nicht gemerkt hätte.

Nachdem er wenigstens diesen einen Treffer gehabt hatte, dessen endgültiger Wert freilich noch ungewiß war, und da außerdem keine Gäste erschienen, die ihm zu Entdeckungen verhelfen konnten, bezahlte Mr. Barsad seine Zeche und verabschiedete sich, nicht ohne auf die höflichste Weise zu bemerken, daß er das Vergnügen zu haben hoffe, Monsieur und Madame Defarge wiederzusehen. Einige Minuten, nachdem er sie verlassen hatte, blieben Mann und Frau genau in der Stellung, wie sie waren, im Fall er etwa zurückkehren sollte.

„Kann das, was er von Mademoiselle Manette sagt, wahr sein?" fragte Defarge mit gedämpfter Stimme, während er (immer noch rauchend und die Hand auf die Stuhllehne gelegt) hinter seiner Frau stand.

„Da er es gesagt hat, ist es wahrscheinlich eine Lüge", erwiderte Madame und zog die Augenbrauen ein wenig in die Höhe. „Aber es kann wahr sein."

„Wenn es wahr ist ...", fing Defarge an und stockte.

„Wenn es wahr ist?" wiederholte seine Frau.

„Und wenn es geschieht und wir bei seinem Triumph noch am Leben sind – dann hoffe ich ihretwegen, daß das Schicksal ihren Mann fern von Frankreich halten wird."

„Ihres Mannes Schicksal", sagte Madame Defarge in ihrer gewohnten Fassung, „wird ihn hinführen, wo er hingehen soll, und wird ihn zu dem Ende bringen, das ihm bestimmt ist. Das ist alles, was ich weiß."

„Aber ist es nicht sehr seltsam – ist es jetzt nicht wenigstens sehr seltsam", sagte Defarge, als ob er mehr einen Versuch machte, seine Frau zu bewegen, so viel zuzugeben, „daß nach all unserer Teilnahme für ihren Vater und für sie selbst der Name ihres Mannes gerade jetzt neben dem des Höllenhundes, der uns eben verlassen hat, von deiner Hand geächtet wird?"

„Seltsamere Dinge als diese werden geschehen, wenn es kommt", gab Madame zur Antwort. „Sie sind jedenfalls beide aufgezeichnet; und sie verdienen es beide, das genügt."

Nach diesen Worten wickelte sie das Strickzeug zusammen und nahm gleich darauf die Rose aus dem Taschentuch, das um ihren Kopf gewunden war. Entweder hatte St-Antoine einen geheimen Instinkt, daß die anstößige Zier entfernt war, oder St-Antoine lauerte auf ihr Verschwinden; wie dem auch sei – die Leute faßten Mut, fanden sich nach sehr kurzer Zeit wieder ein, und die Weinhandlung nahm ihr gewöhnliches Aussehen an.

Abends, wenn St-Antoine vor allem sein Inwendiges nach außen kehrte und auf Türstufen und Fensterbrettern saß und an schmutzige Straßenecken und auf Höfe trat, um frische Luft zu schöpfen, ging Madame Defarge regelmäßig mit ihrem Strickzeug in der Hand als ein Sendbote von Ort zu Ort und von Gruppe zu Gruppe – es gab viele ihresgleichen, wie sie die Welt lieber nicht mehr hervorbringen sollte. Die Frauen strickten alle. Sie strickten unnütze Kleinigkeiten; aber die mechanische Arbeit war ein mechanischer Ersatz für Essen und Trinken; die Hände bewegten sich für die Kinnbacken und die Verdauungswerke: wenn die knochigen Finger stillgestanden hätten, hätten die Magen mehr die Qualen des Hungers gefühlt.

Aber im Rhythmus der Finger bewegten sich auch die Augen und die Gedanken. Und als Madame Defarge von einer Gruppe zur anderen ging, bewegten sich alle drei rascher und zorniger in jeder kleinen Gruppe Frauen, mit der sie gesprochen und die sie dann wieder verlassen hatte.

Ihr Mann stand rauchend vor seiner Tür und sah ihr mit bewundernden Blicken nach.

„Eine große Frau", sagte er, „eine starke Frau, eine gewaltige Frau, eine fürchterlich gewaltige Frau!"

Die Nacht stellte sich ein, und dann vernahm man das Läuten von Kirchenglocken und das ferne Trommeln der königlichen Garde, und immer noch saßen die Frauen dort und strickten. Die Nacht umfing sie. Noch eine andere Nacht kam ebenso sicher, wo die Turmglokken, die jetzt so schön in so manchem schlanken Turm Frankreichs läuteten, zu donnernden Kanonen umgeschmolzen werden würden, die Soldatentrommeln eine klägliche Stimme übertönen würden und in dieser Nacht als die Stimme der Herrschaft und des Überflusses, der Freiheit und des Lebens allmächtig wären. So viel schloß sich um die Frauen zusammen, die immer noch strickten und strickten, daß sie sich selbst um einen noch ungebauten Bau herumschlossen, wo sie stricken und stricken und fallende Köpfe zählen sollten.

17. Kapitel

Eine Nacht

Nie ging die Sonne mit schönerem Glanz über der stillen Ecke in Soho unter als an einem denkwürdigen Abend, an dem der Doktor und seine Tochter zusammen unter der Platane saßen. Nie ging der Mond mit milderem Schimmer über dem großen London auf als in jener Nacht, in der er sie immer noch unter dem Baum sitzend fand und durch dessen Blätter auf ihre Gesichter schien.

Lucie sollte morgen getraut werden. Sie hatte diesen letzten Abend für ihren Vater aufgespart, und sie saßen allein unter dem Platanenbaum.

„Du bist glücklich, lieber Vater?"

„Ganz glücklich, mein Kind."

Sie hatten wenig gesprochen, obgleich sie schon lange dort saßen. Als es noch hell genug gewesen war, um zu arbeiten und zu lesen, hatte sie sich weder mit ihrer gewöhnlichen Handarbeit beschäftigt, noch ihm vorgelesen. Viele, viele Male hatte sie dies unter dem Schatten des Baumes neben ihm getan; aber der heutige Tag war anders, und nichts konnte ihn einem andern gleichmachen.

„Und auch ich fühle mich sehr glücklich heute abend, lieber Vater. Ich fühle mich aufs tiefste beglückt von der Liebe, mit der mich der Himmel gesegnet hat, von meiner Liebe zu Charles und von Charles' Liebe zu mir. Aber wenn mein Leben dir nicht mehr geweiht sein sollte oder wenn ich durch meine Heirat nur um ein paar Straßen von dir getrennt würde, so würde ich mich unglücklicher fühlen und mir selbst mehr Vorwürfe machen, als ich dir sagen kann. Selbst so, wie es ist . . ."

Selbst so, wie es war, versagte ihr die Stimme.

In dem melancholischen Mondschein umarmte sie ihn und legte ihren Kopf an seine Brust. In dem Mondschein, der immer melancholisch ist (wie ja auch das Licht der Sonne und das Licht, das man das menschliche Leben nennt, bei seinem Kommen und Gehen melancholisch ist).

„Mein Teuerster! Kannst du mir zum letztenmal sagen, daß du ganz fest überzeugt bist, daß niemals neue Neigungen, die ich fühle, oder neue Pflichten, die ich zu erfüllen habe, zwischen uns beide treten werden? Ich weiß es wohl, aber weißt auch du es? Fühlst du dich in deinem innersten Herzen davon überzeugt?“

Ihr Vater gab mit einer heiteren Zuversicht, die kaum unecht sein konnte, zur Antwort: „Ganz fest überzeugt, mein Liebling! Mehr als das“, setzte er hinzu und küßte sie zärtlich. „Meine Zukunft liegt durch deine Heirat, Lucie, viel heller vor mir, als sie ohne diese jemals sein könnte oder war.“

„Wenn ich das hoffen könnte, Vater!“

„Glaube es mir, meine Liebe! Es ist in der Tat so. Bedenke, wie natürlich und einfach das alles ist, mein Herz. Du mit deiner Hingabe und mit deiner Jugend kannst nicht recht die bange Sorge fühlen, die mich erfüllt hat, daß dein Leben nicht etwa verbittert . . .“

Sie bewegte die Hand zu seinen Lippen, aber er nahm sie in die seinige und wiederholte das Wort.

„Verbittert, mein Kind! Meinetwegen verbittert und aus seiner natürlichen Bahn gedrängt. Deine Selbstlosigkeit kann nicht ganz begreifen, wieviel Sorge mir dies gemacht hat; aber frage dich nur selbst, wie konnte mein Glück vollkommen sein, solange das deine unvollkommen blieb?“

„Wenn ich Charles nie gesehen hätte, Vater, wäre ich mit dir ganz glücklich gewesen.“

Er lächelte über ihr unbewußtes Zugeständnis, daß sie ohne Charles unglücklich sein würde, nachdem sie ihn gesehen hatte, und gab zur Antwort: „Kind, du hast ihn gesehen, und es ist Charles. Wäre es nicht Charles gewesen, so würde es ein anderer sein. Oder wenn es kein anderer wäre, so wäre ich die Ursache, und dann hätte der dunkle Teil meines Lebens seinen Schatten über mich hinausgeworfen und wäre auf dich gefallen.“

Zum erstenmal, außer bei der Gerichtsverhandlung,

hörte sie ihn auf seine Leidenszeit hindeuten. Es brachte ein seltsames Gefühl in ihr hervor, während ihr seine Worte im Ohr klangen; und nach Jahren dachte sie noch daran.

„Sieh!" sagte der Arzt von Beauvais und deutete mit der Hand auf den Mond. „Ich habe ihn von meinem Kerker aus angesehen, als ich sein Licht nicht ertragen konnte. Ich habe ihn angesehen, und der Gedanke, daß er auf das herniederschien, was ich verloren hatte, war mir solche Qual, daß ich meinen Kopf an den Wänden meines Kerkers hätte zerschmettern mögen. Ich habe ihn in einem so dumpfen und lethargischen Zustand angesehen, daß ich an nichts dachte als an die Zahl von horizontalen Linien, die ich über den Vollmond ziehen, und an die Zahl senkrechter Linien, mit denen ich sie kreuzen könnte." Während er den Mond anblickte, setzte er in seiner in sich gekehrten und grüblerischen Weise hinzu: „Es waren zwanzig nach jeder Seite, das weiß ich noch, und die zwanzigste konnte ich kaum hineinbringen."

Das bange Gefühl, mit dem sie ihn an diese Zeit zurückdenken hörte, wurde stärker, als sie dabei verweilte; aber sonst war nichts Beunruhigendes in seiner Art. Er schien nur die Heiterkeit und das Glück seiner Gegenwart mit dem harten Leiden, das vorbei war, zu vergleichen.

„Ich habe ihn angesehen und mir viele tausend Gedanken über das ungeborene Kind gemacht, von dem ich weggerissen worden war. Ob es am Leben sei, ob es lebendig zur Welt gekommen sei oder ob es der Schreck getötet habe, den die arme Mutter gehabt hatte. Ob es ein Sohn sei, der seinen Vater eines Tages rächen könnte. (Es gab eine Zeit meines Kerkerlebens, wo mein Durst nach Rache ganz unerträglich war.) Ob es ein Sohn sei, der nie seines Vaters Gesicht kennen würde; der später selbst die Möglichkeit erwägen könnte, ob an dem Verschwinden seines Vaters nicht dessen eigner Wille und dessen eigne Tat schuld sei. Ob es eine Tochter sei, die zur Frau heranwachsen würde."

Sie drängte sich näher an ihn heran und küßte ihm Wange und Hand.

„Ich habe mir meine Tochter ausgemalt, wie sie mich ganz und gar vergessen oder vielmehr nie etwas von mir gewußt habe. Ich habe Jahr für Jahr ihr Lebensalter berechnet. Ich habe sie mir als Gattin eines Mannes gedacht, der nichts von meinem Schicksal wußte. Ich war gänzlich verschwunden aus der Erinnerung der Lebendigen, und in der nächsten Generation war mein Platz leer.“

„Ach, Vater! Nur zu hören, daß du so von einer Tochter dachtest, die nie gelebt hat, preßt mir das Herz zusammen, als ob *ich* dieses Kind gewesen wäre.“

„Du, Lucie? Gerade aus der Tröstung und Rettung, die ich dir verdanke, entstehen diese Erinnerungen und treten jetzt in dieser letzten Nacht zwischen uns und den Mond. – Was sagte ich eben?“

„Sie wußte nichts von dir. Sie kümmerte sich nicht um dich.“

„Ja. Aber in anderen mondhellen Nächten, wo mich die Melancholie und das Schweigen in anderer Weise berührt hatten, wo sie mich mit einem Gefühl gleich einer bekümmerten Empfindung von Frieden erfüllten (soweit dies eine Emotion tun konnte, die Schmerz zu ihrer Grundlage hat), habe ich mir eingebildet, daß sie in meine Zelle kam und mich hinaus in die Freiheit draußen vor der Festung führte. Ich habe ihre Erscheinung oft im Mondschein gesehen, wie ich dich jetzt sehe, nur daß ich sie nie in meinen Armen hielt. Sie befand sich zwischen dem kleinen vergitterten Fenster und der Tür. Aber du verstehst, daß dies nicht das Kind war, von dem ich spreche.“

„Die Gestalt war es nicht; die – die – Erscheinung, die Einbildung?“

„Nein. Sie war etwas anderes. Sie stand vor meinem gestörten Gesichtssinn, aber sie bewegte sich nie. Das Phantom, dem mein Geist nachhing, war ein anderes und mehr der Wirklichkeit angehörendes Kind. Von seiner äußeren Erscheinung weiß ich weiter nichts, als daß es ein Ebenbild seiner Mutter war. Die andere Gestalt sah ebenso wie du aus, aber sie war nicht dieselbe. Kannst du mich begreifen, Lucie? Wohl kaum. Ich glaube fast, du müßtest ein einsamer Gefangener sein, um diese feinen Unterschiede zu verstehen."

Sein gefaßtes und ruhiges Wesen konnte nicht verhindern, daß sie ein Schauer überlief, wie er so versuchte, seine alten Stimmungen zu zergliedern.

„In dieser friedlicheren Stimmung habe ich sie mir im Mondschein gedacht, wie sie zu mir kam und mich fortführte, um mir zu zeigen, daß ihr häusliches Leben als Gattin voll liebreicher Erinnerungen an ihren Vater war. Mein Bildnis hing in ihrem Zimmer, und sie schloß mich in ihr Gebet ein. Sie führte ein tätiges, freudiges und nützliches Leben; aber mein unglückliches Schicksal wurde darüber nie vergessen."

„Ich war dieses Kind, lieber Vater. Ich war nicht halb so gut, aber in meiner Liebe war ich es."

„Und sie zeigte mir ihre Kinder", sagte der Arzt von Beauvais, „und sie hatten von mir erzählen hören, und man hatte sie gelehrt, mich zu bemitleiden. Wenn sie an einem Staatsgefängnis vorbeigingen, hielten sie sich fern von seinen drohenden Mauern und blickten zu den vergitterten Fenstern hinauf und sprachen nur flüsternd. Sie konnte mich nie befreien; aber ich bildete mir ein, daß sie mich zurückbrächte, nachdem sie mir alle diese Dinge gezeigt hatte. Danach sank ich, durch heiße Tränen erleichtert, auf meine Knie und segnete sie."

„Ich bin hoffentlich das Kind, geliebter Vater. Ach, mein teurer Vater, willst du mich nicht ebenso innig für den morgigen Tag segnen?"

„Lucie! Ich rufe diese alten Stimmungen zurück, weil ich heute Grund habe, dich inniger zu lieben, als Worte sagen können, und um Gott für mein großes Glück zu danken. Auch meine überschwenglichsten Gedanken sind nie dem Glück nahegekommen, das ich bei dir gekannt habe und das auf uns wartet."

Er umarmte sie, empfahl sie feierlich dem Himmel

und dankte diesem demütig, daß er sie ihm geschenkt hatte. Bald darauf gingen sie ins Haus.

Außer Mr. Lorry war niemand zur Trauung eingeladen worden; es war nicht einmal eine zweite Brautjungfer da, nur die hagere Miss Pross. Die Heirat sollte keine Veränderung ihres Wohnortes nach sich ziehen; durch das Mieten der oberen Räume, die früher dem unsichtbaren Mieter gehörten, hatten sie sich imstande gesehen, die Wohnung zu vergrößern, und mehr wünschten sie nicht.

Dr. Manette war während des bescheidenen Abendessens sehr heiter. Nur drei Personen waren bei Tisch – Miss Pross war die dritte. Er bedauerte, daß Charles nicht da war; er war mehr als halb geneigt, Einwände gegen die wohlgemeinte kleine Verschwörung, die ihn fernhielt, zu machen, und trank liebevoll auf seine Gesundheit.

So kam für ihn die Zeit, Lucie gute Nacht zu sagen, und sie trennten sich. Aber in der Stille der dritten Morgenstunde kam Lucie wieder herunter und schlich sich in sein Zimmer – nicht frei von unbestimmten Besorgnissen. Alles war ruhig, und er schlummerte, das weiße Haar malerisch über das Kissen ausgebreitet und die Hände ruhig auf der Decke liegend. Das Licht, das sie nicht brauchte, stellte sie in eine ferne dunkle Ecke, trat an das Bett und drückte ihrem Vater einen Kuß auf die Lippen; dann blieb sie über ihn gebeugt stehen und betrachtete ihn.

In seinem schönen Gesicht hatten die bitteren Tränen der Gefangenschaft Spuren zurückgelassen; aber er deckte sie mit so entschiedenem Willen zu, daß sie sich selbst in seinem Schlummer nicht verrieten. Ein bemerkenswerteres Gesicht in seinem ruhigen, entschlossenen und vorsichtigen Kampf mit einem unsichtbaren Gegner war in den ganzen weiten Reichen des Schlummers in dieser Nacht nicht zu finden.

Sie legte schüchtern ihre Hand auf die geliebte Brust und sprach ein Gebet, daß sie immer so treu zu ihm halten möchte, wie ihre Liebe sich danach sehnte und seine

Leiden es verdienten. Dann zog sie ihre Hand zurück, küßte ihn noch einmal auf den Mund und ging. So kam der Sonnenaufgang, und der Schatten der Platane bewegte sich auf seinem Gesicht so leise, wie sich ihre Lippen im Gebet für ihn bewegt hatten.

18. Kapitel

Neun Tage

Der Hochzeitstag fing mit hellem Sonnenschein an, und sie standen alle fertig vor der geschlossenen Tür von Dr. Manettes Zimmer, wo er mit Charles Darnay sprach. Sie waren im Begriff, zur Kirche zu gehen; die schöne Braut, Mr. Lorry und Miss Pross, für die das Ereignis durch ein allmähliches Aussöhnen mit dem Unvermeidlichen unbedingte Seligkeit gewesen wäre, lauerte nicht im Hintergrund ihres Geistes die Erwägung, daß ihr Bruder Solomon der Bräutigam hätte sein sollen.

„Also dazu", sagte Mr. Lorry, der die Braut nicht genug bewundern konnte und um sie herumgegangen war, um sie in ihrem einfachen hübschen Kleid von jeder Seite recht ordentlich anzusehen, „also dazu, meine liebe Lucie, habe ich Sie als ganz kleines Kind über den Kanal gebracht! Du meine Güte! Wie wenig dachte ich damals darüber nach, was ich tat. Wie wenig ahnte ich das hohe Verdienst, das ich mir um meinen Freund, Mr. Charles, erwerben würde."

„Sie beabsichtigten es nicht", bemerkte die prosaische Miss Pross, „und wie konnten Sie es wissen? Unsinn!"

„Wirklich? Gut denn; aber weinen Sie nicht", sagte der sanfte Mr. Lorry.

„Ich weine nicht", sagte Miss Pross; „*Sie* weinen."

„*Ich*, meine gute Pross?" (Mr. Lorry war jetzt so weit gekommen, gelegentlich mit ihr scherzen zu dürfen.)

„Sie weinten eben noch. Ich habe es gesehen und wundere mich nicht darüber. Ein solches Geschenk von

Silberzeug wie Ihres reicht hin, um in jedes Auge Tränen zu bringen. Es ist keine Gabel und kein Löffel im Kasten", meinte Miss Pross, „über den ich gestern abend, als das Silberzeug ankam, nicht geweint hätte, bis ich nicht mehr sehen konnte."

„Ich fühle mich sehr geschmeichelt", sagte Mr. Lorry, „obgleich ich wirklich nicht die Absicht hatte, diese kleinen Erinnerungszeichen irgend jemandem unsichtbar zu machen. Mein Gott! Das ist eine Gelegenheit, die einen über alles, was man verloren hat, nachdenken läßt. Du lieber Gott! Zu denken, daß es jeden Tag seit fast fünfzig Jahren eine Mrs. Lorry hätte geben können."

„Durchaus nicht!" warf Miss Pross ein.

„Sie meinen, es hätte nie eine Mrs. Lorry geben können?" fragte der Herr dieses Namens.

„Bah!" entgegnete Miss Pross. „Sie waren schon in der Wiege ein Junggeselle."

„Na, auch das klingt wahrscheinlich", bemerkte Mr. Lorry, indem er seine Perücke zurechtrückte.

„Und Sie waren zum Junggesellen bestimmt", fuhr Miss Pross fort, „ehe Sie in die Wiege gelegt wurden."

„Dann meine ich", sagte Mr. Lorry, „bin ich höchst schäbig behandelt worden, und man hätte mir doch wenigstens eine Stimme bei der Wahl meiner zukünftigen Stellung gestatten sollen. Genug! Nun, meine liebe Lucie", sagte er, indem er beruhigend den Arm um sie legte, „ich höre im nächsten Zimmer, daß sie kommen, und Miss Pross und ich, als zwei förmliche Geschäftsleute, möchten gern die letzte Gelegenheit benutzen, um Ihnen etwas zu sagen, was Ihrem Herzen guttun wird. Sie lassen Ihren teuren Vater in Händen zurück, die für sein Wohl so ernstlich und liebevoll wie Sie selbst sorgen werden; es soll alle mögliche Rücksicht auf ihn genommen werden. Während der nächsten vierzehn Tage, wo Sie in Warwickshire oder dessen Nachbarschaft sind, müssen selbst Tellson's vergleichsweise vor Ihnen zurücktreten. Und wenn er nach Ablauf dieser vierzehn Tage zu Ihnen und Ihrem geliebten Gatten kommt, um

Ihnen während der anderen vierzehn Tage in Wales Gesellschaft zu leisten, sollen Sie sagen, daß wir ihn in der besten Gesundheit und in der glücklichsten Stimmung zu Ihnen geschickt haben. Jetzt höre ich jemandes Schritt der Tür nahen. Gestatten Sie mir, ein geliebtes Kind mit einem altmodischen Hagestolzsegen zu küssen, bevor dieser Jemand Sie für sich in Anspruch nimmt."

Einen Augenblick lang hielt er ihr liebliches Gesicht zwischen seinen beiden Händen, um noch einmal den wohlbekannten Ausdruck auf der Stirn zu betrachten, und legte dann das schöne goldene Haar an seine kleine braune Perücke, mit einer echt innigen Liebe und einem Zartgefühl, die, wenn solche Dinge altmodisch sind, so alt waren wie Adam.

Die Tür vom Zimmer des Doktors ging auf, und er trat mit Charles Darnay heraus. Er war so totenbleich – was nicht der Fall gewesen war, als sie miteinander in das Zimmer gegangen waren –, daß man auf seinem Gesicht keinerlei Spur von Farbe sah. Aber in der Gefaßtheit seines Wesens war er unverändert, außer daß dem scharfen Blick Mr. Lorrys eine schattenhafte Andeutung nicht unbemerkt blieb, daß der alte Ausdruck scheuen Zurückweichens und bangen Grauens vor kurzem über ihn hinweggegangen war wie ein kalter Wind.

Er reichte seiner Tochter den Arm und führte sie die Treppe hinab zu dem Wagen, den Mr. Lorry zu Ehren des Tages gemietet hatte. Die übrigen folgten alle in einem zweiten Wagen, und bald waren in einer nahen Kirche, wo keine fremden Augen neugierig zuschauten, Charles Darnay und Lucie Manette zu einem glücklichen Ehepaar vereint.

Außer den glänzenden Tränen, die durch das Lächeln der wenigen Versammelten schimmerten, als die Zeremonie vorbei war, funkelten einige schöne Juwelen – gerade erlöst aus der finsteren Nacht einer der Taschen Mr. Lorrys – an der Hand der Braut. Sie kehrten zum Frühstück nach Hause zurück, und alles ging gut, und nach einiger Zeit mischte sich das goldene Haar, das sich in der Dachstube in Paris unter die silbernen Lokken des Schuhmachers gemengt hatte, wieder mit ihnen im Morgensonnenschein auf der Türschwelle beim Abschiedsgruß.

Es war ein schwerer Abschied, obgleich nicht auf lange Zeit. Aber ihr Vater tröstete sie und sagte endlich, indem er sich sanft aus ihren Armen losmachte: „Nehmen Sie sie, Charles! Sie ist die Ihrige!" Und aufgeregt winkte ihm ihre Hand noch aus dem Kutschenfenster zu – und fort war sie!

Da die stille Ecke kein Sammelplatz der Müßiggänger und Neugierigen war und die Vorbereitungen sehr einfach gewesen waren, blieben der Doktor, Mr. Lorry und Miss Pross ganz allein zurück. Als sie in den willkommenen Schatten der kühlen alten Halle zurückkehrten, bemerkte Mr. Lorry, daß eine große Veränderung in dem Doktor vorgegangen war, als ob ihm der dort emporgehobene goldene Arm einen vergifteten Streich versetzt hätte.

Er hatte sich natürlich großen Zwang angetan, und darauf war ein Rückschlag zu erwarten. Aber es war der alte scheue verlorene Blick, der Mr. Lorry beunruhigte; und als sie oben angekommen waren und sich der Doktor in zerstreuter Weise an den Kopf faßte und niedergedrückt und schlaff in sein Zimmer schlich, mußte Mr. Lorry an den Weinhändler Defarge und die Fahrt durch die sternenhelle Nacht denken.

„Ich glaube", flüsterte er Miss Pross nach reiflicher und sorgenerfüllter Überlegung zu, „ich glaube, es ist das beste, wir reden ihn jetzt gar nicht an und stören ihn überhaupt nicht. Ich muß einmal nach Tellson's sehen; ich werde daher jetzt hingehen und bin gleich wieder da. Dann machen wir eine Spazierfahrt aufs Land, essen dort, und alles wird wieder gut sein."

Es war leichter für Mr. Lorry, zu Tellson's hinzugehen, als wieder von ihnen wegzukommen. Er wurde zwei Stunden dort festgehalten. Zurückgekehrt, ging er allein die alte Treppe hinauf, ohne sich mit Nachfragen bei dem Diener aufzuhalten, trat in das Zimmer des Doktors und blieb erschrocken stehen, als er ein dumpfes Klopfen hörte.

„Guter Gott!" sagte er. „Was ist das?"

Mit bleichem Gesicht stand Miss Pross neben ihm: „O Gott! O Gott! Alles ist verloren!" rief sie händeringend. „Was soll ich meinem Herzblättchen sagen? Er erkennt mich nicht und macht Schuhe!"

Mr. Lorry bemühte sich, sie zu beruhigen, und ging selbst in das nächste Zimmer. Die Bank war dem Licht zugekehrt wie damals, als er den Schuhmacher das erstemal hatte arbeiten sehen. Er hatte den Kopf über die Arbeit gebeugt und war sehr fleißig.

„Dr. Manette! Lieber Freund! Dr. Manette!"

Der Doktor sah einen Augenblick zu ihm auf – halb fragend, halb, als ob es ihn ärgerte, angeredet zu werden – und beugte sich wieder über seine Arbeit. Er hatte Rock und Weste abgelegt; das Hemd war vorn offen wie immer, wenn er sich mit dieser Arbeit beschäftigte, und selbst das alte hohlwangige welke Gesicht war wieder da. Er arbeitete angestrengt – ungeduldig, als ob er irgendwie fühlte, unterbrochen worden zu sein.

Mr. Lorry warf einen Blick auf die Arbeit, die er in der Hand hatte, und bemerkte, daß es ein Schuh von der alten Größe und Form war. Er nahm den anderen, der neben dem Arbeitenden lag, und fragte diesen, was es sei.

„Ein Promenadenschuh für eine junge Dame", brummte er vor sich hin, ohne aufzublicken. „Er sollte längst fertig sein. Lassen Sie ihn liegen."

„Aber Dr. Manette! – Sehen Sie mich an!"

Er gehorchte in der alten mechanischen, unterwürfigen Weise, ohne seine Arbeit zu unterbrechen.

„Sie kennen mich, bester Freund! Besinnen Sie sich! Dies ist nicht Ihre wahre Beschäftigung. Besinnen Sie sich, bester Freund!"

Nichts konnte ihn bewegen, wieder zu sprechen. Er blickte auf, jedoch nur eine Sekunde lang, wenn man es verlangte; aber keine Überredungskunst vermochte ihm ein Wort abzupressen. Er arbeitete, arbeitete und arbeitete stumm weiter; Worte machten auf ihn denselben Eindruck wie auf einen Menschen ohne Gehör oder auf die Luft. Der einzige Hoffnungsstrahl, den Mr. Lorry entdecken konnte, war, daß er manchmal verstohlen aufblickte, ohne aufgefordert zu werden. Darin schien sich eine schwache Regung von Neugier und Verlegenheit auszudrücken, als ob er versuchte, einige innerliche Zweifel miteinander zu versöhnen.

Zweierlei nahm sich Mr. Lorry sofort vor; erstens, daß dies vor Lucie geheimgehalten werde, und zweitens, daß es allen seinen Bekannten ein Geheimnis bleiben müsse. Im Verein mit Miss Pross leitete er sofort Schritte ein, um für letzteres zu sorgen, indem er den Nachfragenden sagen ließ, dem Doktor sei nicht wohl und er bedürfe einiger Tage vollständigster Ruhe. Um den gutgemeinten Betrug, der an der Tochter verübt werden sollte, zu unterstützen, sollte Miss Pross ihr melden, daß er zu einer Konsultation auf einige Tage verreist sei, und sich dabei auf einen fingierten Brief von zwei oder drei Zeilen beziehen, den er selbst mit derselben Post an sie abgeschickt hatte.

Diese Maßregeln, die in jeder Hinsicht ratsam waren, ergriff Mr. Lorry in der Hoffnung, daß er sich wieder erholte. Geschah dies bald, so hatte er noch einen anderen Ausweg parat, nämlich eine gewisse Autorität, die er für die beste hielt, über des Doktors Fall zu Rate zu ziehen.

In der Hoffnung auf seine Genesung und weil dann der dritte Weg möglich wurde, beschloß Mr. Lorry, ihn sorgfältig und mit möglichst wenig Aufsehen zu beobachten. Er traf daher Vorkehrungen, zum erstenmal in seinem Leben von Tellson's wegbleiben zu können, und bezog seinen Posten am Fenster desselben Zimmers.

Die Entdeckung ließ nicht lange auf sich warten, daß es schlimmer und unnütz war, ihn anzureden, weil er, wenn man ihn drängte, unruhig und ärgerlich wurde. Er gab schon am ersten Tag diesen Versuch auf und beschloß, für alle Fälle fortwährend vor seinen Augen zu bleiben, als stummer Protest gegen die Täuschung, in die er verfallen war oder verfiel. Er blieb daher auf seinem Platz in der Nähe des Fensters, beschäftigte sich mit Lesen und Schreiben und gab in so mannigfaltiger und natürlicher Weise zu verstehen, daß er sich an einem jedermann zugänglichen Ort befinde.

Dr. Manette nahm an diesem ersten Tag Speise und Trank an, als sie ihm gereicht wurden, und arbeitete fort, bis es zu finster wurde, um zu sehen – er arbeitete noch, als es Mr. Lorry schon seit einer halben Stunde nicht mehr möglich war zu lesen oder zu schreiben. Nachdem Dr. Manette sein Handwerkszeug als nutzlos bis zum Morgen hingelegt hatte, stand Mr. Lorry auf und sagte zu ihm: „Wollen Sie ausgehen?"

Er blickte rechts und links neben sich auf den Fußboden, sah auf und wiederholte mit gedämpfter Stimme, alles in der alten Weise: „Ausgehen!"

„Ja, wir wollen zusammen spazierengehen. Warum nicht?"

Er machte keine Anstrengung zu sagen, warum nicht, und sprach kein Wort weiter. Aber Mr. Lorry glaubte zu bemerken, wie er sich in der Dämmerung, die Ellbogen auf den Knien und den Kopf in den Händen, auf seiner Bank vorbeugte und in einer verwirrten Weise fragte: „Warum nicht?" Der Scharfblick des Geschäftsmanns bemerkte hier einen Vorteil und beschloß, weiter darauf zu bauen.

Miss Pross und er teilten die Nacht in zwei Wachen und beobachteten ihn zuweilen von dem anstoßenden Zimmer aus. Er ging lange Zeit auf und ab, aber als er sich hinlegte, schlief er ein. Am Morgen stand er frühzeitig auf, ging geradenwegs zu seiner Bank und arbeitete.

An diesem zweiten Tag begrüßte ihn Mr. Lorry mit seinem Namen und redete zu ihm von Gegenständen, die ihm in der letzten Zeit geläufig gewesen waren. Er gab keine Antwort, aber es war klar, daß er hörte, was man sagte, und daß er darüber nachdachte, wenn auch verwirrt. Dies ermutigte Mr. Lorry, mehrmals am Tag auch Miss Pross mit ihrer Arbeit in die Stube kommen zu lassen, wo sie dann, ganz ruhig und als ob nichts geschehen wäre, von Lucie und ihrem anwesenden Vater sprachen. Dies geschah ohne alle Auffälligkeit, die ihn etwa hätte aufregen können; und es erleichterte Mr. Lorrys wohlwollendes Herz, zu glauben, daß er öfters aufschaute und daß ihm dabei einige Unzuträglichkeiten der Umgebung mit den ihn beherrschenden Vorstellungen aufzufallen schienen.

Als es wieder dunkel wurde, fragte ihn Mr. Lorry wie am Tage vorher: „Wollen Sie ausgehen?"

Wie früher gab er zur Antwort: „Ausgehen?"

„Ja, wir wollen zusammen spazierengehen. Warum nicht?"

Da auch diesmal Mr. Lorry keine Antwort bekommen konnte, tat er so, als ob er ausginge, und kehrte erst nach einer Stunde zurück. Unterdessen hatte der Doktor am Fenster Platz genommen und dort hinunter auf die Platane gesehen; aber als Mr. Lorry wiederkam, schlich er zu seiner Bank.

Die Zeit verging sehr langsam; Mr. Lorrys Hoffnung verdüsterte sich, und sein Herz wurde schwerer und schwerer. Der dritte Tag kam und ging, der vierte, der fünfte. Fünf Tage vergingen, sechs Tage, sieben Tage, acht Tage, neun Tage.

Mit immer mehr schwindender Hoffnung und immer schwerer werdendem Herzen verlebte Mr. Lorry diese sorgenvolle Zeit. Das Geheimnis wurde gut bewahrt, Lucie wußte nichts und war glücklich; aber er konnte sich nicht verhehlen, daß der Schuhmacher, dessen Hand anfangs etwas aus der Übung gekommen zu sein schien, schrecklich geschickt wurde und daß er bei seiner Arbeit nie so aufmerksam war, daß seine Hände nie so flink und sicher gearbeitet hatten als in der Dämmerung des neunten Abends.

19. Kapitel

Eine Meinung

Von sorgenvollem Wachen erschöpft, schlief Mr. Lorry auf seinem Posten ein. Am zehnten Morgen seines Harrens weckte ihn der helle Schein der Sonne, der in die Stube fiel, wo ihn während der dunklen Nacht ein schwerer Schlummer überfallen hatte.

Er rieb sich die Augen und sah sich um; aber während er dies tat, wußte er nicht genau, ob er nicht noch schlafe. Denn als er an die Zimmertür des Doktors trat und hineinblickte, bemerkte er, daß die Schuhmacherbank mit dem Handwerkszeug beiseite gestellt war und daß der Doktor lesend am Fenster saß. Er hatte seinen gewöhnlichen Morgenrock an, und sein Antlitz (das Mr. Lorry deutlich sehen konnte) trug den Ausdruck der Aufmerksamkeit und ruhigen Vertieftheit, obgleich es noch sehr blaß war.

Als Mr. Lorry erkannte hatte, daß er wache, belästigten ihn einige Augenblicke noch Zweifel, ob das Schuhmachern der letzten Tage nicht sein eigener unruhiger Traum gewesen wäre; denn sahen nicht seine Augen den Freund vor sich in seiner gewöhnlichen Tracht und seinem gewöhnlichen Ansehen und beschäftigt wic gewöhnlich? Und sahen sie irgendein Zeichen, daß die Veränderung, an die er sich so deutlich erinnerte, wirklich vor sich gegangen war?

Dies fragte er sich nur in seiner ersten Verwirrung und in seinem ersten Erstaunen; denn die Antwort lag auf der Hand. Wenn die Erinnerung nicht die Folge eines wirklich entsprechenden und tatsächlichen Vorfalls war, wie kam er – Jarvis Lorry – dann hierher? Wie ging es zu, daß er in seinen Kleidern auf dem Sofa in Dr. Manettes Konsultationszimmer eingeschlafen war und jetzt am frühen Morgen an der Schlafzimmertür des Doktors mit sich über alle diese Zweifel zu Rate ging?

Nach ein paar Minuten stand Miss Pross flüsternd an seiner Seite. Wenn ihn noch der Rest eines Zweifels gequält hätte, so hätte er vor ihren Reden verschwinden müssen; aber er war sich jetzt klargeworden und hegte keinen Zweifel mehr. Er schlug vor, die Zeit bis zur gewöhnlichen Frühstücksstunde hingehen zu lassen und dann mit dem Doktor zusammenzutreffen, als ob nichts Ungewöhnliches geschehen sei. Wenn er sich dann in seiner normalen Gemütsverfassung zeigte, wollte sich Mr. Lorry vorsichtig Rat bei der Autorität holen, die zu befragen er sich in seiner Sorge so sehr gesehnt hatte.

Miss Pross fügte sich seinen Ratschlägen, und der Plan wurde mit aller Sorgfalt vorbereitet. Da Mr. Lorry genug Zeit für seine übliche Toilette hatte, erschien er zur Frühstücksstunde in weißem Leinen und mit adretten Beinkleidern. Der Doktor war wie immer gerufen worden und kam zum Frühstück.

Soweit man erkennen konnte, ohne über die vorsichtige und allmähliche Annäherung hinauszugehen, auf die sich Mr. Lorry beschränken mußte, glaubte Dr. Manette anfangs, die Hochzeit seiner Tochter wäre gestern gewesen. Eine vorsätzlich hingeworfene Erwähnung des Wochen- und des Monatstages veranlaßte ihn, nachzudenken und zu zählen, und machte ihn offenbar unruhig. In jeder anderen Hinsicht war er jedoch so auf der Höhe, daß sich Mr. Lorry entschloß, sich bei der erwähnten Autorität Rat zu holen. Und diese Autorität war Dr. Manette selbst.

Als daher das Frühstück zu Ende und alles weggeräumt worden war und er und der Doktor wieder allein waren, sagte Mr. Lorry mit Gefühl: „Lieber Manette, ich möchte im Vertrauen Ihre Meinung über einen sehr merkwürdigen Fall hören, der mich sehr interessiert; ich will sagen, er erscheint mir sehr merkwürdig; bei Ihrer größeren Erfahrung ist dies vielleicht anders."

Der Doktor blickte auf seine Hände, an denen noch Spuren der früheren Beschäftigung zu bemerken waren, machte ein beunruhigtes Gesicht und hörte aufmerksam zu. Er hatte schon mehr als einmal seine Hände angesehen.

„Dr. Manette", sagte Mr. Lorry, indem er liebevoll die

Hand auf seinen Arm legte, „der Fall ist einem mir besonders werten Freund passiert. Bitte, schenken Sie mir Ihre Aufmerksamkeit und raten Sie mir um seinetwillen – und vor allem wegen seiner Tochter – wegen seiner Tochter, lieber Manette."

„Wenn ich recht verstehe", sagte der Doktor mit gedämpfter Stimme, „so ist es eine Erschütterung des Geistes?"

„Ja."

„Erzählen Sie ausführlich", sagte der Doktor, „teilen Sie alle Einzelheiten mit."

Mr. Lorry sah, daß sie einander verstanden, und fuhr fort: „Lieber Manette, es handelt sich um eine alte und sehr lange Erschütterung, die das Gemüt oder, wie Sie es nennen, der Geist, erlitten hat; man weiß nicht, wie lange, weil ich glaube, mein Freund selbst kann die Zeit nicht berechnen, und es gibt kein anderes Mittel, sie zu erfahren. Es handelt sich um eine Erschütterung, von der sich der Betreffende durch einen Prozeß erholt hat, von dem er sich keine Rechenschaft ablegen kann und von dem ich ihn einmal öffentlich sehr eindringlich erzählen hörte. Es handelt sich um eine Erschütterung, von der er sich so vollständig erholt hat, daß er ein sehr geistvoller Mann ist, fähig, alle seine Seelen- und Körperkräfte anzustrengen und beständig seine Kenntnisse, die schon sehr bedeutend waren, zu vermehren. Aber leider" (er hielt inne und holte tief Atem) „hat er einen kurzen Rückfall gehabt."

Der Doktor fragte mit gedämpfter Stimme: „Wie lange hat er gedauert?"

„Neun Tage."

„Wodurch zeigte er sich? Ich vermute", sagte er mit einem Blick auf seine Hände, „in der Wiederaufnahme einer alten Beschäftigung aus jener Zeit der Gemütserschütterung?"

„So ist es."

„Sagen Sie mir", fragte der Doktor bestimmt und gefaßt, obgleich in demselben gedämpften Ton, „haben Sie ihn jemals früher bei dieser Beschäftigung gesehen?"

„Einmal."

„Und als er den Rückfall hatte, war er da in vielfacher oder in jeder Hinsicht wie früher?"

„Ich glaube, in jeder Hinsicht."

„Sie sprachen von seiner Tochter. Weiß seine Tochter etwas von diesem Rückfall?"

„Nein. Er ist ihr verheimlicht worden, und ich hoffe, er wird ihr immer ein Geheimnis bleiben. Er ist nur mir und einer anderen Person, der ganz zu vertrauen ist, bekannt."

Der Doktor ergriff seine Hand und sagte halblaut: „Das war sehr gütig. Das war sehr rücksichtsvoll."

Mr. Lorry drückte ihm wieder die Hand, und beide schwiegen eine Weile.

„Nun wissen Sie, lieber Manette", fuhr schließlich Mr. Lorry in seiner liebevollsten und schonendsten Weise fort, „ich bin ein bloßer Geschäftsmann und unfähig, solche verwickelten und schwierigen Sachen zu beurteilen. Ich besitze nicht die dazu nötigen Kenntnisse und nicht die nötige Einsicht. Ich bedarf des Rates. Es gibt keinen Mann in der Welt, bei dem ich auf guten Rat so sehr rechnen kann wie bei Ihnen. Sagen Sie mir, wie kommt dieser Rückfall? Ist ein zweiter zu befürchten? Könnte eine Wiederholung verhindert werden? Wie ist ein neuer Rückfall zu behandeln? Was sind überhaupt die Ursachen eines solchen? Was kann ich für meinen Freund tun? Nie kann es jemandem mehr am Herzen gelegen haben, einem Freund einen Dienst zu leisten, als jetzt mir; wenn ich nur wüßte, wie? Aber bei einem solchen Fall tappe ich ganz im dunkeln. Wenn mir Ihr Scharfblick, Ihre Kenntnis und Ihre Erfahrung den rechten Weg zeigen würden, so könnte ich vielleicht viel tun; ohne Leitung und ohne Rat kann ich nur wenig tun. Bitte, sprechen Sie mit mir die Sache durch; bitte, setzen Sie mich in den Stand, ein wenig klarer zu sehen, und lehren Sie mich, ein wenig nützlicher zu sein."

Dr. Manette saß nachdenklich da, nachdem diese eindringlichen Worte gesprochen worden waren, und Mr. Lorry drängte ihn nicht.

„Ich halte es für wahrscheinlich“, sagte der Doktor mit sichtlicher Anstrengung, „daß der von Ihnen beschriebene Rückfall dem Betroffenen nicht ganz unvorhergesehen gekommen ist, werter Freund.“

„Hat er ihn befürchtet?“ wagte Mr. Lorry zu fragen.

„Sehr.“ Er sagte dies mit einem unwillkürlichen Schaudern. „Sie haben keinen Begriff, wie schwer eine solche Befürchtung auf dem Gemüt des Betreffenden lastet und wie schwer es ihm ist – ja fast unmöglich –, sich zu zwingen, nur ein Wort über das, was ihn bedrückt, fallenzulassen.“

„Würde es ihn nicht sehr erleichtern“, fragte Mr. Lorry, „wenn er es über sich bringen könnte, sich während dieses heimlichen Brütens jemandem anzuvertrauen?“

„Ich glaube wohl. Aber wie ich Ihnen schon sagte, es ist fast unmöglich. Ich glaube sogar, es ist in einigen Fällen ganz unmöglich.“

„Sagen Sie mir“, fuhr Mr. Lorry fort, wobei er, nachdem beide eine kleine Weile geschwiegen hatten, wieder liebevoll die Hand auf den Arm des Doktors legte, „welcher Ursache würden Sie den Anfall zuschreiben?“

„Ich glaube“, gab Dr. Manette zur Antwort, „die Ursache ist, daß der Gedankengang und die Erinnerung, durch die jene Krankheit zuerst entstanden ist, in ungewöhnlicher Weise wieder erweckt worden sind. Ich glaube, daß Rückerinnerungen von der schmerzlichsten Art mit größter Lebhaftigkeit wieder vor seine Seele getreten sind. Wahrscheinlich war sein Gemüt schon seit langer Zeit von einer dunklen Furcht erfüllt, daß diese Erinnerungen erneut wach werden würden – ich meine, unter gewissen Umständen, bei einer gewissen Veranlassung. Er hat versucht, sich darauf vorzubereiten, aber vergeblich; vielleicht hat ihn die Anstrengung, die er bei diesem Versuch unternommen hat, weniger befähigt, dem Anfall zu widerstehen.“

„Ob er wohl weiß, was während des Rückfalls geschehen ist?“ fragte Mr. Lorry mit natürlichem Zögern.

Der Doktor sah sich ratlos im Zimmer um, schüttelte

den Kopf und antwortete mit gedämpfter Stimme: „Durchaus nicht!“

„Was nun die Zukunft betrifft . . .“, fing Mr. Lorry an.

„Was die Zukunft betrifft“, sagte der Doktor, die Fassung wiedergewinnend, „so habe ich große Hoffnung. Da es dem Himmel in seiner Barmherzigkeit gefallen hat, ihn in so kurzer Frist zu heilen, so habe ich die größte Hoffnung. Ich glaube, das Schlimmste ist vorbei.“

„Schön! Schön! Das ist guter Trost. Ich danke dem Himmel!“ sagte Mr. Lorry.

„Ich danke dem Himmel!“ wiederholte der Doktor mit einer leichten Verbeugung.

„Noch über zwei andere Punkte möchte ich unterrichtet sein“, sagte Mr. Lorry. „Darf ich fortfahren?“

„Sie können Ihrem Freund keinen besseren Dienst leisten.“ Der Doktor reichte ihm die Hand.

„Also der erste Punkt. Er liebt die Wissenschaften und ist von ungewöhnlicher Energie. Mit großem Eifer widmet er sich dem Erwerb von Kenntnissen, dem Experimentieren und vielen anderen Sachen. Sollte er darin möglicherweise zuviel tun?“

„Ich glaube nicht. Es ist vielleicht gerade bei ihm das Charakteristische, beständig einer Beschäftigung zu bedürfen. Zum Teil ist es ihm wahrscheinlich angeboren, zum Teil eine Folge des Seelenschmerzes. Je weniger er sich mit gesunden Dingen beschäftigte, desto größer war die Gefahr, in eine ungesunde Richtung einzulenken. Er hat es vermutlich selbst beobachtet und die Entdeckung gemacht.“

„Sie sind überzeugt, daß er sich nicht zu sehr anstrengt?“

„Ich glaube dessen ganz gewiß zu sein.“

„Lieber Manette, und wenn er sich jetzt zu sehr anstrengte?“

„Lieber Lorry, ich bezweifle, daß dies leicht der Fall sein kann. Es ist ein heftiger Zwang nach einer Richtung gewesen, und dieser bedarf eines Gegengewichts.“

„Entschuldigen Sie mich als zudringlichen Geschäftsmann. Nehmen wir für einen Augenblick an, daß er sich zu sehr anstrengt; würde eine Wiederkehr des Anfalls die Folge sein?"

„Ich glaube nicht, ich glaube nicht", sagte Dr. Manette, entschieden überzeugt, „daß ihn etwas anderes als diese eine Reihe von Ideenverbindungen erneut hervorrufen könnte. Ich glaube, daß ihn in Zukunft nur ein ganz ungewöhnliches Anschlagen dieser Saite hervorrufen kann. Nach dem, was geschehen ist, und nach seiner Genesung kann ich mir nur sehr schwer eine so heftige Berührung dieser Saite denken. Ich vertraue und glaube fast, daß die Umstände, unter denen der Anfall wiederkehren könnte, erschöpft sind."

Er sprach mit der Zurückhaltung eines Mannes, der genau weiß, welche Kleinigkeit den feinen Organismus unseres Geistes in Unordnung bringen kann, und doch mit der Zuversicht eines Mannes, der seine Überzeugung allmählich durch persönliche Leiden gewonnen hat. Es konnte seinem Freund nicht einfallen, diese Überzeugung zu erschüttern. Er stellte sich getrösteter und ermutigter, als er in Wirklichkeit war, und kam jetzt auf den zweiten und letzten Punkt. Er fühlte, daß es der schwierigste von allen war. Aber indem er sich an seine Sonntagsmorgenunterredung mit Miss Pross und an alles, was er in den letzten neun Tagen gesehen hatte, erinnerte, fühlte er, daß er ihn erwähnen mußte.

„Die Beschäftigung, der er sich unter dem Einfluß dieses so glücklich geheilten Seelenleidens widmete", sagte Mr. Lorry mit einem Räuspern, „war Schmiedearbeit, wollen wir sagen, Schmiedearbeit. Wir wollen annehmen, um die Sache deutlich zu machen, daß er sich in seiner schlimmen Zeit daran gewöhnt hatte, an einer kleinen Schmiede zu arbeiten. Wir wollen sagen, daß man ihn unerwartet wieder an seiner Schmiede gefunden hat. Ist es nicht zu beklagen, daß er sie bei sich behält?"

Der Doktor hielt die Hand vor die Augen und klopfte unruhig mit dem Fuß auf den Boden.

„Er hat sie immer bei sich behalten", sagte Mr. Lorry mit einem bangen Blick auf seinen Freund. „Wäre es aber nun nicht besser, wenn er sie fortschaffte?"

Immer noch hielt der Doktor die Hand vor die Augen und klopfte mit dem Fuß unruhig auf den Boden.

„Sie finden es nicht leicht, mir einen Rat zu erteilen?“ sagte Mr. Lorry. „Ich begreife wohl, daß es eine schwierige Frage ist. Und doch meine ich ...“, und hier schüttelte er den Kopf und hielt inne.

„Sie sehen“, sagte Dr. Manette nach einer Pause, „es ist sehr schwierig, die Bewegungen zu erklären, die sich im innersten Gemüt dieses armen Mannes geregt haben. Er sehnte sich mit heißer Leidenschaft nach dieser Beschäftigung, und sie war ihm willkommen, als sie kam; sie erleichterte jedenfalls seinen Schmerz dadurch, daß sie ihn von der Qual des Nachdenkens über Vergangenheit und Zukunft ablenkte, so daß er seitdem den Gedanken nicht hat ertragen können, sich ganz von ihr zu trennen. Selbst jetzt, wo er – wie ich glaube – seine Sache für hoffnungsvoller hält als je zuvor und von sich sogar mit einer Art Zuversicht spricht, erfüllt ihn der Gedanke, daß er die alte Beschäftigung brauchen und nicht bei der Hand haben könnte, mit einem plötzlichen Gefühl des Entsetzens gleich dem, das vielleicht ein im Wald verirrtes Kind empfindet.“

Er sah aus wie das Gleichnis, das er brauchte, als er die Augen hob, um Mr. Lorry anzusehen.

„Aber kann nicht – bedenken Sie wohl, ich frage, um mich zu unterrichten als ein einfacher Geschäftsmann, der nur mit so materiellen Gegenständen wie Guineen, Schillingen und Banknoten zu tun hat –, kann nicht das Beisichbehalten der Sache das Festhalten an dem Gedanken nach sich ziehen? Wenn die Sache fort wäre, lieber Manette, könnte damit nicht auch die alte Furcht weichen? Kurz – ist es nicht ein Zugeständnis an die Furcht, die Schmiede zu behalten?“

Es folgte eine weitere Pause.

„Sie müssen auch wissen“, sagte der Doktor mit zitternder Stimme, „daß sie eine sehr alte Gefährtin ist.“

„Ich würde sie nicht behalten“, sagte Mr. Lorry mit Kopfschütteln; denn er wurde um so fester, je mehr er die wachsende Unruhe des Doktors sah. „Ich würde raten, sie zu opfern. Mir fehlt nur Ihre Erlaubnis. Ich bin überzeugt, daß es nicht guttut. Ich bitte Sie, geben Sie mir Ihre Erlaubnis! – Um seiner Tochter willen, lieber Manette!"

Es war sehr seltsam anzusehen, welch ein innerer Kampf ihn erschütterte.

„Gut, so mag es in Ihrem Namen geschehen; ich gebe meine Einwilligung. Aber ich würde sie nicht während seiner Anwesenheit wegnehmen. Ich rate, sie zu entfernen, wenn er nicht da ist. Das beste ist, er vermißt seine alte Begleiterin, wenn er von einer Reise wiederkehrt."

Mr. Lorry erklärte sich dazu bereit, und die Besprechung hatte ein Ende. Sie verbrachten den Tag auf dem Lande, und der Doktor war wieder ganz hergestellt. An den drei folgenden Tagen blieb er ganz derselbe, und am vierzehnten Tag reiste er ab, um sich zu Lucie und ihrem Mann zu begeben. Mr. Lorry hatte ihm vorher auseinandergesetzt, welche kleine Täuschung er sich erlaubt hatte, um sein Schweigen zu erklären, und er schrieb in diesem Sinne an Lucie, und sie schöpfte keinen Verdacht.

Nach Dr. Manettes Abreise begab sich Mr. Lorry abends mit einem Hackbeil, einer Säge, einem Meißel und einem Hammer, begleitet von Miss Pross mit einer brennenden Kerze, in das Zimmer des Doktors. Bei geschlossenen Türen und in geheimnisvoller und schuldbewußter Weise zerhackte Mr. Lorry dort die Schusterbank, während Miss Pross die Kerze hielt, als ob sie die Gehilfin bei einem Mord wäre, wozu in der Tat ihr grimmiges Gesicht nicht schlecht paßte. Darauf verbrannte man unverzüglich die Stücke im Küchenfeuer, und das Arbeitszeug, die Schuhe und das Leder wurden im Garten begraben. So böse erscheinen Zerstörungen und Geheimnistuerei ehrlichen Gemütern, daß sich Mr. Lorry und Miss Pross während der Ausführung ihrer Tat und des Wegschaffens ihrer Spuren fast wie Teilnehmer an einem schrecklichen Verbrechen fühlten und auch so aussahen.

20. Kapitel

Eine Bitte

Als das junge Ehepaar von seiner Reise zurückkehrte, war der erste, der sich mit seinen Glückwünschen einstellte, Sydney Carton. Sie waren noch nicht lange zu Hause, als er erschien. Weder in seinen Lebensgewohnheiten, noch in seinem Aussehen, noch in seinen Manieren hatte er sich gebessert; aber er strahlte eine gewisse bärbeißige Treue aus, die Charles Darnay noch nicht an ihm beobachtet hatte. Er benutzte eine Gelegenheit, um Darnay beiseite an ein Fenster zu nehmen und mit ihm zu reden, wo es niemand hörte.

„Mr. Darnay", sagte Carton, „ich wünschte, wir wären Freunde."

„Wir sind schon Freunde, hoffe ich."

„Sie sind gütig genug, dies als bloße Floskel zu sagen; aber ich meine keine Floskel. Wenn ich allerdings sage, ich wünschte, wir wären Freunde, so meine ich eigentlich auch das nicht so ganz."

Charles Darnay fragte ihn daraufhin in aller Freundlichkeit, wie er das meine.

„Wahrhaftig", sagte Carton mit einem Lächeln, „ich finde es viel leichter, das selbst zu begreifen, als es Ihnen begreiflich zu machen. Aber ich will es versuchen. Sie erinnern sich an eine gewisse denkwürdige Gelegenheit, wo ich betrunkener war als gewöhnlich."

„Ich erinnere mich an eine gewisse denkwürdige Gelegenheit, wo Sie mich zwangen zu gestehen, daß Sie getrunken hatten."

„Ich erinnere mich auch daran. Der Fluch dieser Gelegenheit liegt schwer auf mir, denn ich denke immer daran zurück. Ich hoffe, es wird mir eines Tages, wenn alle Tage für mich zu Ende sind, angerechnet werden! Werden Sie nicht unruhig; ich will keine Predigt halten."

„Ich werde gar nicht unruhig. Es kann mich durchaus nicht beunruhigen, wenn Sie etwas ernst auffassen."

„Ach!“ sagte Carton mit einer gleichgültigen Bewegung der Hand, als ob er dies wegstreifte. „Bei der fraglichen Gelegenheit (eine von einer langen Reihe, wie Sie wissen) war ich unerträglich mit einem Geschwätz von: Sie gern haben und nicht gern haben. Ich wünschte, Sie könnten es vergessen.“

„Ich habe es längst vergessen.“

„Wieder eine bloße Floskel! Aber, Mr. Darnay, mir fällt das Vergessen nicht so leicht, wie Sie es für sich selbst darstellen. Ich habe es keineswegs vergessen, und eine meine Worte leicht hinnehmende Antwort trägt nichts dazu bei, es mich vergessen zu lassen.“

„Wenn Sie meine Antwort für leichthin gegeben halten, so bitte ich um Verzeihung“, sagte Darnay. „Ich wollte nur von einer Kleinigkeit abkommen, die Ihnen zu meiner Verwunderung zu schwer auf der Seele liegt. Ich erkläre Ihnen als einem Gentleman, daß ich die Sache längst vergessen habe. – Guter Gott! Was war dabei zu vergessen? Hatte ich bei dem großen Dienst, den Sie mir an jenem Tag leisteten, nicht Wichtigeres zu behalten?“

„Was den großen Dienst betrifft“, sagte Carton, „so fühle ich mich verpflichtet, Ihnen zu gestehen, wenn Sie in dieser Weise davon reden, daß es ein bloßer Advokateneffekt war. Ich weiß nicht, ob ich mich darum kümmerte, was aus Ihnen würde, hätte ich Ihnen diesen Dienst geleistet. – Merken Sie wohl! Ich sage: Hätte ich ihn geleistet. Ich spreche von der Vergangenheit.“

„Sie stellen die Verpflichtung als sehr leicht dar. Aber ich will über Ihre Antwort nicht böse sein.“

„Die reine Wahrheit, Mr. Darnay, glauben Sie mir! Doch ich bin von meinem Zweck abgekommen. Ich sagte, ich wünschte, wir möchten Freunde sein. Nun kennen Sie mich, Sie wissen, daß ich zu allen höheren und besseren Bestrebungen unfähig bin. Wenn Sie es bezweifeln, so fragen Sie Stryver, und er wird es Ihnen sagen.“

„Ich ziehe vor, mir meine eigene Meinung zu bilden, ohne ihn um Hilfe zu fragen.“

„Gut! Jedenfalls wissen Sie, daß ich ein liederlicher Mensch bin, der nie zu etwas Gutem nütze gewesen ist und es nie sein wird."

„Ich weiß nicht, was Sie sein werden."

„Aber ich weiß es, und Sie müssen mir glauben. Gut. Wenn es Ihnen nichts ausmacht, einen so nutzlosen und undurchschaubaren Kerl gelegentlich hier ein und aus gehen zu sehen, so bitte ich, mir zu erlauben, daß ich als privilegierte Person hierherkommen darf; daß man mich als ein nutzloses (und ich würde hinzusetzen, wenn ich nicht eine Ähnlichkeit zwischen mir und Ihnen entdeckt hätte: als ein nicht zur Zierde gereichendes) Stück Möbel betrachtet, das alter Dienste wegen geduldet und nicht weiter beachtet wird. Ich glaube nicht, daß ich die Erlaubnis mißbrauchen werde. Ich wette hundert gegen eins, daß ich sie schwerlich viermal im Jahr benutze. Aber ich gestehe, es würde mir eine Befriedigung sein zu wissen, daß ich sie hätte."

„Wollen Sie's versuchen?"

„Das heißt mit anderen Worten, daß Sie mich ganz so betrachten wollen, wie ich es wünsche. Ich danke Ihnen, Darnay. Ich darf mir diese Freiheit mit Ihrem Namen erlauben?"

„Das sollte ich meinen, Carton."

Sie schüttelten sich darauf die Hand, und Sydney wandte sich ab. Eine Minute später war er allem äußeren Anschein nach so nebensächlich wie je.

Als er fort war, erwähnte Charles Darnay im Verlauf eines mit Miss Pross, dem Doktor und Mr. Lorry zugebrachten Abends diese Unterredung flüchtig und sprach von Sydney Carton als einem Rätsel der Sorglosigkeit und Unbekümmertheit um die Zukunft. Er sprach nicht von ihm in bitteren oder tadelnden Ausdrücken, sondern wie jemand, der ihn sah, wie er sich zeigte.

Er hatte keine Ahnung, daß sich seine schöne junge Frau darüber Gedanken machen würde; aber als er später in ihr Zimmer kam, wartete sie auf ihn mit dem alten hübschen, sinnenden Ausdruck auf der Stirn.

„Du bist heute abend nachdenklich?“ sagte Darnay, indem er seinen Arm um sie legte.

„Ja, liebster Charles“, gab sie ihm zur Antwort, indem sie ihn fragend und aufmerksam ansah und die Hände auf seine Brust legte, „ich bin ziemlich nachdenklich heute abend, denn ich habe etwas auf dem Herzen.“

„Was ist es, liebe Lucie?“

„Willst du mir versprechen, mich nicht mit einer Frage zu bedrängen, wenn ich dich bitte, sie nicht zu stellen?“

„Ob ich es versprechen will? Was würde ich meiner Lucie nicht versprechen?“

Ja, wahrhaftig. Was hätte er ihr versagen können, als er ihr mit der einen Hand das goldene Haar von der Wange zurückstrich und die andere auf das Herz legte, das für ihn schlug!

„Ich glaube, Charles, der arme Mr. Carton verdient mehr Rücksicht und Achtung, als sich in den Worten, die du heute von ihm brauchtest, aussprach.“

„Wahrhaftig, mein Herz? Wieso?“

„Das ist eben das, was du mich nicht fragen sollst. Aber ich glaube, ich weiß, er verdient es.“

„Wenn du es weißt, so genügt es. Was verlangst du von mir, mein Leben?“

„Ich wollte dich bitten, Liebster, ihm gegenüber immer sehr entgegenkommend zu sein und seine Fehler nachsichtig zu beurteilen, wenn er nicht dabei ist. Ich wollte dich bitten zu glauben, daß er ein Herz hat, das er selten, sehr selten zeigt, und daß tiefe Wunden darin sind. Mein Liebster, ich habe es bluten sehen.“

„Es schmerzt mich tief“, sagte Charles ganz erstaunt, „daß ich ihm irgendwie unrecht getan habe. Ich habe dies nie von ihm gedacht.“

„Mein lieber Mann, es ist so. Ich fürchte, er ist unverbesserlich; es ist kaum zu hoffen, daß sich in seinem Charakter oder in seinen Vermögensverhältnissen noch etwas ändern wird. Aber ich bin überzeugt, daß er zu guten und selbst zu edlen und großherzigen Taten fähig ist.“

Sie sah in der Reinheit ihres Glaubens an diesen verlorenen Menschen so schön aus, daß sie ihr Mann jetzt stundenlang hätte anblicken können.

„Und ach! Mein Liebster", bat sie, indem sie ihn fester umschlang, den Kopf an seine Brust legte und zu ihm emporblickte, „vergiß nicht, wie stark wir in unserem Glück sind und wie schwach er in seinem Elend ist."

Die Bitte drang ihm ins Herz.

„Ich werde es nie vergessen, Liebling! Ich werde es nie vergessen, solange ich lebe."

Er beugte sich zu ihr nieder, küßte den rosigen Mund und schloß sie fest in seine Arme. Wenn jetzt ein einsamer Wanderer durch die dunklen Straßen ihr unschuldiges Bekenntnis hätte hören und die Mitleidstränen hätte sehen können, die ihr Gemahl von den sanften blauen Augen wegküßte, die ihn so liebevoll ansahen, so hätte nicht zum erstenmal sein Mund die Worte gesprochen: „Gott segne sie um ihres holden Mitleids willen!"

21. Kapitel

Widerhallende Schritte

Wie schon gesagt, war es eine wunderbare Ecke für Echos – die Ecke, wo der Doktor wohnte. Immer geschäftig den goldenen Faden aufrollend, der ihren Gatten und ihren Vater und sie und ihre alte Haushälterin und Gefährtin zu einem Leben ruhigen Glücks verband, saß Lucie in dem stillen Haus in der gedämpft widerhallenden Ecke und lauschte dem Echo der Schritte von Jahren.

Zuerst gab es Zeiten, wo ihr – obgleich sie sich als junge Gattin vollkommen glücklich fühlte – langsam die Arbeit aus den Händen sank und sich ihre Augen trübten; denn es kam etwas in den Echos, ein leichtes Trippeln aus weiter Ferne – fast noch nicht hörbar –, was ihr Herz zu sehr erzittern ließ. Aufgeregte Hoffnungen und Zweifel – Hoffnungen auf eine Liebe, wie sie ihr noch unbekannt war – Zweifel, ob sie auf der Erde bleiben würde, um dieses neue Glück zu genießen, stritten sich in ihrer Brust. Unter den Echos klang es dann manchmal wie der Schall von Schritten an ihrem eigenen frühen Grab, und der Gedanke an den Gatten, der dann so allein zurückbleiben und sie so sehr bedauern würde, füllte ihre Augen mit heißen Tränen.

Diese Zeit ging vorüber, und eine kleine Lucie lag an ihrer Brust. Dann vernahm man unter den nahenden Echos den Schall ihrer kleinen Füßchen und ihrer kindlich plaudernden Stimme. Mögen stärkere Echos noch so voll erschallen, diese hörte die junge Mutter an der Wiege immer kommen. Sie kamen, und das schattige Haus wurde sonnig von dem fröhlichen Lachen des Kindes, und der göttliche Kinderfreund, dem sie in ihren Sorgen das ihre anvertraut hatte, schien das Kind in seine Arme zu nehmen, wie er die Kinder vorzeiten nahm, und machte es ihr zu einer heiligen Freude.

Immer geschäftig den goldenen Faden aufrollend, der sie alle zusammenband, und überall freundliches Glück verbreitend, wohin sie blickte, hörte Lucie in den Echos von Jahren nur wohltuende und tröstende Klänge. Der Schritt ihres Mannes klang kräftig und glücklich unter ihnen, der ihres Vaters fest und gleichmäßig; ja sogar Miss Pross, im Geschirr von Bindfaden, weckte den Widerhall, als feuriges Roß mit der Peitsche gezüchtigt, schnaubend und die Erde stampfend, unter der Platane im Garten!

Selbst wenn man unter den übrigen Klänge des Schmerzes vernahm, waren sie nicht bitter und verzweifelt. Selbst wenn goldenes Haar, ihrem eigenen gleich, wie ein Glorienschein auf einem Kissen um das abgezehrte Gesicht eines Knaben lag und er mit strahlendem Lächeln sagte: „Lieber Papa und liebe Mama! Es schmerzt mich sehr, euch beide und meine hübsche Schwester zu verlassen, aber man ruft mich, und ich muß fort!“ – so waren es nicht lauter Tränen des Schmerzes, die die Wangen der jungen Mutter benetz-

ten, als die kindliche Seele von ihr schied. Man dulde sie und verbiete sie nicht. Sie sehen Gottes Antlitz. O Gott! Gesegnete Worte!

So mischte sich das Rauschen der Flügel eines Engels unter die anderen Echos, und sie waren nicht ganz von dieser Erde, sondern unter ihnen war dieser Hauch vom Himmel. Auch Seufzer des Windes, die über ein kleines Gartengrab wehten, mischten sich darunter, und Lucie vernahm sie durch die stille Luft wie das Atmen einer sommerlichen See, die an einer sandigen Küste schlief, während sich die kleine Lucie mit komischem Ernst ihrer Morgenaufgabe widmete oder zu Füßen ihrer Mutter eine Puppe anputzte und in den Sprachen der beiden Städte plauderte, mit deren Leben das ihre verwebt war.

Selten gaben die Echos die Schritte Sydney Cartons zurück. Höchstens ein halb dutzendmal im Jahr machte er von seinem Vorrecht Gebrauch, uneingeladen zu kommen, und saß den ganzen Abend bei ihnen, wie er es früher oft tat. Er kam nie vom Wein berauscht an. Und etwas anderes flüsterten von ihm die Echos, was echte Echos zu allen Zeiten geflüstert haben.

Hat ein Mann eine Frau wirklich geliebt, sie verloren und sie dann mit reinem Gewissen – obgleich unverändert – als Gattin und Mutter gekannt, so werden ihre Kinder stets eine seltsame Sympathie mit ihm haben, ein instinktartiges, zartes Mitleiden mit ihm. Welch verborgene Fiber in der Seele dabei angerührt wird, kann kein Echo verkünden; aber es ist so, und es war auch hier der Fall. Carton war der erste Fremde, dem die kleine Lucie ihre runden Ärmchen entgegenstreckte, und als sie heranwuchs, behauptete er seinen Platz bei ihr. Der Kleine hatte fast noch zuletzt von ihm gesprochen. „Der arme Carton! Küßt ihn von mir."

Mr. Stryver verschaffte sich Platz unter den Juristen wie eine große Maschine, die sich durch trübes Wasser vorwärts arbeitet, und er zog seinen nützlichen Freund hinter sich her wie ein ins Schlepptau genommenes Boot. Da ein in solcher Lage befindliches Boot gewöhnlich sehr hin und her geworfen wird und meistens unter Wasser ist, so hatte auch Sydney ein feuchtes Leben zu führen. Aber leichte und starke Gewohnheit, die leider in ihm viel leichter und stärker war als das anstachelnde Gefühl von Ehre oder Schande, machte es für ihn zum rechten Leben; und er dachte nicht mehr daran aufzuhören, des Löwen Schakal zu sein, als ein wirklicher Schakal daran denken würde, ein Löwe zu werden. Stryver war reich; er hatte eine blühende Witwe mit Vermögen und drei Knaben geheiratet, die nichts besonders Glänzendes an sich hatten als das glatte Haar ihrer runden Köpfe.

Diese drei jungen Herren hatte Mr. Stryver, aus jeder Hautpore Gönnerschaft der beleidigendsten Art ausschwitzend, wie drei Schafe nach der stillen Ecke in Soho vor sich her getrieben und sie Lucies Mann als Schüler angeboten mit den zartfühlenden Worten: „Heda, hier sind drei Portionen Butterbrot und Käse für Ihr eheliches Picknick, Darnay!“ Die höfliche Zurückweisung dieser drei Portionen Butterbrot und Käse hatte Mr. Stryver mit großer Entrüstung erfüllt, aus der er später bei der Erziehung der jungen Herren Nutzen zog, indem er ihnen einprägte, sich vor dem Stolz von Bettlern, gleich jenem Schulmeister, zu hüten. Auch pflegte er bci scinem schweren Wein Mrs. Stryver von den Künsten zu erzählen, mit denen ihn Mrs. Darnay einst zu fangen versucht hatte, und wie er durch seine Schlauheit und Festigkeit dieses Gefangenwerden verhindert habe. Einige seiner Bekannten vom King's-Bench-Gericht, die gelegentlich seinen schweren Wein und die Lüge zu kosten bekamen, entschuldigten die letztere damit, daß er sie so oft erzählt habe, daß er sie selbst glaube – jedenfalls eine so unverbesserliche Verschlimmerung eines ohnedies schon schweren Vergehens, daß sie rechtfertigen würde, einen solchen Verbrecher an einen angemessenen, abgelegenen Ort zu schaffen und ihn dort zu hängen.

Dies waren die Echos, die Lucie manchmal nachdenklich, manchmal lachend und voller Ergötzen, aber immer im Genuß stillen Glücks in der widerhallenden Ecke hörte, bis der sechste Geburtstag ihres Töchterchens kam. Aber auch andere Echos waren während dieser ganzen Zeit aus der Ferne drohend herübergerollt, und gerade jetzt, um die Zeit dieses Geburtstages, nahmen sie einen grauenhaften Ton an, als bräche in Frankreich ein schweres Unwetter mit fürchterlich stürmischer See los.

Eines Abends, Mitte Juli 1789, kam Mr. Lorry noch spät von Tellson's und setzte sich neben Lucie und ihren Gatten in das dunkle Fenster. Es war eine schwüle, wetterdrohende Nacht, und sie dachten alle drei an die längst vergangene Sonntagsnacht, wo sie an demselben Fenster den Blitzen zugesehen hatten.

„Ich dachte schon, daß ich die Nacht bei Tellson's zubringen müßte“, sagte Mr. Lorry, indem er die braune Perücke von der Stirn zurückschob. „Wir haben heute so viel zu tun gehabt, daß wir gar nicht wußten, was wir zuerst anfangen oder wohin wir uns wenden sollten. Es herrschen solche Besorgnisse in Paris, daß man uns hier mit Vertrauen geradezu bestürmt. Unsere Kunden drüben scheinen uns ihr Vermögen nicht schnell genug anvertrauen zu können. Es ist offenbar unter ihnen eine Manie ausgebrochen, es herüber nach England zu senden.“

„Das ist ein schlechtes Zeichen“, sagte Darnay.

„Ein schlechtes Zeichen, sagen Sie, lieber Darnay? Ja! Aber wir wissen nicht, welcher Grund dafür vorhanden ist. Die Menschen sind so unverständig! Einige der Angestellten von Tellson's werden alt, und wir können uns wirklich nicht ohne gehörige Veranlassung aus dem gewöhnlichen Schritt bringen lassen.“

„Aber Sie wissen, wie düster und drohend der Horizont aussieht“, sagte Darnay.

„Das weiß ich recht wohl“, stimmte Mr. Lorry bei, bemüht, sich einzureden, daß seine gewöhnliche Gutmütigkeit für diesen Abend umgeschlagen sei. „Aber ich bin entschlossen, nach dieses langen Tages Last übler Laune zu sein. Wo ist Manette?“

„Hier ist er!“ sagte der Doktor, der gerade jetzt in das dunkle Zimmer trat.

„Es freut mich, daß Sie zu Hause sind; denn diese übereilten Geschäfte und die schlimmen Gerüchte, mit denen ich den ganzen Tag zu tun hatte, machten mich grundlos ängstlich. Sie gehen doch nicht aus, hoffe ich?“

„Nein. Ich will eine Partie Puff mit Ihnen spielen, wenn Sie Lust haben“, sagte der Doktor.

„Ich glaube nicht, daß ich Lust habe, wenn ich aufrichtig sein darf. Ich bin heute abend nicht in der Verfassung, es mit Ihnen aufzunehmen. Ist die Teestunde noch nicht vorüber, Lucie?“

„Natürlich haben wir auf Sie gewartet.“

„Ich danke Ihnen, meine Gute. Ist das liebe Kind schon zu Bett?“

„Es ist zu Bett und schläft ruhig.“

„Das ist recht; alles gesund und wohl! Ich weiß nicht, weshalb hier etwas anderes sein sollte als Gesundheit und Wohlsein – Gott sei Dank! Aber ich habe mich den ganzen Tag über so geärgert, und ich bin nicht mehr so jung, wie ich war. Tee, meine Gute? Danke. Jetzt nehmen Sie Ihren Platz in dem Kreis ein, und dann wollen wir still sitzen und den Echos zuhören, über die Sie Ihre Theorie haben.“

„Keine Theoric. Es war eine Einbildung.“

„Dann eine Einbildung, Sie kluges Weibchen“, sagte Mr. Lorry und klopfte ihr liebkosend die Hand. „Aber es sind ihrer sehr viele, und sie sind sehr laut – nicht wahr? Hören Sie nur!“

Ungestüm, toll und gefährlich sind die Schritte, die sich in jemandes Leben drängen – die Schritte, die, einmal rot gefärbt, nicht leicht wieder rein zu machen sind, die Schritte, die weit weg in St-Antoine toben, während der kleine Kreis an dem dunklen Fenster in London sitzt.

St-Antoine war an diesem Morgen ein ungeheures schwarzes Hin- und Herwogen von Vogelscheuchen gewesen, und über den Wogen dieses Meeres funkelte es häufig hell, wie Klingen und Bajonette von Stahl in der Sonne glänzen. Ein fürchterliches Gebrüll erscholl aus der Kehle St-Antoines, und ein Wald nackter Arme regte sich in der Luft wie verdorrte Baumäste in einem Wintersturm, und jede Hand hielt krampfhaft eine Waffe oder den Schein einer Waffe gepackt, die die Tiefe ausspie, ganz gleich, woher.

Wer die Waffen verteilte, woher sie kamen, durch wessen Vermittlung sie zu Dutzenden auf einmal wie eine Art Blitze über die Köpfe des Gewühls hinfuhren, hätte niemand in dem Gedränge sagen können; aber Flinten wurden verteilt und auch Patronen, Pulver und Kugeln, Stangen von Eisen und Holz, Messer, Äxte, Piken, jede Waffe, die zornwütender Scharfsinn entdecken oder ersinnen konnte. Leute, die nichts anderes fanden, mühten sich mit blutenden Händen ab, Steine und Ziegel aus der Mauer zu reißen. Jeder Puls und jedes Herz in St-Antoine war in hoher Fieberhitze. Jedes lebendige Geschöpf dort hielt das Leben für nichts und war mit einer wahnwitzigen Leidenschaft erfüllt, es hinzuopfern.

Wie ein Wirbel kochenden Wassers einen Mittelpunkt hat, so bewegte sich all dieses Gewühl um Defarges Weinhandlung herum, und jeder Menschentropfen in dem Kessel zeigte eine Neigung, nach dem Mittelpunkt hingezogen zu werden, wo Defarge, schon ganz schwarz von Pulver und Schweiß, Befehle gab, Waffen verteilte, diesen Mann zurückstieß, einen anderen hervorzog, einen entwaffnete, um den anderen zu bewaffnen, und in dem dichtesten Gewühl tätig war.

„Bleib in meiner Nähe, Jacques drei!“ rief Defarge. „Und ihr beide, Jacques eins und zwei, stellt euch jeder an die Spitze von so vielen Patrioten, wie ihr zusammenbringen könnt. Wo ist meine Frau?“

„Hier bin ich“, sagte Madame, ruhig wie immer, aber heute nicht mit Stricken beschäftigt. Die entschlossene rechte Hand von Madame hielt eine Axt anstatt der friedlichen Stricknadeln, und in ihrem Gürtel steckten eine Pistole und ein langes scharfes Messer.

„Wo gehst du hin, Frau?“

„Zuerst mit dir", sagte Madame. „Bald wirst du mich an der Spitze von Frauen sehen."

„Vorwärts also!" rief Defarge mit weithin hallender Stimme. „Patrioten und Freunde, wir sind bereit! Auf zur Bastille!"

Mit einem Gebrüll, das so klang, als ob der Atem von ganz Frankreich das verabscheute Wort gesprochen hatte, erhob sich das lebendige Meer, Welle für Welle, bis in die tiefsten Tiefen, und flutete zu jenem Punkt hin. Die Sturmglocke läutete, Trommeln wirbelten, das Meer wütete und donnerte an seinen neuen Strand, und der Angriff begann.

Tiefe Gräben, eine doppelte Zugbrücke, feste steinerne Mauern, acht große Türme, Kanonen, Flinten, Feuer und Rauch. Durch das Feuer und in dem Rauch (denn das Meer warf ihn gegen eine Kanone, und in dem Augenblick war er ein Kanonier geworden) arbeitete Defarge aus der Weinhandlung wie ein mannhafter Soldat zwei heiße Stunden lang.

Tiefer Graben, eine Zugbrücke, feste steinerne Mauern, acht große Türme, Kanonen, Flinten, Feuer und Rauch. Eine Zugbrücke gewonnen! „Ans Werk, Kameraden, ans Werk! Ans Werk, Jacques eins, Jacques zwei, Jacques tausend, Jacques zweitausend, Jacques zweihundertfünfzigtausend! Im Namen aller Engel und Teufel – was ihr lieber habt: ans Werk!" So rief Defarge aus der Weinhandlung, immer noch an seiner Kanone stehend, die längst heiß geworden war.

„Mir nach, Weiber!" rief Madame, seine Frau. „Was? Wir können so gut totschlagen wie die Männer, wenn der Platz einmal genommen ist." Und um sie scharte sich mit schrillem blutdürstigem Geschrei ein Haufen von Frauen, verschiedenartig bewaffnet, aber alle gleich bewaffnet mit Hunger und Rachedurst.

Kanonen, Flinten, Feuer und Rauch; aber immer noch der tiefe Graben, die letzte Zugbrücke, die festen steinernen Mauern und die acht großen Türme. Leichte Störungen in dem wütenden Meer entstanden durch die hinstürzenden Verwundeten. Blinkende Waffen, lo-

dernde Fackeln, qualmende Wagenladungen, feuchtes Stroh, harte Arbeit an Barrikaden in allen Richtungen, Geheul, Gewehrsalven, Verwünschungen, Tapferkeit ohne Ende, Kanonendonner und Flintengeknatter und das wütende Toben des lebendigen Meeres; aber immer noch der tiefe Graben und die Zugbrücke, die festen steinernen Mauern und die acht großen Türme und immer noch Defarge aus der Weinhandlung, an seiner Kanone stehend, die durch den Dienst von vier heißen Stunden doppelt heiß geworden ist.

Eine weiße Fahne auf der Festung und eine Verhandlung – das läßt sich undeutlich erkennen durch den wütenden Sturm, der nichts hörbar werden läßt –, und plötzlich steigt das Meer höher und höher und spült Defarge aus der Weinhandlung über die heruntergelassene Zugbrücke an den festen steinernen Außenmauern vorbei und mitten unter die acht großen Türme, die sich ergeben haben.

So unwiderstehlich war die Gewalt des ihn vorwärtstragenden Ozeans, daß er ebensowenig Atem schöpfen oder den Kopf umdrehen konnte, als ob er in der Brandung des Südmeeres gekämpft hätte, bis er in dem vorderen Hof der Bastille wieder festen Fuß faßte. Hier erkämpfte er seinen Platz an einer Mauerecke und schaute um sich. Jacques drei stand fast unmittelbar neben ihm; Madame Defarge, immer noch an der Spitze einiger ihrer Frauen, war weiter vorn sichtbar, das Messer in der Hand. Überall Tumult, Erregung, betäubende und wahnwitzige Verwirrung, rasendes Toben und doch eine wütende stumme Pantomime.

„Die Gefangenen!“

„Die Akten!“

„Die geheimen Kerker!“

„Die Marterwerkzeuge!“

„Die Gefangenen!“

Von all diesen Rufen und tausend unzusammenhängenden anderen hörte man „Die Gefangenen!“ am häufigsten und deutlichsten heraus aus dem Meer, das hereintoste, als wären die Menschen ebenso unendlich wie

Zeit und Raum. Als die vordersten Wogen vorüberschossen und die Gefangenenwärter mit fortrissen und sie alle mit dem augenblicklichen Tod bedrohten, wenn nur ein einziger geheimster Winkel unaufgeschlossen bliebe, legte Defarge seine starke Hand auf die Brust eines dieser Männer – eines Mannes mit einem grauen Kopf, der eine brennende Fackel in der Hand hatte –, sonderte ihn von den übrigen ab und brachte ihn zwischen sich und die Mauer.

„Zeigt mir den Nordturm!“ sagte Defarge. „Rasch!“

„Ich will Euch getreulich hinführen“, entgegnete der Mann. „Aber es ist niemand dort.“

„Was heißt Einhundertundfünf, Nordturm?“ fragte Defarge. „Rasch!“

„Was es heißt, Monsieur?“

„Ist damit ein Gefangener gemeint oder ein Kerker? Oder wollt Ihr, daß ich Euch totschlage?“

„Schlagt ihn tot!“ krächzte Jacques drei, der dicht herangetreten war.

„Monsieur, es ist ein Gefängnis.“

„Führt mich hin!“

„So kommen Sie diesen Weg.“

Jacques drei, mit dem gewöhnlichen gierigen Ausdruck um Mund und Augen und offenbar darüber enttäuscht, daß das Zwiegespräch eine Wendung nahm, die kein Blut versprach, hielt Defarges Arm gepackt, wie dieser den Arm des Gefangenenwärters gepackt hielt. Sie hatten während des Gesprächs ihre drei Köpfe zusammengesteckt, und selbst so konnten sie einander kaum verstehen – so fürchterlich war das Toben des lebendigen Meeres, nachdem es in die Festung eingebrochen war und die Höfe, Gänge und Treppen überschwemmt hatte. Auch draußen schlug es ringsherum an die Mauern mit dumpfem Donner, aus dem gelegentlich ein paar vereinzelte Jubelrufe hervorbrachen und wie Gischt in die Luft flogen.

Durch düstere Gewölbe, wohin das Tageslicht nie gedrungen war, vorbei an unheimlichen Türen finsterer Löcher und Käfige, gruftartige Treppen hinab und steile beschwerliche Stiegen von Stein und Ziegeln wieder hinauf, die ausgetrockneten Wasserfällen ähnlicher waren als Treppen, gingen Defarge, der Gefangenenwärter und Jacques drei eng beieinander in äußerster Eile. Hie und da, vorzüglich zu Anfang, jagten einzelne Wogen der Überschwemmung an ihnen vorbei, aber als sie von unten auf steinerner Wendeltreppe einen Turm hinaufklimmten, waren sie allein. Hier eingeschlossen von den dicken Mauern und Gewölben hörten sie von dem Sturm in der Festung draußen nur ein fernes gedämpftes Rauschen, als ob das Getöse, in dem sie sich eben noch befunden hatten, fast ihren Gehörsinn vernichtet hätte.

Der Gefangenenwärter machte an einer niedrigen Tür halt, steckte einen Schlüssel in ein klirrendes Schloß, öffnete die Tür langsam und sagte, als sie sich alle bückten und hereintraten: „Einhundertundfünf, Nordturm!"

Hoch oben in der Mauer befand sich eine kleine, durch ein schweres Eisengitter verschlossene Öffnung mit einem gemauerten Schirm davor, so daß man den Himmel nur erblicken konnte, wenn man sich tief bückte und dann hinaufsah. Ein kleiner, nur wenige Fuß tiefer Kamin mit schweren eisernen Stäben davor, ein Haufen alter weißgrauer Holzasche auf dem Herd, ein Stuhl, ein Tisch und ein Strohlager, vier geschwärzte Wände und ein verrosteter Eisenring in einer derselben.

„Leuchtet langsam die Wände ab, daß ich sie sehen kann", sagte Defarge zu dem Gefangenenwärter.

Der Mann gehorchte, und Defarge folgte dem hellen Schein sorgsam mit den Augen.

„Halt! – Sieh her, Jacques!"

„A. M. ", krächzte Jacques drei, als er gierig las.

„Alexandre Manette", sagte ihm Defarge ins Ohr, indem er den Buchstaben mit seinem von Pulver geschwärzten Zeigefinger folgte. „Und hier hat er geschrieben: ‚Ein armer Arzt.' Und jedenfalls hat er auch diesen Kalender in den Stein gekritzelt. Was habt Ihr in der Hand? Ein Brecheisen? Gebt her!"

Jacques hatte immer noch den Ladestock seiner Kanone in der Hand. Jetzt vertauschte er ihn rasch gegen das Brecheisen und schmetterte mit wenigen Schlägen den wurmzerfressenen Stuhl und Tisch in Stücke.

„Haltet die Fackel höher!“ sagte Defarge zornig zu dem Gefangenenwärter. „Jacques, suche sorgfältig unter diesen Stücken nach. Und warte! Hier ist mein Messer!“ (Er warf es ihm hin.) „Schneide das Bett auf und suche im Stroh. Ihr da! Haltet die Fackel höher!“

Mit einem drohenden Blick auf den Gefangenenwärter kroch er auf den Herd, sah den Schornstein hinauf, klopfte mit dem Brecheisen an seine Wände und rüttelte an den eisernen Stäben davor. Nach einigen Minuten fiel etwas Kalk und Staub herab, dem er mit dem Kopf auswich; und darin und in der alten Holzasche und in vier Spalten im Schornstein, die seine Waffe gefunden oder gemacht hatte, suchte seine Hand sorgfältig.

„Nichts im Holz und nichts im Stroh, Jacques?“

„Nichts!“

„So wollen wir sie in der Mitte der Zelle auf einen Haufen sammeln. So! Ihr da – zündet ihn an!“

Der Gefangenenwärter zündete den kleinen Haufen an, der hoch und heiß emporloderte. Sie ließen es fortbrennen, bückten sich wieder, um durch die niedrig gewölbte Tür zu kommen, und kehrten zum Hof zurück. Erst allmählich auf dem Rückweg schienen sie das Gehör wiederzuerlangen, bis sie von neuem mitten auf dem tosenden Meer waren.

Das Meer brandete und wogte hoch auf und wollte Defarge wiederhaben. St-Antoine rief laut nach seinem Weinhändler, damit er der Hauptmann der Wache über den Kommandanten sei, der die Bastille verteidigt und das Volk totgeschossen hatte. Sonst konnte der Kommandant nicht zum Rathaus vor Gericht gebracht werden. Sonst würde der Kommandant entweichen und das Blut des Volkes (das nach vieljähriger Wertlosigkeit plötzlich einigen Wert bekommen hatte) ungerächt bleiben.

In dem heulenden Meer von Leidenschaft und Wut, das den finsteren alten Offizier in seinem grauen Rock mit den roten Aufschlägen ganz einzuschließen schien, gab es nur eine ganz ruhige Gestalt, und dies war die Gestalt einer Frau. „Seht – dort ist mein Mann!" rief die Frau und wies mit der Hand auf ihn. „Seht Defarge!" Sie stand unbeweglich dicht neben dem alten finsteren Offizier und blieb unbeweglich neben ihm stehen; blieb unbeweglich dicht neben ihm, als ihn Defarge und die übrigen durch die Straßen fortschleppten; blieb unbeweglich dicht neben ihm, als er seinem Ziel nahe war und einer ihm von hinten einen Schlag versetzte; blieb unbeweglich dicht neben ihm, als der seit langem gesammelte Regen von Stößen und Schlägen schwer niederfiel, war so dicht neben ihm, als er tot zusammensank, daß sie, plötzlich lebendig geworden, ihren Fuß auf sein Genick setzte und ihm mit dem scharfen, lange bereitgehaltenen Messer den Kopf abschnitt.

Die Stunde war gekommen, wo St-Antoine seine schreckliche Idee zur Ausführung brachte, Menschen als Laternen in die Höhe zu ziehen, um zu zeigen, was es sein und tun konnte. St-Antoines Blut war in Wallung gekommen, und das Blut der Tyrannei und der Herrschaft mit eiserner Hand war geflossen – geflossen die Stufen des Rathauses hinab, wo der Leichnam des Kommandanten lag – geflossen unter dem Schuh der Madame Defarge, wo sie ihn auf die Leiche gesetzt hatte, um diese besser köpfen zu können. „Laßt die Laterne herunter!" rief St-Antoine, nachdem es sich mit wildem Blick nach einer neuen Todesart umgesehen hatte. „Hier müssen wir einen Soldaten als Wache zurücklassen!" Die hängende Schildwache war auf ihrem Posten, und das wütende Meer wogte weiter.

Das Meer von schwarzen und drohenden Wassern und zerstörendem Gegeneinanderwogen, dessen Tiefe noch unergründet und dessen Kräfte noch unbekannt sind. Das erbarmungslose Meer von leidenschaftlich bewegten Gestalten, Stimmen der Rache und Gesichtern, die durch Leiden so hart geworden sind, daß selbst Mitleid keinen Eindruck mehr auf sie machen kann.

Aber in dem Ozean von Gesichtern, auf denen sich jede wilde und grimmige Leidenschaft im lebendigsten

Ausdruck zeigte, befanden sich zwei Gruppen – jeweils sieben Gesichter –, die so grell von den übrigen abstachen, daß noch kein Meer merkwürdigere Wracks auf seinen Wogen getragen hat. Sieben Gefangene, plötzlich befreit von dem Sturm, der ihre Gruft gesprengt hatte, tauchten hoch über den übrigen auf; alle erschrocken, verwirrt, verwundert und erstaunt, als ob der Jüngste Tag gekommen wäre und die rings um sie Jauchzenden verlorene Seelen wären. Die anderen sieben Gesichter wurden noch höher getragen – sie hatten Leichengesichter, deren niedergesunkene Augenlider und halb sichtbare Augen den Jüngsten Tag erwarteten. Gesichter ohne Gefühl und Bewegung, aber mit einem etwas verhaltenen Ausdruck – nicht ganz ausdruckslos; Gesichter, die aussahen, als ob sie jetzt nur in grauenhaftem Schweigen verharrten, um später wieder die heruntergesunkenen Augenlider aufzuschlagen und mit blutlosen Lippen Zeugnis abzulegen: „Du hast es getan!"

Sieben befreite Gefangene, sieben blutige Köpfe auf Piken, die Schlüssel der von einem ganzen Volk verfluchten Festung mit den acht starken Türmen, einige entdeckte Briefe und andere Andenken an Gefangene aus alter Zeit, die längst an gebrochenem Herzen gestorben sind. Solches und ähnliches tragen die lauthallenden Schritte St-Antoines Mitte Juli 1789 durch die Straßen von Paris. Möge der Himmel die Phantasie Lucie Darnays täuschen und diese Schritte fern von ihrem Leben halten! Denn sie sind ungestüm, wahnwitzig und gefährlich; und so lange nach dem Platzen des Fasses vor Defarges Weinhandlung sind sie nicht so leicht wieder rein zu waschen, wenn sie einmal rot gefärbt sind.

22. Kapitel

Die Flut steigt immer noch

Das hohläugige St-Antoine hatte nur eine Jubelwoche gehabt, in der es seine karge Portion von hartem und bitterem Brot durch brüderliche Umarmungen und Beglückwünschungen hatte möglichst weich werden lassen, als Madame Defarge wieder wie gewöhnlich hinter dem Ladentisch saß und die Aufsicht über die Gäste führte. Madame Defarge trug keine Rose im Kopftuch; denn die große Brüderschaft der Spione war in dieser einen kurzen Woche ausnehmend scheu geworden, sich der Barmherzigkeit des Heiligen anzuvertrauen. Die über die Straße hängenden Laternen hatten sich einen unheimlich elastischen Schwung angewöhnt.

Madame Defarge saß mit übereinandergeschlagenen Armen im Morgensonnenschein und schaute in den Weinladen und in die Straße hinein. In beiden standen verschiedene Gruppen von ärmlichen und schmutzigen Menschen herum, aus deren Gesichtern aber zugleich das Bewußtsein, etwas zu gelten, herausblickte. Die zerlumpte Nachtmütze, die schief über dem von Kummer und Not totbleichen Gesicht hing, sprach deutlich genug: Ich weiß, wie schwer es mir, dem Träger dieser Mütze, geworden ist, am Leben zu bleiben; aber weißt du auch, wie leicht es mir, dem Träger dieser Mütze, geworden ist, dir das Leben zu nehmen? Jeder nackte magere Arm, der bisher ohne Arbeit gewesen ist, kann jetzt jeden Augenblick zu dieser Arbeit greifen, wenn er nur will. Die Finger der strickenden Weiber zucken krampfhaft in dem Bewußtsein, daß sie zerreißen können. St-Antoine hat ein anderes Aussehen gewonnen. Hunderte von Jahren war es ihm eingehämmert worden, und die letzten vollendeten Schläge hatten den richtigen Ausdruck mit gewaltiger Deutlichkeit herausgebracht.

Madame Defarge war sich dessen bewußt, mit der heimlichen Billigung, wie sie bei der Führung der

Frauen von St-Antoine zu wünschen war. Eine von der Schwesternschaft strickte neben ihr. Die kleine, eher runde Frau eines heruntergekommenen Gewürzhändlers und Mutter von zwei Kindern hatte sich als zweite Führerin bereits den Ehrennamen „Racheengel“ erworben.

„Horch!“ sagte der Racheengel. „Horch! Wer kommt?“

Als ob eine Pulverspur von der äußersten Grenze des Viertels von St-Antoine bis an die Weinhandlung gestreut und jetzt plötzlich angezündet worden wäre, flog ein sich rasch verbreitendes Gemurmel heran.

„Es ist Defarge“, sagte Madame. „Still, Patrioten!“

Defarge trat atemlos herein, nahm die rote Mütze vom Kopf und sah sich um.

„Hört – ihr alle!“ sagte Madame. „Hört auf ihn!“

Defarge stand keuchend vor einem Hintergrund neugieriger Augen und offener Mäuler, der sich draußen vor der Tür gebildet hatte; alle Gäste in der Weinhandlung waren aufgesprungen.

„Sprich, Mann! Was gibt es?“

„Neues aus der andern Welt!“

„Wieso?“ rief Madame verachtungsvoll. „Aus der andern Welt?“

„Erinnert ihr euch alle an den alten Foulon, der den Hungernden sagte, sie könnten Gras essen, und der gestorben und zur Hölle gefahren ist?“

„Ja“, tönte es aus allen Kehlen.

„Die Nachrichten sind von ihm. Er ist unter uns.“

„Unter uns?“ tönte es wieder aus der allgemeinen Kehle. „Und tot?“

„Nicht tot! Er fürchtete sich so sehr vor uns – und mit Grund –, daß er sich für tot ausgegeben hat und für sich ein großes Leichenbegängnis ausrichten ließ. Aber sie haben ihn lebendig in einem Versteck in der Provinz aufgefunden und ihn hergebracht. Ich habe ihn eben jetzt als Gefangenen auf dem Weg zum Rathaus gesehen. Ich habe gesagt, daß er Grund hatte, uns zu fürchten. Sprecht alle: Hat er Grund?“

Armer alter Sünder von über siebzig Jahren, wenn er

es nie gewußt hätte, so hätte er es jetzt bei dem antwortenden Geheul in seinem innersten Herzen gefühlt.

Eine Pause tiefen Schweigens folgte. Defarge und seine Frau sahen einander fest an. Der Racheengel bückte sich, und man hörte den Schlag einer Trommel, als sie diese unter dem Ladentisch hervorholte.

„Patrioten", rief Defarge mit entschlossener Stimme, „sind wir fertig?"

Augenblicklich steckte das Messer der Madame Defarge in ihrem Gürtel; die Trommel wurde auf der Straße geschlagen, als ob sie und ein Trommler durch Zauberei zueinander geflogen wären; und der Racheengel eilte mit entsetzlichem Geschrei, seine Arme um den Kopf bewegend, wie vierzig Furien auf einmal von Haus zu Haus, um die Kameradinnen zu rufen.

Die Männer waren schrecklich anzusehen in ihrem blutdürstigen Zorn, mit dem sie aus den Fenstern heraussahen, zu den Waffen griffen, die jeder bei der Hand hatte, und auf die Straße stürzten; aber der Anblick der Frauen machte das Blut der Kühnsten gerinnen. Sie verließen die häuslichen Beschäftigungen, die ihnen bittere Armut noch gestattete, ließen ihre Kinder, ihre Alten und ihre Kranken auf dem bloßen Fußboden halb verhungert und nackt kauern und eilten hinaus mit fliegendem Haar und reizten mit wildestem Geschrei und wildesten Gebärden sich und andere zum Wahnsinn. „Der Schurke Foulon gefangen, Schwester! Der alte Foulon gefangen, Mutter! Der Schuft Foulon gefangen, Tochter!" Dann brach ein anderer Haufen in die Mitte von diesen, schlug sich die Brüste, raufte sich das Haar aus und kreischte: „Foulon am Leben, Foulon, der den Hungernden riet, Gras zu essen? Foulon, der meinem alten Vater sagte, er könnte Gras essen, als ich ihm kein Brot geben konnte! Foulon, der meinem Säugling sagte, er könnte Gras trinken, als diese Brüste vom Darben vertrocknet waren! O Mutter Gottes – dieser Foulon! O Himmel, unsre Not! Höre mich, mein verhungertes Kind! Höre mich, mein toter Vater: Ich schwöre auf meinen Knien hier auf diesem Stein, euch an Foulon zu rächen! Gatten, Brüder und Söhne, gebt uns das Blut Foulons! Gebt uns den Kopf Foulons! Gebt uns das Herz Foulons! Gebt uns Leib und Seele Foulons! Zerreißt Foulon in Stücke und scharrt ihn ein, damit Gras aus ihm wachsen möge!"

Mit diesem Geschrei wirbelten Scharen von Frauen, zu blinder Wut gereizt, herum, schlugen (ohne einen Unterschied zwischen Freund und Feind zu machen) um sich, bis sie vor Leidenschaft in Ohnmacht sanken und vor dem Zertretenwerden nur von den Männern gerettet wurden, die zu ihnen gehörten.

Dessenungeachtet wurde kein Augenblick verloren – kein Augenblick! Dieser Foulon befand sich im Rathaus und konnte freigelassen werden. Niemals, wenn St-Antoine wußte, was für Not, Unrecht und Schmach er selbst hatte erdulden müssen! Bewaffnete Männer und Frauen strömten so rasch aus diesem Stadtteil und nahmen selbst die letzten durch ihre Anziehungskraft mit sich fort, daß nach einer Viertelstunde kein menschliches Geschöpf mehr in St-Antoines Schoß zu sehen war als ein paar alte Mütterchen und die schreienden Kinder.

Nein. Sie füllten jetzt alle den Gerichtssaal, in dem dieser böse und häßliche alte Mann war, und bevölkerten noch den freien Platz davor und die Straße der Nachbarschaft. Die beiden Defarges, Mann und Frau, der Racheengel und Jacques drei waren unter den vordersten und nicht weit von ihm im Gerichtssaal.

„Seht!" rief Madame und wies mit dem Messer auf ihn. „Seht den alten Schurken mit Stricken gebunden. Das war ein schöner Einfall, ihm ein Büschel Gras auf den Rücken zu binden. Haha! Das war ein schöner Einfall. Er mag es jetzt fressen!" Madame nahm ihr Messer unter den Arm und klatschte in die Hände wie im Theater.

Da die Leute unmittelbar hinter Madame Defarge die Ursache ihrer Befriedigung den hinter ihnen Stehenden mitteilten und diese sie wieder anderen verkündeten und diese anderen noch anderen, so durchhallte bald alle benachbarten Straßen ein rauschendes Händeklatschen. In ähnlicher Weise wurden während der zwei bis drei Stunden langweiliger Gerichtsverhandlungen, in denen viel hin und her geredet wurde, Madame Defarges häufige Äußerungen der Ungeduld mit wunderbarer Schnelligkeit in die Ferne getragen. Dies war um so leichter, als verschiedene Leute, die mit erstaunlicher Gewandtheit an der Außenseite des Gebäudes heraufgeklettert waren und zu den Fenstern hereinsahen, Madame Defarge recht gut kannten und als Telegraph zwischen ihr und den Menschenmassen draußen dienten.

Endlich stieg die Sonne so hoch, daß sie einen freundlichen Strahl, wie ein Zeichen der Hoffnung oder des Schutzes, unmittelbar auf das Haupt des greisen Gefangenen warf. Das war zuviel! In einem Augenblick war die Schranke von Staub und Spreu, die solange gehalten hatte, in alle vier Winde zerstreut, und St-Antoine hatte ihn!

Man wußte es sogleich bis an die äußersten Grenzen des Gewühls. Defarge war nur über ein Geländer und einen Tisch gesprungen und hatte den Unglücklichen in eine tödliche Umarmung geschlossen; Madame Defarge war gefolgt und hatte einen der Stricke, mit denen er gebunden war, um ihre Hand geschlungen, der Racheengel und Jacques drei waren noch nicht heran und die Männer an den Fenstern noch nicht in den Gerichtssaal heruntergeschossen wie Raubvögel von ihrem hohen Horst, als schon in der ganzen Stadt das Geschrei zu erschallen schien: „Bringt ihn heraus! An die Laterne!"

Niedergeworfen und emporgerissen, den Kopf zuvorderst auf den Stufen des Gebäudes, jetzt auf den Knien, jetzt auf den Beinen, jetzt auf dem Rücken, geschleift und geschlagen und halb erstickt von den Gras- und Strohbündeln, die Hunderte von Händen ihm ins Gesicht stießen – zerrissen, zerschlagen, keuchend, blutbedeckt, aber immer um Gnade bittend und flehend; jetzt sich leidenschaftlich gegen sein Schicksal wehrend mit einem kleinen freien Raum ringsum, als sich die Leute gegenseitig wegzogen, um ihn besser sehen zu können, dann als ein toter Klotz durch einen Wald von Beinen gezogen, schleppte man ihn zur nächsten Straßenecke, wo eine der verhängnisvollen Laternen hing, und hier ließ ihn Madame Defarge los – wie eine Katze eine Maus losläßt – und sah ihn still und gefaßt an, während die anderen alles fertig machten und er sie um Erbarmen anflehte. Die ganze Zeit über kreischten ihn die Weiber voller Leidenschaft an, und die Männer forderten voller Grimm, ihn mit Gras im Mund zu hängen. Als sie ihn hinaufzogen, riß der Strick, und sie fingen ihn mit Geheul in den Armen auf; als sie ihn zum zweitenmal hinaufzogen, riß der Strick, und sie fingen ihn mit Geheul in den Armen auf; dann war der Strick gnädig und hielt ihn, und sein Kopf steckte bald auf einer Pike, genug Gras im Mund für St-Antoine, um bei dessen Anblick zu tanzen.

Das war noch nicht das Ende der Arbeit dieses Tages, denn St-Antoine brüllte und tanzte sein zorniges Blut so in Hitze, daß es wieder aufkochte, als es gegen Abend vernahm, der Schwiegersohn des Ermordeten, auch ein Bedrücker und Feind des Volkes, sei mit einer Wache von fünfhundert Mann (allein an Reiterei) nach Paris gekommen. St-Antoine schrieb seine Verbrechen auf große Papierbögen, bemächtigte sich seiner (hätte ihn sogar aus der Mitte einer Armee gerissen, damit er Foulon Gesellschaft leiste!), setzte seinen Kopf und sein Herz auf Piken und trug die drei Eroberungen des Tages mit entmenschtem Geheul durch die Straßen.

Erst in dunkler Nacht kehrten die Männer und Frauen zu den schreienden und ohne Brot gelassenen Kindern zurück. Dann wurden die ärmlichen Bäckerläden von vielen Menschen belagert, die alle geduldig warteten, um schlechtes Brot zu kaufen; und während sie mit leeren Mägen warteten, vertrieben sie sich die Zeit mit beglückwünschenden Umarmungen wegen der Siege des Tages und mit dem wiederholten Genuß durch ihr Erzählen. Allmählich verloren sich diese Gruppen zerlumpter Leute, und dann flammten dürftige Lichter in hohen Fenstern auf, und dürftige Feuer wurden auf der Straße angemacht, an denen Nachbarn in Gemeinschaft kochten und dann vor der Tür zu Abend aßen.

Es war ein kärgliches und ungenügendes Abendessen, ohne Fleisch oder andere Zutaten zum schlechten Brot. Aber menschliche Gemeinschaft flößte den steinharten Lebensmitteln einigen Nahrungsstoff ein und wußte ein paar Funken Heiterkeit herauszulocken. Väter und Mütter, die ihren vollen Anteil an den schlimmsten Bluttaten gehabt hatten, spielten gemütlich mit ihren abgemagerten Kindern, und Liebende, die sich inmitten einer solchen Welt befanden, liebten sich und hofften.

Es war fast Morgen, als die letzten Gäste Defarges Weinhandlung verließen und Monsieur Defarge zu Madame, seiner Frau, mit heiserer Stimme sagte, als er die Tür verriegelte: „Endlich ist es gekommen, Frau!"

„Nun ja", entgegnete Madame, „beinahe."

St-Antoine schlief; die Defarges schliefen; selbst der Racheengel schlief mit seinem heruntergekommenen Gewürzkrämer, und die Trommel ruhte. Die Stimme der Trommel war die einzige Stimme in St-Antoine, die Sturm und Blutvergießen nicht ermüdet hatte. Der Racheengel, als Hüter der Trommel, hätte sie wecken und ihr dieselben Töne entlocken können wie vor der Einnahme der Bastille und vor dem Tod des alten Foulon; aber anders war es mit den heiseren Stimmen der Männer und Frauen von St-Antoine.

23. Kapitel

Feuer!

Es war eine Veränderung über das Dorf gekommen, wo der Brunnen plätscherte und wo der Straßenarbeiter täglich hinausging, um aus den Steinen auf der Landstraße die paar Bissen Brot herauszuklopfen, die seine arme unwissende Seele und seinen armen abgezehrten Körper notdürftig zusammenhielten. Das Gefängnis auf der Klippe sah nicht mehr so herrisch wie früher aus. Es waren Soldaten als Wache darin, aber nicht viele; es waren Offiziere da, um die Soldaten zu bewachen, aber keiner von ihnen wußte, was seine Leute tun würden – außer etwa, daß sie wahrscheinlich seinem Befehl nicht folgten.

Weit und breit sah man zugrunde gerichtetes Land, das nichts als Wüstenei war. Jedes grüne Blatt, jeder Gras- und Getreidehalm war so zusammengeschrumpft und dürftig wie die elende Bevölkerung. Alles war entnervt, entmutigt, gedrückt und gebrochen. Wohnungen, Einzäunungen, Haustiere, Männer, Weiber und Kinder und der Boden, der sie trug – alles ausgesogen und unfruchtbar geworden.

Monseigneur (oft als Individuum ein sehr würdiger Herr) war ein Segen für die Nation, gab allem einen ritterlichen Anstrich, war ein elegantes Beispiel eines üppigen und glänzenden Lebens und noch viel mehr ähnlicher Art; dessenungeachtet hatte Monseigneur als Vertreter seiner Klasse die Dinge auf die eine oder andere Weise so weit gebracht. Merkwürdig, daß die Schöpfung, ausdrücklich für Monseigneur gemacht, sich so bald so ganz und gar ausquetschen läßt! Es muß doch etwas Kurzsichtiges in den Anordnungen des Ewigen sein! So war es aber doch; und da der letzte Tropfen Blut aus den Steinen herausgepreßt und die letzte Schraube der Folter so oft gedreht worden war, daß sie zuschanden ging und sich drehte und drehte, ohne etwas zu fassen, so fing Monseigneur an, vor einer so gemeinen und unerklärlichen Erscheinung davonzulaufen.

Aber das war nicht die Veränderung, die über dieses Dorf und viele ähnliche Dörfer gekommen war. Seit mehr als zwanzig Jahren hatte es Monseigneur ausgebeutet und ausgesogen und es selten mit seiner Gegenwart beehrt, außer um die Freuden der Jagd zu genießen, die bald im Hetzen der Leute, bald im Hetzen des Wildes bestanden, zu dessen Erhaltung Monseigneur weite Strecken zur unbebauten Wüstenei werden ließ.

Nein. Die Veränderung bestand mehr in dem Erscheinen fremder Gesichter gemeiner Art als in dem Verschwinden der vornehmen klassischen und auch anderweitig seligen und beseligenden Gesichtszüge Monseigneurs.

Denn in diesen Zeiten sah wohl der Straßenarbeiter, als er einsam im Staub arbeitete und sich selten mit dem Gedanken quälte, daß er Staub sei und wieder Staub werden müsse, sondern viel häufiger mit dem Gedanken beschäftigt war, wie wenig er zum Abendessen habe und wieviel mehr er essen würde, wenn er es hätte – in diesen Zeiten sah wohl der Straßenarbeiter, als er die Augen von seiner einsamen Arbeit hob und in die Landschaft hinausblickte, wie sich eine rauhe Gestalt zu Fuß näherte, die früher selten in diesen Gegenden gesehen wurde, jetzt aber häufig war. Als sie noch näher kam, bemerkte der Straßenarbeiter ohne Verwunderung, daß es ein zottelhaariger Mann von fast barbarischem Aussehen war, groß in hölzernen Schuhen, die sogar dem Straßenarbeiter zu plump vorkamen, mit finsterem, schwarzgebranntem Gesicht, beschmutzt von dem Schlamm und Staub vieler Landstraßen, feucht von den sumpfigen Ausdünstungen vieler tiefer Täler, bestreut mit den Dornen und Blättern und dem Moos vieler Schleichpfade durch die Wälder.

Ein solcher Mann überraschte ihn wie ein Gespenst in der Mittagsstunde des Julitages, als er auf einem Steinhaufen hinter einem Hügel saß, der ihm einigen Schutz vor einem Hagelschauer gewährte.

Der Mann sah ihn an, sah das Dorf in der Tiefe an, die Mühle und das Gefängnis auf der Klippe. Als er diese Gegenstände in sich aufgenommen hatte, sagte er in einem Dialekt, der eben noch verständlich war: „Wie geht's, Jacques?“

„Alles wohl, Jacques!“

„Die Hand her!“

Sie gaben sich die Hände, und der Mann setzte sich auf den Steinhaufen.

„Kein Mittagessen?“

„Nur Abendessen bis jetzt", sagte der Straßenarbeiter mit hungrigem Gesicht.

„Es ist so Mode", grollte der andere. „Ich finde nirgends ein Mittagessen."

Er holte eine schwärzliche Pfeife hervor, stopfte sie, entzündete sie mit Stahl und Stein und zog an ihr, bis sie in heller Glut war. Dann hielt er sie plötzlich vor sich hin und ließ etwas hineinfallen, was er zwischen Zeigefinger und Daumen hatte und was aufflammte und mit einem Rauchwölkchen verpuffte.

„Die Hand her!" Der Straßenarbeiter mußte es diesmal sagen, nachdem er die ganze Manipulation beobachtet hatte. Sie reichten sich wieder die Hände.

„Heute nacht?" fragte der Straßenarbeiter.

„Heute nacht!" sagte der Mann, indem er die Pfeife in den Mund steckte.

„Wo?"

„Hier!"

Er und der Straßenarbeiter saßen auf dem Steinhaufen und sahen sich schweigend an, während der Hagel zwischen ihnen durchfuhr, bis der Himmel über dem Dorf wieder hell wurde.

„Zeigt mir's!" sagte nun der Reisende, indem er zum Kamm des Hügels ging.

„Seht hin!" entgegnete der Straßenarbeiter mit ausgestreckter Hand. „Ihr geht hier hinab und direkt durch die Straße und am Brunnen vorbei ..."

„Zum Teufel mit alledem!" unterbrach ihn der andere und ließ seine Augen über die Landschaft schweifen. „Ich gehe durch keine Straße und an keinem Brunnen vorbei. Also weiter!"

„Weiter also! Ungefähr zwei Stunden jenseits des Kammes von jenem Hügel hinter dem Dorf."

„Gut. Wann hört Ihr auf zu arbeiten?"

„Mit Sonnenuntergang."

„Wollt Ihr mich wecken, ehe Ihr nach Hause geht? Ich bin zwei Nächte gewandert, ohne zu schlafen. Ich rauche meine Pfeife aus und werde dann schlafen wie ein Kind. Wollt Ihr mich wecken?"

„Gewiß!“

Der Wanderer rauchte seine Pfeife zu Ende, steckte sie in die Brusttasche, zog die schweren Holzschuhe aus und legte sich rücklings auf den Steinhaufen. Einen Augenblick darauf lag er in tiefem Schlaf.

Während der Straßenarbeiter seine staubige Arbeit fortsetzte und die weiterziehenden Hagelwolken Streifen von hellem Himmel durchblicken ließen, denen silberne Streifen auf der Landschaft entsprachen, schien der kleine Mann (der jetzt eine rote Mütze trug anstatt der früheren blauen) von der Gestalt auf dem Steinhaufen ganz verzaubert zu sein. Seine Augen wandten sich so oft dorthin, daß er seinen Hammer nur mechanisch gebrauchte und sehr wenig zustande brachte. Das sonnenverbrannte Gesicht, das zottige schwarze Haar und der ebenso aussehende Bart, die grobe wollene Mütze, der fremdartige Anzug aus selbstgesponnenem Stoff und rauhen Fellen, die ursprünglich mächtige, aber von schmaler Kost abgezehrte Gestalt und das mürrische und verzweifelte Zusammenpressen der Lippen im Schlaf flößten dem Straßenarbeiter ein Grauen ein.

Der Wanderer war weit gereist, und seine Füße waren wund und seine Knöchel blutig gerieben; seine großen Schuhe, mit Blättern und Gras gestopft, hatten ihm den langen Weg schwer gemacht, und in seinen Kleidern waren Löcher. Der Straßenarbeiter bückte sich über ihn und versuchte zu sehen, ob er an der Brust oder sonstwo versteckte Waffen trage, aber vergebens, denn seine Arme waren im Schlaf ebenso entschlossen über seiner Brust gekreuzt, wie er die Lippen zusammenpreßte. Befestigte Städte mit ihren Palisaden, Wachthäusern, Toren, Gräben und Zugbrücken erschienen dem Straßenarbeiter wie Luft gegenüber dieser Gestalt. Und als er seine Augen von ihr zum Horizont emporhob und sich umschaute, sah er in seiner Phantasie ähnliche, über ganz Frankreich zu einem gemeinsamen Mittelpunkt wandernde Gestalten, die von keinem Hindernis aufgehalten wurden.

Der Mann schlief weiter, gleichgültig gegen den

Wechsel von Hagelschauern und schönem Wetter, gegen Sonnenschein und Schatten auf seinem Gesicht, gegen die ihn schlagenden Klümpchen von trübem Eis und gegen die Diamanten, in die sie die Sonne verwandelte, bis diese tief im Westen stand und der Himmel glühte. Nun nahm der Straßenarbeiter sein Arbeitszeug zusammen, um in das Dorf hinunterzugehen, und weckte den andern.

„Gut!" sagte der Wanderer und richtete sich auf seinem Ellbogen in die Höhe. „Zwei Stunden jenseits des Kammes von jenem Hügel?"

„Ungefähr."

„Ungefähr. Gut!"

Der Straßenarbeiter ging nach Hause, begleitet von dem Staub vor oder hinter ihm, je nach der Windrichtung, und war bald am Brunnen, wo er sich unter die mageren Kühe mischte, die dorthin zum Tränken gebracht wurden und mit denen er sogar zu flüstern schien, während er mit dem ganzen Dorf flüsterte. Als das Dorf sein kärgliches Abendmahl genossen hatte, schlich es sich nicht zu Bett wie gewöhnlich, sondern trat wieder vor die Tür und blieb dort. Das Flüstern steckte auf eine merkwürdige Weise an, und als sich das Dorf nach dem Dunkelwerden um den Brunnen versammelte, zeigte es sich auch seltsam angesteckt von der Leidenschaft, nur nach einer Richtung erwartungsvoll zum Himmel zu blicken. Monsieur Gabelle, Bürgermeister des Ortes, wurde unruhig, trat allein hinaus auf sein Hausdach und blickte nur nach dieser einen Richtung, betrachtete hinter den Schornsteinen hervor die finster werdenden Gesichter unten am Brunnen und ließ dem Küster, der die Kirchenschlüssel in Verwahrung hatte, sagen, daß es vielleicht bald nötig wäre, die Sturmglocke zu läuten.

Die Nacht wurde dunkler. Die Bäume um das alte Château, die es von der gemeinen Welt abschlossen, rauschten in einem sich erhebenden Wind, als ob sie den schweren dunklen Steinmassen drohten. Der Regen lief ungestüm die steinernen Stufen der beiden Treppenfluchten hinauf und schlug an die große Pforte wie ein schneller Bote, der die Bewohner wecken will; einzelne Windstöße fuhren durch die Halle zwischen die alten Jagdspieße und Messer und eilten klagend die Treppen hinauf und schüttelten die Vorhänge des Bettes, in dem der verstorbene Marquis geschlafen hatte. Von Osten, Westen, Norden und Süden kamen durch die Wälder vier schwer einherschreitende, ungekämmte Gestalten; sie traten das hohe Gras nieder, brachen durch die Zweige und traten vorsichtig in den Hof, wo sie sich begegneten. Vier Lichter zeigten sich dort plötzlich und bewegten sich in verschiedenen Richtungen fort, und alles war wieder finster.

Aber nicht lange. Gleich darauf fing das Château in seltsamer Weise an, durch seinen eigenen Schimmer sichtbar zu werden, als ob es leuchtend würde. Dann spielte ein züngelndes Flämmchen hinter der Vorderfront, suchte sich durchsichtige Stellen aus und zeigte sich, wo Balustraden, Bögen und Fenster waren. Dann loderte es empor und wurde breiter und heller. Bald brachen die Flammen aus einem Dutzend der großen Fenster hervor, und die aus starrem Schlaf erweckten steinernen Gesichter stierten aus der Feuersglut heraus.

Stimmen wurden um das Haus laut von den wenigen Leuten, die dort geblieben waren, und man sattelte ein Pferd, auf dem ein Reiter in die Nacht hinaussprengte. Er ritt in wilder Hast durch die Finsternis und machte erst am Brunnen im Dorf halt, und das schaumbedeckte Roß stand vor Monsieur Gabelles Tür.

„Hilfe, Gabelle! Hilfe, Hilfe!“ Ungeduldig läutete die Sturmglocke; aber andere Hilfe (wenn das eine war) gab es nicht. Der Straßenarbeiter und zweihundertundfünfzig vertraute Freunde von ihm standen mit übereinandergeschlagenen Armen am Brunnen und sahen sich die Feuersäule am Himmel an. „Das muß vierzig Fuß hoch sein“, sagten sie mit ingrimmigem Frohlocken, und keiner bewegte nur einen Finger.

Der Reiter vom Château und das schaumbedeckte Roß sprengten weiter durch das Dorf und den felsigen

Abhang hinauf zum Gefängnis auf der Klippe. An dem Tor stand eine Gruppe von Offizieren und sah dem Feuer zu, abseits von ihnen eine Gruppe Soldaten.

„Hilfe, ihr Herren Offiziere! Das Schloß brennt; wertvolle Gegenstände können noch durch rechtzeitige Hilfe gerettet werden. Hilfe! Hilfe!"

Die Offiziere blickten zu den Soldaten, die dem Feuer zusahen, erteilten keinerlei Befehle und gaben, achselzuckend und sich ärgerlich auf die Lippen beißend, zur Antwort: „Es muß brennen!"

Als der Reiter den Hügel hinab und durch die Straße sprengte, illuminierte man das Dorf. Der Straßenarbeiter und die zweihundertundfünfzig vertrauten Freunde faßten einmütig den Gedanken zu illuminieren, liefen in alle Häuser hinein und stellten Lichter hinter jede trübe Fensterscheibe. Der allgemeine Mangel an allem verursachte, daß man in einer etwas gebieterischen Weise Lichter von Monsieur Gabelle borgte; und als sich dieser Beamte einen kurzen Augenblick widerwillig und säumig zeigte, bemerkte der Straßenarbeiter, sonst so ehrerbietig gegen jede Autorität, daß Kutschen gut wären, um Freudenfeuer anzuzünden, und Postpferde gebraten werden könnten.

Das Château blieb sich selbst überlassen und brannte fort. Ein glühender Wind, geradewegs aus den höllischen Regionen kommend, fuhr in die wilde Lohe hinein und schien das Gebäude wegzublasen. In dem Auflodern und Niedergehen der Glut sahen die steinernen Gesichter aus, als verzögen sie sich vor Schmerz. Als große Massen von Stein und Balken niederstürzten, verdunkelte Qualm das Gesicht mit den beiden Grübchen; dann trat es wieder aus dem Rauch hervor, als wäre es das Gesicht des hartherzigen Marquis, der auf dem Scheiterhaufen brannte und mit den Flammen kämpfte.

Das Schloß brannte; die nächsten Bäume, von den Flammen ergriffen, wurden versengt und schrumpften zusammen; weiter entfernt stehende Bäume, die die vier wilden Gestalten anzündeten, umgaben den brennenden Bau mit einem neuen Wald von Rauch. Geschmolzenes

Blei und Eisen kochte in dem Marmorbecken des Brunnens, das Wasser vertrocknete, die Löschhorndächer der Türme verschwanden wie Eis in der Glut und rannen in vier gezackten Flammenbächen an der Wand herunter. Große Risse und Spalten schossen in den festen Mauern ihre Zweige nach allen Richtungen, wie eben entstandene Kristallisationen; betäubte Vögel flatterten herum und stürzten in die Glut; vier wilde Gestalten wanderten weiter nach Osten, nach Westen, nach Norden und nach Süden die rauchumhüllten Straßen entlang, geleitet von der Flamme, die sie angezündet haben, ihrem nächsten Ziel zu. Das erleuchtete Dorf hatte sich der Sturmglocke bemächtigt und stimmte nach Beseitigung des rechtmäßigen Glöckners ein Freudengeläut an.

Nicht nur das, sondern das Dorf (durch Hunger, Feuer und Glockengeläut einigermaßen verwirrt) besann sich auf einmal, daß Gabelle mit der Einsammlung von Pachtgeldern und Steuern zu tun hatte, obgleich es sich in der letzten Zeit nur um eine kleine Ratenzahlung handelte und keinerlei besondere Einkünfte damit verbunden waren, und verlangte ungeduldig, mit ihm zu sprechen. Die Leute umzingelten sein Haus und forderten ihn auf, zu einer persönlichen Aussprache herauszukommen. Daraufhin verriegelte Monsieur Gabelle seine Tür und zog sich zurück, um bei sich Rat zu halten. Das Ergebnis dieser Konferenz war, daß Gabelle sich abermals auf das Dach hinter den Schornstein zurückzog, diesmal entschlossen, wenn man seine Tür aufbräche (er war ein kleiner Mann aus dem Süden von rachsüchtigem Temperament), sich kopfüber hinunterzustürzen und so ein oder zwei Mann totzuschlagen.

Wahrscheinlich verbrachte Monsieur Gabelle dort eine lange Nacht mit dem Blick auf das Château im hellen Feuerschein und dem lauten Klopfen an seiner Tür, verbunden mit dem frohlockenden Geläut als Musik, ganz davon abgesehen, daß ihm gegenüber vor dem Postgebäude eine Laterne hing, die das Dorf zu seinen Gunsten gern von ihrem Platz entfernt hätte. Ein erregender Zustand, eine ganze Sommernacht hindurch am Rand eines finsteren Meeres zu stehen, bereit, den Sprung hinein zu tun, auf den sich Monsieur Gabelle gefaßt gemacht hatte. Aber als der Morgen endlich graute und die Lichter im Dorf ausgegangen waren, zerstreute sich glücklicherweise das Volk, und Monsieur Gabelle stieg herunter, wobei er diesmal noch glücklich mit dem Leben davongekommen war.

Im Umkreis von hundert Meilen und bei dem Schein anderer Feuer waren in dieser Nacht und in anderen Nächten andere Beamte weniger glücklich, denn die aufgehende Sonne fand sie in einst friedlichen Straßen, wo sie geboren und erzogen worden waren, erhängt; und andere Dorf- und Stadtbewohner waren weniger glücklich als der Straßenarbeiter und seine Genossen, denn die Beamten und Truppen wendeten sich mit Erfolg gegen sie und hängten wiederum diese. Aber die wilden Gestalten gingen festen Schrittes nach Osten, nach Westen, nach Norden und nach Süden, mochte geschehen, was da wolle; und wer immer auch aufgehängt wurde, es loderte Feuer. Die Höhe der Galgen, die sich in Wasser verwandelt und es gelöscht hätten, konnte kein Beamter mit aller Kunst der Mathematik erfolgreich berechnen.

24. Kapitel

Vom Magnetfelsen angezogen

In solchem Auf und Ab von Feuer und Wasser – die feste Erde wurde von den Stößen eines wilden Ozeans erschüttert, der keine Ebbe, nur noch Flut kannte, die zum Schrecken und Erstaunen der Zuschauer vom Ufer höher und höher anschwoll – waren drei stürmische Jahre vergangen. Drei Geburtstage der kleinen Lucie hatte der goldene Faden in das friedliche Gewebe ihres Lebens zu Hause gewoben.

Manche Nacht und manchen Tag hatten die Bewohner dieses stillen Hauses den Echos in der Ecke gelauscht, und ihre Herzen sanken, als sie die festen Schritte vernahmen; denn die Schritte klangen ihnen wie die Schritte eines Volkes unter einem roten Banner, dessen Vaterland bedroht ist. In wildem Wahnsinn schien es sich durch einen schrecklichen, zu lange anhaltenden Zauberbann in ein reißendes Tier zu verwandeln. Monseigneur hatte sich als Mann seiner Klasse losgesagt von der merkwürdigen Erscheinung, nicht gehörig gewürdigt und in Frankreich so wenig gebraucht zu werden, daß er beträchtliche Gefahr lief, von dort weg- und zugleich aus dem Leben geschickt zu werden. Wie der Bauer in dem Märchen, der mit unendlicher Mühe den Teufel zitiert hat und bei seinem Anblick so erschrickt, daß er dem Feind keine Frage vorlegen kann, sondern sofort ausreißt, so hatte ihn auch Monseigneur, nachdem er viele Jahre kühn das Vaterunser rückwärts gelesen und manchen anderen mächtigen Zaubersegen gesprochen hatte, um den Bösen zu bezwingen, kaum in seinem Schrecken gesehen, als er sich auf hochadelige Weise aus dem Staub machte.

Der glänzende innere Kreis des Hofes war verschwunden, oder er wäre die Zielscheibe eines Orkans von nationalen Kugeln geworden. Er war nie ein gutes Sehwerkzeug des Monarchen gewesen – hatte lange den Splitter von Luzifers Stolz, Sardanapals Üppigkeit und eines Maulwurfs Blindheit in sich gehabt –, aber er war ausgefallen und verschwunden. Der Hof, von dem exklusivsten innersten Kreis bis zu dem äußersten verrotteten Kreis von Intrige, Korruption und Heuchelei, war ebenfalls verschwunden. Das Königtum war weg, war in seinem Palast belagert und „suspendiert“ worden, als die letzten Nachrichten herüberkamen.

Der August des Jahres 1792 war gekommen, und Monseigneur reiste um diese Zeit durch alle Welt.

In London war natürlich Tellson’s Bank das Hauptquartier und der große Versammlungsplatz für Monseigneur. Geister sollen die Orte heimsuchen, wo ihre Körper am meisten verkehrten, und Monseigneur (ohne eine Guinee) suchte das Haus heim, wo ehedem seine

Guineen zu sein pflegten. Außerdem war es der Ort, wohin die zuverlässigsten Nachrichten aus Frankreich am schnellsten kamen. Überdies war Tellson's ein nobles Haus und zeigte sich sehr großmütig gegen alte Kunden, die ihre hohe Stellung eingebüßt hatten. Ferner waren die Edelleute, die noch beizeiten das kommende Unwetter gemerkt und in Voraussicht von Plünderung oder Raub vorsorglich Rimessen an Tellson's gemacht hatten, dort für ihre dürftigen Standesgenossen immer zu erfragen. Dazu kommt noch, daß jeder Neuankömmling aus Frankreich sich mit seinen Nachrichten – fast als verstände es sich von selbst – bei Tellson's meldete. Aus diesen vielen Gründen war Tellson's damals – was französische Nachrichten betrifft – eine Art von Hauptbörse; und dies war im Publikum so wohlbekannt und es kamen demzufolge so häufig Nachfragen, daß Tellson's manchmal die neuesten Nachrichten auf einen Zettel schrieb und ihn in das Kontorfenster steckte, damit alle, die durch Temple Bar kamen, es lesen konnten.

An einem nebelfeuchten Nachmittag saß Mr. Lorry an seinem Pult, und Charles Darnay stand neben ihm und unterhielt sich leise mit ihm. Die Beichtkammer, in der früher die Aussprachen mit dem Chef stattfanden, war jetzt die Nachrichtenbörse und zum Überfließen voll. Es war ungefähr eine halbe Stunde vor Kontorschluß.

„Aber wenn Sie auch der jüngste Mann unter den Lebenden wären", sagte Charles Darnay mit einigem Zögern, „so müßte ich doch einwenden . . ."

„Ich verstehe. Bin ich zu alt?" sagte Mr. Lorry.

„Schlechtes Wetter, eine lange Reise, Unsicherheit der Transportmittel, Anarchie im Lande, eine Hauptstadt, die vielleicht selbst für Sie nicht sicher ist . . ."

„Lieber Charles", sagte Mr. Lorry mit heiterer Zuversicht, „Sie erwähnen einige Gründe gegen mein Hinreisen, nicht gegen mein Hierbleiben. Es ist sicher genug für mich; niemand wird sich um einen alten Kerl von beinah achtzig kümmern, wo es so viele Leute gibt, um die es sich zu kümmern mehr lohnt. Was die Anarchie in der Hauptstadt betrifft, so wäre ohne diese Anarchie eben keine Veranlassung, jemanden von unserer Firma hier an unsere Firma dort zu schicken, der die Stadt und das Geschäft von früher her kennt und Tellson's Vertrauen besitzt. Was die Unsicherheit und die Länge der Reise und das Winterwetter betrifft, so möchte ich wissen, wer sich ein paar Unbequemlichkeiten für Tellson's aussetzen soll, wenn ich es nach so vieljährigem Dienst nicht tue?"

„Ich wollte, ich könnte selbst gehen", sagte Charles Darnay voller Unruhe wie einer, der laut denkt.

„Wahrhaftig! Sie sind mir ein seltsamer Ratgeber!" rief Mr. Lorry aus. „Sie möchten selbst hinübergehen? Und Sie – ein geborener Franzose? Das nenne ich einen gescheiten Einfall!"

„Mein lieber Mr. Lorry! Eben weil ich ein geborener Franzose bin, ist mir der Gedanke (den ich jedoch hier nicht aussprechen wollte) oft durch den Kopf gegangen. Man kann nicht umhin zu glauben, wenn man einiges Mitgefühl mit diesem armen Volk gehabt und ihm einige Opfer gebracht hat", er sprach jetzt wieder wie in Gedanken versunken, „daß man Gehör finden und soviel Einfluß gewinnen könnte, um manches Schlimme zu verhindern. Erst gestern abend, nachdem Sie uns verlassen hatten und ich mit Lucie sprach ..."

„Als Sie mit Lucie sprachen", wiederholte Mr. Lorry. „Ja. Ich wundere mich, daß Sie sich nicht schämen, Lucies Namen zu nennen! Sie möchten in einer solchen Zeit in Frankreich sein?"

„Nun, ich reise ja doch nicht hin", sagte Charles Darnay mit einem Lächeln. „Es ist richtiger, wenn Sie sagen, Sie wollen reisen."

„Ich werde auch reisen – in vollem Ernst. Die Wahrheit ist, mein lieber Charles" (Mr. Lorry warf einen Blick auf den Chef im Hintergrund und sprach mit gedämpfter Stimme), „Sie können sich keinen Begriff von den Schwierigkeiten machen, unter denen unser Geschäft arbeitet, und von der Gefahr, in der unsere Papiere und Bücher drüben sind. Der Himmel weiß, wie viele Leute schwer kompromittiert werden könnten, wenn einige unserer Dokumente in fremde Hände kämen oder vernichtet würden, und das kann jeden Augenblick geschehen, wie Sie wissen, denn wer kann sagen, daß Paris heute nicht in Brand gesteckt oder morgen nicht geplündert wird? Nun kann kaum jemand anders als ich (ohne Verlust kostbarer Zeit) eine einsichtige Auswahl unter ihnen vornehmen und sie vergraben oder sie auf andere Weise in Sicherheit bringen. Und ich soll stillsitzen, wo Tellson's dies weiß und sagt – Tellson's, dessen Brot ich sechzig Jahre lang gegessen habe –, nur weil meine Gelenke ein bißchen steif geworden sind? Was, Herr? Ich bin noch ein junger Bursche im Vergleich zu einem halben Dutzend alter Knacker hier!"

„Wie ich Ihren Mut und Ihre jugendliche Frische bewundere, Mr. Lorry!"

„Ach, Unsinn! Und, lieber Charles", sagte Mr. Lorry, wieder mit einem Blick auf den Chef, „Sie müssen bedenken, daß es fast unmöglich ist, gegenwärtig etwas aus Paris herauszuschaffen, gleichgültig, was es ist. Papiere und Kostbarkeiten wurden uns erst heute noch (ich spreche im strengsten Vertrauen, ich darf es kaum Ihnen sagen) von den seltsamsten Boten überbracht, die Sie sich denken können, und das Haupt eines jeden hing an einem einzigen Haar, als er die Grenze überschritt. Zu andern Zeiten gehen und kommen unsere Sachen so ungehindert wie im geschäftstüchtigen Altengland. Aber jetzt wird alles angehalten."

„Und reisen Sie wirklich heute nacht?"

„Ich reise wirklich heute nacht; denn die Sache ist zu dringlich geworden, um längeren Verzug zu gestatten."

„Und nehmen Sie keinen Begleiter mit?"

„Allerlei Leute sind mir vorgeschlagen worden; aber ich mag mit keinem von ihnen etwas zu tun haben. Ich möchte Jerry mitnehmen. Jerry ist seit langer Zeit regelmäßig am Sonntagabend meine Leibwache gewesen, und ich bin an ihn gewöhnt. Niemand wird Jerry im Verdacht haben, daß er etwas anderes ist als ein englischer Diener oder daß er andere Absichten hegt, als auf jeden loszufahren, der Hand an seinen Herrn legt."

„Ich muß nochmals sagen, daß ich Ihren Mut und Ihre jugendliche Frische von Herzen bewundere."

„Ich muß nochmals sagen: Unsinn! Unsinn! Wenn ich diesen kleinen Auftrag ausgeführt habe, werde ich vielleicht Tellsons Vorschlag annehmen, abzugehen und für meine Bequemlichkeit zu leben. Dann ist Zeit genug, ans Altwerden zu denken."

Das Zwiegespräch hatten beide an Mr. Lorrys gewöhnlichem Pult geführt, wenige Schritte von dem Monseigneur entfernt, der darüber prahlte, wie er sich binnen kurzem an dem Lumpenvolk rächen werde. Es war zu sehr die Art Monseigneurs – in der Not als politischer Flüchtling –, und es war zu sehr die Art typischer britischer Rechtgläubigkeit, von dieser schrecklichen Revolution zu sprechen, als wäre sie die einzige Ernte unter dem Himmel, die man nicht gesät hatte – als ob nie etwas geschehen oder unterlassen worden wäre, was dazu geführt hätte, als ob Beobachter des Elends von Millionen in Frankreich und der mißbrauchten und in unrechte Kanäle geleiteten Hilfsquellen, die das Land hätten glücklich machen sollen, es vor Jahren nicht schon unausweichlich hätten kommen sehen und nicht mit deutlichen Worten gesagt hätten, was sie sahen. Dieses Prahlen, verbunden mit den ausschweifenden Plänen Monseigneurs, einen Zustand der Dinge wiederherzustellen, der sich selbst zugrunde gerichtet und die Geduld von Himmel und Erde erschöpft hatte, war von einem vernünftigen Mann, der die Wahrheit kannte, schwer zu ertragen, ohne daß er sich dagegen verwahrte. Und solches Prahlen, das in seine Ohren drang wie eine störende Kongestion und eine auf seine Seele drückende Sorge, hatte Charles Darnay bereits in eine anhaltende Unruhe versetzt.

Unter den Sprechenden war Stryver vom King's-Bench-Gericht nahe daran, vom Staat mit einem hohen Amt betraut zu werden, und daher besonders laut. Er erläuterte Monseigneur seine Pläne, das Volk in die Luft zu sprengen und es vom Angesicht der Erde zu vertilgen und überhaupt ohne das Volk auszukommen, und noch viele andere Pläne zu ähnlichem Zweck, die in ihrer Natur alle verwandt mit dem Plan waren, das Geschlecht der Adler dadurch auszurotten, daß man ihnen Salz auf den Schwanz streute. Ihm hörte Darnay mit besonderem Widerwillen zu; und Darnay war noch im Zweifel, ob er gehen sollte, um nichts mehr zu hören, oder dableiben, um seinen Protest einzulegen, als das, was geschehen sollte, allmählich Gestalt annahm. Der Chef trat zu Mr. Lorry und legte einen beschmutzten und ungeöffneten Brief vor ihn auf das Pult mit der Frage, ob er noch keine Spuren von der Person, an die er gerichtet sei, entdeckt habe. Der Chef legte den Brief so dicht vor Darnay hin, daß er die Adresse sehen konnte, um so rascher, als es sein eigner wahrer Name war. Die Adresse lautete übersetzt: „Sehr dringend. An Monsieur, den ehemaligen Marquis von Evrémonde aus Frankreich. Zur Besorgung an die Herren Tellson & Co., Bankiers in London, England."

Am Hochzeitsmorgen hatte Dr. Manette an Charles Darnay die einzige dringende und ausdrückliche Bitte gerichtet, das Geheimnis dieses Namens solle zwischen ihnen beiden bleiben, außer wenn er, der Doktor, ihn dieser Verpflichtung entbinde. Niemand sonst wußte, daß dies sein Name war, selbst seine Frau ahnte nichts; desgleichen Mr. Lorry.

„Nein", gab Mr. Lorry dem Chef zur Antwort, „ich habe diesen Brief wohl jedem hier gezeigt, und niemand kann mir sagen, wo der Herr zu finden ist."

Da sich die Zeiger der Uhr der Schließstunde des Kontors näherten, strömten die schwatzenden Kunden an Mr. Lorrys Pult vorbei. Er hielt den Brief fragend empor, und Monseigneur sah ihn wie ein verschwörerischer und entrüsteter Flüchtling an; und dieser und jener und viele andere hatten von dem nicht aufzufindenden Marquis in englisch und französisch irgend etwas Geringschätziges zu sagen.

„Wohl ein Neffe oder jedenfalls ein entarteter Nachfolger des hochgeehrten Marquis, der ermordet wurde“, sagte einer. „Ich schätze mich glücklich, sagen zu können, daß ich ihn nie gekannt habe.“

„Ein Feigling, der schon vor mehreren Jahren seinen Posten verlassen hat“, sagte ein anderer, „ein Monseigneur, der sich, die Beine zuoberst und halberstickt, in einem Heuwagen aus Paris hat herausschaffen lassen.“

„Von den neuen Lehren infiziert“, sagte ein dritter, „stand dann in Opposition mit dem erlauchten Marquis, gab die Besitzungen auf, als er sie erbte, und überließ sie dem Lumpengesindel. Und das wird ihn jetzt belohnen, wie er's verdient, hoffe ich.“

„Was?“ tönte Stryvers kreischende Stimme. „Wirklich? Ist das so ein Kerl? Seht seinen niederträchtigen Namen an! Verdammt soll er sein!“

Darnay, außerstande, länger an sich zu halten, legte Mr. Stryver die Hand auf die Schulter und sagte: „Ich kenne den Kerl.“

„Wirklich, beim Zeus?“ sagte Stryver. „Dann tun Sie mir leid.“

„Warum?“

„Warum, Mr. Darnay? Hören Sie nicht, was er getan hat? Fragen Sie nicht in solchen Zeiten nach dem Warum.“

„Aber ich frage, warum?“

„Dann sage ich Ihnen noch einmal, Mr. Darnay, Sie tun mir leid. Es tut mir leid, Sie so außerordentliche Fragen stellen zu hören. Hier ist ein Kerl, der, von der gefährlichsten und gotteslästerlichsten Teufelslehre infiziert, seine Besitzungen dem elendesten Abschaum, der jemals massenweise gemordet hat, überläßt, und Sie fragen, warum es mir leid tut, daß ihn ein Mann, der die Jugend unterrichtet, kennt? Nun, so will ich es Ihnen sagen. Ich beklage es, weil ich glaube, ein solcher Lump kann ansteckend sein. Das ist es, was ich meine.“

Sich seines Versprechens erinnernd, konnte sich Darnay nur mit größter Mühe halten und sagte: „Sie verstehen vielleicht den Gentleman nicht.“

„Ich verstehe es, Sie in die Enge zu treiben, Mr. Darnay", sagte Stryver, „und das will ich tun. Wenn dieser Kerl ein Gentleman ist, so verstehe ich ihn nicht. Das können Sie ihm mit meinen Empfehlungen ausrichten. Sie können ihm auch von mir sagen, daß es mich wundert, warum er, nachdem er sein irdisches Hab und Gut und seine Stellung diesem Mordgesindel überlassen hat, nicht an dessen Spitze steht. Aber nein, ihr Herren", sagte Mr. Stryver, indem er sich im Kreis umsah und mit den Fingern schnalzte, „ich kenne die Menschen einigermaßen und sage Ihnen, daß ein Kerl wie dieser sich niemals der Barmherzigkeit so kostbarer Protegés anvertrauen wird. Nein, meine Herren, nein, er wird sich so früh wie möglich aus dem Staub machen."

Mit diesen Worten und mehrmals mit den Fingern schnalzend, drängte Mr. Stryver unter dem allgemeinen Beifall seiner Zuhörer auf die Fleet Street hinaus. Mr. Lorry und Charles Darnay blieben bei dem allgemeinen Aufbruch im Kontor allein an dem Pult zurück.

„Wollen Sie den Brief übernehmen?" fragte Mr. Lorry. „Sie wissen, wo er abzugeben ist!"

„Jawohl."

„Wollen Sie dem Herrn auseinandersetzen, daß wir vermuten, er sei auf den bloßen Zufall, wir könnten ihn befördern, an uns geschickt worden, und daß er einige Zeit hier gelegen hat?"

„Das will ich tun. Reisen Sie von hier aus nach Paris ab?"

„Von hier aus, um acht Uhr."

„Ich komme noch einmal her, um von Ihnen Abschied zu nehmen."

Sehr unzufrieden mit sich und mit Stryver und den meisten anderen Menschen, suchte Darnay so schnell wie möglich die stillen Gegenden des Temple auf, wo er den Brief öffnete und las. Er lautete wie folgt:

Abbaye-Gefängnis, Paris, 21. Juni 1792

Monsieur,
ehemals Herr Marquis!

Nachdem ich lange unter den Bewohnern des Dorfes in Lebensgefahr geschwebt habe, hat man mich mit groben Mißhandlungen und Schmähungen festgenommen und den ganzen langen Weg zu Fuß nach Paris gebracht. Unterwegs habe ich viel gelitten. Das ist noch nicht alles; mein Haus ist zerstört, dem Erdboden gleichgemacht worden.

Das Verbrechen, dessentwegen ich eingekerkert bin, Monsieur, ehemals Herr Marquis, und dessentwegen ich vor Gericht erscheine und (ohne Ihre großmütige Hilfe) das Leben verlieren soll, ist, wie sie mir sagen, Verrat an der Majestät des Volkes, insofern ich für einen Emigranten tätig gewesen bin. Vergebens stellte ich ihnen vor, daß ich, Ihren Befehlen gemäß, für das Volk und nicht gegen das Volk tätig gewesen sei. Vergebens stellte ich ihnen vor, daß ich vor der Beschlagnahme der Besitzungen der Emigranten den Leuten die Steuern erlassen habe, die sie aufgehört hatten zu zahlen, daß ich keine Pachtgelder eingezogen, daß ich keine Klage angestrengt habe. Die einzige Antwort ist, daß ich für einen Emigranten tätig gewesen bin, und wer ist dieser Emigrant?

Ach, mein gnädigster Monsieur, ehemals Herr Marquis, wo ist dieser Emigrant? Ich rufe im Schlaf, wo ist er? Ich frage den Himmel, ob er nicht kommen wird, um mich zu befreien! Keine Antwort. Ach, Monsieur, ehemals Herr Marquis, ich lasse meinen Ruf über das Meer erschallen, in der Hoffnung, daß er vielleicht durch das große Bankierhaus Tellson Ihr Ohr erreiche.

Um der Liebe des Himmels willen, um der Gerechtigkeit, der Großmut, der Ehre Ihres edlen Namens willen beschwöre ich Sie, Monsieur, ehemals Herr Marquis, mir zu Hilfe zu kommen und mich zu befreien. Mein Verbrechen ist, daß ich Ihnen treu gewesen bin. Ach, gnädigster Herr, verlassen Sie mich nicht!

Aus diesem greulichen Kerker, wo mich jede Stunde

dem Tod näher und näher bringt, übersende ich Ihnen, Monsieur, ehemals Herr Marquis, die Versicherung meiner schmerzerfülltesten und unglücklichen Dienstwilligkeit.

Ihr tiefbetrübter

Gabelle

Die in Darnays Gemüt schlummernde Unruhe wurde von diesem Brief zum kräftigsten Leben geweckt. Die Gefahr eines alten und bewährten Dieners, dessen einziges Verbrechen seine Treue gegen ihn und seine Familie war, starrte ihm so vorwurfsvoll ins Gesicht, daß er, wie er überlegend im Garten des Temple auf und ab ging, fast sein Antlitz vor den Vorübergehenden hätte verbergen mögen.

Er wußte recht gut, daß er nur halb gehandelt hatte in seinem Entsetzen über die Tat, mit der die schlimmere Tat und der schlimme Ruf seines alten Geschlechts geprunkt hatte, in seinem Argwohn gegen seinen Onkel und in dem Abscheu, mit dem sein Gewissen den zusammenfallenden Bau betrachtet hatte, den man ihm zumutete zu stützen. Er wußte recht gut, daß in seiner Liebe zu Lucie sein Zurücktreten von seiner gesellschaftlichen Stellung – obgleich seinem Geist keineswegs etwas Neues – übereilt und unverständig gewesen war. Er wußte, er hätte systematischer und umsichtiger verfahren sollen und hatte dies auch beabsichtigt, aber es war nie dazu gekommen.

Das Glück des englischen Heims, das er sich geschaffen hatte, die Notwendigkeit, immer beschäftigt zu sein, die raschen Veränderungen und Unruhen der Zeit, die sich so hastig drängten, daß die Ereignisse dieser Woche die unreifen Pläne der vorigen vernichteten und die Ereignisse der folgenden Woche alle neu gestalteten, waren – wie er recht gut wußte – die Verhältnisse, denen er eben nachgegeben hatte, zwar nicht ohne Sorge, aber doch ohne beständigen und nachhaltigen Widerstand. Daß er auf einen Augenblick zum tätigen Eingreifen gewartet hatte und daß im Wirbel der Ereignisse die Zeit vorübergegangen war und der Adel Frankreich in Scharen verließ, sein Eigentum mit Beschlag belegt und zerstört und sein Name abgeschafft wurde, war ihm so gut bekannt, wie es nur der neuen Gewalt Frankreichs bekannt sein konnte, die ihn vielleicht deshalb anklagte.

Aber er hatte niemanden unterdrückt, er hatte niemanden eingekerkert; sowenig wie er mit Härte auf die Zahlung dessen, was ihm zustand, gedrungen hatte, daß er alles dies freiwillig aufgegeben und sich durch eigne Kraft eine neue Stellung in der Welt erobert hatte, die ihm Brot gab. Monsieur Gabelle hatte die heruntergekommene und verschuldete Besitzung nach schriftlichen Anordnungen verwaltet, die ihn anwiesen, die armen Leute zu schonen, ihnen das Wenige zu geben, was zu geben war – im Winter soviel Brennholz und im Sommer soviel Getreide, wie die drängenden Gläubiger übrigließen –, und jedenfalls hatte er seiner Sicherheit wegen diesen Umstand dokumentarisch festgelegt, so daß er jetzt zutage kommen mußte.

Diese Rücksichten begünstigten den verzweifelten Entschluß, den Charles Darnay zu fassen begonnen hatte, nämlich nach Paris zu reisen.

Ja. Wie den Schiffer in der alten Sage hatten ihn die Winde und Strömungen in den Bereich des Magnetfelsens getrieben, und dieser zog ihn an, und er mußte folgen. Alles, was vor seine Seele trat, trieb ihn rascher und rascher und mit immer steigender Kraft der schrecklichen Anziehungskraft in die Arme. Die in seiner Seele schlummernde Unruhe war es gewesen, daß in seinem unglücklichen Vaterland schlechte Werkzeuge für schlechte Ziele arbeiteten und daß jeder, der nicht umhinkonnte, zu wissen, er sei besser als jene, nicht dort war, um zu versuchen, ob er etwas tun könnte, dem Blutvergießen Einhalt zu tun und die Forderungen der Barmherzigkeit und Menschlichkeit zur Geltung zu bringen. Diese halb unterdrückte und halb vorwurfsvolle Sorge hatte ihn dazu gebracht, einen Vergleich zwischen sich und dem wackeren alten Herrn anzustellen, in dem das Pflichtgefühl so stark war, und unmittelbar auf diesen ihm so nachteiligen Vergleich waren die geringschätzigen Äußerungen Monseigneurs, die ihn tief verletzten, und die Stryvers, die aus bestimmten Gründen doppelt verletzend für ihn waren, gefolgt. Darauf war Gabelles Brief gekommen, der Appell an seine Gerechtigkeit, seine Ehre und seinen guten Namen von seiten eines unschuldigen, in Todesgefahr schwebenden Gefangenen.

Sein Entschluß war gefaßt. Er mußte nach Paris.

Ja. Der Magnetfelsen zog ihn an, und er mußte vorwärts segeln, bis er auf die Klippe lief. Er wußte von keinem Felsen; er sah kaum eine Gefahr. Die Beweggründe, aus denen er so gehandelt hatte, selbst wenn er es nur halb getan, zeigten ihm sein Tun in einem Licht, das ihn über die möglichen Folgen beruhigte. Dann erschien vor seinen Augen der herrliche Traum, Gutes tun zu können, der so oft die lebhafte Täuschung guter Menschen ist, und er sah sich sogar im Besitz von genügend Einfluß, um diese wild gewordene Revolution, die so stürmische Pfade wandelte, zu leiten.

Als er mit bereits gefaßtem Entschluß auf und ab ging, überlegte er, daß weder Lucie noch ihr Vater von seiner Abreise etwas erfahren durften. Lucie mußte der Trennungsschmerz erspart bleiben; und ihr Vater – immer abgeneigt, sich mit den gefährlichen Erinnerungen aus alter Zeit zu beschäftigen – durfte den Schritt erst als einen bereits geschehenen, über den jeder Zweifel beseitigt ist, erfahren. Wieviel von der Halbheit seiner Lage ihrem Vater infolge seiner Abgeneigtheit, alte Erinnerungen an Frankreich in seiner Seele zu wecken, zuzuschreiben war, überlegte er sich jetzt nicht. Aber auch dieser Umstand hatte Einfluß auf seinen Entschluß.

Er spazierte, ganz mit seinen Gedanken beschäftigt, auf und ab, bis es Zeit war, wieder zu Tellson's zu gehen und von Mr. Lorry Abschied zu nehmen. Gleich nach seiner Ankunft in Paris wollte er seinen alten Freund aufsuchen; aber jetzt durfte dieser von seiner Absicht nichts wissen.

Ein Wagen mit Postpferden stand vor der Tür des Bankhauses und Jerry reisefertig daneben.

„Ich habe den Brief abgegeben", sagte Charles Darnay zu Mr. Lorry. „Ich wollte Sie nicht mit einer schriftlichen Antwort belasten, aber vielleicht nehmen Sie eine mündliche mit."

„Das will ich – und gern, wenn es nicht gefährlich ist."

„Durchaus nicht, obgleich sie an einen Gefangenen im Abbaye-Gefängnis gerichtet ist."

„Wie heißt er?" fragte Mr. Lorry, das geöffnete Notizbuch in der Hand.

„Gabelle."

„Gabelle. Und was habe ich dem armen Gabelle im Gefängnis auszurichten?"

„Einfach, daß derjenige den Brief empfangen hat und kommen wird."

„Ist eine Zeit genannt?"

„Er wird morgen abend seine Reise antreten.

„Ist ein Name zu nennen?"

„Nein."

Er half Mr. Lorry, sich in eine Anzahl Überröcke und Mäntel einzuhüllen, und begleitete ihn aus der warmen Atmosphäre des alten Kontors hinaus in die neblige Luft der Fleet Street.

„Lucie und der kleinen Lucie meinen herzlichsten Gruß", sagte Mr. Lorry beim Abschied; „und nehmen Sie sich ja recht in acht, bis ich wiederkomme." Charles Darnay schüttelte den Kopf und lächelte zweifelnd, als der Wagen abfuhr.

Diese Nacht (es war der 14. August) blieb er lange auf und schrieb zwei Briefe voller Innigkeit – den einen an Lucie, in dem er ihr auseinandersetzte, welch eine unumgängliche Pflicht ihn nach Paris treibe und warum er fest vertraue, dort für seine Person keine Gefahr zu laufen – den anderen an den Doktor, der Lucie und ihr geliebtes Kind seiner Obhut anempfahl und mit den stärksten Versicherungen von denselben Themen sprach. Beiden schrieb er, daß er unmittelbar nach seiner Ankunft zum Beweis seiner Sicherheit Briefe abschicken werde.

Dieser Tag war ein schwerer Tag: Zum erstenmal

weilte er mit einem Geheimnis unter seinen Lieben. Es war nicht leicht, den unschuldigen Betrug aufrechtzuerhalten, von dem sie auch nicht das mindeste ahnten. Aber ein zärtlicher Blick auf seine glückliche und geschäftige Gattin bestärkte ihn in dem Entschluß, ihr von dem Bevorstehenden nichts zu sagen (er war halb dazu geneigt gewesen, so seltsam erschien es ihm, etwas ohne ihre stille Beihilfe zu tun), und der Tag ging rasch vorüber. Zu zeitiger Abendstunde umarmte er sie und ihre kaum weniger geliebte Namensschwester, nahm unter dem Vorwand baldiger Rückkehr flüchtigen Abschied und trat dann mit schwerem Herzen in den dicken Nebel der Straße hinaus. Die unsichtbare Kraft zog ihn jetzt rasch zu sich heran, und alle Strömungen und Winde gingen entschieden in diese Richtung. Er übergab seine Briefe einem zuverlässigen Boten mit dem Befehl, sie eine halbe Stunde vor Mitternacht – und nicht eher – abzugeben, nahm Postpferde nach Dover und trat seine Reise an.

„Um der Liebe des Himmels willen, um der Gerechtigkeit, der Großmut, der Ehre Ihres adligen Namens willen!“ Mit diesem Ausruf des armen Gefangenen stärkte er manchmal seinen sinkenden Mut, als er alles, was ihm auf Erden teuer war, verließ und widerstandslos auf den Magnetfelsen zutrieb.

DRITTES BUCH

Zeichen des Sturms

1. Kapitel

In geheimer Haft

Der Reisende, der sich im Jahre 1792 von England nach Paris begab, kam langsam vorwärts. Mehr als zur Genüge schlechte Wege, schlechte Wagen und schlechte Pferde hätten ihn aufgehalten, wenn auch der gestürzte und unglückliche König von Frankreich noch in all seinem Prunk auf dem Thron gesessen hätte; aber der Wechsel der Zeiten hatte noch andere Verhältnisse als diese geschaffen. In jedem Stadttor und in jedem Steuerhaus der Dörfer stand eine Schar von Bürgern und Patrioten mit ihren Nationalgewehren in höchst schußbereitem Zustand, die alle Kommenden und Gehenden anhielt, sie ausfragte, ihre Papiere besichtigte, nach ihren Namen in selbst angelegten Verzeichnissen suchte, sie zurückschickte oder gehen ließ oder sie anhielt und ins Gefängnis steckte, wie es ihr launenhaftes Urteil oder ihre Einbildung zum besten der einen und unteilbaren Republik und für Freiheit, Gleichheit, Brüderlichkeit oder Tod für gut fand.

Charles Darnay hatte nur wenige Meilen auf seiner Reise in Frankreich zurückgelegt, als er begriff, daß auch ihm in diesem Land keine Hoffnung auf Rückkehr mehr beschieden war, bevor man ihn nicht in Paris als guten Bürger anerkannt hatte. Was jetzt immer geschehen mochte, er mußte seine Reise zum Ziel führen. Kein ärmliches Dorf schloß sich hinter ihm, kein gewöhnlicher Schlagbaum senkte sich hinter ihm über den Weg, von denen er nicht wußte, daß sie neue eiserne Tore in der Reihe derer waren, die sich zwischen ihm und England schlossen. Die allgemeine Wachsamkeit umgab ihn so vollkommen, daß er sich, wenn er in einem Netz gefangen gewesen oder in einem Käfig zum Ort seiner Bestimmung geschafft worden wäre, des Verlustes seiner Freiheit nicht vollständiger hätte bewußt sein können als so.

Diese allgemeine Wachsamkeit hielt ihn nicht nur auf der Landstraße zwanzigmal während einer Etappe an, sondern hemmte auch sein Vorwärtskommen zwanzigmal am Tag dadurch, daß man ihm nachritt, ihn zurückholte, ihm vorausritt und für sein Angehaltenwerden sorgte oder mit ihm ritt und ihn bewachte. Er hatte bereits mehrere Tage unterwegs in Frankreich zugebracht, als er in einer kleinen Stadt an der Landstraße, immer noch weit von Paris entfernt, todmüde zu Bett ging.

Nur das Vorzeigen von Gabelles betrübtem Brief aus dem Abbaye-Gefängnis hatte ihn so weit bringen können. An der Torwache dieses kleinen Ortes hatten sie so viel Schwierigkeiten gemacht, daß er fühlte, auf seiner Reise mußte jetzt ein Wendepunkt eintreten. Und es überraschte ihn daher verhältnismäßig wenig, als er in dem kleinen Gasthaus, wohin man ihn bis zum Morgen gewiesen hatte, mitten in der Nacht geweckt wurde, und zwar von einem schüchternen Mitglied der Ortsbehörde und drei bewaffneten Patrioten (in grobwollenen roten Mützen und mit Pfeifen im Mund), die sich auf das Bett setzten.

„Emigrant", sagte der Beamte, „ich werde Sie unter Eskorte nach Paris schicken."

„Bürger, ich verlange nichts mehr, als nach Paris zu gelangen, obgleich ich die Eskorte entbehren könnte."

„Stillgeschwiegen!" murrte eine Rotmütze und schlug mit dem Flintenkolben auf die Bettdecke. „Ruhe, Aristokrat!"

„Es ist so, wie der gute Patriot sagt", bemerkte der schüchterne Beamte. „Sie sind ein Aristokrat und müssen eine Eskorte haben – und müssen dafür bezahlen."

„Ich habe keine Wahl", sagte Charles Darnay.

„Wahl! Hört ihn nur!" rief dieselbe grollende Stimme der Rotmütze wieder. „Als ob es keine Begünstigung wäre, Schutz vor der Laterne zu finden!"

„Es ist immer so, wie der gute Patriot sagt", bemerkte

der Beamte. „Stehen Sie auf und ziehen Sie sich an, Emigrant!“

Darnay gehorchte und wurde zur Torwache zurückgebracht, wo andere Patrioten in roten Mützen neben einem Feuer rauchten, tranken und schliefen. Hier bezahlte er schweres Geld für seine Eskorte und mußte dann mit ihr um drei Uhr früh auf der regendurchweichten Landstraße weiterziehen. Die Eskorte bestand aus zwei berittenen Patrioten in roten Mützen mit dreifarbigen Kokarden, bewaffnet mit Gewehren und Säbeln aus dem Nationaleigentum. Die Patrioten hatten Darnay in die Mitte genommen, der sein eigenes Pferd lenkte; aber an seinem Zaum war ein Strick befestigt, den einer der Patrioten um die Hand geschlungen hatte. In diesem Aufzug traten sie die Reise an, während ihnen der kalte Regen ins Gesicht schlug, und ritten mit schleppendem Trott über das schlechte Straßenpflaster der Stadt und hinaus auf die Landstraße, die nur einen Morast bildete. Ohne einen anderen Wechsel als den in der Gangart der Pferde legten sie so im knietiefen Schlamm die Meilen zurück, die sie noch von der Hauptstadt trennten.

Sie reisten in der Nacht, machten ein oder zwei Stunden nach Tagesanbruch halt und lagen still bis zur Abenddämmerung. Die beiden Patrioten waren so dürftig gekleidet, daß sie Stroh um ihre nackten Beine wikkelten und Stroh auf die zerlumpten Schultern legten, um sie vor der Nässe zu schützen. Abgesehen von der persönlichen Unannehmlichkeit, so begleitet zu werden, und von Besorgnissen für die Gegenwart, die der Umstand erweckte, daß einer der Patrioten ständig betrunken war und mit seinem Gewehr sehr leichtsinnig umging, ließ Charles Darnay trotz diesem ihm auferlegten Zwang keine ernsthafte Furcht in seiner Brust hochkommen; denn er redete sich ein, daß dies nichts zu tun haben könnte mit der Gerechtigkeit einer individuellen Sache und mit Erklärungen, die noch nicht vorgebracht waren und die der Gefangene im Abbaye-Gefängnis bestätigen mußte.

Aber als sie die Stadt Beauvais erreichten – es war gegen Abend, und die Straßen waren voller Leute –, konnte er sich nicht verhehlen, daß die Dinge einen sehr beunruhigenden Verlauf nahmen. Unheil verkündende Gesichter umdrängten ihn, als er vor dem Posthaus abstieg, und viele Stimmen riefen laut aus dem Gewühl: „Nieder mit dem Emigranten!"

Eben im Absteigen begriffen, setzte er sich wieder in den Sattel, als den sichersten Platz, und sagte: „Emigrant, meine Freunde? Seht ihr mich nicht hier in Frankreich aus eigenem freien Willen?"

„Ihr seid ein verfluchter Emigrant", schrie ein Hufschmied und drängte sich mit dem Hammer in der Hand wütend in den Vordergrund, „und Ihr seid ein verfluchter Aristokrat!"

Der Postmeister stellte sich zwischen diesen Mann und den Zaum des Reiters (den jener offenbar im Auge hatte) und sagte besänftigend: „Laßt ihn! Laßt ihn! Er wird in Paris gerichtet."

„Gerichtet!" wiederholte der Hufschmied und schwang den Hammer. „Ja! Und verurteilt als Verräter!" Ein diesen Worten beistimmendes Gejohle ertönte aus der Menge.

Den Postmeister abwehrend, der das Pferd in den Hof lenken wollte (der betrunkene Patriot saß ruhig im Sattel und sah zu, den Strick um die Hand gewickelt), sagte Darnay, sowie er seine Stimme vernehmbar machen konnte: „Ihr täuscht euch, oder ihr seid getäuscht worden, gute Freunde. Ich bin kein Verräter."

„Er lügt!" rief der Schmied. „Seit dem Dekret ist er ein Verräter. Sein Leben ist dem Volk verfallen. Sein verfluchtes Leben gehört ihm nicht mehr!" In dem Augenblick, wo Darnay in den Augen der Menge sah, daß sie im Begriff stand, auf ihn loszustürzen, lenkte der Postmeister sein Pferd in den Hof, die Eskorte schloß sich ihm an, und der Postmeister verschloß und verriegelte die wackeligen Torflügel. Der Hufschmied schlug mit dem Hammer dagegen, und der Volkshaufen grölte, aber weiter geschah nichts.

„Was ist das für ein Dekret, von dem der Schmied sprach?“ fragte Darnay den Postmeister, als er ihm gedankt hatte und im Hof neben ihm stand.

„Ein Dekret, das den Verkauf des Emigranteneigentums anordnet.“

„Wann erlassen?“

„Am Vierzehnten.“

„Am Tag meiner Abreise von England.“

„Jedermann sagt, es wäre nur eins von mehreren und andere würden nachfolgen – wenn sie nicht schon da sind –, die alle Emigranten verbannen und die Zurückkehrenden zum Tode verurteilen. Das war es, was er meinte, als er sagte, Ihr Leben gehörte nicht mehr Ihnen.“

„Aber diese Dekrete sind noch nicht da?“

„Was weiß ich!“ sagte der Postmeister mit einem Achselzucken. „Sie können da sein oder auch nicht. Es ist alles einerlei. Wie Sie wollen!“

Sie ruhten bis Mitternacht auf einer Streu unter dem Dach und brachen dann wieder auf, als die ganze Stadt im Schlaf lag. Unter den vielen, an gewöhnlichen Dingen zu bemerkenden seltsamen Veränderungen, die diesem seltsamen Ritt einen unwirklichen Charakter gaben, war es nicht die geringste, daß Schlaf selten geworden zu sein schien. Nachdem sie lange durch einsame und öde Landschaften geritten waren, erreichten sie eine Gruppe armseliger Hütten, die nicht in Dunkel gehüllt war, sondern von Lichtern glänzte und deren Bewohner mitten in der stillen Nacht in gespensterhafter Weise um einen verdorrten Freiheitsbaum tanzten oder sich aufstellten und ein Freiheitslied sangen. Zum Glück jedoch schlief man diese Nacht in Beauvais so fest, daß sie sicher aus dem Tor gelangen konnten, und sie befanden sich bald von neuem auf der einsamen Landstraße. Sie ritten durch die frühzeitig eingetretene Nässe und Kälte dahin, an ausgesogenen Feldern vorbei, die in diesem Jahr keine Frucht getragen hatten, und an den rauchgeschwärzten Trümmern ausgebrannter Häuser vorüber, und der einsame Ritt erhielt eine gelegentliche Abwechslung durch das plötzliche Hervorbrechen von Patriotenpatrouillen, die auf allen Straßen Wache hielten und mit allen Vorüberreisenden ein Verhör anstellten. Bei Tagesanbruch standen sie endlich vor den Mauern von Paris. Das Tor war geschlossen und stark bewacht, als sie heranritten.

„Wo sind die Papiere des Gefangenen?“ fragte ein entschlossen aussehender Mann, seinen Ansehen nach ein Vorgesetzter, den die Wache herausgerufen hatte.

Charles Darnay, dem das unangenehme Wort natürlich auffiel, erklärte dem Sprechenden, daß er ein freier Reisender und französischer Bürger sei, geleitet von einer Eskorte, die ihm der anarchische Zustand des Landes aufgezwungen und die er bezahlt habe.

„Wo sind die Papiere des Gefangenen?“ fragte dieselbe Person, ohne im mindesten auf ihn zu achten.

Der betrunkene Patriot hatte sie in der Mütze und gab sie ihm. Als der andere Gabelles Brief überflog, zeigte er einige Verwirrung und Überraschung und sah Darnay mit großer Aufmerksamkeit an.

Er verließ jedoch Eskorte und Eskortierten, ohne ein Wort zu verlieren, und ging in die Wachstube; unterdessen hielten sie immer noch im Sattel draußen vor dem Tor. Charles Darnay sah sich während dieser Pause um und bemerkte, daß das Tor von einer gemischten Wache aus Soldaten und Patrioten besetzt war, von denen jedoch die letzteren zahlenmäßig bedeutend überwogen; auch fiel ihm auf, daß, während Wagen vom Lande mit Lebensmitteln und ähnliches leicht genug Einlaß fanden, das Hinauskommen selbst für die harmlosesten Leute sehr schwer war. Ein bunter Haufen von Männern und Frauen, ganz zu schweigen von Tieren und Fuhrwerken mancherlei Art, wartete auf das Öffnen des Tores; aber so genau wurde nach Namen und Herkunft der Personen gefragt, daß sie nur einzeln und sehr langsam hinausgelangten. Einige dieser Leute wußten, daß sie noch lange würden warten müssen, ehe man sie ins Verhör nahm, so daß sie sich auf der Erde ausstreckten, um zu schlafen oder zu rauchen, während andere miteinander sprachen oder herumstanden. Die rote Mütze und die dreifarbige Kokarde waren allgemein, sowohl bei Männern wie bei Frauen.

Als Darnay auf diese Weise fast eine halbe Stunde gewartet hatte, trat wieder die vorige Autoritätsperson heraus und befahl der Wache, das Tor zu öffnen. Dann übergab er der Eskorte einen Empfangsschein für den Eskortierten und forderte ihn auf, abzusteigen. Dies tat Darnay, und die beiden Patrioten, sein müdes Pferd am Zügel führend, machten kehrt und ritten fort, ohne einen Fuß in die Stadt zu setzen.

Darnay folgte seinem Führer in eine nach schlechtem Wein und Tabak riechende Wachstube, wo verschiedene Soldaten und Patrioten, schlafend oder wachend, betrunken oder nüchtern oder in verschiedenen neutralen Zuständen zwischen Schlafen und Wachen, Trunkenheit und Nüchternheit, herumstanden und -lagen. Die Beleuchtung der Wache, halb von den verlöschenden Öllampen der Nacht und halb von dem trüben Tag herrührend, war von entsprechend ungewissem Charakter. Einige Register lagen auf einem Pult, und ein Offizier von grobschlächtigem finsterem Aussehen saß vor den Papieren.

„Bürger Defarge“, sagte er zu Darnays Begleiter, als er einen Zettel nahm, um darauf zu schreiben, „ist dies der Emigrant Evrémonde?“

„Das ist er.“

„Ihr Alter, Evrémonde?“

„Siebenunddreißig.“

„Verheiratet, Evrémonde?“

„Ja.“

„Wo verheiratet?“

„In England.“

„Richtig. Wo ist Ihre Frau, Evrémonde?“

„In England.“

„Richtig.“

„Sie werden in das Gefängnis La Force eingewiesen, Evrémonde.“

„Gerechter Himmel!“ rief Darnay. „Nach welchem Gesetz und wegen welchen Vergehens?“

Der Offizier sah einen Augenblick von seinem Zettel auf.

„Wir haben neue Gesetze, Evrémonde, und neue Vergehen, seitdem Sie hier waren.“ Er sagte das mit einem herben Lächeln und schrieb weiter.

„Ich bitte Sie, zu bemerken, daß ich freiwillig hierhergekommen bin, veranlaßt durch diese schriftliche Bitte eines Landsmannes, die vor Ihnen liegt. Ich verlange weiter nichts als die Möglichkeit, ihm ohne Aufschub zu Hilfe zu kommen. Ist das nicht mein Recht?“

„Emigranten haben keine Rechte, Evrémonde“, lautete die gleichgültige Antwort. Der Offizier schrieb, bis er fertig war, überlas noch einmal, was er geschrieben hatte, streute Sand darauf und übergab den Zettel Defarge mit den Worten: „Geheime Haft.“

Defarge winkte dem Gefangenen mit dem Papier, ihn zu begleiten. Der Gefangene gehorchte, und eine Wache von zwei Patrioten begleitete ihn.

„Sind Sie derjenige“, fragte Defarge mit gedämpfter Stimme, als sie die Stufen von der Wache herab- und in die Stadt hineingingen, „der die Tochter Dr. Manettes, des ehemaligen Gefangenen in der nicht mehr bestehenden Bastille, geheiratet hat?“

„Ja“, gab Darnay mit überraschtem Blick zur Antwort.

„Ich heiße Defarge und besitze eine Weinhandlung in St-Antoine. Vielleicht haben Sie von mir gehört.“

„Meine Frau kam in Ihr Haus, um ihren Vater abzuholen. Ja.“

Das Wort „Frau“ schien in Defarge eine düstere Erinnerung zu wecken, und er fuhr mit plötzlicher Ungeduld auf: „Im Namen des scharfen Frauenzimmers, das eben geboren und La Guillotine getauft worden ist, warum kommen Sie nach Frankreich?“

„Sie haben gerade erst gehört, warum. Glauben Sie nicht, daß es wahr ist?“

„Schlimm genug für Sie, wenn es wahr ist“, sagte Defarge, der die Stirn runzelte, während er sprach, und gerade vor sich hinsah.

„Ich sehe wohl, ich bin verloren. Alles ist hier so völlig anders geworden und geschieht so plötzlich und in so unbilliger Weise, daß ich unbedingt verloren bin. Wollen Sie mir eine kleine Hilfe leisten?“

„Nein.“ Defarge sprach immer noch, während er vor sich hinstarrte.

„Wollen Sie mir eine einzige Frage beantworten?“

„Vielleicht. Je nachdem, wie sie ist. Fragen Sie nur.“

„Werde ich in dem Gefängnis, in das man mich so ungerechterweise wirft, noch einigen freien Verkehr mit der Außenwelt haben?“

„Das werden Sie sehen.“

„Ich soll doch nicht etwa dort begraben, im voraus verurteilt und jedes Rechts zu meiner Verteidigung beraubt werden?“

„Das werden Sie sehen. Aber was liegt daran? Andere Leute haben in ähnlicher Weise früher in schlimmeren Gefängnissen gesessen.“

„Aber nicht durch meine Schuld, Bürger Defarge.“

Defarge sah ihn nur finster an und ging in hartnäckigem Schweigen neben ihm her. Je tiefer er in dieses Schweigen versank, desto schwächer wurde die Hoffnung – so dachte Darnay wenigstens –, daß er sich erweichen lassen würde. Er beeilte sich daher fortzufahren: „Es ist für mich von größter Wichtigkeit (Sie wissen sogar besser als ich, Bürger, von welcher Wichtigkeit), daß ich Gelegenheit bekomme, Mr. Lorry von Tellson's Bank, einem Herrn aus England, der gegenwärtig in Paris ist, die einfache Tatsache ohne weitere Bemerkung mitzuteilen, daß ich im Gefängnis La Force sitze. Wollen Sie das für mich tun?“

„Ich will nichts für Sie tun“, gab Defarge mit mürrischem Trotz zur Antwort. „Meine Pflicht gehört dem Vaterland und dem Volk. Ich bin der geschworene Diener beider gegen Sie. Ich mag nichts für Sie tun.“

Charles Darnay fühlte, wie nutzlos es war, weiter in ihn zu dringen, und außerdem war sein Stolz verletzt.

Wie sie schweigend nebeneinander herschritten, konnte er nicht umhin, zu bemerken, wie sehr das Volk daran gewöhnt war, daß Gefangene durch die Straßen geführt wurden. Selbst die Kinder beachteten ihn kaum. Ein paar Vorübergehende sahen sich um, und einige drohten ihm mit der Faust als einem Aristokraten; im übrigen war es nicht auffallender, einen gut gekleideten Mann ins Gefängnis, als einen Arbeiter in seiner Arbeitsjacke zur Arbeit gehen zu sehen. In einer engen, dunklen und schmutzigen Straße, durch die sie kamen, sprach ein aufgeregter Redner von einem Stuhl aus zu einer aufgeregten Zuhörerschaft von den Verbrechen des Königs und der königlichen Familie gegen das Volk. Aus ein paar Worten, die er von den Lippen dieses Mannes im Vorbeigehen erhaschte, erfuhr Charles Darnay zuerst, daß der König eingekerkert war und die fremden Gesandten sämtlich Paris verlassen hatten. Auf der Reise (außer in Beauvais) hatte er buchstäblich gar nichts erfahren. Die Eskorte und die allgemeine Wachsamkeit hatten ihn vollkommen isoliert.

Daß er inzwischen von viel größeren Gefahren umringt war, als sie sich zur Zeit seiner Abreise von England entwickelt hatten, wußte er jetzt natürlich. Daß diese Gefahren sich rasch um ihn vermehrt hatten und sich noch rascher vermehren konnten, wußte er nun ebenfalls. Er konnte nicht umhin, sich zu sagen, daß er diese Reise nicht angetreten haben würde, wenn er die Ereignisse einiger weniger Tage hätte voraussehen können. Und dennoch waren seine bösen Ahnungen nicht so düster, wie sie, von unserer späteren Zeit her betrachtet, aussehen würden. So trübe die Zukunft war, war sie doch unbekannt, und ihre Dunkelheit ließ noch die Hoffnung der Ungewißheit zu. Von der entsetzlichen Metzelei mehrerer Tage und Nächte, die, bevor noch der Zeiger das Zifferblatt viele Male umkreist hatte, ein großes blutiges Zeichen auf die gesegnete Erntezeit setzen sollte, wußte er ebensowenig, als hätte sie erst in hunderttausend Jahren sein sollen. Das „scharfe Frauenzimmer, vor kurzem geboren und La Guillotine getauft", war ihm oder der Masse des Volks kaum dem Namen nach bekannt. Die Greueltaten, die bald verübt werden sollten, waren vielleicht nicht einmal in den Köpfen derer, die sie verübten, geboren. Wie konnten sie in den Vorahnungen eines sanften Gemüts einen Platz finden?

Daß er in langer Haft und harter Behandlung und in grausamer Trennung von Frau und Kind Unrecht werde erdulden müssen, sah er als wahrscheinlich oder gewiß voraus, aber darüber hinaus fürchtete er nichts Bestimmtes. Mit diesen Sorgen auf seiner Seele, schlimm genug, sie in einen unheimlichen Gefängnishof mitzunehmen, kam er im Gefängnis La Force an.

Ein Mann mit einem aufgedunsenen Gesicht öffnete die schwere Pforte. Defarge stellte „den Emigranten Evrémonde" vor.

„Was, zum Teufel! Wie viele sollen noch kommen?" rief der Mann mit dem aufgedunsenen Gesicht.

Defarge nahm den Empfangsschein, ohne den Ausruf zu beachten, und entfernte sich mit seinen beiden Patrioten.

„Was, zum Teufel, sag ich noch einmal!" rief der Kerkermeister, der jetzt mit seiner Frau allein war. „Wie viele sollen noch kommen?"

Die Frau des Kerkermeisters, die keine Antwort auf diese Frage hatte, erwiderte nur: „Man muß Geduld haben, mein Guter!" Drei Schließer, die auf ein Klingeln hereintraten, wiederholten den Rat, und einer setzte hinzu: „Um der Liebe zur Freiheit willen", was an diesem Ort wie ein unpassender Schluß klang.

Das Gefängnis La Force war ein schauerliches Gefängnis, finster und schmutzig und mit einem schrecklichen Geruch von ungesundem Schlaf darin. Es ist merkwürdig, wie bald sich der ekelhafte Dunst eingekerkerten Schlafs in all solchen Orten bemerkbar macht, die nicht gut gehalten werden.

„Außerdem in geheime Haft", murrte der Kerkermeister, als er einen Blick auf den Zettel warf. „Als ob es nicht schon zum Überlaufen voll wäre."

Übellaunig spießte er das Papier zu vielen anderen

auf eine Nadel, und Charles Darnay wartete eine halbe Stunde lang auf seine weiteren Anordnungen, während der er abwechselnd in dem hochgewölbten Raum auf und ab ging oder auf einer steinernen Bank ausruhte, denn er wurde mit Absicht aufgehalten, damit sich der Oberschließer und dessen Untergebene sein Aussehen gehörig einprägten.

„Folgen Sie mir, Emigrant", sagte der Kerkermeister endlich, indem er nach einem Schlüsselbund langte.

Durch das unheimliche Kerkerzwielicht folgte ihm der Gefangene durch Korridore und mehrere Treppen hinauf, und mehrere Türen schlugen rasselnd hinter ihm zu und wurden verschlossen, bis sie in ein großes niedriges, gewölbtes Zimmer kamen, gedrängt voll von Gefangenen beiderlei Geschlechts. Die Frauen saßen an einem langen Tisch, lasen und schrieben, strickten, nähten und stickten; die Männer standen meistens hinter ihren Stühlen oder bewegten sich im Zimmer umher.

Die unwillkürliche Vereinigung von Gefangenen mit entehrenden Verbrechen und Schande ließ den Neuankömmling vor dieser Gesellschaft zurückschrecken. Aber die alles übertreffende Unwirklichkeit seines langen, fast dem Traumleben angehörenden Rittes war, daß sie alle auf einmal aufstanden und ihn mit aller Feinheit der damaligen Zeit und mit der ganzen gewinnenden Anmut und Höflichkeit der vornehmen Welt begrüßten.

So seltsam getrübt waren diese raffinierten Geschöpfe durch das Kerkerleben und das Kerkerdüster, so gespenstig wirkten sie in dem sie umgebenden Schmutz und Jammer, daß sich Charles Darnay vorkam, als ob er in einer Gesellschaft von Toten stände. Lauter Gespenster! Das Gespenst der Schönheit, das Gespenst der Vornehmheit, das Gespenst der Anmut, das Gespenst des Stolzes, das Gespenst der Frivolität, das Gespenst des Witzes, das Gespenst der Jugend, das Gespenst des Alters: Sie warteten alle auf ihre Entfernung von dem unwirtlichen Strand und sahen ihn an mit Augen, die der Tod verändert hatte, den sie beim Eintritt in diesen Raum gestorben waren.

Er blieb wie erstarrt stehen. Der neben ihm wartende Kerkermeister und die anderen sich im Zimmer umherbewegenden Schließer, die in der gewöhnlichen Ausübung ihres Amtes gut genug ausgesehen haben würden, sahen so entsetzlich gemein aus neben den hier anwesenden bekümmerten Müttern und blühenden Töchtern – neben der Kokette, der jungen Schönheit und der gereifteren, vornehm erzogenen Frau –, daß die Umkehrung aller Erfahrung und Wahrscheinlichkeit, die dieses Bild aus dem Schattenreich darstellte, den höchsten Grad erreichte. Gewiß lauter Gespenster! Gewiß war der lange, traumhafte Ritt eine Krankheit gewesen, die ihn unter diese düsteren Schatten gebracht hatte!

„Im Namen der versammelten Leidensgefährten“, sagte ein Herr von höfischem Aussehen und Benehmen, wobei er vortrat, „habe ich die Ehre, Sie in La Force willkommen zu heißen und mit Ihnen das Unglück zu beklagen, das Sie zu uns gebracht hat. Möge es von kurzer Dauer sein! Es wäre anderswo eine Unhöflichkeit, ist es aber hier nicht, sie nach Namen und Stand zu fragen.“

Charles Darnay raffte sich auf und beantwortete die gestellte Frage in möglichst angemessenen Worten.

„Aber ich hoffe“, sagte der Herr, indem er dem Oberschließer, der zum anderen Ende des Zimmers ging, mit den Augen folgte, „Sie sind nicht in geheimer Haft?“

„Ich weiß nicht, was dieses Wort zu bedeuten hat, aber ich habe so sagen hören.“

„Oh, wie schade! Wir beklagen das so sehr! Aber fassen Sie Mut; verschiedene Mitglieder unserer Gesellschaft sind anfangs in geheimer Haft gewesen, aber es hat nur kurze Zeit gedauert.“ Dann setzte er mit lauterer Stimme hinzu: „Es tut mir leid, die Gesellschaft benachrichtigen zu müssen: In geheimer Haft.“

Ein teilnahmsvolles Gemurmel ließ sich vernehmen, als Charles Darnay durch das Zimmer zu einer Gittertür ging, wo der Schließer auf ihn wartete, und viele Stimmen – aus denen die sanften und mitleidigen Frauenstimmen besonders hervorklangen – gaben ihm gute Wünsche und Trost mit. Er drehte sich an der Gittertür um, den innigsten Dank seines Herzens auszusprechen; sie schloß sich hinter dem Kerkermeister, und die Erscheinungen verschwanden für immer vor seinen Augen.

Die Tür öffnete sich auf eine steinerne, aufwärts führende Treppe. Als sie vierzig Stufen gestiegen waren (der halbstündige Gefangene zählte sie bereits), schloß der Kerkermeister eine niedrige schwarze Tür auf, und sie traten in eine leere Zelle. Die Luft war kalt und feucht, aber der Raum war nicht finster.

„Ihre Zelle", sagte der Schließer.

„Warum werde ich allein eingesperrt?"

„Was weiß ich!"

„Kann ich Feder, Tinte und Papier kaufen?"

„Das steht nicht in meiner Instruktion. Der Inspektor wird Sie besuchen, und den können Sie fragen. Vorerst können Sie sich Ihr Essen kaufen und weiter nichts."

Ein Stuhl, ein Tisch und eine Strohmatratze befanden sich in der Zelle. Als der Schließer vor dem Fortgehen einen prüfenden Blick auf diese Gegenstände und die vier Wände warf, kam eine wirre Vorstellung über den sich an die kalte Mauer lehnenden Gefangenen, nämlich daß dieser Schließer an Gesicht und Leib so unnatürlich geschwollen wäre, daß er aussähe wie ein Mann, der ertrunken und mit Wasser angefüllt sei. Als der Schließer fort war, dachte er in derselben wirren Weise: „Nun bin ich allein, als wäre ich tot." Wie er dann stehenblieb, um die Matratze zu besehen, wandte er sich mit Ekel davon ab und dachte: ‚Und hier in diesem kriechenden Gewürm spukt der Zustand des Körpers nach dem Tode vor.'

„Fünf Schritte lang und viereinhalb Schritte breit, fünf Schritte lang und viereinhalb Schritte breit." Der Gefangene ging auf und ab in seiner Zelle, maß sie aus, und das Brausen der Stadt tönte wie gedämpfte Trommeln, vermischt mit einem wilden Gegröle von Stimmen. „Er machte Schuhe, er machte Schuhe, er machte Schuhe." Der Gefangene zählte wieder die Schritte und lief schneller, um seine Gedanken von dieser letzten Wiederholung abzulenken. Die Gespenster verschwanden, als die Pforte sich schloß. Eine Gestalt war darunter, eine schwarzgekleidete Dame, die in einer Fenstervertiefung lehnte, und ein Sonnenstrahl fiel auf ihr goldenes Haar, und sie sah aus wie – um Gottes willen, laßt uns weiterreisen durch die erleuchteten Dörfer, wo die Leute alle wach sind – er machte Schuhe, er machte Schuhe, er machte Schuhe – fünf Schritte lang und viereinhalb Schritte breit. Während solche abgerissenen Vorstellungen aus den Tiefen seines Geistes emporstiegen und in seinem Kopf herumwirbelten, schritt der Gefangene immer schneller auf und ab und zählte und zählte hartnäckig; und das Brausen der Stadt veränderte sich so, daß es immer noch klang wie gedämpfte Trommeln, aber das Rauschen und Brausen durchzogen klagende Stimmen, die er kannte.

2. Kapitel

Der Schleifstein

Tellson's Bank im Pariser Stadtteil St-Germain befand sich in dem Flügel eines großen Hauses, zu dem man über einen von der Straße durch eine hohe Mauer und ein starkes Tor abgeschlossenen Vorhof gelangte. Das Haus gehörte einem großen Herrn, der darin gewohnt hatte, bis er vor den bösen Zeiten in den Kleidern seines eigenen Kochs flüchtete und glücklich über die Grenze kam. Ein vor Jägern fliehendes, gehetztes Wild war er immer noch in seiner Verwandlung, derselbe Monseigneur, der für die Zubereitung seiner Schokolade die Kraft von drei starken Männern, ohne den Koch zu rechnen, in Anspruch nahm, bevor er das Getränk an die Lippen setzte.

Als Monseigneur fort war und die drei starken Männer für die Sünde, von ihm hohen Lohn bezogen zu haben, sich damit Absolution erteilten, daß sie mehr als bereit und willig waren, ihm auf dem Altar der kommenden einen und unteilbaren Republik von Freiheit,

Gleichheit, Brüderlichkeit oder Tod den Hals abzuschneiden, war Monseigneurs Haus erst beschlagnahmt und dann ausgeplündert worden. Denn alles ging so schnell, und Dekret folgte auf Dekret mit so wilder Hast, daß jetzt, am dritten Abend des Herbstmonats September, patriotische Gerichtspersonen Monseigneurs Haus in Besitz genommen und es mit der dreifarbigen Fahne bezeichnet hatten und in seinen Staatszimmern Branntwein tranken.

Ein Geschäftslokal in London, das so wie Tellson's Geschäft in Paris aussah, hätte die Firma bald um den Verstand und ins Konkursverzeichnis gebracht. Denn was würde gesetzte englische Verantwortlichkeit und Respektabilität gesagt haben zu Orangenbäumen in Kübeln im Vorhof einer Bank oder gar zu einem Cupido über dem Zähltisch? Und doch gab es solche Dinge. Tellson's hatten den Cupido übertüncht, aber er war immer noch an der Decke erkennbar, wo er, auf das sparsamste mit Leinenzeug bedacht, von früh bis spät mit seinem Pfeil auf Gold zielte – wie er es ja sehr oft macht. In der Lombard Street in London hätte dieser junge Heide unvermeidlich einen Bankrott erlebt, und dieselbe traurige Wirkung hätten ein verhangener Alkoven hinter dem unsterblichen Knaben und ein in die Wand eingelassener Spiegel und schließlich die durchaus nicht alten Angestellten hervorgebracht, die auf die leiseste Aufforderung öffentlich tanzten. Jedoch die französischen Tellson's konnten bei all diesen Dingen vortrefflich bestehen, und solange die Zeit überhaupt zu ertragen war, hatte sich niemand darüber entsetzt und sein Geld aus der Bank gezogen.

Wieviel Geld in Zukunft aus Tellson's Bank gezogen und wieviel dort verloren und vergessen liegenbleiben würde; was für Silberzeug und Juwelen in Tellsons versteckten Koffern blind werden würden, während jene, die sie dort niedergelegt hatten, im Gefängnis schmachteten oder bald eines gewaltsamen Todes sterben sollten; wie viele Konten bei Tellson's in dieser Welt nie abgeschlossen werden konnten und in die andere Welt übertragen werden wußten, das wußte an diesem Abend niemand zu sagen, ebensowenig wie Mr. Jarvis Lorry, obgleich er über diese Fragen besorgt nachdachte. Er saß vor einem frisch angebrannten Holzfeuer (das schlimme und unfruchtbare Jahr war zu früh kalt geworden), und auf seinem ehrlichen und mutigen Gesicht lag ein trüberer Schatten, als ihn die Hängelampe werfen oder ein Gegenstand im Zimmer verzerrt wiedergeben konnte – ein Schatten des Grausens.

Er bewohnte in seiner Treue für die Firma, von der er ein Teil geworden war – wie tief gewurzelter Efeu – einige Zimmer in der Bank. Sie erfreuten sich infolge der patriotischen Besitznahme des Hauptgebäudes einer gewissen Art von Sicherheit, aber der wackere alte Herr dachte nie daran. Solche Nebensachen waren ihm gleichgültig, wenn er nur seine Pflicht tat. Am anderen Ende des Vorhofes befand sich unter einer Kolonnade ein Wagenschuppen, und es standen sogar noch einige Kutschen Monseigneurs dort. An zwei von den Pfeilern waren zwei große hellodernde Fackeln befestigt, und in ihrem Schimmer stand unter freiem Himmel ein großer Schleifstein, eine roh zugerichtete Maschine, die man aus einer nahen Schmiede oder einer anderen Werkstatt in Hast hierhergeschafft zu haben schien. Mr. Lorry war aufgestanden und hatte aus dem Fenster einen Blick auf diese harmlosen Gegenstände geworfen; aber ein Schauer überlief ihn, und er kehrte wieder auf seinen Sitz vor dem Feuer zurück. Er hatte nicht nur das Glasfenster, sondern auch die Jalousien davor geöffnet und sie beide wieder zugemacht, und ein Schauer überlief seinen ganzen Körper.

Von den Straßen jenseits der hohen Mauer und des festen Tores tönte das gewöhnliche nächtliche Brausen der großen Stadt herüber, in das sich dann und wann ein unbeschreiblich unirdischer Ton mischte, als ob ungewohnte Klänge haarsträubender Art hinaus zum Himmel tönten.

„Gott sei Dank“, sagte Mr. Lorry und faltete die Hände, „daß niemand von denen, die meinem Herzen nahestehen, heute nacht in dieser schrecklichen Stadt ist. Möge Gott sich all derer erbarmen, die in Gefahr sind!“

Bald darauf läutete die Glocke an dem großen Tor, und er dachte: ‚Sie sind wieder da!‘ und lauschte. Aber es brach kein lärmender Haufen in den Vorhof, wie er erwartet hatte, und er hörte das Tor wieder zufallen, und alles war still.

Die Unruhe und Bangigkeit, die ihn befielen, erzeugten jene unbestimmte Sorge um die Bank, die bei so hochgespannten Gefühlen von selbst eine große Verantwortlichkeit zur Folge hat. Sie war wohlbedacht, und er stand auf, um die zuverlässigen Leute zu besuchen, die Wache hielten, als seine Tür plötzlich aufging und zwei Gestalten hereinstürzten, deren Anblick ihn vor Erstaunen zurücktreten ließ.

Lucie und ihr Vater!

Lucie streckte ihm die Arme entgegen und zeigte jenen alten Ausdruck tiefen Ernstes auf so intensive Weise, daß es schien, als ob er ihrem Gesicht besonders aufgeprägt wäre, um ihm in dieser einen schweren Stunde ihres Lebens Kraft und Stärke zu verleihen.

„Was ist los?“ rief Mr. Lorry verwirrt und atemlos. „Was gibt es? Lucie! Manette! Was ist vorgefallen? Was bringt euch hierher? Was gibt es?“

Mit starr auf ihn gehefteten Augen und bleichem, verstörtem Gesicht stöhnte sie in seinen Armen: „Ach, mein Freund! – Mein Mann!“

„Ihr Mann, Lucie?“

„Charles.“

„Was ist mit Charles?“

„Er ist hier.“

„Hier in Paris?“

„Er ist seit einigen Tagen hier – seit drei oder vier Tagen – ich weiß nicht, wie viele es sind –, ich kann meine Gedanken nicht sammeln. Ein edelmütiges Unternehmen hat ihn zu der Reise bewogen, ohne daß ich davon wußte. Man hat ihn am Tor angehalten und ins Gefängnis geschickt.“

Unwillkürlich schrie der Alte auf. Fast im selben Augenblick läutete die Glocke an dem großen Tor von neuem, und unter lautem Geräusch wälzte sich ein Menschenhaufen in den Vorhof.

„Was ist das für ein Lärm?“ fragte der Doktor und stand auf, um an das Fenster zu treten.

„Sehen Sie nicht hinaus!“ rief Mr. Lorry. „Sehen Sie nicht hinaus! Manette, wenn Ihnen Ihr Leben lieb ist, öffnen Sie das Fenster nicht!“

Der Doktor wandte sich um, eine Hand auf dem Fensterwirbel, und sagte mit einem kühlen, mutigen Lächeln: „Lieber Freund, in dieser Stadt habe ich ein gefeites Leben. Ich bin Gefangener in der Bastille gewesen. Es gibt keinen Patrioten in ganz Paris – in ganz Paris, sage ich? In Frankreich –, der, wenn er erfährt, daß ich Gefangener in der Bastille gewesen bin, mich nur anrühren würde, außer um mich mit Umarmungen halb zu ersticken oder mich im Triumph auf den Schultern zu tragen. Mein altes Leiden hat mir eine Macht verliehen, die uns zum Tor hereingebracht, uns dort Nachrichten von Charles verschafft und uns hierhergeführt hat. Ich wußte, daß es so sein würde; ich wußte, daß ich Charles aus aller Gefahr retten könnte, und ich sagte dies Lucie. Was ist das für ein Lärm?“ Er legte wieder die Hand an den Fensterwirbel.

„Sehen Sie nicht hinaus“, rief Mr. Lorry in vollster Verzweiflung. „Nein, gute Lucie, auch Sie nicht!“ Er umschlang sie mit seinen Armen und hielt sie zurück. „Erschrecken Sie nicht so, Sie Gute. Ich schwöre Ihnen feierlich, daß ich von nichts Schlimmem weiß, was Charles zugestoßen ist; daß ich nicht einmal eine Ahnung von seiner Anwesenheit in dieser unseligen Stadt hatte. In welchem Gefängnis ist er?“

„In La Force.“

„In La Force! Liebe kleine Lucie, wenn Sie jemals in Ihrem Leben ein Mädchen von Herz und Tapferkeit gewesen sind – und Sie waren immer beides –, so müssen Sie sich jetzt fassen und genau das tun, was ich Ihnen auftrage; denn viel mehr hängt davon ab, als Sie sich denken können oder ich Ihnen zu sagen vermag. Mit eigner Tätigkeit können Sie heute nacht für Charles nichts ausrichten; Sie dürfen um keinen Preis ausgehen. Ich sage Ihnen dies, weil das, was ich von Ihnen um Charles' willen verlangen muß, das Schwerste von allem ist. Sie müssen von diesem Augenblick an gehorsam und stumm sein und sich still verhalten. Sie müssen mir erlauben, Ihnen ein Hinterzimmer in diesem Haus anzuweisen. Sie müssen Ihren Vater und mich zwei Minuten allein lassen und dürfen nicht zögern, da es Leben und Tod auf der Welt gibt."

„Ich will Ihnen unbedingt gehorchen. Ich sehe in Ihrem Gesicht, daß Sie wissen, es bleibt mir nichts anderes zu tun übrig. Ich weiß, daß Sie es gut meinen."

Der Alte küßte sie und schob sie in sein Zimmer und drehte den Schlüssel hinter ihr um; dann eilte er zu dem Doktor zurück, öffnete das Fenster und zum Teil die Jalousien, legte die Hand auf den Arm des Doktors und sah mit ihm auf den Hof hinaus.

Sie sahen auf einen Haufen Männer und Frauen; bei weitem nicht genug, um den Hof zu füllen, nicht mehr als vierzig oder fünfzig in allem. Diejenigen, die das Haus in Besitz genommen, hatten sie zum Torweg hereingelassen, und sie waren hereingeströmt, um an dem Schleifstein zu arbeiten, der offenbar für ihren Gebrauch hier als an einem passenden und vom Gewühl entlegenen Ort aufgestellt war.

Aber solche entsetzlichen Arbeiter und solche entsetzliche Arbeit!

Der Schleifstein hatte eine doppelte Kurbel, und diese drehten in wahnwitziger Hast zwei Männer, deren Gesichter, sooft das Drehen des Schleifsteins diese nach oben brachte und ihr langes Haar zurückflog, einen gräßlicheren und wilderen Ausdruck trugen als die Gesichter der wildesten Wilden in ihrer greulichsten Verkleidung. Falsche Augenbrauen und falsche Schnurrbärte hatten sie sich aufgeklebt, und ihre scheußlichen Gesichter waren ganz von Blut und Schweiß bedeckt und krampfhaft verzerrt vom Schreien, und die von viehischer Aufregung und Mangel an Schlaf aus dem Kopf tretenden Augen leuchteten in unheimlicher Glut. Während diese Wüteriche den Stein drehten und drehten und ihre verfilzten Locken bald nach vorn über die Augen, bald rückwärts auf die Schultern fielen, hielten ihnen einige Frauen Wein an die Lippen, daß sie trinken möchten, und von dem niedertropfenden Blut und dem niedertropfenden Wein und dem Funkenregen, der aus dem sich drehenden Stein herausstob, schien die ganze Atmosphäre Blut und Feuer zu sein. Das Auge konnte kein menschliches Wesen in dem Haufen entdecken, das unbefleckt von Blut war. Einer den andern drängend, um an den Schleifstein zu gelangen, standen bis an die Hüften nackte Männer, deren Arme und Brust beschmiert waren, Männer in allerlei Lumpen mit Blut auf diesen Lumpen, Männer, in teuflischer Lust mit Spitzen und Seidenzeug und Band von Frauenkleidern geputzt, alles befleckt und getränkt mit Blut. Äxte, Messer, Bajonette, Säbel, die zum Schärfen an den Schleifstein gebracht wurden, waren rot von Blut. Einige hatten sich die schartigen Säbelklingen mit Leinwandstreifen oder Fetzen von Kleidungsstücken an die Hand gebunden, und auch diese Bänder, so verschieden sie waren, hatten alle dieselbe Farbe. Und wie die von Tollwut erfüllten Besitzer dieser Waffen sie aus dem Funkenregen herausrissen und fort auf die Straße stürzten, glänzte dieselbe rote Farbe in ihren tollwütigen Augen, und jeder noch nicht entmenschte Zuschauer hätte zwanzig Jahre seines Lebens gegeben, um diese Augen mit einer gutgezielten Kugel erstarren zu lassen.

All dieses sahen sie in einem Augenblick, wie ein Ertrinkender oder ein Mensch in anderer Todesgefahr eine Welt sehen könnte, wenn sie dort wäre. Sie traten von dem Fenster zurück, und der Doktor blickte fragend in das totenbleiche Gesicht seines Freundes.

„Sie ermorden die Gefangenen", flüsterte Mr. Lorry ihm zu, während er einen scheuen Blick auf die verschlossene Tür warf. „Wenn Sie Ihrer Sache sicher sind, wenn Sie wirklich die Macht haben, die Sie zu besitzen glauben – und ich glaube, Sie haben sie –, so zeigen Sie sich diesen Teufeln und lassen Sie sich von ihnen nach La Force bringen. Es ist vielleicht zu spät, ich weiß das nicht, aber warten Sie keine Minute länger!"

Dr. Manette drückte ihm die Hand, eilte barhäuptig aus dem Zimmer und war schon im Hof, als Mr. Lorry wieder an das Fenster trat.

Sein wehendes weißes Haar, sein eigentümliches Gesicht und die ungestüme Zuversicht, mit der er die Waffen beiseite schob, brachten ihn in einem Augenblick bis ins Zentrum des Haufens, wo der Schleifstein stand. Ein paar Sekunden lang war eine Pause, dann entstand ein Drängen, und man vernahm ein Gemurmel und den unverständlichen Klang seiner Stimme, und dann sah Mr. Lorry, wie er aus dem dichten Haufen, in dessen Mitte sich um ihn ein Kreis aus zwanzig Männern gebildet hatte, die Schulter an Schulter standen, unter den Rufen „Ein Hoch dem Gefangenen der Bastille! Hilfe für den Verwandten des Bastille-Gefangenen in La Force! Platz dort vorn für den Bastille-Gefangenen! Rettet den Gefangenen Evrémonde in La Force!" und tausend antwortenden Rufen hinausgebracht wurde.

Er schloß die Jalousien wieder mit bangem Herzen, machte das Fenster und den Vorhang zu, eilte zu Lucie und teilte ihr mit, daß ihr Vater Beistand bei dem Volk gefunden habe und fort sei, um ihren Gatten zu suchen. Er fand ihr Kind und Miss Pross bei ihr; aber er staunte noch gar nicht über ihren Anblick, erst später, als er, sie beobachtend, in solcher Stille dasaß, wie diese Nacht es gestattete.

Unterdessen war Lucie in dumpfer Betäubung vor ihm auf den Fußboden gefallen und hielt krampfhaft seine Hand fest. Miss Pross hatte das Kind auf Mr. Lorrys Bett gelegt, und ihr Kopf war allmählich auf das Kissen neben ihren kleinen Schützling gesunken. Ach, die lange, lange Nacht, mit dem Gestöhn der armen Lucie! Und ach, die lange, lange Nacht, ohne daß ihr Vater mit Nachrichten zurückkam!

Noch zweimal läutete nachts die Glocke, und wieder

strömten Volkshaufen herein, und der Schleifstein drehte sich und sprühte Funken.

„Was ist das?“ rief Lucie erschreckt.

„Still! Die Soldaten schleifen ihre Säbel“, sagte Mr. Lorry. „Das Haus ist jetzt Nationaleigentum und wird gewissermaßen als Waffenschmiede benutzt.“

Noch zweimal und nicht mehr, und das letztemal ging die Arbeit matt und unterbrochen vor sich. Bald darauf begann der Tag zu grauen, und Mr. Lorry machte sich sanft von der ihn immer noch krampfhaft festhaltenden Hand los und schaute wieder vorsichtig hinaus. Ein Mann, so mit Blut befleckt, daß er ein schwerverwundeter Soldat hätte sein können, der unter den Leichen eines Schlachtfeldes wieder zum Bewußtsein kommt, stand von dem Pflaster neben dem Schleifstein auf und sah sich mit verstörtem Blick um. Gleich darauf erblickte der tatenmüde Mörder im ungewissen Dämmerschein des Morgens eine der Kutschen Monseigneurs, wankte auf die Prachtkarosse zu, stieg hinein und machte die Tür hinter sich zu, um auf ihren üppigen Polstern auszuschlafen.

Der große Schleifstein, die Erde, hatte sich gedreht, als Mr. Lorry wieder hinaussah, und die Sonne schien rot in den Hof. Aber der kleinere Schleifstein stand dort einsam in der stillen Morgenluft mit einem Rot darauf, das ihm die Sonne nicht gegeben hatte und nicht wegnehmen konnte.

3. Kapitel

Der Schatten

Eine der ersten Erwägungen, die sich mit den Geschäftsstunden in dem Geschäftsmann Mr. Lorry geltend machte, war, daß er kein Recht habe, Tellson's Geschäft durch die Aufnahme der Gattin eines eingekerkerten Emigranten unter dem Dach der Bank in Gefahr zu bringen. Sein eigenes Vermögen, seine Sicherheit und sein Leben hätte er, ohne einen Augenblick zu zögern, für Lucie und ihr Kind aufs Spiel gesetzt; aber hier handelte es sich nicht um sein Eigentum, und in dieser Geschäftsangelegenheit war er im strengsten Sinne ein Geschäftsmann.

Zuerst dachte er an Defarge, den er aufsuchen und über den sichersten Aufenthalt bei dem ungeordneten Zustand der Stadt zu Rate ziehen wollte. Aber dieselbe Erwägung, die ihn auf diesen Mann brachte, riet auch wieder von ihm ab; denn er wohnte in dem gewalttätigsten Viertel und war jedenfalls dort von großem Einfluß und tief verstrickt in seine gefährlichen Umtriebe.

Da der Mittag kam und der Doktor noch nicht zurückkehrte und jede Minute Verzug Tellson's mehr gefährden konnte, ging Mr. Lorry mit Lucie zu Rate. Sie sagte, daß ihr Vater davon gesprochen habe, in diesem Viertel in der Nähe des Bankhauses auf kurze Zeit eine Wohnung zu mieten. Da vom Geschäftsstandpunkt nichts dagegen einzuwenden war und Mr. Lorry voraussah, daß, selbst wenn alles mit Charles gutging und er wieder frei wurde, er doch keinesfalls die Stadt verlassen könnte, so ging er aus, um eine solche Wohnung zu suchen, und fand eine passende weit hinten in einer abgelegenen Nebenstraße, wo die geschlossenen Jalousien aller anderen Fenster eines hohen melancholischen Häuserblocks verkündcten, daß alles verlassen sei.

Zu dieser Wohnung brachte er sofort Lucie mit ihrem Kind und Miss Pross und richtete sie dort so komfortabel ein, wie es ihm selbst unter Aufopferung seines eigenen Komforts möglich war. Er ließ Jerry bei ihnen zurück als einen Hüter des Torwegs, der einen tüchtigen Schlag auf den Kopf aushalten konnte, und kehrte dann zu seinen eigenen Geschäften zurück. Vielfach zogen Unruhe und schwere Sorgen seine Aufmerksamkeit davon ab, und langsam verstrich ihm der Tag.

Der Tag erschöpfte sich und mit ihm Mr. Lorrys Konzentration, als die Bank geschlossen wurde. Er war abermals in demselben Zimmer wie gestern abend allein und überlegte, was zunächst zu tun sei, als er jemanden die Treppe heraufkommen hörte. Wenige Augenblicke danach stand ein Mann vor ihm, der ihn mit einem scharf beobachtenden Blick beim Namen nannte.

„Ihr Diener", sagte Mr. Lorry.

„Kennen Sie mich?"

Es war ein kräftig gebauter Mann mit dunklen Lokken, fünfundvierzig bis fünfzig Jahre alt. Als Antwort wiederholte er, ohne den Ton zu verändern: „Kennen Sie mich?"

„Ich habe Sie irgendwo gesehn."

„Vielleicht in meiner Weinhandlung?"

Voller Spannung und Aufregung sagte Mr. Lorry: „Sie kommen von Dr. Manette?"

„Ja. Ich komme von Dr. Manette."

„Und was sagt er? Was schickt er mir?"

Defarge legte einen ungefalteten Zettel in die ihm entgegengestreckte Hand. Darauf stand, von des Doktors Hand geschrieben: „Charles ist sicher, aber ich selbst kann aus Sicherheitsgründen diesen Ort noch nicht verlassen. Es ist mir die Vergünstigung zugestanden worden, dem Überbringer ein paar Zeilen von Charles an seine Frau mitgeben zu dürfen. Lassen Sie den Überbringer seine Frau sehen."

Der Zettel war vor einer Stunde in La Force geschrieben worden.

„Wollen Sie mich in die Wohnung seiner Frau begleiten", sagte Mr. Lorry mit erleichtertem Herzen, als er den Zettel laut gelesen hatte.

„Ja", entgegnete Defarge.

Mr. Lorry beachtete bis dahin kaum, in welch seltsam zurückhaltendem und mechanischem Ton Defarge sprach, sondern setzte seinen Hut auf und ging mit ihm hinunter auf den Hof. Dort fanden sie zwei Frauen, von denen eine strickte.

„Wahrhaftig, Madame Defarge!" sagte Mr. Lorry, der sie genau in derselben Stellung vor ungefähr siebzehn Jahren verlassen hatte.

„Sie ist's", bemerkte ihr Gatte.

„Geht Madame mit uns?" fragte Mr. Lorry, als er sah, daß sie sich ebenfalls in Bewegung setzte.

„Ja. Damit sie die Gesichter sehen und die Personen kennenlernen kann. Es geschieht ihrer Sicherheit wegen."

Dem Buchhalter fiel allmählich Defarges Art und Weise auf, und er blickte ihn zweifelnd an und ging voraus. Die beiden Frauen folgten; die andere war der Racheengel.

Sie gingen so rasch als möglich durch die dazwischenliegenden Straßen, stiegen die Treppe der neuen Wohnung hinauf, wurden von Jerry eingelassen und fanden Lucie allein und in Tränen. Sie geriet fast außer sich über die Nachricht, die ihr Mr. Lorry von ihrem Gatten gab, und drückte mit Wärme die Hand, die ihr den Zettel brachte, nicht ahnend, was sie in der Nacht in der Nähe ihres Gatten getan hatte und ohne einen bloßen Zufall ihm hätte antun können.

„Liebste – fasse Mut. Ich befinde mich wohl, und dein Vater hat Einfluß in meiner Umgebung. Du kannst hierauf nicht antworten. Küsse unser Kind für mich."

Weiter stand nichts auf dem Zettel. Es bedeutete jedoch so viel für die Empfängerin, daß sie sich von Defarge zu seiner Frau wandte und eine der strickenden Hände küßte. Es war eine leidenschaftliche, dankbare, aus dem Herzen kommende Geste, aber die Hand gab keine Antwort, sondern fiel kalt und schwer wieder herunter und fing von neuem an zu stricken.

Es war etwas in der Berührung der Hand, was Lucie auffiel. Sie wollte eben den Zettel in ihren Busen stekken und hielt inne, um Madame Defarge erschreckt anzusehen. Madame Defarge erwiderte ihren Blick mit kaltem, gleichgültigem Gesicht.

„Liebe Lucie", mischte sich Mr. Lorry erklärend ein, „es sind häufig Volksaufläufe auf den Straßen; und obgleich es unwahrscheinlich ist, daß sie Sie jemals belästigen werden, so möchte doch Madame Defarge diejenigen sehen, die sie durch ihren Einfluß in solchen Zeiten beschützen kann, um sie kennenzulernen. Ich glaube", sagte Mr. Lorry, der in seinen beruhigenden Worten unsicher steckenblieb, als das gleichgültig harte Wesen der drei anderen ihm immer mehr auffiel, „ich glaube, so verhält es sich, Bürger Defarge."

Defarge warf einen finsteren Blick auf seine Frau und gab keine andere Antwort als ein mürrisch zustimmendes Brummen.

„Es wäre besser, liebe Lucie", sagte Mr. Lorry, um nichts zu versäumen, was gewinnen oder versöhnen konnte, „wenn Sie auch die Kleine hereinkommen ließen und unsere gute Pross. Unsere gute Pross, Defarge, ist eine englische Dame und versteht nicht Französisch."

Die fragliche Dame, deren tief eingewurzelte Überzeugung, es mit jedem Ausländer mehr als aufnehmen zu können, nicht durch Not oder Gefahr zu erschüttern war, trat mit übereinandergeschlagenen Armen ein und sagte auf englisch zu dem Racheengel, auf den ihre Blicke zuerst fielen: „Du mit dem frechen Gesicht könntest mir wohl gefallen! Ich hoffe, dir geht es gut!" Sie bedachte auch Madame Defarge mit einem britischen Husten, aber keine von beiden beachtete sie besonders.

„Ist das sein Kind?" fragte Madame Defarge, indem sie zum erstenmal in ihrer Arbeit innehielt und mit der Stricknadel auf die kleine Lucie deutete, als wäre sie der Finger des Schicksals. .

„Ja, Madame", gab Mr. Lorry zur Antwort; „das ist die geliebte Tochter und das einzige Kind unseres armen Gefangenen."

Der Madame Defarge und ihren Begleitern folgende Schatten schien so düster und drohend auf das Kind zu fallen, daß sich die Mutter unwillkürlich neben ihr Töchterchen auf den Fußboden kniete und es an ihre Brust drückte. Der Madame Defarge und ihren Begleitern folgende Schatten schien dann düster und drohend auf Mutter und Kind zu fallen.

„Es genügt, Defarge", sagte Madame Defarge. „Ich habe sie gesehen. Wir können gehen."

Aber diese zurückhaltende Art hatte Drohendes genug – nicht sichtbar und zur Schau getragen, sondern undeutlich und mehr zu ahnen –, so daß Lucie, während sie mit ihrer bittenden Hand Madame Defarges

Kleid anfaßte, veranlaßt wurde zu sagen: „Sie werden gut sein gegen meinen armen Gatten? Sie werden ihm nichts Böses zufügen? Sie werden mich zu ihm bringen, wenn Sie können?“

„Mit Ihrem Gatten habe ich hier nichts zu tun“, entgegnete Madame Defarge und sah mit einer nicht aus dem Gleichgewicht zu bringenden Ruhe auf sie herab. „Nur die Tochter Ihres Vaters ist es, die mich hierherführte.“

„So haben Sie um meinetwillen Erbarmen mit meinem Gatten. Um meines Kindes willen! Es soll seine Händchen falten und Sie bitten, Erbarmen zu haben! Wir fürchten Sie mehr als jene anderen.“

Madame Defarge nahm dies als eine Schmeichelei auf und sah ihren Mann an. Defarge, der sich verlegen den Daumennagel zerbissen und sie angesehen hatte, zog sein Gesicht in strengere Falten zusammen.

„Was schreibt Ihr Mann auf dem Zettel?“ fragte Madame Defarge mit einem lauernden Lächeln. „Einfluß? Er sagt etwas von Einfluß?“

„Daß mein Vater in seiner Umgebung viel Einfluß hat“, sagte Lucie, indem sie den Zettel hastig aus dem Ausschnitt hervorholte, aber ihre besorgten Blicke nicht auf das Papier, sondern auf die Fragende heftete.

„Das wird ihn schon befreien!“ sagte Madame Defarge. „Ganz gewiß.“

„Als Ehefrau und Mutter“, flehte Lucie sie aus tiefstem Herzen an, „bitte ich Sie, Erbarmen mit mir zu haben und die Macht, die Sie besitzen, nicht gegen meinen schuldlosen Gatten, sondern für ihn zu verwenden! O denken Sie als ein Kind desselben großen Vaters an mich, denken Sie an mich als Ehefrau und als Mutter!“

Madame Defarge sah die Flehende so kalt wie vorhin an und sagte dann zu ihrer Freundin, dem Racheengel: „Die Frauen und Mütter, die wir gesehen haben, seit wir so klein waren wie dieses Kind, und kleiner noch, sind nicht sehr berücksichtigt worden, als *ihre* Männer und Väter in den Kerker geworfen wurden und lange dort bleiben mußten. Haben wir nicht während unseres ganzen Lebens unsere eigenen Schwestern und ihre Kinder Armut, Nacktheit, Hunger, Durst, Krankheit, Elend, Bedrückung und Vernachlässigung jeder Art erleiden sehen?"

„Wir haben nichts anderes gesehen", entgegnete der Racheengel.

„Wir haben dies lange getragen", sagte Madame Defarge, zu Lucie gewandt. „Urteilen Sie selbst! Ist es wahrscheinlich, daß der Kummer einer Frau und Mutter jetzt bei uns von großem Gewicht sein würde?"

Sie begann wieder zu stricken und ging hinaus; der Racheengel folgte. Defarge bildete den Schluß und machte die Tür zu.

„Mut, meine liebe Lucie", sagte Mr. Lorry, als er sie aufhob. „Mut! Mut! Soweit gelingt alles – viel, viel besser, als es in letzter Zeit vielen Armen gelungen ist. Fassen Sie Mut und danken Sie Gott."

„Ich vergesse sicher nicht, Gott zu danken, aber dieses schreckliche Weib scheint einen Schatten auf mich und auf all meine Hoffnungen zu werfen."

„Beruhigen Sie sich", sagte Mr. Lorry. „Woher die Mutlosigkeit in diesem tapferen Herzen? Es ist in der Tat ein Schatten! Kein körperliches Wesen, Lucie."

Aber der Schatten, den das Benehmen dieser Defarge verbreitete, fiel trotz alledem auch auf ihn, und in seinem Innersten war er sehr besorgt darüber.

4. Kapitel

Eine Ruhepause im Sturm

Dr. Manette kehrte am Morgen des vierten Tages seiner Abwesenheit zurück. Viel von dem, was in jener schrecklichen Zeit geschehen war, verschwieg man Lucie, und es blieb ihr so vollkommen fremd, daß sie erst viel später, als Frankreich und sie weit voneinander getrennt waren, erfuhr, daß elfhundert wehrlose Gefangene beider Geschlechter und jeden Alters von dem

Volk ermordet und vier Tage und Nächte durch diese Schreckenstat geschändet worden waren und daß die Luft, die sie einatmete, die letzten Seufzer der Erschlagenen aufgenommen hatte. Sie wußte nur, daß ein Angriff auf die Gefängnisse stattgefunden hatte, daß alle politischen Gefangenen in Gefahr gewesen waren und daß der Pöbel einige herausgeschleppt und ermordet hatte.

Der Doktor erzählte Mr. Lorry unter der Bedingung strengsten Schweigens, auf der er nicht mit Nachdruck zu verweilen brauchte, daß ihn der Menschenhaufen mitten durch das mordende Gewühl zum Gefängnis La Force gebracht hatte. Dort saß ein selbsternanntes Gericht, dem man die Gefangenen einzeln vorführte und das in rascher Folge Befehle erteilte, sie fortzuschaffen, um sie niederzumetzeln, oder sie freizulassen oder (in seltenen Fällen) sie in ihre Zellen zurückzubringen. Von seinen Führern vor dieses Gericht gebracht, hatte er sich ihm als der genannt, der achtzehn Jahre lang – geheim und unverhört – in der Bastille gefangen gewesen war; und einer von den zu Gericht Sitzenden war aufgestanden und hatte ihn identifiziert, und dieser eine war Defarge.

Darauf hatte er sich in den auf dem Tisch liegenden Verzeichnissen versichert, daß sein Schwiegersohn noch unter den lebenden Gefangenen war, und hatte dem Gericht – von dem einige Mitglieder schliefen, einige wachten, einige befleckt von Mord, einige rein, einige nüchtern und andere nicht nüchtern waren – die dringendsten Vorstellungen gemacht, ihm Leben und Freiheit zu schenken. In den ersten überschwenglichen Worten, mit denen er als ein ausgezeichnetes Opfer des gestürzten Systems begrüßt worden war, hatte man ihm die Vorführung und das Verhör Charles Darnays vor dem selbst eingesetzten Gericht zugestanden. Er sollte gerade freigelassen werden, als in der zu seinen Gunsten herrschenden Stimmung plötzlich eine dem Doktor nicht verständliche Wendung eingetreten war, die zu einer kurzen geheimen Beratung geführt hatte. Der Vorsitzende hatte dann Dr. Manette mitgeteilt, daß der Gefangene verhaftet bleiben müßte, aber um seinetwillen für unverletzlich erklärt werden solle. Gleich darauf war auf ein Zeichen der Gefangene wieder in das Innere des Gefängnisses geschafft worden; aber der Doktor hatte so nachdrücklich um Erlaubnis gebeten, dableiben und sich versichern zu dürfen, daß sein Schwiegersohn weder durch bösen Willen noch durch bösen Zufall den Mordgesellen überliefert würde, deren Geschrei vor dem Tor oft die Verhandlungen übertönte, daß er die Erlaubnis erlangt und in der Nähe des Blutgerichts verweilt hatte, bis alle Gefahr vorüber war.

Was er dort neben den kurzen Unterbrechungen von Essen und Schlafen gesehen hatte, soll unerzählt bleiben. Die wahnwitzige Freude über die geretteten Gefangenen hatte ihn kaum weniger in Erstaunen gesetzt als die wahnwitzige Grausamkeit, mit der die anderen in Stücke zerhackt wurden. Von einem Gefangenen erzählte er, der als frei von dem Gericht entlassen wurde, den aber aus Irrtum ein Wüterich beim Hinausgehen mit der Pike verwundet hatte. Gebeten, ihm beizuspringen und die Wunde zu verbinden, war der Doktor zu demselben Tor hinausgegangen und hatte ihn in den Armen einer Gesellschaft Samariter gefunden, die auf den Leichen ihrer Opfer saßen. Mit einer Inkonsequenz, die so ungeheuerlich wie alles andere in diesem schrecklichen Alptraum war, hatten sie dem Arzt geholfen und den Verwundeten mit sanfter Hand gepflegt – hatten eine Trage für ihn gemacht und ihn sorglich fortgetragen – und dann wieder zu ihren Waffen gegriffen und von neuem eine so gräßliche Metzelei begonnen, daß sich der Doktor die Augen mit den Händen zugedeckt hatte und in Ohnmacht gesunken war.

Als sich Mr. Lorry das erzählen ließ und dabei das Gesicht seines jetzt zweiundsechzig Jahre alten Freundes beobachtete, entstand in ihm eine bange Besorgnis, daß so schauerliche Erlebnisse die alte Gefahr zurückbringen könnten. Aber er hatte seinen Freund noch nie in seiner gegenwärtigen Erscheinung gesehen; er hatte ihn nie in seinem gegenwärtigen Charakter gekannt. Zum erstenmal fühlte jetzt der Doktor, daß sein Leiden Stärke und Macht war. Zum erstenmal fühlte er, daß er in diesem heißen Feuer langsam das Eisen geschmiedet hatte, womit er die Kerkertür des Gatten seiner Tochter aufbrechen und ihn befreien konnte. „Es hat alles zu einem guten Ziel geführt, mein Freund; es war nicht alles rein verloren. Wie mir mein geliebtes Kind geholfen hat, mich selbst wiederzufinden, will ich ihr jetzt helfen, ihr das Liebste, was sie hat, zurückzugeben; mit Gottes Hilfe will ich es ausführen!" so sprach Dr. Manette. Und als Jarvis Lorry die funkelnden Augen, das entschlossene Gesicht, die ruhige, selbstbewußte Haltung des Mannes sah, dessen Leben – so schien es ihm immer – wie eine Uhr so viele Jahre stillgestanden und dann wieder mit einer Energie angefangen hatte zu gehen, die, während sein nützliches Wirken unterbrochen war, geschlummert hatte, da glaubte er es.

Größeres als der Doktor damals bekämpfen mußte, hätte vor seiner Ausdauer nachgegeben. Während er auf seinem Posten blieb, als ein Arzt, der mit Menschen jeder Art, mit Gefangenen und Freien, mit Reichen und Armen, mit Guten und Schlimmen zu tun hat, benutzte er seinen persönlichen Einfluß so klug, daß er sehr bald der inspizierende Arzt von drei Gefängnissen (unter diesen La Force) war. Er konnte jetzt Lucie versichern, daß ihr Gatte nicht länger allein saß, sondern sich unter der allgemeinen Gesellschaft der Gefangenen befand; er sah ihren Gatten wöchentlich und überbrachte ihr unmittelbar von ihm selbst zärtliche Botschaften. Manchmal schickte er ihr einen Brief (obgleich nie durch Vermittlung des Doktors), aber sie durfte ihm nicht wieder schreiben; denn unter den vielen heftigen Verdächtigungen von Verschwörungen in den Gefängnissen wiesen die heftigsten auf Emigranten hin, die Freunde und dauernde Verbindungen im Ausland hatten.

Dieses neue Leben des Doktors war allerdings ein sorgenvolles Leben; aber der scharfblickende Mr. Lorry erkannte, daß ein neuer, ihn aufrecht erhaltender Stolz damit verbunden war. Nichts Unziemliches hatte dieser Stolz; es war ein natürliches und würdiges Gefühl; aber er beobachtete ihn als eine Merkwürdigkeit. Der Doktor wußte, daß sich bisher in den Gedanken seiner Tochter und seines Freundes seine Einkerkerung nicht von seinen persönlichen Leiden und Schwächen hatte trennen lassen. Jetzt war dies anders geworden, und er fühlte sich durch diese alte Prüfung mit Kräften ausgestattet, von denen sie beide für Charles Sicherheit und Freiheit erwarteten, und diese Veränderung gab ihm solchen Aufschwung, daß er die Führung und Leitung übernahm und von ihnen, als den Schwachen, verlangte, ihm, als dem Starken, zu vertrauen. Die Stellung, die er und Lucie früher zueinander einnahmen, war umgekehrt, aber nur wie sie die lebhafteste Dankbarkeit und Liebe umkehren konnten, denn er hätte sich bloß stark fühlen können, wenn er ihr, die soviel für ihn geleistet hatte, einen Dienst leisten konnte. ‚Ein merkwürdiges Schauspiel', dachte Mr. Lorry in seiner liebenswürdig schlauen Weise, ‚aber ganz natürlich und richtig; also übernehmen Sie die Führung, bester Freund, und behalten Sie diese; sie könnte nicht in besseren Händen sein.'

Aber obgleich der Doktor keine Anstrengungen sparte und nie aufhörte zu versuchen, Charles Darnay die Freiheit zu verschaffen oder ihn wenigstens vor Gericht zu bringen, so ging doch die allgemeine Strömung der Zeit zu schnell und stark gegen ihn. Die neue Ära begann; der König war gerichtet, verurteilt und enthauptet, die Republik der Freiheit, Gleichheit, Brüderlichkeit oder des Todes stand für Sieg oder Tod gegen die Welt in Waffen, die schwarze Fahne wehte Tag und Nacht von den großen Türmen der Kirche Notre-Dame, dreihunderttausend Mann, aufgerufen, sich gegen die Tyrannen zu erheben, erhoben sich aus all den verschiedenen Landstrichen Frankreichs, als ob die Drachensaat mit voller Hand ausgesät worden war, und überall – im Tal und auf den Bergen, auf den Felsen, im Sand und im Schlamm, unter dem lächelnden Himmel des Südens und unter den Wolken des Nordens, in Wald und

Heide, in Weinbergen und Olivengärten, unter dem verkümmerten Gras und den Stoppeln, auf den fruchtbaren Ufern der breiten Ströme und dem Geröll des Seestrandes – Frucht getragen hätte. Welche Privatsorge konnte gegen die Sintflut des Jahres eins der Freiheit standhalten – gegen die Sintflut, die von unten in die Höhe stieg und nicht von oben kam, vor der die Fenster des Himmels geschlossen waren und nicht offenstanden!

Es gab keinen Stillstand, kein Erbarmen, keinen Frieden, keine mitleidsvolle Ruhepause, kein Abmessen der Zeit. Obgleich Tage und Nächte so regelmäßig ihren Kreislauf verfolgten wie damals, als die Zeit noch jung war und aus Abend und Morgen der erste Tag wurde, gab es doch keine andere Zeitrechnung. Der Sinn dafür ging in dem rasenden Fieber eines ganzen Volkes verloren, ganz so wie es bei dem Fieber eines einzelnen Kranken geschieht. Jetzt wurde das unnatürliche Schweigen einer ganzen Stadt unterbrochen, und der Scharfrichter zeigte dem Volk den Kopf des Königs – und jetzt, fast wie im selben Atemzug, den Kopf seiner schönen Gemahlin, deren Haar in acht Monaten eingekerkerter Witwenschaft vor Jammer und Not grau geworden war.

Und dennoch, gehorsam dem seltsamen Gesetz des Widerspruchs, das in all solchen Fällen herrscht, war die Zeit lang, während sie so rasch vorbeisauste. Ein Revolutionsgericht in der Hauptstadt und vierzig- oder fünfzigtausend Revolutionsausschüsse im ganzen Land; ein Verdächtigengesetz, das alle Sicherheit für Frieden oder Leben wegnahm und jeden Guten und Unschuldigen in die Hand jedes Schlechten und Schuldigen gab; Gefängnisse, vollgestopft mit Leuten, die kein Verbrechen begangen hatten und kein Gehör erlangen konnten; all dieses wurde zur festbegründeten Ordnung und selbstverständlichen Einrichtung und schien alter Brauch zu sein, bevor es viele Wochen alt war. Vor allem wurde das Auge mit einem scheußlichen Anblick so vertraut, als hätte es ihn vom Anfang der Welt an alle Tage gesehen – mit dem Anblick des scharfen Frauenzimmers, genannt La Guillotine.

Sie war jetzt der allgemein beliebte Gegenstand für Scherze; sie war das beste Mittel gegen Kopfschmerzen, sie war ein unfehlbarer Schutz vor dem Grauwerden der Haare, sie gab der Gesichtsfarbe eine eigentümliche Zartheit, sie war das Nationalrasiermesser, das sehr glatt rasierte; wer La Guillotine küßte, guckte durch das Fensterchen und nießte in den Sack. Sie war das Zeichen der Wiedergeburt des Menschengeschlechts. Sie trat an die Stelle des Kreuzes. Kleine Guillotinen trugen Leute auf der Brust, von der das Kreuz verschwunden war, und man beugte sich vor der Guillotine und glaubte an sie, wo man das Kreuz verleugnete.

Sie hatte so viele Köpfe abgeschlagen, daß sie selbst und die Stelle, wo sie am meisten wütete, von Blut durchtränkt waren. Sie wurde wie ein künstliches Spielzeug für einen jungen Teufel auseinandergenommen und wieder zusammengesetzt, wo man sie brauchte. Sie brachte den Beredsamen zum Schweigen, schlug den Mächtigen nieder, vernichtete die Schönen und Guten. Zweiundzwanzig Freunden von hohem Ansehen im öffentlichen Leben, einundzwanzig Lebendigen und einem Toten, hatte sie an einem Morgen in ebenso vielen Minuten die Köpfe abgeschlagen. Der oberste Beamte, der sie in Bewegung setzte, hatte den Namen des starken Mannes im Alten Testament geerbt; aber so bewaffnet war er stärker als sein Namensvetter und blinder, und er trug täglich die Tore von Gottes eigenem Tempel fort.

Unter diesen Schrecken und dem Gezücht, das davon lebte, wandelte der Doktor gefaßt einher – voller Vertrauen auf seine Macht, vorsichtig ausdauernd in seinem Ziel, nie bezweifelnd, daß er Lucies Gatten schließlich retten werde. Aber der Strom der Zeit schoß so stark und tief vorbei und riß die Zeit so ungestüm mit sich fort, daß Charles bereits ein Jahr und drei Monate im Gefängnis schmachtete, als der Doktor immer noch voll ruhiger Zuversicht war. Die Revolution war in diesem Dezembermonat so viel bösartiger und wütender geworden, daß die Flüsse im Süden von den Leichen der während der Nacht gewaltsam Ertränkten verstopft wurden und man unter der südlichen Wintersonne Gefangene in Reihen und Karrees niederschoß. Immer noch wandelte der Doktor unter den Greueln gefaßt einher. Damals war in Paris niemand besser als er bekannt; niemand befand sich in einer seltsameren Situation. Schweigsam, menschenfreundlich, unentbehrlich im Hospital und Gefängnis, seine Fertigkeiten gleichmäßig unter Mördern und Opfern anwendend, war er ein Mann für sich. In der Ausübung seiner Kunst unterschied ihn das Aussehen und die Geschichte des Bastille-Gefangenen weit von allen anderen Menschen. Er wurde nicht verdächtigt oder in Frage gestellt, ebensowenig als ob er vor etwa achtzehn Jahren auferstanden wäre oder sich als Geist unter den Sterblichen bewegte.

5. *Kapitel*

Der Mann mit der Holzsäge

Ein Jahr und drei Monate. Während dieser ganzen Zeit war Lucie keine Stunde am Tag sicher, ob nicht am nächsten Morgen das Haupt ihres Gatten unter der Guillotine fallen würde. Jeden Tag rollten durch die gepflasterten Straßen schwerfällig die vollen Karren mit den Verurteilten. Schöne Mädchen, elegante Frauen mit braunen, schwarzen und grauen Locken, Jünglinge, kräftige Männer und Greise, Edelleute und Bauern, alles roter Wein für La Guillotine, täglich ans Tageslicht gebracht aus den dunklen Kellern der scheußlichen Gefängnisse und ihr durch die Straßen zugeführt, damit sie ihren brennenden Durst lösche. Freiheit, Gleichheit, Brüderlichkeit oder Tod – letzterer am allerleichtesten von dir zu schaffen, o Guillotine!

Wenn das plötzliche Eintreten des Unglücks und die brausenden Räder der Zeit die Tochter des Doktors so betäubt hätten, daß sie den Ausgang in tatloser Verzweiflung abgewartet hätte, so wäre es ihr wie vielen anderen gegangen. Aber von der Stunde an, wo sie in der

Dachkammer von St-Antoine sein weißes Haupt an ihren jungen Busen gedrückt hatte, war sie ihren Pflichten treu geblieben. Sie war ihnen am treuesten in der Prüfungszeit, wie es bei allen im stillen guten und loyalen Herzen immer sein wird.

Sobald sie sich in ihrer neuen Wohnung eingerichtet hatten und ihr Vater wieder täglich seinem Beruf nachging, ordnete sie den kleinen Haushalt genau so, als ob ihr Gatte bei ihnen sei. Alles hatte seinen bestimmten Ort und seine bestimmte Zeit. Der kleinen Lucie gab sie so regelmäßig Unterricht, als wären sie alle in ihrem englischen Heim vereinigt. Die kleinen Kunstgriffe, mit denen sie sich selbst in einen Schein des Glaubens hineinheuchelte, daß sie bald wieder beieinander sein würden; die kleinen Vorbereitungen für seine baldige Wiederkehr, das Hinsetzen seines Stuhls und das Hinlegen seiner Bücher – dieses alles und abends das inbrünstige Gebet, besonders für einen geliebten Gefangenen unter den vielen Unglücklichen im Kerker und im Schatten des Todes, waren fast die einzigen ausgesprochenen Erleichterungen, die sie ihrem schweren Herzen gönnte.

In ihrem Aussehen veränderte sie sich wenig. Die einfachen dunklen Kleider, fast wie Trauertracht, in denen sie und ihr Kind einhergingen, waren so schmuck und gut gehalten wie die prächtigeren Kleider glücklicherer Tage. Sie verlor an Farbe, und der alte Ausdruck der Spannung war fortwährend und nicht nur gelegentlich auf ihrem Gesicht zu sehen; im übrigen blieb sie sehr hübsch und anmutig. Manchmal, wenn sie nachts den Vater küßte, brach der Schmerz hervor, den sie den ganzen Tag unterdrückt hatte, und sie sagte ihm, daß er unter dem Himmel ihr einziger Trost sei. Er antwortete immer entschlossen: „Nichts kann ihm geschehen, ohne daß ich es weiß, und ich weiß, daß ich ihn retten kann, Lucie."

Sie hatten ihr neues Leben erst einige Wochen geführt, als ihr Vater eines Abends beim Nachhausekommen zu ihr sagte: „Meine Liebe, es ist im Gefängnis ein hohes Fenster, zu dem Charles um drei Uhr nachmittags manchmal Zutritt finden kann. Wenn er hingelangen kann – was von vielen Ungewißheiten und Zufälligkeiten abhängt –, könnte er dich, so glaubt er, auf der Straße sehen, wenn du dich an einen bestimmten Ort stellst, den ich dir zeigen kann. Aber, meine arme Lucie, du wirst ihn nicht sehen können, und selbst wenn es der Fall wäre, wäre es gefährlich für dich, ein Erkennungszeichen zu geben."

„Oh, zeige mir die Stelle, Vater, und ich will jeden Tag hingehen."

Von dieser Zeit an wartete sie dort bei jeder Witterung zwei Stunden. Mit dem Glockenschlag zwei war sie dort, und um vier ging sie resigniert nach Hause. Wenn es nicht zu naß oder zu kalt für ihr Kind war, nahm sie es mit, zu anderen Zeiten war sie allein; aber sie blieb keinen einzigen Tag aus.

Die Stelle war die dunkle und schmutzige Ecke eines krummen Gäßchens. Die Hütte eines Mannes, der Brennholz zersägte, war das einzige Haus an diesem Ende, alles übrige war Mauer. Am dritten Tag ihres Hinkommens nahm er Notiz von ihr.

„Guten Tag, Bürgerin."

„Guten Tag, Bürger."

Diese Form der Anrede war jetzt durch Dekret vorgeschrieben. Sie war schon vor einiger Zeit unter den gesinnungstüchtigen Patrioten eingeführt worden, war aber jetzt für jedermann Gesetz.

„Gehen wieder hier spazieren, Bürgerin?"

„Wie Sie sehen, Bürger!"

Der Holzhändler, ein kleiner Mann von lebhaftem Gebärdenspiel (er war früher einmal Straßenarbeiter), sah hinauf zum Gefängnis, deutete mit dem Finger hin, hielt dann seine zehn Finger vor das Gesicht, um Eisenstäbe darzustellen, und blickte lachend hindurch.

„Aber es ist nicht meine Sache", sagte er und sägte weiter.

Am nächsten Tag erwartete er sie und redete sie an, sowie sie kam.

„Was! Wieder hier spazierengehen, Bürgerin?"

„Ja, Bürger!“

„Ah! Und mit einem Kind. Deine Mutter, nicht wahr, kleine Bürgerin?“

„Soll ich ja sagen, Mama?“ flüsterte die kleine Lucie und drängte sich dichter an die Mutter.

„Ja, liebes Kind.“

„Ja. Bürger.“

„Ach! Aber es ist nicht meine Sache. Meine Arbeit ist meine Sache. Sehen Sie meine Säge! Ich nenne sie meine kleine Guillotine. Lalala! Lalala! Und runter ist sein Kopf!“

Das abgesägte Stück Holz fiel zu Boden, als er sprach, und er warf es in einen Korb.

„Ich nenne mich den Simson der Brennholzguillotine. Sehen Sie wieder her! Lululu! Lululu! Und runter ist *ihr* Kopf! Jetzt ein Kind. Lalala! Lalala! und runter ist *sein* Kopf. Die ganze Familie!“

Lucie überlief ein Schauder, als er noch zwei Holzstücke in den Korb warf, aber wenn sie überhaupt herkommen wollte, während der Holzsäger arbeitete, mußte sie in seinem Gesichtsbereich sein. Daher redete sie ihn von nun an stets zuerst an und gab ihm oft, um ihn bei guter Stimmung zu halten, ein Trinkgeld, das er gern annahm.

Er war sehr neugierig, und manchmal, wenn sie ihn über dem Hinsehen auf die Gefängnisdächer und Gitter und im Hinwenden ihres Herzens zu ihrem Gatten ganz und gar vergessen hatte, entdeckte sie plötzlich, daß er sie betrachtete, während er die Knie auf die Bank stützte und die Säge ruhen ließ. „Aber es ist nicht meine Sache!“ sagte er meistens bei diesen Gelegenheiten und fing rasch wieder zu sägen an.

Bei jedem Wetter, im Schnee und in der Kälte des Winters, in den schneidenden Winden des Frühlings, im heißen Sonnenschein des Sommers, im Regen des Herbstes und wieder im Schnee und in der Kälte des Winters, verbrachte Lucie täglich zwei Stunden an dieser Stelle; und jeden Tag küßte sie beim Fortgehen die Gefängnismauer. Ihr Gatte sah sie (wie sie von ihrem Vater erfuhr) vielleicht alle fünf- bis sechsmal, zuweilen zwei- oder dreimal hintereinander, zuweilen aber auch eine Woche oder vierzehn Tage gar nicht. Es war genug, daß er sie, wenn alles gut ging, sehen konnte und sah, und auf diese Möglichkeit hin hätte sie die ganze Woche lang jeden Tag bis zum Abend ausgeharrt.

So verging die Zeit bis zum Dezember, unter dessen Schrecken ihr Vater ruhigen Mutes einherging. Eines Nachmittags, als es ein wenig schneite, traf sie an ihrer gewöhnlichen Ecke ein. Es war ein Tag wilden Jubels, ein Festtag. Unterwegs hatte sie die Häuser mit kleinen Piken geschmückt gesehen, auf die kleine rote Mützen gesteckt waren; auch mit dreifarbigen Bändern und mit der überall sichtbaren Inschrift (dreifarbige Buchstaben waren die beliebtesten): „Eine und unteilbare Republik, Freiheit, Gleichheit, Brüderlichkeit oder Tod!"

Die elende Bude des Holzsägers war so klein, daß ihre ganze Fläche für diese Inschrift sehr kärglichen Raum bot. Er hatte sie sich jedoch von jemandem schreiben lassen, der das Wort „Tod" mit höchst unangemessener Schwierigkeit hineingequetscht hatte. Auf dem Dach prangten Pike und Mütze, wie es sich für einen guten Bürger geziemte, und in einem Fenster stand seine Säge, der Aufschrift nach seine „kleine heilige Guillotine" genannt – denn das Volk hatte jetzt das große scharfe Frauenzimmer kanonisiert. Sein Laden war geschlossen, und er war nicht da, was eine Erleichterung für Lucie war und ihr erlaubte, allein zu bleiben.

Aber er war nicht weit weg, denn gleich darauf hörte sie das Lärmen und Brüllen eines sich nähernden Menschenhaufens, das sie mit Bangen erfüllte. Einen Augenblick später strömte eine wilde Schar um die Ecke der Gefängnismauer, und in der Mitte sah man den Holzsäger, Hand in Hand mit dem Racheengel. Es konnten nicht weniger als fünfhundert Menschen sein, und sie tanzten wie fünftausend Dämonen. Sie hatten keine andere Musik als ihren eigenen Gesang. Sie tanzten nach dem beliebten Revolutionslied in einem wilden Takt, der einem einstimmigen Zähneknirschen glich. Männer und Frauen tanzten miteinander, Frauen tanzten miteinander, Männer tanzten miteinander, wie sie der Zufall zusammengeführt hatte. Anfangs war es nur ein Gewühl von roten Mützen und alten wollenen Lumpen, aber als die Straße voll wurde und sich der Tanz Lucie näherte, zeigte sich in dem Haufen das schauerliche Gespenst eines toll gewordenen Tanzturniers. Die einzelnen traten vor und zurück, schlugen einander an die Hände, packten einander beim Kopf, drehten sich allein im Kreis, faßten einander an und drehten sich paarweise, bis viele von ihnen erschöpft hinsanken. Während diese liegenblieben, gaben sich die übrigen die Hand, und alle tanzten im Kreis herum; dann löste sich der Reigen, und in besonderen Kreisen von zweien und vieren drehten sie sich weiter, bis alle auf einmal stillstanden, wieder anfingen, in die Hände klatschten, sich packten und fortrissen und dann in umgekehrter Richtung fortwirbelten. Plötzlich blieben sie wieder stehen, fingen mit einem neuen Takt an, bildeten die Straße entlang Reihen und schossen mit gesenkten Köpfen und hoch in die Luft erhobenen Händen wild heulend von dannen. Es war ein ins Unsinnige gekehrter Sport geworden – eine ehedem unschuldige Sache, die jetzt jeder Teufelei anheimgegeben war – eine ehedem gesunde Zerstreuung, jetzt zu einem Mittel geworden, das Blut zu entzünden, die Sinne zu verwirren und das Herz zu verhärten. Die Grazie, die sich dabei noch zeigte, machte es nur um so häßlicher, denn sie verriet, wie verkehrt und verderbt alle von Natur aus guten Dinge werden können. Der in diesem Tanz entblößte Jungfrauenbusen, der fast noch dem Kindesalter angehörende hübsche Kopf, der sich in dem Wahnwitz erhitzte, der zarte Fuß, der in diesem Sumpf von Blut und Schmutz tänzelte, waren Typen der aus den Fugen geratenen Zeit.

Das war die Carmagnole. Wie sie vorübersauste und Lucie mit Schrecken erfüllt und verwirrt in der Tür des Holzsägers stehenblieb, schwebten die Schneeflocken so ruhig herunter und lagen so weich und weiß da, als ob das Ereignis nie stattgefunden hätte.

„Ach, mein Vater" – denn er stand vor ihr, als sie die Augen wieder aufschlug, die sie eine Sekunde mit der Hand zugedeckt hatte –, „ein so entsetzliches schlimmes Schauspiel!"

„Ich weiß, meine Liebe, ich weiß. Ich habe es viele Male gesehn. Beruhige dich! Keiner von ihnen würde dir ein Leid zufügen."

„Ich bin meinetwegen nicht unruhig, Vater. Aber wenn ich an meinen Mann denke und an die Barmherzigkeit dieser Leute ..."

„Er wird sehr bald von ihrer Barmherzigkeit absehen können. Ich verließ ihn, als er zum Fenster hinaufkletterte, und ich komme, um es dir zu sagen. Uns kann hier niemand sehen. Du kannst dort nach jenem höchsten schrägen Dach eine Kußhand schicken."

„Ich tue es, Vater, und schicke ihm meine Seele mit hinauf."

„Du kannst ihn nicht sehen, meine arme Lucie?"

„Nein, Vater", sagte Lucie, mit heißen Tränen ihre Hand küssend, „nein."

Schritte im Schnee. Madame Defarge. „Ich grüße Sie, Bürgerin", vom Doktor. „Ich grüße Sie, Bürger." Dies im Vorbeigehen. Nichts weiter. Madame Defarge ist verschwunden – wie ein Schatten auf einem sonnigen Weg.

„Gib mir deinen Arm, liebe Lucie. Geh seinetwegen mit heiterem und mutigem Gesicht von hier fort. – Das war gut gemacht!" Sie hatten den Ort verlassen. „Es ist nicht umsonst. Charles ist für morgen vorgeladen."

„Für morgen."

„Es ist keine Zeit zu verlieren. Ich bin gut vorbereitet, aber es sind Vorsichtsmaßregeln zu ergreifen, die nicht ergriffen werden konnten, bevor er nicht wirklich vor Gericht gefordert war. Er hat dic Ladung nicht bekommen, aber ich weiß, daß er sie noch in dieser Stunde erhalten und dann nach der Conciergerie gebracht wird; ich habe neueste Nachrichten. Du fürchtest dich doch nicht?"

Sie konnte kaum antworten: „Ich vertraue dir."

„Das kannst du unbedingt tun. Die Ungewißheit ist

nun bald vorüber, mein Herz. Du wirst ihn binnen weniger Stunden wiedersehen; ich habe ihn mit jedem möglichen Schutz umgeben. Ich muß Lorry sprechen."

Er hielt inne. Man hörte in der Nähe ein dumpfes Rollen von Wagen. Beide wußten nur zu gut, was es bedeutete. Eins, zwei, drei. Drei Karren fuhren mit ihrer dem Tode geweihten Ladung über den weißen Schnee.

„Ich muß Lorry sprechen", wiederholte der Doktor, während er mit ihr in einer anderen Richtung fortging.

Der wackere alte Lorry war immer noch auf seinem Vertrauensposten, hatte ihn überhaupt nie verlassen. Er und seine Bücher wurden häufig über konfisziertes und zum Nationalgut geschlagenes Eigentum zu Rate gezogen. Was er den Eigentümern retten konnte, rettete er. Es gab keinen unter den Lebenden, der das besser verwaltete, was Tellson's in Verwahrung hatten, und zu schweigen verstand.

Ein trüber, rot und gelber Himmel und ein von der Seine aufsteigender Nebel verkündeten die nahende Dunkelheit. Es war fast Nacht, als sie die Bank erreichten. Der stattliche Palast Monseigneurs war ganz und gar verödet und verlassen. Über einem Haufen Staub und Asche im Hof las man die Inschrift: „Nationaleigentum. Eine und unteilbare Republik. Freiheit, Gleichheit, Brüderlichkeit oder Tod."

Wer mochte das sein bei Mr. Lorry, der Besitzer des Reitüberrockes auf dem Stuhl, der nicht gesehen werden durfte? Von welchem Neuankömmling kam er, aufgeregt und überrascht, heraus, um seinen Liebling in die Arme zu schließen? Wem wiederholte er ihre gestammelten Worte, als er mit lauter Stimme, den Kopf nach der Tür des Zimmers wendend, aus dem er gekommen war, sagte: „In die Conciergerie gebracht und für morgen vorgeladen!"

6. Kapitel

Triumph

Das gefürchtete Tribunal von fünf Richtern, dem öffentlichen Ankläger und den eingesetzten Geschworenen saß jeden Tag. Jeden Abend erließen sie ihr Requisitionsverzeichnis, das von den Aufsehern der verschiedenen Gefängnisse ihren Gefangenen vorgelesen wurde. Der stehende Aufseherwitz war: „Ihr da drinnen, kommt heraus und hört euch die Abendzeitung an!"

„Charles Evrémonde, genannt Darnay!"

Damit begann endlich die Abendzeitung in La Force.

Wurde ein Name aufgerufen, stellte sich sein Besitzer auf eine nur denjenigen vorbehaltene Stelle, die auf der verhängnisvollen Liste verzeichnet waren. Charles Evrémonde, genannt Darnay, hatte Grund, die Sitte zu kennen; er hatte Hunderte so verschwinden sehen.

Der aufgedunsene Aufseher, der zum Lesen eine Brille trug, sah über diese hinweg, um sich zu vergewissern, daß er auf seinen Platz getreten war, und las das Verzeichnis zu Ende, wobei er bei jedem Namen eine ähnliche kurze Pause machte. Es waren dreiundzwanzig Namen, aber nur zwanzig meldeten sich; denn einer von den vorgeladenen Gefangenen war in dem Gefängnis gestorben und vergessen worden, und zwei waren bereits guillotiniert und ebenfalls vergessen. Das Verzeichnis wurde in dem gewölbten Raum verlesen, wo Darnay in der Nacht seiner Ankunft die versammelten Gefangenen gesehen hatte. Diese waren sämtlich in der Metzelei umgekommen; jeder Mensch, um den er sich seither gekümmert und den er seither hatte scheiden sehen, war auf dem Schafott gestorben.

Es wurden einige Worte des Lebewohls und der Freundschaft gewechselt, aber der Abschied war bald vorüber. Es war ein alltägliches Ereignis, und die Gesellschaft von La Force war mit Vorbereitungen zu Pfänderspielen und einem kleinen Konzert für diesen Abend beschäftigt. Sie drängten sich an die Gitter und vergossen dort Tränen, aber es waren zwanzig Rollen in der beabsichtigten Abendunterhaltung neu zu besetzen, und die Zeit war nur kurz bis zur Schlußstunde, wo die gemeinsamen Zimmer und Korridore den großen Hunden überlassen wurden, die dort während der Nacht Wache hielten. Die Gefangenen waren durchaus nicht gefühllos oder hartherzig; ihr so aussehendes Benehmen entstand nur infolge der Bedingungen des Lebens jener Zeit. Ebenso, obgleich mit einem feinen Unterschied, war eine Art Begeisterung oder Rausch, der einige, wie wohlbekannt ist, verlockt hat, unnötigerweise die Guillotine herauszufordern und durch sie zu sterben, nicht bloße Prahlerei, sondern manchmal Ansteckung der merkwürdig erschütterten öffentlichen Stimmung. In Pestzeiten fühlen sich manche Menschen im geheimen von der Krankheit angezogen und fühlen einen entsetzlichen Drang, daran zu sterben. Und wir alle haben in unserer Brust ähnliche Wunder verborgen, die nur auf die geeigneten Umstände warten, um geweckt zu werden.

Der Weg zur Conciergerie war kurz und dunkel; die Nacht in ihren von Ungeziefer behafteten Zellen war lang und kalt. Am anderen Morgen erschienen fünfzehn Gefangene vor den Schranken, ehe Charles Darnay aufgerufen wurde. Alle fünfzehn wurden verurteilt, und ihr Prozeß hatte keine anderthalb Stunden gedauert.

Charles Evrémonde, genannt Darnay, erschien endlich vor Gericht.

Seine Richter saßen in Federhüten auf der Bank; aber die grobwollene rote Mütze und die dreifarbige Kokarde waren der sonst vorherrschende Kopfputz. Wenn er die Geschworenen und die lärmende Zuhörerschaft betrachtete, hätte er meinen können, daß die gewöhnliche Ordnung der Dinge verkehrt sei und die Verbrecher über die ehrlichen Leute zu Gericht säßen. Der niedrigste und grausamste Pöbel einer Stadt, die nie ohne eine Masse von niedrigen, grausamen und bösartigen Elementen ist, spielte die Hauptrolle, mischte sich lärmend in die Verhandlung, teilte Beifall und Tadel aus und beschleunigte das Resultat, ohne daß ihm jemand hemmend in den Weg trat. Von den Männern war der größte Teil auf verschiedene Weise bewaffnet; von den Frauen trugen einige Messer, andere Dolche, einige aßen und tranken beim Zusehen, viele strickten. Unter diesen letzteren befand sich eine, die, während sie arbeitete, ein Stück Gestricktes unter dem Arm hatte. Sie saß in der vordersten Reihe neben einem Mann, den er seit seiner Ankunft an der Grenze nicht wieder gesehen hatte, den er aber sogleich als Defarge erkannte. Er bemerkte, daß sie ihm ein- oder zweimal etwas ins Ohr flüsterte und daß sie seine Frau zu sein schien; aber was ihm an den beiden am meisten auffiel, war, daß sie, obgleich sie in seiner nächsten Nähe saßen, ihn niemals anblickten. Sie schienen mit trotziger Entschlossenheit auf etwas zu warten und sahen die Geschworenen an, aber sonst niemanden. Unterhalb des Präsidenten saß Dr. Manette in seinem gewöhnlichen einfachen Anzug. Soweit der Gefangene sehen konnte, waren er und Mr. Lorry, außer den zum Gericht gehörenden Personen, die einzigen, die ihre gewöhnlichen Kleider trugen und nicht in der Carmagnole-Tracht einhergingen.

Charles Evrémonde, genannt Darnay, wurde von den öffentlichen Anklägern vor Gericht gestellt als Emigrant, dessen Leben kraft des Dekrets, das alle Emigranten bei Todesstrafe verbannte, der Republik verfallen war. Es war gleichgültig, daß das Dekret erst nach seiner Rückkehr nach Frankreich erlassen war. Hier war er, und dort war das Dekret; er war in Frankreich festgenommen worden, und man verlangte seinen Kopf.

„Schlagt ihm den Kopf ab!" brüllte die Zuhörerschaft. „Er ist ein Feind der Republik."

Der Präsident klingelte, um das Geschrei zu beschwichtigen, und fragte den Gefangenen, ob es wahr sei, daß er viele Jahre in England gelebt habe?

Allerdings war dies der Fall.

Ob er nicht damals ein Emigrant gewesen sei? Wie er sich genannt habe?

Nicht Emigrant im Sinne und Geiste des Gesetzes, hoffe er.

Warum nicht? wünschte der Präsident zu wissen.

Weil er freiwillig einen Titel und eine Stellung aufgegeben habe, die ihm Abneigung eingeflößt hatten; er habe sein Vaterland verlassen – er erlaube sich zu bemerken, *bevor* das Wort Emigrant in seinem gegenwärtig von dem Gericht angenommen Sinne im Gebrauch gewesen sei –, um lieber von seiner eignen Arbeit in England als von der Arbeit eines schwer belasteten Volkes in Frankreich zu leben.

Welche Beweise er dafür habe?

Er nannte die Namen von zwei Zeugen: Théophile Gabelle und Alexandre Manette.

Aber er habe sich in England verheiratet? erinnerte ihn der Präsident.

Allerdings, aber nicht mit einer Engländerin.

Mit einer Bürgerin von Frankreich?

Ja, von Geburt.

Ihr Name und ihre Familie!

„Lucie Manette, einzige Tochter des Dr. Manette, des guten Arztes, der dort sitzt."

Diese Antwort machte einen glücklichen Eindruck auf die Versammlung. Ausrufe zum Wohle des bekannten guten Arztes erschütterten den Gerichtssaal. Das Volk war so launenhaft bewegt, daß sofort Tränen aus mehreren grausamen Augen rollten, die eben noch den Gefangenen wütend angestiert hatten, als brennten sie vor Ungeduld, ihn auf die Straße hinauszuschleppen und totzuschlagen.

Mit diesen wenigen Schritten seines gefährlichen Weges hatte Charles Darnay seinen Fuß genau nach Dr. Manettes wiederholten Verhaltensbefehlen gesetzt. Derselbe vorsichtige Ratgeber lenkte jeden Schritt, der noch vor ihm lag, und hatte jeden Zoll seines Weges vorbereitet.

Der Präsident fragte, warum er gerade zu diesem Zeitpunkt und nicht früher nach Frankreich zurückgekehrt sei.

Er sei nicht eher zurückgekehrt, gab er zur Antwort, weil er in Frankreich einfach keine anderen Mittel –

außer den aufgegebenen – besessen habe, während er sich in England durch Unterrichterteilen in der französischen Sprache und Literatur ernährt habe. Er sei auf die dringende schriftliche Bitte eines französischen Bürgers zurückgekehrt, der ihm mitgeteilt habe, sein Leben sei durch seine Abwesenheit gefährdet. Er sei zurückgekehrt, um das Leben eines Bürgers zu retten und auf jede persönliche Gefahr hin Zeugnis für die Wahrheit abzulegen. Sei dies ein Verbrechen in den Augen der Republik?

Der Pöbel rief voller Begeisterung „nein", und der Vorsitzende schellte, um Schweigen zu erlangen, was ihm nicht gelang, denn er fuhr fort zu schreien „nein", bis er nach eigenem Belieben aufhörte. Der Präsident verlangte den Namen dieses Bürgers zu wissen. Der Angeklagte erklärte, dieser Bürger sei sein erster Zeuge. Er berief sich auch zuversichtlich auf den Brief des Bürgers, den man ihm an der Grenze abgenommen habe und den man jedenfalls unter den vor dem Vorsitzenden liegenden Papieren finden werde.

Der Doktor hatte Sorge getragen und sich versichert, daß er dort war, und in diesem Stadium der Verhandlung wurde er vorgelegt und verlesen. Der Vorsitzende rief den Bürger Gabelle auf, damit er sich zu dem Brief bekenne, und er tat es. Der Bürger Gabelle deutete mit außerordentlicher Zartheit und Höflichkeit an, daß er durch den Druck, unter dem das Gericht infolge der großen Zahl der von ihm zu verurteilenden Feinde der Republik lebe, einfach in seinem Abbaye-Gefängnis vergessen worden, tatsächlich fast ganz aus den patriotischen Erinnerungen des Gerichts verschwunden sei – bis vor drei Tagen, wo man ihn vorgeladen und ihn auf die Erklärung der Geschworenen, daß nach ihrer Ansicht die Anklage, soweit sie ihm gelte, durch freiwillige Stellung des Bürgers Evrémonde, genannt Darnay, beantwortet sei, in Freiheit gesetzt habe.

Die Reihe im Verhör kam zunächst an Dr. Manette. Seine große persönliche Beliebtheit und die Bestimmtheit seiner Antworten machten einen bedeutenden Eindruck; aber als er fortfuhr, als er erzählte, daß der Angeklagte nach seiner Befreiung aus so langer Kerkerhaft sein erster Freund gewesen, daß der Angeklagte in England geblieben sei und seine Tochter und ihn während ihrer Verbannung mit aufopfernder Liebe unterstützt habe; daß er, weit entfernt, von der aristokratischen Regierung dieses Landes mit wohlwollenden Augen betrachtet zu werden, von ihr als ein Feind Englands und ein Freund der Vereinigten Staaten vor Gericht gestellt worden war – als er diese Umstände mit dem größten Takt und der unmittelbaren Kraft der Aufrichtigkeit und Wahrheit darstellte, wurden die Geschworenen und das versammelte Volk eines Sinnes. Endlich, als er sich namentlich auf Monsieur Lorry, einen mitanwesenden Herrn aus England, bezog, der gleich ihm Zeuge bei dieser englischen Gerichtsverhandlung gewesen sei und seine Aussage darüber bestätigen könne, erklärten die Geschworenen, sie hätten genug gehört und seien bereit abzustimmen, wenn der Vorsitzende ihre Stimmen entgegennehmen wolle.

Jede Stimmabgabe (die Geschworenen stimmten laut und einzeln ab) begrüßte der Pöbel mit jauchzendem Beifall. Alle Stimmen waren zugunsten des Angeklagten, und der Vorsitzende erklärte ihn für frei.

Jetzt begann einer jener außerordentlichen Auftritte, in denen der Pöbel zuweilen seiner Launenhaftigkeit oder seinen besseren Regungen der Großmut und Barmherzigkeit nachgab oder die es als eine Art Gegenrechnung gegen sein hoch aufgelaufenes Konto von blutiger Grausamkeit betrachtete. Niemand kann jetzt entscheiden, welchen Beweggründen solche außerordentlichen Auftritte zuzuschreiben waren; wahrscheinlich einem Gemisch von allen dreien, wobei der zweite vorherrschte. Kaum war der Freispruch heraus, flossen die Tränen so reichlich wie zu anderen Zeiten Blut und der Gefangene hatte so viele brüderliche Umarmungen von so vielen Personen beiderlei Geschlechts, als ihn erreichen konnten, auszuhalten, daß er nach der langen und angreifenden Einkerkerung in Gefahr kam, vor Erschöpfung in Ohnmacht zu sinken; deshalb nicht weniger, weil er recht gut wußte, daß dieselben Leute unter dem Einfluß einer anderen Strömung mit derselben Wut auf ihn losgestürzt wären, um ihn in Stücke zu zerreißen und diese in den Straßen zu verstreuen.

Erst als man ihn wegführte, um den anderen Angeklagten Platz zu machen, sah er sich von diesen Liebkosungen für den Augenblick befreit. Als nächstes erschienen fünf Personen zusammen vor Gericht, angeklagt als Feinde der Republik, weil sie ihr nicht durch Wort oder Tat beigestanden hatten. So eilig war das Gericht, sich und die Nation für die verlorene Gelegenheit zu entschädigen, daß diese fünf, dazu verurteilt, binnen vierundzwanzig Stunden zu sterben, herunterkamen, ehe er den Ort verlassen hatte. Der erste der Verurteilten sagte es ihm mit dem in den Gefängnissen üblichen Zeichen für den Tod – einem erhobenen Finger –, und sie setzten alle laut hinzu: „Lange lebe die Republik!“

Bei diesen fünf hatte allerdings keine Zuhörerschaft die Verhandlungen verlängert; denn als er und Dr. Manette aus dem Torweg heraustraten, war dort ein großer Volkshaufen versammelt, unter dem sich alle Gesichter, die er im Gerichtssaal gesehen hatte, zu befinden schienen – mit Ausnahme von zweien, nach denen er sich vergeblich umschaute. Als er heraustrat, stürzte der Haufen wieder auf ihn zu, weinte, umarmte ihn und jauchzte abwechselnd, bis sogar der Strom, an dessen Ufer das tolle Schauspiel vor sich ging, toll zu werden schien wie das Volk an seinem Ufer.

Sie setzten ihn auf einen Lehnsessel, den sie entweder aus dem Gerichtssaal selbst oder aus einem der Zimmer oder Gänge des Gebäudes geholt hatten. Über den Sessel hatten sie eine rote Fahne geworfen und an die Rükkenlehne eine Pike mit einer roten Mütze gebunden. Selbst des Doktors Bitte konnte nicht verhindern, daß er in diesem Triumphsessel auf den Schultern der Menge nach Hause getragen wurde, während ihn ein wildes Meer roter Mützen umwogte und aus den stürmischen

Wogen zuweilen solche Gesichter emporwarf, daß er sich mehr als einmal fragte, ob er vielleicht nicht recht bei Sinnen sei und in dem Karren nach der Guillotine fahre.

Wie im Traum fühlte er sich von dannen getragen, während sie jeden, dem sie begegneten, umarmten und triumphierend auf den vom Tode Geretteten wiesen. So trugen sie ihn in den Hof des Gebäudes, wo er wohnte. Ihr Vater war vorausgeeilt, um Lucie vorzubereiten, und als ihr Gatte vor sie trat, sank sie ihm bewußtlos in die Arme.

Als er sie an sein Herz drückte und ihr schönes Antlitz von dem lärmenden Volkshaufen abwendete, damit seine Tränen und ihre Lippen sich ungesehen miteinander vereinigen konnten, begannen einige von den Untenstehenden zu tanzen. Augenblicklich schlossen sich auch alle übrigen dem Tanz an, und in dem ganzen Hof wirbelte die Carmagnole. Dann setzten sie in den leeren Stuhl ein junges Mädchen aus dem Gewühl, um sie als Freiheitsgöttin wegzutragen, und dann, als sich der Haufen in die benachbarten Straßen ergoß und das Flußufer entlang und über die Brücke, zog die Carmagnole sie alle in ihren Wirbel und riß sie mit fort.

Nachdem Charles Darnay des Doktors Hand gedrückt hatte, als er siegesbewußt und stolz vor ihm stand, nachdem er Mr. Lorry die Hand gedrückt hatte, der von dem Kampf gegen die wütende Flut der Carmagnole atemlos hereintrat, nachdem er die kleine Lucie geküßt hatte, die man zu ihm hinaufhob, damit sie die Ärmchen um seinen Hals lege, und nachdem er die immer eifrige und getreue Pross umarmt hatte, die das Kind emporgehoben hatte, nahm er seine Gattin in die Arme und trug sie hinauf in ihre Zimmer.

„Lucie! Geliebtes Herz! Ich bin in Sicherheit."

„Oh, geliebter Charles, laß uns Gott auf Knien dafür danken, wie ich ihn darum gebeten habe."

Voller Ehrfurcht beugten sie sich vor dem Herrn. Als sie wieder in seinen Armen lag, sagte er zu ihr: „Und jetzt rede mit deinem Vater, Liebste. Kein anderer

Mann in ganz Frankreich hätte tun können, was er für mich getan hat."

Sie legte ihren Kopf an die Brust ihres Vaters, wie vor langer Zeit sein greises Haupt an ihrem Busen geruht hatte. Er fühlte sich glücklich, daß er es ihr so hatte vergelten können; er war belohnt für sein Leiden, er war stolz auf seine Kraft. „Du darfst nicht so schwach sein, liebes Herz", nickte er ihr zu; „du darfst nicht so zittern. Ich habe ihn gerettet."

7. Kapitel

Ein Klopfen an der Tür

„Ich habe ihn gerettet." Das war keiner von den Träumen, in die er sich oft wieder verirrt hatte; es war Wirklichkeit. Und doch zitterte Lucie, und eine unbestimmte, aber starke Angst bedrückte sie.

Die ganze Luft ringsum war so schwül und finster, die Massen waren so leidenschaftlich rachgierig und launisch, Unschuldige mußten so häufig auf unbestimmten Verdacht oder durch tückische Bosheit den Tod erleiden, es war so unmöglich zu vergessen, daß viele, die ebenso schuldlos waren wie ihr Gatte und anderen ebenso teuer, als er ihr war, Tag für Tag dem Schicksal verfielen, von dem er gerettet worden war, daß ihr Herz sich nicht so erleichtert fühlen konnte, wie es eigentlich hätte der Fall sein sollen. Die Dämmerung des Winternachmittags trat schon ein, und selbst jetzt noch rollten die schauerlichen Totenkarren dumpf durch die Straßen. Sie folgte ihnen in Gedanken und suchte ihn unter den Verurteilten; und dann drängte sie sich dichter an ihn, den sie mit ihren Armen umschlungen hielt, und zitterte nur um so mehr.

Ihr Vater, der sie tröstete, zeigte eine mitleidige Überlegenheit über dieses schwache Frauenherz, die wunderbar zu sehen war. Kein Dachstübchen mehr, kein Schuhmacher, keine „Einhundertfünf Nordturm". Er hatte die Aufgabe gelöst, die er sich gestellt hatte, sein Versprechen war erfüllt, er hatte Charles gerettet. Nun konnten sich alle auf ihn stützen.

Ihr Haushalt war in der bescheidensten Art; nicht nur, weil dies in diesen Zeiten das Sicherste war, sondern auch, weil sie nicht reich waren und Charles während seiner Haft für sein schlechtes Essen und für seine Bewachung und zum Unterhalt der ärmeren Gefangenen viel Geld hatte bezahlen müssen. Teils deshalb und teils um keinen Spion im Haus zu haben, hielten sie keine Bedienung; der Bürger und die Bürgerin, die am Hoftor als Pförtner arbeiteten, halfen gelegentlich aus, und Jerry – ihnen von Mr. Lorry fast ganz überlassen – gehörte so gut wie zum Haushalt und schlief jede Nacht dort.

Es war eine Verordnung der einen und unteilbaren Republik mit dem Motto: „Freiheit, Gleichheit, Brüderlichkeit oder Tod“, daß an der Tür oder am Torpfosten jedes Hauses der Name jedes Einwohners in lesbaren Buchstaben von einer gewissen Größe, in einer gewissen, angemessenen Höhe vom Fußboden angeschrieben stehen müsse. So zierte denn auch Mr. Jerry Crunchers Name den Torpfosten unten, und als es Abend wurde, erschien der Besitzer dieses Namens selbst, nachdem er einem Maler zugesehen hatte, von dem Dr. Manette den Namen Charles Evrémonde, genannt Darnay, zu den übrigen hatte hinzufügen lassen.

Bei dem Mißtrauen und der Furcht, die damals jedermann beherrschten, war man in den unschuldigsten Dingen vorsichtig. In dem kleinen Haushalt des Doktors wurden, wie in vielen anderen, die Lebensbedürfnisse für den nächsten Tag jeden Abend in kleinen Mengen und in verschiedenen kleinen Läden gekauft. Keine Aufmerksamkeit auf sich zu ziehen und sowenig als möglich Gelegenheit zu geben, von sich reden zu machen und beneidet zu werden, war jedermanns Wunsch.

Seit einigen Monaten hatten Miss Pross und Mr. Cruncher gemeinschaftlich die Einkäufe besorgt, wobei erstere das Geld unter ihrer Obhut hatte, letzterer den Korb trug. Jeden Nachmittag um die Zeit, wo man die Straßenlaternen anbrannte, traten sie diesen Dienstgang an und brachten die nötigen Einkäufe mit nach Hause. Obgleich Miss Pross durch ihr langes Verweilen in einer französischen Familie die französische Sprache so gut hätte verstehen können wie ihre eigene, wenn sie Lust dazu gehabt hätte, so hatte sie doch eben keine Lust dazu; demnach verstand sie nicht mehr von „dem Unsinn" (wie sie es zu nennen beliebte) als Mr. Cruncher. Daher pflegte sie, wenn sie etwas einkaufen wollte, dem Verkäufer ein Substantiv ohne die mindeste Rücksicht auf die Natur des gewünschten Artikels an den Kopf zu werfen und, wenn es zufällig nicht der Name der verlangten Ware war, sich dort danach umzusehen, sich des Gegenstandes zu bemächtigen und ihn festzuhalten, bis der Handel geschlossen war. Um das Geschäft zu Ende zu führen, hielt sie stets als Gegengebot für den verlangten Preis einen Finger weniger in die Höhe als der Kaufmann, ohne die mindeste Rücksicht darauf zu nehmen, ob er viel oder wenig forderte.

„Nun, Mr. Cruncher", sagte Miss Pross, deren Augen vor Glückseligkeit rot waren, „wenn Sie fertig sind, bin ich auch fertig."

Mit heiserer Stimme meldete sich Jerry Miss Pross zu Diensten. Sein Rost war schon längst ganz und gar abgeschliffen, aber die starren Spitzen seines Haares hatte nichts abfeilen können.

„Wir brauchen heute alles mögliche", sagte Miss Pross, „und werden viel zu tun haben. Unter anderem brauchen wir Wein. Schöne Toaste mögen diese Rotköpfe trinken, wo auch immer wir den Wein hernehmen mögen."

„Es wird Ihnen wohl ziemlich egal sein, Miss, ob sie auf Ihre Gesundheit trinken oder auf die des Schwarzen."

„Wer ist das?" fragte Miss Pross.

Mit einiger Schüchternheit erklärte Mr. Cruncher ihr, daß er den Teufel meine.

„Ach", sagte Miss Pross, „man braucht gar keinen

Dolmetscher, um zu wissen, was diese Kerle meinen. Sie haben nur eins im Kopf, und das ist Zwietracht und mitternächtiger Mord."

„Still, gute Pross! Ich bitte Sie, seien Sie vorsichtig!" rief Lucie.

„Ja, ja, ja, ich will vorsichtig sein", sagte Miss Pross; „aber unter uns kann ich doch wohl sagen, daß ich hoffe, sie werden uns nicht mit ihren nach Zwiebeln und Tabak riechenden Umarmungen auf der Straße erstikken. Herzblättchen, rühren Sie sich ja nicht von dem Fenster, bis ich zurück bin! Geben Sie auf den lieben Mann acht, den Sie wiedergewonnen haben, und entfernen Sie Ihren hübschen Kopf nicht von seiner Schulter, bis Sie mich wiedersehen! Darf ich mir eine Frage erlauben, Dr. Manette, ehe ich gehe?"

„Ich glaube, Sie können sich diese Freiheit nehmen", gab der Doktor lächelnd zur Antwort.

„Um Gottes willen, sprechen Sie mir nicht von Freiheit; wir haben gerade genug davon", sagte Miss Pross.

„Still, gute Pross! Schon wieder?" bat Lucie.

„Nun, mein Herz", sagte Miss Pross mit emphatischem Kopfnicken, „kurz, ich bin eine Untertanin Seiner Allergnädigsten Majestät König Georgs III. ", Miss Pross machte bei dem Namen einen Knicks, „und als solche vertrete ich den Grundsatz: Verwirr ihr politisch Sinnen, ihr mörderisch Beginnen, damit er kann gewinnen; Gott segne unseren König!"

Mr. Cruncher wiederholte in einem Anfall von Loyalität in heiserem Baß Miss Pross' Worte, wie in der Kirche.

„Es freut mich, daß Sie so viel von einem Engländer in sich haben, obgleich ich wünschte, Sie hätten sich nicht durch Erkältung die Stimme verdorben", sagte Miss Pross beifällig. „Aber die Frage, Dr. Manette: Ist Aussicht vorhanden?" Das gute Geschöpf pflegte stets so zu tun, als ob es das, was ihnen allen große Sorgen machte, sehr leichtnehme, und brachte es fast nebenbei zur Sprache. „Ist Aussicht vorhanden, daß wir hier herauskommen?"

„Ich fürchte, noch nicht. Es wäre zu gefährlich für Charles."

„Hm, hm, hm!" sagte Miss Pross und unterdrückte mit heiterem Gesicht einen Seufzer, als sie einen Blick auf das goldene Haar ihres Lieblings warf, das im Feuerschein glänzte, „dann müssen wir Geduld haben und warten; das ist alles. Wir müssen den Kopf hochhalten und vorsichtig kämpfen, wie mein Bruder Solomon zu sagen pflegte. Nun, Mr. Cruncher? – Nicht von der Stelle, Herzblättchen!"

Sie gingen und ließen Lucie, ihren Gatten, ihren Vater und das Kind bei einem hellen Feuer zurück. Mr. Lorry wurde binnen kurzem vom Kontor erwartet. Miss Pross hatte die Lampe angezündet, aber sie abseits in eine Ecke gestellt, damit sie ungestört den Feuerschein genießen konnten. Die kleine Lucie saß neben ihrem Großvater und hatte die Händchen um seinen Arm geschlungen, und er fing eben an, ihr in einem beinahe flüsternden Ton eine Geschichte von einer großen mächtigen Fee zu erzählen, die eine Kerkermauer aufgetan und einen Gefangenen befreit hatte, der einmal der Fee einen Dienst geleistet. Alles war still und anheimelnd, und Lucie fühlte sich ruhiger, als sie seit langer Zeit gewesen war.

„Was ist das!" rief sie auf einmal aus.

„Liebes Kind", sagte ihr Vater, indem er seine Erzählung unterbrach und seine Hand beruhigend auf die ihre legte, „beherrsche dich. In welch aufgeregtem Zustand du bist! Die geringste Sache – ein Nichts – erschreckt dich. *Dich*, deines Vaters Tochter?"

„Vater, ich glaubte fremde Schritte auf der Treppe zu vernehmen", entschuldigte sich Lucie mit blassem Gesicht und unsicherer Stimme.

„Liebes Kind, es ist totenstill auf der Treppe."

Als er dies sagte, klopfte man heftig an die Tür.

„Ach, Vater, Vater. Was kann das sein! Verstecke Charles! Rette ihn!"

„Aber, Kind", sagte der Doktor, indem er aufstand und seine Hand auf ihre Schulter legte, „ich *habe* ihn ge-

rettet. Wie schwach du bist, Lucie! Laß mich hinausgehen."

Er nahm die Kerze, ging durch die zwei dazwischenliegenden Zimmer und machte die Tür auf. Man vernahm Waffengerassel und laute Schritte, und vier rauhe Männer in roten Mützen, mit Säbel und Pistolen bewaffnet, traten ein.

„Bürger Evrémonde, genannt Darnay", sagte der erste.

„Was sucht ihr?" gab Darnay zur Antwort.

„Ich suche ihn. Wir suchen ihn. Ich kenne Euch, Evrémonde; ich habe Euch heute vor Gericht gesehen. Ihr seid von neuem der Gefangene der Republik."

Die vier umringten ihn, als er dastand und Frau und Tochter ihn umschlungen hielten.

„Sagt mir, wieso und warum ich wieder verhaftet sein soll?"

„Ihr habt nur zur Conciergerie zurückzukehren und werdet es morgen erfahren. Ihr seid auf morgen vorgeladen."

Dr. Manette, den dieser Besuch so versteinert hatte, daß er mit der Lampe in der Hand dastand wie eine Statue, die als Ständer diente, wurde nach diesen Worten wieder lebendig, stellte die Lampe hin, trat vor den Sprechenden, faßte ihn nicht unsanft vorn an seinem rotwollenen Hemd an und sagte: „Ihr kennt ihn, sagt Ihr? Kennt Ihr mich?"

„Ich, ich kenne Euch, Bürger Doktor."

„Wir kennen Euch alle, Bürger Doktor", sagten die anderen drei.

Er sah sie zerstreut nacheinander an und sprach nach einer Pause mit halbgedämpfter Stimme: „Wollt Ihr mir dann eine Frage beantworten? Wie geht das zu?"

„Bürger Doktor", sagte der erste zögernd, „er ist von St-Antoine angeklagt. Dieser Bürger", setzte er hinzu, auf den zweiten der Eingetretenen deutend, „ist aus St-Antoine."

Der Bezeichnete nickte mit dem Kopf und wiederholte: „Er ist von St-Antoine angeklagt."

„Welchen Vergehens wegen?“ fragte der Doktor.

„Bürger Doktor“, sagte der erste, so zögernd wie vorher, „fragt nicht weiter. Wenn die Republik Opfer von Euch verlangt, so werdet Ihr Euch als guter Patriot gewiß glücklich schätzen, sie zu bringen. Die Republik geht vor alles, der Wille des Volkes ist Gesetz. Evrémonde, wir haben Eile.“

„Noch ein Wort“, bat der Doktor. „Wollt Ihr mir sagen, wer ihn angeklagt hat?“

„Es ist gegen die Vorschrift“, sagte der erste; „aber Ihr könnt den von St-Antoine dort fragen.“

Der Doktor sah diesen an, der unruhig die Füße bewegte, sich den Bart rieb und endlich sagte: „Eigentlich ist es gegen die Vorschrift, aber er ist angeklagt – und schwer – von dem Bürger und der Bürgerin Defarge. Und noch von jemandem.“

„Wer ist das?“

„Fragt *Ihr*, Bürger Doktor?“

„Ja.“

„Dann“, sagte der von St-Antoine mit einem seltsamen Blick, „werdet Ihr morgen Antwort erhalten. Jetzt bin ich stumm.“

8. *Kapitel*

Eine gute Karte

In glücklicher Unbekanntschaft mit dem neuen Schicksalsschlag zu Hause, ging Miss Pross durch sehr enge Straßen auf der neuen Brücke über den Fluß, während sie beständig innerlich die verschiedenen Einkäufe aufzählte, die sie zu machen hatte. Mr. Cruncher ging mit dem Korb neben ihr her. Sie blickten beide rechts und links in die meisten der Läden, an denen sie vorbeigingen, beobachteten mit vorsichtigem Blick alle Volkshaufen und wichen jeder allzu aufgeregten Gruppe von Sprechenden aus. Die Abendluft war rauh, und der Nebel über dem Fluß, auf dem flackernde Lichter schimmerten und lautes Getöse erdröhnte, ließ kaum die Boote erkennen, die den Schmieden zu Werkstätten dienten, welche Gewehre für die Armee der Republik anfertigten. Wehe dem Mann, der dieser Armee Streiche spielte oder unverdiente Beförderung erlangte! Besser für ihn, wenn sein Bart niemals gewachsen wäre, denn das Nationalrasiermesser rasierte ihn glatt weg.

Fertig mit dem Ankauf einer kleinen Anzahl von Küchenbedürfnissen und eines Maßes Öl für die Lampe, dachte Miss Pross an den Wein, den sie brauchte. Nachdem sie einen forschenden Blick in verschiedene Weinläden geworfen hatte, blieb sie vor dem Schild „Zum guten Republikaner Brutus" stehen, nicht weit vom Nationalpalast, ehedem und später wieder die Tuilerien, das ihr seinem Aussehen nach so ziemlich gefiel. Der Laden sah stiller aus als die anderen, an denen sie bisher vorbeigekommen, und war, obgleich rot genug von Patriotenmützen, doch nicht so rot wie die übrigen. Nachdem Miss Pross Mr. Cruncher zu Rate gezogen und ihn gleicher Meinung gefunden hatte, trat sie in seiner Begleitung in den „Guten Republikaner Brutus" ein. Nicht ohne einen forschenden Blick auf die qualmenden Kerzen zu tun, auf die mit der Pfeife im Mund mit schmierigen Karten und gelben Dominosteinen Spielenden, auf den rußgeschwärzten Arbeiter mit nackter Brust und nackten Armen, der eine Zeitung vorlas, während die anderen zuhörten, auf die Waffen, die viele im Gürtel trugen, andere einstweilen abgelegt hatten, auf die zwei oder drei mit dem Kopf auf dem Tisch Schlafenden, die in dem damals üblichen hochschultrigen kurzen zottigen schwarzen Spenzer in dieser Stellung wie schlafende Bären oder Hunde aussahen, näherten sich die beiden Fremden dem Ladentisch, um zu kaufen, was sie brauchten.

Als ihr Wein abgemessen wurde, verabschiedete sich ein Mann von einem anderen in einer Ecke und stand auf, um zu gehen. Er mußte an Miss Pross vorbei. Kaum hatte diese sein Gesicht erblickt, so stieß sie einen Schrei aus und schlug die Hände zusammen.

Augenblicklich war die ganze Gesellschaft aufgesprungen. Daß jemand ermordet worden war, weil er einem anderen nicht hatte recht geben wollen, war das wahrscheinlichste. Jedermann erwartete, jemanden auf den Boden sinken zu sehen, sah aber nur einen Mann und eine Frau, die sich mit weit aufgerissenen Augen anstarrten; der Mann, dem ganzen äußeren Ansehen nach ein Franzose und ein gesinnungstüchtiger Republikaner, die Frau eine Vollblutengländerin.

Was die Zöglinge des „Guten Republikaners Brutus", als sie sich so enttäuscht sahen, sagten, hätte für Miss Pross und ihren Beschützer ebensogut Hebräisch oder Chaldäisch sein können, auch wenn sie ganz Ohr gewesen wären. Aber sie hatten in ihrem Erstaunen für nichts Gehör. Denn es muß hervorgehoben werden, daß nicht nur Miss Pross vor Erstaunen und Aufregung außer sich war, sondern daß sich auch Mr. Cruncher – obgleich, wie es schien, auf seine eigene und besondere Rechnung – vor Verwunderung nicht lassen konnte.

„Was gibt's?" fragte der junge Mann, der Miss Pross gegenüberstand, in ärgerlichem, schroffem Ton (obgleich leise) und auf englisch.

„Ach, Solomon, lieber Solomon!" rief Miss Pross und schlug ihre Hände wieder zusammen. „Nachdem ich so viele Jahre nichts von dir gesehen oder gehört habe, dich endlich hier zu finden!"

„Nenne mich nicht Solomon. Willst du mir den Tod auf den Hals schicken?" sagte der Mann in verstohlener und verschüchterter Weise.

„Bruder, Bruder!" rief Miss Pross unter Tränen aus, „bin ich jemals so hartherzig gegen dich gewesen, daß du mir so etwas zutrauen kannst?"

„Dann halte dein geschwätziges Maul", gebot Solomon, „und komm auf die Straße hinaus, wenn du mit mir sprechen willst! Bezahle deinen Wein und komm. Wer ist der da?"

Miss Pross schüttelte ihr liebendes und bekümmertes Haupt über ihren keineswegs liebreichen Bruder und gab durch Tränen zur Antwort: „Mr. Cruncher."

„Er mag auch mit herauskommen", sagte Solomon. „Hält er mich für ein Gespenst?"

Allem Anschein nach war Mr. Cruncher dieser Meinung, wenigstens nach seinem Aussehen zu urteilen. Er sagte jedoch kein Wort, und Miss Pross, behindert durch ihren Tränenstrom, wühlte in den Tiefen ihres Strickbeutels und bezahlte den Wein. Während sie dies tat, wandte sich Solomon an die Anhänger des „Guten Republikaners Brutus" und sprach auf französisch einige erklärende Worte zu ihnen, die sie alle veranlaßten, ihre früheren Plätze wieder einzunehmen und sich ihren eben unterbrochenen Beschäftigungen von neuem zu widmen.

„Nun, was willst du von mir?" fragte Solomon, als er an der dunklen Straßenecke stehenblieb.

„Wie hart von einem Bruder, von dem ich nie meine Liebe abgewendet habe", rief Miss Pross aus, „mich so zu begrüßen und so kalt zu bleiben."

„Da. Hol's der Kuckuck! Da", sagte Solomon und stieß mit seinem Mund auf die Lippen der Schwester. „Bist du nun zufrieden?"

Miss Pross schüttelte nur den Kopf und weinte stille Tränen.

„Wenn du erwartest, daß ich überrascht sein soll", sagte ihr Bruder Solomon, „so täuschst du dich; ich wußte, daß du hier bist; ich erfahre es nur von wenigen nicht, wenn sie nach Paris kommen. Wenn du wirklich mein Leben nicht gefährden willst – was ich mir beinahe denken könnte –, dann geh so bald wie möglich deinen Weg und laß mich meinen gehen. Ich habe viel zu tun. Ich bin Beamter."

„Mein englischer Bruder Solomon", sagte Miss Pross mit einem trauervollen Blick ihrer tränenschweren Augen zum Himmel, „der in sich das Zeug hatte, einer der besten und größten Männer seines Vaterlandes zu werden, ein Beamter unter Ausländern, und solchen Ausländern! Fast lieber hätte ich den guten Jungen in seinem ..."

„Sagte ich's nicht!" unterbrach sie ihr Bruder heftig.

„Ich wußte es ja! Du willst mein Tod sein. Meine eigene Schwester wird mich verdächtig machen. Gerade wie es anfängt, mir besser zu gehen!"

„Der gnädige und barmherzige Himmel verhüte das!" rief Miss Pross. „Viel lieber möchte ich dich nicht wiedersehen, lieber Solomon, obgleich ich dir immer von Herzen gut gewesen bin und es immer bleiben werde. Sage mir nur ein liebreiches Wort und gib mir die Versicherung, daß keine Entfremdung zwischen uns herrscht, und ich will dich nicht länger aufhalten."

Gute Miss Pross! Als ob die Entfremdung zwischen ihnen ihre Schuld gewesen wäre. Als ob Mr. Lorry es nicht schon vor Jahren in der stillen Ecke in Soho gewußt hätte, daß dieser kostbare Bruder ihr Geld durchgebracht und sie dann sitzengelassen hatte!

Er sagte jedoch das liebreiche Wort mit einer viel trotzigeren Herablassung und Gönnermiene, als er hätte zeigen können, wenn das tatsächliche Verhältnis zwischen den beiden gerade umgekehrt gewesen wäre, so wie es stets überall auf der Welt geschieht, als Mr. Cruncher die Hand auf seine Schulter legte und mit heiserer Stimme die unerwartete und eigentümliche Frage stellte: „Hört mal! Mit Verlaub! Heißt Ihr eigentlich John Solomon oder Solomon John?"

Der Beamte wandte sich mit plötzlichem Mißtrauen gegen ihn. Er hatte vorher kein Wort gesprochen.

„Na, sprecht nur!" sagte Mr. Cruncher. „John Solomon oder Solomon John? Sie nennt Euch Solomon, und sie muß es wissen, da sie Eure Schwester ist. Und ich weiß, daß Ihr John heißt, wißt Ihr. Welcher von den beiden Namen kommt zuerst? Und wie steht es mit dem Namen Pross? So nannte man Euch drüben nicht."

„Was meint Ihr?"

„Na, ich weiß nicht alles, was ich meine; denn ich kann mich nicht besinnen, wie Ihr jenseits des Wassers geheißen habt."

„Nicht?"

„Nein. Aber ich will schwören, es war ein Name mit zwei Silben."

„Wirklich?“

„Ja. Der andere Name war einsilbig. Ich kenne Euch. Ihr wart als Spion im Old Bailey. Wie hießt Ihr nur damals – im Namen des Vaters aller Lügen, der Euer eigener Vater ist?“

„Barsad“, fiel eine andere Stimme ein.

„Das ist der Name für eintausend Pfund!“ rief Jerry.

Der eben gesprochen hatte, war Sydney Carton. Er hatte die Hände unter den Schößen seines Reitrocks auf den Rücken gelegt und stand so nachlässig neben Mr. Cruncher, wie er sich in Old Bailey zu zeigen pflegte.

„Erschrecken Sie nicht, meine gute Miss Pross. Ich überraschte gestern abend Mr. Lorry mit meiner Ankunft; wir kamen überein, daß ich mich nirgendwo zeigen sollte, bis alles in Ordnung ist oder bis ich mich nützlich machen könnte; ich komme hierher, um ein paar Worte mit Ihrem Bruder zu sprechen. Ich wollte, Ihr Bruder betriebe ein besseres Geschäft als dieser Mr. Barsad. Ihretwegen wünschte ich, Mr. Barsad wäre kein Gefängnisschaf.“

„Gefängnisschaf“ war damals unter den Kerkermeistern ein Spitzname für einen Spion. Der Spion, der blaß war, wurde noch blässer und fragte ihn, wie er es wagen könnte . . .

„Das will ich Ihnen erklären, Mr. Barsad“, sagte Sydney. „Ich sah Sie zufällig aus dem Conciergerie-Gefängnis kommen, während ich mir vor ein oder zwei Stunden die Mauern betrachtete. Sie haben ein Gesicht, das auffällt, und ich habe ein gutes Gedächtnis für Gesichter. Daß ich Sie dort sah, erweckte meine Neugier, und da ich einen Grund habe (der Ihnen nicht unbekannt ist), Sie mit dem Unglück eines jetzt sehr unglücklichen Freundes in Verbindung zu bringen, ging ich Ihnen nach. Ich trat gleich hinter Ihnen in die Weinhandlung hier und setzte mich in Ihre Nähe. Aus Ihrer ganz rückhaltlosen Unterhaltung und dem, was unter Ihren Bewunderern von Mund zu Mund ging, wurde es mir nicht schwer zu erraten, womit Sie sich beschäftigen. Und allmählich bekam das, was ich aufs Geratewohl getan hatte, einen gewissen Zweck, Mr. Barsad."

„Was für einen Zweck?" fragte der Spion.

„Es wäre beschwerlich und vielleicht gefährlich, Ihnen das hier auf der Straße auseinanderzusetzen. Können Sie mir nicht ein paar Minuten zu einer vertraulichen Unterredung schenken – in Tellson's Bank vielleicht?"

„Drohen Sie mir?"

„Oh, habe ich das getan?"

„Warum soll ich also mit Ihnen gehen?"

„Wahrhaftig, Mr. Barsad, das kann ich Ihnen nicht sagen, wenn Sie es nicht tun können."

„Sie wollen es mir nicht sagen, Sir?" fragte der Spion unentschlossen.

„Sie verstehen mich ganz richtig, Mr. Barsad. Ich *will* es Ihnen nicht sagen."

Cartons nachlässiges und doch bestimmtes Wesen kam seiner Raschheit und Gewandtheit bei dem, was er im geheimen vorhatte, und bei einem solchen Mann wie diesem mächtig zu Hilfe. Sein geübtes Auge sah es und nutzte es aus.

„Na, ich sagte dir's gleich", sagte der Spion mit einem vorwurfsvollen Blick auf seine Schwester; „wenn mir daraus Unglück erwächst, so bist du daran schuld."

„Ach, kommen Sie nur, Mr. Barsad!" rief Sydney aus. „Seien Sie nicht undankbar. Ohne meine Achtung für Ihre Schwester hätte ich vielleicht nicht auf so angenehme Weise einen kleinen Vorschlag eingeleitet, den ich Ihnen zu unserer gegenseitigen Zufriedenheit zu machen gedenke. Gehn Sie mit mir in die Bank?"

„Ich will hören, was Sie zu sagen haben. Ja, ich will Sie begleiten."

„Ich schlage vor, erst Ihre Schwester bis an die Ecke ihrer Straße zu bringen. Geben Sie mir Ihren Arm, Miss Pross. Es ist für Sie nicht ratsam, um diese Zeit in dieser Stadt ohne Schutz auszugehen, und da Ihr Begleiter Mr. Barsad kennt, will ich ihn mit zu Mr. Lorry nehmen. Sind wir fertig? So wollen wir gehen!"

Nicht viel später und noch bis an das Ende ihres Lebens erinnerte sich Miss Pross, daß (als sie ihre Hand auf Sydneys Arm legte und ihn mit einem bittenden Blick ansah, Solomon nichts zuleide zu tun) ein energischer Wille in seinem Arm und eine Art Begeisterung in seinen Augen lag, die nicht nur im Widerspruch mit seinem sorglosen Wesen standen, sondern auch den Mann veränderten und erhoben. Sie war damals mit Sorgen um ihren Bruder, der ihre Liebe so wenig verdiente, und mit Sydneys beruhigenden Versicherungen zu sehr beschäftigt, um das, was sie sah, gehörig zu beachten.

Sie verließen sie an der Ecke der Straße, und Carton schlug dann den Weg zu Mr. Lorrys Kontor ein, das nur noch wenige Minuten entfernt war. John Barsad oder Solomon Pross ging neben ihm.

Mr. Lorry hatte eben gegessen und saß vor einem gemütlichen kleinen Holzfeuer. Vielleicht sah er in dem Flackern der Flamme das Bild des jüngeren ältlichen Herrn von Tellson's, der vor vielen Jahren in die glühenden Kohlen im „König Georg" in Dover geschaut hatte. Er sah sich um, als sie eintraten, und zeigte sich überrascht, einen Fremden zu erblicken.

„Miss Pross' Bruder, Sir", sagte Sydney, „Mr. Barsad."

„Barsad?" wiederholte der alte Herr, „Barsad? Ich muß den Namen kennen – und das Gesicht."

„Ich sagte Ihnen, Sie hätten ein Gesicht, das man nicht leicht vergißt, Mr. Barsad", bemerkte Carton kühl. „Bitte, nehmen Sie Platz."

Als er selbst einen Stuhl nahm, half er Mr. Lorrys Gedächtnis dadurch nach, daß er mit gerunzelter Stirn zu Mr. Lorry sagte: „Zeuge bei jener Gerichtsverhandlung." Mr. Lorry erinnerte sich nun sofort und betrachtete seinen neuen Gast mit unverhohlenem Abscheu.

„Miss Pross hat Mr. Barsad als den zärtlichen Bruder erkannt, von dem Sie gehört haben", sagte Carton, „und er hat die Verwandtschaft anerkannt. Ich habe noch eine schlimmere Nachricht. Darnay ist von neuem verhaftet."

Voll Bestürzung rief der alte Herr aus: „Was sagen Sie da! Ich verließ ihn vor zwei Stunden in Sicherheit und frei und will jetzt wieder zu ihm gehen!"

„Trotzdem verhaftet. Wann war es, Mr. Barsad?"

„Jetzt eben, wenn überhaupt."

„Mr. Barsad ist die beste Autorität, die man haben kann, Sir", sagte Sydney, „und ich erfuhr es aus Mr. Barsads Äußerungen gegen einen Freund und Mitspion, bei einer Flasche Wein, daß die Verhaftung stattgefunden hätte. Er verließ die Gerichtsboten an der Tür und sah, wie sie der Portier einließ. Es ist gar nicht zu bezweifeln, daß er wieder verhaftet ist."

Mr. Lorrys geschäftsmännisches Auge las in dem Gesicht des Sprechenden, daß es reiner Zeitverlust wäre, bei diesem Punkt zu verweilen. Verwirrt, aber sofort fühlend, daß es auf seine Geistesgegenwart ankommen könnte, beherrschte er sich und hörte schweigend zu.

„Nun will ich hoffen", sagte Sydney zu ihm, „daß ihm morgen der Name und Einfluß Dr. Manettes ebenso hilfreich sind – Sie sagten, er würde morgen vor Gericht erscheinen, Mr. Barsad?"

„Ich glaube, ja."

„. . . ihm ebenso hilfreich sein werden wie heute. Aber vielleicht ist es nicht der Fall. Ich gestehe Ihnen, Mr. Lorry, ich bin in meiner Zuversicht dadurch wankend geworden, daß Dr. Manette nicht die Macht gehabt hat, seine Verhaftung zu verhindern."

„Er hat vielleicht vorher nichts davon gewußt", sagte Mr. Lorry.

„Gerade das ist sehr beunruhigend, wenn wir die eigentümlichen Verhältnisse bedenken, in denen er zu seinem Schwiegersohn steht."

„Das ist wahr", mußte Mr. Lorry anerkennen, während er die Hand nervös an das Kinn legte und die Augen voller Unruhe und Sorge auf Carton heftete.

„Mit einem Wort", sagte Sydney, „es ist eine verzweifelte Zeit, wo verzweifelte Partien um verzweifelte Einsätze gespielt werden. Der Doktor mag auf die Gewinnchance spielen; ich spiele auf die Verlustchance. Keines Mannes Leben ist des Kaufens wert. Wer heute im Triumph vom Volk nach Hause getragen wird, kann morgen verurteilt sein. Der Einsatz, um den ich im schlimmsten Fall zu spielen entschlossen bin, ist ein Freund in der Conciergerie. Und der Freund, den ich mir selbst zu gewinnen hoffe, ist Mr. Barsad."

„Da müssen Sie gute Karten haben, Sir", sagte der Spion.

„Ich will sie einmal ansehen. – Mr. Lorry, Sie kennen meine Schwäche; geben Sie mir einen Schluck Branntwein."

Er wurde gebracht, und er trank ein Glas und noch ein Glas und schob dann die Flasche gedankenvoll beiseite.

„Mr. Barsad", fuhr er in dem Ton eines Mannes fort, der wirklich das Spiel, das er in der Hand hat, prüft; „Gefängnisschaf, Emissär republikanischer Ausschüsse, bald Schließer, bald Gefangener, immer Spion und geheimer Agent, hier um so wertvoller als Engländer, da ein Engländer weniger dem Verdacht der Bestechung in einem solchen Maß ausgesetzt ist wie ein Franzose, stellt sich seinen Brotherren unter einem falschen Namen vor. Das ist ein guter Trumpf. Mr. Barsad, jetzt von der republikanischen französischen Regierung angestellt, stand früher im Dienst der aristokratischen englischen Regierung, des Feindes Frankreichs und der Freiheit. Das ist ein sehr hoher Trumpf. Die Sache ist klar wie der Tag in diesem Land des Mißtrauens, daß Mr. Barsad (immer noch bezahlt von der aristokratischen englischen Regierung) der Spion Pitts ist, der verräterische, sich an ihrem Busen wärmende Feind der Republik, der englische Verräter und Anstifter allen Unheils, von dem soviel gesprochen wird und der so schwer zu finden ist. Das ist ein Trumpf, der gar nicht zu überbieten ist. Kennen Sie nun meine Karte, Mr. Barsad?"

„Ich weiß nicht, wie Sie sie spielen werden", entgegnete der Spion etwas unruhig.

„Ich spiele mein As: Denunziation Mr. Barsads bei dem nächsten Sektionskomitee. Sehen Sie sich Ihre Karten an, Mr. Barsad, was Sie dagegen haben. Nehmen Sie sich Zeit."

Er griff nach der Flasche, schenkte sich abermals ein

Glas Branntwein ein und trank es. Er sah, daß der Spion anfing zu fürchten, er könnte sich in eine Aufregung trinken, die ihn bewöge, seine Anzeige sofort zu machen. Als er dies bemerkte, schenkte er sich noch ein weiteres Glas ein und trank es.

„Sehen Sie sich Ihre Karten genau an, Mr. Barsad. Nehmen Sie sich Zeit."

Die Karten waren schlechter, als selbst Carton glaubte. Mr. Barsad sah Verlustkarten, von denen Sydney Carton nichts wußte. Gezwungen, sein ehrenhaftes Gewerbe in England aufzugeben, weil er gar zu zuversichtlich und zu oft falsch geschworen hatte – nicht weil man ihn nicht mehr brauchte; unsere englischen Gründe, uns der Öffentlichkeit und der Abwesenheit von Spionen zu rühmen, sind neueren Ursprungs –, war er über den Kanal gegangen und hatte eine Anstellung in Frankreich angenommen: zuerst als Späher und Spitzel unter seinen dortigen Landsleuten, allmählich auch als Späher und Spitzel unter den Einheimischen. Er wußte, daß er unter der gestürzten Regierung als geheimer Agent zum Spionieren in St-Antoine und in der Weinhandlung Defarges gedient hatte, daß er von der wachsamen Polizei soviel Einzelheiten über Dr. Manettes Einkerkerung, Befreiung und Geschichte erfahren hatte, wie er zur Anknüpfung einer vertraulichen Unterhaltung mit den Defarges brauchte, daß er bei Madame Defarge den Versuch gemacht hatte und in glänzendster Weise hereingefallen war. Er erinnerte sich immer mit Furcht und Zittern, daß dieses schreckliche Weib gestrickt hatte, als sie mit ihm sprach, und ihn unheilverkündend angesehen hatte, während sich ihre Finger bewegten. Er hatte sie seitdem in der Sektion St-Antoine gesehen, wie sie immer und immer wieder ihre gestrickten Register vorbrachte und Leute anklagte, die dann unwiderruflich der Guillotine anheimfielen. Er wußte, daß jeder in seinem Berufszweig nie sicher war; daß Flucht unmöglich war, daß er unter dem Schatten des Beiles festgebunden war und daß trotz der niederträchtigsten Gefügigkeit und des schwärzesten Verrats im

Dienst des herrschenden Schreckensregiments ein einziges Wort das Beil zum Fallen bringen könnte. Einmal angeklagt, und aus so schweren Gründen, wie sie ihm jetzt einfielen, sah er voraus, daß das schreckliche Weib, von deren erbarmungslosem Charakter er so viele Beweise gesehen hatte, das verhängnisvolle Register gegen ihn vorlegen und die letzte Möglichkeit seiner Rettung vernichten würde. Abgesehen davon, daß alle Geheimagenten leicht einzuschüchtern sind, hatte er genug schlechte Karten in seinem Spiel, um Grund zu haben, einigermaßen blaß zu werden, als er sie durchging.

„Ihre Karten scheinen Ihnen nicht besonders zu gefallen“, sagte Sydney mit der größten Ruhe. „Spielen Sie die Partie?“

„Ich glaube, Sir“, sagte der Spion kriecherisch, indem er sich an Mr. Lorry wandte, „ich darf einen Herrn von Ihren Jahren und Ihrem Wohlwollen bitten, diesem anderen, viel jüngeren Herrn darzulegen, ob er es unter Umständen mit seiner Stellung vereinbaren kann, das erwähnte As zu spielen? Ich gebe zu, daß ich ein Spion bin und daß Spionieren als ein unehrenhafter Beruf betrachtet wird – obgleich sich ihm jemand widmen muß; aber dieser Herr ist kein Spion, und warum sollte er sich soweit erniedrigen, freiwillig die Rolle zu übernehmen?“

„Ich spiele mein As, Mr. Barsad“, sagte Carton, indem er die Antwort gab und nach der Uhr sah, „ohne im mindesten zu überlegen und in wenigen Minuten.“

„Ich hätte gehofft“, sagte der Spion, immer noch mit einem Blick auf Mr. Lorry, um ihn womöglich in das Gespräch zu ziehen, „daß die Achtung, die Sie beide für meine Schwester fühlen . . .“

„Ich könnte Ihrer Schwester keinen besseren Beweis von meiner Achtung für sie geben, als wenn ich sie von ihrem Bruder endlich erlöste“, sagte Sydney Carton.

„Meinen Sie wirklich, Sir?“

„Ich bin in diesem Punkt fest entschlossen.“

Das geschmeidige Wesen des Spions, das so seltsam von der zur Schau getragenen Grobheit seiner Kleider und wahrscheinlich auch von seinem gewöhnlichen Benehmen abstach, sah sich so vollständig geschlagen von der Undurchdringlichkeit Cartons – der ein Geheimnis für ehrliche und weisere Männer war –, daß er ganz und gar unsicher wurde. Während er noch unentschlossen dasaß, fing Carton wieder an und tat immer noch so, als ob er sein Spiel prüfte: „Und wahrhaftig, wenn ich es mir näher überlege, sollte ich fast meinen, ich hätte noch eine andere gute Karte hier, die ich bisher nicht aufgezählt habe. Dieser Freund und Mitspion, der, wie wir sagten, in der Provinz angestellt ist – wer war das?"

„Ein Franzose. Sie kennen ihn nicht", sagte der Spion rasch.

„Ein Franzose?" wiederholte Carton nachdenklich und als ob er gar nicht auf ihn hörte, obgleich er das Wort wiederholte. „Hm, wohl möglich."

„Er ist ein Franzose, auf mein Wort", sagte der Spion, „obgleich es nicht wichtig ist."

„Obgleich es nicht wichtig ist", wiederholte Carton in derselben mechanischen Weise, „obgleich es nicht wichtig ist – nein, es ist nicht wichtig. Nein. Und doch kenne ich das Gesicht."

„Ich glaube nicht. Ganz gewiß nicht. Es ist unmöglich", sagte der Spion.

„Unmöglich", sagte Sydney Carton halblaut und nachdenklich vor sich hin, während er sich noch ein Glas (es war zum Glück ein kleines) einschenkte. „Unmöglich! Sprach gut Französisch. Aber doch mit einem fremden Akzent, wie mir vorkam."

„Mit einem Akzent aus der Provinz", sagte der Spion.

„Nein. Mit einem fremden Akzent!" rief Carton aus und schlug mit der offenen Hand auf den Tisch, als ihm plötzlich ein Licht aufging. „Cly! Verkleidet, aber derselbe Mann. Wir hatten ihn in Old Bailey vor."

„Diesmal übereilen Sie sich, Sir", sagte Barsad mit einem Lächeln, das seiner Adlernase eine Extrawendung nach einer Seite gab, „hier räumen Sie mir wirklich einen Vorteil über sich ein. Cly (von dem ich jetzt, da es solange her ist, unverhohlen sagen kann, daß er mein Kompagnon war) ist seit mehreren Jahren tot. Ich habe ihn bei seiner letzten Krankheit gepflegt. Er ist in London begraben, auf dem Kirchhof von St.-Pancras-in-the-Fields. Seine damalige Unpopularität bei dem gemeinen Pöbel hielt mich ab, seiner Leiche zu folgen, aber ich habe ihn mit in den Sarg gelegt."

Hier bemerkte Mr. Lorry von seinem Sitz aus einen höchst merkwürdigen, spukhaften Schatten an der Wand. Seiner Entstehung nachgehend, entdeckte er, daß sein Ursprung ein plötzliches, außerordentliches Emporsträuben und Steiferwerden aller ohnedies schon emporgesträubten und steifen Haare auf Mr. Crunchers Haupt war.

„Lassen Sie uns vernünftig und ehrlich sein", sagte der Spion. „Um Ihnen zu zeigen, wie sehr Sie sich irren und wie unbegründet Ihre Annahme ist, will ich Ihnen ein Zertifikat über Clys Beerdigung vorlegen, das ich zufällig in meinem Notizbuch habe. Er holte es mit hektischer Eile aus der Tasche und öffnete es. „Da ist es, sehen Sie es an, sehen Sie es an! Sie können es in die Hand nehmen. Es ist keine Fälschung."

Hier sah Mr. Lorry, wie der Schatten an der Wand länger wurde und Mr. Cruncher aufstand und vortrat.

Ungesehen von dem Spion, stand er neben ihm und legte wie ein Polizeidienergespenst die Hand auf seine Schulter.

„Dieser Roger Cly, Herr", sagte Mr. Cruncher mit einem undurchdringlichen Gesicht, „den haben *Sie* in den Sarg gelegt?"

„Jawohl."

„Wer hat ihn dann herausgenommen?"

Barsad sank in seinen Stuhl zurück und stotterte: „Was wollt Ihr damit sagen?"

„Ich will sagen", versetzte Mr. Cruncher, „daß er gar nicht drin gewesen ist. Nein, ganz gewiß nicht! Ich will mir den Kopf abhacken lassen, wenn er jemals drin gewesen ist!"

Der Spion sah die beiden Herren der Reihe nach an; beide betrachteten Jerry mit sprachlosem Erstaunen. „Ich will's Euch sagen", versetzte Jerry. „Pflastersteine und Erde habt Ihr in dem Sarg begraben. Kommt mir doch nicht mit Eurer Geschichte, Ihr hättet Cly begraben. Das war reiner Betrug. Ich und zwei andere wissen es."

„Woher wißt Ihr es?"

„Was geht Euch das an, zum Teufel?" brummte Mr. Cruncher. „Mit Euch hatte ich schon früher zu tun wegen Eurer schändlichen Betrügereien an ehrlichen Geschäftsleuten! Ich will Euch für eine halbe Guinee bei der Kehle packen und erdrosseln."

Sydney Carton, der mit Mr. Lorry bei dieser neuen Wendung vor Staunen verstummt war, forderte jetzt Mr. Cruncher auf, sich zu mäßigen und alles zu erklären.

„Ein andermal, Sir", entgegnete dieser ausweichend, „es ist jetzt keine gute Zeit zum Erklären. Wobei ich bleibe, ist, daß er recht gut weiß, daß Cly niemals im Sarg gelegen hat. Wenn er nur mit einem einzigen Wort behaupten will, er hätte drin gelegen, so packe ich ihn entweder an der Kehle und erdrossele ihn für eine halbe Guinee" – Mr. Cruncher wiederholte das, als ob es ein ganz großmütiges Anerbieten sei –, „oder ich gehe fort und zeige ihn an."

„Hm! Eins ist gewiß", sagte Carton. „Ich habe noch eine Trumpfkarte, Mr. Barsad. Unmöglich können Sie hier, in diesem wütenden Paris, wo Argwohn die Luft erfüllt, eine Anklage überleben, wenn Sie in Verbindung mit einem anderen aristokratischen Spion stehen, der dasselbe Vorleben hat wie Sie und bei dem außerdem der verdächtige Umstand zu bedenken ist, daß er sich totgestellt hat und wieder lebendig geworden ist! Ein Komplott in den Gefängnissen, angezettelt von dem Ausländer gegen die Republik. Eine hohe Karte – eine sichere Guillotinenkarte! Halten Sie die Partie?"

„Nein!" entgegnete der Spion. „Ich gebe sie auf. Ich gestehe, wir waren so unpopulär bei dem zuchtlosen Pöbel, daß ich nur auf die Gefahr hin, in einer Pferdeschwemme ertränkt zu werden, England verlassen konnte und daß Cly so hin und her gehetzt wurde, daß er ohne diesen Betrug gar nicht lebendig fortgekommen wäre. Aber daß dieser Mann von dem Schwindel wußte, ist mir mehr als ein Wunder."

„Zerbrecht Euch nicht den Kopf über diesen Mann", entgegnete der streitsüchtige Mr. Cruncher. „Es wird Euch genug Mühe machen, diesem Herrn Eure Aufmerksamkeit zu schenken. Und merkt's Euch noch einmal" – Mr. Cruncher ließ sich nicht abhalten, seine Großmut etwas auffällig zur Schau zu tragen –, „ich packe Euch an der Kehle und erdrossle Euch für eine halbe Guinee."

Der Spion wandte sich von ihm zu Sydney Carton und sagte mit mehr Entschiedenheit: „Wir müssen zum Abschluß kommen. Ich muß bald auf meinem Posten sein und meine Zeit pünktlich einhalten. Sie sagten, Sie hätten mir einen Vorschlag zu machen. Wie lautet er? Ich erkläre Ihnen von vornherein, es nützt Ihnen nichts, zuviel von mir zu verlangen. Verlangen Sie etwas von mir in meiner amtlichen Stellung, was meinen Kopf in außerordentliche Gefahr bringt, so will ich mein Leben lieber auf die Chancen einer abschlägigen als einer zustimmenden Antwort wagen. So würde ich meine Wahl treffen. Sie sprachen von Verzweiflung. Wir alle hier sind verzweifelt. Vergessen Sie nicht! Ich kann Sie anklagen, wenn ich es für gut halte, und ich kann mich durch steinerne Mauern hindurchschwören, und andere können das auch. Nun sagen Sie, was wollen Sie von mir?"

„Nicht sehr viel. Sie sind Schließer in der Conciergerie?"

„Ich sage Ihnen ein für allemal, es ist durchaus kein Entweichen möglich", sagte der Spion fest.

„Warum sagen Sie mir etwas, wonach ich nicht gefragt habe? Sie sind Schließer in der Conciergerie?"

„Zuweilen."

„Sie können es sein, wann Sie wollen?"

„Ich habe zu allen Zeiten dort freien Zutritt."

Sydney Carton schenkte noch ein Glas Branntwein ein, goß es langsam über die Asche und sah zu, wie sich die Flüssigkeit verlief. Als der letzte Tropfen den Boden erreicht hatte, stand er auf und sagte: „Soweit haben wir vor diesen beiden Herren gesprochen, weil ich wünschte, daß die Stärke meines Spiels nicht nur uns zweien bekannt ist. Kommen Sie in das dunkle Zimmer, wo ich noch ein letztes Wort mit Ihnen zu reden habe."

9. Kapitel

Das Spiel wird gemacht

Während Sydney Carton und der Spion in dem dunklen Nebenzimmer waren und so leise miteinander verhandelten, daß man keinen Ton hörte, sah Mr. Lorry Jerry mit nicht geringem Zweifel und Mißtrauen an. Die Art, wie sich dieser ehrliche Geschäftsmann dabei benahm, war nicht geeignet, Vertrauen einzuflößen; er wechselte das Bein, auf dem er stand, so oft, als ob er fünfzig dieser Gliedmaßen hätte und sie alle nacheinander versuchte; er besah sich seine Fingernägel mit sehr verdächtiger Aufmerksamkeit; und sooft er Mr. Lorrys Blick begegnete, befiel ihn der eigentümliche, trockene Husten, bei dem gewöhnlich die hohle Hand vor den Mund gelegt wird, und er ist selten, wenn überhaupt jemals, eine mit vollkommener Offenheit des Charakters verbundene Schwäche.

„Jerry", sagte Mr. Lorry, „tretet näher."

Mr. Cruncher näherte sich ihm mit vorgestreckter Schulter von der Seite.

„Was seid Ihr außer Bote noch gewesen?"

Nach einigem Nachdenken, begleitet von einem gespannten Blick auf seinen Gönner, kam Mr. Cruncher auf den glänzenden Einfall zu antworten: „Agrikulturischer Charakter."

„Ich habe die schlimme Ahnung", sagte Mr. Lorry und drohte ihm zürnend mit dem Zeigefinger, „daß Ihr das respektable und große Haus Tellson als falsches Schild benutzt habt und einer ungesetzlichen Beschäftigung der verworfensten Art nachgegangen seid. Ist das der Fall, so erwartet nicht, daß ich ein gutes Wort für Euch einlege, wenn wir nach England zurückkehren. Ist es der Fall, so erwartet nicht, daß ich Euer Geheimnis achte. Ich kann nicht dulden, daß Tellson's hintergangen wird."

„Ich hoffe, Sir", bat der beschämte Mr. Cruncher, „daß ein alter Herr wie Sie, für den ich die Ehre gehabt habe, Botendienste zu leisten, bis ich grau davon geworden bin, es sich zweimal überlegen wird, selbst wenn es an dem wäre – ich sage nicht, daß es das ist, eben selbst wenn es wäre. Und was dabei zu bedenken ist, daß, wenn es wäre, selbst dann nicht alle Schuld auf eine Seite fiele. Es sind zwei Seiten bei der Sache. Es könnte zur gegenwärtigen Stunde Ärzte geben, die ihre Guineen verdienen, wo ein ehrlicher Geschäftsmann nicht seinen Penny verdient. – Penny! Nein, nicht einmal seinen halben Penny – halben Penny! Nein, nicht einmal seinen viertel Penny – die ihr Bankkonto haben wie Dampf bei Tellson's und verstohlen mit ihren medizinischen Augen dem Geschäftsmann zuzwinkern, während sie aus der Bank kommen und in ihren Wagen steigen. – Ah! Auch mit Dampf, wenn nicht noch mit mehr. Na, das hieße auch Tellson's hinters Licht führen. Denn man kann nicht zur Gans Soße geben und zum Gänserich keine. Und dann kommt Mrs. Cruncher (oder kam wenigstens in der Zeit des alten England) und würde morgen bei der ersten Veranlassung in einer Weise gegen das Geschäft klopfen, die ruinierlich wäre – rein ruinierlich. Während die Weiber dieser Ärzte nicht klopfen – die lassen's bleiben! Oder wenn sie klopfen, klopfen sie wegen mehr Patienten, und wie kann man das eine haben ohne das andere? Und dann sorgen die Leichenbestatter und die Küster und die Totengräber und die Privatwächter (alle geizig und alle beteiligt) dafür, daß ein Mann nicht viel dabei verdient, selbst wenn es so wäre. Und das wenige, was ein Mann verdient, würde ihm nie Glück bringen, Mr. Lorry. Ja, es würde ihm nie Glück bringen; er möchte immer gern das Geschäft aufgeben, wenn er nur wüßte, wie er herauskommen sollte, wenn er einmal drin ist – selbst wenn es so wäre."

„Pfui!" sagte Mr. Lorry, der trotzdem den Verbrecher mit milderen Augen ansah. „Schon der Gedanke empört mich, wenn ich Euch ansehe."

„Um was ich Sie eben demütig bitten wollte, Sir", fuhr Mr. Cruncher fort, „selbst wenn es so wäre, und ich sage nicht, daß es so ist . . ."

„Keine Ausflüchte", sagte Mr. Lorry.

„Nein, ganz gewiß nicht", entgegnete Mr. Cruncher, als ob seinen Gedanken oder seinem Tun nichts ferner läge, „ich sage nicht, daß es so ist. Um was ich Sie demütig bitten wollte, ist folgendes: Dort drüben auf dem Stuhl neben Temple Bar sitzt, wie Sie wissen, mein Junge, aufgezogen und aufgewachsen, um bald ein Mann zu sein, der Botengänge und alles für Sie erledigen kann, bis Ihre Hacken sind, wo jetzt Ihr Kopf ist, falls Sie es so wünschen. Wenn es so wäre, was ich noch gar nicht sage (denn ich will keine Ausflüchte machen, Sir), so lassen Sie diesen Jungen die Stelle seines Vaters einnehmen und für seine Mutter sorgen; verraten Sie den Vater dieses Jungen nicht – tun Sie es nicht, Sir, und lassen Sie den Vater einen ordentlichen Gräber werden und wiedergutmachen, was er schlecht gemacht hat durch Ausgraben – wenn es so wäre –, indem er sie ordentlich und richtig einscharrt und ein verfluchter Kerl sein will, wenn er sie wieder ausgraben läßt. Das, Mr. Lorry", sagte Mr. Cruncher und wischte sich, zum Zeichen, daß er sich dem Schluß seiner Rede näherte, die Stirn mit dem Rockärmel ab, „das ist's, um was ich Sie bitten wollte, Sir. Der Mensch kann hier nicht erkennen, wie schrecklich es zugeht, was Subjekte ohne Köpfe betrifft (Gott! reichlich genug vorhanden, um den Preis herunterzudrücken bis auf den Trägerlohn und kaum das), ohne ernste Gedanken zu bekommen. Und das wären meine Gedanken, wenn es so wäre, und ich bitte Sie, nicht zu vergessen, daß ich das, was ich gesagt habe, für die gute Sache gesagt habe, wo ich hätte schweigen können."

„Das wenigstens ist wahr", sagte Mr. Lorry. „Schweigen wir jetzt davon. Vielleicht werdet Ihr noch meine Fürsprache haben, wenn Ihr sie verdient und in Taten bereut – nicht in Worten. Ich brauche keine Worte mehr."

Mr. Cruncher fuhr sich mit den Knöcheln an die Stirn, als Sydney Carton und der Spion aus dem dunklen Nebenzimmer erschienen. „Leben Sie wohl, Mr. Barsad!" sagte Carton. „Unsere Verabredung ist getroffen, und Sie haben nichts weiter von mir zu fürchten."

Er setzte sich auf einen Stuhl vor dem Kamin, Mr. Lorry gegenüber. Als sie allein waren, fragte Mr. Lorry, was er ausgerichtet habe.

„Nicht viel. Wenn es dem Gefangenen schlecht ergehen sollte, habe ich mir für einmal Zutritt zu ihm gesichert."

Auf Mr. Lorrys Gesicht sprach sich traurige Enttäuschung aus.

„Es ist alles, was ich tun konnte", sagte Carton. „Zuviel verlangen hieße dieses Mannes Kopf unter das Beil bringen, und wie er selbst sagt, es könnte ihm nichts Schlimmeres geschehn, wenn wir ihn denunzierten. Das war offenbar die schwache Seite unseres Spiels. Dem läßt sich nicht abhelfen."

„Aber Zutritt zu ihm", sagte Mr. Lorry, „wenn es vor Gericht schlecht ausgehen sollte, kann ihn nicht retten."

„Das habe ich nie gesagt."

Mr. Lorrys Augen suchten das Feuer; seine Teilnahme für Lucie und der schwere Schlag dieser zweiten Verhaftung schwächten sie allmählich; er war jetzt ein alter Mann, in der letzten Zeit von vielem Kummer bedrückt, und Tränen rollten über seine Wangen.

„Sie sind ein guter Mensch und ein treuer Freund", sagte Carton in einem anderen Ton als bisher. „Verzeihen Sie, wenn ich Ihre Bewegung bemerke. Ich könnte nicht meinen Vater weinen sehen und achtlos dabeisitzen. Und ich könnte Ihren Schmerz nicht mehr achten, wenn Sie mein Vater wären. Doch dieses Unglück ist Ihnen erspart."

Obgleich er diese letzten Worte wieder in seiner gewöhnlichen Weise sprach, war doch sowohl im Ton seiner Stimme wie in seiner Rührung so viel echtes Gefühl und Achtung, daß Mr. Lorry, der ihn nie von seiner besseren Seite gesehen hatte, ganz überrascht davon war. Er reichte ihm die Hand, und Carton drückte sie sanft.

„Um wieder auf den armen Darnay zu kommen", sagte Carton. „Sagen Sie *ihr* nichts von dieser Zusammenkunft oder dieser Verabredung. Es würde sie nicht in den Stand setzen, ihn zu sehen. Sie könnte glauben, es sollte im schlimmsten Fall dazu dienen, ihm die Mittel zukommen zu lassen, dem Urteil vorzugreifen."

Mr. Lorry hatte nicht daran gedacht, und er warf einen raschen Blick auf Carton, um zu sehen, ob er so etwas im Sinn habe. Es schien so; er gab den Blick zurück und verstand ihn offenbar. „Sie könnte sich tausenderlei denken", sagte Carton, „und jeder dieser Gedanken würde nur ihre Seelenangst vermehren. Sprechen Sie mit mir nicht von ihr. Wie ich Ihnen schon beim erstenmal sagte, ist es besser, daß ich sie nicht sehe. Auch ohne das kann ich ihr die kleinen Dienste leisten, zu denen sich vielleicht Gelegenheit findet. Sie gehen jedenfalls zu ihr? Ich bedaure sie aufrichtig."

„Ich gehe jetzt hin."

„Das freut mich. Sie hängt so sehr an Ihnen und verläßt sich so sehr auf Sie. Wie sieht sie aus?"

„Bekümmert und unglücklich, aber sehr schön."

„Ach!"

Es war ein langer, schmerzlicher Ton, wie ein Seufzer – fast wie ein Schluchzen. Er veranlaßte Mr. Lorry, Carton anzusehen, dessen Gesicht dem Feuer zugewandt war. Ein Licht oder ein Schatten (der alte Herr hätte nicht sagen können, was von beiden) verschwand so rasch von Cartons Gesicht, wie an einem stürmischen und doch schönen Tag ein Lichtwechsel über einen Wiesenhang fliegt, und er hob den Fuß, um eins der kleinen brennenden Holzscheite, das herausfallen wollte, zurückzuschieben. Er trug den weißen Reitrock und die Stulpenstiefel, die damals Mode waren, und der Gegensatz dieser hellen Tracht zu seinem langen braunen, zwanglos und fast ungeordnet um das Gesicht hängenden Haar machte ihn sehr blaß. Seine Unbekümmertheit um Feuerschaden war merkwürdig genug, um Mr. Lorry zu einem warnenden Wort zu veranlassen; er hatte den Stiefel immer noch auf die sprühenden Kohlen des brennenden Scheites gesetzt, als es unter dem Gewicht seines Fußes zerquetscht wurde.

„Ich hatte es vergessen“, sagte er.

Mr. Lorry mußte ihn wieder ansehen. Wie er die Angegriffenheit der von Natur aus schönen Züge bemerkte, konnte er nicht umhin, an den typischen Ausdruck der Gefangenengesichter zu denken, der ihm ja jetzt so oft vor Augen kam.

„Und Ihre Geschäftsobliegenheiten hier sind zu Ende, Sir?“ sagte Carton jetzt zu ihm.

„Ja. Wie ich Ihnen gestern abend sagte, als Lucie so unerwartet kam, habe ich alles hier getan, was getan werden konnte. Ich hoffte, sie in vollkommener Sicherheit zurückzulassen und dann von Paris abzureisen. Ich habe meinen Passierschein. Ich war reisefertig.“

Beide schwiegen.

„Sie können auf ein langes Leben zurücksehen, Sir“, sagte Carton nachdenklich.

„Ich bin achtundsiebzig Jahre alt.“

„Sind Sie Ihr ganzes Leben lang nützlich gewesen; ausdauernd und beständig beschäftigt, mit Vertrauen, mit Achtung und Verehrung angesehen?“

„Ich bin Geschäftsmann gewesen, seitdem ich erwachsen bin. Ja, ich kann wohl sagen, schon als Jüngling.“

„Und sehen Sie, welche Stelle Sie mit achtundsiebzig Jahren einnehmen. Wie viele Leute werden Sie vermissen, wenn sie leer ist!“

„Ein einsamer alter Junggeselle“, gab Mr. Lorry kopfschüttelnd zur Antwort. „Niemand wird mir eine Träne nachweinen.“

„Wie können Sie das sagen? Würde *sie* nicht um Sie weinen? Und ihr Kind?“

„Ja, ja, Gott sei Dank. Ich nahm es nicht so genau mit meinen Worten."

„Es ist ein Grund, Gott dafür zu danken – nicht?"

„Gewiß, gewiß."

„Wenn Sie heute nacht zu Ihrem einsamen Herzen sagen müßten: Ich habe die Liebe und Zuneigung, die Dankbarkeit oder Achtung keines menschlichen Wesens gewonnen, kein Herz denkt zärtlich an mich, niemand erinnert sich an mich wegen eines Dienstes oder einer Hilfe, die ich ihm geleistet habe! So wären Ihre achtundsiebzig Jahre achtundsiebzig schwere Flüche. Würde das nicht der Fall sein?"

„Sie haben recht, Mr. Carton. Es würde so sein."

Sydney sah wieder in das Feuer und fuhr nach einer Pause von einigen Augenblicken fort: „Ich möchte Ihnen gern eine Frage vorlegen: Scheint Ihnen Ihre Kindheit weit zurückzuliegen? Erscheinen Ihnen die Tage, wo Sie auf Ihrer Mutter Schoß saßen, als Tage einer längst entschwundenen Vergangenheit?"

Auf seinen herzlicheren Ton eingehend, gab Mr. Lorry zur Antwort: „Vor zwanzig Jahren, ja; gegenwärtig, nein. Denn wo ich dem Ende immer näher komme, wandere ich im Kreis, und der Anfang tritt mir wieder entgegen. Es scheint dies eine der freundlichen Erleichterungen und Vorbereitungen des Abgangs zu sein. Mein Herz kennt jetzt viele, lange Zeit schlummernde Erinnerungen an meine hübsche junge Mutter (und ich bin inzwischen so alt!) und an die Tage, wo das, was wir die Welt nennen, mir noch nicht so wirklich erschien und meine Fehler noch nicht zur Gewohnheit geworden waren."

„Ich verstehe das Gefühl!" rief Carton aus, und eine helle Röte flog über sein Gesicht. „Und Sie fühlen sich besser davon?"

„Ich hoffe es."

Carton brach hier das Gespräch ab, indem er aufstand und dem anderen seinen Überrock anziehen half. „Aber Sie", sagte jetzt Mr. Lorry, „Sie sind noch jung."

„Ja", sagte Carton. „Ich bin nicht alt, aber die Art, wie ich als junger Mann gelebt habe, war nicht der Weg zum Altwerden. Genug von mir."

„Und auch von mir", sagte Mr. Lorry. „Gehen Sie aus?"

„Ich will Sie bis an Ihre Haustür begleiten. Sie kennen ja meine Lust am Herumstreifen und meine Ruhelosigkeit. Wenn ich mich lange in den Straßen herumtreiben sollte, so machen Sie sich keine Sorgen; ich werde früh schon wieder dasein. Sie gehen morgen in die Gerichtssitzung?"

„Ja, leider."

„Auch ich werde dasein, aber unter den Zuschauern. Mein Spion verschafft mir einen Platz. Nehmen Sie meinen Arm, Sir."

Mr. Lorry tat dies, und sie gingen die Treppe hinab und traten auf die Straße. Nach wenigen Minuten waren sie an Mr. Lorrys Bestimmungsort. Dort verließ ihn Carton, blieb aber in einiger Entfernung stehen und kehrte zum Tor zurück, als es geschlossen war, und legte die Hand daran. Er hatte gehört, daß sie jeden Tag zum Gefängnis ging. „Hier ist sie herausgekommen", sagte er, „diesen Weg ist sie gegangen, diese Steine muß sie oft betreten haben. Ich folge ihrem Weg."

Es war zehn Uhr nachts, als er vor dem Gefängnis La Force, wo sie hundertmal gestanden hatte, ankam. Ein kleiner Holzsäger, der seinen Laden zugemacht hatte, rauchte davor seine Pfeife.

„Guten Abend, Bürger", sagte Sydney Carton, im Vorbeigehen stehenbleibend, denn der Mann sah ihn forschend an.

„Guten Abend, Bürger."

„Was macht die Republik?"

„Ihr meint die Guillotine? Es geht nicht schlecht. Dreiundsechzig heute. Wir müssen bald auf ein volles Hundert kommen. Samson und seine Leute klagen manchmal, sie würden müde. Hahaha! Er ist ein so drolliger Kerl, dieser Samson. So ein Barbier!"

„Geht Ihr oft hin?"

„Ihn rasieren zu sehn? Immer. Jeden Tag. So ein Barbier! Habt Ihr ihn arbeiten sehen?“

„Nie.“

„So geht ja hin und seht zu, wenn er einmal ein volles Programm hat. Denkt Euch nur, Bürger, er rasierte heute dreiundsechzig in weniger als zwei Pfeifen! In weniger als zwei Pfeifen. Auf Ehrenwort!“

Als das grinsende kleine Ungeheuer die Pfeife, die er rauchte, in die Höhe hielt, um zu zeigen, wie er die Zeit des Scharfrichters kontrollierte, fühlte Carton einen so lebhaften Wunsch in sich rege werden, ihn tot zu seinen Füßen niederzustrecken, daß er sich abwandte.

„Aber Ihr seid kein Engländer“, sagte der Holzsäger, „obgleich Ihr wie ein Engländer angezogen seid.“

„Doch“, sagte Carton, indem er wieder stillstand und sich über die Schulter umsah.

„Ihr sprecht wie ein Franzose.“

„Ich habe früher hier studiert.“

„Aha, ein vollkommener Franzose! Gute Nacht, Engländer.“

„Gute Nacht, Bürger.“

„Aber vergeßt ja nicht, hinzugehen und Euch den drolligen Kerl anzusehen“, rief ihm der kleine Mann noch nach. „Und nehmt eine Pfeife mit!“

Sydney war kaum um die Ecke, so blieb er mitten auf der Straße unter einer düster brennenden Laterne stehen und schrieb mit dem Bleistift etwas auf einen Zettel. Dann ging er mit dem entschlossenen Schritt eines Mannes, der seinen Weg recht gut kennt, durch mehrere dunkle und schmutzige Gassen (viel schmutziger als gewöhnlich; denn selbst die vornehmsten Straßen blieben in dieser Schreckenszeit ungereinigt) und blieb vor einem Apothekerladen stehen, den der Besitzer eben mit eigenen Händen schließen wollte. Es war ein kleiner trüber, eckiger Laden in einer krummen, bergauf gehenden Straße, geführt von einem krummen kleinen Mann.

Mit einem „Guten Abend, Bürger“ trat Carton an den Ladentisch und gab dem Apotheker den Zettel. „Hui!“ pfiff dieser leise, als er ihn las. „Hihihi!“

Sydney Carton beachtete dies nicht, und der Apotheker sagte: „Für Euch, Bürger?"

„Für mich."

„Vermischt sie nicht miteinander, Bürger. Ihr wißt, was es bedeutet, wenn sie durcheinanderkommen."

„Ja."

Der Apotheker bereitete verschiedene Pulver und übergab sie ihm in kleinen Päckchen. Carton steckte sie einzeln in die Brusttasche seines Rocks, zählte das Geld dafür auf den Tisch und verließ gelassenen Schritts den Laden. „Es ist vor dem Morgen nichts mehr zu tun", sagte er, zum Mond aufblickend. „Ich kann nicht schlafen."

Es war nicht der alte, beleidigende, blasierte oder an sich selbst verzweifelnde Ton, mit dem er diese Worte sprach. Er sprach vielmehr in der mit sich abgeschlossenen Weise eines müden Wanderers, der nach langer, anstrengender Irrfahrt endlich den richtigen Weg gefunden hat und sein Reiseziel vor sich sieht.

Vor langer Zeit, als er unter seinen Mitschülern als ein hoffnungsvoller Jüngling galt, war er seines Vaters Leiche gefolgt. Seine Mutter war schon vor Jahren gestorben. Die feierlichen Worte, die der Geistliche an seines Vaters Grab gelesen hatte, traten jetzt vor seine Seele, wie er durch die dunklen Straßen in dem schweren Schatten der Nacht ging, während hoch über ihm die Wolken hastig über den Mond flogen. „Ich bin die Auferstehung und das Leben, sagte der Herr, wer an mich glaubt, der wird leben, ob er gleich stürbe. Und wer da lebet und glaubt an mich, der wird nimmermehr sterben."

In einer von der Guillotine beherrschten Stadt, in nächtlicher Einsamkeit, mit natürlicher Teilnahme an dem Schicksal der Dreiundsechzig, die an diesem Tag hingerichtet worden sind, und an das der Opfer des morgigen Tages, die ihr Schicksal in den Gefängnissen erwarteten, und der Opfer noch so vieler kommender Morgen, war die Ideenverbindung, die ihm diesen Spruch ins Gedächtnis brachte, leicht zu finden. Er suchte sie nicht, sondern wiederholte die Worte und ging weiter.

Mit einem feierlichen Interesse an den erleuchteten Fenstern, wo Leute schlafen gingen und ein paar stille Stunden hindurch die sie umgebenden Schrecken vergaßen; an den Türmen der Kirchen, aus denen keine Gebete zum Himmel drangen, denn der öffentliche Umschwung war in seiner Selbstvernichtung sogar so weit gegangen, als Reaktion auf die Jahre priesterlichen Truges, priesterlicher Plünderung und Ausschweifung; an den entlegenen Friedhöfen, die, wie über dem Eingang stand, „dem ewigen Schlummer" vorbehalten waren; an den übervollen Kerkern und an den Straßen, durch die die Verurteilten schockweise zu einem Tode fuhren, der so alltäglich und handgreiflich geworden war, daß das Volk an die ganze Arbeit der Guillotine nicht einmal eine Gespenstersage zu knüpfen wußte; mit einem feierlichen Interesse am gesamten Leben und Sterben der Stadt, die allmählich in die kurze nächtliche Unterbrechung ihres täglichen Wütens versank, ging Sydney Carton wieder über die Seine, um die helleren Straßen aufzusuchen.

Man sah nur wenige Kutschen; denn wer in Kutschen fuhr, wurde leicht verdächtigt, und die Vornehmen setzten sich eine rote Nachtmütze auf den Kopf, zogen schwere Schuhe an und gingen zu Fuß. Aber die Theater waren alle gefüllt, und die Leute strömten in heiterer Stimmung heraus, als er vorbeiging, und begaben sich plaudernd nach Hause. An der Tür eines Theaters stand ein kleines Mädchen mit seiner Mutter, die durch den Schmutz einen Übergang über die Straße suchten. Er trug die Kleine hinüber und bat sie, ehe sich der schüchterne Arm von seinem Hals losmachte, um einen Kuß.

„Ich bin die Auferstehung und das Leben, sagte der Herr, wer an mich glaubt, der wird ewig leben, ob er gleich stürbe. Und wer da lebet und glaubt an mich, der wird nimmermehr sterben."

Jetzt, wo die Straßen still waren und die Nacht sich eingestellt hatte, klangen die Worte aus dem Widerhall seiner Schritte und aus der Luft. Vollkommen ruhig und gefaßt sprach er sie manchmal unterwegs vor sich hin; aber er hörte sie immer.

Die Nacht verging, und als er auf der Brücke stand und dem Wasser lauschte, das an den Ufern der Insel von Paris plätscherte, wo die malerische Verwirrung von Häusern und Kirche hell im Mondlicht glänzte, kam kalt der Tag und sah wie ein Leichengesicht aus dem Himmel herunter. Da wurde die Nacht mit dem Mond und den Sternen blaß und starb, und für eine kurze Zeit schien die Schöpfung der Herrschaft des Todes übergeben zu sein.

Aber die herrliche Sonne ging auf und sandte ihm diese Worte, die ihn die ganze Nacht umklungen hatten, mit ihren langen und hellen Strahlen gerade und warm ins Herz. Und wie er voll Ehrfurcht das Auge zum Himmel erhob, schien sich eine Lichtbrücke zwischen ihm und der Sonne durch die Luft zu wölben, während die Seine unter ihm funkelte.

Die starke Strömung, so schnell, so tief und so sicher, war in der Morgenstille wie ein gleichgestimmter Freund. Er ging den Fluß entlang, weit entfernt von den Häusern, und schlummerte in dem warmen Sonnenschein am Ufer ein. Als er wieder erwachte und aufstand, blieb er noch eine kleine Weile stehen und sah einem Wirbel zu, der sich sinnlos drehte, bis ihn der Strom verschlang, um ihn hinaus ins Meer zu tragen. – „Wie mich!“

Ein Boot mit einem Segel von der Farbe eines halbgebleichten, toten Blattes kam jetzt langsam den Fluß herunter, trieb an ihm vorbei und verschwand in der Ferne. Als auch die stille Spur, die es im Wasser gezogen hatte, verschwunden war, schloß er das Gebet um barmherzige Beurteilung seiner Fehler und Irrtümer, das sich aus seinem Herzen losgerungen hatte, mit den Worten: „Ich bin die Auferstehung und das Leben.“

Mr. Lorry war bereits ausgegangen, als er zu ihm kam, und es ließ sich leicht vermuten, wo der gute Alte war. Sydney Carton trank nur eine Tasse Kaffee, aß ein wenig Brot und begab sich, nachdem er sich gewaschen und die Wäsche gewechselt hatte, in den Gerichtssaal.

Dort war schon alles lebendig und laut, als ihn das schwarze Schaf – vor dem viele scheu zurückwichen – in eine dunkle Ecke unter den Zuschauern drängte. Mr. Lorry war da, und Dr. Manette war da. Sie war da und saß neben ihrem Vater.

Als man ihren Gatten hereinführte, sah sie ihn mit einem Blick an, der so tröstend, so ermutigend, so voll bewundernder Liebe und zärtlichen Mitleids und doch so tapfer um seinetwillen war, daß er ihm das gesunde Blut ins Antlitz trieb, seine Blicke strahlen ließ und sein Herz mit neuem Leben erfüllte. Wäre jemand dagewesen, um die Wirkung ihres Blicks auf Sydney Carton zu beobachten, so hätte er genau dieselben Folgen gesehen.

Vor diesem ungerechten Gericht gab es keine oder so gut wie keine Ordnung im Verfahren, die dem Angeklagten ein angemessenes Gehör sicherte. Es hätte gar keine solche Revolution stattfinden können, wenn nicht alle Gesetze, Formen und Zeremonien erst so ungeheuerlich mißbraucht worden wären, daß die selbstmörderische Rache der Revolution von selbst auf den Gedanken kam, sie alle in den Wind zu schlagen.

Die Augen aller wandten sich den Geschworenen zu. Dieselben gesinnungstüchtigen Patrioten und guten Republikaner wie gestern und vorgestern und morgen und übermorgen. Hervorstechend war einer unter ihnen, ein Mann mit einem gierigen Gesicht, dessen Finger sich beständig um seine Lippen bewegten und dessen Aussehen die Zuschauer sehr befriedigte. Ein mordlustiger, kannibalisch aussehender, blutdürstiger Geschworener war dieser Jacques drei von St-Antoine. Die ganze Jury sah aus wie eine Jury von Hunden, verschworen, um Wild zu Tode zu hetzen.

Aller Augen wandten sich nun den fünf Richtern und dem öffentlichen Ankläger zu. Dort war heute keine Milde zu erwarten. Grausame, unnachgiebige, mörderische Geschäftsgesichter. Dann suchte jedes Auge ein anderes Auge im Gedränge und wechselte mit ihm einen beifälligen Blick; und Köpfe nickten einander zu, bevor sie sich mit gespannter Aufmerksamkeit vorwärtsdrängten.

Charles Evrémonde, genannt Darnay. Gestern freigelassen, von neuem angeklagt und wieder verhaftet. Anklage wurde ihm gestern nacht übergeben. Verdächtig und angeklagt als Feind der Republik, Aristokrat, Mitglied einer Tyrannenfamilie, eines Geschlechts, das geächtet wurde, weil es seine abgeschafften Privilegien zur schändlichen Bedrückung des Volkes mißbraucht hatte. Charles Evrémonde, genannt Darnay, infolge dieser Ächtung unbedingt tot vor dem Gesetz.

So ungefähr in ebenso wenigen oder in weniger Worten sprach der öffentliche Ankläger. Der Präsident fragte, ob der Angeklagte offen oder geheim denunziert worden sei?

„Offen, Präsident."

„Von wem?"

„Von drei Stimmen. Ernest Defarge, Weinhändler in St-Antoine."

„Gut."

„Thérèse Defarge, seiner Frau."

„Gut."

„Von Alexandre Manette, Arzt."

Ein großer Lärm entstand im Saal, und in dessen Mitte sah man Dr. Manette blaß und zitternd von seinem Platz aufspringen.

„Präsident, ich protestiere mit Entrüstung gegen diese Angabe als eine Fälschung und einen Betrug. Ihr wißt, daß der Angeklagte der Gatte meiner Tochter ist. Meine Tochter und die zu ihr gehören sind mir teurer als mein Leben. Wo und wer ist der falsche Verschwörer, der da behauptet, daß ich den Gatten meines Kindes anklage?"

„Seid ruhig, Bürger Manette. Wenn Ihr der Autorität des Gerichts den Gehorsam verweigert, würdet Ihr Euch selbst außerhalb des Gesetzes stellen. Was Ihr da sagt vom ‚teurer sein als Euer Leben', so kann einem guten Bürger nichts so teuer sein als die Republik."

Lauter Beifall begrüßte diese Zurechtweisung. Der Präsident klingelte und begann mit Wärme von neuem:

„Wenn die Republik von Euch das Opfer Eures eigenen Kindes verlangte, so hättet Ihr keine andere Pflicht, als es zu opfern. Hört auf das, was der Ankläger zu sagen hat. Bis dahin schweigt."

Rasender Beifall ertönte ringsum. Dr. Manette nahm seinen Platz ein, während er sich mit zitternden Lippen umschaute; seine Tochter drängte sich dichter an ihn heran. Der gierige Mann unter den Geschworenen rieb sich die Hände und brachte dann von neuem die Finger an den Mund.

Sowie die Ruhe soweit hergestellt worden war, um eine Fortsetzung des Verfahrens möglich zu machen, wurde Defarge aufgerufen, der in kurzen Worten auseinandersetzte, daß er schon als Knabe im Dienst des Doktors gestanden hätte, als dieser verhaftet worden war, und dann über seine Befreiung und über den Zustand, in dem ihm der Doktor nach seiner Freilassung übergeben worden war, berichtete. Darauf folgte noch ein kurzes Verhör, denn das Gericht tat seine Arbeit schnell.

„Habt Ihr gute Dienste bei der Einnahme der Bastille geleistet, Bürger?"

„Ich glaube."

Hier kreischte ein aufgeregtes Weib aus dem Gedränge heraus: „Ihr wart doch einer der besten Patrioten. Warum soll man es nicht sagen? Ihr habt an jenem Tag ein Geschütz bedient und wart unter den ersten, die in das verwünschte Nest eindrangen. Patrioten, ich spreche die Wahrheit!"

Es war der Racheengel, der sich, stürmisch gelobt von dem lauten Beifall der Zuhörer, so in die Verhandlung mischte.

Der Präsident klingelte; aber der Racheengel, durch die ihm zuteil gewordene Aufmunterung warm geworden, kreischte: „Was geht mich die Klingel an!" Wofür er wiederum rauschendes Lob erntete.

„Erzählt dem Gericht, was Ihr an jenem Tag in der Bastille getan habt, Bürger."

„Ich wußte", sagte Defarge, während er auf seine Frau

hinabsah, die unten an den Stufen stand, auf die er getreten war, und ihn fest im Auge behielt, „ich wußte, daß dieser Gefangene, von dem ich spreche, in einer Zelle, genannt Einhundertfünf, Nordturm, gesessen hatte. Ich wußte das von ihm. Er kannte sich selbst nur noch unter dem Namen Einhundertfünf, Nordturm, als er unter meiner Obhut Schuhe machte. Als ich meine Kanone an jenem Tag bediente, nahm ich mir vor, wenn wir den Ort einnehmen sollten, die Zelle zu untersuchen. Wir nahmen ihn ein. Mit einem Mitbürger, der sich unter den Geschworenen befindet, begab ich mich, von einem Kerkermeister geleitet, in die Zelle. Ich untersuchte sie ganz genau. In einem Loch im Schornstein, wo ein Stein herausgearbeitet und wieder hineingesetzt worden war, fand ich ein beschriebenes Papier. Hier ist das beschriebene Papier. Ich habe mir mehrere Proben der Handschrift Dr. Manettes angesehn. Dies ist die Handschrift Dr. Manettes. Ich lege das Papier, geschrieben von der Hand Dr. Manettes, in die Hände des Präsidenten."

„Man lese es vor."

Unter tiefstem Schweigen – wobei der vor Gericht gestellte Gefangene zärtlich seine Gattin ansah, seine Gattin nur ihre Augen von ihm abwandte, um ihren Vater mit bekümmerter Teilnahme zu betrachten, Dr. Manette seinen Blick auf den Vorleser geheftet hielt, Madame Defarge die ihren nie von dem Gefangenen abwandte, Defarge mit seinen Augen nie die schon im Vorgenuß schwelgenden Augen seiner Frau verließ und sich alle anderen Blicke gespannt dem Doktor zuwandten, der niemanden ringsum sah – unter tiefstem Schweigen wurde das Papier verlesen.

10. Kapitel

Das Wesen des Schattens

„Ich, Alexandre Manette, unglücklicher Arzt, geboren in Beauvais und später wohnhaft in Paris, schreibe diese traurige Geschichte in meiner Jammerzelle, in der Bastille, im letzten Monat des Jahres 1767. Ich schreibe sie in gestohlenen Minuten, in seltenen Pausen, unter jeder Schwierigkeit. Ich gedenke, sie in der Schornsteinwand zu verstecken, wo ich langsam und mühsam einen sicheren Platz dafür hergestellt habe. Dort findet sie vielleicht eine mitleidige Hand, wenn ich und mein Schmerz unter der Erde sind. Ich schreibe diese Worte nur mit einem verrosteten Nagel und mit abgeschabtem Ruß aus dem Schornstein, vermischt mit Blut, im letzten Monat des zehnten Jahres meiner Gefangenschaft. Hoffnung ist ganz aus meiner Brust verschwunden. Ich weiß aus schrecklichen Symptomen, die ich an mir bemerkt habe, daß mein Geist nicht mehr lange ungeschwächt bleiben wird, aber ich erkläre feierlich, daß ich gegenwärtig noch im vollen Besitz meiner geistigen Kräfte bin, daß mein Gedächtnis gut und zuverlässig ist und daß ich die Wahrheit schreibe, so wahr ich für diese, meine letzten niedergeschriebenen Worte, mögen sie von menschlichen Augen gelesen werden oder nicht, vor dem ewigen Gott Rechenschaft ablegen muß.

In einer bewölkten Mondscheinnacht in der dritten Woche des Dezembers (ich glaube, es war der dreiundzwanzigste dieses Monats) im Jahre 1757, ging ich, um frische Luft zu schöpfen, auf einem abgelegenen Teil des Seineufers ungefähr eine Stunde Wegs von meiner Wohnung in der Straße der medizinischen Schule spazieren, als sich mir ein Wagen in sehr raschem Lauf näherte. Wie ich zur Seite trat, um den Wagen vorbeizulassen, da er mich sonst hätte umfahren können, sah ein Kopf zum Fenster heraus, und eine Stimme gebot dem Kutscher anzuhalten.

Der Wagen hielt, sowie der Kutscher die Pferde zügeln konnte, und dieselbe Stimme rief mich beim Namen. Ich antwortete. Der Wagen war mir jetzt so weit voraus, daß zwei Herren Zeit hatten, die Kutschentür zu öffnen und auszusteigen, ehe ich sie erreichte. Ich bemerkte, daß beide in Mäntel gehüllt waren, um, wie es schien, nicht erkannt zu werden. Als sie nebeneinander, nicht weit von dem Wagentritt standen, bemerkte ich auch, daß sie beide in meinem Alter sein mochten, oder eher jünger, und daß sie sich sehr ähnlich waren im Wuchs, in der Haltung, in der Stimme und, soweit ich sehen konnte, auch im Gesicht.

‚Sie sind Dr. Manette?'

‚Ja.'

‚Dr. Manette, früher in Beauvais', sprach der andere, ‚der junge Arzt, ursprünglich ein geschickter Chirurg, der seit den letzten paar Jahren in Paris zu solchem Ruf gelangt ist?'

‚Meine Herren', gab ich zurück, ‚ich bin der Dr. Manette, von dem Sie in so schmeichelhaften Ausdrücken sprechen.'

‚Wir waren in Ihrer Wohnung', sagte der erste, ‚und da wir nicht so glücklich waren, Sie dort zu finden, und hörten, daß Sie wahrscheinlich in dieser Gegend spazierengingen, fuhren wir hierher, in der Hoffnung, Ihnen zu begegnen. Wollen Sie bitte in den Wagen steigen?'

Beider Manier war gebieterisch, und während des eben erwähnten Gesprächs hatten sich die zwei so gestellt, daß sie zwischen mir und der Wagentür standen. Sie waren bewaffnet. Ich nicht.

‚Meine Herren', sagte ich, ‚verzeihen Sie mir; aber ich erkundige mich gewöhnlich, wer mir die Ehre erweist, meine Hilfe in Anspruch zu nehmen, und von welcher Beschaffenheit der Fall ist, wo ich die Hilfe leisten soll.'

Die Antwort, die ich darauf von dem erhielt, der als zweiter gesprochen hatte, war: ‚Doktor, Ihre Klienten sind Leute von Stand. Was die Beschaffenheit des Falls betrifft, so sagt uns unser Vertrauen auf Ihre Kunst, daß Sie ihn viel besser durch eigene Anschauung kennenlernen werden, als wir ihn beschreiben können. Genug. Wollen Sie bitte in den Wagen steigen?‘

Ich konnte nichts tun als mich fügen und stieg schweigend ein. Beide folgten mir, und der letzte sprang herein, nachdem der Tritt hochgeklappt war. Der Wagen wurde gewendet und fuhr mit der früheren Schnelligkeit davon.

Ich wiederhole diese Unterredung genau so, wie sie vor sich ging. Ich bezweifle nicht, daß sie Wort für Wort dieselbe war. Ich beschreibe alles genau so, wie es sich zutrug, und zwinge meinen Geist, nicht von seinem Gegenstand abzuschweifen. Wo ich die Zeichen mache, die hier folgen, breche ich zunächst ab und verberge meine Papiere im Versteck.***

Der Wagen hatte die Straße bald hinter sich, fuhr zur Nordschranke hinaus und auf der Landstraße weiter. Ungefähr eine Dreiviertelstunde vor der Schranke – ich schätzte damals die Entfernung nicht ab, aber bei einer späteren Gelegenheit – lenkte der Wagen von der Hauptstraße weg und hielt gleich darauf vor einem einsam gelegenen Haus. Wir stiegen alle drei aus und gingen auf einem weichen, feuchten Fußweg durch einen Garten, wo ein vernachlässigter Springbrunnen übergelaufen war, zur Haustür. Auf das Schellen mit der Glocke wurde sie nicht sofort geöffnet, und einer meiner Führer schlug den Mann, der an die Tür kam, mit einem schweren Reithandschuh ins Gesicht.

Es war nichts in dieser Handlung, was meine besondere Aufmerksamkeit erregte; denn ich hatte öfter gesehn, daß gemeine Leute wie Hunde geschlagen wurden. Aber der andere der Brüder, der ebenfalls ärgerlich war, schlug den Mann auch, und dabei waren die Brüder in Haltung und Aussehen so vollkommen gleich, daß ich sie jetzt als Zwillingsbrüder erkannte.

Schon wie wir am äußeren Tor (das verschlossen war und das einer der Brüder, um uns einzulassen, geöffnet und dann von neuem zugeschlossen hatte) abgestiegen waren, hatte ich ein lautes Schreien von einem oberen Zimmer her gehört. Man führte mich geradewegs in dieses Zimmer; das Schreien wurde immer lauter, als wir die Treppe hinaufstiegen, und ich fand eine Kranke im hitzigen Fieber auf einem Bett liegen.

Die Kranke war eine junge Frau von großer Schönheit; jedenfalls nicht viel über zwanzig. Ihr Haar war wirr und zerzaust und ihre Arme mit Schärpen und Taschentüchern festgebunden. Ich bemerkte, daß diese Binden alle von Herrenkleidern herrührten. Auf einer, es war eine mit Fransen besetzte Schärpe für einen Festanzug, sah ich ein adliges Wappen und den Buchstaben E eingestickt.

Ich sah dies in der ersten Minute, wo ich vor der Kranken stand; denn in ihren ruhelosen Bewegungen hatte sie sich am Rand des Bettes auf das Gesicht gelegt, das Ende der Schärpe in den Mund genommen und lief Gefahr zu ersticken. Ich streckte sofort meine Hand aus, um ihr freies Atmen zu verschaffen, und wie ich die Schärpe auf die Seite schob, fiel mein Blick auf die Stikkerei in dem Zipfel.

Ich wendete die Frau sanft um, legte meine Hände auf ihre Brust, um sie zu beruhigen, und sah ihr ins Gesicht. Ihre Augen standen weit offen und waren ganz verstört, und sie stieß fortwährend durchdringende Schreie aus und wiederholte die Worte: ‚Mein Mann, mein Vater und mein Bruder!' und zählte dann bis zwölf und sagte: ‚Still!' Einen Augenblick und nicht länger hielt sie inne, um zu horchen, und dann fing sie wieder an zu schreien und wiederholte die Worte: ‚Mein Mann, mein Vater und mein Bruder!' Immer in derselben Reihenfolge und in derselben Weise. Es fand auch keine Unterbrechung statt außer der einzigen regelmäßigen kurzen Pause, und immer wieder fingen die Schmerzensrufe von vorn an.

‚Wie lang dauert dies schon?' fragte ich.

Zur Unterscheidung will ich die Brüder den älteren und den jüngeren nennen; mit dem älteren meine ich den, der die meiste Autorität ausübte. Der ältere antwortete jetzt: ‚Seit der letzten Nacht.'

‚Hat sie einen Mann, einen Vater und einen Bruder?' fragte ich.

‚Einen Bruder.'

‚Spreche ich nicht mit ihrem Bruder?'

Er antwortete mit großer Verachtung: ‚Nein.'

‚Haben ihre Gedanken kürzlich mit der Zahl Zwölf zu tun gehabt?'

Der jüngere Bruder warf ungeduldig ein: ‚Mit zwölf Uhr.'

‚Sehen Sie, meine Herren', sagte ich, während ich immer noch die Hände auf ihrer Brust ruhen ließ, ‚wie unnütz es war, daß Sie mich so hergebracht haben! Wenn ich gewußt hätte, was ich hier vorfinden würde, hätte ich Vorsorge treffen können. So geht unwiederbringliche Zeit verloren. In diesem abgelegenen Haus sind sicher keine Arzneien zu haben.'

Der ältere Bruder sah den jüngeren an, der gleichmütig zur Antwort gab: ‚Es ist ein Medizinkasten hier' und ihn aus einem Alkoven brachte und auf den Tisch stellte.***

Ich machte einige von den Fläschchen auf, roch daran und brachte den Stöpsel an die Lippen. Wenn ich etwas anderes als narkotische Arzneien, die allein schon Gift waren, hätte anwenden können, so durfte ich diese nicht nehmen.

‚Trauen Sie den Arzneien nicht?'

‚Sie sehen, Monsieur, daß ich von ihnen Gebrauch machen will', gab ich zur Antwort und sagte weiter nichts. Mit großer Schwierigkeit und nach vielen Bemühungen gelang es mir, der Kranken die von mir gewünschte Dosis einzuflößen. Da ich sie nach einiger Zeit wiederholen wollte und ihre Wirkung beobachten mußte, setzte ich mich neben das Bett. Als Aufwärterin diente ein verschüchtertes und ängstliches Weib (die Frau des Mannes, der uns geöffnet hatte), das in einer Ecke stand. Das Haus war feucht und verfallen, mittelmäßig ausgestattet und offenbar erst seit kurzem und nur vorübergehend bewohnt. Die Fenster waren mit dikken, alten Tapeten zugenagelt, um den Schall des Schreiens zu dämpfen. Dieses dauerte immer noch in seiner Regelmäßigkeit an: ‚Mein Mann, mein Vater und mein Bruder!', das Zählen bis zwölf und ‚Still!' Die Kranke raste so heftig, daß ich mich nicht getraute, die Binden von den Armen zu entfernen; aber ich hatte nachgesehen, ob sie nicht schmerzten. Das einzige, was mich bei dem Fall ermutigte, war, daß meine Hand auf der Brust der Leidenden so viel besänftigenden Einfluß hatte, daß minutenlange Unterbrechungen in den krampfhaften Bewegungen des Körpers eintraten. Auf das Geschrei machte dies keinen Eindruck; kein Pendel konnte regelmäßiger sein.

Weil meine Hand diese Wirkung hervorrief, hatte ich wohl eine halbe Stunde neben dem Bett gesessen, und die beiden Brüder waren im Zimmer geblieben, bevor der ältere sagte: ‚Es ist noch ein anderer Kranker da.'

Ich erschrak und sagte: ‚Ist es ein dringender Fall?'

‚Es ist besser, Sie sehen selbst nach', gab er gleichgültig zur Antwort und nahm einen Leuchter.***

Der andere Kranke lag in einem Hinterzimmer, zu dem eine zweite Treppe führte, eigentlich in einer Art Bodenraum über einem Stall. Ein Teil des Raumes war mit einer niedrigen Gipsdecke versehen; das übrige war oben offen bis zu dem Tragebalken des Ziegeldaches, und nur einzelne Balken vertraten die Stelle der Decke. In diesem Teil lagen Heu und Stroh, Reisigbündel als Feuerholz und ein Haufen Äpfel im Sand. Ich mußte durch diesen Teil gehen, um in den anderen zu gelangen. Mein Gedächtnis ist genau und zuverlässig. Ich stelle es in diesen Einzelheiten auf die Probe und sehe sie alle in dieser meiner Zelle in der Bastille fast am Ende des zehnten Jahres meiner Haft, wie ich sie in jener Nacht sah.

Auf einem Heubündel am Boden, ein Kissen unter den Kopf geschoben, lag ein hübscher Bauernbursche – ein halber Knabe von kaum siebzehn Jahren. Er lag auf dem Rücken, die Zähne fest zusammengebissen, die rechte Hand auf die Brust gepreßt und mit den funkelnden Augen gerade in die Höhe sehend. Als ich neben ihm niederkniete und mich über ihn beugte, konnte ich nicht entdecken, wo die Wunde war, aber ich konnte sehen, daß er an einer Wunde von einem scharfen, spitzen Instrument starb.

‚Ich bin Arzt, armer Junge', sagte ich. ‚Laß mich deine Wunde untersuchen.'

‚Ich mag sie nicht untersuchen lassen', gab er zur Antwort, ‚laßt es sein.'

Sie befand sich unter seiner Hand, und ich besänftigte ihn so, daß er mir erlaubte, die Hand wegzunehmen. Die Wunde war ein zwanzig oder vierundzwanzig Stunden alter Degenstich, aber kein Arzt hätte ihn retten können, wenn auch sofort danach gesehen worden wäre. Das Ende stand jetzt nahe bevor. Als ich meine Augen auf den älteren Bruder heftete, sah ich, wie er auf diesen hübschen, sterbenden Burschen herabblickte, als wäre er ein verwundeter Vogel oder ein Hase oder ein Kaninchen; durchaus nicht, als ob er ein Mitmensch wäre.

‚Wie ist das zugegangen, Monsieur?' sagte ich.

‚Dieser Wahnwitzige Hund von einem Bauern, ein Leibeigener, zwang meinen Bruder, den Degen zu ziehen, und ist von meines Bruders Degen gefallen – wie ein Kavalier.'

Keine Spur von Mitleid, Schmerz oder menschlichem Mitgefühl war in dieser Antwort zu hören. Der Sprecher schien zuzugeben, daß es unangenehm sei, daß diese andere Art von Kreatur hier im Sterben lag, und daß es besser gewesen, wenn er in dem gewöhnlichen dunklen Lauf seines Ungezieferlebens gestorben wäre. Er war ganz unfähig, Mitleid mit dem Knaben oder seinem Schicksal zu fühlen.

Die Augen des Burschen hatten sich ihm zugewandt, als er sprach, und richteten sich jetzt langsam auf mich.

‚Doktor, sie sind sehr stolz, diese Edelleute; aber wir gemeines Volk sind manchmal auch stolz. Sie berauben uns, beleidigen uns, prügeln uns, schlagen uns tot, aber dennoch bleibt uns manchmal ein klein wenig Stolz übrig. Sie – haben Sie sie gesehen, Doktor?'

Man hörte das Schreien hier, obgleich durch die Entfernung gedämpft. Er bezog sich darauf, als ob sie in diesem Raum läge.

Ich sagte: ‚Ich habe sie gesehen.'

‚Es ist meine Schwester, Doktor. Diese Edelleute haben ihre schändlichen Rechte auf die Schamhaftigkeit und Tugend unserer Schwestern viele Jahre lang ausgeübt, aber wir haben noch gute Mädchen unter uns. Ich weiß es, und mein Vater sagte es auch. Sie war ein gutes Mädchen. Sie war die Braut eines guten jungen Mannes; eines seiner Pächter. Wir waren alle seine Pächter – dieses Mannes, der dort steht. Der andere ist sein Bruder, der Schlimmste eines schlimmen Geschlechts.'

Nur mit der größten Schwierigkeit sammelte der Knabe körperlich genug Kraft, um zu sprechen; aber seine Seele sprach mit schrecklichem Nachdruck.

‚Wir wurden von diesem Mann, der dort steht, so ausgeplündert, wie es alle diese höheren Wesen mit uns gemeinen Hunden tun – ohne Erbarmen von ihm besteuert, gezwungen, ohne Lohn für ihn zu arbeiten, gezwungen, unser Korn auf seiner Mühle zu mahlen, gezwungen, Scharen von seinen zahmen Vögeln mit der kümmerlichen Frucht unserer Felder zu füttern, während wir bei Todesstrafe nicht ein einziges Huhn für uns selbst haben durften, ausgeplündert und ausgesaugt bis zu dem Grade, daß, wenn wir einmal ein Stückchen Fleisch hatten, wir es bei verschlossenen Türen und Fensterläden voller Angst aßen, damit es seine Leute nicht sehen und uns wegnehmen konnten – ich sagte, wir wurden so ausgesaugt, gehetzt und gepeinigt, daß unser Vater sagte, es sei eine schreckliche Sache, ein Kind in die Welt zu setzen, und wir sollten lieber beten, daß unsere Frauen unfruchtbar blieben und unser elendes Geschlecht ausstürbe!'

Ich hatte vorher nie das Gefühl des Unterdrücktseins wie eine Flamme hervorbrechen sehen. Ich hatte vermutet, daß es irgendwo im Volk verborgen schlummern müsse; aber ich hatte es nie hervorbrechen sehen, bis ich es bei diesem sterbenden Knaben sah.

‚Aber doch verheiratete sich meine Schwester, Doktor. Ihr Liebster kränkelte damals, der arme Kerl, und sie heiratete ihn, damit sie ihn in ihrer Hütte pflegen konnte – in unserer Hundehütte, wie sie dieser Mann nennen würde. Sie war erst wenige Wochen verheiratet, als der Bruder dieses Mannes sie sah und Gefallen an ihr fand; und er bat darum, sie ihm zu leihen; denn wozu sind Ehemänner unter uns da! Er war bereitwillig genug, aber meine Schwester war gut und tugendhaft und haßte seinen Bruder mit einem nicht minder starken Haß als ich. Was taten diese beiden nun, um ihren Mann zu bewegen, sie zu bereden, ihm den Willen zu tun?'

Die Augen des Knaben, die bis jetzt mich angesehen hatten, wandten sich jetzt dem andern zu, und ich sah in den beiden Gesichtern, daß alles wahr war. Selbst jetzt noch in dieser Bastille kann ich die beiden entgegengesetzten Arten von Stolz sehen; bei dem Kavalier eine nachlässige Gleichgültigkeit, bei dem Bauern ein niedergetretenes Gefühl und leidenschaftliche Rache.

‚Sie wissen, Doktor, daß es zu den Rechten dieser Edelleute gehört, uns gemeine Hunde in Karren einzuspannen und damit zu fahren. So spannten sie ihn ein und fuhren mit ihm. Sie wissen, es ist eins von ihren Rechten, uns die ganze Nacht in ihren Gärten wachen zu lassen, um die Frösche zum Schweigen zu bringen, damit ihr edler Schlaf nicht gestört werde. Sie ließen ihn die ganze Nacht hindurch im ungesunden Nebel wachen und schickten ihn morgens wieder in das Geschirr. Aber er ließ sich nicht bewegen. Nein! Als sie ihn eines Mittags ausspannten, damit er esse – wenn er etwas zu essen finden konnte –, schluchzte er zwölfmal, einmal für jeden Glockenschlag, und starb an ihrem Busen.'

Nichts als der Entschluß, alles erlittene Unrecht zu erzählen, hätte den Knaben noch am Leben erhalten können. Er zwang die sich sammelnden Schatten des Todes zurück, wie er seine geballte rechte Faust zwang, geballt zu bleiben und die Wunde zuzuhalten.

‚Dann entführte sie der Bruder mit der Erlaubnis und selbst mit der Hilfe dieses Mannes; trotz allem, was sie seinem Bruder gesagt haben muß – und was das war, wird Ihnen nicht lange unbekannt bleiben, Doktor –, nahm sie sein Bruder zu seinem Vergnügen einige Tage zu sich. Ich sah sie auf der Straße vorbeifahren. Als ich die Nachricht nach Hause brachte, brach meines Vaters Herz; er äußerte nie in Worten, was er fühlte. Ich schaffte meine jüngere Schwester (denn ich habe noch eine) an einen Ort, der außerhalb des Bereichs dieses Mannes lag und wo sie wenigstens *ihm* nie lehnspflichtig sein würde. Dann spürte ich den Bruder auf und stieg vorige Nacht in dieses Haus ein – ein gemeiner Hund, aber mit dem Degen in der Hand. – Wo ist das Dachfenster? Es muß hier irgendwo sein.'

Das Zimmer verdunkelte sich vor seinem Blick; die Welt schloß sich enger um ihn. Ich sah mich um und bemerkte, daß das Heu und Stroh auf dem Fußboden zertreten war, als ob ein Kampf stattgefunden hätte.

‚Sie hörte mich und kam hereingestürzt. Ich gebot ihr, uns nicht zu nahe zu kommen, bis er tot sei. Er kam und warf mir erst einige Münzen hin; dann schlug er mit der Peitsche nach mir. Aber ich, obgleich ein gemeiner Hund, schlug ihn so, daß er den Degen ziehen mußte. Er mag ihn in noch so viele Stücke brechen, den Degen, den er mit meinem gemeinen Blut gefärbt hat; er zog ihn, um sich zu verteidigen – kämpfte mit seiner ganzen Kunst um sein Leben.'

Mein Blick war erst vor wenigen Sekunden auf einen zerbrochenen Degen unter dem Heu gefallen. Es war ein Kavaliersdegen. An einer anderen Stelle lag ein alter Degen, wie ihn die Soldaten tragen.

‚Jetzt richten Sie mich auf, Doktor! Richten Sie mich auf! Wo ist er?'

‚Er ist nicht hier', sagte ich, in der Meinung, daß er von dem Bruder spreche.

‚Er! So stolz diese Edelleute sind, fürchtet er sich doch vor meinem Anblick. Wo ist der Mann, der hier war? Wenden Sie ihm mein Gesicht zu.'

Ich tat es, indem ich den Kopf des Knaben auf mein Knie legte. Aber für den Augenblick mit außerordentlicher Kraft ausgestattet, stand er ganz auf und zwang mich, dasselbe zu tun, sonst hätte ich ihn nicht stützen können.

‚Marquis', sagte der Knabe, wobei er die rechte Hand hob und ihn mit weitgeöffneten Augen ansah, ‚für den Tag, wo für alle diese Sachen Rechenschaft abgelegt werden muß, lade ich Euch und die Euren bis zu dem letzten Glied Eures schlimmen Geschlechts vor, Euch wegen dieser Taten zu verantworten. Ich zeichne Euch mit diesem blutigen Kreuz, damit Ihr wißt, daß ich es tue. Auf den Tag, wo für alle diese Taten Rechenschaft abgelegt werden muß, lade ich Euren Bruder, den Schlimmsten Eures schlimmen Geschlechts, vor, sich noch besonders wegen dieser Taten zu verantworten. Ich zeichne ihn mit diesem blutigen Kreuz, damit er weiß, daß ich es tue.'

Zweimal griff er mit der Hand nach der Wunde in der Brust und machte mit dem Zeigefinger ein Kreuz in die Luft. Mit noch erhobenem Finger blieb er eine Weile stehen, und als die Hand niedersank, sank er mit ihr, und ich legte seine Leiche auf den Fußboden hin.

Als ich wieder an das Bett der jungen Frau trat, fand ich sie ganz in derselben Reihenfolge wie vorhin und ohne die mindeste Linderung im Fieber phantasierend. Ich wußte, daß dies viele Stunden dauern könnte und wahrscheinlich mit dem Schweigen des Todes enden würde.

Ich gab ihr die frühere Dosis noch einmal ein und blieb neben dem Bett sitzen, bis die Nacht weit vorgerückt war. Das Durchdringende ihres Geschreis nahm nie ab, nie wurden ihre Worte weniger deutlich, und nie ordneten sie sich in einer anderen Folge. Immer lauteten sie: ‚Mein Mann, mein Vater und mein Bruder! Eins, zwei, drei, vier, fünf, sechs, sieben, acht, neun, zehn, elf, zwölf. Still!'

Dies dauerte sechsundzwanzig Stunden von der Zeit an, wo ich sie zuerst gesehen hatte. Ich war zweimal gekommen und gegangen und saß wieder neben ihr, als sie anfing, schwächer zu werden. Ich tat, was ich unter diesen Verhältnissen tun konnte, und allmählich sank sie in eine Lethargie und lag wie tot da.

Es war, als ob sich nach einem langen und schrecklichen Unwetter Wind und Regen endlich gelegt hätten. Ich band ihre Arme los und rief die Frau, mir beizustehen, um sie in die gehörige Lage zu bringen und die Kleider, die sie zerrissen hatte, zu ordnen. Jetzt erst bemerkte ich, daß sie in einem Zustand war, der ihr seit kurzem Mutterfreuden versprach; und nun verlor ich die wenige Hoffnung, die ich bis dahin noch gehabt hatte.

‚Ist sie tot?' fragte der Marquis, den ich immer noch den älteren Bruder nennen werde, als er gestiefelt und gespornt vom Reiten in das Zimmer trat.

‚Nicht tot', sagte ich, ‚aber sie liegt im Sterben.'

‚Welche Lebenskraft diese gemeinen Menschen besitzen!' sagte er und blickte mit einiger Neugier auf die Sterbende herab.

‚Es liegt eine wunderbare Kraft im Schmerz und in der Verzweiflung', gab ich zur Antwort.

Er lachte erst und runzelte dann die Stirn. Er schob mit dem Fuß einen Stuhl neben den meinen, befahl der Frau hinauszugehen und sagte mit gedämpfter Stimme: ‚Doktor, ich fand meinen Bruder in diese Verlegenheit verwickelt und empfahl ihm, Ihre Hilfe in Anspruch zu nehmen. Ihr Ruf ist groß, und als junger Mann, der noch eine Zukunft vor sich hat, werden Sie wahrhaftig Ihr eigenes Interesse nicht aus den Augen verlieren. Was Sie hier gesehen haben, sind Sachen, die man sehen, über die man aber nicht sprechen darf.'

Ich lauschte dem Atem der Kranken und vermied es, eine Antwort zu geben.

‚Beehren Sie mich mit Ihrer Aufmerksamkeit, Doktor.'

‚Monsieur', sagte ich, ‚in meinem Beruf werden Mitteilungen von Patienten immer als Vertrauenssache betrachtet.' Ich war vorsichtig in meiner Antwort; denn was ich gesehen und gehört hatte, machte mich sehr unruhig.

Ihr Atem wurde so leise, daß ich nach dem Puls und nach dem Herzen fühlte. Es war gerade noch Leben in ihr. Als ich mich umsah, merkte ich, daß mich beide Brüder mit gespannten Blicken beobachteten.***

Das Schreiben wird mir so schwer, die Kälte ist so streng, ich bin so voller Angst, entdeckt und in eine unterirdische, finstere Zelle gebracht zu werden, daß ich diese Erzählung abkürzen muß. Mein Gedächtnis ist mir immer noch so treu wie zu Anfang; ich kann mich an jedes Wort, das zwischen mir und diesen Brüdern gewechselt wurde, erinnern und könnte es niederschreiben.

Sie schleppte sich noch eine Woche hin. Kurz vor ihrem Ende konnte ich, wenn ich das Ohr dicht an ihre Lippen legte, ein paar Worte verstehen, die sie an mich richtete. Sie fragte mich, wo sie sei, und ich sagte es ihr; sie fragte mich, wer ich sei, und ich sagte es ihr. Vergeblich fragte ich sie nach ihrem Familiennamen. Sie schüttelte den Kopf auf dem Kissen und behielt ihr Geheimnis wie der Knabe.

Ich hatte keine Gelegenheit, ihr eine Frage vorzulegen, bis ich den Brüdern gesagt hatte, sie sei ihrem Ende nahe und könne nicht noch einen Tag erleben. Vorher hatte, obgleich die Kranke nur wußte, daß die Frau und ich da waren, während meiner Anwesenheit stets einer oder der andere der Brüder argwöhnisch hinter dem Vorhang zu Häupten des Bettes gesessen. Aber als es soweit gekommen war, schien es ihnen gleichgültig zu sein, worüber ich noch mit ihr sprechen könnte; als ob – der Gedanke kam mir in den Sinn – ich auch im Sterben läge.

Ich bemerkte stets, daß sich ihr Stolz empfindlich davon verletzt fühlte, daß der jüngere Bruder (wie ich ihn nenne) den Degen mit einem Bauern, und noch dazu mit einem bloßen Knaben, gekreuzt hatte. Die einzige Erwägung, die wirklich die Seele der Brüder zu belasten schien, war, daß dies höchst entwürdigend für die Familie und lächerlich sei. Sooft ich den Blicken des jüngeren Bruders begegnete, sagte mir sein Ausdruck, daß er einen tiefen Groll gegen mich hege, weil ich diesen Umstand von dem Knaben erfahren hatte. Er war geschmeidiger und höflicher gegen mich als der ältere; aber dies sah ich. Ich sah auch, daß ich in den Augen des älteren ein Stein des Anstoßes war.

Meine Kranke starb zwei Stunden vor Mitternacht – nach der Zeit meiner Uhr fast in derselben Minute, in der ich sie zuerst gesehen hatte. Ich war allein bei ihr, als ihr armes junges Haupt sanft auf eine Seite sank und all ihre irdischen Leiden und Schmerzen vorbei waren.

Die Brüder warteten in einem Zimmer im Erdgeschoß voller Ungeduld fortzureiten. Während ich allein am Bett saß, hatte ich gehört, wie sie sich mit der Reitpeitsche an die Stiefel schlugen und auf und ab gingen.

‚Endlich ist sie tot!' sagte der ältere, als ich eintrat.

‚Sie ist tot', sagte ich.

‚Ich wünsche dir Glück, Bruder', waren seine Worte, als er sich umdrehte.

Er hatte mir vorher schon Geld angeboten, das ich nicht angenommen hatte. Er legte mir jetzt eine Rolle Geld in die Hand. Ich nahm sie, legte sie aber auf den Tisch. Ich hatte mir die Sache überlegt und war entschlossen, nichts zu nehmen.

‚Bitte, entschuldigen Sie', sagte ich, ‚unter diesen Verhältnissen, nein!'

Sie sahen einander an, aber erwiderten meine Verbeugung, als ich mich vor ihnen verneigte, und wir schieden, ohne daß einer von uns nur ein Wort weiter sprach.***

Ich bin müde, müde, müde – niedergedrückt von so vielem Jammer. Ich kann nicht lesen, was ich mit dieser abgezehrten Hand geschrieben habe.

Am nächsten Morgen wurde die Rolle Geld in einem Kästchen mit meiner Adresse darauf an meiner Tür abgegeben. Ich hatte mir vom ersten Augenblick an ernstlich überlegt, was ich tun sollte. An diesem Tag entschloß ich mich, in einem Privatschreiben an den Minister zu berichten, bei welchen Patienten und an welchem Ort man meine Hilfe in Anspruch genommen hatte, also kurz, alle Umstände anzugeben. Ich wußte, was der

Einfluß des Hofes bedeutete und welche Vorrechte der Adel hatte, und erwartete, daß man von der Sache nie wieder hören werde; aber ich wollte mein Gewissen von einer Last befreien. Ich hatte die Sache streng geheimgehalten, selbst vor meiner Frau; und auch dies beschloß ich in meinem Brief zu melden. Eine wirkliche Gefahr für mich fürchtete ich nicht; aber mir war klar, daß es für andere gefährlich werden könnte, wenn sie wußten, was ich erlebt hatte.

Ich war an diesem Tag sehr in Anspruch genommen und konnte meinen Brief am selben Abend nicht beenden. Um ihn zum Schluß zu bringen, stand ich am nächsten Morgen lange vor meiner gewöhnlichen Zeit auf. Es war der letzte Tag des Jahres. Der Brief lag eben vollendet vor mir, als man mir meldete, daß mich eine Dame zu sehen wünsche.***

Die Aufgabe, die ich mir gestellt habe, geht jeden Tag mehr über meine Kräfte. Es ist so kalt, so finster, meine Sinne sind so stumpf, und die düstere Stimmung, die mich bedrückt, ist so schrecklich.

Die Dame war jung, sympathisch und schön, aber nach ihrem Äußeren nicht bestimmt, lange zu leben. Sie stellte sich mir als Gattin des Marquis A. Evrémonde vor. Ich brachte den Titel, mit dem der Bauernbursche den älteren Bruder angeredet hatte, mit dem Anfangsbuchstaben, den ich auf der Schärpe gestickt gesehen hatte, in Verbindung und erinnerte mich sofort, daß ich diesen Edelmann vor sehr kurzer Zeit gesehen hatte.

Mein Gedächtnis ist immer noch zuverlässig, aber ich kann die Worte unserer Unterredung nicht niederschreiben. Ich argwöhne, daß ich strenger beobachtet werde als bisher, und weiß nicht, zu welcher Zeit man mich beobachtet. Sie hatte die Haupttatsachen der traurigen Geschichte ihres Gatten und daß man mich zu Rate gezogen hatte, teils erraten, teils entdeckt. Sie wußte nicht, daß das Mädchen tot war. Sie hatte gehofft, wie sie mir mit großer Betrübnis sagte, ihr heimlich die mitfühlende Teilnahme eines Frauenherzens zu zeigen. Sie hatte gehofft, den Zorn des Himmels von einem Haus abzulenken, das seit langen Jahren dem leidenden Volk verhaßt war.

Sie hatte Gründe zu glauben, daß noch eine jüngere Schwester lebte, und ihr heißester Wunsch war, dieser Schwester zu helfen. Ich konnte ihr weiter nichts sagen, als daß wirklich eine solche Schwester vorhanden sei; weiter wußte ich nichts. Gerade in der Hoffnung, daß ich ihr den Namen und den Aufenthalt der Schwester angeben könnte, hatte sie sich unter dem Siegel des Vertrauens an mich gewandt. Während ich bis zu dieser traurigen Stunde beide nicht kenne.***

Die Zettel gehen mir aus. Einer wurde mir gestern mit einer Drohung weggenommen. Ich muß meine Aufzeichnung heute zu Ende bringen.

Sie war eine gute Dame, von einem mitleidigen Herzen und nicht glücklich in ihrer Ehe. Wie konnte dies auch sein! Der Bruder mißtraute ihr und haßte sie und nutzte all seinen Einfluß gegen sie aus; sie fürchtete ihn und fürchtete auch ihren Gatten. Als ich sie bis an die Tür hinunterbegleitete, saß ein Kind, ein hübscher Knabe von zwei bis drei Jahren, in ihrem Wagen.

‚Seinetwegen, Doktor', sagte sie und wies mit tränenfeuchten Augen auf ihn, ‚möchte ich soviel gutmachen, wie es in meinen schwachen Kräften steht. Sonst kann ihm sein Erbe nie zum Segen gereichen. Ich ahne, daß man es ihm, wenn keine andere Sühne der Schuld dargebracht wird, eines Tages anrechnet. Was ich mein nennen kann – es ist wenig mehr als ein paar Juwelen –, soll er als erstes Gebot seines Lebens mit dem Mitleid und dem tiefen Kummer seiner toten Mutter dieser schwerverletzten Familie geben, wenn die Schwester entdeckt wird.'

Sie küßte den Knaben und sagte, ihn liebkosend: ‚Es ist um deiner selbst willen, lieber Sohn. Wirst du es tun, Charles?' Der Knabe erwiderte mit frischem Mut: ‚Ja!' Ich küßte ihr die Hand, und sie schloß ihn in die Arme und fuhr, ihn liebkosend, weg. Ich habe sie nie wiedergesehen.

Da sie den Namen ihres Gatten in der Meinung gesagt hatte, daß ich ihn kenne, erwähnte ich ihn in meinem Brief nicht weiter. Ich siegelte meinen Brief und gab ihn noch an demselben Tag persönlich ab, da ich ihn keinen anderen Händen anvertrauen wollte.

An diesem Abend, dem letzten Abend des Jahres, klingelte ein Mann in schwarzem Anzug an meiner Tür, verlangte mich zu sprechen und folgte leise meinem Bedienten, Ernest Defarge, einem jungen Burschen, die Treppe hinauf. Als mein Bedienter in das Zimmer trat, wo ich mit meiner Gattin saß – oh, meine Gattin, Geliebte meines Herzens! Meine schöne, junge, engelgleiche Gattin! –, sahen wir den Mann, den er an der Haustür zurückgelassen zu haben glaubte, stumm hinter ihm stehen.

‚Ein dringender Fall in der Rue St-Honoré', sagte er. Er würde mich nicht lange aufhalten, ein Wagen warte auf mich.

Er brachte mich hierher, er brachte mich in mein Grab. Als ich aus dem Hause herausgetreten war, warf man mir von hinten ein schwarzes Tuch über das Gesicht, zog es fest über dem Mund zusammen und band mir die Arme. Die beiden Brüder kamen aus einer dunklen Ecke über die Straße gelaufen und identifizierten mich mit einer einzigen Handbewegung. Der Marquis zog aus seiner Tasche meinen Brief hervor, zeigte ihn mir, verbrannte ihn an dem Licht einer Laterne, die ihm ein Bedienter hinhielt, und trat die glimmende Asche mit dem Fuß aus. Kein Wort wurde gesprochen. Man brachte mich hierher, man brachte mich lebendig in mein Grab.

Wenn es Gott gefallen hätte, es während all dieser schrecklichen Jahre dem harten Herzen eines dieser Brüder einzugeben, mir Nachricht von meiner geliebten Frau zukommen zu lassen – mir nur ein einziges Wort zu sagen, ob sie lebendig oder tot sei –, so hätte ich glauben können, daß er sie noch nicht ganz verlassen hätte. Aber jetzt glaube ich, daß das Blutzeichen des Kreuzes verhängnisvoll für sie ist und daß sie an seiner Gnade keinen Teil haben. Und sie und ihre Nachkommen bis zum Letzten ihres Geschlechts klage ich, Alexandre Manette, unglücklicher Gefangener in dieser Silvesternacht des Jahres 1767, in meiner unerträglichen Seelenqual bis zu den Zeiten an, da für all diese Dinge Rechenschaft gegeben werden muß. Ich klage sie an vor dem Himmel und vor der Erde.“

Wutgeheul ertönte, als dieses Dokument zur Schlußverlesung gekommen war. Es war ein wildes, leidenschaftliches Geheul, aus dem nichts herauszuhören war als die Gier nach Blut. Die Erzählung weckte die rachgierigsten Leidenschaften der Zeit, und es gab kein Haupt in der Nation, das dieser Rache nicht zum Opfer gefallen wäre.

Wozu noch vor diesem Gericht und vor diesem Publikum hervorheben, daß die Defarges das Papier nicht mit den anderen in der Bastille gefundenen Denkschriften veröffentlicht, sondern es behalten hatten, um die rechte Zeit abzuwarten? Wozu noch hervorheben, daß der Name dieser verabscheuten Familie längst von St-Antoine in den Bann getan und in das verhängnisvolle Register gestrickt worden war? Ein solcher Mann lebte nicht, dessen Tugenden und Verdienste an diesem Tage und an dieser Stelle einer solchen Anklage widerstanden hätten.

Und um so schlimmer war es für den Angeklagten, daß der Ankläger ein wohlbekannter Bürger, sein eigener vertrauter Freund, der Vater seiner Gattin war. Eine der wahnwitzigen Begierden der Volksmasse galt Nachahmungen der zweifelhaften öffentlichen Tugenden des Altertums und Opfern des eigenen Ichs auf dem Altar des Volks. Als daher der Vorsitzende sagte (sonst hätte sein eigener Kopf auf seiner Schulter gewackelt), daß sich der gute Arzt der Republik durch Ausrottung einer verhaßten Aristokratenfamilie noch verdienter um die Republik mache und daß er jedenfalls ein wonniges Gefühl heiliger Freude empfinden würde, indem er seine Tochter zur Witwe und ihr Kind zu einer Waise machte, da herrschte wilde Aufregung und patriotische Inbrunst im Saal und keine Spur menschlichen Mitgefühls.

„Viel Einfluß hat der Doktor hier, nicht wahr?" sagte Madame Defarge halblaut vor sich hin und lächelte den Racheengel an. „Rettet ihn nur, Doktor, rettet ihn!"

Bei jeder Stimmabgabe eines Geschworenen brauste es wie wildes Meerestosen durch den Saal. Noch eine Stimme und noch eine Stimme. Immer lauteres Tosen.

Einstimmig verurteilt. Vom Herzen und der Abstammung nach ein Aristokrat, ein Feind der Republik, ein notorischer Volksunterdrücker. Zurück in die Conciergerie und den Tod binnen vierundzwanzig Stunden!'

11. Kapitel

Dämmerung

Die unglückliche Gattin des Unschuldigen, der zum Tode verurteilt worden war, sank unter dem Spruch zusammen, als wäre sie tödlich getroffen. Aber kein Laut kam über ihre Lippen, und so stark war in ihr die Stimme, die ihr bedeutete, daß sie ihn vor allen anderen auf der Welt in seinem Jammer stützen müsse und sein Leid nicht noch vermehren dürfe, daß diese Stimme sie selbst von diesem Schlag rasch wieder emporhob.

Da die Richter an einer öffentlichen Straßenfestlichkeit teilzunehmen hatten, vertagte sich das Gericht. Der Lärm und die rasche Bewegung des sich durch viele Ausgänge leerenden Saales hatte noch nicht aufgehört, als Lucie, nichts als Liebe und Trost im Gesicht, aufrecht dastand und die Arme nach ihrem Gatten ausstreckte.

„Oh, wenn ich ihn berühren könnte! Wenn ich ihn nur einmal umarmen könnte! Ach, gute Bürger, wenn ihr soviel Mitleid mit uns haben wolltet!"

Es waren außer den zweien von den vieren, die den Angeklagten gestern verhaftet hatten, nur noch ein Schließer da und Barsad. Die Zuhörer waren alle hinausgeströmt, um das Schauspiel auf den Straßen anzusehen. Barsad schlug den übrigen vor: „Laßt sie ihn umarmen. Es ist ja nur ein Augenblick." Stillschweigend gaben die anderen ihre Einwilligung, und sie geleiteten sie über die Bänke im Saal nach einer erhöhten Stelle, wo er sie in seine Arme schließen konnte, wenn er sich über die Schranken der Anklagebank beugte.

„Leb wohl, Liebling meiner Seele. Meinen letzten Segen auf dein Haupt. Wir werden uns wiedersehen, wo die Müden Ruhe finden."

Das waren die Worte ihres Gatten, als er sie an seine Brust drückte.

„Ich kann es tragen, lieber Charles. Der Herr hält mich aufrecht. Gräme dich nicht um meinetwillen. Einen letzten Segen für unser Kind."

„Ich schicke ihn durch dich. Ich küsse es durch dich. Ich sage ihm Lebewohl durch dich."

„Mein Gatte. Nein! Noch einen Augenblick!" Er riß sich von ihr los. „Wir werden nicht lange getrennt bleiben. Ich fühle, daß dies bald mein Herz brechen wird, aber ich werde meine Pflicht tun, solange es geht, und wenn ich sie im Stich lasse, so wird Gott unserer Tochter Freunde schenken, wie er sie mir geschenkt hat."

Ihr Vater war ihr gefolgt und wäre vor beiden auf die Knie gefallen, wenn ihn nicht Darnay bei der Hand gefaßt und ausgerufen hätte: „Nein, nein! Was haben Sie getan, daß Sie vor uns knien sollten! Wir wissen jetzt, welchen Kampf Sie einst zu bestehen hatten. Wir wissen jetzt, was Sie zu erdulden hatten, als Sie meine Herkunft argwöhnten und als Sie Gewißheit darüber erhielten. Wir wissen jetzt, welche natürliche Antipathie Sie Lucies wegen bekämpften und besiegten. Wir danken Ihnen von ganzem Herzen und mit all unserer Liebe und Pflicht. Gott sei mit Ihnen!"

Des Vaters einzige Antwort war, sich mit den Händen in die weißen Haare zu fahren und sie unter lautem Jammern zu ringen.

„Es konnte nicht anders sein", sagte der Gefangene, „alles hat so zusammengewirkt, wie es gekommen ist. Es war das stets vergebliche Bestreben, meiner armen Mutter Gebot nachzukommen, was mich zuerst in verhängnisvolle Berührung mit Ihnen brachte. Aus so Bösem konnte nie Gutes kommen, und ein glücklicheres Ende lag nicht in dem Wesen eines so unglücklichen Anfangs. Trösten Sie sich und verzeihen Sie mir. Der Himmel segne Sie."

Als man ihn fortführte, ließ ihn seine Frau los und sah ihm nach mit zum Gebet gefalteten Händen und mit einem strahlenden Ausdruck auf ihrem Antlitz, in dem selbst ein tröstendes Lächeln war. Als er durch die Gefängnistür verschwand, wandte sie sich um, legte ihren Kopf zärtlich an ihres Vaters Brust, versuchte zu sprechen und sank bewußtlos zu seinen Füßen nieder.

Da trat aus der dunklen Ecke, die er nie verlassen hatte, Sydney Carton hervor und hob sie auf. Nur ihr Vater und Mr. Lorry waren bei ihr. Sein Arm zitterte, als er sie in die Höhe hob und ihren Kopf stützte. Aber in seinem Gesicht war nicht nur Mitleid – es lag auch ein Anflug von Stolz darin.

„Soll ich sie zu einem Wagen tragen? Ich fühle ihre Last nicht."

Er trug sie leichten Schrittes nach der Tür und legte sie mit zärtlicher Sorgfalt in eine Kutsche. Ihr Vater und ihr alter Freund stiegen hinein, und er nahm neben dem Kutscher Platz.

Als sie den Torweg erreichten, wo er vor wenigen Stunden noch gestanden hatte, um sich im Dunkeln auszumalen, auf welche Steine des rauhen Pflasters sie ihren Fuß gesetzt haben möge, hob er sie wieder aus dem Wagen und trug sie die Treppe hinauf in ihre Wohnung. Dort legte er sie auf ein Lager, wo ihre Tochter und Miss Pross ihretwegen weinten.

„Bringen Sie sie nicht zum Bewußtsein", sagte er leise zu der letzteren, „sie fühlt sich so besser; bringen Sie sie nicht zu sich, solange sie nur an Ohnmachten leidet."

„Ach, Carton, Carton, lieber Carton!" rief die kleine Lucie, indem sie ihn in einem leidenschaftlichen Ausbruch des Schmerzes mit ihren Ärmchen umschlang. „Jetzt, wo du gekommen bist, wirst du gewiß etwas tun, um Mama zu helfen und Papa zu retten! Ach, sieh sie

nur an, lieber Carton! Kannst du, von allen Leuten, die sie liebhaben, ertragen, sie so zu sehen?“

Er beugte sich über die Kleine und legte ihre blühende Wange an sein Gesicht. Dann schob er sie sanft beiseite und betrachtete ihre bewußtlos daliegende Mutter.

„Ehe ich gehe“, sagte er stockend, „darf ich sie küssen?“

Man erinnerte sich später, daß er halblaut einige Worte gesprochen hatte, als er sich über sie beugte und ihre Stirn mit seinen Lippen berührte. Die kleine Lucie, die neben ihm stand, erzählte später (und erzählte es noch ihren Enkeln, als sie eine schöne alte Dame war), daß sie ihn sagen hörte: „Ein Leben, das Sie lieben.“

Als er hinaus in das nächste Zimmer gegangen war, wandte er sich plötzlich zu Mr. Lorry und ihrem Vater um, die ihm folgten, und sagte zu letzterem: „Dr. Manette, Sie hatten gestern noch großen Einfluß. Machen Sie einen weiteren Versuch. Die Richter und alle diese Machthaber sind Ihnen doch sehr zugetan und für Ihre Dienste sehr dankbar.“

„Nichts, was sich auf Charles bezog, blieb mir verborgen. Ich hatte die stärksten Zusicherungen, daß ich ihn retten würde; und es gelang mir.“ Er gab die Antwort in großer Unruhe und sehr langsam.

„Versuchen Sie es noch einmal. Es sind nur wenige kurze Stunden bis morgen nachmittag, aber machen Sie den Versuch.“

„Ich gedenke den Versuch zu machen. Ich will keinen Augenblick zögern.“

„Das ist gut. Ich habe erlebt, daß Energie wie die Ihre große Dinge ausgerichtet hat – obwohl“, setzte er zugleich mit einem Lächeln und einem Seufzer hinzu, „noch nie so große Dinge. Aber versuchen Sie es! So wenig wert das Leben ist, wenn wir es schlecht anwenden, so ist es doch diese Bemühung wert. Wenn das nicht der Fall wäre, kostete es kein Opfer, es hinzugeben.“

„Ich gehe auf der Stelle zu dem Ankläger und dem Vorsitzenden“, sagte Dr. Manette, „und noch zu anderen, die ich lieber nicht nennen will. Ich will auch schreiben und – aber halt! Es ist eine öffentliche Festlichkeit, und niemand wird vor dem Dunkelwerden zu Hause zu finden sein."

„Das ist wahr. Nun, es ist im besten Falle eine verzweifelte Hoffnung und nicht viel verzweifelter, wenn sie bis zum Dunkelwerden aufgeschoben wird. Ich möchte gern wissen, was Sie ausrichten; obgleich ich sagen muß, daß ich keine Hoffnung habe. Wann werden Sie diese Leute gesehen haben, Dr. Manette?"

„Unmittelbar nach dem Dunkelwerden, hoffe ich. In den nächsten ein oder zwei Stunden."

„Es wird kurz nach vier finster. Nehmen wir die längste Frist an. Wenn ich um neun Uhr zu Mr. Lorry komme, werde ich dann von unserem Freund oder von Ihnen selbst hören können, was Sie ausgerichtet haben?"

„Ja."

„Ich wünsche Ihnen viel Glück!"

Mr. Lorry folgte Sydney zur Tür, legte die Hand auf seine Schulter, als er gehen wollte, und veranlaßte ihn dadurch, sich umzudrehen.

„Ich habe keine Hoffnung", sagte Mr. Lorry mit gedämpfter und bekümmerter Stimme.

„Ich auch nicht."

„Wenn einer von diesen Männern oder alle geneigt wären, ihm das Leben zu lassen – was eine starke Voraussetzung ist, denn was bedeutet ihnen sein oder jedes anderen Menschen Leben! –, so bezweifle ich, daß sie es, nach der Demonstration im Gerichtssaal, wagen dürften."

„Das tue ich auch. In diesem Geheul hörte ich den Fall des Beiles."

Mr. Lorry lehnte sich mit dem Arm gegen den Türrahmen und legte sein Gesicht darauf.

„Lassen Sie den Mut nicht sinken", sagte Carton sehr sanft, „weinen Sie nicht. Ich bestärkte Dr. Manette in diesem Vorsatz, weil ich fühlte, daß der Gedanke daran ihr eines Tages tröstlich sein würde. Sonst könnte sie denken: ‚Sein Leben wurde leichtsinnig hingegeben', und das könnte ihr Kummer machen."

„Ja, ja, ja", entgegnete Mr. Lorry und trocknete sich

die Augen, „Sie haben recht. Aber er wird sterben. Es ist keine Hoffnung mehr."

„Ja. Er wird sterben. Es ist keine Hoffnung mehr", gab Carton zurück und ging mit festem Schritt die Treppe hinab.

12. Kapitel

Nacht

Sydney Carton stand auf der Straße, ohne recht zu wissen, wohin er gehen sollte. „In Tellson's Kontor um neun Uhr", sagte er nachdrücklich. „Ist es gut, wenn ich mich unterdessen zeige? Ich glaube, ja. Es ist das beste, daß diese Leute wissen, es ist ein Mann wie ich hier. Es ist eine gute Vorsichtsmaßregel und kann eine notwendige Vorbereitung sein. Aber ruhig, ruhig! Ich muß es erst zu Ende denken."

Er hemmte seine Schritte, die sich bereits seinem Ziel zugewandt hatten, ging noch einige Male in der bereits dunkel werdenden Straße auf und ab und verfolgte den Gedanken bis in seine letzten Konsequenzen. Sein erster Eindruck wurde nur bestätigt. „Es ist das beste", sagte er zuletzt, „wenn diese Leute wissen, daß ein Mann wie ich hier ist." Und er wandte seine Schritte St-Antoine zu.

Defarge hatte sich während der Gerichtsverhandlung „Inhaber einer Weinhandlung in der Vorstadt St-Antoine" genannt. Für einen, der die Stadt kannte, war es nicht schwer, sein Haus zu finden, ohne weiter zu fragen. Nachdem sich Carton seiner Lage vergewissert hatte, verließ er diese engeren Straßen wieder, speiste in einem Restaurant und sank nach dem Essen in einen gesunden Schlaf. Zum erstenmal seit vielen Jahren hatte er kein starkes Getränk genossen. Seit gestern nacht hatte er nichts weiter getrunken als ein paar Glas leichten, dünnen Weins, und vorige Nacht hatte er den Branntwein langsam auf Mr. Lorrys Herd ausgegossen, wie jemand, der damit nichts mehr zu tun hat.

Es war sieben Uhr, als er erfrischt aufwachte und auf

die Straße hinaustrat. Auf dem Weg von St-Antoine blieb er vor einem Schaufenster stehen, in dem sich ein Spiegel befand, und band sein loses Halstuch etwas anders, zog sich den Rockkragen zurecht und ordnete sein Haar. Als er damit fertig war, suchte er Defarges Weinhandlung auf und trat ein.

Es war zufällig kein anderer Gast im Laden als Jacques drei mit den ruhelosen Fingern und der krächzenden Stimme. Dieser Mann, den er unter den Geschworenen gesehen hatte, stand vor dem kleinen Ladentisch im Gespräch mit den beiden Defarges. Der Racheengel nahm an der Unterhaltung teil – wie ein ordentliches Mitglied der Wirtschaft.

Als Carton eintrat, Platz nahm und (in ziemlich schlechtem Französisch) ein Glas Wein verlangte, warf Madame Defarge erst einen achtlosen Blick auf ihn, dann einen aufmerksameren und dann einen noch aufmerksameren und trat dann selbst an seinen Tisch und fragte ihn, was er bestellen wollte.

Er wiederholte, was er schon gesagt hatte.

„Engländer?" sagte Madame Defarge, indem sie fragend ihre dunklen Augenbrauen in die Höhe zog.

Nachdem er sie angesehen hatte, als ob er selbst ein einzelnes französisches Wort nur schwer verstünde, gab er mit seinem früheren, stark ausgeprägten fremden Akzent zur Antwort: „Ja, Madame, ja. Ich bin Engländer."

Madame Defarge kehrte an den Ladentisch zurück, um den Wein einzuschenken, und als er eine Jakobinerzeitung nahm und sich stellte, als ob er sie mit großer Mühe zu verstehen versuchte, hörte er sie sagen: „Ich schwöre es Euch, ganz wie Evrémonde."

Defarge brachte den Wein und sagte guten Abend.

„Wie?"

„Guten Abend."

„Ah! Guten Abend, Bürger", sagte Carton und schenkte dabei sein Glas ein. „Ah! Und guter Wein. Es lebe die Republik!"

Defarge trat an den Ladentisch zurück und sagte: „Er sieht ihm allerdings ein wenig ähnlich." Madame erwiderte mit Entschiedenheit: „Ich sage dir, er sieht ihm sehr ähnlich." Jacques drei bemerkte friedenstiftend: „Das kommt daher, daß Ihr so viel an ihn denkt, Bürgerin." Der liebenswürdige Racheengel setzte lachend hinzu: „Ja, meiner Treu! Und du freust dich so sehr darauf, ihn morgen noch einmal zu sehen!"

Carton folgte den Zeilen und Worten seiner Zeitung langsam mit dem Zeigefinger und mit aufmerksamem und in sich versunkenem Gesicht. Sie lehnten alle mit den Armen auf dem Ladentisch und steckten, leise sprechend, die Köpfe zusammen. Nach einem Schweigen von einigen Augenblicken, wobei sie ihn alle angesehen hatten, ohne daß er sich dadurch in seiner Lektüre stören ließ, setzten sie ihr Gespräch fort.

„Es ist richtig, was Madame sagt", bemerkte Jacques drei. „Warum aufhören? Darin liegt viel Wahres. Warum aufhören?"

„Nun ja", warf Defarge ein, „aber einmal muß man aufhören. Im Grunde ist die Frage immer noch, wo?"

„Mit der Ausrottung", sagte Madame.

„Prächtig", krächzte Jacques drei. Auch der Racheengel gab höchst befriedigt seine Zustimmung.

„Ausrottung ist ein guter Grundsatz, Frau", sagte Defarge etwas beunruhigt; „im allgemeinen sage ich nichts dagegen. Aber dieser Doktor hat viel gelitten; Ihr habt ihn heute gesehen, Ihr habt sein Gesicht beobachtet, wie das Papier vorgelesen wurde."

„Ich habe sein Gesicht beobachtet", wiederholte Madame verächtlich und zornig. „Ich habe gesehen, daß es nicht das Gesicht eines wahren Freundes der Republik ist. Er mag sein Gesicht in acht nehmen."

„Und du hast den Schmerz seiner Tochter gesehen", sagte Defarge in begütigendem Ton, „der ein schrecklicher Schmerz für ihn sein muß."

„Ich habe seine Tochter gesehen", wiederholte Madame; „ja, ich habe seine Tochter gesehen, mehr als einmal. Ich habe sie heute beobachtet und habe sie zu anderen Zeiten beobachtet. Ich habe sie beobachtet im Gerichtssaal, und ich habe sie auf der Straße beim

Gefängnis beobachtet. Ich brauche nur den Finger zu heben!" Sie schien ihn zu heben (Cartons Augen verließen die Zeitung nicht) und ihn mit einem Klirren auf den Tisch vor sich fallen zu lassen, als ob das Beil gefallen wäre.

„Die Bürgerin ist herrlich!" krächzte der Geschworene.

„Sie ist ein Engel", sagte der Racheengel und umarmte sie.

„Was dich betrifft", fuhr Madame in unversöhnlichem Ton, zu ihrem Gatten gewandt, fort, „so würdest du, wenn es von dir abhinge – was glücklicherweise nicht der Fall ist –, noch heute diesen Mann retten."

„Nein!" protestierte Defarge. „Nicht, wenn es durch das Hochheben dieses Glases geschehen könnte! Aber ich würde dabei stehenbleiben. Ich sage, hört hier auf."

„Seht Ihr also, Jacques", sagte Madame Defarge zornig, „und sieh auch du, mein kleiner Racheengel! Jetzt hört zu! Wegen anderer Verbrechen als Tyrannen und Volksbedrücker habe ich dieses Geschlecht seit langer Zeit auf meinem Register zur Vernichtung und Ausrottung verurteilt. Fragt meinen Mann, ob es nicht so ist."

„Es ist so", sagte Defarge, ohne gefragt zu werden.

„Am Anfang der großen Tage, als die Bastille fiel, fand er das heutige Papier und brachte es mit nach Hause. Und mitten in der Nacht, als hier alles fort und alles draußen zugeschlossen war, lasen wir es hier an dieser Stelle bei dem Schein dieser Lampe. Fragt ihn, ob es nicht so war."

„Es war so", stimmte Defarge bei.

„Diese Nacht sagte ich ihm, als wir das Papier gelesen hatten und die Lampe ausgebrannt war und der Tag über diese Fensterläden und durch diese eisernen Gitter hereinschien, daß ich nun ein Geheimnis mitzuteilen habe. Fragt ihn, ob es nicht so war."

„Es war so", stimmte Defarge wieder bei.

„Ich teilte ihm dieses Geheimnis mit. Ich schlug mit diesen beiden Händen diese Brust, wie ich es jetzt tue, und sagte zu ihm: ‚Defarge, ich wurde bei den Fischern am Meeresstrand erzogen, und diese von den beiden Evrémondes so schwer verletzte Bauernfamilie, von der dieses Papier erzählt, ist meine Familie. Defarge, diese Schwester des tödlich verwundeten Knaben war meine Schwester, dieser Gatte war meiner Schwester Gatte, dieses ungeborene Kind war ihr Kind, dieser Bruder war mein Bruder, dieser Vater war mein Vater, diese Toten sind meine Toten, und die Aufforderung, sich wegen dieser Sachen zu verantworten, ist mein Erbe.' Fragt ihn, ob es so ist."

„Es ist so", stimmte Defarge noch einmal zu.

„Dann gebietet dem Sturm und dem Feuer Stillstand", entgegnete Madame, „aber nicht mir."

Ihre Zuhörer schienen einen köstlichen Genuß in dem todbringenden Charakter ihres Hasses zu finden – Carton konnte fühlen, wie bleich ihr Gesicht war, ohne sie zu sehen –, und beide zollten ihr hohe Lobsprüche. Defarge, eine schwache Minorität, sagte einige Worte zur Erinnerung an die mitleidige Gemahlin des Marquis, aber brachte von seiner Frau weiter nichts heraus als eine Wiederholung ihrer letzten Antwort: „Gebiete dem Sturm und dem Feuer Stillstand, aber nicht mir!"

Gäste traten ein, und die Gruppe löste sich auf. Der englische Gast bezahlte seine Zeche, zählte das Geld nach, das er herausbekam, ohne sich damit zurechtfinden zu können, und fragte als Fremder nach dem Weg zum Nationalpalast. Madame Defarge brachte ihn bis an die Tür, nahm seinen Arm und wies ihm die Richtung. Der englische Gast dachte dabei, daß es eine gute Tat sein könnte, diesen Arm zu packen, ihn hochzuheben und scharf und tief darunterzustoßen.

Aber er ging seines Wegs und war bald in dem Schatten der Gefängnismauer verschwunden. Zur bestimmten Stunde kam er wieder daraus hervor, um in Mr. Lorrys Zimmer zu erscheinen, wo der alte Herr in ruheloser Angst auf und ab ging. Er sagte, er wäre bis vor kurzem bei Lucie gewesen und hätte sie nur für wenige Minuten verlassen, um die Verabredung einzuhalten. Ihr Vater war, seitdem er das Bankhaus gegen vier Uhr verlassen hatte, nicht wieder gesehen worden. Sie hatte einige schwache Hoffnung, daß seine Vermittlung Charles retten könnte; aber sie war sehr schwach. Er war jetzt mehr als fünf Stunden von zu Hause weg. Wo konnte er sein?

Mr. Lorry wartete bis zehn; da aber Dr. Manette nicht zurückkehrte und er Lucie nicht alleinlassen wollte, so kamen sie überein, daß er wieder zu ihr gehen und um Mitternacht noch einmal zum Bankhaus kommen sollte. Unterdessen wollte Carton allein am Kamin auf den Doktor warten.

Er wartete und wartete, und die Uhr schlug zwölf; aber Dr. Manette kehrte nicht zurück. Mr. Lorry kam wieder und brachte keine Kunde von ihm. Wo konnte er sein?

Sie besprachen noch diese Frage und waren fast geneigt, den Schatten einer Hoffnung auf seine verlängerte Abwesenheit zu gründen, als sie ihn auf der Treppe hörten. So wie er in das Zimmer trat, war es offenbar, daß alles verloren war.

Ob er wirklich bei jemandem gewesen war oder ob er während dieser ganzen Zeit die Straßen durchwandert hatte, ist nie bekannt geworden. Wie er dastand und sie anstierte, wandten sie sich mit keiner Frage an ihn; denn sein Gesicht sagte ihnen alles.

„Ich kann sie nicht finden“, sagte er, „und ich muß sie haben. Wo ist sie?“

Kopf und Hals waren bloß, und während er einen hilflosen Blick ringsum schweifen ließ, zog er seinen Rock aus und ließ ihn auf den Fußboden fallen.

„Wo ist meine Bank? Ich habe sie überall gesucht und kann sie nicht finden. Wo habt Ihr meine Arbeit hingetan? Die Zeit drängt; ich muß die Schuhe fertigmachen.“

Sie sahen einander an, und die letzte Hoffnung schwand aus ihrem Herzen.

„Bitte, bitte“, sagte er mit weinerlicher Stimme, „gebt mir meine Arbeit.“

Da er keine Antwort erhielt, raufte er sich das Haar

und stampfte mit dem Fuß auf den Boden wie ein Kind, das seinen Willen nicht bekommt.

„Quälen Sie nicht einen armen, unglücklichen Mann", bat er dann mit einem herzzerreißenden Aufschrei, „geben Sie mir meine Arbeit! Was soll aus uns werden, wenn diese Schuhe heute nacht nicht fertig sind?"

Von Sinnen, rein von Sinnen!

Es war so offenbar nutzlos, ihm verständig zuzusprechen oder zu versuchen, ihn zu sich zu bringen, daß jeder von den beiden wie auf Verabredung eine Hand auf seine Schulter legte und ihn durch das Versprechen, sie wollten ihm seine Arbeit herbeischaffen, bewogen, vor dem Kamin Platz zu nehmen. Er sank in den Stuhl, stierte in die Kohlen und fing an zu weinen. Als ob alles, was seit der Dachstubenzeit geschehen war, ein flüchtiger Traum gewesen, sah Mr. Lorry ihn zu derselben Gestalt zusammenschrumpfen, die Defarge unter seiner Obhut gehabt hatte.

Gerührt und erschrocken zugleich über diesen plötzlichen Zusammenbruch, wie sie alle beide waren, hatten sie doch keine Zeit, sich solchen Empfindungen hinzugeben. Seine alleinstehende Tochter, ihrer letzten Hoffnung und Stütze beraubt, bedurfte ihrer Hilfe zu sehr. Wieder sahen sie sich wie verabredet mit einem und demselben Wort auf den Lippen an. Carton sprach zuerst: „Die letzte Hoffnung ist hin; sie war nicht groß. Ja, es ist das beste, Sie bringen ihn zu ihr. Aber wollen Sie, bevor Sie gehen, mir noch für einen Augenblick aufmerksames Gehör schenken? Fragen Sie nicht nach dem Warum der Bedingungen, die ich stellen werde, und des Versprechens, das ich zu fordern gedenke; ich habe einen Grund – einen triftigen Grund."

„Ich bezweifle es nicht", gab Mr. Lorry zur Antwort. „Fahren Sie fort."

Die Gestalt auf dem Stuhl zwischen ihnen wiegte sich unterdessen stöhnend vorwärts und rückwärts. Sie sprachen in einem sanften Ton, als wenn sie nachts an einem Krankenbett wachten.

Carton bückte sich, um den Rock aufzuheben, der fast unter seinen Füßen lag. Während er dies tat, fiel ein Etui mit einer Liste heraus, in die der Doktor gewöhnlich seine Tagesbesuche verzeichnete. Carton hob es auf und fand ein zusammengefaltetes Papier darin. „Wir sollten das wohl ansehen“, sagte er. Mr. Lorry nickte zustimmend. Er schlug es auseinander und rief: „Gott sei Dank!“

„Was ist es?“ fragte Mr. Lorry begierig.

„Einen Augenblick! Ich komme gleich darauf. Als erstes“, er steckte die Hand in die Tasche und brachte ein anderes Papier heraus, „ist hier das Zertifikat, das mir erlaubt, diese Stadt zu verlassen. Sehen Sie es an. Sehen Sie – Sydney Carton, ein Engländer?“

Mr. Lorry hielt es aufgeschlagen in seiner Hand und sah in Cartons ernstes Gesicht.

„Heben Sie es bis morgen für mich auf. Ich sehe ihn morgen, wie Sie wissen, und es ist besser, ich nehme es nicht mit ins Gefängnis.“

„Warum nicht?“

„Ich weiß nicht; es ist mir lieber so. Jetzt nehmen Sie dieses Papier, das Dr. Manette in seiner Tasche trug. Es ist ein ähnliches Zertifikat, das ihn, seine Tochter und ihr Kind in den Stand setzt, zu jeder Zeit zum Tor hinaus und über dic Grenze zu kommen. Nicht wahr?“

„Ja.“

„Vielleicht hat er es sich gestern als letzte und äußerste Vorsichtsmaßregel verschafft. Von welchem Tag ist es datiert? Aber das tut nichts zur Sache. Sehen Sie nicht erst nach; legen Sie es sorgfältig zu meinem und zu Ihrem Paß. Jetzt passen Sie auf! Erst in den letzten paar Stunden wurde ich unsicher, ob er einen solchen Erlaubnisschein hatte oder haben konnte. Er ist gut, bis er widerrufen wird, aber das kann er, und ich habe Grund zu glauben, daß dies sehr bald geschehen wird.“

„Sind sie nicht in Gefahr?“

„Sie sind in großer Gefahr. Sie sind in Gefahr einer Anklage von Madame Defarge. Ich habe heute abend von dieser Frau Äußerungen belauscht, die mir ihre Gefahr als sehr nahe und bedrohlich darstellten. Ich habe keine Zeit verloren und gleich mit dem Spion gesprochen. Er bestätigt meine Befürchtung. Er weiß, daß ein Holzsäger, der nicht weit von dem Gefängnis wohnt, mit den Defarges in Verbindung steht und von Madame Defarge verhört worden ist und ihr gesagt hat, daß er gesehen hätte, wie *sie*" – er nannte nie Lucies Namen – „mit Gefangenen Zeichen und Signale gewechselt hat. Es ist leicht vorauszusehen, daß der Vorwand der gewöhnliche sein wird, eine Gefängnisverschwörung, und daß ihr Leben auf dem Spiel steht – und vielleicht das ihres Kindes – und vielleicht das ihres Vaters –, denn man hat beide mit ihr an jenem Ort gesehen. Machen Sie kein so entsetztes Gesicht. Sie können sie noch alle retten."

„Der Himmel gebe es, Carton! Aber wie?"

„Das will ich Ihnen gleich sagen. Es kommt ganz auf Sie an, und es kann auf keinen besseren Mann ankommen. Diese neue Anklage wird jedenfalls erst nach dem morgigen Tag eingereicht werden; wahrscheinlich erst zwei oder drei Tage später, noch wahrscheinlicher eine Woche später. Sie wissen, es ist ein todeswürdiges Verbrechen, ein Opfer der Guillotine zu betrauern. Sie und ihr Vater würden sich unzweifelhaft dieses Verbrechens schuldig machen, und diese Frau (deren Unversöhnlichkeit und Ausdauer im Haß ich gar nicht beschreiben kann) würde warten, um damit noch ihre Sache zu verstärken und den Erfolg doppelt sicher zu machen. Sie folgen mir?"

„So aufmerksam und mit so viel Vertrauen auf das, was Sie sagen, daß ich für den Augenblick selbst dieses Unglück vergesse", erwiderte er, auf den Doktor deutend.

„Sie haben Geld und können dafür sorgen, daß sie auf schnellstem Wege die Küste erreichen. Ihre Vorbereitungen, nach England zurückzukehren, sind schon seit einigen Tagen vollendet. Morgen beizeiten halten Sie Ihre Pferde bereit, daß sie um zwei Uhr nachmittags reisefertig dastehen."

„Es soll geschehen."

Es lag etwas so Inbrünstiges und Muteinflößendes in seinem Ton, daß die Stimmung auf Mr. Lorry überging und er so rasch war wie ein Jüngling.

„Sie sind ein Mann von edlem Herzen. Sagte ich nicht, daß wir uns auf keinen besseren verlassen könnten? Teilen Sie ihr noch heute abend mit, was Sie von der Gefahr wissen, die sie und ihr Kind und ihren Vater bedroht. Heben Sie letztere besonders hervor; denn sie würde ihr schönes Haupt gern und willig neben das ihres Gatten unter das Beil legen." Seine Stimme zitterte einen Augenblick; dann fuhr er ruhiger fort. „Um ihres Kindes und ihres Vaters willen machen Sie ihr die Notwendigkeit klar, mit diesen beiden und mit Ihnen zu dieser Stunde Paris zu verlassen. Sagen Sie ihr, es sei ihres Gatten letzte Anordnung gewesen. Sagen Sie ihr, daß mehr darauf ankommt, als sie zu glauben oder zu hoffen wagen darf. Sie glauben, ihr Vater wird sich ihr, selbst in diesem traurigen Zustand, fügen. Meinen Sie nicht?"

„Ich bin davon überzeugt."

„Ich dachte es mir. Treffen Sie in großer Stille und Vollständigkeit diese Vorbereitungen hier im Hof so, daß Sie sogar alle schon im Wagen sitzen. Sowie ich komme, nehmen Sie mich auf und fahren fort."

„Ich warte also unter allen Umständen auf Sie?"

„Sie haben mein Zertifikat mit den übrigen, wie Sie wissen, und heben mir meinen Platz auf. Warten Sie nur darauf, daß mein Platz besetzt ist, und dann ab nach England!"

„Nun, dann hängt doch nicht alles von einem alten Mann ab, sondern ich werde einen jungen und eifrigen Mann neben mir haben", sprach Mr. Lorry und drückte seine ungeduldige, aber doch so ruhige und feste Hand.

„Mit Gottes Hilfe, ja! Versprechen Sie mir auf das Feierlichste, daß Sie sich durch nichts bestimmen lassen, einen anderen Weg einzuschlagen als den von uns vereinbarten."

„Durch nichts, Carton."

„Erinnern Sie sich morgen an die Worte: Die geringste Abweichung von dem verabredeten Plan oder

der geringste Verzug – aus welchem Grunde auch immer – kann verursachen, daß nicht ein einziges Leben gerettet werden kann und viele Leben unvermeidlich geopfert werden müssen."

„Ich werde daran denken. Ich hoffe meinen Teil getreulich auszuführen."

„Und ich hoffe, dasselbe zu tun. Nun leben Sie wohl!"

Obgleich er dies mit einem ernsten Lächeln sagte und sogar die Hand des Alten an seine Lippen drückte, schied er doch noch nicht von ihm. Er half ihm, die sich immer noch vor dem verlöschenden Feuer wiegende Gestalt so weit zu wecken, daß man ihr einen Mantel umtun und einen Hut aufsetzen und sie zum Fortgehen bewegen konnte, um die Bank und die Arbeit zu suchen, nach der sie so kläglich verlangte. Er ging auf die andere Seite der Gestalt und geleitete sie bis in den Hof des Hauses, wo das betrübte Herz – so glücklich in jener denkwürdigen Zeit, in der er ihm sein eigenes verödetes Herz enthüllt hatte – die schreckliche Nacht durchwachte. Er blieb noch ein paar Augenblicke allein in dem Hof stehen und blickte hinauf zu dem lichterhellten Fenster ihres Zimmers. Ehe er fortging, sendete er noch ein segnendes Wort und ein Lebewohl hinauf.

13. Kapitel

Zweiundfünfzig

In dem schwarzen Gefängnis der Conciergerie erwarteten die Verurteilten des Tages ihr Schicksal. Es waren so viele, wie es Wochen im Jahr gibt. Zweiundfünfzig sollten an diesem Nachmittag den Lebensstrom der Stadt hinunter in die grenzenlose, ewige See schwimmen. Ehe sie ihre Zellen verlassen hatten, waren schon ihre neuen Bewohner bezeichnet; ehe sich ihr Blut mit dem gestern vergossenen Blut vermischt hatte, war das Blut, das sich morgen mit dem ihrigen vermischen sollte, bereits ausgesucht.

Zweiundfünfzig waren abgezählt. Von dem siebzigjährigen Generalpächter, dessen Reichtümer sein Leben nicht erkaufen konnten, bis zur zwanzigjährigen Näherin, deren Armut und Unbedeutsamkeit sie nicht zu retten imstande war. Physische Krankheiten, durch menschliche Laster und Versäumnisse erzeugt, suchen sich Opfer jeden Standes aus; und die schreckliche moralische Seuche, geboren von unsagbaren Leiden, unerträglichem Druck und herzloser Gleichgültigkeit, traf ebenfalls ohne Unterschied.

Charles Darnay, allein in seiner Zelle, hatte sich mit keiner schmeichelnden Selbsttäuschung getröstet, seitdem er aus der Gerichtssitzung zurück war. In jeder Zeile des vorgelesenen Berichts hatte er sein Todesurteil gehört. Er hatte vollständig begriffen, daß ihn kein persönlicher Einfluß retten, daß er in Wirklichkeit von Millionen verurteilt war und daß einzelne nichts für ihn tun konnten.

Dennoch war es ihm nicht leicht, mit dem Gesicht seiner geliebten Gattin noch frisch vor Augen, sich gefaßten Sinnes auf das vorzubereiten, was seiner wartete. Das Band, das ihn mit dem Leben verknüpfte, war stark, und es war sehr, sehr schwer zu lösen; allmählich und nach langen Bemühungen hier ein wenig gelockert, schloß es sich dort um so fester; und wenn er seine ganze Kraft gegen die eine Hand wendete und diese nachgab, schloß sich die andere wieder. Es herrschte auch ein wildes Treiben in all seinen Gedanken, ein stürmisches und erhitztes Auf und Ab in seinem Herzen, das keine Resignation dulden wollte. Wenn er sich für einen Augenblick resigniert fühlte, schienen seine Gattin und sein Kind, die ihn überleben sollten, dagegen Protest zu erheben und die Entsagung zu einem egoistischen Gefühl zu machen.

Aber dies alles war nur ein Anfang. Es dauerte nicht lange, so stellte sich die Erwägung ein, daß keine Schande in dem Schicksal sei, dem er entgegenging, daß jeden Tag viele, ungerecht verurteilt, denselben Weg wandelten und ihn mit festem Schritt gingen. Zunächst kam ihm der Gedanke, daß es von höchster Wichtigkeit für den zukünftigen Seelenfrieden der Teuren, die er auf der Erde zurückließ, sei, eine ernste Besonnenheit zu zeigen. So wurde allmählich sein Gemüt ruhiger und geriet in eine Stimmung, in der seine Gedanken sich viel höher erhoben und er Trost von oben holen konnte.

Am Abend seiner Verurteilung war er noch vor dem Dunkelwerden auf seinem letzten Weg so weit gekommen. Man hatte ihm gestattet, Schreibmaterialien und ein Licht zu kaufen, und er setzte sich hin, um zu schreiben, bis zu dem Zeitpunkt, wo das Licht in den Gefängnissen ausgelöscht werden mußte.

Er schrieb einen langen Brief an Lucie, in dem er ihr erzählte, daß er von ihres Vaters Haft nichts gewußt, bis er davon durch sie gehört habe, und daß es ihm ebensowenig wie ihr selbst bekannt gewesen sei, daß sein Vater und sein Onkel schuld an diesem Unglück gewesen waren, bis man das Papier verlesen hatte. Er hatte ihr bereits auseinandergesetzt, daß es ihr Vater (warum, sei jetzt wohl einzusehen) zur einzigen Bedingung bei ihrer Verlobung gemacht und es sich an ihrem Hochzeitsmorgen noch besonders habe versprechen lassen, ihr den Namen zu verheimlichen, den er aufgegeben hatte. Um ihres Vaters willen bat er sie, niemals nachzuforschen, ob ihr Vater das Vorhandensein des Papiers vergessen hatte oder ob er daran erinnert worden war durch die Geschichte aus dem Tower, an jenem längst vergessenen Sonntag unter dem lieben Platanenbaum im Garten. Wenn er eine bestimmte Erinnerung daran gehabt hätte, so sei er jedenfalls überzeugt gewesen, daß es mit der Bastille verbrannt war, als er es unter den Reliquien von Gefangenen, die die Stürmenden dort eintdeckt hatten und die in allen Zeitungen beschrieben worden waren, nicht erwähnt gefunden hatte. Er bat sie – obgleich er hinzusetzte, daß er recht wohl wisse, wie überflüssig das sei –, ihren Vater damit zu trösten, daß sie ihm bei jeder Gelegenheit in der schonendsten Weise die Wahrheit einpräge, daß er nichts getan, weswegen er sich Vorwürfe zu machen habe, sondern stets um ihrer beider willen sich selbst hintenangestellt habe. Nachdem er sie noch einmal gebeten hatte, sich seiner letzten dankbaren Liebe und seines Segens ewig zu erinnern und ihren Schmerz zu überwinden, um für ihr geliebtes Kind zu sorgen, beschwor er sie, ihren Vater zu trösten.

An ihn schrieb er in derselben Weise; aber er sagte ihm noch, daß er seine Gattin und sein Kind ausdrücklich seiner Obhut übergebe. Und er sagte ihm dies sehr betont, in der Hoffnung, ihn dadurch vor Niedergeschlagenheit oder einem gefährlichen Rückfall in den alten Zustand, der nur zu sehr zu befürchten war, zu bewahren.

Mr. Lorry legte er all seine Lieben ans Herz und setzte seine irdischen Angelegenheiten auseinander. Nachdem er dies mit vielen Äußerungen dankbarer Freundschaft und warmer Zuneigung getan hatte, war alles fertig. An Carton dachte er nicht ein einziges Mal. So voll war seine Seele von den anderen.

Er hatte Zeit, diese Briefe zu beenden, bis die Lichter ausgelöscht wurden. Als er sich auf seinem Strohbett ausstreckte, glaubte er, mit dieser Welt abgeschlossen zu haben.

Aber sie winkte ihn zurück in seinem Schlummer und zeigte sich ihm in leuchtenden Gestalten. Frei und glücklich, wieder in dem alten Haus in Soho (obgleich es ganz anders aussah als das wirkliche Haus), in unerklärlicher Weise befreit und der Sorgen entledigt, war er erneut mit Lucie vereint, und sie sagte ihm, daß alles ein Traum und er nie fortgewesen sei. Eine Pause des Vergessens, und dann hatte er gelitten, und dann war er wieder bei ihr, tot und in Frieden, und doch war kein Unterschied in ihnen. Noch eine Pause des Vergessens, und er wachte in düsterer Morgenstunde auf, ohne zu wissen, wo er war und was geschehen, bis es ihm wie ein Blitz durch den Kopf fuhr: Dies ist mein Sterbetag!

So war er durch die Stunden zu dem Tag gekommen, an dem die zweiundfünfzig Köpfe fallen sollten. Und jetzt, wo er gefaßt war und hoffte, seinem Ende mit ruhigem Heldenmut entgegengehen zu können, liefen seine wachen Gedanken in eine neue Richtung, die sehr schwer zu bewältigen war.

Er hatte nie das Instrument gesehen, das ihm das Leben nehmen sollte. Wie hoch es über dem Boden war, wie viele Stufen es hatte, wo man ihn hinstellen und wie man ihn anfassen würde, ob die Hände, die ihn anfaßten, rotgefärbt sein würden, nach welcher Seite man ihm das Gesicht wenden, ob er vielleicht der erste oder der letzte sein würde; diese und viele ähnliche Fragen, von seinem Willen ganz und gar unabhängig, drängten sich ihm unzählige Male auf. Mit Furcht hatten sie nichts zu tun; er war sich keiner Furcht bewußt. Sie rührten eher von einem merkwürdigen, sich immer wieder aufdringenden Wunsch her, zu wissen, was zu tun sei, wenn die Zeit kam; ein Wunsch, der in großem Mißverhältnis zu den wenigen kurzen Augenblicken stand, auf die es sich bezog, ein verwundertes Fragen, das mehr den Regungen eines anderen Geistes in dem seinen als ihm selbst angehörte.

Die Stunden vergingen, als er auf und ab ging, und die Turmglocken schlugen die Stunden, die ihm nie wieder schlagen sollten. Neun Uhr war vorbei für immer, zehn vorbei für immer, elf vorbei für immer, zwölf sollte zum letztenmal schlagen. Nach einem harten Kampf mit der exzentrischen Stimmung, die ihm zuletzt zu schaffen gemacht, hatte er sie überwunden.

Er ging auf und ab und wiederholte sich halblaut ihren Namen. Der schwerste Kampf war vorüber. Er konnte, frei von störenden Gedanken, auf und ab gehen und für sich und für sie beten.

Zwölf Uhr für immer vorüber.

Man hatte ihm gesagt, die letzte Stunde werde die dritte sein, und er wußte, daß man ihn etwas früher abholen würde, da die Wagen schwer und langsam durch die Straßen rumpelten. Deshalb beschloß er, an die zweite als an die Stunde zu denken und sich in der Zwischenzeit so zu stärken, daß er danach imstande sei, andere zu stärken.

Regelmäßig, mit über der Brust gekreuzten Armen,

auf und ab gehend, ein ganz anderer Mann als der Gefangene, der in La Force auf und ab gegangen war, hörte er ohne Überraschung, wie es in der Ferne eins schlug. Die Stunde war so lang gewesen wie die meisten anderen Stunden. Dem Himmel innig dankbar für seine wiedergewonnene Fassung, dachte er, nur noch *eine* Stunde, und begann wieder, auf und ab zu gehen.

In dem gemauerten Gang draußen vor der Tür hörte man Schritte; er blieb stehen.

Der Schlüssel knarrte im Schloß und wurde umgedreht. Ehe die Tür aufging oder während sie aufging, sagte ein Mann mit gedämpfter Stimme auf englisch: „Er hat mich nie hier gesehen; ich bin ihm aus dem Weg gegangen. Gehen Sie allein hinein; ich warte hier. Verlieren Sie keine Zeit!"

Die Tür wurde rasch geöffnet und wieder zugemacht, und vor ihm stand, ruhig, gefaßt, lächelnd und den Finger warnend auf den Lippen, Sydney Carton.

Es lag etwas so Helles, so Strahlendes und Merkwürdiges in dem Ausdruck seines Gesichts, daß der Gefangene im ersten Augenblick ungewiß war, ob die Erscheinung nicht ein Geschöpf seiner Phantasie sei. Aber er sprach, und es war seine Stimme; er ergriff die Hand des Gefangenen, und es war der Druck einer wirklichen Hand.

„Von allen Menschen auf der Welt hätten Sie mich wohl am wenigsten zu sehen erwartet?" sagte er.

„Ich konnte nicht glauben, daß Sie es sind. Ich kann es jetzt kaum glauben. Sie sind nicht verhaftet?" Diese Befürchtung kam ihm plötzlich in den Sinn.

„Nein. Ich besitze zufällig Macht über einen der Schließer hier, und dadurch stehe ich vor Ihnen. Ich komme von ihr – von Ihrer Gattin, lieber Darnay."

Der Gefangene drückte ihm feurig die Hand.

„Ich überbringe eine Bitte von ihr."

„Welche?"

„Eine höchst ernste, dringende und nachdrückliche Bitte, an Sie gerichtet in dem rührendsten Ton der Ihnen so teuren Stimme, deren Sie sich so gut erinnern."

Der Gefangene wandte sein Gesicht halb weg.

„Sie haben keine Zeit zu fragen, warum ich sie bringe und was sie zu bedeuten hat; ich habe keine Zeit, es Ihnen zu sagen. Sie müssen sie erfüllen – ziehen Sie Ihre Stiefel aus, und ziehen Sie dafür meine an."

Es stand ein Stuhl an der Wand der Zelle hinter dem Gefangenen. Blitzschnell hatte Carton ihn hingesetzt und stand in Strümpfen vor ihm.

„Ziehen Sie meine Stiefel an, rasch, rasch!"

„Carton, es ist kein Entfliehen von hier möglich; es ist nicht durchzuführen. Sie werden nur mit mir sterben. Es ist Wahnwitz."

„Es wäre Wahnwitz, wenn ich Sie aufforderte zu entfliehen; aber tue ich das? Wenn ich Sie aufforderte, zu dieser Tür hinauszugehen, so sagen Sie mir, es ist Wahnwitz, und bleiben Sie. Tauschen Sie mit mir die Halsbinde und den Rock. Unterdessen gestatten Sie mir, dies Band von Ihren Haaren loszubinden und Ihre Haare auseinanderzuschütteln wie diese."

Mit wunderbarer Raschheit und mit einer Kraft des Willens und der Tat, die übernatürlich erschien, zwang er ihm all diese Veränderungen auf. Der Gefangene war in seinen Händen wie ein kleines Kind.

„Carton! Lieber Carton! Es ist Wahnwitz. Es ist nicht durchzuführen, es kann nicht geschehen; es ist versucht worden und immer fehlgeschlagen. Ich bitte Sie, durch Ihren Tod nicht die Bitterkeit des meinen zu vermehren."

„Fordere ich Sie etwa auf, lieber Darnay, zur Tür hinauszugehen? Sowie ich das tue, weigern Sie sich. Hier ist Feder und Tinte und Papier auf dem Tisch. Ist Ihre Hand ruhig genug zum Schreiben?"

„Sie war es, als Sie eintraten."

„So schreiben Sie, was ich Ihnen diktiere. Rasch, Freund, rasch!"

Darnay drückte die Hand vor seine brennende Stirn und setzte sich an den Tisch. Carton, die rechte Hand in der Brust, stand dicht neben ihm.

„Schreiben Sie genau, was ich Ihnen diktiere."

„An wen adressiere ich es?"
„An niemanden."
Carton hatte immer noch die Hand in der Brust.
„Datiere ich es?"
„Nein."
Der Gefangene blickte bei jeder Frage auf. Carton, mit der Hand in der Brust neben ihm stehend, sah auf ihn herab.
„Wenn Sie sich", diktierte Carton, „an die Worte erinnern, die wir vor langer Zeit miteinander gesprochen haben, so werden Sie es bei deren Anblick leicht begreifen. Ich weiß, Sie erinnern sich daran. Es liegt nicht in Ihrer Art, sie zu vergessen."
Er zog die Hand aus der Brust, aber gerade jetzt blickte der Gefangene in seiner wirren Verwunderung auf, und die Hand blieb, etwas gefaßt haltend, stecken.
„Haben Sie geschrieben ‚zu vergessen'?" sagte Carton.
„Ja. Ist das in Ihrer Hand eine Waffe?"
„Nein, ich bin nicht bewaffnet."
„Was haben Sie in der Hand?"
„Sie sollen es gleich wissen. Schreiben Sie weiter; es sind nur noch wenige Worte." Er diktierte wieder. „Ich danke Gott, daß die Zeit gekommen ist, wo ich sie beweisen kann. Daß ich es tue, verursacht mir weder Schmerz noch Reue." Als er diese Worte, die Augen auf den Schreibenden geheftet, sprach, brachte er die Hand langsam und vorsichtig bis dicht an dessen Gesicht.
Die Feder fiel Darnay aus der Hand, und er blickte sich verstört um.
„Was ist das für ein Dunst?" fragte er.
„Dunst?"
„Etwas, das an mir vorbeigeschwebt ist?"
„Ich habe nichts bemerkt; hier kann nichts sein. Nehmen Sie die Feder wieder und schreiben Sie. Rasch, rasch!"
Als ob sein Gedächtnis geschwächt oder sein Geist gestört wäre, machte der Gefangene eine Anstrengung, seine Aufmerksamkeit zu sammeln. Wie er Carton mit trüben Augen und kurzen Atemzügen ansah, blickte

ihm dieser – die Hand wieder in der Brust – fest ins Gesicht.

„Rasch, rasch!"

Der Gefangene beugte sich noch einmal über das Papier.

„Wenn es anders gewesen wäre", Cartons Hand bewegte sich von neuem vorsichtig und langsam nach unten, „so hätte ich nie die Gelegenheit benutzt. Wenn es anders gewesen wäre", die Hand war vor dem Gesicht des Gefangenen, „so hätte ich nur um so mehr zu verantworten. Wenn es anders gewesen wäre ..." Carton sah nach der Feder und bemerkte, daß sie nur noch unlesbare Zeichen auf das Papier machte.

Er bewegte die Hand nicht wieder zur Brust. Der Gefangene sprang mit vorwurfsvollem Blick auf, aber Cartons Hand lag dicht und fest auf seinen Nasenlöchern, und sein linker Arm hatte ihn um die Hüfte gefaßt. Einige kurze Augenblicke versuchte er sich schwach des Mannes zu erwehren, der gekommen war, um sein Leben für ihn hinzugeben; aber nach etwa einer Minute lag er bewußtlos auf dem Boden. Rasch und ohne zu zögern zog Carton die Kleider des Gefangenen an, kämmte sein Haar zurück und band es mit dem Band, daß der Gefangene getragen hatte. Dann rief er leise: „Dort draußen, herein! Herein!" Und der Spion erschien.

„Seht Ihr ihn?" sagte Carton aufblickend, wie er auf einem Knie neben dem Bewußtlosen kniete und ihm das Papier in die Brust schob. „Ist Euer Wagnis sehr groß?"

„Mr. Carton", gab der Spion, furchtsam mit dem Finger schnippend, zur Antwort, „das ist in dem Getümmel hier kein Wagnis für mich, wenn Sie Ihren ganzen Plan getreulich ausführen."

„Macht Euch keine Sorge um mich. Ich halte treu aus bis zum Tode."

„Das müssen Sie auch, Mr. Carton, wenn die Zahl zweiundfünfzig richtig sein soll. Wenn Sie sie in diesem Anzug vollzählig machen, habe ich keine Furcht."

„Fürchtet nichts! Ich werde bald außerstande sein, Euch zu schaden, und die übrigen werden, so Gott will, bald weit weg von hier sein. Jetzt ruft Leute und bringt mich zum Wagen."

„Sie?" sagte der Spion voller Unruhe.

„Ihn, mit dem ich getauscht habe. Ihr geht zu demselben Tor hinaus, durch das wir hereingekommen sind?"

„Natürlich."

„Ich war schwach und angegriffen, als ich kam, und bin jetzt, wo Ihr mich fortbringt, noch angegriffener. Der Abschied hat mich überwältigt. So etwas ist hier oft, nur zu oft geschehen. Rasch, ruft Leute!"

„Ihr schwört, mich nicht zu verraten?" sagte der zitternde Spion, als er noch einmal stehenblieb.

„Mensch, Mensch!" entgegnete Carton und stampfte mit dem Fuß auf. „Habe ich nicht feierliche Eide genug geschworen, dies durchzuführen, daß Ihr jetzt die kostbaren Augenblicke verschwendet? Bringt ihn selbst auf den Hof, den Ihr kennt, schafft ihn selbst in den Wagen, zeigt ihn selbst Mr. Lorry; sagt ihm selbst, er soll ihm kein anderes Wiederbelebungsmittel als frische Luft zukommen lassen und an meine Worte und sein Versprechen von gestern abend denken und wegfahren."

Der Spion entfernte sich; Carton setzte sich an den Tisch und stützte den Kopf in beide Hände. Der Spion kehrte gleich darauf mit zwei Männern zurück.

„Aha", sagte der eine, als er den auf den Boden Gesunkenen sah, „so betrübt zu erfahren, daß sein Freund einen Gewinn in der Lotterie der heiligen Guillotine gezogen hat."

„Ein guter Patriot", sagte der andere, „könnte kaum betrübter sein, wenn der Aristokrat eine Niete gezogen hätte."

Sie hoben den Bewußtlosen auf, legten ihn auf eine Trage, die sie vor der Tür stehen hatten, und bückten sich, um ihn fortzuschaffen.

„Die Zeit ist kurz, Evrémonde", sagte der Spion in warnendem Ton.

„Ich weiß es", gab Carton zur Antwort. „Tragt Sorge

für meinen Freund, bitte ich Euch nochmals, und verlaßt mich."

„So kommt", sagte Barsad zu den anderen. „Tragt ihn hinunter!"

Die Tür schloß sich, und Carton war allein. Mit gespanntester Aufmerksamkeit horchend, lauschte er auf jeden Ton, der Verdacht oder Alarm anzeigen könnte. Man vernahm keinen. Man hörte, wie Schlüssel gedreht wurden, Türen rasselten, Tritte durch entlegene Gänge schallten, aber kein ungewöhnliches Geschrei oder Lärmen machte sich bemerkbar. Nach einer kleinen Weile atmete er freier, setzte sich an den Tisch und horchte wieder, bis es zwei Uhr schlug.

Töne, vor denen er sich nicht fürchtete, denn er erriet, was sie bedeuteten, konnte er jetzt vernehmen. Mehrere Türen wurden hintereinander geöffnet und zuletzt seine eigene. Ein Schließer, der ein Verzeichnis in der Hand hielt, blickte herein und sagte nur: „Folgt mir, Evrémonde!", und er folgte ihm in eine große dunkle Halle.

Es war ein trüber Wintertag, und durch die Dunkelheit drinnen und draußen konnte er die anderen, die hereingebracht wurden, um hier gebunden zu werden, nicht gut erkennen. Einige standen, einige saßen, einige jammerten und gingen ruhelos auf und ab; aber das waren wenige. Die Mehrzahl war ruhig und stumm und sah starr auf den Boden.

Als er an der Wand in einer dunklen Ecke stand, während noch einige von den zweiundfünfzig nach ihm hereingebracht wurden, blieb einer im Vorbeigehen neben ihm stehen, um ihn als Bekannten zu umarmen. Ein angstvoller Gedanke, entdeckt zu werden, fuhr ihm durch den Kopf; aber der andere ging weiter. Ein paar Augenblicke später stand ein schwächlich gebautes Mädchen mit lieblichem, aber abgezehrtem Gesicht, auf dem keine Spur Farbe sichtbar war, und großen, weit offenen, geduldigen Augen von der Bank auf, wo er sie sitzen gesehen hatte, und trat an ihn heran.

„Bürger Evrémonde", sagte sie und berührte ihn mit

ihrer kalten Hand, „ich bin eine arme kleine Näherin und war mit Euch in La Force."

Er murmelte vor sich hin: „Richtig. Ich vergaß, weshalb Ihr angeklagt wart."

„Wegen Verschwörung. Obgleich der gerechte Himmel weiß, daß ich unschuldig bin. Ist das glaubhaft? Wer soll auf den Einfall kommen, mit einem armen, schwachen Geschöpf, wie ich es bin, ein Komplott zu schmieden?"

Das trübe Lächeln, mit dem sie dies sagte, rührte ihn so, daß Tränen seine Augen füllten.

„Ich fürchte mich nicht zu sterben, Bürger Evrémonde, aber ich habe nichts getan. Ich sterbe nicht ungern, wenn die Republik, die uns Armen soviel Gutes bringen soll, durch meinen Tod gewinnt; aber ich begreife nicht, wie das zugehen soll, Bürger Evrémonde. Ein so armes, kleines, schwaches Ding!"

Als das Letzte auf Erden, wofür sein Herz warm und sanft fühlen sollte, trat ihm dieses arme Mädchen entgegen.

„Ich hörte, Ihr wärt freigelassen, Bürger Evrémonde; ich hoffte, es sei wahr."

„Ich war frei, aber man hat mich wieder verhaftet und verurteilt."

„Wenn ich mit Euch fahre, Bürger Evrémonde, wollt Ihr mir dann erlauben, Eure Hand zu nehmen? Ich fürchte mich nicht, aber ich bin klein und schwach, und dies wird mir mehr Mut geben."

Als ihm die geduldigen Augen ins Gesicht blickten, sah er darin erst Zweifel und dann Staunen. Er drückte die abgezehrte, schmale junge Hand und legte die Finger an die Lippen.

„Ihr sterbt für ihn?" flüsterte sie.

„Und für seine Frau und sein Kind. Still! Ja."

„Oh, wollt Ihr mir erlauben, Eure tapfere Hand zu nehmen, Fremder?"

„Still! Ja, arme Schwester. Bis zuletzt."

Dieselben Schatten, die auf das Gefängnis fallen, fallen zur selben Stunde des frühen Nachmittags auf den Schlagbaum, um den eine Menschenmenge herumwimmelt, als eine Paris verlassende Kutsche vorfährt, um kontrolliert zu werden.

„Wer ist drin? Papiere!"

Die Papiere werden herausgegeben und gelesen.

„Alexandre Manette, Arzt. Franzose. Welcher ist es?" Das ist er – dieser hilflose, halbe Worte murmelnde, in halben Irrsinn versunkene alte Mann.

„Allem Anschein nach ist der Bürger Doktor nicht recht bei Sinnen? Das Revolutionsfieber ist wohl zu hitzig für ihn gewesen?"

„Viel zu hitzig."

„Ha! Viele leiden daran. – Lucie. Seine Tochter. Französin. Welche ist sie?"

„Das ist sie."

„Muß es wohl sein. Lucie, Gattin Evrémondes; nicht wahr?"

„He! Evrémonde hat eine Bestellung anderswohin. Lucie, ihr Kind. Die Kleine da?"

„Sie und keine andere."

„Gib mir einen Kuß, Kind von Evrémonde. Jetzt hast du einen guten Republikaner geküßt. Etwas Neues in deiner Familie; vergiß es nicht! Sydney Carton, Advokat. Engländer. Welcher ist es?"

„Er liegt dort in der Ecke des Wagens." Man zeigt ihn dem Fragenden.

„Allem Anschein nach ist der englische Advokat ohnmächtig geworden?"

„Man hofft, er werde sich an frischer Luft wieder erholen. Er ist schwach von Gesundheit, und der Abschied von einem Freund, der sich das Mißfallen der Republik zugezogen hat, hat ihn sehr erschüttert."

„Weiter nichts? Das ist nicht viel. Viele haben sich das Mißfallen der Republik zugezogen und müssen zu dem kleinen Fenster hinaussehen. Jarvis Lorry, Bankier. Engländer. Welcher ist es?"

„Ich bin es. Natürlich, da ich der letzte bin." Jarvis

Lorry ist ausgestiegen und steht am Kutschenschlag, von einer Gruppe Beamter verhört. Sie gehen langsam um den Wagen herum und steigen gemächlich oben hinauf, um zu sehen, was für Gepäck auf dem Dach liegt. Das Landvolk steht umher, drängt sich an dic Kutschentüren und stiert neugierig hinein; ein kleines Kind, das auf dem Arm seiner Mutter sitzt, streckt, von dieser angeleitet, seine Ärmchen aus, damit es das Weib eines Aristokraten berühre, der unter der Guillotine gestorben ist.

„Hier sind Eure Papiere, Jarvis Lorry."

„Kann man abreisen, Bürger?"

„Man kann abreisen. Vorwärts, Postillion! Glückliche Reise!"

„Lebt wohl, Bürger. – Und die erste Gefahr wäre hinter uns."

Das sind wieder die Worte Jarvis Lorrys, wobei er die Hände faltet und zum Himmel blickt. Es ist Angst im Wagen und Weinen und das schwere Atmen des bewußtlosen Reisenden.

„Fahren wir nicht zu langsam? Können wir sie nicht bewegen, schneller zu fahren?" fragte Lucie angstvoll den Alten.

„Das würde zu sehr wie Flucht aussehen. Wir dürfen sie nicht zu sehr treiben; es würde Verdacht wecken."

„Sehen Sie sich um, ob wir verfolgt werden."

„Die Straße ist frei, liebe Lucie. Bis jetzt werden wir nicht verfolgt."

Kleine Häusergruppen, einsame Pachthöfe, verfallene Gebäude, Färbereien, Gerbereien und gleichförmiges, offenes Land, Alleen mit laublosen Bäumen ziehen an uns vorbei. Das harte holprige Pflaster ist unter uns, der weiche tiefe Schlamm zu beiden Seiten. Manchmal lenken wir in den Schlamm hinüber, um von den Steinen wegzukommen, die uns bis auf die Knochen durchschütteln, und manchmal bleiben wir dort in tiefen Spuren und Löchern stecken. Die Qual unserer Ungeduld ist dann so groß, daß wir in unserer ungeheuren Angst und Eile lieber aussteigen und laufen oder uns verstecken möchten – alles, nur nicht haltmachen.

Hinter uns wieder offenes Land, ringsum wieder verfallene Gebäude, einsame Pachthöfe, Färbereien, Gerbereien und gleichförmiges, offenes Land, kleine Häusergruppen, Alleen von laublosen Bäumen. Haben diese Leute uns hintergangen und fahren uns auf einem anderen Weg zurück? Ist das nicht derselbe Ort, den wir schon einmal sahen? Gott sei Dank, nein. Ein Dorf. Sehen Sie sich um, sehen Sie sich um, ob wir verfolgt werden. Still! Das Posthaus.

In Muße werden die vier Pferde ausgespannt; in Muße bleibt die Kutsche auf der kleinen Straße stehen, ohne Pferde und ohne alle Wahrscheinlichkeit, daß sie jemals wieder in Bewegung kommen werde, in Muße werden die neuen Pferde einzeln sichtbar, in Muße kommen auch die neuen Postillione und binden langsam neue Knoten in ihre Peitschen, in Muße zählen die alten Postillione ihr Geld, verrechnen sich und sind unzufrieden mit dem Resultat. Während der ganzen Zeit schlagen unsere übervollen Herzen mit einer Schnelligkeit, die den schnellsten Lauf des schnellsten Pferdes übertreffen würde, das jemals geboren worden ist.

Endlich sitzen die neuen Postillione im Sattel, und die alten sind hinter uns. Wir fahren durch das Dorf, den Berg hinauf, wieder hinab und durch die feuchte Niederung. Plötzlich fangen die Postillione an, unter lebhaften Gebärden miteinander zu reden, und die Pferde werden heftig angehalten. Verfolgt man uns?

„Heda! Ihr im Wagen drinnen, heda!"

„Was gibt's?" fragte Mr. Lorry zum Fenster heraus.

„Wie viele, sagten sie?"

„Ich verstehe Euch nicht ..."

„Auf der letzten Post."

„Wie viele sind heute unter der Guillotine?"

„Zweiundfünfzig."

„Ich sagte es ja. Eine schöne Zahl. Mein Mitbürger hier wollte nur von zweiundvierzig wissen. Zehn Köpfe mehr lohnen sich schon. Die Guillotine arbeitet gut. Ich liebe sie. Vorwärts! Vorwärts!"

Die Nacht breitete ihre dunklen Schleier aus. Er bewegt sich wieder; er fängt an, lebendig zu werden und verständlich zu sprechen; er findet sich wieder unter den Seinen; er fragt ihn bei seinem Namen, was er in der Hand hat. Oh, hab Erbarmen, gnädiger Himmel, und hilf uns! Seht hinaus, seht hinaus, ob wir nicht verfolgt werden.

Der Wind fährt hinter uns her, und die Wolken fliegen uns nach, und der Mond schwimmt hinter uns her, und die ganze stürmische Nacht scheint uns zu verfolgen; aber bis jetzt werden wir von nichts anderem verfolgt.

14. Kapitel

Fertiggestrickt

Zu derselben Zeit, wo die zweiundfünfzig ihr Schicksal erwarteten, hielt Madame Defarge eine heimliche, nichts Gutes bedeutende Beratung mit dem Racheengel und Jacques drei von der revolutionären Jury ab. Nicht in der Weinhandlung beriet sich Madame Defarge mit diesen Ministern, sondern im Schuppen des Holzsägers, der früher Straßenarbeiter gewesen war. Der Holzsäger selbst nahm nicht an der Konferenz teil, sondern hielt sich in einiger Entfernung – wie ein fernstehender Trabant, der nicht sprechen oder seine Meinung sagen darf, ehe man ihn auffordert.

„Aber unser Defarge ist jedenfalls ein guter Republikaner“, sagte Jacques drei, „nicht wahr?“

„Es gibt keinen besseren in Frankreich“, beteuerte der zungenfertige Racheengel mit schriller Stimme.

„Still, Racheengel“, sagte Madame Defarge, indem sie mit leichtem Stirnrunzeln ihre Hand der Sprechenden auf den Mund legte. „Laß mich sprechen. Mein Mann, Mitbürger, ist ein guter Republikaner und ein Mann voll Mut; er hat sich um die Republik wohlverdient gemacht und besitzt ihr Vertrauen. Aber mein Mann hat seine Schwächen, und er ist schwach genug, mit diesem Doktor Mitleid zu fühlen.“

„Es ist sehr schade“, krächzte Jacques drei, indem er zweifelnd den Kopf schüttelte und mit seinen grausamen Fingern an seinem hungrigen Mund spielte; „es sieht einem guten Republikaner nicht ähnlich, es ist zu beklagen.“

„Seht“, sagte Madame, „mir ist dieser Doktor gleichgültig. Er mag seinen Kopf behalten oder verlieren, ich kümmere mich nicht darum; mir ist es einerlei. Aber die Evrémondes müssen alle ausgerottet werden, und das Weib und das Kind müssen dem Gatten und Vater folgen.“

„Sie hat einen schönen Kopf dafür“, krächzte Jacques drei. „Ich habe dort Leute mit blauen Augen und goldenem Haar gesehen, und es sah reizend aus, als Samson sie in die Höhe hielt.“ Der blutgierige Wüterich sprach wie ein Epikureer.

Madame Defarge schlug die Augen nieder und dachte ein wenig nach.

„Auch das Kind“, bemerkte Jacques drei, nachdenklich seine Worte genießend, „hat goldenes Haar und blaue Augen. Und wir haben selten ein Kind dort. Es ist ein hübscher Anblick!“

„Mit einem Wort“, sagte Madame Defarge, wieder aufblickend, „ich kann meinem Mann in dieser Sache nicht trauen. Ich fühle nicht nur seit letzter Nacht, daß ich ihm die Einzelheiten meiner Pläne nicht mitteilen darf, sondern ich fühle auch, daß bei längerem Warten Gefahr vorhanden ist, daß er sie warnt und daß sie entfliehen.“

„Das darf nicht sein“, sagte Jacques drei; „niemand darf davonkommen. Wir haben noch nicht halb genug auf die jetzige Weise. Wir sollten jeden Tag hundertzwanzig haben.“

„Mit einem Wort“, fuhr Madame Defarge fort, „mein Mann hat nicht meinen Grund, diese Familie bis zur Ausrottung zu verfolgen, und ich habe nicht seinen Grund, mit diesem Doktor Mitleid zu fühlen. Ich muß daher für mich handeln. Kommt her, kleiner Bürger.“

Der Holzsäger, der sie mit dem Respekt und der Unterwürfigkeit von Todesangst betrachtete, trat, die Hand an seiner roten Mütze, heran.

„Was diese Signale betrifft, kleiner Bürger", sagte Madame Defarge mit Strenge, „die sie mit dem Gefangenen gewechselt hat; seid Ihr bereit, heute noch als Zeuge dafür aufzutreten?"

„Ja, ja, warum nicht!" erklärte der Holzsäger. „Alle Tage, bei jedem Wetter von zwei bis vier, immer signalisierend, manchmal mit der Kleinen, manchmal ohne sie. Ich weiß, was ich weiß. Mit meinen Augen habe ich es gesehen."

Während er sprach, machte er allerlei Gebärden, wie in zufälliger Nachahmung einiger weniger von den vielen Signalen, die er nie gesehen hatte.

„Offenbar ein Komplott", sagte Jacques drei. „Nicht zu bezweifeln!"

„Sind die Geschworenen sicher?" fragte Madame Defarge und sah ihn mit einem düsteren Lächeln an.

„Verlaßt Euch auf die patriotischen Geschworenen, Bürgerin. Ich stehe für meine Mitgeschworenen."

„Jetzt laßt uns noch einmal sehen", sagte Madame Defarge überlegend. „Kann ich diesen Doktor für meinen Mann entbehren? Ich habe nichts für und nichts gegen ihn. Kann ich ihn entbehren?"

„Er würde immerhin als ein Kopf zählen", bemerkte Jacques drei mit gedämpfter Stimme. „Wir haben wirklich nicht genug Köpfe; ich denke, es wäre schade."

„Sie gaben sich Zeichen, als ich sie sah", erwiderte Madame Defarge; „ich kann von dem einen nicht sprechen, ohne den anderen zu erwähnen, und ich darf nicht stumm sein und die ganze Sache diesem kleinen Bürger hier überlassen. Denn ich bin kein schlechter Zeuge."

Der Racheengel und Jacques drei wetteiferten miteinander in leidenschaftlichen Beteuerungen, daß sie die vortrefflichste und bewunderungswürdigste aller Zeuginnen sei. Um nicht zurückzubleiben, nannte sie der kleine Bürger „eine himmlische Zeugin".

„Er muß sehen, wie er zurechtkommt", sagte Madame Defarge. „Nein, ich kann ihn nicht entbehren! Ihr seid um drei Uhr beschäftigt. Ihr geht zu der Hinrichtung. – Und Ihr?"

Diese letzte Frage galt dem Holzsäger, der hastig mit Ja antwortete und die Gelegenheit ergriff, um hinzuzusetzen, daß er der eifrigste aller Republikaner sei und der unglücklichste aller Republikaner sein würde, wenn ihm jemand den Genuß raubte, seine Nachmittagspfeife zu rauchen und bei dem drolligen Nationalbarbier zuzusehen. Er beteuerte dies mit so viel Nachdruck, daß man ihn im Verdacht hätte haben können (und vielleicht hatten ihn auch die schwarzen Augen der Madame Defarge, die verächtlich auf ihn herabsah, in diesem Verdacht), er hege jede Stunde des Tages seine kleinen besonderen Befürchtungen für seine persönliche Sicherheit.

„Ich muß auch hin", sagte Madame. „Wenn es vorbei ist – sagen wir um acht Uhr abends –, kommt ihr zu mir nach St-Antoine, und wir reichen dann die Anzeige gegen diese Leute bei meiner Sektion ein."

Der Holzsäger sagte, er werde sich stolz und geschmeichelt fühlen, den Befehl der Bürgerin auszuführen. Die Bürgerin blickte ihn an; er wurde verlegen, wich ihrem Blick aus, wie es ein Hündchen getan haben würde, zog sich zu seinem Holz zurück und versteckte seine Verwirrung hinter dem Griff seiner Säge.

Madame Defarge winkte dem Geschworenen und dem Racheengel, etwas näher an die Tür zu kommen, und setzte ihnen dort ihre weiteren Pläne mit folgenden Worten auseinander: „Sie wird jetzt zu Hause sein und den Augenblick seines Todes erwarten. Sie wird trauern und weinen. Sie wird gerade dabei sein, die Gerechtigkeit der Republik in Zweifel zu ziehen. Sie wird voller Sympathie für ihre Familie sein. Ich werde zu ihr gehen."

„Welch bewundernswertes Weib. Welch anbetungswürdiges Weib!" rief Jacques drei entzückt aus.

„Ach, Herz meines Herzens!" rief der Racheengel und umarmte sie.

„Nimm du mein Strickzeug", sagte Madame Defarge

und legte es in die Hände ihrer Adjutantin, „und halte es für mich bereit auf meinem üblichen Platz. Sorge für meinen üblichen Stuhl. Geh geradewegs hin, denn es wird wahrscheinlich heute größerer Zulauf sein als gewöhnlich.“

„Ich führe mit Freuden die Befehle meiner Vorgesetzten aus“, erwiderte der Racheengel und küßte sie auf die Wange. „Du wirst nicht zu spät kommen?“

„Ich werde vor dem Anfang dort sein.“

„Und ehe die Wagen ankommen. Sorge ja dafür, mein Herz, daß du da bist, ehe die Wagen ankommen!“ rief ihr der Racheengel nach; denn sie war schon draußen auf der Straße.

Madame Defarge winkte mit der Hand, zum Zeichen, daß sie verstanden hatte und sicher zur rechten Zeit dasein werde, und ging dann die schmutzige Straße entlang und um die Ecke der Gefängnismauer. Der Racheengel und der Geschworene sahen ihr nach, voll von stillem Lob ihrer schönen Gestalt und ihrer ausgezeichneten sittlichen Eigenschaften.

Es gab damals viele Frauen, auf die die Zeit ihre entsetzlich entstellende Hand legte; aber es war von allen keine mehr zu fürchten als diese erbarmungslose Frau, die jetzt durch die Straßen ging. Von starkem und furchtlosem Charakter, scharfem und raschem Verstand, großer Entschlossenheit, ausgestattet mit jener Schönheit, die nicht nur ihrer Besitzerin Festigkeit und Unversöhnlichkeit einzuflößen schien, sondern auch andere zu einer instinktmäßigen Anerkennung dieser Eigenschaften brachte, war sie eine Persönlichkeit, wie sie in dieser wilden Zeit unter allen Verhältnissen zur Geltung kommen mußte. Aber von Kindheit an über dem bitteren Gefühl erlittenen Unrechts brütend und erfüllt von unversöhnlichem Klassenhaß, war sie durch die Gegebenheiten der Zeit zu einer Tigerin geworden. Sie war ohne alles Mitleid. Wenn sie jemals diese Tugend besessen hatte, so war sie ganz aus ihr verschwunden.

Es bedeutete ihr nichts, daß ein Unschuldiger für die Sünden seiner Väter sterben sollte; sie sah nicht ihn, sondern sie. Es bedeutete ihr nichts, daß seine Gattin eine Witwe und seine Tochter eine Waise wurde; das war unzureichende Strafe, weil sie ihre natürlichen Feinde und ihre Beute waren und als solche kein Recht hatten zu leben. Ganz hoffnungslos war es, sie zu erweichen, weil sie kein Mitleid kannte, nicht einmal mit sich selbst. Wenn sie in einem der vielen Tumulte, an denen sie beteiligt gewesen war, auf der Straße erschlagen worden wäre, so hätte sie sich gewiß nicht bemitleidet; ja, wenn man sie morgen zur Guillotine verurteilt hätte, so wäre sie mit keinem sanfteren Gefühl zur Hinrichtung gegangen als mit dem grausamen Wunsch, mit dem, der sie in den Tod schickte, den Platz zu tauschen.

Ein solches Herz trug Madame Defarge unter ihrem groben Kleid. So nachlässig es angezogen war, stand ihr das Kleid doch in einer gewissen unheimlichen Weise, und ihr dunkles Haar sah schön aus unter der groben roten Mütze. In ihrem Busen war eine geladene Pistole versteckt. In ihrem Gürtel befand sich ein scharfes Messer. So angetan und mit der Zuversicht eines solchen Charakters und der geschmeidigen Sicherheit einer Frau einherschreitend, die es in ihrer Kindheit gewohnt war, ohne Schuhe und Strümpfe über den feuchten Meeresstrand zu gehen, suchte Madame Defarge ihren Weg durch die Straßen.

Als man vorige Nacht die genaue Abreise der Kutsche festgelegt hatte, die in diesem Augenblick gerade die Vervollständigung ihrer Ladung erwartete, hatte die Schwierigkeit, Miss Pross mit darin aufzunehmen, Mr. Lorry viel Kopfzerbrechen verursacht. Es war nicht nur wünschenswert, die Kutsche nicht so schwer zu belasten, sondern auch von der höchsten Wichtigkeit, die von dem Durchsuchen und dem Verhör der Reisenden beanspruchte Zeit bis auf das Äußerste zu beschränken, da ihre Rettung von der Ersparnis weniger Sekunden an diesem und jenem Ort abhängen konnte. Zuletzt schlug er (nach sorgfältiger Erwägung) vor, daß Miss Pross und Jerry, die die Stadt zu allen Zeiten verlassen konnten, um drei Uhr in dem leichtesten der damals üblichen Fuhrwerke abreisen sollten. Nicht belästigt mit Gepäck, konnten sie die Kutsche bald einholen, dann vorausfahren und auf den Stationen im voraus Pferde bestellen. So waren sie imstande, die Reise während der kostbaren Nachtstunden, wo Verzug am gefährlichsten war, erheblich zu beschleunigen.

Da Miss Pross in Mr. Lorrys Anordnung die Hoffnung sah, in dieser drängenden Not wirkliche Dienste zu leisten, begrüßte sie die Gelegenheit mit Freuden. Sie und Jerry hatten die Kutsche abfahren sehen, hatten gewußt, wer es war, den Solomon brachte, hatten zehn Minuten in allen Qualen der Spannung verlebt und beendeten nun ihre Vorbereitungen, um der Kutsche zu folgen, während Madame Defarge, immer noch durch die Straßen laufend, der im übrigen verlassenen Wohnung, wo die beiden jetzt beratschlagten, immer näher kam.

„Nun, was meinen Sie, Mr. Cruncher", fragte Miss Pross, die so aufgeregt war, daß sie kaum sprechen oder stehen konnte, „was meinen Sie dazu, wenn wir nicht von hier abfahren? Daß heute hier schon ein anderer Wagen weggefahren ist, könnte Verdacht erwecken."

„Meine Meinung, Miss, ist, daß Sie recht haben", antwortete Mr. Cruncher. „Und auch, daß ich zu Ihnen halten will, im Recht oder im Unrecht."

„Furcht und Hoffnung für unsere liebe Herrschaft lassen mich so wenig zum Bewußtsein kommen", fuhr Miss Pross mit hellen Tränen fort, „daß ich außerstande bin, einen Plan zu fassen. Können Sie einen Plan fassen, mein guter Mr. Cruncher?"

„Was meine zukünftige Lebensweise betrifft, Miss", entgegnete Mr. Cruncher, „so hoffe ich es. Was den gegenwärtigen Gebrauch dieses meines alten Kopfes betrifft, so glaube ich nicht. Wollen Sie mir den Gefallen tun, Miss, sich zwei Versprechen und Gelübde zu merken, die ich in dieser jetzigen Krisis machen möchte?"

„Ach, um Himmels willen", rief Miss Pross, immer noch laut weinend, „nur gleich heraus mit der Sprache, damit wir mit ihnen fertig werden."

„Erstens“, sagte Mr. Cruncher, der am ganzen Leib zitterte und mit leichenblassem und feierlichem Gesicht sprach, „wenn unsere arme gute Herrschaft glücklich heraus ist, will ich es nie wieder tun, nie, nie wieder tun!“

„Ich bin fest überzeugt, Mr. Cruncher“, entgegnete Miss Pross, „daß Sie es nie wieder tun werden, was es auch sein mag, und ich bitte Sie, es nicht für notwendig zu halten, näher darauf einzugehen, was es ist.“

„Nein, Miss“, gab Jerry zurück. „Sie sollen weiter nichts davon hören. Zweitens, wenn meine gute arme Herrschaft glücklich herausgekommen ist, so will ich nie mehr etwas gegen Mrs. Crunchers Rutschen sagen, nie, nie wieder!“

„Was das immer für eine häusliche Tätigkeit sein mag“, sagte Miss Pross, indem sie sich zu fassen versuchte, „so bezweifle ich nicht, daß es das beste ist, Sie überlassen es ganz und gar Mrs. Crunchers eigenem Belieben – ach, meine gute Herrschaft!“

„Ich gehe so weit, zu sagen“, fuhr Mr. Cruncher fort, mit einer beunruhigenden Neigung, wie von einer Kanzel herunter zu predigen, „und merken Sie sich meine Worte, und überbringen Sie diese der Mrs. Cruncher – ich gehe sogar so weit, zu sagen, daß meine Meinung vom Rutschen sich verändert hat und daß ich nur von ganzem Herzen hoffe, Mrs. Cruncher möge zur gegenwärtigen Zeit rutschen.“

„Gewiß, gewiß! Ich hoffe, sie tut es, mein Guter“, rief Miss Pross, ganz außer sich, „und ich hoffe, es entspricht all ihren Erwartungen.“

„Verhüte der Himmel“, fuhr Mr. Cruncher mit noch größerer Feierlichkeit und Langsamkeit und verstärkter Neigung zu predigen fort, „verhüte der Himmel, daß etwas, was ich jemals gesagt oder getan habe, den ernsten Wünschen entgegensteht, die ich jetzt für meine gute Herrschaft habe! Verhüte es der Himmel, wenn wir auch nicht alle rutschen, um sie aus dieser schrecklichen Gefahr zu retten! Verhüte es der Himmel, Miss! Verhüte es der Himmel!“ Das war Mr. Crunchers Schluß, nachdem er sich vergeblich einige Zeit besonnen hatte, einen besseren zu finden.

Und immer noch kam Madame Defarge, ihr Ziel durch die Straßen verfolgend, näher und näher.

„Wenn wir jemals in unsere Heimat zurückkehren", sagte Miss Pross, „so können Sie sich darauf verlassen, daß ich Mrs. Cruncher alles mitteile, dessen ich mich von dem, was Sie so eindringlich gesagt haben, erinnern kann und das ich verstanden habe; und jedenfalls können Sie sicher sein, daß ich bezeuge, wie ernst Sie es in dieser schrecklichen Zeit gemeint haben. Aber jetzt lassen Sie uns überlegen! Mein geschätzter Mr. Cruncher, lassen Sie uns überlegen!"

Und immer noch kam Madame Defarge, ihr Ziel durch die Straßen verfolgend, näher und näher.

„Wenn Sie vorausgingen", sagte Miss Pross, „und ließen die Pferde und den Wagen nicht hierherkommen, sondern woanders auf mich warten, wäre das nicht das beste?"

Mr. Cruncher meinte, es könne das beste sein.

„Wo könnten Sie auf mich warten?" fragte Miss Pross.

Mr. Cruncher war so verwirrt, daß er auf keine andere Örtlichkeit kommen konnte als auf Temple Bar. Ach, Temple Bar war hundert Meilen weit, und Madame Defarge war schon sehr nahe.

„An der Tür der großen Kirche", sagte Miss Pross. „Wäre es zu weit weg, wenn ich an der Tür der großen Kirche, zwischen den beiden Türmen, einstiege?"

„Nein, Miss", gab Mr. Cruncher zur Antwort.

„Dann seien Sie ein guter Mensch", erwiderte Miss Pross, „und gehen geradenwegs zum Posthaus und bestellen es so."

„Ich möchte Sie eigentlich nicht gern verlassen", sagte Mr. Cruncher, zögernd und den Kopf schüttelnd. „Man weiß nicht, was geschehen kann."

„Der Himmel weiß, daß wir es nicht wissen", entgegnete Miss Pross, „aber haben Sie meinetwegen keine Furcht. Warten Sie auf mich an der großen Kirche um drei Uhr, und es ist jedenfalls besser, als wenn wir hier einsteigen. Ich bin fest überzeugt davon. Der Himmel segne Sie, Mr. Cruncher! Denken Sie nicht an mich, sondern an die Menschenleben, die von uns beiden abhängen können!"

Dieser Schluß und daß Miss Pross ihm beide Hände im schmerzlichsten Flehen entgegenstreckte, brachte die Entscheidung für Mr. Cruncher. Mit einem ermutigenden Kopfnicken ging er sofort los, um den Wagen an den bezeichneten Ort zu bestellen, und überließ es ihr, auf die verabredete Weise zu folgen.

Eine Vorsichtsmaßregel vorgeschlagen zu haben, die bereits in der Ausführung begriffen war, bedeutete einen großen Trost für Miss Pross. Die Notwendigkeit, ihr Äußeres so herzurichten, daß sie auf der Straße keine besondere Aufmerksamkeit erregte, war eine andere Erleichterung. Sie sah auf die Uhr, und es war zwanzig Minuten nach zwei. Sie hatte keine Zeit zu verlieren und mußte sich gleich fertigmachen.

In ihrer großen Aufregung, von Furcht erfüllt durch die Einsamkeit der verlassenen Zimmer und der halb eingebildeten Gesichter, die aus jeder offenen Tür hereinblickten, holte Miss Pross ein Waschbecken voll kalten Wassers und fing an, sich die Augen zu waschen, die ganz dick und rot waren. Von ihren fieberhaften Befürchtungen gequält, konnte sie es kaum ertragen, wegen des herunterfließenden Wassers ein oder zwei Minuten lang nicht sehen zu können, sondern hielt fortwährend inne und sah sich um, ob sie niemand beobachte. In einer dieser Pausen fuhr sie erschrocken zurück und schrie laut auf, denn sie sah eine Gestalt im Zimmer stehen.

Das Waschbecken fiel herunter und zerbrach auf der Erde, und das Wasser floß auf Madame Defarge zu. Auf merkwürdigen, rauhen Wegen und durch viel vergossenes Blut waren diese Füße diesem Wasser entgegengekommen.

Madame Defarge sah sie kalt an und sagte: „Wo ist Evrémondes Frau?"

Miss Pross fiel ein, daß die Türen sämtlich offenstanden und dadurch die Flucht verraten werden konnte. Als erstes begann sie, diese zuzumachen. Es waren vier Türen im Zimmer, und sie schloß sie alle. Dann stellte sie sich vor die Tür des Raums, den Lucie bewohnt hatte.

Madame Defarges dunkle Augen folgten ihr während dieser raschen Bewegung und hefteten sich auf sie, als sie fertig war. Miss Pross war nichts weniger als schön; die Jahre hatten ihr schroffes, eckiges Wesen nicht gemildert, aber sie war in ihrer Weise auch eine entschlossene Frau, und sie maß Madame Defarge mit ihren Augen vom Kopf bis zu den Füßen.

„Dem Aussehen nach könntest du Luzifers Frau sein", sagte Miss Pross, während sie verschnaufte. „Dennoch lasse ich mich nicht von dir unterkriegen. Ich bin eine Engländerin."

Madame Defarge sah sie geringschätzig an, aber doch mit einer Ahnung von demselben Gefühl, das Miss Pross erfüllte: sie stand ihr kampfbereit gegenüber. Sie sah eine energische, unnachgiebige, kräftige Frau vor sich, wie Mr. Lorry vor vielen Jahren in derselben Gestalt ein Weib mit starker Hand gesehen hatte. Sie wußte recht gut, daß Miss Pross die treu ergebene Dienerin der Familie war; Miss Pross wußte recht gut, daß Madame Defarge der tückische Feind der Familie war.

„Auf meinem Weg dorthin", sagte Madame Defarge, mit einer leichten Handbewegung nach dem Hinrichtungsplatz, „wo sie mir meinen Stuhl und mein Strickzeug aufheben, komme ich herauf, um ihr meine Aufwartung zu machen. Ich möchte sie sprechen."

„Ich weiß, daß du böse Absichten hast", sagte Miss Pross, „und du kannst dich darauf verlassen, ich behaupte meinen Platz gegen dich."

Jede sprach in ihrer Sprache: die eine verstand nicht die andere; beide waren voll gespannter Aufmerksamkeit, um aus Blicken und Gebärden zu erraten, was die unverständlichen Worte sagten.

„Es ist nicht gut für sie, wenn sie sich in diesem

Augenblick vor mir versteckt", sagte Madame Defarge. „Gute Patrioten wissen, was das zu bedeuten hat. Ich muß sie sprechen. Sagt ihr, daß ich sie sprechen will. Hört Ihr?"

„Und wenn deine Augen Schraubenschlüssel wären", erwiderte Miss Pross, „und ich eine englische Bettstelle, so solltest du nicht eine Schraube von mir lockerkriegen. Nein, du bösartige, fremde Katze; ich kann es mit dir aufnehmen."

Madame Defarge verstand natürlich nicht die Worte der anderen; aber sie sah, daß man ihr Trotz bot.

„Einfältiges Weib!" sagte Madame Defarge mit einem Stirnrunzeln. „Eine Antwort von dir beruhigt mich nicht. Ich *muß* sie sprechen. Entweder sage ihr, daß ich sie sprechen will, oder tritt weg von der Tür, und laß mich hinein!" Dies sagte sie mit einem zürnenden Wink ihrer Hand, Platz zu machen.

„Ich hätte mir nicht gedacht", sagte Miss Pross, „daß ich jemals wünschte, deine unsinnige Sprache zu verstehen; aber ich gäbe alles, was ich besitze, außer den Kleidern, die ich auf dem Leib habe, wenn ich wüßte, ob du die Wahrheit ahntest oder einen Teil davon."

Keine ließ nur für einen einzigen Augenblick die andere aus den Augen. Madame Defarge hatte sich noch nicht von der Stelle bewegt, wo sie stand, als Miss Pross sie zuerst wahrgenommen hatte; aber jetzt trat sie einen Schritt näher.

„Ich bin eine Engländerin", fuhr Miss Pross fort, „ich bin beherzt. Ich kümmere mich nicht einen englischen Penny um mich. Ich weiß, je länger ich dich hier festhalte, desto besser ist es für mein Herzblättchen. Ich lasse dir nicht eine Handvoll von deinen schwarzen Haaren auf dem Kopf, wenn du mich mit einem Finger anrührst."

So sprach Miss Pross mit einem Kopfschütteln und einem Blitzen in ihren Augen zwischen jedem raschen Satz, und sie sprach jeden raschen Satz in einem Atem. So sprach Miss Pross, die nie in ihrem Leben einen Schlag geführt hatte.

Aber ihr Mut war von der leicht gerührten Art, daß er ihr nicht zurückzuhaltende Tränen in die Augen trieb. Das war ein Mut, den Madame Defarge so wenig begriff, daß sie ihn für Schwäche hielt. „Haha!" lachte sie. „Armseliges Weib! Was bist du wert! Ich wende mich jetzt an den Doktor." Dann erhob sie ihre Stimme und rief laut: „Bürger Doktor! Frau von Evrémonde! Kind von Evrémonde! Irgend jemand, nur nicht diese lächerliche Törin, antwortet der Bürgerin Defarge!"

Vielleicht das Schweigen, das jetzt eintrat, vielleicht ein Etwas in dem Ausdruck von Miss Pross' Gesicht, vielleicht eine plötzliche Ahnung, unabhängig von allem, was sie sonst sah, flüsterte Madame Defarge zu, daß sie fort seien. Drei von den Türen machte sie rasch auf und blickte hinein.

„Diese Zimmer sind alle in Unordnung. Man hat in Eile gepackt; es liegt allerlei auf dem Boden verstreut. Es ist niemand in dem Zimmer hinter Euch. Laßt mich hineinsehen!"

„Nie!" sagte Miss Pross, die die Aufforderung so vollkommen verstand wie Madame Defarge die Antwort.

„Wenn sie nicht in jenem Zimmer sind, so sind sie fort und können verfolgt und zurückgebracht werden", sagte Madame Defarge zu sich selbst.

„Solange du nicht weißt, ob sie in diesem Zimmer sind oder nicht, weißt du auch nicht, was du tun sollst", sprach Miss Pross zu sich, „und du sollst es nicht erfahren, wenn ich es dir verwehren kann; und ganz gleich, ob du es weißt oder nicht weißt, sollst du doch hier nicht wegkommen, solange ich dich halten kann."

„Ich habe mich noch von nichts aufhalten lassen, ich zerreiße dich in Stücke, aber weg von dieser Tür mußt du", sagte Madame Defarge.

„Wir sind allein, im obersten Stock eines hohen Hauses, in einem einsamen Hof; es ist sehr unwahrscheinlich, daß uns jemand hört, und ich bitte Gott um Kraft, dich hier festzuhalten, wo jede Minute, die du hier bist, hunderttausend Guineen für mein Herzblatt wert ist", sagte Miss Pross.

Madame Defarge ging auf die Tür zu; Miss Pross packte sie kurz entschlossen mit beiden Armen um den Leib und hielt sie fest. Vergeblich sträubte sich Madame Defarge und schlug um sich; mit der kraftvollen Zähigkeit der Liebe, die immer so viel stärker ist als der Haß, hielt Miss Pross sie fest und hob sie sogar während des Ringens in die Höhe. Die beiden Hände der Madame Defarge schlugen und zerkratzten ihr Gesicht; aber Miss Pross, den Kopf gebeugt, hielt sie fest um den Leib und klammerte sich an sie mit der Verzweiflung einer Ertrinkenden.

Bald hörten Madame Defarges Hände auf zu schlagen und tasteten nach ihrem Gürtel. „Es ist unter meinem Arm", sagte Miss Pross mit halberstickter Stimme, „du sollst es nicht herauskriegen. Ich bin stärker als du, Gott sei Dank. Ich halte dich fest, bis einer von uns beiden in Ohnmacht fällt oder stirbt."

Madame Defarges Hand griff in ihren Busen. Miss Pross blickte auf, sah, was es war, schlug danach, schlug einen Blitz und einen Knall heraus und stand allein – blind vom Rauch.

All dies dauerte nur eine Sekunde. Als sich der Rauch verzog, eine unheimliche Stille zurücklassend, verschwand er hinaus in die Luft wie die Seele des wütenden Weibes, dessen Körper leblos auf dem Boden lag.

In der ersten Angst und im ersten Schrecken ihrer Lage ging Miss Pross der Leiche im Vorbeigehen so weit wie möglich aus dem Weg und lief die Treppe hinab, um sinnlose Hilfe zu rufen. Zum Glück dachte sie an die möglichen Folgen ihres Tuns noch zeitig genug, um sich anders zu besinnen und umzukehren. Es war schrecklich, wieder in die Stube zu gehen; aber sie ging hinein und wagte sich selbst in die Nähe der Leiche, um ihren Hut und ihre anderen Sachen zu holen. Nachdem sie sich draußen auf der Treppe angekleidet hatte, schloß sie die Tür zu und nahm den Schlüssel mit. Danach setzte sie sich ein paar Augenblicke auf die obersten Stufen, um Atem zu schöpfen und zu weinen, und dann stand sie auf und eilte fort. Zum Glück hatte sie einen Schleier an ihrem Hut, sonst hätte sie kaum über die Straße gehen können, ohne angehalten zu werden. Ebenfalls zum Glück war ihre Erscheinung von Natur aus so eigentümlich, daß Ungewöhnliches bei ihr weniger auffiel als bei anderen. Das war gut so; denn die Finger der Wütenden hatten ihr Gesicht zerkratzt, ihr Haar war zerzaust, und ihre hastig und mit aufgeregten Händen angelegten Kleider waren nach allerlei Richtungen gezogen und gezerrt.

Als sie über die Brücke ging, warf sie den Schlüssel in den Fluß. Sie kam einige Minuten vor ihrem Begleiter an der Kirchentür an und mußte dort warten. ‚Ach', dachte sie, ‚wenn man den Schlüssel in einem Netz gefunden, wenn man ihn erkannt, wenn man die Tür geöffnet und die Leiche entdeckt hat; wenn ich am Tor angehalten, ins Gefängnis geschickt und des Mordes angeklagt werde!' Inmitten dieser aufregenden Gedanken erschien der Begleiter, nahm sie in den Wagen auf und fuhr mit ihr fort.

„Ist Lärm auf der Straße?" fragte sie.

„Der gewöhnliche Lärm", gab Mr. Cruncher zur Antwort und sah sie an, erstaunt über die Frage und ihr Aussehen.

„Ich höre Sie nicht", sagte Miss Pross. „Was sagten Sie?"

Vergeblich wiederholte Mr. Cruncher seine Antwort noch einmal. Miss Pross konnte ihn nicht hören.

‚So will ich mit dem Kopf nicken', dachte Mr. Cruncher; ‚jedenfalls wird sie das sehen.' Und sie sah es.

„Ist jetzt Lärm auf der Straße?" fragte Miss Pross noch einmal nach kurzer Weile.

Wieder nickte Mr. Cruncher mit dem Kopf.

„In einer Stunde taub geworden", sagte Mr. Cruncher nachdenklich und mit sehr beunruhigtem Gemüt; „was ist ihr zugestoßen?"

„Mir ist", sprach Miss Pross, „als wäre ein Blitz und ein Knall gewesen und dieser Knall wäre das letzte, was ich in meinem Leben hören würde."

„Wenn das nicht ein kurioser Zustand ist", sagte

Mr. Cruncher immer verwunderter. „Was mag sie nur zu sich genommen haben, um ihren Mut aufrechtzuerhalten? – Hört! Da kommen diese schrecklichen Karren angerumpelt! Das können Sie doch hören, Miss?"

„Ich kann nichts hören", sagte Miss Pross, die an der Bewegung seines Mundes sah, daß er sprach. „Ach, guter Jerry, erst war ein großer Krach und dann eine große Stille, und diese Stille scheint fest und unveränderlich zu sein, eine Stille, die nie wieder aufhören soll, solange mein Leben dauert."

„Wenn sie nicht das Rumpeln dieser schrecklichen Karren hört, die jetzt dem Ziel ihrer Reise sehr nahe sind", sagte Mr. Cruncher mit einem Blick über die Schultern, „so glaube ich, daß sie wahrhaftig nie wieder etwas auf dieser Welt hören wird."

Und wirklich war sie von dieser Zeit an taub.

15. Kapitel

Die Schritte verhallen für immer

Die Straßen von Paris entlang rumpeln die Totenkarren hohl und schwer. Sechs Karren führen den Wein des Tages der Guillotine zu. Alle gierigen und unersättlichen Ungeheuer, wie sie die menschliche Phantasie jemals ersonnen hat, sind in dieser einen Gestalt, der Guillotine, verschmolzen. Und doch gibt es in Frankreich (mit seiner reichen Verschiedenartigkeit an Boden und Klima) keinen Halm, kein Blatt, keine Wurzel, keinen Zweig, kein Pfefferkorn, das unter natürlicheren Bedingungen gereift wäre, als dieser Schrecken gereift ist. Zerdrücke die Menschheit noch einmal unter ähnlichen Hämmern, und sie wird von allein dieselben gequälten Gestalten und Formen anzunehmen suchen. Säet dieselbe Saat habgieriger Ausschweifung und Tyrannei, und sicherlich wird sie wieder dieselbe Frucht nach ihrem Ursprung tragen.

Sechs Karren rumpeln durch die Straßen. Verwandle

sie wieder in das, was sie waren, mächtige Zauberin Zeit, und sie werden sich darstellen als die Karossen unumschränkter Monarchen, die Equipagen von Feudalherren, die prächtigen Toiletten geschminkter Dirnen, die Kirchen, die nicht „meines Vaters Haus" sind, sondern Diebeshöhlen, die Hütten von Millionen halbverhungerter Bauern! Nein, die große Zauberin, die in erhabener Ruhe die vorbestimmte Ordnung des Schöpfers ausarbeitet, verändert nie seine Gestaltungen. Wenn du durch den Willen Gottes in diese Gestalt umgewandelt worden bist, sagen die Seher zu den Verzauberten in dem weisen arabischen Märchen, so bleibe so! Aber wenn du diese Gestalt nur durch eine vorübergehende Beschwörung empfangen hast, so nimm deine frühere wieder an! Unveränderlich und hoffnungslos rumpeln die Karren vorüber.

Wie sich die Räder der sechs Karren drehen, scheinen sie eine lange krumme Furche unter dem Volk in den Straßen zu ziehen. Gräben von Gesichtern werden zu beiden Seiten aufgeworfen, und die Pflüge gehen ruhig weiter. So gewöhnt sind die regelmäßigen Bewohner der Häuser an das Schauspiel, daß in manchen Fenstern keine Leute stehen und in anderen die Beschäftigung der Hände gar nicht unterbrochen wird, während die Augen die Gesichter in den Karren betrachten. Hier und da ist Besuch, um das Schauspiel zu sehen; alsdann zeigt der Bewohner des Zimmers fast mit der Selbstgefälligkeit des Direktors einer öffentlichen Anstalt oder eines autorisierten Erklärers diesen Karren und jenen Karren und scheint zu erzählen, wer gestern drin saß und wer vorgestern.

Von denen in den Karren sehen einige diesen und allen anderen Erscheinungen auf ihrer letzten Fahrt mit gleichgültig stieren Augen zu; andere mit einem Rest von Teilnahme am menschlichen Treiben. Einige lassen den Kopf in stummer Verzweiflung sinken; andere wieder sind so auf ihr Aussehen bedacht, daß sie auf die Menge Blicke werfen, wie sie es in Theatern und auf Bildern gesehen haben. Mehrere machen die Augen zu und sinnen nach oder suchen ihre herumschweifenden Gedanken zusammen. Nur einer, ein elendes Geschöpf von halbverrücktem Aussehen, ist von Furcht und Todesangst so gebrochen und berauscht, daß er zu singen und zu tanzen versucht. Kein einziger von allen wendet sich mit Blick oder Gebärde an das Mitleid des Volkes.

Eine Wache von einigen Reitern umgibt die Karren, und oft sehen Gesichter zu ihnen empor und erkundigen sich bei ihnen. Es scheint immer dieselbe Frage zu sein; denn nach der Antwort drängt sich das Volk regelmäßig um den dritten Karren. Die Reiter neben diesem Karren zeigen mit ihrem Säbel häufig auf einen Mann. Alles will wissen, wo er ist; er steht hinten im Karren und sieht herab auf ein Mädchen, das neben ihm sitzt und seine Hand hält und mit dem er spricht. Die übrige Umgebung kümmert ihn nicht, und er unterhält sich fortwährend mit dem Mädchen. In der langen Rue St-Honoré wird hier und da Geschrei gegen ihn laut. Wenn er sich überhaupt davon bewegen läßt, so ist es nur zu einem stillen Lächeln, während er sein Haar ein wenig lockerer um sein Gesicht schüttelt. Er kann sein Gesicht nicht berühren, denn seine Hände sind ihm gebunden.

Auf der Vortreppe einer Kirche steht, in Erwartung der Karren, der Spion. Er blickt in den ersten: Er ist nicht drin. Er blickt in den zweiten: Er ist nicht drin. Er fragt sich schon, ob er geopfert worden ist, als sich sein Gesicht beim Anblick des dritten Karrens aufhellt.

„Welcher ist Evrémonde?“ fragt ein Mann hinter ihm.

„Der dort. Hinten im Karren.“

„Der seine Hand dem Mädchen gegeben hat?“

„Ja.“

Der Mann schreit: „Nieder mit Evrémonde! Alle Aristokraten unter die Guillotine!“

„Nieder mit Evrémonde!“

„Still, still“, bittet ihn der Spion schüchtern.

„Warum soll ich nicht, Bürger?“

„Er bezahlt seinen Einsatz. In fünf Minuten ist es vorbei. Laßt ihn in Frieden fahren.“

Da aber der Mann fortfuhr zu schreien: „Nieder mit Evrémonde!“, wendet sich ihm für einen Augenblick Evrémondes Gesicht zu. Jetzt sieht auch Evrémonde den Spion, sieht ihn aufmerksam an und fährt vorüber.

Es ist gleich drei Uhr, und die durch das Volk gepflügte Furche wendet sich, um auf den Hinrichtungsplatz zu münden. Die Gräben, die zu beiden Seiten aufgeworfen worden sind, fallen jetzt wieder zusammen und schließen sich hinter dem letzten Pflug, als er vorbei ist, denn alle folgen ihm zur Guillotine. Ihr gegenüber sitzen auf Stühlen, wie in einem öffentlichen Garten, wo Konzert ist, eine Anzahl eifrig strickender Frauen. Auf einem der vordersten Stühle steht der Racheengel und sieht sich nach der Freundin um.

„Thérèse!“ ruft sie mit ihrer gellenden Stimme. „Wer hat sie gesehen? Thérèse Defarge!“

„Sie hat noch nie gefehlt“, sagt eine Strickschwester neben ihr.

„Nein. Und sie wird auch heute nicht fehlen“, sagt der Racheengel ärgerlich. „Thérèse!“

„Lauter“, empfiehlt die andere.

Ja! Lauter, Racheengel, viel lauter, und dennoch wird sie dich schwerlich hören. Noch lauter, Racheengel, vielleicht mit einem Fluch verstärkt, und doch wirst du sie kaum herbeischaffen. Schicke andere Frauen aus, um sie zu suchen, wo sie verweilt; und obgleich deine Boten Schreckliches getan haben, ist es doch fraglich, ob sie freiwillig weit genug gehen werden, um sie zu finden.

„Wie ärgerlich!“ ruft der Racheengel und stampft mit dem Fuß auf. „Und da kommen die Karren! Und Evrémonde wird im Nu hingerichtet sein, und sie ist nicht da! Hier habe ich ihr Strickzeug in der Hand, und ihr leerer Stuhl steht neben mir. Ich möchte vor Verdruß und Ärger weinen!“

Als der Racheengel von seiner Höhe herabsteigt, um dies zu tun, fangen die Karren an, sich ihrer Ladung zu entledigen. Die Priester der heiligen Guillotine haben ihr Gewand angetan und stehen bereit. Krach! – Ein Haupt wird in die Höhe gehalten, und die Strickerinnen, die kaum aufgeblickt haben, um es eine Sekunde zuvor, wo es noch denken und sprechen konnte, anzusehen, zählen eins.

Der zweite Karren entleert sich und fährt weiter; der dritte kommt heran. Krach! – Und die Strickerinnen, die sich in ihrer Arbeit nicht stören lassen, zählen zwei.

Der vermeintliche Evrémonde steigt aus, und die Näherin wird gleich hinter ihm herabgehoben. Er hat beim Heraussteigen ihre geduldige Hand nicht losgelassen, sondern hält sie immer noch, wie er versprochen hat. Sanft wendet er sie so, daß sie der Maschine, die sich fortwährend rasselnd auf- und niederbewegt, den Rükken zukehrt, und sie sieht ihm dankbar ins Gesicht.

„Ohne Euch, lieber Fremder, wäre ich nicht so gefaßt; denn ich bin von Natur aus ein armes, kleines Geschöpf mit zaghaftem Herzen. Ich wäre auch nicht imstande gewesen, meine Gedanken zu ihm zu erheben, der den Tod erlitten hat, damit wir heute Hoffnung und Trost haben. Ich glaube, der Himmel hat Euch mir gesendet."

„Oder Euch mir", sagte Sydney Carton. „Wendet Eure Augen nicht von mir, liebes Kind, und achtet auf nichts weiter."

„Ich achte auf nichts, solange ich Eure Hand halte. Ich werde auf nichts achten, wenn ich sie loslasse, falls es schnell geht."

„Es wird schnell gehen. Fürchtet Euch nicht."

Die beiden stehen in dem immer dünner werdenden Gedränge der Opfer, aber sie sprechen, als ob sie allein wären. Auge in Auge, Hand in Hand, Herz an Herz, sind sich diese beiden Kinder der Allmutter, sonst so weit getrennt und so verschieden voneinander, auf der dunklen Straße zum Tode begegnet, um miteinander zur Heimat zu gehen und an ihrem Busen zu ruhen.

„Edler und großmütiger Freund, wollt Ihr mir eine letzte Frage erlauben? Ich bin sehr unwissend, und es beunruhigt mich – ein klein wenig."

„Sagt mir, was es ist."

„Ich habe eine Cousine, meine einzige Verwandte und eine Waise wie ich, der ich sehr gut bin. Sie ist fünf

Jahre jünger als ich, und sie wohnt auf einer Farm unten im Süden. Armut hat uns auseinandergerissen, und sie weiß nicht, was aus mir geworden ist; denn ich kann nicht schreiben, und wenn ich's könnte, wie sollte ich es ihr mitteilen! Es ist besser so, wie es ist."

„Ja, ja. Es ist besser so, wie es ist."

„Was ich gedacht habe, als wir hierherfuhren, und was ich immer noch denke, wenn ich in Euer freundliches und doch mutiges Gesicht sehe, das mich so aufrechterhält, ist folgendes: Wenn die Republik wirklich den Armen guttut und sie weniger zu hungern brauchen und sie in jeder Weise weniger leiden, so kann sie lange leben; sie kann sogar alt werden."

„Was noch, liebe Schwester?"

„Meint Ihr" – die Augen, die so voll stiller Duldung gewesen waren, füllen sich mit Tränen, und die Lippen öffnen sich etwas weiter und zittern ein wenig –, „meint Ihr, daß es mir lange vorkommen wird, während ich in dem besseren Land auf sie warte, wo Ihr und ich barmherzige Aufnahme finden werden, wie ich fest hoffe?"

„Es kann nicht sein, Kind. Dort gibt es keine Zeit und keinen Kummer."

„Ihr tröstet mich so sehr. Ich bin so unwissend. Soll ich Euch jetzt küssen? Ist der Augenblick da?"

„Ja."

Sie küßt seinen Mund, er küßt sie, sie geben sich feierlich den Segen. Die abgezehrte Hand zittert nicht, als er sie losläßt, das stille Gesicht trägt keinen anderen Ausdruck als den lieblicher, hoffender Standhaftigkeit. Sie geht ihm voraus – ist hinüber. Die Strickerinnen zählen: „Zweiundzwanzig."

„Ich bin die Auferstehung und das Leben; wer an mich glaubt, der wird leben, ob er gleich stürbe. Und wer da lebet und glaubt an mich, der wird nimmermehr sterben."

Das Murmeln vieler Stimmen, das Emporrecken vieler Gesichter, das Drängen an den äußersten Rändern des Gewühls, so daß es in einer Masse vorwärtswogt wie eine große Meereswelle – alles ist mit einem Mal vorüber. Dreiundzwanzig.

Sie sagten von ihm in der Stadt an jenem Abend, es sei das friedlichste Menschengesicht gewesen, das jemals dort erblickt worden war. Manche setzten hinzu, daß er erhaben und prophetisch ausgesehen hätte.

Eines der bemerkenswertesten Opfer desselben Beiles – eine Frau – hatte nicht lange vorher am Fuß desselben Schafotts um Erlaubnis gebeten, die Gedanken, die sie erfüllten, niederschreiben zu dürfen. Hätte er seine Gedanken aussprechen können (und sie waren prophetisch), sie hätten so gelautet:

„Ich sehe Barsad und Cly, Defarge, den Racheengel, die Geschworenen, die Richter und lange Reihen von neuen Tyrannen, die nach der Vernichtung der alten entstanden sind, durch dasselbe vergeltende Instrument untergehen, ehe diese Blutzeit vorüber ist. Ich sehe, wie sich eine schöne Stadt und ein glänzendes Volk aus diesem Abgrund erheben, und in seinen jahrelangen Kämpfen um wirkliche Freiheit, in seinen Siegen und Niederlagen sehe ich, wie das Böse dieser Zeit und der Vergangenheit, deren natürlicher Sprößling die Gegenwart ist, allmählich Buße tut und verschwindet.

Ich sehe die Menschen, für die ich mein Leben hingebe, friedlich, nützlich, erfolgreich und glücklich in jenem England, das ich nie wiedersehen werde. Ich sehe *sie* mit einem Kind an der Brust, das meinen Namen trägt. Ich sehe ihren Vater, alt und gebeugt, aber sonst wiederhergestellt und allen Menschen ein hilfreicher Arzt und mit sich im Frieden. Ich sehe den guten Alten, ihren langjährigen Freund, wie er ihnen nach Ablauf von zehn Jahren sein ganzes Vermögen vermacht und in die alles versöhnende Ewigkeit eingeht.

Ich sehe, daß ich in ihren Herzen und in den Herzen ihrer Nachkommen noch nach Generationen ein Heiligtum bin. Ich sehe sie, eine alte Frau, mich bei der Wiederkehr dieses Tages beweinen. Ich sehe sie und ihren Gatten nach vollendetem Lebenslauf nebeneinander in ihrer letzten irdischen Ruhestätte liegen, und ich weiß, daß keines der beiden Herzen das andere mehr geehrt und heiliggehalten hat als diese beiden mich.

Ich sehe das Kind, das an ihrer Brust lag und meinen Namen trug, zum Manne heranreifen und sich glücklich auf der Bahn des Lebens voranarbeiten, die einst die meine war. Ich sehe ihn so siegreich am Ziel stehen, daß mein Name durch den Glanz des seinen berühmt wird. Ich sehe den Makel, den ich darauf brachte, verschwinden. Ich sehe ihn in der ersten Reihe unter gerechten Richtern und geehrten Männern, wie er einen goldhaarigen Knaben meines Namens mit einer Stirn, die ich kenne, an diese Stelle führt, die dann freundlich aussehen wird und frei von jedem entstellenden Flecken dieses Tages, und ich höre ihn, wie er dem Kind mit weicher und zitternder Stimme meine Geschichte erzählt.

Was ich tue, ist etwas viel, viel Besseres, als ich jemals getan habe; die Ruhe, zu der ich eingehe, ist viel seliger, als ich sie jemals gekannt habe."

Nachbemerkung

Ob dies nun der am wenigsten typische Roman von Charles Dickens (1812–1870) ist, wie der englische Kritiker Boris Ford meint, sei dahingestellt. Gefragt sei aber, wie das vorliegende Erzählwerk, das in monatlichen Fortsetzungen vom April bis zum November 1859 erschienen ist, in das Feld historischer Romane paßt, die Dickens' Zeitgenossen William Makepeace Thackeray, Edward Bulwer-Lytton, Charles Kingsley und andere nach dem Muster Sir Walter Scotts (1771–1832) geschaffen haben.

Schon bald nach Beginn unserer von einem kundigen Erzähler als Erinnerung dargebotenen abenteuerlichen Geschichte – denn das meint die englische Originalbezeichnung „tale" – von zwei europäischen Hauptstädten zur Zeit der Französischen Revolution wird deutlich, daß der Autor ähnlich wie in „Barnaby Rudge" (1841) aufregende Ereignisse nacherzählt, um seine Leser mit Schreckensbildern des Volkszorns nachdenklich zu stimmen. Die Lebensschicksale des achtzehn Jahre in der Bastille eingekerkerten Dr. Alexandre Manette, seiner Tochter Lucie, Charles Darnays und Sydney Cartons sind in Vorgänge verwoben, die diesen Volkszorn mit hervorgerufen haben, dann seine furchtbare Hemmungslosigkeit bestimmen und schließlich seine Menschenopfer fordern. Dickens will von seiner Position eines überzeugten politischen Liberalismus her auf Gefahren aufmerksam machen, die England bei zumindest ungeschicktem, rigorosem Machtverhalten den Herrschenden gegenüber den besonders in London zusammengedrängten Volksmassen drohen könnten.

Nach der chartistischen Massenbewegung der dreißiger und vierziger Jahre und dem europäischen Revolutionsjahr 1848 wurde Dickens die Furcht vor aufbegehrenden, ausgebeuteten Volksmassen nicht los, und die auf den Krimkrieg folgende Wirtschaftskrise von 1856 bis 1857 ließ ihn anwachsende Krisenzeichen im britischen Gesellschaftssystem erkennen. Im vorliegenden Roman stellt er anhand der Ereignisse in Frankreich von 1789 bis 1793 ein international wirkendes Epizentrum revolutionärer Zerstörung in romantischer, kriminalistisch spannender Erzählweise vor.

„Eine Geschichte zweier Städte“ spielt in Paris und London, wobei es Dickens mehr um London geht, das ihm und seinen Lesern ein vertraut und lieb gewordenes Lebens- und Erfahrungsgebiet ist. Paris hingegen stellt das schauerliche Gegenbild dieses heimischen Ortes in fiktiver geschichtlicher Perspektive dar, falls die Earls, Dukes, Barons und Marquesses sich tyrannisch verhalten sollten. In London steht Tellson's Bank ehern und unverrückbar, „die alles übertreffende Vollkommenheit der Unbequemlichkeit“; in der Nähe der „tödliche Gasthof“ Old Bailey. Hier geistern „Echos“ von „Schritten“ aufgebrachter Volksmassen dreihundert Meilen entfernt, und fast refrainhaft dringen „widerhallende Schritte“, wie sogar der Titel eines Kapitels lautet, immer wieder in jenen stillen Winkel, wo Charles Darnay, Lucie und ihr Vater bemüht sind, den „goldenen Faden“ friedvollen Lebens zu spinnen. Und schließlich verhallen die Schritte für immer, als der Schrecken von Paris sein Ende gefunden hat.

Paris bildet den spannungsvollsten Erzählbereich. Hier herrscht Monseigneur, bei dem „Lustspiel und große Oper ... viel mehr Einfluß hatten in den langweiligen Angelegenheiten von Staatsgeschäften und Staatsgeheimnissen als die Bedürfnisse und Nöte ganz Frankreichs“. Höchst kritisch wird eine „unbehagliche Sache“ vorgestellt, die an die entlarvende Darstellung nutzloser, menschentötender, aristokratischer und bourgeoiser Institutionen und Personen im England der fünfziger

Jahre erinnert, die Dickens prägnant in „Bleak House“ (1852–1853) vorgenommen hatte. Hier bei Monseigneur tummeln sich „Offiziere ohne militärische Kenntnisse; Schiffskapitäne, die nie ein Schiff gesehen hatten; Beamte, die keinen Begriff von Geschäften hatten . . .“ Gebrandmarkt sind Monseigneur und Umgebung vom „Aussatz der Unwirklichkeit“, und sie tummeln sich auf einem Maskenball schauerlichsten Verderbens für das Volk. Die folgende Frage reicht über den fiktiven Erzähler hinaus und bringt den Autor selbst ins Blickfeld mit seinem Urteilsspruch über anachronistische Tyrannenherrschaft im frivol-bunten Talmigewand: „Und wer unter der Gesellschaft an Monseigneurs Audienztag in diesem siebzehnhundertachtzigsten Jahre unseres Herrn hätte zweifeln können, daß ein System, das seine Wurzeln in einem frisierten und gepuderten Henker im Tressenrock, in Schuhen und weißseidenen Strümpfen hatte, nicht selbst die Sterne überdauern würde.“ Das Verderben für Monseigneur braut sich in Monsieur Defarges Weinhandlung zusammen, wo sich viele Arbeiter mit dem Namen Jacques einfinden, wo Madame Defarge „immer noch mit der Beharrlichkeit einer Norne“ Leichentücher strickt, wo die Weiber stricken und strikken und „wo die Jacquerie mit jeder Stunde“ anwächst. Von hier geht der Sturm auf die Bastille am 14. Juli 1789 aus, hier hat der Volkszorn sein Hauptquartier, von hier aus wird das Feuer auf Monseigneurs Schloß gerichtet, bis im Jahre 1792 „Monseigneur als Klasse“ ausgelöscht ist und nur noch an Zuflucht in Tellson’s Bank denken kann.

Am Ausgang der Romanhandlung stehen Schrecken, Verurteilung und Verklärung. Madame Defarges Strikkerei ist zu Ende, die „Schritte verhallen für immer“. Aber epilogisch läßt der Autor-Erzähler die Stimme eines im revolutionären Sturm Verurteilten ertönen, die, in die Zukunft weisend, von der Überwindung allen Schreckens und alles Schrecklichen in der menschlichen Gesellschaft überhaupt kündet: „Ich sehe, wie sich eine schöne Stadt und ein glänzendes Volk aus diesem Abgrund erheben ... Ich sehe Menschen ... friedlich, nützlich, erfolgreich und glücklich in jenem England ...“ Mit solch hoffnungsvoller Stimme eines zum Tode Verurteilten formiert Charles Dickens zwar seinen obligaten versöhnenden Romanschluß, läßt aber auch anklingen, daß alles, was im wirren Revolutionsgeschehen dem einzelnen Menschen an Unheil widerfahren war, nicht Schuld des Volkes ist, sondern Frucht des historischen, sozialen und moralischen Verbrechens seiner Unterdrücker. In seiner Angst vor dem Volkszorn vergißt der bürgerliche Autor nicht seine Sympathien mit den Armen und Ausgebeuteten. Das Verständnis für einen Akt historischer Vergeltung ist vom Appell an die englische Öffentlichkeit geprägt, die Lage der Volksmassen durch Aufklärung und Wohltätigkeit zu verbessern und so den sozialen Frieden zu schaffen.

Auf den endgültigen Titel „A Tale of Two Cities“ war Dickens erst nach reiflicher Überlegung gekommen. Vorläufig erwogene Titelfassungen weisen auf zwei Varianten thematischer Schwerpunktgestaltung: „Buried Alive“ (Lebendig begraben) und „The Doctor of Beauvais“ (Der Arzt von Beauvais) postulierten, das tragische Lebensschicksal Dr. Manettes zu erzählen, „The Thread of Gold“ (Der goldene Faden) orientierte auf die Schilderung der Schicksale von Charles Darnay, Lucie und deren Vater. Der schließlich gewählte, in die Literaturgeschichte eingegangene Titel durchbricht den Rahmen sowohl einer auf eine Einzelperson gemünzten geheimnisumwitterten Kerkergeschichte als auch einer auf wenige Figuren eingegrenzten außergewöhnlichen Alltagsbeschreibung zugunsten der Eingliederung persönlicher Geschichten in eine historische Dimension. Das geschichtliche Konzept dieses Zwei-Städte-Romans läßt sogleich an Thomas Carlyles (1795–1881) voluminöse Darstellung der Französischen Revolution (1837) denken, vor allem aber an seine scharfsinnige, ausgezeichnete Studie „Past and Present“ (Vergangenheit und Gegenwart, 1843) mit ihrer treffenden Analyse englischer Gesellschaftszustände. Wie Carlyle erblickte auch

Charles Dickens „in der Hinrichtung von Königen, in französischen Revolutionen, in Reformbills, in Manchester-Insurrektionen ... kein Heilmittel“ (Carlyle), aber er verdammte keineswegs die kapitalistische Ordnung als solche. Die Weltsicht unseres Autors war geprägt durch die dem gesellschaftlichen Fortschritt gemäße liberale bürgerliche Nützlichkeitsphilosophie von Jeremy Bentham (1748–1832) und John Stuart Mill (1806–1873) sowie durch die Freihandelslehren von Richard Cobden (1804–1865) und John Bright (1811–1889). Charles Dickens hielt das bestehende englische Gesellschaftssystem für eine nützliche Ordnung, die aber unablässig zugunsten der Armen und Elenden zu verbessern war. Dafür hat er sich zeitlebens in seinem öffentlichen Wirken eingesetzt. Diese Haltung bestimmt im Wesen seiner Aussage auch den vorliegenden Roman.

Georg Seehase

Anmerkungen

7 *Ein König ... und eine Königin ... auf dem Thron von England* – Gemeint sind König Georg III. (1738–1820) und seine Gemahlin Sophie Charlotte.

ein König ... und eine Königin ... auf dem Thron von Frankreich – Gemeint sind König Ludwig XVI. (1754–1793) und seine Gemahlin Marie Antoinette.

Mrs. Southcott – Joanna Southcott (1750–1814), Tochter eines Bauern aus der englischen Grafschaft Devonshire, die durch ihre Prophezeiungen und ihren religiösen Fanatismus viele Anhänger gewann.

das Cock-Lane-Gespenst – Vorgetäuschtes Gespenst, das in der Cock Lane Nr. 33, einer Straße im Londoner Stadtteil Smithfield, Klopfzeichen gab.

8 *seine Schwester mit dem Schild und dem Dreizack* – Gemeint ist die Verkörperung Großbritanniens durch die Figur der Britannia.

9 *Newgate* – Gefängnis in London.

19 *Temple Bar* – Bis 1878 in London stehender Torbogen am Übergang der Strand (vgl. Anm. zu S. 210) in die Fleet Street, der die Grenze zwischen der City of London und der City of Westminster bezeichnete.

81 *Old Bailey* – Oberster Strafgerichtshof Großbritanniens.

82 *Tyburn* – Ehemalige Hinrichtungsstätte in London.

83 *Bedlam* – Londoner Irrenanstalt.

120 *zwischen Hilary und dem Michaelstag* – Nach dem Hilaryfest am 13. Januar und nach dem Michaelstag am 29. September beginnen Sitzungsperioden des Obersten Gerichts in England.

121 *Jeffreys* – George Jeffreys (1644–1689), Lordoberrichter, war für seine Brutalität bekannt. Sein Porträt, das in der National Portrait Gallery of London hängt, malte Sir Godfrey Kneller.

142 *in den vielbeklagten Tagen des lustigen Stuarts* – Gemeint ist der englische König Charles II. (1630–1685). Wegen der englischen Revolution wurde er in Frankreich erzogen und übertrug die lockeren Sitten des französischen Hofs bei seinem Macht-

antritt 1660 auf England, was ihm den Spitznamen „fröhlicher Monarch" einbrachte. Von 1651 bis 1654 erhielt er in Frankreich eine monatliche Pension von Ludwig XIV.

146 *St-Antoine* – Stadtteil von Paris.

165 *Lettre de cachet* – (franz.) Haftbefehl.

190 *Vauxhall* – Ehemaliger Vergnügungspark in London.
Ranelagh – Ehemaliger Konzertgarten in London.

210 *die Strand* – Vornehme Straße im Westen Londons parallel zur Themse.

216 *Izaak Walton* – (1593–1683), Londoner Eisenwarenhändler, dessen Buch über das Angeln, „The Compleat Angler" (Der vollkommene Angler, 1653), berühmt wurde.

363 *den Namen des starken Mannes im Alten Testament* – Gemeint ist Simson, der durch Verrat seiner Geliebten Dalila sein langes Haar und somit seine Riesenkraft einbüßte und geblendet wurde.

370 *Conciergerie* – Untersuchungsgefängnis in Paris. Hierher wurden die zum Tode Verurteilten gebracht (darunter auch Danton, Robespierre, Marie Antoinette), um tags darauf das Schafott zu besteigen.

401 *Pitt* – William Pitt (1759–1806), englischer Premierminister von 1783 bis 1801.

417 *„Ich bin die Auferstehung . . ."* – Neues Testament, Johannes, 11, 25.

Inhalt

Erstes Buch: Wiederauferstanden

1. Kapitel: Die Periode 7
2. Kapitel: Die Postkutsche 10
3. Kapitel: Die Schatten der Nacht 19
4. Kapitel: Die Vorbereitung 25
5. Kapitel: Die Weinhandlung 39
6. Kapitel: Der Schuhmacher 55

Zweites Buch: Der goldene Faden

1. Kapitel: Fünf Jahre später 73
2. Kapitel: Ein Schauspiel 81
3. Kapitel: Eine Enttäuschung 91
4. Kapitel: Der Glückwunsch 109
5. Kapitel: Der Schakal 119
6. Kapitel: Hunderte von Leuten 126
7. Kapitel: Monseigneur in der Stadt 141
8. Kapitel: Monseigneur auf dem Lande 154
9. Kapitel: Das Medusenhaupt 161
10. Kapitel: Zwei Versprechen 175
11. Kapitel: Ein Gegenstück 185
12. Kapitel: Der Mann mit Zartgefühl 189
13. Kapitel: Der Mann ohne Zartgefühl 200
14. Kapitel: Der ehrliche Geschäftsmann 206
15. Kapitel: Stricken 221
16. Kapitel: Es wird immer noch gestrickt 234
17. Kapitel: Eine Nacht 250
18. Kapitel: Neun Tage 256
19. Kapitel: Eine Meinung 264
20. Kapitel: Eine Bitte 275
21. Kapitel: Widerhallende Schritte 279

22. Kapitel: Die Flut steigt immer noch 297
23. Kapitel: Feuer! 303
24. Kapitel: Vom Magnetfelsen angezogen 312

Drittes Buch: Zeichen des Sturms

1. Kapitel: In geheimer Haft 329
2. Kapitel: Der Schleifstein 343
3. Kapitel: Der Schatten 351
4. Kapitel: Eine Ruhepause im Sturm 357
5. Kapitel: Der Mann mit der Holzsäge 364
6. Kapitel: Triumph 372
7. Kapitel: Ein Klopfen an der Tür 382
8. Kapitel: Eine gute Karte 390
9. Kapitel: Das Spiel wird gemacht 408
10. Kapitel: Das Wesen des Schattens 424
11. Kapitel: Dämmerung 442
12. Kapitel: Nacht 449
13. Kapitel: Zweiundfünfzig 459
14. Kapitel: Fertiggestrickt 474
15. Kapitel: Die Schritte verhallen für immer 489

Nachbemerkung 497
Anmerkungen 503